I MITI

Nicholas Sparks

NEI TUOI OCCHI

Traduzione di Alessandra Petrelli

Sperling & Kupfer

Titolo originale dell'opera: *See Me*

I edizione Pickwick maggio 2017
I edizione tascabile I Miti giugno 2018

ISBN 978-88-6061-963-1

A Jeannie Armentrout

Prologo

Gli era bastato un giorno a Wilmington per capire che non avrebbe mai potuto vivere in una città del genere: troppo turistica e disordinata, come se fosse cresciuta senza la minima pianificazione. Nel centro storico aveva trovato le case che si aspettava, con portici e colonne e fregi elaborati, all'ombra di grandi magnolie, ma allontanandosi verso la periferia quelle incantevoli dimore avevano lasciato posto a una zona commerciale con grandi supermercati, catene di ristoranti e concessionarie d'auto. Il traffico incessante congestionava il quartiere, soprattutto d'estate.

L'area dell'università, al contrario, aveva rappresentato una piacevole sorpresa. Per qualche ragione si era immaginato un campus dall'orribile architettura degli anni Sessanta e Settanta. In effetti c'erano edifici del genere, ma il cuore dell'ateneo era un'oasi di pace: strade pedonali alberate, prati ben curati, colonnati in stile georgiano e facciate di mattoni che risplendevano nel sole del tardo pomeriggio.

Anche il parco lo aveva colpito. Al suo arrivo era rimasto a contemplare il riflesso della torre dell'orologio nel laghetto retrostante: il tempo che si rispecchiava imperscrutabile nell'acqua. Tenendo un libro aperto davanti a sé, poteva rimanere seduto a guardarsi intorno, quasi invisibile per gli studenti che si aggiravano immersi nelle proprie attività.

Il clima era caldo per essere fine settembre, le ragazze sfoggiavano shorts e canottiere. Chissà se si vestivano nello stesso modo per andare a lezione. Anche lui era lì per acquisire informazioni. Aveva fatto tre sopralluoghi in tre giorni, però c'erano ancora troppe persone in giro; troppi possibili ricordi e lui non voleva essere ricordato. Valutò l'ipotesi di spostarsi, poi decise che non ce n'era motivo. A nessuno importava chi fosse.

Era vicino, vicinissimo, ma per il momento doveva soprattutto portare pazienza. Fece un respiro profondo, lo trattenne, quindi lo rilasciò. Vide un paio di studenti che stavano entrando in classe, gli zaini in spalla, mentre a quell'ora del giorno la maggior parte dei loro compagni si stava preparando al weekend. Qua e là c'erano gruppetti che parlavano, sorseggiando da bottiglie di acqua minerale molto probabilmente riempite di bevande alcoliche, mentre due tipi che sembravano modelli di Abercrombie giocavano a frisbee, con le ragazze che chiacchieravano da una parte. C'era anche una coppia che discuteva, la faccia di lei accesa d'ira. La guardò spingere via il compagno, aumentando lo spazio tra di loro. Sorrise, apprezzando quella manifestazione di collera e il fatto che, diversamente da lui, non fosse costretta a nascondere i propri sentimenti. Alle spalle della coppia, altri studenti giocavano a pallone, con lo spensierato abbandono di chi non ha vere responsabilità.

Di sicuro molti dei giovani intorno a lui avevano intenzione di uscire quella sera e l'indomani. Ritrovi nelle confraternite. Bar. Club. Il loro weekend stava per iniziare, dal momento che diversi corsi erano sospesi il venerdì. Era rimasto sorpreso nel venire a saperlo; visti i costi dell'istruzione universitaria, si sarebbe aspettato che gli studenti pretendessero più ore di lezione con i professori, invece di un weekend di tre giorni. Ma del resto, quell'orario andava bene sia ai ragazzi sia agli insegnanti. Ormai non aspiravano forse tutti a ottenere il massimo con il minimo impegno? A prendere scorciatoie?

Già, pensò. Era proprio quello che gli studenti imparavano lì. Che le decisioni difficili non erano necessarie, che fare la scelta giusta non era importante, soprattutto se richiedeva un impegno extra. Perché studiare o cercare di cambiare il mondo un venerdì pomeriggio, se ci si può godere il sole?

Spostando lo sguardo da sinistra a destra, si domandò quanti dei presenti pensassero al loro avvenire. Cassie lo faceva, si disse. In continuazione. Aveva dei progetti. A diciassette anni aveva tratteggiato il proprio futuro, anche se lui ricordava di aver percepito un'esitazione di fondo quando ne parlava e di aver intuito che lei non credeva abbastanza in se stessa né nel volto che mostrava al mondo. Altrimenti perché poi avrebbe preso quella decisione? Lui aveva cercato di aiutarla. Aveva fatto la cosa giusta, rispettando la legge: si era messo a disposizione della polizia, aveva persino parlato con l'assistente del procuratore distrettuale. E fino a quel punto aveva creduto nelle regole sociali, con l'ingenua convinzione che il bene avrebbe trionfato sul male, che il pericolo potesse essere arginato, che gli eventi potessero essere controllati. Le regole servivano per garantire la sicurezza. Anche Cassie ne era stata convinta, dopo tutto non era ciò che veniva insegnato ai bambini? Altrimenti perché i genitori farebbero tutte quelle raccomandazioni? Guarda bene da una parte e dall'altra prima di attraversare. Non salire in macchina con uno sconosciuto. Lavati i denti. Finisci la verdura. Allaccia la cintura. L'elenco era interminabile, un'infinità di norme per tutelarci e salvarci.

Ma aveva imparato che le regole potevano anche essere pericolose. Erano generiche, non riguardavano i casi specifici, e siccome fin da piccoli tutti sono condizionati ad accettarle, era facile poi seguirle ciecamente. Fidarsi del sistema. Era più semplice non preoccuparsi di eventi eccezionali, significava non dover considerare le possibili conseguenze, e in un bel venerdì di sole poter giocare a frisbee spensierati.

L'esperienza era la maestra più severa. Per quasi due anni, non aveva potuto fare altro che pensare alle lezioni imparate. La cosa lo aveva quasi consumato, ma lentamente era emersa una chiarezza sempre maggiore. Lei era stata consapevole del pericolo, lui l'aveva avvisata su ciò che sarebbe accaduto. E alla fine si era preoccupata soltanto di seguire le regole, perché era facile.

Guardò l'ora e si accorse che finalmente era giunto il momento di andarsene. Chiuse il libro e si alzò, fermandosi un attimo per controllare se il suo movimento avesse attirato l'attenzione di qualcuno. No. Si mise in cammino, attraversò il parco con il libro sottobraccio. In tasca teneva la lettera che aveva scritto e si diresse verso la cassetta della posta proprio fuori dal dipartimento di scienze. Infilò la busta nella fessura e rimase in attesa; pochi minuti più tardi vide Serena che usciva dall'edificio, in perfetto orario.

Sapeva già tante cose di lei. Tutti i giovani erano soliti usare Facebook, Twitter, Instagram e Snapchat; la vita di ciascuno era visibile a chiunque volesse conoscerla. I gusti, gli amici, i luoghi frequentati. Un post su Facebook lo aveva informato che lei avrebbe pranzato a casa dei genitori con la sorella quella domenica, e mentre la guardava camminare lì di fronte a sé, i capelli castani che le ondeggiavano sulla schiena, notò ancora una volta la sua bellezza. Possedeva una grazia naturale e attirava sorrisi di apprezzamento da parte di tutti i ragazzi che incontrava, ma dei quali, impegnata com'era a parlare, non si accorgeva. Era con una compagna di classe, una ragazza bassa e tozza con i capelli biondi. Avevano appena partecipato a un seminario; Serena, lui lo sapeva, voleva diventare maestra elementare. Aveva dei progetti, proprio come quelli di Cassie un tempo.

Rimase a debita distanza, corroborato dalla forza che lo animava quando era in sua presenza. Quella forza che aveva gestito con parsimonia negli ultimi due anni. Lei non immaginava quanto fosse vicino né che cosa potesse fare. Non girò neppure la testa all'indietro, perché avrebbe dovuto notarlo? Ai suoi occhi, lui era solo una faccia qualunque tra la folla…

Chissà se stava raccontando all'amica bionda i suoi piani per il fine settimana, elencando posti da vedere e persone da incontrare. Da parte sua, aveva intenzione di unirsi alla famiglia per il brunch domenicale, sebbene non come ospite. Li avrebbe spiati da una casa vicina a quella dove abitavano, in un quartiere residenziale. La casa era vuota da un mese, dopo essere stata pignorata, ma non era ancora stata messa in vendita. Nonostante fosse chiusa a chiave, era riuscito a entrare da una finestra laterale senza troppi problemi. Sapeva già che dalla camera da letto padronale poteva vedere il giardino posteriore e la cucina. Quella domenica avrebbe osservato il gruppetto riunito ridere e scherzare al tavolo in veranda.

Quanto al capofamiglia, Felix Sanchez, era il classico immigrato che aveva fatto fortuna; l'articolo di giornale incorniciato e appeso nel loro ristorante raccontava la storia di come fosse arrivato illegalmente nel Paese da ragazzo, senza conoscere una parola di inglese, e avesse iniziato a lavorare come sguattero. Quindici anni più tardi, dopo aver preso la cittadinanza, aveva risparmiato a sufficienza per aprire in un centro commerciale il proprio locale, *La cocina de la familia*, proponendo i piatti di sua moglie Carmen. Lei stava ai fornelli e lui si occupava di tutto il resto, soprattutto all'inizio. A poco a poco l'attività si era ampliata e adesso era considerato uno dei migliori ristoranti messicani in città. Contava più di quindici dipendenti, anche se per la maggior parte erano parenti.

I genitori continuavano a lavorare nel locale e Serena serviva ai tavoli tre volte a settimana, proprio come la sorella maggiore, Maria, aveva fatto un tempo. Felix era un membro della Camera di Commercio e del Rotary Club e tutte le domeniche assisteva con la moglie alla messa delle sette nella chiesa di Saint Mary, dove lui serviva anche come diacono. Di Carmen sapeva molto meno; soltanto che non aveva mai imparato bene l'inglese e, come il marito, era orgogliosa che la figlia Maria fosse la prima laureata in famiglia.

Maria, appunto...

Non l'aveva ancora vista lì a Wilmington. Negli ultimi giorni aveva partecipato a un convegno fuori città, ma era lei quella che conosceva meglio di tutti. In passato, quando viveva a Charlotte, l'aveva incontrata molte volte. Le aveva parlato. Aveva cercato di convincerla che si sbagliava. E alla fine, lei lo aveva fatto soffrire come nessuno al mondo e per questo la odiava.

Quando Serena salutò l'amica e si diresse verso il parcheggio, lui continuò dritto. Non c'era motivo di seguirla, gli bastava sapere che avrebbe visto la famigliola felice quella domenica. Soprattutto Maria. Probabilmente era persino più bella della sorella, anche se in tutta sincerità entrambe erano splendide, con i loro occhi neri e il fisico quasi perfetto.

Cercò di immaginarle sedute insieme a tavola; nonostante i sette anni di differenza, molti le scambiavano per gemelle. Eppure erano diverse: mentre Serena era estroversa, Maria era sempre stata tranquilla e determinata, la più seria e studiosa delle due. Nonostante questo, erano affiatate, migliori amiche oltre che sorelle. Forse Serena avrebbe voluto emulare alcuni aspetti di Maria e viceversa. Provò un impeto di esaltazione al pensiero del weekend che lo aspettava: forse sarebbe stata una delle ultime volte in cui la famiglia si sarebbe riunita in un'atmosfera di normalità. Voleva vedere come si sarebbero comportati, prima che la tensione intaccasse la loro serenità... Prima che la paura si impossessasse di loro. Prima che le loro vite venissero condotte lentamente, ma inesorabilmente, verso la rovina.

Dopo tutto era venuto lì con uno scopo e il suo scopo aveva un nome.

Si chiamava vendetta.

1
Colin

Colin Hancock era davanti allo specchio nel bagno della tavola calda, la maglietta sollevata per osservare la tumefazione alle costole. Era sicuro che presto avrebbe assunto un colore bluastro. Sentiva una fitta al solo sfiorarla, e pur sapendo per esperienza che per un po' era possibile ignorare il dolore, si domandava se l'indomani avrebbe avuto difficoltà a respirare.

La faccia, però…

Quello poteva diventare un problema, non tanto per lui ma per gli altri. Di sicuro, al college, le compagne lo avrebbero guardato strabuzzando gli occhi e avrebbero bisbigliato alle sue spalle, senza prendersi la briga di chiedergli che cosa fosse accaduto. Nelle prime settimane all'università, alcune gli erano sembrate simpatiche, ma aveva capito subito che nessuna di loro voleva fare amicizia, né aveva intenzione di rivolgergli la parola. La cosa non lo preoccupava. Tanto per cominciare, avevano sei o sette anni meno di lui, erano tutte femmine ed era pronto a scommettere che avessero avuto una vita molto diversa dalla sua. Prima o poi, come tutti gli altri, avrebbero finito per trarre le loro conclusioni. Francamente, non valeva la pena di prendersela per questo.

Tuttavia doveva ammettere di essere particolarmente orripilante in quel momento. Aveva l'occhio sinistro gonfio e il destro iniettato di sangue. In mezzo alla fronte un taglio era stato medicato con un cerotto e il livido color piombo sullo zigomo destro somigliava a una voglia. A completare il quadro, le labbra gonfie e spaccate. Quello che gli serviva era del ghiaccio da mettere al più presto sul viso, altrimenti le ragazze non sarebbero riuscite a concentrarsi in classe. Una cosa alla volta, però; moriva di fame e prima doveva riempirsi lo stomaco. Gli ultimi due giorni non aveva mangiato molto, e voleva mandar giù qualcosa di veloce, economico e, se possibile, che non fosse proprio una porcheria.

Peccato che a quell'ora della notte gran parte dei locali fosse già chiusa, per questo si era ritrovato in una tavola calda fatiscente ai margini della superstrada, con le sbarre alle finestre, macchie di umidità sui muri, il pavimento di linoleum rovinato e sgabelli tenuti insieme con lo scotch. L'unico lato positivo di quel posto era che nessuno degli altri clienti aveva badato al suo aspetto quando era entrato. Da quanto poteva giudicare, metà della gente lì dentro stava cercando di smaltire una sbronza, mentre l'altra metà, senza dubbio quelli scelti per guidare, tentava di smaltire una sbornia un po' meno pesante.

Era il genere di locale dove sarebbe stato facile cacciarsi nei guai e, mentre svoltava per entrare nel parcheggio sterrato seguito da Evan con la sua Prius, si era quasi aspettato di vederlo proseguire. Ma chiaramente anche il suo amico aveva pensato la stessa cosa circa i guai. Era l'unico motivo che lo avrebbe spinto a mettere piede in un posto simile, soprattutto di notte. Evan stonava decisamente in mezzo a quella folla di tiratardi, con la sua polo rosa, i calzini a quadri, i mocassini di cuoio e i capelli biondi con la riga. Anche la Prius sembrava un'insegna al neon che lo indicava come bersaglio ideale per quei bravi ragazzi dei pick-up che avevano appena passato la serata a devastarsi.

Colin aprì il rubinetto e si sciacquò le mani prima di portarsele al viso. L'acqua era fredda, proprio come sperava. Si sentiva la pelle in fiamme. Il marine che aveva affrontato picchiava molto più forte di quanto si aspettasse, senza contare i colpi illegali, ma chi l'avrebbe mai detto a guardarlo? Alto e smilzo, taglio militare, sopracciglia strambe… Non avrebbe dovuto sottovalutare quel tipo, e giurò di non ripetere l'errore. In caso contrario avrebbe finito per terrorizzare definitivamente le sue compagne. *Mamma, nella mia classe c'è un tizio che fa paura, pieno di cicatrici in faccia e di tatuaggi!* gli sembrava di sentirle dire al telefono. *E mi tocca stargli seduta accanto!*

Si scrollò le mani, uscì dal bagno e vide l'amico al tavolo all'angolo. Al contrario di lui, Evan sarebbe stato perfetto per il college. Aveva ancora una faccia da bambino e, raggiungendolo, Colin si chiese quante volte a settimana dovesse radersi.

«Ci hai messo tanto», commentò Evan mentre lui si sedeva nel séparé. «Credevo ti fossi perso.»

Colin si appoggiò allo schienale in vinile. «Spero che non ti sia sentito troppo nervoso a stare qui tutto solo.»

«Ah, ah.»

«Devo farti una domanda.»

«Spara.»

«Quante volte a settimana ti fai la barba?»

Evan sgranò gli occhi. «Sei stato al cesso per dieci minuti a pensare solo a questo?»

«Mi è venuto in mente mentre mi avvicinavo al tavolo.»

L'altro lo fissò interdetto. «Mi rado tutte le mattine.»

«Perché?»

«Come perché? Per lo stesso motivo per cui lo fai tu.»

«Io non faccio così.»

«E poi perché ne stiamo parlando?»

«Ero curioso e ho chiesto, e tu mi hai risposto», disse Colin. Senza badare all'espressione dell'amico, indicò il menu. «Hai cambiato idea e hai deciso di ordinare qualcosa?»

Evan scosse il capo. «Nemmeno per sogno.»

«Non mangi niente?»

«No.»

«Acidità di stomaco?»

«Più che altro il sospetto che l'ultimo controllo delle cucine risalga a quando il presidente era Reagan.»

«Dai, non esagerare.»

«Ma l'hai visto il cuoco?»

Colin gettò un'occhiata nella direzione del bancone; il cuoco era lo stereotipo di chi lavorava in quell'ambiente, con un grembiule unto teso sul ventre prominente, la coda di cavallo e gli avambracci tatuati.

«Mi piacciono i suoi tatuaggi.»
«Sai che sorpresa.»
«È la verità.»
«Lo so. Tu dici sempre la verità. Questo fa parte del tuo problema.»
«Perché è un problema?»
«Non sempre la gente vuole sentire la verità. Per esempio, quando la tua ragazza ti chiede se un certo vestito la fa sembrare grassa, tu dovresti rispondere che è bellissima.»
«Io non ce l'ho la ragazza.»
«Forse perché all'ultima hai detto che sembrava grassa invece di parlare della sua bellezza.»
«Non è quello che è successo.»
«L'importante è che tu abbia capito il succo. A volte bisogna... adeguare la verità per andare d'accordo con le persone.»
«Per quale ragione?»
«Perché è quello che fa la gente normale. È in questo modo che funziona la società. Non puoi sempre dire la prima cosa che ti salta in mente. Rischi di provocare disagio e di essere offensivo. E, giusto per tua informazione, i datori di lavoro lo detestano.»
«Okay.»
«Non mi credi?»
«Ti credo.»
«Però non ti importa.»
«No.»
«Dato che tu preferisci dire la verità.»
«Sì.»
«Perché?»
«So che per me è meglio così.»

Evan rimase in silenzio per un momento. «A volte vorrei essere come te. Dire al mio capo ciò che penso veramente di lui senza preoccuparmi delle conseguenze.»

«Puoi farlo. Sei tu che scegli il contrario.»

«Ho bisogno dei soldi a fine mese.»

«È solo una scusa.»

«Forse.» Evan si strinse nelle spalle. «Ma so che per me è meglio così. A volte mentire è necessario. Per esempio, se ti dicessi che ho visto due scarafaggi sotto il tavolo mentre eri al bagno, forse condivideresti la mia opinione circa l'idea di mangiare qui.»

«Sai che non sei costretto a rimanere, vero? Me la caverò.»

«Lo credi tu.»

«Devi badare a te stesso, non a me. E poi, si sta facendo tardi. Non devi partire per Raleigh con Lily domani?»

«Domattina presto. Andremo a messa alle undici con i miei genitori, e subito dopo fuori a pranzo. Ma al contrario di te, non faticherò ad alzarmi. Comunque, hai un aspetto terribile.»

«Grazie.»

«Soprattutto l'occhio.»

«Domani mattina non sarà più così gonfio.»

«Mi riferivo a quell'altro. Devi esserti rotto qualche capillare. Oppure sei proprio un vampiro.»

«Me n'ero accorto.»

Evan si appoggiò allo schienale e allargò leggermente le braccia. «Fammi un favore, ok? Resta nascosto dai vicini domani. Non vorrei pensassero che sono dovuto ricorrere alle maniere forti con te perché non pagavi l'affitto o che so io.»

Colin sorrise. Pesava almeno quindici chili più di Evan e diceva sempre per scherzo che le uniche volte in cui il suo amico metteva piede in una palestra era per fare un controllo fiscale.

«Prometto di starmene nascosto», rispose.

«Bene. Devo preservare la mia reputazione di padrone di casa.»

Proprio in quel momento arrivò la cameriera, che lasciò un piatto di albumi strapazzati con prosciutto e un porridge gelatinoso. Mentre avvicinava a sé la ciotola, Colin gettò un'occhiata alla tazza dell'amico.

«Che cosa bevi?»

«Acqua calda e limone.»

«Sul serio?»

«È passata la mezzanotte. Se bevessi un caffè, non riuscirei più a dormire.»

Colin si portò alla bocca una cucchiaiata di zuppa d'avena. «Okay.»

«Ma come, nemmeno un commento sarcastico?»

«Sono sorpreso che in un posto del genere abbiano il limone.»

«E io che preparino albumi strapazzati. Probabilmente sei il primo cliente che ha provato a mangiare qualcosa di sano qua dentro.» Bevve un sorso d'acqua. «A proposito, tu che programmi hai per domani?»

«Devo cambiare il motorino d'avviamento della macchina. Non funziona bene. Poi taglierò il prato e farò un salto in palestra.»

«Vuoi venire con noi?»

«I pranzi della domenica non fanno per me.»

«Non ti stavo invitando a pranzo. Dubito che ti

farebbero entrare nel country club, conciato come sei. Però potresti andare a trovare i tuoi genitori a Raleigh. Oppure passare dalle tue sorelle. Sono di strada.»

«No.»

«Era solo una proposta.»

Colin mangiò un'altra cucchiaiata di porridge. «No, grazie.»

Evan lo guardò. «Tra l'altro, sai che stasera ci sono stati un paio di incontri grandiosi? Quello dopo il tuo è stato sensazionale.»

«Sul serio?»

«Un certo Johnny Reese ha atterrato l'avversario al primo round. L'ha buttato giù come un fiammifero, quindi lo ha bloccato e tanti saluti. Si muoveva come un gatto.»

«Che cosa vorresti dire?»

«Che era molto più bravo di te.»

«Okay.»

Evan tamburellò con le dita sul tavolo. «Bene... Allora sei soddisfatto di come hai combattuto stasera?»

«È finita.»

L'altro aspettò. «E?»

«Niente.»

«Credi sempre che quello che stai facendo sia una buona idea? Insomma... mi hai capito.»

Colin prese una forchettata di uova. «Sono ancora qui con te, giusto?»

Mezz'ora dopo era di nuovo sulla superstrada. Le nubi che avevano minacciato pioggia nelle ultime ore si erano decise a scatenare un temporale con raffiche di vento, lampi e tuoni. Evan se n'era già andato con la sua macchina, e mentre Colin si sedeva al volante della vecchia Camaro, aveva cominciato a pensare all'amico.

Loro due si conoscevano da una vita. Quando era ragazzo, la sua famiglia trascorreva l'estate in un bungalow a Wrightsville Beach, proprio accanto a dove abitavano i genitori di Evan. Passavano insieme infinite giornate soleggiate a camminare sulla spiaggia, a giocare, a pescare, a fare surf. Quasi sempre dormivano l'uno a casa dell'altro, finché la famiglia di Evan si trasferì a Chapel Hill e la vita di Colin andò a rotoli.

I fatti erano semplici: Colin era il terzogenito e unico maschio di una coppia benestante con un debole per le tate e assolutamente nessuna voglia di avere un terzo figlio. Da neonato aveva sofferto di coliche e da bambino era stato un caso da manuale di sindrome da deficit di attenzione e iperattività, con frequenti scatti d'ira, incapacità di concentrarsi e stare seduto. A casa faceva impazzire i genitori, tormentava una baby-sitter dopo l'altra e a scuola era una lotta continua. In terza trovò un ottimo insegnante che riuscì a migliorare la situazione per un po', ma in quarta le cose tornarono a peggiorare. Al parco giochi si azzuffava molto spesso e rischiò di perdere l'anno. Fu più o meno in quell'epoca che cominciarono a considerarlo un ragazzo problematico e alla fine, non sapendo che cos'altro fare, i suoi decisero di spedirlo all'accademia militare, sperando che la rigida disciplina gli avrebbe giovato. Il primo anno fu terribile e venne espulso.

Da lì fu mandato a un'altra scuola militare in un

altro Stato, e negli anni successivi sfogò le energie dedicandosi a sport da combattimento, wrestling, boxe, judo. Riversava sugli altri la propria carica aggressiva, a volte con troppo entusiasmo, spesso solo perché gli andava di farlo. Non gli interessava niente dei voti o della disciplina. Dopo cinque nuove espulsioni e altrettante scuole militari, finalmente si diplomò, a stento. A quel punto era un giovane rabbioso e violento senza progetti per il futuro e senza il minimo interesse a trovarli. Tornò a vivere con i suoi, e ci furono altri sette anni terribili. Guardava la madre piangere e ascoltava il padre che lo implorava di cambiare, ma non gliene importava niente. Andò da un terapeuta su insistenza dei suoi, e nonostante questo la sua spirale discendente continuò, innescata da un'inconsapevole volontà autodistruttiva. Erano state le parole del terapeuta, non le sue, anche se ora ne riconosceva la validità. Tutte le volte che i genitori lo buttavano fuori di casa, si rifugiava nel bungalow sulla spiaggia, a ingannare il tempo in attesa di rientrare, e poi tutto ricominciava. All'età di venticinque anni gli fu concessa l'ultima possibilità di dare una svolta alla sua vita. Inaspettatamente, fece proprio quello. E adesso era lì, iscritto al college, con l'idea di diventare insegnante, nella speranza di essere un punto di riferimento per i bambini, scelta incomprensibile ai più.

Colin sapeva che c'era dell'ironia nella sua decisione di trascorrere il resto della vita a scuola, un luogo che aveva sempre odiato, ma era così e basta. Non rimuginava sull'ironia e di solito nemmeno sul passato. Non avrebbe più pensato a nessuna di queste cose, se Evan non gli avesse proposto di andare a trovare i genitori l'indomani. Il suo amico continuava a non capire che il semplice fatto di trovarsi nella stessa stanza era stressante sia per Colin sia per i suoi, soprattutto se l'incontro non era pianificato con largo anticipo. Se lui si fosse presentato all'improvviso, si sarebbero ritrovati seduti in salotto, a disagio, cercando di parlare del più e del meno, mentre i ricordi riempivano l'aria circostante come un gas venefico. Colin avrebbe percepito la delusione e le critiche nelle parole e nei non detti dei genitori. Perché sottoporsi a una simile tortura? Lui non ne aveva bisogno e neanche loro. Negli ultimi tre anni aveva cercato di limitare le sue rare visite a meno di un'ora, quasi sempre durante le vacanze, e questa soluzione sembrava soddisfare tutti.

Le sorelle maggiori, Rebecca e Andrea, avevano provato a convincerlo a chiedere scusa alla madre e al padre, ma lui aveva troncato quelle conversazioni come faceva con Evan. La loro vita in famiglia, in fondo, era stata diversa dalla sua. Loro due erano state desiderate, mentre lui era solo un incidente di percorso capitato anni dopo. Sapeva che erano spinte da buone intenzioni, ma non avevano molto in comune con lui: entrambe si erano diplomate al college e si erano sposate, abitavano nello stesso quartiere residenziale dei genitori e nei fine settimana giocavano a tennis. Crescendo, si era reso conto che le loro scelte erano state molto più furbe delle sue. Ma del resto, le sue sorelle non avevano seri problemi caratteriali.

Sapeva anche che i genitori, al pari di Rebecca e

Andrea, erano sostanzialmente brave persone. Gli ci erano voluti anni di terapia per accettare il fatto che quello problematico era lui, non loro. Non incolpava più la madre e il padre per ciò che gli era accaduto; al contrario, si considerava il figlio fortunato di due genitori incredibilmente pazienti. Che importanza aveva che fosse stato cresciuto dalle tate? Che alla fine i suoi avessero gettato la spugna e lo avessero spedito all'accademia militare? Quando aveva avuto davvero bisogno di aiuto, e altri genitori con ogni probabilità avrebbero rinunciato all'impresa, loro non avevano mai perso la speranza che potesse cambiare vita.

Avevano sopportato per anni le sue sbandate. Roba seria: facevano finta di non vedere che beveva e fumava e di non sentire la musica a tutto volume a qualunque ora; tolleravano le feste che organizzava tutte le volte che erano fuori città e che riducevano la casa a un campo di battaglia, chiudevano un occhio sulle risse nei locali e i molteplici arresti. Non si erano mai rivolti alle autorità quando lui forzava la porta del bungalow al mare, provocando danni anche lì. Lo avevano tirato fuori di galera diverse volte, pagando tutte le spese legali, e tre anni prima, quando aveva rischiato una lunga detenzione per una rissa in un bar di Wilmington, il padre era intervenuto ottenendo un accordo che avrebbe ripulito completamente la sua fedina penale. Ammesso, naturalmente, che lui non rovinasse tutto.

Come parte dell'accordo Colin si era dovuto sottoporre a un ricovero di quattro mesi in un centro specializzato nel trattamento dei disturbi di personalità, in Arizona. Al suo ritorno, siccome i genitori non lo volevano a casa, si era introdotto di nuovo con la forza nel bungalow sulla spiaggia, che all'epoca era in vendita. Gli era stato anche ordinato di incontrarsi regolarmente con l'ispettore Peter Margolis della polizia di Wilmington. L'uomo che Colin aveva picchiato al bar era un vecchio informatore di Margolis e, a causa della rissa, un caso delicato che l'ispettore seguiva da tempo era andato in fumo. Di conseguenza quell'uomo nutriva un odio profondo nei confronti di Colin: aveva protestato con forza contro l'accordo e poi aveva insistito per poterlo sorvegliare di persona, come supervisore. L'intesa, inoltre, prevedeva che se Colin fosse stato arrestato di nuovo, con qualunque accusa, la condanna precedente sarebbe stata ripristinata e lui sarebbe finito in prigione per quasi un decennio.

Nonostante le clausole, nonostante l'obbligo di avere a che fare con Margolis – il quale chiaramente aspettava solo l'occasione di poterlo arrestare di nuovo –, per Colin si trattava di un accordo eccezionale. Praticamente incredibile, e tutto merito di suo padre... sebbene loro due negli ultimi tempi non riuscissero a parlare. Tecnicamente lui era ancora bandito da casa, anche se di recente il padre si era un po' ammorbidito su questo punto.

Così, dopo essere tornato dall'Arizona e dopo la vendita del bungalow, era finito a dormire a casa di amici a Raleigh, passando da un divano all'altro. E a poco a poco era giunto alla conclusione che si sarebbe autodistrutto se non avesse cambiato vita. L'ambiente lì non era dei migliori e la sua cerchia di conoscenze era senza controllo almeno quanto lui. Non sapendo dove altro andare, si era diretto a Wilmington e, quasi suo malgrado, aveva bussato alla porta di Evan, che si era trasferito lì dopo il diploma alla North Carolina. L'amico era rimasto sorpreso di rivedere il vecchio compagno di giochi. Si era mostrato prudente e anche un po' nervoso, ma Evan era sempre Evan e alla fine aveva accettato che Colin stesse da lui per un po'.

C'era voluto del tempo per riguadagnarsi la sua fiducia. Ormai le loro vite avevano preso strade diverse. Evan era molto più simile a Rebecca e Andrea, un cittadino responsabile che aveva visto il carcere solo in televisione. Lavorava come commercialista e consulente finanziario, e mettendo in atto gli ideali tipici della sua professione, si era comprato una casa con un appartamento al pianterreno dotato di ingresso indipendente, così da affittarlo e abbassare l'impatto della rata del mutuo. L'appartamento era libero quando Colin aveva bussato alla sua porta. Lui non avrebbe voluto trattenersi a lungo, ma una cosa tira l'altra e, quando aveva trovato lavoro come cameriere, si era trasferito definitivamente lì. Tre anni più tardi, continuava a pagare l'affitto al suo miglior amico.

Finora le cose avevano funzionato bene. Lui tagliava l'erba e potava cespugli in cambio di un canone ragionevole. Aveva i propri spazi e un ingresso indipendente, ma Evan era a due passi, ed era proprio la persona di cui aveva bisogno in questa sua fase esistenziale. L'amico andava al lavoro in giacca e cravatta, curava in maniera maniacale la casa arredata con gusto e non beveva mai più di due birre quando usciva. Era in pratica l'uomo più gentile della Terra e accettava Colin con tutti i suoi difetti. E poi, Dio solo sapeva perché, credeva in lui, anche se Colin sapeva di non meritarselo sempre.

La fidanzata di Evan, Lily, era fatta della stessa pasta. Lavorava in pubblicità e aveva un suo appartamento sulla spiaggia, regalo dei genitori, ma trascorreva molto tempo a casa di lui, tanto da essere diventata una parte importante della vita di Colin. Aveva impiegato parecchio prima di dargli confidenza: quando si erano conosciuti, Colin sfoggiava una cresta bionda e piercing alle orecchie e la loro prima conversazione aveva riguardato una rissa a Raleigh in cui l'altro era finito all'ospedale. Per un po' non era riuscita a capire come Evan potesse essere amico di uno così. Cresciuta a Charleston, studentessa di college a Meredith, Lily era educata e perbene e le espressioni che usava sembravano uscite da un'altra epoca.

Era anche la ragazza più incredibilmente bella che Colin avesse mai visto, e non c'era da sorprendersi che Evan pendesse dalle sue labbra. Capelli biondi, occhi azzurri e un accento dolce come il miele anche quando era arrabbiata, sembrava l'ultima persona al mondo che potesse fare amicizia con Colin. Invece era successo. E anche lei, come Evan, alla fine aveva iniziato a credere in lui.

Era stata sua l'idea che Colin dovesse iscriversi al college, due anni prima, ed era sempre lei ad aiutarlo a studiare la sera. In un paio di occasioni, erano stati Lily ed Evan a impedirgli di compiere un gesto impulsivo che lo avrebbe fatto finire in prigione. Lui le voleva bene per questo, e gli piaceva anche il rapporto che c'era tra lei e il suo amico. Da tempo ormai aveva deciso che se qualcuno li avesse minacciati in qualsiasi maniera, se ne sarebbe occupato di persona, in ogni caso, anche a costo di rischiare di dover trascorrere anni dietro le sbarre.

Ma tutte le belle cose prima o poi finiscono, come si dice. La vita degli ultimi tre anni sarebbe cambiata, se non altro perché Evan e Lily erano fidanzati e progettavano di sposarsi nella primavera successiva. Avevano detto che Colin poteva continuare ad abitare nell'appartamento al pianterreno dopo il matrimonio, ma lui sapeva che avevano passato il weekend precedente a visitare un cantiere edile in una zona vicina a Wrightsville Beach, con case più simili all'architettura di Charleston. Entrambi desideravano avere dei figli, entrambi volevano il giardino con la staccionata bianca e Colin era sicuro che, nel giro di un anno, l'attuale casa di Evan sarebbe stata messa in vendita. Così si sarebbe trovato di nuovo da solo, e pur sapendo che non era giusto aspettarsi che Evan e Lily si accollassero la responsabilità della sua vita, a volte si domandava se si rendessero conto di quanto fossero diventati importanti per lui negli ultimi anni.

Come quella sera, per esempio. Non era stato lui a chiedere a Evan di assistere all'incontro, era venuto di sua iniziativa. Né gli aveva chiesto di fargli compagnia mentre mangiava, ma probabilmente l'amico sapeva che, se fosse stato solo, Colin sarebbe finito in un bar, anziché in quella tavola calda, e si sarebbe riempito di birra invece di fare uno spuntino di mezzanotte. E sebbene lavorasse come barista, trovarsi dall'altra parte del bancone di quei tempi non faceva per lui.

Colin lasciò la superstrada e svoltò in una stradina di campagna tortuosa, fiancheggiata di pini e querce ricoperti da lussureggianti rampicanti, nel tentativo di evitare una serie interminabile di semafori. I lampi continuavano a illuminare d'argento le nubi e a rischiarare il paesaggio di una luce spettrale. La pioggia e il vento aumentarono, i tergicristalli non riuscivano a spazzare via l'acqua dal parabrezza, ma lui conosceva bene la strada. Infilò disinvolto una delle tante curve cieche e si ritrovò a frenare bruscamente.

Poco più avanti, un'auto con il portapacchi era ferma al bordo della carreggiata, un po' inclinata, con le quattro frecce accese. Il portabagagli era aperto. Mentre rallentava, Colin sentì la Camaro sbandare leggermente di coda prima di raddrizzarsi. Si spostò sul lato opposto della strada per schivare la macchina, e intanto pensava che quel tizio non poteva scegliere un momento e un posto peggiore per un guasto. Oltre alla pioggia che limitava la visibilità, era assai probabile che gli ubriachi della tavola calda si mettessero in viaggio per tornare a casa proprio in quel momento. Era facile che uno di loro prendesse la curva troppo allegramente e tamponasse quell'auto.

Molto pericoloso, pensò. In pratica era un incidente annunciato, ma in ogni caso non era affar suo. Non spettava a lui intervenire, e poi non avrebbe potuto essere di grande aiuto. Conosceva il motore della sua macchina, ma solo perché la Camaro era più vecchia di lui; nelle auto moderne somigliavano più che altro a dei computer. Inoltre l'automobilista doveva aver già chiamato il soccorso stradale.

Mentre superava l'auto ferma a velocità ridotta, si accorse che aveva una gomma posteriore a terra e che dietro il portabagagli una donna, con i jeans e la maglietta fradici, cercava faticosamente di tirare fuori la ruota di scorta. Una serie di lampi in rapida successione illuminarono come luci stroboscopiche il suo viso rigato di mascara, l'aria sconvolta. In quel momento Colin si accorse che i capelli scuri e gli occhi distanziati della ragazza gli ricordavano una sua compagna di classe. Si sentì a disagio.

Una ragazza in difficoltà? Lì da sola nel cuore della notte? Gli sembrava si trattasse proprio della sua conoscente e lui non poteva certo far finta di non aver notato che aveva bisogno di aiuto. Ci mancava solo questo, ma cos'altro poteva fare?

Con un sospiro, accostò al ciglio della strada, a una certa distanza dall'altra vettura. Accese le quattro frecce e prese il giubbotto dal sedile posteriore. La pioggia scrosciava implacabile e lo bagnò fino alle ossa non appena scese dall'auto, come il getto obliquo di un innaffiatore. Si passò una mano tra i capelli, fece un respiro profondo e si incamminò verso la macchina, calcolando mentalmente il tempo che avrebbe impiegato a cambiare le gomme e rimettersi in viaggio.

«Le serve aiuto?» gridò.

Con sua sorpresa, vide la ragazza fissarlo con occhi sgranati, lasciare andare la ruota di scorta e indietreggiare lentamente.

2
Maria

In passato, quando lavorava per l'ufficio della procura della Mecklenburg County, Maria Sanchez si era trovata in tribunale di fronte a tantissimi criminali, alcuni dei quali avevano commesso reati violenti che non la lasciavano dormire la notte. Era tormentata dagli incubi su vari casi ed era stata minacciata da uno psicopatico, ma la pura e semplice verità era che non si era mai sentita altrettanto spaventata come in quel momento, su quella strada deserta, quando quel tipo era sceso dalla sua auto che aveva accostato all'improvviso.

Non importava che lei avesse ventotto anni, né che si fosse laureata con lode all'Università del North Carolina a Chapel Hill, né che avesse frequentato la scuola di Legge alla Duke. Non importava che fosse stata un astro nascente nell'ufficio del procuratore distrettuale prima di trovare un altro impiego presso uno dei più rinomati studi legali di Wilmington, né, infine, che fosse sempre riuscita a dominare le proprie emozioni. Non appena lui era sceso dall'auto, tutte quelle esperienze si erano volatilizzate e il suo unico pensiero era stato che lei era una donna giovane e sola nel mezzo del nulla. Quando lo aveva visto avviarsi nella sua direzione, era stata assalita dal panico. Morirò qui, si era detta, e nessuno troverà mai il mio cadavere.

Pochi istanti prima, quando la sua auto l'aveva superata lentamente, si era accorta che lui la guardava, quasi sogghignando, come se stesse valutando la preda; gli era sembrato che l'uomo indossasse una maschera, il che, per quanto agghiacciante, lo era molto meno dell'improvvisa consapevolezza di averlo visto in faccia. Era pieno di lividi ed escoriazioni; un occhio tumefatto, l'altro iniettato di sangue. Doveva avere del sangue che gli colava anche dalla fronte, e le era venuto l'impulso di mettersi a gridare. Ma per qualche ragione, dalla sua bocca non era uscito neppure un suono. Oh Signore, ricordava di aver implorato in quel momento, fa' che prosegua. Fa' che non si fermi.

E, ovviamente, Dio non l'aveva esaudita. Perché sarebbe dovuto intervenire per evitare che lei finisse morta in un fosso in mezzo al nulla? Non ce n'era motivo. Invece, Dio aveva deciso di farlo accostare e adesso un uomo con la faccia maciullata camminava verso di lei come in un horror di serie B. Forse era appena scappato di prigione, perché era decisamente muscoloso, come tutti i carcerati. Sollevamento pesi tutti i giorni. Aveva un taglio di capelli severo, quasi militare: il segno distintivo di una delle gang in carcere di cui aveva sentito parlare? La maglietta nera da concerto non aiutava, neppure i jeans strappati, e il modo in cui si teneva il giubbotto la sgomentò. Sotto quella pioggia, perché non se l'era infilato? Forse lo usava per nascondere…

Un coltello.

O, Dio non voglia, una pistola…

Le sfuggì un grido stridulo mentre cercava di pensare alla cosa giusta da fare. Buttargli addosso la ruota di scorta? Non riusciva nemmeno a sollevarla dal portabagagli. Chiamare aiuto? Non c'era nessuno nei paraggi, negli ultimi dieci minuti non era passata neanche una macchina, e lei aveva lasciato il cellulare chissà dove, altrimenti non avrebbe nemmeno provato a cambiare la gomma da sola. Scappare? Forse, però la disinvolta agilità dei suoi movimenti le faceva intuire che l'avrebbe raggiunta facilmente. L'unica alternativa era chiudersi dentro la macchina, ma lui era già arrivato, e non c'era modo di sfuggirgli…

«Le serve aiuto?»

Fu il suono della voce di quell'uomo a riscuoterla dalla paralisi. Lasciò andare la ruota di scorta e iniziò a indietreggiare, con l'unico desiderio di aumentare la distanza tra di loro. Al chiarore di un lampo, lei notò un vuoto nella sua espressione, come se nella sua personalità mancasse qualcosa di fondamentale, il tassello che segnalava che non era giusto violentare e uccidere le donne.

«Che cosa vuole da me?» riuscì finalmente a dire.

«Io non voglio niente», rispose lui.

«Allora che cosa ci fa qui?»

«Pensavo le servisse aiuto per cambiare la ruota.»

«Me la cavo benissimo da sola.»

Colin guardò alternativamente la donna e la gomma a terra, quindi disse: «Okay. Buonanotte». Tornò sui propri passi allontanandosi verso la Camaro.

Aveva avuto una reazione così inaspettata che lei rimase perplessa. Se ne andava? Perché se ne andava? La cosa la riempiva di sollievo, anzi di felicità, eppure, eppure...

«Non riesco a tirare fuori la ruota dal bagagliaio!» ammise, accorgendosi chiaramente del panico che le incrinava la voce.

Lui si girò sui tacchi mentre apriva la portiera. «Sembra anche a me.» Era pronto a salire in macchina...

«Aspetti!» gridò lei impulsivamente.

Lui la guardò attraverso la pioggia battente. «Perché?» le domandò.

Perché? Non era sicura di avere sentito bene. Ma, del resto, aveva sostenuto di non aver bisogno di aiuto. Ed era così, o forse no, visto che non poteva chiamare nessuno, e con una miriade di pensieri che le girava per la testa, disse la prima cosa che le venne in mente.

«Ha un telefono?» gridò di nuovo.

Lui fece qualche passo avanti, fermandosi a portata d'orecchi ma non troppo vicino, grazie a Dio. «Sì», rispose.

Lei si dondolò da un piede all'altro, pensando: e adesso? «Io ho perso il mio», continuò. «Cioè, non l'ho perso perso.» Stava parlando a vanvera, ma il modo in cui lui la guardava le rendeva impossibile fermarsi. «Devo averlo lasciato in ufficio oppure a casa dei miei genitori, comunque non lo saprò finché non potrò aprire il mio MacBook.»

«Okay.» Lui non aggiunse altro, e rimase immobile a fissarla.

«Uso quel Trova il mio Telefono. La app, intendo. Posso rintracciare il cellulare perché è sincronizzato con il computer.»

«Okay.»

«Allora?»

«Allora cosa?»

«Mi può prestare il suo cellulare? Vorrei chiamare mia sorella.»

«Certo», rispose l'uomo. Aveva il telefono tra le pieghe del giubbotto e fece qualche passo verso di lei che, istintivamente, indietreggiò. Posò il giubbotto sul cofano della macchina e lo indicò con il braccio.

Lei esitò. Era un tipo decisamente strano, ma apprezzò il fatto che non le si avvicinasse troppo. Dopo aver frugato recuperò un iPhone, lo stesso modello del suo. Lo accese e lo schermo si illuminò, per fortuna c'era segnale. Ma le buone notizie finivano lì...

«5681», disse lui.

«Mi sta dando il suo pin?»

«Altrimenti non può telefonare», osservò l'uomo.

«Non ha paura a rivelarlo così agli sconosciuti?»

«Ha intenzione di rubarmi il cellulare?»

Lei lo guardò. «No. Certo che no.»

«Allora non ho paura.»

Non sapeva che cosa aggiungere. Digitò il codice con dita tremanti e compose il numero della sorella. Al terzo squillo comprese che avrebbe risposto la segreteria di Serena. Fece del suo meglio per tenere a bada l'irritazione e lasciò un messaggio, in cui spiegava ciò che le era accaduto e chiedeva di andare a prenderla. Rimise il telefono nel giubbotto sul cofano della macchina e fece un passo indietro, guardando l'uomo.

«Nessuna risposta?» domandò lui.

«Verrà a prendermi.»

«D'accordo.» Alla luce di un altro lampo, lui indicò verso il retro dell'auto. «Nell'attesa vuole che le cambi la ruota?»

Maria aprì la bocca per declinare ancora una volta l'offerta, ma chi poteva sapere quando, o se, Serena avrebbe ascoltato il suo messaggio? E poi c'era il fatto che non aveva mai cambiato una ruota in vita sua. Invece di rispondere, fece un sospiro, e cercò di parlare con voce ferma. «Posso farle una domanda?»

«Sì.»

«Che cosa… che cosa le è successo in faccia?»

«Un combattimento.»

Lei attese qualche istante, prima di rendersi conto che non avrebbe aggiunto altro. *Tutto qui? Niente spiegazioni?* Quell'uomo aveva un comportamento incomprensibile che la lasciava spiazzata. Lo vide lì fermo ad aspettare di ricevere una risposta e lanciò un'occhiata al bagagliaio, rimpiangendo di non essere in grado di cavarsela da sola.

«Sì», si decise ad ammettere. «Se non le dispiace, avrei bisogno di aiuto per cambiare la ruota.»

«Okay.» Lui annuì e prese il fagotto posato sul cofano. Si mise il telefono in tasca, quindi si infilò il giubbotto. «Lei ha paura di me», affermò.

«Che cosa?»

«Ha paura che io le faccia del male.» Dato che la ragazza non rispondeva, proseguì. «Non lo farò, ma deve decidere lei se crederci o meno.»

«Perché me lo sta dicendo?»

«La sto avvertendo che, se devo cambiarle la ruota, dovrò avvicinarmi alla macchina.»

«Non ho paura», mentì lei.
«Okay.»
«Non ho paura», ripeté.
«Okay.» Cominciò ad avanzare.
Lei provò una stretta al cuore quando le passò a pochi centimetri di distanza, poi si sentì una stupida vedendolo proseguire oltre senza rallentare. Svitò qualcosa, quindi tirò fuori la ruota di scorta e l'appoggiò da una parte prima di chinarsi di nuovo verso il portabagagli.
«Uno di noi deve spostare l'auto sulla strada», disse. «Per usare il cric deve essere in piano, altrimenti potrebbe scivolare.»
«Ma ho una gomma a terra.»
Lui si sporse di lato, stringendo in mano il cric. «Non succederà niente. Basta che si muova lentamente.»
«Ma occuperò quasi tutta la carreggiata.»
«La occupa già adesso.»
In effetti era così… però… E se fosse tutto un trucco? si domandò. Per distrarla in qualche modo? Per farle voltare le spalle?
Allora perché lasciarmi usare il suo cellulare? E togliere la ruota di scorta dal portabagagli?
Confusa e imbarazzata, salì in auto e accese il motore, spostandosi lentamente sulla carreggiata dove si fermò tirando il freno a mano. Quando aprì la portiera, lui stava spingendo la ruota di scorta verso quella posteriore a terra. Nell'altra mano reggeva una chiave inglese.
«Se vuole può restare in macchina», le disse. «Non ci vorrà molto.»
Dopo un attimo di esitazione, richiuse la por-

tiera, quindi passò qualche minuto a guardarlo nello specchietto mentre allentava i bulloni e poi sistemava il cric. Un istante dopo la macchina si sollevò leggermente, a scossoni, per poi fermarsi. Lo osservò svitare i bulloni e sfilare la ruota, proprio mentre il temporale aumentava d'intensità, con la pioggia che scrosciava violenta. La nuova ruota fu montata in fretta, i bulloni furono riavvitati e poi l'auto venne abbassata di nuovo. Lui caricò la gomma bucata nel portabagagli insieme al cric e alla chiave inglese, quindi lo richiuse piano. Ecco, era finita.

Lei ebbe ancora un breve sussulto quando le batté sul finestrino. Abbassò il vetro e la pioggia cominciò a entrare nell'abitacolo. Con la faccia in ombra, era quasi impossibile vedere al di là dei lividi e delle escoriazioni e dell'occhio pesto. Quasi, ma non del tutto.

«Può andare», le gridò oltre il fragore dell'acquazzone, «ma dovrà far riparare la ruota e sostituirla quanto prima. Quella di scorta non è fatta per essere usata a lungo.»

Annuì e prima che potesse ringraziarlo, lui si era già girato e correva verso la sua macchina. Spalancò la portiera e si mise al volante. Lei sentì il rombo del motore e poi, prima di rendersene conto, fu di nuovo da sola, ma stavolta su un'auto che l'avrebbe riportata a casa.

«Ho sentito squillare il telefono, ma non ho riconosciuto il numero, quindi ho fatto partire la segreteria», spiegò Serena tra un sorso e l'altro di aranciata. Accanto a lei, sul tavolo della veranda posteriore, Maria sorseggiava una tazza di caffè, il sole del mattino che riscaldava già l'aria. «Mi spiace.»

«D'accordo, ma la prossima volta rispondi, eh?»

«Non posso», fece Serena sorridendo. «Se fosse qualche squilibrato che vuole adescarmi?»

«Era proprio questo il problema! Io ero con uno squilibrato e avevo bisogno di essere salvata.»

«A me non pare. Mi sembra piuttosto una persona disponibile.»

Maria le scoccò un'occhiata severa oltre il bordo della tazza. «Tu non l'hai visto. Fidati, io ho incontrato tanta gente spaventosa, e lui era uno dei peggiori.»

«Ti ha spiegato che aveva preso parte a un combattimento...»

«È proprio questo il punto. Si tratta di un tipo violento, chiaramente.»

«Con te però non lo è stato affatto... Hai detto che all'inizio non voleva neppure avvicinarsi. E poi ti ha prestato il cellulare. Ti ha cambiato la ruota e se n'è andato.»

«Tu non capisci.»

«Che cosa? Che non bisogna giudicare un libro dalla copertina?»

«Non ho voglia di scherzare!»

Serena scoppiò a ridere. «Mamma mia, come sei permalosa. Sai che volevo solo stuzzicarti. Se ci fossi stata io al posto tuo, me la sarei fatta sotto dalla paura. L'auto in panne, una strada deserta, niente cellulare, uno sconosciuto con la faccia insanguinata... L'incubo peggiore di ogni ragazza.»

«Proprio così.»

«Hai ritrovato il cellulare?»

«È in ufficio. Probabilmente sulla mia scrivania.»

«Significa che l'hai lasciato lì da venerdì? E non te ne sei accorta fino a sabato sera?»

«E allora?»

«Non sono in molti quelli che ti cercano, eh?»

«Ah, ah, sai che ridere.»

Serena scosse il capo, quindi prese il cellulare. «Io non potrei mai vivere senza il mio, se vuoi saperlo.» Scattò una foto alla sorella.

«A che cosa ti serve?»

«Instagram.»

«Sul serio?»

Serena stava già digitando. «Non preoccuparti. Sarà divertente», aggiunse, prima di mostrarle l'immagine e la didascalia. «Maria, sopravvissuta all'incubo sulla strada buia.»

«Non avrai intenzione di pubblicarla, vero?»

«Già fatto.» Ammiccò.

«Devi smetterla di pubblicare notizie su di me. Dico sul serio. Se lo scoprisse uno dei miei clienti?»

«Puoi sempre dare la colpa a me.» Serena rise. «A proposito, dov'è papà?»

«È ancora in giro con Copo», rispose Maria. Copo era una femmina shih tzu quasi completamente bianca. Dopo che Serena si era trasferita all'università, i loro genitori avevano portato a casa una cagnetta che ora li seguiva praticamente dovunque: al ristorante, dove aveva la sua cuccia nell'ufficio, al supermercato, persino dal commercialista. Era molto più viziata di quanto lo fossero mai state le due ragazze.

«Non riesco ancora a crederci», borbottò Serena. «Sono innamorati di lei.»

«Dici?»

«Hai visto il collare con i brillantini che le ha comprato la mamma? Da vomitare.»

«Sii gentile.»

«Ma io sono gentile!» esclamò Serena. «Solo che, tanto per cominciare, non mi sarei mai immaginata che avrebbero comprato un cane. Non lo abbiamo mai avuto da bambine, e io gliel'ho chiesto per anni. Avevo persino promesso di prendermene cura.»

«Loro però sapevano che non lo avresti fatto.»

«Non mi sarò iscritta al college a diciassette anni come te, ma sono abbastanza sicura che sarei riuscita a occuparmi di un cane. E ti informo che per l'anno prossimo sono in graduatoria per la borsa di studio.»

«Mmm, giusto.» Maria la guardò con aria scettica.

«Dico sul serio. È per la specializzazione nell'insegnamento bilingue. Ho presentato la domanda, ho scritto un saggio, ho ottenuto la lettera di raccomandazione da due dei miei professori. La borsa di studio è sponsorizzata da una fondazione privata, e sabato prossimo avrò un colloquio con il direttore. Quindi è tutto vero.» Incrociò le braccia.

«Wow. È fantastico.»

«Non parlarne con papà, però. Voglio che sia una sorpresa.»

«Chissà come sarebbe felice se tu vincessi.»

«Lo so, capito? Pensa a quanti collari nuovi potrebbero comprare a Copo se non dovesse pagare le mie tasse universitarie.»

Maria scoppiò a ridere. Dalla cucina proveniva la voce della madre che canticchiava e il profumo delle uova alla ranchera.

«Comunque», riprese Serena, «torniamo a ieri sera. Come mai avevi fatto così tardi? Era molto dopo il tuo orario consueto.»

Maria lanciò un'occhiataccia alla sorella, poi decise di dirle tutto quanto. «Ero uscita con una persona.»

«Non ci credo.»

«Perché?»

«Niente. Pensavo che avessi deciso di restare nubile.»

«Perché dici così?»

«Pronto? Ti sei dimenticata con chi sto parlando?»

«Guarda che io esco.»

«Tu fai paddleboard, ma non esci di sera. La sera lavori. Leggi. Guardi la tv. Non vai più nemmeno a ballare, e ti piaceva tanto. Ti ricordi quando ho provato a farti venire con me in quel magazzino? Dove si balla la salsa tutti i sabato sera?»

«Se non sbaglio, mi accennavi al fatto che c'era gente da brivido lì.»

«Però mi sono divertita anche un sacco. E al contrario di te, sono una pessima ballerina.»

«Non tutti vanno al college, sai, con le lezioni che iniziano a mezzogiorno e il venerdì libero. C'è chi ha delle responsabilità.»

«Sì, sì, me l'hai già detto», sbuffò Serena accompagnando le sue parole con un gesto della mano. «L'appuntamento non è andato bene?»

La sorella si guardò alle spalle, verso la finestra socchiusa, per accertarsi che la madre non le ascoltasse.

Serena alzò gli occhi al cielo. «Sei una donna

adulta, te ne rendi conto? Non devi più nascondere la tua vita sociale a mamma e papà.»

«Certo, ma siamo sempre state un po' diverse sotto questo aspetto.»

«Cosa? Credi che io racconti loro tutto?»

«Mi auguro di no.»

Serena trattenne un risolino. «Mi spiace che non abbia funzionato.»

«Come fai a saperlo? Forse è il contrario.»

«Non credo», obiettò la minore. «Altrimenti non saresti tornata a casa da sola.»

Ops, pensò Maria. Sua sorella era sempre stata sveglia e perspicace, e soprattutto disponeva di un buon senso che invece a volte a lei mancava.

«Pronto?» riprese Serena. «C'è qualcuno in casa? Ti stavo chiedendo del tuo appuntamento.»

«Non penso proprio che mi telefonerà.»

Serena finse di compatirla, anche se il suo cinico divertimento era evidente. «Come mai? Ti sei portata dietro computer e lavoro?»

«No. E non è stata colpa mia. Non ha funzionato, e basta.»

«Raccontami, sorellona. Dimmi tutto.»

Maria si guardò attorno nel giardino, consapevole che sua sorella era l'unica persona al mondo con la quale poteva parlare davvero. «Non c'è molto da dire. Tanto per cominciare, non avevo intenzione di uscire per un appuntamento...»

«No! Tu?»

«Vuoi sentire la storia oppure no?»

«Scusa. Vai avanti.» Serena sogghignò.

«Ti ricordi di Jill, la mia collega?»

«Quella tipa brillante, sulla quarantina, che muore dalla voglia di sposarsi, terribilmente spiritosa? Quella che è venuta a pranzo e ha preso in braccio Copo rischiando di far venire un infarto a papà?»

«Sì.»

«No, non me la ricordo.»

«Insomma», riprese Maria, «qualche giorno fa eravamo a pranzo insieme e mi ha convinta a uscire a cena con lei e il suo ragazzo, Paul, al mio ritorno dal convegno. All'ultimo momento viene fuori che, a mia insaputa, avevano invitato anche uno dei colleghi di Paul e...»

«Aspetta, torna indietro. Un bel tipo?»

«Decisamente attraente. Ma il problema era che lo sapeva. Era sgarbato e arrogante e ha continuato a flirtare per tutta la sera con la cameriera. Deve essersi persino fatto dare il suo numero mentre gli stavo seduta vicino.»

«Che classe.»

«Jill era mortificata quanto me, invece Paul sembrava non essersi accorto di niente. Forse era colpa del vino, ma continuava a ripetere che dovevamo andare tutti a ballare, e che era contento che ci trovassimo insieme, e che sapeva che eravamo fatti l'uno per l'altra. È molto strano, perché di solito è un tipo tranquillo e siamo io e Jill a parlare continuamente.»

«Forse è molto legato al suo amico. Oppure pensa che voi due potreste avere dei bambini bellissimi e dare a uno il suo nome.»

Maria rise malgrado tutto. «Forse. Comunque, non credo di essere il suo tipo. Sono sicura che si troverebbe più a suo agio con una...»

Non concluse la frase e Serena lo fece al posto suo. «Più stupida?»

«Stavo pensando a più bionda, come la cameriera.»

«Sì, va bene, ma questo è sempre stato il tuo problema con i ragazzi. Sei troppo intelligente. E li intimidisci.»

«Non tutti. Con Luis sono stata per più di due anni.»

«Sei stata, appunto», sottolineò Serena. «E vuoi sapere una cosa? Per quanto fosse sexy da morire, Luis era un perdente nato.»

«Non era tanto male.»

«Non farti prendere dalla nostalgia dei suoi lati positivi. Sai benissimo che con lui non avresti mai avuto un futuro.»

Maria annuì, consapevole che la sorella aveva ragione, ma indugiò un momento prima di archiviare il tutto. «Certo, vivendo si impara.»

«Sono davvero contenta che tu abbia deciso di uscire di nuovo.»

«Non sono stata io a farlo. Lo hanno deciso Jill e Paul.»

«Non ha alcuna importanza. Devi essere…»

Mentre Serena cercava la parola giusta, Maria le suggerì: «Più simile a te?»

«Perché no? Uscire, godersi la vita, fare amicizie… È sempre meglio che lavorare in continuazione.»

«Come fai a saperlo? Tu fai solo un paio di turni a settimana.»

«Hai proprio ragione. La mia è una semplice supposizione basata sulla tua mancanza di vita sociale.»

«Che tu ci creda o no, a me piace lavorare.»

«Mi ricorderò di farlo scrivere sulla tua lapide»,

dichiarò Serena. «A proposito, come vanno le cose in ufficio?»

Maria si agitò sulla sedia, chiedendosi fino a che punto essere sincera. «Tutto sommato bene.»

«Hai appena affermato che ti piace il tuo lavoro.»

«Sì, ma...»

«Lasciami indovinare... Il convegno, giusto? Quello a cui hai partecipato con il tuo capo?» Maria annuì e Serena aggiunse: «È stato terribile come immaginavi?»

«Non proprio terribile, ma...»

«Ci ha provato?»

«Un po'», ammise Maria. «Ma niente che non potessi gestire.»

«Non è quel tipo sposato, con tre figli?»

«È lui.»

«Devi metterlo in riga. Minacciare di denunciarlo per molestie sessuali.»

«Non è così semplice. Per il momento, probabilmente è meglio se faccio finta di niente.» Vedendo sua sorella fare una specie di smorfia, Maria aggiunse: «Che cosa c'è?»

«Stavo pensando che li trovi tutti tu gli uomini più strani. Il tuo ex ragazzo ti tradiva, conosci un tipo che flirta con altre donne, e nel frattempo il tuo capo ci prova con te.»

«Benvenuta nel mio mondo.»

«Insomma, non è poi così male. Ieri hai incontrato un tipo gentile. Di quelli che aiutano le donne in difficoltà, nonostante la pioggia scrosciante...»

Maria le scoccò un'occhiata torva e Serena scoppiò a ridere. «Avrei voluto proprio vedere la tua faccia.»

«Non era una bella situazione.»

«Eppure eccoti qui, sana e salva», le ricordò la sorella minore. «E questo mi rende felice, se non altro perché potrai continuare a godere della mia saggezza.»

«Secondo me dovresti lavorare seriamente sulla tua autostima», disse Maria scontrosa.

«Lo so. Comunque, sul serio, sono felice che tu sia tornata in città. Questi pranzi della domenica sarebbero micidiali senza di te. Averti qui dà a mamma e papà un altro motivo di preoccupazione.»

«Mi fa piacere poterti essere utile.»

«Ti sono riconoscente. E poi, abbiamo avuto modo di conoscerci meglio.»

«Ci conosciamo da una vita.»

«Tu sei andata al college che io avevo dieci anni.»

«Ma tornavo a casa tutti i fine settimana e passavo qui le vacanze.»

«Questo è vero. Eri un po' moscia. I primi anni, ti mancavamo così tanto che piangevi per tutto il tempo.»

«Era difficile stare lontana da casa.»

«Secondo te, perché io vado al college qui? In questo senso sono brillante quasi quanto te.»

«Tu sei brillante. Potresti ottenere una borsa di studio, ricordi?»

«Non sono intelligente come te, ma non importa. Alla fine sarà molto più facile per me trovare un fidanzato... non che al momento mi interessi una storia seria. Senti, se vuoi, posso dare un'occhiata in giro per te. Incontro sempre tanti ragazzi.»

«Studenti del college?»

«A qualcuno di loro potrebbe interessare una più grande.»

«Tu sei matta.»
«Non saprei. Ho molto buon gusto.»
«Ti riferisci a Steve?»
«Ci frequentiamo. Non è niente di impegnativo, ma mi sembra un bravo ragazzo. Lavora come volontario alla Humane Society, e la domenica si occupa di adozioni di animali.»
«Ti piace?»
«Intendi se mi piace mi piace? O se mi piace e basta?»
«Siamo tornate alle medie?»
Serena rise. «Non so ancora bene quello che provo. Però è carino, e questo mi darà più tempo per scoprirlo.»
«Quando me lo farai conoscere?»
«Prima vediamo come si mettono le cose. Se lo conosci tu, vorranno incontrarlo anche mamma e papà, e allora perderò il controllo della situazione. Qualunque cosa succeda dopo, penserà che io voglia fare sul serio, e al contrario di te sono troppo giovane per sistemarmi.»
«Neanche io voglio ancora sistemarmi.»
«Forse. Ma hai decisamente bisogno di un altro appuntamento.»
«La vuoi smettere?»
«Okay. Non hai bisogno di un appuntamento, ti serve solo un pizzico di fortuna.»
Vedendo che la sorella non le rispondeva nemmeno, Serena ridacchiò. «Ho colto il punto, eh?» squittì. «Va bene, non importa. Che cosa hai in programma per oggi? Andrai di nuovo a fare paddleboard?»
«Ci stavo pensando.»

«Da sola?»
«A meno che tu non voglia ritentare.»
«Neanche per sogno. Non riesco a capire che cosa ci trovi di tanto divertente. Non è come ballare, il paddleboard è noioso.»
«È un ottimo esercizio fisico. Ed è rilassante.»
«Cosa avevo appena finito di dire?» puntualizzò Serena.
Maria sorrise. «E tu? Che intendi fare?»
«Farò un bel sonnellino, poi non so.»
«Spero troverai qualcosa da fare. Non vorrei ti perdessi una travolgente domenica sera tra studenti.»
«Ah, la gelosia è una brutta bestia», commentò la minore. Poi indicò verso le finestre. «Papà finalmente è tornato. Sto morendo di fame. Andiamo a mangiare.»

Quel pomeriggio, mentre Serena dormiva profondamente, Maria uscì con la sua tavola da paddle nella baia di Masonboro, il suo luogo preferito per trascorrere qualche ora del fine settimana. L'isola di Masonboro era la barriera più estesa sulla costa meridionale dello Stato, e di solito lei preferiva le acque placide della laguna, anche se a volte capitava che costeggiasse il lato che dava sull'Atlantico. Come sempre, il paesaggio offriva uno spettacolo eccezionale: nella prima ora passata in acqua aveva potuto osservare falchi pescatori, pellicani e aironi, e aveva scattato delle fotografie. Per il suo compleanno, a giugno, si era regalata una macchina fotografica impermeabile professionale, e nonostante stesse ancora finendo di pagare le rate, non si era pentita dell'acquisto. Non si aspettava certo che venissero pubblicate sul *National Geographic,* ma aveva appeso alcune di quelle foto alle pareti del suo appartamento, un abbellimento sobrio visto tra l'altro quanto le costava la casa...

In ogni modo lì fuori era facile pensare a queste cose senza doversi preoccupare troppo. Aveva iniziato a fare paddleboard da quando era tornata a Wilmington, e aveva subito avuto su di lei l'effetto che un tempo le faceva ballare. Ormai rimaneva in equilibrio sulla tavola senza problemi, e il ritmo regolare della pagaia scioglieva lo stress. Nel giro di pochi minuti aveva l'impressione di essere in perfetta armonia con il mondo. Era una sensazione di calore rilassante che si sprigionava dalla nuca e dalle spalle e si diffondeva in tutto il corpo. Quando tornava a casa e si metteva sotto la doccia, si sentiva pronta ad affrontare un'altra settimana in ufficio. Serena non aveva capito davvero il paddleboard. Non era noioso; in quel periodo l'aiutava a conservare la salute mentale, e poi doveva ammettere che giovava al fisico. Nell'ultimo anno si era tonificata e aveva dovuto farsi stringere gonne e pantaloni perché erano troppo larghi sui fianchi e sul sedere.

Almeno servisse a qualcosa, si disse. Sua sorella poteva anche sbagliarsi sul paddleboard, ma aveva ragione quando sosteneva che lei non aveva avuto fortuna nella vita amorosa. A partire da Luis. Era il primo ragazzo di cui Maria si fosse mai innamorata seriamente. Si erano frequentati come amici per quasi un anno, prima di uscire insieme, e in apparenza avevano molte cose in comune. Anche lui era figlio di immigrati messicani e voleva diventare avvocato e, come lei, amava ballare. Dopo essere stati insieme un paio d'anni, le era venuto naturale immaginare un futuro insieme. Luis, da parte sua, aveva fatto capire chiaramente che per lui le cose potevano continuare così, a patto che Maria non si aspettasse niente di più. Bastava solo accennare all'idea del matrimonio che si irritava e, sebbene all'inizio lei avesse cercato di convincersi che non era importante, alla fine si era resa conto che lo era.

Nonostante questo, la rottura era stata una sorpresa; una sera lui le aveva telefonato per comunicarle di punto in bianco che era finita. Passato lo choc iniziale, Maria si era consolata dicendosi che avevano aspettative diverse e Luis non era pronto a impegnarsi. E poi? All'incirca un anno dopo, appena superato l'esame di Stato, era venuta a sapere che lui si era fidanzato. Aveva trascorso un paio di mesi con il morale a terra, cercando di capire perché l'altra ragazza fosse quella giusta da sposare per lui, mentre con lei non aveva neppure voluto affrontare l'argomento. Dove aveva sbagliato? Era stata troppo insistente? Troppo noiosa? O troppo... qualcos'altro? A ripensarci, non riusciva proprio a capire.

Certo, sarebbe stato più facile se dopo Luis avesse conosciuto qualcun altro, ma con il passare del tempo si ritrovava sempre più spesso a domandarsi dove fossero finiti i bravi ragazzi. O se esistessero per davvero. Dov'erano quelli che non si aspettavano di portarti a letto dopo il primo o il secondo appuntamento? Quelli che ritenevano che pagare il conto la prima sera al ristorante fosse un gesto di classe? Oppure quelli con un lavoro decente e progetti per il futuro? Dio solo sapeva se, dopo Luis, si era data da fare. Nonostante le lunghe ore di studio alla scuola di specializzazione e in seguito il lavoro a Charlotte, usciva regolarmente con gli amici nei fine settimana, eppure non c'era mai stato nessuno almeno passabile che si fosse mostrato interessato a lei.

Smise momentaneamente di pagaiare, lasciando che la tavola scivolasse sull'acqua mentre si stirava la schiena. In realtà c'era stato qualcuno, ma all'epoca lei si concentrava soprattutto sull'aspetto esteriore, e ricordava di aver rifiutato più di un tizio non abbastanza piacente. Forse era stato quello il problema. Forse aveva scaricato mister Giusto perché non era abbastanza alto e adesso, siccome era mister Giusto, era impegnato. Di quei tempi sembrava che gli uomini affidabili fossero una rarità, proprio come i condor californiani.

In genere non le importava. Maria era diversa da sua madre, secondo la quale una donna era definita dal suo stato civile. Aveva la sua vita, poteva andare e venire come preferiva, e se anche non aveva nessuno che si prendesse cura di lei, significava che lei stessa non doveva fare altrettanto con nessuno. Tuttavia, negli ultimi due anni, a mano a mano che si avvicinava alla trentina, erano capitati momenti in cui aveva pensato che sarebbe stato bello avere qualcuno con cui andare a ballare, o che le facesse compagnia sulla tavola, o magari fosse disposto a darle ascolto dopo una brutta giornata al lavoro.

Avere un'ampia cerchia di amicizie, come Serena,

avrebbe forse colmato il vuoto, ma gran parte delle sue amiche vivevano a Raleigh o Charlotte e vedersi con loro significava sempre prendere la macchina e fermarsi a dormire fuori. A parte i famigliari stretti, i parenti, Jill e qualche altro collega – e anche Paul, sì, nonostante la sera prima – le uniche persone che conosceva lì erano quelle con cui aveva frequentato le superiori, ma essendo stata via per molti anni le aveva perse di vista. Avrebbe potuto cercare di riallacciare i rapporti, ma quando finiva di lavorare di solito aveva voglia soltanto di rilassarsi nella vasca con un bicchiere di vino e un buon libro. Oppure di uscire in mare con la sua tavola per ricaricarsi. Anche le amicizie richiedevano energia, e ultimamente le sue erano agli sgoccioli. Se da una parte questo voleva dire una vita tutt'altro che esaltante, dall'altra rappresentava anche il genere di vita di cui aveva bisogno. L'ultimo anno a Charlotte era stato traumatico e...

Scosse il capo, scacciando il ricordo di quei mesi. Fece un profondo respiro per ritrovare la calma e si impose di concentrarsi sugli aspetti positivi come aveva imparato a fare. C'erano tantissime belle cose nella sua vita. Aveva la famiglia, una casa e un lavoro che le piaceva...

Ne sei proprio sicura? le chiese all'improvviso una vocina interiore. *Perché sai che non è totalmente vero.*

Certo, tutto era cominciato per il meglio, ma non era sempre così? Martenson, Hertzberg & Holdman era uno studio di medie dimensioni e lei lavorava principalmente per l'avvocato civilista, Barney Holdman, nel settore assicurativo. Poco più che sessantenne, Barney era un mago degli affari, un genio nel suo lavoro. Indossava completi in cotone a righe bianche e azzurre e aveva una voce profonda e strascicata tipica delle montagne del North Carolina. Dava a tutti, clienti e giurie, l'impressione del nonno bonario, ma sotto la facciata era un professionista ambizioso, pronto a qualsiasi cosa ed esigente con i collaboratori. Lavorando con lui godeva del privilegio di tempo, esperienza e denaro per preparare i casi, una situazione diametralmente opposta a quella in cui si era trovata come assistente del procuratore.

Jill era un valore aggiunto. Unica donna dello studio a parte le segretarie e le assistenti legali, che stavano tra di loro, era andata subito d'accordo con Maria, anche se lavoravano in settori diversi. Pranzavano insieme quasi ogni giorno e spesso Jill faceva un salto nel suo ufficio giusto per scambiare due chiacchiere. Era arguta e spiritosa, ma aveva anche una mente analitica e incisiva ed era una delle colonne portanti dello studio. Maria non aveva ancora capito come mai non le fosse stato proposto di diventare socia, e a volte si domandava se non fosse fin troppo brava, ma non ne aveva mai parlato direttamente con lei.

Il vero problema era rappresentato da Ken Martenson, il direttore amministrativo, che sembrava assumere le assistenti sulla base del fisico piuttosto che delle capacità, e passava troppo tempo a girare intorno alla loro scrivania. Non era quell'aspetto a preoccupare Maria, né il fatto di vederlo fraternizzare con questa o quella dipendente in un modo che a volte sembrava tutt'altro che professionale. Jill l'aveva informata sulla reputazione di Ken durante la prima settimana di lavoro, ma Maria non aveva dato importanza alla cosa. Finché Ken non aveva messo gli occhi su di lei. Non era una svolta positiva e negli ultimi tempi il quadro si andava complicando sempre di più.

Un conto era cercare di evitarlo in ufficio, dove c'erano sempre altre persone, ma al convegno di Winston-Salem, al quale avevano partecipato la settimana precedente, i timori di Maria per un peggioramento della situazione erano aumentati. Sebbene Ken l'avesse soltanto accompagnata fino alla porta della sua camera d'albergo, aveva insistito perché cenassero insieme entrambe le sere. E poi? Le aveva sciorinato la classica manfrina «mia moglie non mi capisce», mentre continuava a versarle del vino. Le aveva parlato della sua casa al mare, di come fosse tranquilla e rilassante, sottolineando che era quasi sempre vuota. Se lei avesse voluto approfittarne, le bastava chiedere. Non aveva mancato di osservare quanto fosse raro lavorare con una persona intelligente e bella nello stesso tempo.

Che cosa avrebbe potuto fare di più plateale? Tuttavia, quando aveva accennato a ciò che gli sarebbe piaciuto, lei aveva fatto finta di niente riportando la conversazione sui temi discussi al convegno. Aveva funzionato, almeno a grandi linee, ma come aveva detto a Serena quella era davvero una situazione delicata. Negli ultimi anni molti studi legali grandi e piccoli avevano chiuso, gli stipendi erano stati ridotti, e attualmente c'erano troppi avvocati a caccia dei pochi posti liberi. Dopo aver lasciato l'ufficio del procuratore distrettuale, lei aveva impiegato quasi cinque mesi per trovare quel lavoro e, a quanto ne sapeva, nessuno degli altri studi legali in città cercava personale. Se avesse anche soltanto borbottato le parole «molestie sessuali» o accennato vagamente al proposito di intentare una causa, probabilmente non avrebbe più trovato un impiego in tutto lo Stato. Gli avvocati odiavano soprattutto i colleghi che potevano denunciarli.

Per il momento era in trappola, si disse. Era riuscita a sopravvivere al convegno, ma aveva giurato a se stessa che non si sarebbe più cacciata in una situazione del genere. Evitava con cura la saletta del caffè e faceva attenzione a non lavorare fino a tardi, soprattutto quando sapeva che sarebbe rimasto in ufficio anche Ken. Per il momento non poteva fare altro, a parte pregare che lui rivolgesse le proprie attenzioni a un'altra assistente.

Era l'ennesimo esempio di come la realtà fosse più complicata di quanto immaginasse. Quando aveva iniziato a lavorare, la vita le era sembrata più che altro un'avventura. Aveva creduto di avere un ruolo significativo nella difesa della comunità e nella tutela delle vittime in cerca di giustizia. Ma con il tempo aveva cominciato a nutrire seri dubbi in proposito. Si era resa conto che anche i criminali pericolosi spesso se la cavavano, gli ingranaggi del sistema ormai ingolfato giravano con una lentezza esasperante, e la quantità di casi da analizzare era infinita. Adesso era tornata a vivere nella città in cui era cresciuta e a occuparsi di regole molto diverse da quelle conosciute come assistente del procuratore distrettuale. Accanto alla certezza che le cose sarebbero migliorate una volta creatasi una posizione, si era insinuata la consapevolezza che lo stress professionale poteva assumere sfumature diverse, e questo impiego non era molto diverso da quello precedente.

La cosa l'aveva sorpresa, del resto non era stata l'unica negli ultimi sette anni. Gli altri la vedevano come una giovane professionista di successo con una casa di proprietà, però a volte le sembrava che fosse tutta una finta. In parte era una questione economica: dopo aver pagato i conti a fine mese, le restavano da spendere meno soldi di quando era un'adolescente, ma dall'altra quasi tutte le sue amiche del college erano sposate e alcune avevano già dei figli. Quando parlava con loro, apparivano del tutto soddisfatte, come se le loro vite si svolgessero esattamente come previsto, mentre lei aveva un capo maniaco sessuale, un appartamento che poteva permettersi a fatica e una sorella minore che sembrava contemporaneamente più saggia e più spensierata di lei. Se questa era la vita adulta, si domandava perché avesse avuto tanta fretta di crescere.

Continuò a pagaiare con regolarità per un'ora, la tavola che scivolava lieve sull'acqua, mentre cercava di godersi il panorama. Ammirò le nuvole che cambiavano lentamente forma e gli alberi che si riflettevano nell'acqua. Si concentrò sull'aroma fresco e salmastro della brezza e apprezzò il calore del sole sulle braccia e sulle spalle. Ogni tanto scattava una fotografia, catturando persino l'attimo in cui un falco prendeva un pesce con gli artigli e spiccava il volo dall'acqua. C'era poca luce e il soggetto era troppo distante, ma con Photoshop forse sarebbe venuto fuori qualcosa di passabile.

Quando finalmente tornò a casa, si fece una doccia e si versò un bicchiere di vino, quindi si mise seduta in una sedia a dondolo che era sistemata sulla minuscola veranda posteriore. Osservò i passanti lungo Market Street, domandandosi distrattamente che genere di vita conducessero. Le piaceva inventare storie su di loro. *Quell'uomo probabilmente è venuto in visita da New York; scommetto che quella mamma sta portando i bambini a mangiare il gelato…* L'innocua e rilassante conclusione di un weekend con i suoi alti e bassi.

Come la gomma a terra. Il che le fece ricordare che l'indomani sarebbe dovuta andare a farla sostituire. Ma quando? Sapeva che mentre era via per il convegno, Barney doveva averla riempita di lavoro. E poi nel pomeriggio c'erano due riunioni importanti, il che non avrebbe certo reso più facili le cose. Peraltro ignorava quale sarebbe stata la mossa successiva di Ken.

Il mattino seguente, mentre chiacchierava con Lynn, l'assistente prosperosa e tutt'altro che efficiente assegnata alla loro squadra, notò che Martenson parlava con Barney, e la sua ansia aumentò. Capitava spesso che Ken e Barney si trovassero prima della riunione del lunedì mattina, ma non era normale che, dopo la fine del colloquio, Ken si limitasse a rivolgerle un cenno di saluto senza sorridere, per poi allontanarsi nel corridoio. In parte era sollevata per la brevità di quell'incontro, ma nello stesso tempo la freddezza professionale dell'avvocato le provocò un senso di malessere allo stomaco, perché era evidente che era arrabbiato con lei.

Pochi minuti dopo Jill infilò la testa nella sua

stanza per scusarsi dell'appuntamento al buio, chiaramente mortificata. Parlarono per qualche minuto – Jill sarebbe rimasta assente dallo studio per l'intera settimana dovendo occuparsi di alcune deposizioni fuori città – e Maria raccontò la storia della gomma bucata e dello sconosciuto che l'aveva soccorsa, aumentando così i sensi di colpa dell'amica.

Non appena Jill se ne fu andata, Maria chiamò una serie di gommisti per cercarne uno vicino allo studio, ma ben presto scoprì che le officine sarebbero state chiuse quando lei fosse uscita. L'unica alternativa era cercare di rimettere a posto la macchina durante la pausa pranzo. Dovette fare altre sei telefonate prima di riuscire a ottenere un appuntamento per mezzogiorno e mezzo. Non c'era tempo da perdere: la prima riunione con i clienti era fissata all'una e mezzo. Avvisò Barney che forse avrebbe tardato qualche minuto a tornare. Lui si accigliò e le disse di fare il prima possibile, perché la sua presenza era importante. Uscì dall'ufficio alle dodici meno un quarto, sperando che il meccanico la ricevesse subito.

Scoprì che non era così. Alla fine passò l'ora successiva nell'officina, alternando momenti di panico e momenti di collera crescente, telefonando alla segretaria di Barney, all'assistente e persino allo stesso Barney sul cellulare. Erano passate le due quando finalmente tornò in possesso dell'auto e si diresse a tutta velocità in ufficio. Quando raggiunse la sala conferenze, la riunione era iniziata da quasi tre quarti d'ora. Un'occhiata gelida da parte di Barney le comunicò tutta la sua irritazione, mascherata sotto un educato saluto di benvenuto.

Alla fine dell'incontro, si scusò in tutti i modi con lui. Era chiaramente arrabbiato; non c'era più traccia della bonarietà da nonno a cui erano abituati i clienti. Per tutto il pomeriggio l'atmosfera tra di loro rimase tesa. Il giorno dopo non andò meglio e, tra un impegno e l'altro, Maria riprese in mano le questioni che aveva rimandato durante il convegno, oltre a preparare documenti di cui Barney aveva bisogno per un processo la settimana successiva. Rimase in ufficio ben oltre la mezzanotte sia di lunedì sia di martedì e, con l'assenza di Jill, lavorò senza pausa pranzo per tutta la settimana, mangiando alla scrivania. Barney non sembrò farci caso, e solo verso giovedì il suo glaciale distacco cominciò a sciogliersi.

Più tardi quello stesso pomeriggio, mentre era nella stanza di Barney per definire i dettagli di un ricorso assicurativo che aveva tutta l'aria di una frode, udì un rumore alle spalle. Girò la testa e vide Ken sulla porta.

«Scusatemi», disse e poi si rivolse a Barney. «Ti spiace se parlo in privato con Maria per un momento?»

«Figurati», rispose l'altro col suo tipico accento strascicato. Poi si rivolse a Maria. «Chiamali e informali che dobbiamo organizzare una conference call per domani.»

«D'accordo. Ti terrò aggiornato», affermò lei. Sentiva lo sguardo di Ken su di sé e fu assalita da un'oppressione. Lui uscì dalla stanza e Maria lo seguì in silenzio lungo il corridoio; dovette fare uno sforzo per continuare a camminare quando si accorse che si stava dirigendo verso il proprio ufficio. Al loro arrivo, la sua segretaria distolse lo sguardo.

Ken tenne aperta la porta per farla passare, poi la richiuse. Era l'immagine dell'efficienza professionale; quindi si mise in piedi dietro la scrivania e le indicò di accomodarsi. Gettò un'occhiata fuori dalla finestra prima di decidersi a rivolgerle la parola.

«Barney mi ha detto che lunedì sei mancata a un'importante riunione con un cliente.»

«Non sono mancata. Sono arrivata tardi...»

«Non ti ho fatto venire qui per cavillare sui particolari», la interruppe lui. «Vorresti spiegarmi che cosa è successo?»

Colta di sorpresa, Maria balbettò un patetico resoconto dei suoi tentativi di trovare un'officina disponibile e di quanto era accaduto in seguito.

Quando ebbe finito, lui rimase in silenzio per un po'. «Tu ti rendi conto di quello che facciamo qui, vero? E del perché sei stata assunta? I nostri clienti si aspettano un certo livello di professionalità.»

«Certo, lo so. E so che i nostri clienti sono importanti.»

«Barney ti ha accennato alla sua idea di affidarti questo caso? Tu hai bruciato questa possibilità con il tuo improvviso e irrefrenabile bisogno di cambiare una gomma durante l'orario di lavoro.»

Maria arrossì, profondamente turbata da quella rivelazione. «No, non me ne ha parlato», balbettò. «Come ti ho spiegato, volevo occuparmi della faccenda dopo il lavoro, ma a quell'ora tutte le officine sarebbero state chiuse. Sinceramente pensavo di riuscire a tornare in tempo. Sapevo che era un rischio, ma...»

«Un rischio che evidentemente eri più che pronta a correre», osservò lui interrompendola di nuovo.

Maria aprì la bocca per ribattere, ma ormai aveva capito che non c'era niente che potesse giustificarla. Nel silenzio che seguì, sentì formarsi un nodo allo stomaco, mentre Ken finalmente si metteva seduto alla scrivania.

«Devo ammettere che sono molto deluso», dichiarò in tono controllato. «Ti abbiamo assunta, tra l'altro, su mie insistenze. Il tuo lavoro nell'ufficio del procuratore non aveva alcuna rilevanza per il nostro studio, come ben sai. Ma ritenevo che avessi delle potenzialità. Ora non so più che cosa pensare o se ho preso la decisione giusta.»

«Mi rincresce davvero. Non succederà più.»

«Lo spero. Per il tuo bene, non per il mio.»

Il nodo allo stomaco si fece ancora più stretto. «Posso fare qualcosa per rimediare?»

«Per il momento no. Parlerò con Barney per sentire che cosa ne pensa e ti faremo sapere la nostra decisione.»

«Dovrei chiamare il cliente? Magari per scusarmi?»

«Meglio di no. Prima voglio discuterne con Barney. Ma ti avverto che se dovesse accadere di nuovo una cosa del genere...» Si sporse in avanti per accendere la lampada sulla scrivania.

«Non accadrà», bisbigliò lei, cercando di mantenere la calma. Barney voleva davvero affidarle il caso? si chiese. E perché non glielo aveva detto? In quel momento il telefono sulla scrivania suonò e Ken rispose. Fece un cenno d'assenso, poi coprì la cornetta.

«È una telefonata urgente. Finiremo di parlare un'altra volta.»

Il modo in cui aveva pronunciato le parole «un'altra volta» non lasciava dubbi sul fatto che non era finita, e Maria si alzò umiliata e in preda al panico. La mente in subbuglio, si precipitò fuori dall'ufficio di Ken. Superò la segretaria contenta che questa la ignorasse. Arrivata nella sua stanza, chiuse la porta e ripassò mentalmente la conversazione appena avuta. Nonostante tutto, si domandava per quanto tempo ancora sarebbe stata in grado di lavorare lì. O se gliene avrebbero dato la possibilità.

3

Colin

Il lunedì dopo il combattimento, mentre usciva da casa e si dirigeva con calma verso la sua Camaro, Colin scorse improvvisamente l'ispettore Peter Margolis. Il poliziotto aveva parcheggiato sull'altro lato della strada e lo stava aspettando appoggiato al cofano della macchina, con in mano una tazza di caffè da asporto e uno stuzzicadenti in bocca. A differenza di molti altri agenti con cui aveva avuto a che fare in passato, Margolis frequentava la palestra con la sua stessa assiduità. Aveva le maniche della camicia arrotolate, la stoffa tesa intorno ai bicipiti. Quarantenne, portava i capelli scuri pettinati all'indietro e fissati con il gel. Compariva una o due volte al mese, di punto in bianco, per controllare Colin secondo i termini dell'accordo per la libertà vigilata. Si capiva che quell'uomo godeva del potere conferitogli dal suo ruolo.

«Come ti sei ridotto, Hancock», esclamò quando Colin gli fu vicino. «Hai fatto qualcosa di cui dovrei essere informato?»

«No», rispose lui.

«Ne sei sicuro?»

Colin lo guardò in silenzio. Sapeva che prima o poi lo sbirro sarebbe arrivato al punto.

L'ispettore spostò lo stuzzicadenti da un angolo all'altro della bocca. «C'è stata una rissa nel parcheggio del *Crazy Horse* poco dopo mezzanotte. Dei tizi che si tiravano contro le bottiglie; qualche macchina ammaccata e un uomo che ha perso i sensi. I testimoni sostengono che lo abbiano preso a calci in testa dopo che era caduto. In questo momento è all'ospedale in prognosi riservata. È aggressione a mano armata, sai, e non appena ho sentito la notizia mi sono detto che la cosa mi suonava familiare. Non ti avevo arrestato con un'accusa simile proprio qui a Wilmington, giusto qualche anno fa? E tu non hai preso parte a un paio di scaramucce da allora?»

Margolis conosceva già le risposte, ma Colin lo accontentò ugualmente. «Sì alla prima domanda, no alla seconda.»

«Giusto. Perché sono intervenuti i tuoi amici. Quel tipo dall'aria tonta e quello schianto di bionda, vero?»

Colin non rispose. Margolis continuò a fissarlo. L'altro rimase in attesa finché l'ispettore proseguì.

«Sono venuto per questo.»

«Okay.»

«Okay e basta?»

Colin rimase in silenzio. Aveva imparato a dire lo stretto necessario di fronte alla polizia.

«Prova a metterti nei miei panni», proseguì Margolis. «Il fatto è che quasi tutti se la sono svignata al suono delle sirene. Sono rimasti giusto due o tre testimoni e ho cercato di parlarci, ma ho capito che stavo perdendo tempo. È molto più facile consultare direttamente la fonte, non credi?»

Colin si spostò lo zaino in spalla. «Abbiamo finito?»

«Non ancora. Dubito tu capisca la gravità della situazione.»

«Lo capisco. Ma la cosa non mi riguarda. Io non c'ero.»

«Puoi dimostrarlo?»

«Lei può dimostrare il contrario?»

Margolis bevve un sorso di caffè, quindi prese uno stuzzicadenti nuovo dalla tasca. Se lo mise in bocca con tutta calma. «Ho quasi l'impressione che tu voglia nascondere qualcosa.»

«La mia era solo una domanda», ribatté Colin.

«E va bene. Passiamo ai fatti. Dov'eri sabato sera?»

«A Jacksonville.»

«Ah già», disse l'agente, «l'incontro di lotta. Arti marziali miste, giusto? Me ne avevi parlato. Hai vinto?»

A Margolis non importava saperlo, e Colin ne era consapevole. Lo guardò bere un altro sorso di caffè.

«Il fatto è che abbiamo ottenuto qualche descrizione dai testimoni ed è venuto fuori che quello dei calci era un venticinquenne muscoloso, con le braccia tatuate e i capelli castani corti, quasi rasati. E non ci crederai, ma il tizio era già conciato male prima che scoppiasse la rissa. Lo avevano visto dentro il locale. Siccome sapevo che tu avevi un incontro a Jacksonville... Ecco, non ci vuole un genio per indovinare che cosa è successo.»

Colin si chiedeva se nella storia dell'ispettore ci fosse qualcosa di vero. «Ha qualche altra domanda da farmi?»

Margolis spostò di nuovo lo stuzzicadenti, mentre posava la tazza sul cofano della macchina. «Sei stato al *Crazy Horse* sabato sera?»

«No.»

«Non ci sei neppure passato? Per pochi minuti?»

«No.»

«E se ci fosse un testimone che afferma di averti visto lì?»

«Significa che mente.»

«Tu invece no.»

Colin non rispose. Non c'era motivo. E in parte sospettava che anche Margolis lo sapesse, perché dopo qualche istante incrociò le braccia sul petto, flettendo i muscoli quasi, ma non del tutto, involontariamente. Se il poliziotto avesse avuto in mano qualcosa, lo avrebbe già arrestato.

«E va bene», concesse Margolis. «Rispondi a questo: dov'eri tra mezzanotte e l'una di sabato?»

Colin frugò nella memoria. «Non ho guardato l'ora. Ma o ero ancora al *Trey's Diner*, o stavo guidando verso casa sulla superstrada 17 oppure stavo cambiando la ruota della macchina di una ragazza sotto l'acquazzone. Sono arrivato a casa mia intorno all'una e mezzo.»

«Il *Trey's Diner*? Cosa ti è venuto in mente di mangiare lì?»

«Avevo fame.»

«A che ora sei andato via da Jacksonville?»

«Appena dopo la mezzanotte, ma non lo so con precisione.»

«Testimoni?»

«Decine.»

«Scommetto che eri da solo alla tavola calda.»

«Ero con il mio padrone di casa.»

Margolis sbuffò. «Evan? La tua inseparabile metà? Molto comodo.»

Colin strinse la mascella, senza reagire alla provocazione. «Sono sicuro che la cameriera si ricordi di noi.»

«Perché avevi la faccia che sembrava finita in un tritacarne?»

«No, perché Evan era stonato in un posto del genere.»

L'ispettore fece un sorrisino, poi tornò serio. «Dopodiché sei uscito.»

«Sì.»

«Eri solo?»

«Sì, Evan se n'era andato qualche minuto prima di me. Era con la sua macchina.»

«Quindi nessuno può confermare dove sei andato dopo?»

«Le ho già detto che cosa è successo.»

«Ah sì, giusto. Hai cambiato la ruota alla macchina di una ragazza.»

«Sì.»

«Sotto l'acquazzone.»

«Sì.»

«La conoscevi?»

«No.»

«Allora perché ti sei fermato?»

«Pensavo che avesse bisogno di aiuto.»

Il poliziotto rifletté sulla risposta di Colin, senza dubbio convinto che lui avesse commesso un errore. «Come facevi a sapere che aveva bisogno di aiuto prima di fermarti?»

«Ho visto che le serviva una mano per tirare fuori la ruota di scorta dal portabagagli. Ho accostato e sono sceso. Mi sono offerto di aiutarla. All'inizio lei ha risposto di no, poi mi ha chiesto se poteva usare il mio cellulare per chiamare la sorella. Io gliel'ho prestato e lei ha fatto la chiamata. Poi mi ha domandato aiuto per cambiare la ruota. Io l'ho fatto. Quindi sono risalito in macchina e sono tornato direttamente a casa.»

«A che ora è successo?»

«Non saprei. Però c'è una chiamata effettuata dal mio cellulare alla sorella della donna. Se vuole, gliela faccio vedere.»

«Sicuramente.»

Colin tirò fuori il cellulare dalla tasca posteriore dei jeans; digitò un paio di volte sullo schermo per selezionare il registro delle chiamate che confermava il suo alibi. Lo mostrò a Margolis.

Il poliziotto prese il taccuino e ricopiò con grande lentezza il numero. La chiamata doveva essere stata fatta più o meno all'ora della rissa, perché i suoi bicipiti si contrassero di nuovo. «Come faccio a sapere che questo è il numero della sorella della signora?»

«Non può saperlo.»

«Però non è un problema se chiamo per controllare?»

«Faccia pure quello che vuole. È suo il tempo che sta perdendo.»

Margolis socchiuse gli occhi. «Credi di essere molto furbo, vero?»

«No.»

«Oh sì, invece. Ma sai una cosa? Non lo sei.»

Colin non rispose e rimasero a guardarsi a lungo negli occhi. Alla fine Margolis afferrò la tazza e si incamminò dalla parte del guidatore. «Controllerò il tuo alibi. Sappiamo entrambi che non dovresti essere in giro a piede libero. Uno come te, poi! Quante persone hai mandato all'ospedale nel corso degli anni? Sei violento, sai, e anche se credi di riuscire a controllarti sempre, non è così. E quando succederà, io ci sarò. E sarà un vero piacere per me ripeterti che te l'avevo detto.»

Un attimo dopo la berlina di Margolis si allontanò e Colin la guardò scomparire oltre l'angolo.

«Che cosa è venuto a fare?»

Colin si voltò e vide Evan in piedi sulla veranda. Già pronto per andare al lavoro, l'amico scese i gradini e si incamminò sul marciapiede.

«Il solito.»

«Di cosa si trattava stavolta?»

«Una rissa al *Crazy Horse*.»

«Quando?»

«Quando ero con te o stavo guidando o stavo cambiando una gomma.»

«Stavolta potrei essere io il tuo alibi?»

«Ne dubito. Lui sa che non ero io, altrimenti mi avrebbe arrestato e interrogato in centrale.»

«Allora perché tutta questa messa in scena?»

Era una domanda retorica, dato che entrambi conoscevano già la risposta. Colin indicò il petto dell'amico.

«Quella non è la cravatta che Lily ti ha regalato per il compleanno?»

Evan abbassò lo sguardo per osservarla. Era a pois colorati. «Esatto, proprio così. Ottima memoria. Che ne pensi? È troppo?»

«Quello che penso non ha importanza.»
«Però non ti piace.»
«Se ti va di metterla, devi farlo.»
Evan sembrò soppesare la cosa per un istante. «Perché fai così?»
«Che cosa?»
«Ti rifiuti di rispondere a una semplice domanda.»
«Perché la mia opinione è irrilevante. Dovresti vestirti come ti va.»
«Dai, dimmelo apertamente.»
«La tua cravatta non mi piace.»
«Davvero? Perché?»
«Perché è brutta.»
«Non è brutta.»
Colin annuì. «Okay.»
«Non sai quello che dici.»
«Probabile.»
«Tu la cravatta non la porti nemmeno.»
«Hai ragione.»
«Quindi perché dovrebbe importarmi quello che pensi?»
«Non saprei.»
Evan si accigliò. «Parlare con te a volte è esasperante, sai.»
«Lo so. Me lo hai già ripetuto più volte.»
«Certo che l'ho fatto! Perché è vero. Non stavamo discutendo proprio di questo ieri sera? Non devi dire tutto quello che ti passa per la testa.»
«Ma sei stato tu a chiedermelo.»
«È solo... Oh, lasciamo perdere.» Si voltò e tornò verso casa. «Ne riparliamo più tardi.»
«Dove vai?»
Evan fece ancora qualche passo, poi rispose sen-

za voltarsi. «A cambiarmi questa maledetta cravatta. A proposito, Margolis aveva ragione: sembra davvero che la faccia ti sia finita in un tritacarne.»

Colin sorrise. «Ehi, Evan!»

Evan si fermò e si voltò. «Che cosa c'è?»

«Grazie.»

«Di cosa?»

«Di tutto.»

«Sì, sì. Prega che io non riferisca a Lily quello che pensi della cravatta.»

«Se vuoi, puoi farlo. Gliel'ho già detto io.»

Evan lo fissò allibito. «Naturale.»

Seduto in terza fila, Colin prendeva appunti cercando di concentrarsi su quello che stava dicendo il docente. Era un corso dedicato al linguaggio e allo sviluppo delle competenze linguistiche, e nelle prime settimane lui aveva avuto opinioni contrastanti in materia: da un lato gli sembrava che molti di quei concetti fossero puro buon senso... il che lo induceva a chiedersi a che cosa gli sarebbe servito stare lì; dall'altro intuiva che doveva esistere un qualche vantaggio, per il momento sconosciuto, nel condensare il buon senso in una strategia di insegnamento coerente che gli avrebbe permesso in futuro di pianificare le lezioni. L'unico problema era che la professoressa, una donna di mezz'età nevrotica con la voce cantilenante, tendeva a saltare da un argomento all'altro, cosa che non lo aiutava certo a prestare attenzione.

Era al suo terzo anno di studi, ma quello era il suo primo semestre all'Università del North Carolina a Wilmington. Nei due anni precedenti aveva frequentato il Cape Fear Community College, da dove era uscito con una media impeccabile. Al momento non sapeva dire se i corsi lì fossero più impegnativi o meno; alla fine tutto dipendeva dalla difficoltà degli esami e dal livello di qualità richiesto per le relazioni.

Non era troppo preoccupato: cercava di portarsi avanti tutte le volte che poteva e sapeva che Lily lo avrebbe aiutato a studiare, interrogandolo quando era necessario e correggendogli gli scritti. Di norma gli piaceva dedicare allo studio almeno venticinque ore a settimana, oltre a quelle delle lezioni; tutte le volte che aveva un'ora libera, andava in biblioteca, e fino a quel momento ne aveva tratto beneficio. A differenza degli studenti che frequentavano l'università anche per la vita sociale, lui era lì solo per studiare e ottenere i voti migliori possibili. Aveva già avuto i suoi anni di vita sregolata; anzi, cercava in tutti i modi di passare oltre.

In ogni caso era molto contento di essere arrivato a quel punto. Aveva Evan e Lily; aveva i suoi allenamenti di arti marziali e una casa che poteva considerare sua. Non amava molto il suo lavoro: il ristorante dove faceva il barista era troppo turistico per lui, ma se non altro non era il genere di posto che poteva farlo finire nei guai. La maggior parte della clientela, tra cui diverse famiglie con bambini, andava lì per mangiare, e di solito la gente si sedeva al bar in attesa di un tavolo o per cenare. Di sicuro era ben diverso dal genere di locali che frequentava un tempo: durante i suoi anni ruggenti aveva preferito i bar per professionisti della sbronza, quei saloni bui, malmessi e fuori mano con o senza musica assordante in sottofondo. Gli bastava varcare la soglia per aspettarsi dei problemi e veniva sempre accontentato.

Ultimamente evitava posti come quelli a qualunque costo. Sapeva che cosa lo faceva scattare e conosceva i suoi limiti e, pur avendo fatto molti progressi nel controllo della rabbia, esisteva sempre la possibilità che si trovasse invischiato in una situazione destinata a una rapida escalation. Non aveva il minimo dubbio che, anche se fosse rimasto coinvolto in un incidente in qualche altro Stato, Margolis sarebbe venuto a saperlo e lui avrebbe trascorso almeno una decina d'anni dietro le sbarre, circondato da persone che avevano i suoi stessi problemi di aggressività.

Rendendosi conto di essersi distratto, si costrinse ad ascoltare di nuovo la lezione. La professoressa stava spiegando che alcuni insegnanti trovano positivo leggere brani da libri appropriati all'età, invece di quelli destinati a un pubblico di età maggiore. Colin si domandò se fosse il caso di segnarsi il concetto: avrebbe avuto davvero bisogno di ricordarselo in futuro? Poi pensò: che cavolo! Se lei lo riteneva così importante da dirlo, avrebbe preso appunti.

Fu più o meno in quel momento che si accorse di una ragazza mora che lo sbirciava da sopra la spalla. Al suo ingresso in aula lui aveva suscitato le reazioni previste, persino la professoressa era rimasta interdetta e aveva lasciato la frase a metà, ma ormai tutti gli sguardi erano tornati verso la cattedra.

Tranne quella ragazza. Lo stava decisamente guardando, si disse, lo scrutava. Non gli dava l'impressione di voler flirtare con lui; sembrava piuttosto che cercasse di riconoscerlo. La cosa comunque non gli importava: poteva fissarlo finché voleva.

Una volta terminata la lezione, Colin chiuse il quaderno e lo infilò nello zaino. Se lo gettò in spalla e fece una smorfia quando quello sbatté sulle costole ammaccate. Più tardi voleva andare in palestra ad allenarsi, ma ancora non era pronto per il corpo a corpo. Niente contatti fisici diretti: solo pesi, esercizi di potenziamento e mezz'ora di salto alla corda. Dopo una breve pausa, si sarebbe infilato le cuffie e avrebbe corso per cinque chilometri mentre ascoltava il genere di musica che i suoi genitori avevano sempre odiato, poi una doccia e via al lavoro. Chissà quale sarebbe stata la reazione del capo nel vederlo: probabilmente non ne sarebbe rimasto contento. La sua faccia non era quella più adatta per l'atmosfera turistica, ma che cosa poteva farci?

Aveva un'ora libera prima della lezione successiva, così si incamminò verso la biblioteca. Doveva scrivere una relazione e, pur avendola già cominciata la settimana precedente, voleva portare a termine la prima stesura entro un paio di giorni, impresa non semplice. Tra gli allenamenti e il lavoro doveva pianificare il tempo con molta attenzione.

Camminava lentamente, ancora indolenzito dopo l'incontro della sera avanti, osservando le reazioni delle ragazze che lo superavano. Erano quasi tutte identiche: non appena lo vedevano trasalivano, un'espressione di choc e paura compariva sul loro viso, e poi fingevano di non essersi accorte di lui. Quanto gli sarebbe piaciuto mettersi a gridare «Bu!» per vedere come scappavano da tutte le parti.

Mentre cambiava vialetto, sentì risuonare una voce alle sue spalle. «Ehi, aspetta! Ehi, tu!» Non ci fece caso, convinto che non si rivolgessero a lui.

«Ehi, tu, con la faccia ammaccata! Aspetta, ho detto!»

Colin impiegò un istante per essere sicuro di avere sentito bene, ma quando si voltò scorse la ragazza mora che gli faceva un cenno con la mano. Dietro di lui non c'era nessun altro.

«Parli con me?» le chiese quando gli si fu avvicinata.

«Secondo te?» ribatté lei fermandosi a qualche passo di distanza. «C'è qualcun altro con la faccia ammaccata da queste parti?»

Colin non sapeva bene se offendersi o scoppiare a ridere, ma lei lo aveva detto in un modo che rendeva impossibile prendersela.

«Ci conosciamo?»

«Frequentiamo lo stesso corso.»

«Lo so, ho visto che mi guardavi. Ma non ci siamo mai presentati.»

«Hai ragione», confermò lei. «Senti, posso farti una domanda?»

Lui sapeva esattamente che cosa voleva chiedergli, lo aveva capito dal modo in cui lei lo aveva chiamato, così le indicò lo zaino.

«Un incontro di lotta.»

«Questo è evidente», replicò lei. «Ma non era quello che intendevo domandarti. Quanti anni hai?»

Lui sgranò gli occhi, stupito. «Ventotto. Perché?»

«Perfetto», commentò lei, senza rispondere. «Dove stai andando?»

«In biblioteca.»

«Benissimo. Anch'io. Posso accompagnarti? Dobbiamo fare due chiacchiere.»

«Perché?»

Lei gli sorrise in un modo che gli ricordava vagamente qualcun altro. «Lo scoprirai parlando con me.»

4
Maria

«Mi ripeti dove stiamo andando?» chiese Maria mentre guidava. Mezz'ora prima era passata a prendere la sorella in South Front Street, la via che correva parallela al Cape Fear River. Serena l'aspettava a un angolo in una zona occupata da vecchi palazzi di uffici, sporadici gruppi di baracche e case galleggianti sul fiume, oltre ai muratori che la fissavano apertamente dall'altro lato della strada. Il quartiere stava subendo una lenta ma decisa ristrutturazione, come il resto del lungofiume, ma per ora i lavori erano ancora in corso. «E poi perché non ci siamo incontrate direttamente là?»

«Te l'ho già detto, andiamo al ristorante», rispose Serena. «E sei venuta a prendermi perché stasera non ho intenzione di guidare, dato che potrei bere.» Si gettò una ciocca di capelli dietro le spalle. «A proposito, il colloquio è andato bene. Charles ritiene che le mie risposte fossero molto ponderate. Grazie di avermelo chiesto.»

Maria ignorò l'ironia. «Come sei arrivata fin qui?»

«Mi ha dato un passaggio Steve. Credo di piacergli. Ci vediamo più tardi.»

«Devi piacergli di sicuro, se è pronto ad affrontare tutto questo traffico.» Sebbene fosse la fine di settembre, il clima era ancora caldo e la spiaggia affollata. Maria aveva già fatto due volte il giro dell'isolato alla ricerca di un parcheggio.

«Chi se ne importa. Siamo al mare.»

«Ci sono posti migliori dove mangiare, in centro.»

«Come fai a saperlo? Sei mai venuta a Wrightsville Beach da quando sei tornata?»

«No.»

«Appunto. Vivi a Wilmington. Ogni tanto dovresti spingerti fino alla spiaggia.»

«Io faccio paddleboard, l'hai dimenticato? Vedo molta più spiaggia di te.»

«Intendevo un posto con delle persone, non solo uccelli, tartarughe e qualche pesce volante. Quello che ti serve è un posto carino con un bel panorama e molta atmosfera.»

«Sarebbe il *Crabby Pete's*?»

«È un'istituzione locale.»

«È una trappola per turisti.»

«E allora? Io non ci sono mai stata e voglio capire che cos'ha di tanto speciale.»

Maria le lanciò un'occhiata scettica. «Perché ho l'impressione che ci sia sotto dell'altro?»

«Perché sei un avvocato. Sospetti di tutto.»

«Può darsi. O potrebbe semplicemente essere che tu hai architettato qualcosa.»

«Cosa te lo fa pensare?»

«Il fatto che sia sabato sera. E non sei mai voluta uscire con me di sabato.»

«Ecco perché ceniamo presto», rispose Serena. «Questo fine settimana diverse band suonano nei bar della zona, e con Steve e i nostri amici abbiamo deciso di andare a sentire un po' di musica prima di infilarci in qualche festa. Non iniziano prima delle dieci, quindi c'è un sacco di tempo.»

Maria era certa che Serena stesse tramando qualcosa, ma non sapeva di cosa si trattasse. «Spero non ti aspetti che venga con voi.»

«Nemmeno per sogno», sbuffò Serena. «Sei troppo vecchia. Sarebbe come uscire con i nostri genitori.»

«Grazie davvero.»

«Non è colpa mia. Sei stata tu a dire che sei troppo vecchia per quelli della mia età. Stai forse cambiando idea?»

«No.»

«Ecco perché ceniamo soltanto insieme.»

Maria scorse un'auto che usciva da un posteggio e si infilò prontamente al suo posto. Erano a un paio di isolati di distanza dal ristorante, ma dubitava che sarebbe riuscita a parcheggiare più vicino. Mentre faceva manovra, non riusciva a scrollarsi di dosso la sensazione che sua sorella fosse troppo carina con lei, e Serena sembrò accorgersene.

«Smettila di preoccuparti tanto. Ammazzi l'atmosfera. Cosa c'è di male a trascorrere un po' di tempo con tua sorella?»

Maria esitò. «E va bene, ma vorrei che fosse chiaro... Se hai intenzione di invitare qualcun altro al nostro tavolo, o qualcosa del genere, sappi che non ne sarò affatto felice.»

«Io non sono come Jill e Paul, cosa credi? Non ti inviterei a un orribile appuntamento al buio senza nemmeno chiedertelo. Ma se ti può far stare più tranquilla, sappi che non ci sarà nessuno seduto con noi. Ci limiteremo a mangiare al bar. Pare che da lì si goda una vista migliore. Affare fatto?»

Maria ci pensò un istante, poi si decise a spegnere il motore. «D'accordo.»

Ubicato su uno dei moli di Wrightsville Beach, il ristorante *Crabby Pete's* era aperto da quasi quarant'anni. L'edificio era sopravvissuto a stento a diversi uragani e sarebbe stato condannato alla demolizione se numerosi interventi di restauro di vario genere non lo avessero preservato. I muri avevano l'intonaco scrostato, il tetto era storto e le imposte erano in parte rotte.

Nonostante l'aspetto cadente, il ristorante era gremito e Maria e Serena furono costrette a farsi avanti a gomitate tra la folla in attesa di accomodarsi, per raggiungere la scala che portava sulla terrazza. Mentre seguiva la sorella, Maria notò i tavoli di legno, le sedie scompagnate, i graffiti che davano carattere alle pareti. Dal soffitto pendevano oggetti che il proprietario, Pete, ormai morto da qualche anno, sosteneva di aver trovato nelle reti da pesca: copricerchioni e scarpe da tennis, palloni bucati, un reggiseno, giocattoli, e numerose targhe automobilistiche da più di dieci Stati diversi.

«Originale, no?» le disse Serena da sopra la spalla.

«Di sicuro molto affollato.»

«È un'esperienza unica. Vieni!»

Salirono gli scalini scricchiolanti fino al tetto. Sbucate all'aria aperta, Maria strizzò gli occhi, accecata dalla luce del cielo limpido. A differenza del ristorante al piano di sotto, i tavoli lì erano occupati da adulti che si rilassavano davanti a bottiglie di birra o bicchieri di cocktail. Tre cameriere con shorts e canottiere nere giravano tra i clienti, pulendo con efficienza i tavoli vuoti e distribuendo le ordinazioni. Sulla metà dei coperti apparecchiati c'erano secchi di alluminio pieni di chele di granchio, che i clienti spezzavano per gustarne la polpa.

«Che fortuna», osservò Serena. «Ci sono due posti liberi al bar.»

Il bar era sul lato più lontano, parzialmente coperto da una tettoia arrugginita e corredato da dieci sgabelli. Maria seguì la sorella facendosi largo tra i tavoli sotto il sole. All'ombra della tettoia si stava più freschi, e quando presero posto sugli sgabelli, sentì con piacere la brezza marina sollevarle dalla nuca i lunghi capelli. In lontananza si vedevano le onde infrangersi sulla spiaggia, con riccioli di schiuma bianca che si alternavano all'azzurro. Era quasi ora di cena, ma centinaia di villeggianti erano ancora in acqua o sdraiati sugli asciugamani. Il molo era gremito di pescatori che si sporgevano oltre la ringhiera in attesa che qualcosa abboccasse. Serena osservò la scena prima di voltarsi di nuovo verso Maria.

«Ammettilo», la provocò. «È esattamente quello di cui avevi bisogno. Dimmi che avevo ragione.»

«È vero, avevi ragione.»

«Quanto mi piace sentirtelo dire. Ordiniamo da bere. Cosa ti andrebbe?»

«Un bicchiere di vino.»

«No, no, no», rispose Serena. «Non puoi bere un bicchiere di vino qui. Ci vuole un cocktail da… spiaggia, come se fossimo in vacanza. Un piña colada, un margarita, o qualcosa del genere.»

«Dici sul serio?»

«Sarebbe proprio il caso che tu imparassi un po' a vivere.» Serena si sporse sul bancone. «Ciao, Colin! Possiamo avere due drink?»

Maria, che non aveva fatto caso al barista, seguì lo sguardo di Serena. Portava un paio di jeans scoloriti e una camicia bianca con le maniche arrotolate, e stava finendo di preparare l'ordinazione per una collega all'altro capo del bar. Lei notò subito la sua straordinaria forma fisica, le spalle ben definite, i fianchi stretti. Portava i capelli molto corti, quasi rasati, e sulla nuca scoperta c'era un tatuaggio di un intricato rampicante. Nonostante le voltasse le spalle, fu colpita dall'efficienza dei suoi gesti mentre miscelava i cocktail. Si sporse verso la sorella.

«Mi sembrava di aver capito che non eri mai venuta in questo posto.»

«Infatti.»

«Ma allora come fai a conoscere il nome del barista?»

«È un mio amico che lavora qui.»

In quel momento il ragazzo si girò. Aveva la faccia in ombra, i suoi lineamenti non erano ben riconoscibili, e fu solo mentre si avvicinava che Maria scorse il livido sbiadito sulla guancia e di colpo ricordò. Anche il barista si bloccò per un istante, senza dubbio assalito dal suo stesso pensiero: è uno scherzo. Nella pausa di imbarazzo che seguì, ebbe l'impressione che lui, pur non essendo entusiasta della sorpresa che Serena gli aveva fatto, non ne fosse neppure del tutto contrariato. Continuò ad avvicinarsi e si fermò proprio davanti a loro. Si appoggiò con la mano sul bancone, scoprendo l'avambraccio muscoloso ricoperto di tatuaggi a colori.

«Ciao, Serena», disse. La sua voce lenta e sicura era esattamente come Maria la ricordava. «Ti sei decisa a passare.»

Serena finse di non aver organizzato tutto. «Ho pensato: perché no? È una splendida giornata!» Spalancò le braccia. «Che posto magnifico! Avevi ragione sul panorama che si gode da quassù. È incredibile. C'è stata molta gente oggi?»

«Non ho avuto un momento di pausa.»

«Ci credo. Chi non vorrebbe venire qui in un giorno così? A proposito, lei è mia sorella Maria.»

Gli occhi di Colin si posarono su di lei, imperscrutabili, a parte un lampo divertito in lontananza. Visto da vicino era completamente diverso da come le era apparso la notte che le aveva cambiato la gomma; con gli zigomi alti, gli occhi grigioazzurri e le lunghe ciglia era facile immaginare che facesse strage di cuori. «Ciao, Maria», si presentò porgendole la mano. «Sono Colin.»

Lei ricambiò il saluto, avvertendo una forza trattenuta nella sua stretta di mano. Quando gliela lasciò, lo vide spostare lo sguardo da lei a Serena e viceversa.

«Cosa posso portarvi?» chiese.

Serena scrutò entrambi, poi appoggiò i gomiti sul bancone. «Puoi prepararci due piña colada?»

«Arrivano subito», rispose lui disinvolto. Si girò, prese il mixer e si chinò ad aprire il frigorifero. I jeans gli aderivano alle cosce. Maria lo guardò versare gli ingredienti nel contenitore, poi si voltò verso la sorella socchiudendo gli occhi.

«È per questo?» esordì, più in tono affermativo che di domanda.

«Cosa?» chiese Serena, decisamente compiaciuta con se stessa.

«È per questo che siamo venute qui? Perché volevi che ci conoscessimo?»

«Sei stata tu a dire che non avevi avuto l'occasione di ringraziarlo. Ora ce l'hai.»

Maria era allibita. «Ma come hai fatto?...»

«Colin frequenta il mio stesso corso.» Prese una nocciolina americana da un secchiello sul bancone e la aprì. «In realtà frequentiamo un paio di corsi insieme, ma ci siamo presentati solo questa settimana. Mentre parlavamo, mi ha raccontato che lavorava qui e che era di turno questo pomeriggio. Ho pensato che sarebbe stato carino passare a fargli un saluto.»

«Non ne dubito.»

«Ma che sarà mai? Ce ne andremo presto, così potrai tornare a casa e dedicarti al tuo lavoro a maglia o quello che vuoi. Non rendere la cosa più grande di quello che è.»

«Perché dovrei? Ci hai già pensato tu.»

«Puoi parlare con lui, oppure no», continuò Serena prendendo un'altra nocciolina. «A me non importa. È la tua vita, non la mia. E poi, già che siamo qui, cerchiamo di divertirci, d'accordo?»

«Ti odio...»

«Nel caso ti interessasse», la interruppe Serena, «Colin è un ragazzo davvero simpatico. E anche intelligente. Devi ammettere che è un barista decisamente attraente.» Abbassò la voce fino a sussurrare. «I suoi tatuaggi li trovo davvero sexy», disse indicando verso di lui. «Scommetto che ne ha altri che non si vedono.»

Maria era esterrefatta. «Ma...» balbettò, cercando di fare chiarezza nella propria mente e provando la stessa confusione che l'aveva assalita la notte in cui aveva incontrato Colin la prima volta. «Possiamo bere i nostri cocktail e andare via?»

Serena fece una smorfia. «Ma io ho fame.»

Colin tornò con i loro bicchieri pieni fino all'orlo. «Volete qualcos'altro?» domandò.

Prima che Maria potesse rispondere di no, Serena alzò la voce sopra il brusio della folla. «Possiamo avere il menu?»

Serena ignorò ostentatamente l'imbarazzo della sorella per tutta la durata della cena.

Maria però doveva ammettere di essere meno a disagio di quanto avesse immaginato, soprattutto perché Colin era molto indaffarato e le trattava come due clienti qualunque. Non disse una parola sul loro incontro per strada, né parlò con Serena; il locale era così affollato che aveva giusto il tempo di prendere le ordinazioni. Correva incessantemente da un'estremità all'altra del bar, preparando cocktail, facendo cassa, fornendo alle cameriere ciò di cui avevano bisogno. Nel giro di un'ora la terrazza si riempì ancora di più e, nonostante l'arrivo di una seconda barista, una graziosa biondina sui vent'anni, il tempo di attesa per i drink continuò ad aumentare. L'unico segno della conoscenza tra Colin e Serena fu che la loro ordinazione arrivò subito insieme a un secondo giro di bicchieri. Lui sparecchiò rapidamente dopo che ebbero finito e lasciò il conto, che incassò non appena Maria gli presentò la carta di credito. Nel frattempo Serena continuava a chiacchierare con vivacità.

In alcuni momenti Maria si dimenticava completamente della presenza di Colin, ma di tanto in tanto si sorprendeva a guardare dalla sua parte. Serena non aveva aggiunto altro su di lui, e a lei sembrava troppo vecchio per essere uno studente universitario. Probabilmente avrebbe potuto chiedere spiegazioni alla sorella, ma non voleva darle quella soddisfazione, dato che l'aveva portata lì con una scusa.

Malgrado tutto, doveva riconoscere che Serena aveva ragione sul fatto che Colin, quando non era ammaccato, insanguinato e infradiciato in una strada deserta, era davvero un bel ragazzo. Il suo aspetto, stranamente ordinato nonostante i tatuaggi e il fisico muscoloso, si accompagnava a un sorriso pronto e quasi ironico. Si capiva che tutte le cameriere avevano una cotta per lui. Come pure un gruppo di amiche in fondo al bancone che erano lì da una ventina di minuti. Maria lo capì dal modo in cui gli sorridevano mentre lui preparava da bere e da come lo guardavano quando si girava. La stessa cosa valeva per la collega; benché fosse molto impegnata, si distraeva ogni volta che lui le passava davanti per prendere un bicchiere o una bottiglia di liquore.

Il bel barista con cui flirtare era un cliché assai diffuso, ma la reazione di Colin a segnali più o meno aperti di apprezzamento lasciò sorpresa Maria. Pur essendo gentile con tutti, sembrava indifferente alle attenzioni delle ammiratrici. O almeno, fingeva di esserlo. Mentre cercava di decifrarne il comportamento, un altro barista fece la sua comparsa, nascondendole parzialmente la vista di Colin. Accanto a lei Serena stava digitando sul cellulare.

«Sto avvertendo Steve e Melissa che abbiamo quasi finito», disse con le dita che danzavano sullo schermo.

«Sono qui?»

«Stanno arrivando.» Vedendo che la sorella si limitava ad annuire, aggiunse: «Ha ventotto anni, sai».

«Steve?»

«No», rispose Serena, «Steve ha la mia età. Colin ha ventotto anni.»

«E allora?»

«Anche tu ne hai ventotto.»

«Sì, lo so.»

Serena vuotò il bicchiere. «Ho pensato di dirtelo dal momento che continui a guardarlo di nascosto da quando siamo arrivate.»

«Non è vero.»

«Non prendermi in giro.»

Maria si portò il bicchiere alle labbra, con un lieve senso di vertigine causato dall'alcol. «D'accordo», riconobbe, «ammetto di averlo guardato un paio di volte. Ma ventotto anni mi sembrano un po' troppi per frequentare ancora il college, non credi?»

«Dipende.»

«Da cosa?»

«Da quando si è iniziato. Colin si è iscritto un paio di anni fa, quindi è perfettamente in regola. Vuole diventare maestro di scuola elementare, proprio come me. E per tua informazione, i suoi voti sono probabilmente migliori dei miei. Prende lo studio molto sul serio. È sempre seduto nei primi banchi e scrive appunti in continuazione.»

«Perché mi dici queste cose?»

«Perché è chiaro che lui ti interessa.»

«Non mi interessa.»

«Certo, lo hai ripetuto per tutta la sera», concordò Serena con finto candore. «Non è affatto il tipo con cui vorresti andare a ballare. Uno bello come lui? Ma per favore.»

Maria aprì la bocca per obiettare, poi la richiuse, sapendo che qualunque sua affermazione avrebbe solo incoraggiato la sorella. Nel silenzio che seguì, il cellulare di Serena mandò uno squillo e lei si chinò a guardare lo schermo.

«Steve è di sotto. Sei pronta? O preferisci rimanere ancora un po'?»

«Perché? Vuoi che ci provi con lui?»

«Non è più qui.»

Maria si guardò intorno. In effetti Colin se n'era andato.

«Aveva il turno del pomeriggio, quindi probabilmente ora ha finito», aggiunse Serena scendendo dallo sgabello. Si mise a tracolla la borsa. «A proposito, grazie della cena. Scendi con me?»

Maria prese la borsa. «Hai detto che non volevi farmi conoscere Steve.»

«Scherzavo. Anche lui ha intenzione di diventare avvocato, tra l'altro. Forse puoi dissuaderlo.»

«Perché dovrei?»

«Vuoi davvero che te lo spieghi dopo tutto quello che hai passato?»

Maria rimase in silenzio. Serena, come i suoi genitori, sapeva bene quanto fossero stati duri gli ultimi anni per lei.

«Comunque, è una vergogna», disse la sorella.

«Che cosa?»

«So che Colin era molto occupato stasera, ma non l'hai neanche ringraziato per averti cambiato la ruota. Anche se non vuoi parlargli, lui è stato molto gentile con te l'altra notte e avresti dovuto riconoscerlo.»

Maria non rispose, ma mentre seguiva Serena giù per le scale, si sorprese a ragionare che, come sempre, la sua sorellina aveva ragione.

Steve era il classico ragazzo perbene con bermuda a scacchi e una polo azzurra intonata alle scarpe da barca. Era anche simpatico, ma si capiva subito che il suo interesse per Serena era di gran lunga maggiore di quello della ragazza per lui, dal momento che lei continuava a parlare con Melissa. Mentre si avviava verso la macchina, Maria provò un'invidia spontanea, di cui si rimproverò, per la disinvoltura con cui la sorella minore affrontava qualsiasi situazione.

Del resto, però, quanto poteva essere difficile la vita per una studentessa universitaria ventunenne? Il college era una bolla che teneva fuori tutto il resto. C'era tanto tempo libero, amici che abitavano nei dintorni e un travolgente ottimismo per il futuro, anche se non si aveva un'idea precisa di cosa volesse dire. Al college i ragazzi erano convinti che la vita sarebbe andata proprio come immaginavano, regalando loro una cascata di bei ricordi mentre passavano da un allegro weekend all'altro.

Maria ci pensò un attimo e si corresse. Be', questo valeva per le persone come Serena, mentre la sua esperienza era stata diversa, perché lei aveva preso l'istruzione più seriamente della maggior parte degli studenti e ricordava lo stress che l'aveva accompagnata spesso. Con il senno di poi, si rendeva conto di aver passato forse troppo tempo a studiare e a preoccuparsi per gli esami. Trascorreva ore e ore a scrivere relazioni, fino a tarda notte, rivedendole finché ogni parola era quella giusta. All'epoca le era sembrata la cosa più importante al mondo, ma in questi ultimi anni cominciava a credere di essersi impegnata in modo eccessivo. Bill Gates, Steve Jobs, Michael Dell e Mark Zuckerberg avevano abbandonato gli studi, eppure se l'erano cavata egregiamente. Avevano subito compreso che a nessuno interessano i voti o i diplomi, almeno sul lungo periodo, soprattutto se paragonati a caratteristiche come la creatività o la tenacia.

Certo, i voti l'avevano aiutata a trovare il suo primo lavoro nell'ufficio del procuratore distrettuale, ma da allora nessuno ne aveva più tenuto conto. Maria ricordava che quando era stata assunta allo studio, le avevano chiesto soltanto quale fosse la sua esperienza professionale, come se i primi ventiquattro anni della sua vita non avessero alcuna importanza. Ultimamente i discorsi di Barney erano incentrati sulla sua attuale produttività, mentre gli interessi di Ken erano di tutt'altra natura.

A ripensarci ora, si pentiva di non essersi presa un anno sabbatico dopo la laurea, per girare l'Europa con lo zaino in spalla o per entrare in qualche associazione di volontariato. In un modo o nell'altro avrebbe potuto fare qualcosa di interessante, invece era stata così impegnata a diventare una persona adulta che non aveva mai accarezzato un'idea del genere. Purtroppo adesso non sempre sentiva di vivere veramente, e a volte rimpiangeva le proprie scelte. Non era forse troppo giovane per avere quel genere di rimpianti? Non erano più adatti alla mezza età? Accidenti, persino suo padre e sua madre sembravano perfettamente soddisfatti della loro vita, e Serena si comportava come se non avesse alcuna preoccupazione; dove aveva sbagliato lei?

Attribuì le proprie malinconiche riflessioni ai piña colada bevuti, di cui sentiva ancora gli effetti. Decise di concedersi un po' di tempo prima di sedersi al volante e, gettando un'occhiata al molo, rifletté che stava scendendo la sera, ma mancava circa un'ora prima che facesse buio.

Si girò e si diresse verso il mare, osservando la frenetica attività delle famiglie che lasciavano in massa la spiaggia. Bambini scottati dal sole, stanchi e piagnucolanti si trascinavano dietro i genitori altrettanto scottati e stanchi, che trasportavano tavole da surf, borse frigo, ombrelloni e asciugamani.

Arrivata alla spiaggia, si fermò per togliersi i sandali, domandandosi se tra la folla ci fosse qualche vecchio amico o qualche compagna di scuola, ma non scorse nessun viso familiare. Si incamminò sulla sabbia e una volta al molo salì gli scalini proprio mentre il sole si avvicinava lentamente all'orizzonte. Tra le fessure nelle assi sotto i suoi piedi, vide la sabbia lasciare il posto all'acqua bassa e poi alle onde che si infrangevano sulla riva. Molti surfisti continuavano a sfidare l'oceano su entrambi i lati del molo. Ne ammirò i movimenti aggraziati, superando diversi pescatori; uomini e donne, vecchi e giovani, tutti immersi nei propri pensieri. Ricordava che, da ragazza, un tipo carino l'aveva convinta a provare: era una giornata rovente e lanciare la lenza si era rivelato più difficile di quanto credesse. Alla fine se n'erano andati a mani vuote, e lei si era resa conto che quel ragazzo le piaceva molto di più di quanto le piacesse pescare.

La gente diminuiva a mano a mano che lei proseguiva verso il mare aperto, e quando raggiunse l'estremità del molo notò un pescatore solitario che le dava le spalle. Indossava jeans scoloriti, un berretto da baseball... e a prima vista sembrava avere un fisico niente male. Scacciò quel pensiero e si girò a guardare l'orizzonte, dove in quel momento la luna stava spuntando dal mare. In lontananza un catamarano solcava le onde e, osservandolo, Maria si domandò vagamente se un fine settimana sarebbe riuscita a convincere Serena a uscire in barca a vela con lei.

«Mi stai seguendo?» La voce proveniva dall'angolo del molo.

Maria si girò e impiegò qualche istante a riconoscere Colin. Il pescatore con il berretto da baseball! Si sentì avvampare le guance. Anche questo era opera di Serena? si chiese. No, andare lì era stata una sua idea. Serena non aveva parlato né di Colin né del molo... Quindi doveva trattarsi di una coincidenza, come la notte in cui lui si era fermato a cambiarle la ruota. Quante erano le probabilità di incontrarlo lì? Troppo poche per essere plausibili, eppure… Lui era lì e lei anche, e si capiva che lui aspettava una risposta.

«No», balbettò. «Non volevo seguirti. Sono venuta qui a godermi il panorama.»

Colin sembrò riflettere sulle sue parole. «E?»

«E cosa?»

«Il panorama. Come lo trovi?»

Un po' confusa dalla domanda, lei esitò prima di dire: «Molto bello».

«Meglio che dal ristorante?»

«Diverso. Più tranquillo.»

«È quello che penso anch'io. Per questo sono qui.»

«Ma stai pescando?…»

«Ci provo», rispose lui. «Anch'io, come te, sono qui soprattutto per godermi il panorama.» Sorrise, quindi si appoggiò alla balaustra. «Non volevo disturbarti», precisò. «Goditi il tramonto, Maria.»

Per qualche motivo, sentir pronunciare il suo nome in quel posto le risultava molto più intimo che al bar. Rimase a osservarlo mentre riavvolgeva la lenza. La gettò di nuovo, facendole compiere un lungo arco nel cielo, e lei si domandò se dovesse restare oppure andare via. Lui sembrava pronto a lasciarle il suo spazio, com'era accaduto quella notte. *A proposito di quella notte…*

«Senti, Colin.»

Lui girò la testa. «Sì?»

«Non ti ho mai ringraziato per avermi cambiato la ruota. Mi hai davvero salvato quella sera.»

«Figurati. Sono contento di essere stato utile.» Le sorrise. «E sono contento che tu sia venuta al ristorante stasera.»

«È stata un'idea di Serena.»

«L'avevo capito. Non sembravi molto felice di vedermi.»

«Non era quello. È solo che ero... sorpresa.»

«Anch'io.»

Maria sentì lo sguardo di lui indugiare su di sé, prima che si voltasse. Era incerta su come comportarsi, e per un po' rimasero entrambi in silenzio a fissare le onde. Colin appariva perfettamente rilassato e in pace con se stesso, mentre lei cercava di immergersi di nuovo nella natura. In lontananza una barca di pescatori solcava lenta le acque, e alle sue spalle le luci del *Crabby Pete's* brillavano tremolanti. Da uno dei ristoranti giungevano le note fioche di una musica rock, a segnalare l'inizio della serata.

Osservò Colin con la coda dell'occhio, tentando di capire perché sembrasse così diverso dagli altri uomini. Per esperienza, sapeva che i suoi coetanei rientravano grosso modo in cinque grandi categorie: gli arroganti, che si credevano le creature preferite da Dio; gli espansivi, che potevano rivelarsi dei buoni partiti se non fosse che non erano interessati a relazioni stabili; i timidi, che non aprivano bocca; quelli che non nutrivano il minimo interesse per lei per diverse ragioni; e i responsabili, quelli da sposare, che in genere però erano già impegnati. Colin non sembrava appartenere al primo tipo e, sulla base di ciò che aveva visto al bar, non rientrava nemmeno nella seconda o nella terza categoria. Il che, ovviamente, lo faceva diventare uno del quarto o del quinto tipo. Non aveva interesse per lei... Anche se, in fondo, nutriva il sospetto di potersi sbagliare, sebbene non ne conoscesse il motivo. Restava solo la quinta categoria, ma sfortunatamente lei aveva troncato la conversazione sul nascere, quindi era possibile che lui la ignorasse per reagire al suo atteggiamento scostante.

Questo dopo che Colin le aveva cambiato la ruota, si disse Maria. Dopo la sua amichevole efficienza al bar. Dopo che Serena le aveva assicurato che era un tipo simpatico. E dopo che lui aveva intavolato una conversazione pochi istanti prima. Fu assalita dallo sconforto. Non c'era da stupirsi che passasse i fine settimana da sola.

«Senti, Colin», provò di nuovo.

Lui era sempre appoggiato alla balaustra, e quando si voltò, lei colse nel suo sguardo lo stesso lampo divertito che aveva visto al bar. «Sì?»

«Posso farti una domanda?»

«Ma certo.» I suoi occhi grigioazzurri brillavano come sassolini di vetro.

«Perché ti piace pescare?»

Colin si raddrizzò, spostando leggermente all'indietro il berretto. «In realtà non credo che mi piaccia. E non sono nemmeno molto bravo. Non prendo mai niente.»

Maria notò la precisione del suo linguaggio. «Allora perché lo fai?»

«È un buon modo per rilassarsi dopo il lavoro, soprattutto alla fine di una giornata molto impegnativa... È bello avere qualche minuto tutto per me: vengo qui e c'è silenzio, e il mondo rallenta per un po'. Ho cominciato a portarmi dietro la canna da pesca perché così avevo qualcosa da fare, invece di starmene fermo a fissare l'orizzonte.»

«Come sto facendo io?»

«Esatto. Vuoi che ti presti la mia canna da pesca?» Lei scoppiò a ridere, e lui proseguì: «Inoltre, ho capito che la gente si innervosiva a vedermi qui tutto solo a rimuginare, come se fossi uno sbandato. All'inizio della settimana, poi, pieno di lividi, probabilmente avrei messo anche paura».

«Per me, dovevi sembrare un tipo contemplativo.»

«Ne dubito. D'altra parte, tu mi dai l'idea di essere una persona che riflette spesso sulle cose. La vita. Gli obiettivi, i sogni.»

Lei arrossì, senza sapere come rispondere. Nonostante tutto, non poteva che concordare con Serena: quell'uomo era davvero... affascinante. Scacciò l'idea, non voleva nemmeno pensarci.

«Ti spiace?» disse Colin, indicando verso di lei, prima di raccogliere il cestino da pesca. «Non ho molta fortuna da questa parte.»

Quella richiesta la colse alla sprovvista. «Oh, sì... Certo. Ma se non sei molto bravo a prendere i pesci, non posso prometterti che qui andrà meglio.»

«Probabilmente no», concordò lui avvicinandosi. Posò il cestino accanto a sé, lasciando una certa distanza tra di loro. «Ma se non altro non sarò costretto a parlare così forte.»

Al contrario di lei, sembrava del tutto a proprio agio; Maria lo osservò ritirare la lenza e lanciarla di nuovo in un punto diverso. Si sporse in avanti e inclinò leggermente la canna.

«Tua sorella è un tipo davvero singolare», osservò dopo un momento.

«Perché?»

«Per richiamare la mia attenzione ha urlato: 'Ehi, tu, con la faccia ammaccata!'»

Maria sorrise, trovandola un'espressione tipica di Serena. «È davvero unica, questo è sicuro.»

«Siete più come due amiche che come due sorelle, vero?»

«Te lo ha detto lei?»

«No», rispose Colin. «Me ne sono accorto mentre vi servivo al ristorante. Si capisce che siete affiatate.»

«È vero», riconobbe Maria. «Tu hai fratelli o sorelle?»

«Due sorelle più grandi.»

«E anche voi siete legati?»

«Non come te e Serena», continuò, mentre muoveva la lenza. «Ci vogliamo bene e io mi preoccupo per loro, ma abbiamo preso strade diverse nella vita.»

«In che senso?»

«Non ci parliamo spesso. Magari una volta ogni due mesi o giù di lì. Le cose stanno migliorando, ma è un processo graduale.»

«Che peccato.»

«Purtroppo è così.»

Quella risposta lasciava intuire che voleva tagliare corto perciò riprese passando a un argomento meno spinoso: «Serena mi ha spiegato che frequentate lo stesso corso».

Lui annuì. «Mi ha fermato mentre stavo andando in biblioteca. Ho immaginato che tu le avessi descritto il mio aspetto quella notte, e lei deve aver collegato le due informazioni. Non è stato difficile riconoscermi, con la faccia ammaccata e tutto il resto.»

«Non eri messo così male. Non ci ho fatto caso più di tanto.» Vide che lui la guardava con aria scettica. «E va bene, ammetto che ero un pochino spaventata quando ti sei avvicinato.»

«Naturale. Era notte fonda e tu ti trovavi in mezzo al nulla. È uno dei motivi per cui mi sono fermato.»

«Ce n'era un altro?»

«Eri una ragazza.»

«E tu pensi che tutte le ragazze abbiano bisogno di aiuto per cambiare una gomma?»

«Non tutte, ma le mie sorelle e mia madre di sicuro sì. E poi non mi è sembrato che ti stessi divertendo.»

Lei annuì. «Grazie ancora.»

«Lo avevi già detto.»

«Lo so. Ma meritava di essere ripetuto una seconda volta.»

«Okay.»

«Okay e basta?» Maria era un po' delusa.

«È la mia risposta standard quando qualcuno fa un'affermazione invece di una domanda.»

Lei ci pensò su. «Mi sembra che abbia senso.»

«Okay», ripeté lui. Maria non poté fare a meno di scoppiare a ridere e finalmente cominciò a rilassarsi.

«Ti piace fare il barista?»

«È un lavoro come un altro», rispose Colin. «Serve a pagare le bollette mentre studio e posso gestire gli orari. Inoltre le mance non sono male. Spero di non doverlo scegliere come professione. Voglio fare altro nella vita.»

«Serena mi ha accennato al fatto che vuoi diventare insegnante.»

«Infatti», confermò lui. «A proposito, dov'è andata tua sorella?»

«Aveva un appuntamento con degli amici. Ascolteranno la musica nei bar, poi finiranno in qualche festa.»

«Perché non sei andata con loro?»

«Sono un po' troppo cresciuta per le feste tra studenti, non trovi?»

«Non saprei. Quanti anni hai?»

«Ventotto.»

«Anch'io ne ho ventotto e vado ancora al college.»

Lo so, pensò lei. «E vai anche alle feste universitarie?»

«Questo no. Ma non perché penso di essere troppo vecchio, è solo che non mi piacciono. E nemmeno i bar.»

«Ma tu ci lavori in un bar.»

«È diverso.»

«Perché?»

«Proprio perché ci lavoro. E in ogni caso non è il genere di posto dove potrei finire nei guai, dal momento che si tratta più che altro di un ristorante.»

«Finisci nei guai nei bar?»

«Prima sì. Ora non più.»

«Ma se hai appena detto che non li frequenti.»

«È per questo che mi tengo fuori dai guai.»

«E gli altri locali?»

Colin ci pensò su. «Dipende dal tipo di locale e dalla compagnia. Di solito no. Ogni tanto sì.»

«Perché ti cacci nei guai anche lì?»

«Mi è successo in passato.»

Maria rimase un po' sconcertata da quella risposta e si girò a guardare l'orizzonte. La luna brillava sullo sfondo di un cielo sempre più nero. Colin seguì il suo sguardo, ed entrambi rimasero in silenzio per qualche minuto.

«Che genere di guai?» chiese lei infine.

Lui tirò verso di sé la canna da pesca, prima di rispondere. «Risse.»

Per un attimo credette di non avere sentito bene. «Ti azzuffavi nei bar?»

«Fino a qualche anno fa, mi azzuffavo sempre.»

«E perché?»

«La gente di solito ci va per quattro motivi: per ubriacarsi, per stare con gli amici, per rimorchiare o per fare risse. Per me valevano tutti e quattro.»

«Ti andava di fare a botte?»

«Di solito sì.»

«Quante volte?»

«Non credo di aver capito la domanda.»

«Quante volte sei rimasto coinvolto in una rissa?»

«Non ricordo. Probabilmente più di un centinaio.»

Maria sgranò gli occhi. «Hai partecipato a più di cento risse da bar?»

«Sì.»

Non sapeva bene che cosa rispondere. «Perché mi racconti queste cose?»

«Perché me lo hai chiesto.»

«Rispondi sempre a tutte le domande che ti fa la gente?»

«Non sempre.»

«Ma credi che dirmi una cosa del genere sia normale.»

«Sì.»

«Perché?»

«Scommetto che sei un avvocato.»

Lei trattenne il fiato, colta di sorpresa da quell'improvviso cambio di argomento. «Te l'ha detto Serena?»

«No.»
«Allora come facevi a sapere che sono un avvocato?»
«Non lo sapevo. Ho pensato che fosse una possibilità, perché fai davvero troppe domande. Il che è tipico degli avvocati.»
«E vista la tua storia di risse, probabilmente hai avuto a che fare con molti di loro, vero?»
«Sì.»
«Non riesco ancora a credere che tu me ne stia parlando.»
«Perché non dovrei?»
«Perché le persone, quando si incontrano la prima volta, in genere non parlano di risse.»
«Okay», fece lui. «Ma come ti ho detto, ora non succede più.»
«E l'altra notte?»
«Avevo partecipato a un incontro di MMA, arti marziali miste. È una cosa completamente diversa da quello che facevo in precedenza.»
«Ma è sempre lotta?»
«È uno sport, come la boxe o il taekwondo.»
Maria lo fissò incredula. «È quel combattimento che si fa dentro una gabbia? Dove è permesso di tutto?»
«Sì alla prima domanda, no alla seconda», rispose lui. «Ci sono delle regole. Anzi, ce ne sono molte, per quanto sia uno sport violento.»
«E a te piace la violenza?»
«Mi fa bene.»
«Perché? Ti aiuta a restare fuori dai guai?»
«Tra le altre cose.» Lui sorrise, e per la prima volta dopo tantissimo tempo lei si trovò a corto di parole.

5
Colin

Aveva assistito spesso a reazioni come quella di Maria, e capiva che lei si stava chiedendo se fosse il caso di fermarsi ancora. In genere la gente rimaneva negativamente impressionata quando veniva a conoscenza del suo passato. Sebbene lui avesse smesso di punirsi per i propri errori, non ne andava comunque fiero. Era quello che era, con tutti i suoi difetti, e lo accettava. Adesso toccava a lei prendere una decisione.

Sapeva che Evan avrebbe disapprovato il modo in cui aveva risposto alle domande di Maria. Ma a parte il desiderio di sincerità, Evan non riusciva a capire che per Colin cercare di nascondere la verità era inutile, anche se avesse voluto. Le persone erano curiose e prudenti, e sarebbe bastata una semplice ricerca in Internet per trovare diversi articoli di giornale che parlavano di lui, nessuno in maniera positiva. Quindi, se non avesse tirato fuori la cosa fin dall'inizio, Maria o Serena avrebbero potuto scoprirla da sole, come era successo con Victoria.

L'aveva conosciuta in palestra un paio di anni prima, e dopo averci chiacchierato qualche volta avevano preso l'abitudine di esercitarsi ogni tanto insieme. Andavano molto d'accordo e lui la considerava un'ottima compagna di allenamento, finché lei aveva cominciato a evitarlo. Non rispondeva più ai suoi messaggi e alle sue chiamate e aveva cominciato ad allenarsi la mattina anziché la sera. Quando alla fine aveva avuto modo di parlarle, Victoria gli aveva confidato come aveva saputo la verità su di lui e lo aveva pregato di lasciarla in pace. Non aveva voluto ascoltare giustificazioni e Colin non ne aveva offerte, anche se non capiva come mai avesse sentito il bisogno di cercare il suo nome in rete. Non stavano insieme; secondo lui non avevano ancora nemmeno raggiunto lo stadio dell'amicizia. Un mese dopo lei aveva smesso del tutto di andare in palestra e da allora non l'aveva più rivista.

Non era stata l'unica ad allontanarsi per via del suo passato, e non era vero che Colin raccontasse i dettagli della propria storia a chiunque, come sosteneva scherzosamente Evan. Di solito non riguardava gli estranei, e a lui stava bene così... a meno che non si trattasse di un amico o di una persona che in qualche modo poteva entrare a far parte della sua vita. Era ancora troppo presto per dire se con Maria sarebbe successo, ma Serena era una sua compagna di studi e avrebbe potuto continuare a rivolgergli la parola.

In ogni caso doveva ammettere che c'era qualcosa in Maria che lo attraeva. Sicuramente il suo aspetto: era una versione più matura e più completa di Serena, con gli stessi occhi e i capelli scuri, ma al bar ne aveva notato la mancanza di vanità. Pur avendo attirato gli sguardi di diversi clienti sulla terrazza, lei non se ne era resa conto, e questo era piuttosto insolito. Ma non era solo questo. Diversamente da Serena, una ragazza spumeggiante e chiacchierona, e non proprio il suo tipo, Maria era più riservata, più contemplativa, oltre che intelligente.

La osservò che cercava di decidere se rimanere o andarsene, continuare la conversazione o salutarlo. Colin rimase in silenzio, dandole tutto il tempo necessario per prendere una decisione da sola. Si concentrò invece sulla brezza carezzevole e sul rumore delle onde. Gettando un'occhiata lungo il molo, vide che la maggior parte dei pescatori era andata via, e anche quelli che rimanevano stavano raccogliendo le proprie cose.

Maria era appoggiata alla balaustra a qualche passo da lui. La fioca luce della sera non bastava a illuminarle il viso, e questo le dava un aspetto misterioso, imperscrutabile. La guardò fare un respiro profondo.

«Quali sono queste altre cose?» domandò alla fine. Colin sorrise dentro di sé.

«Per quanto mi piaccia allenarmi, ci sono volte in cui proprio non ne ho voglia. Ma sapere di avere un incontro imminente mi spinge ad alzarmi dal divano e ad andare in palestra.»

«Tutti i giorni?»

Colin annuì. «Di solito due o tre volte. L'allenamento richiede tempo.»

«Cosa fai?»

«Varie cose», rispose lui. «Gran parte del mio allenamento riguarda colpi e prese, ma poi cerco di esercitarmi un po' in tutto: attrezzi e pesi, ma anche spinning, yoga, kayak, percorsi, corsa, arrampicata, pliometria, esercizi di potenziamento. Tutto quello che serve a sudare.»

«Pratichi yoga?»

«Fa bene non solo all'elasticità e all'equilibrio, ma favorisce anche la concentrazione mentale. È come meditare.» Indicò l'acqua, che si tingeva di rosso e oro sotto gli ultimi raggi del sole. «È un po' come venire qui dopo un turno di lavoro.»

Maria lo guardò perplessa. «Non mi sembri un tipo da yoga. Chi lo fa è...»

Colin terminò la frase al posto suo. «Magro? Barbuto? Con le perline e l'incenso?»

Lei rise. «Volevo soltanto dire che non ama la violenza, di solito.»

«Nemmeno io. Non più. È ovvio che possono capitare incidenti durante gli incontri, ma io non voglio fare del male a nessuno. Il mio unico desiderio è vincere.»

«E le due cose non vanno insieme?»

«Non sempre. Se riesci a bloccare l'avversario nella giusta posizione, quello batte la mano a terra e se ne va via come nuovo.»

Maria fece tintinnare il braccialetto che aveva al polso. «Fa paura? Entrare nella gabbia, intendo.»

«Se fa paura, forse non si dovrebbe nemmeno cominciare. Per me è più che altro un brivido che mette in circolazione l'adrenalina. La chiave è tenerla sotto controllo.»

Riavvolse a poco a poco la lenza.

«Immagino che tu sia molto bravo.»

«Non mi lamento, come dilettante, ma ho affrontato anche dei campioni. Alcuni erano lottatori di livello nazionale o pugili olimpionici, e sono al di sopra della mia portata. Comunque va bene così. Non ho l'ambizione di diventare un professionista, è solo qualcosa che farò fino alla fine del college. Quando sarà il momento, sono pronto a smettere.»

Invece di gettare di nuovo l'amo, lo agganciò alla canna insieme all'esca, quindi tirò il filo. «E poi, l'insegnamento e la lotta in gabbia non vanno d'accordo. Finirei per spaventare dei bambini ancora piccoli come ho fatto con te.»

«Bambini ancora piccoli?»

«Voglio insegnare in terza elementare», affermò. Si chinò a raccogliere il cestino. «Sta diventando buio», aggiunse. «Che ne dici di tornare indietro? O preferisci restare qui ancora un po'?»

«Possiamo andare», rispose Maria. Mentre Colin si gettava la canna da pesca in spalla, lei vide accendersi le luci dentro i ristoranti, e i clienti che facevano la coda davanti alla porta; nell'aria si udivano di tanto in tanto melodie musicali. «Comincia a esserci parecchia gente.»

«Ecco perché preferisco il turno di giorno. Di sera la terrazza è un delirio.»

«Mance più generose, o no?»

«Non ne vale la pena. Troppi studenti.»

Maria scoppiò in una risata calda e dolce. Ripercorsero i loro passi, con la massima tranquillità. Nella penombra della sera quella ragazza era molto attraente, e il suo sorriso spingeva Colin a chiedersi a che cosa stesse pensando. «Sei sempre vissuta qui?» le domandò interrompendo il piacevole silenzio.

«Ci sono cresciuta e sono tornata lo scorso dicembre», rispose. «Tra college, scuola di Legge e lavoro a Charlotte, sono stata via quasi dieci anni. Tu invece non sei di queste parti, vero?»

«Sono di Raleigh. Da bambino passavo l'estate a Wrightsville Beach, poi ci ho vissuto per un mese o due l'anno dopo le superiori. Sono qui in pianta stabile da tre anni.»

«È probabile che siamo stati vicini di casa in passato, senza saperlo. Io ho frequentato l'Università del North Carolina a Chapel Hill e la Duke.»

«Vicini o no, dubito che bazzicassimo gli stessi ambienti.»

Lei sorrise. «Quindi ti sei trasferito a Wilmington per frequentare il college?»

«Inizialmente no, il college è arrivato dopo. Sono venuto qui perché i miei genitori mi avevano buttato fuori di casa e non sapevo dove andare. Il mio amico Evan abitava in città e ho finito per prendere un appartamento in affitto da lui.»

«I tuoi genitori ti hanno buttato fuori di casa?»

Lui annuì. «Avevo bisogno di una bella lezione. Ed è servito.»

«Oh.» Maria cercò di mantenere un tono di voce neutro.

«Non li biasimo», continuò lui. «Me lo meritavo. Mi sarei buttato fuori di casa da solo.»

«Per colpa delle risse?»

«Non solo, ma anche. Ero un ragazzo problematico. E poi, dopo le superiori, sono stato per un po' un adulto problematico.» Si girò a guardarla. «E tu? Vivi con i tuoi genitori?»

«No, ho un appartamento in Market Street. Anche se voglio molto bene ai miei, non potrei mai vivere con loro», rispose Maria.

«Che cosa fanno?»

«Hanno un ristorante in città, *La cocina de la familia*.»

«Ne ho sentito parlare, ma non ci sono mai stato.»

«Dovresti andarci. Si mangiano piatti autentici, è ancora la mamma a cucinare quasi tutto, e c'è sempre molta gente.»

«Se faccio il tuo nome, avrò lo sconto?»

«Hai bisogno di uno sconto?»

«Veramente no. Ma mi chiedevo a che punto fossimo arrivati.»

«Vedrò che cosa posso fare. Sono sicura di riuscire a ottenere qualcosa.»

Ormai erano in fondo al molo e stavano per scendere le scale. Lui la seguì giù per i gradini.

«Vuoi che ti accompagni alla macchina?» le domandò guardandola negli occhi.

«Non importa, non è lontana», rispose lei timida.

Colin spostò la canna da pesca da una spalla all'altra, restio a lasciarla andare.

«Visto che Serena è uscita con i suoi amici, che programmi hai per la serata?»

«Nessuno in particolare, perché?»

«Ti va di sentire un po' di musica, già che siamo qui? È ancora presto.»

Quella domanda parve coglierla alla sprovvista, e Colin temette che gli avrebbe risposto di no. Maria si sistemò la tracolla della borsa, giocherellando con la fibbia. Mentre aspettava, notò ancora una volta quanto era bella, con le lunghe ciglia nere che celavano i suoi pensieri.

«Credevo che non frequentassi i bar.»

«Infatti. Però potremmo camminare sulla spiaggia, ascoltare qualche pezzo e godercelo da lì.»

«C'è qualcuno che suona della buona musica?»

«Non ne ho idea.»

La sua faccia rifletteva incertezza, ma alla fine si rilassò. «D'accordo. Ma non voglio fare tardi. Giusto una breve passeggiata sulla spiaggia, d'accordo? Voglio andarmene da qui prima che si riempia di gente.»

Lui sorrise, e qualcosa si sciolse dentro di lui. Sollevò il cestino da pesca. «Però prima vado a mettere giù questo. Non mi va di portarmelo dietro tutta la sera.»

Si incamminarono verso il ristorante e, dopo che Colin ebbe lasciato le sue cose nel guardaroba del personale, tornarono sulla spiaggia. Cominciavano ad apparire le prime stelle, puntine brillanti su un cielo di velluto. La risacca continuava il suo moto incessante e la tiepida brezza era come un soffio benefico. Mentre passeggiavano, lui si rese conto di averla molto vicina, ma resistette all'impulso di prenderle la mano.

«Di che ramo legale ti occupi?»

«Prevalentemente quello assicurativo. Ricerche e deposizioni, negoziazioni e, come ultima istanza, vertenze.»

«Tu difendi le compagnie assicurative?»

«Quasi sempre. Ogni tanto capita che stia dalla parte dell'assicurato, ma è raro.»

«Hai molto da fare?»

«Parecchio. Esistono polizze di vario genere, e per quanto le clausole cerchino di prevedere ogni evenienza, ci sono sempre le eccezioni. Supponiamo che qualcuno scivoli nel tuo negozio e sporga denuncia contro di te, oppure che un impiegato impugni il licenziamento, o magari che durante la festa di compleanno di tuo figlio uno dei suoi amici si faccia male in piscina. La compagnia assicurativa è responsabile del risarcimento dei danni, ma a volte decide di opporsi. Ecco dove subentriamo noi. Perché la parte avversa ha sempre degli avvocati.»

«Ti capita di andare in tribunale?»

«Finora no. Almeno non per questo lavoro, sono ancora un'apprendista. Il mio capo ci va spesso, ma in realtà la maggior parte dei casi si risolve prima del processo. Alla fine è meno costoso e stressante per tutte le parti coinvolte.»

«Scommetto che conosci parecchie barzellette sugli avvocati.»

«Veramente no», rispose lei. «Perché, tu ne sai qualcuna?»

Colin fece qualche passo. «Sai qual è il colmo per un avvocato?» Maria rimase in silenzio e lui proseguì: «Accusare la stanchezza, dopo il processo».

«Ah, ah.»

«Scherzo. Sono il primo ad apprezzare un buon avvocato. Ne ho avuti alcuni davvero brillanti.»

«E ti servivano?»

«Sì», ammise, pur sapendo che questo avrebbe suscitato altre domande. Indicò verso l'oceano. «Mi piace molto camminare sulla spiaggia di notte.»

«Perché?»

«È tutto più misterioso rispetto al giorno, soprattutto quando non c'è la luna... E mi immagino che là fuori, appena sotto la superficie dell'acqua, si nasconda ogni genere di creatura.»

«È una prospettiva agghiacciante.»

«Solo perché siamo uomini, e non pesci.»

Maria sorrise, sentendosi incredibilmente a proprio agio mentre proseguivano fianco a fianco, senza bisogno di parlare. Colin si concentrò sulla sensazione dei piedi che affondavano nella sabbia e della brezza marina sul viso. Guardando i capelli di Maria mossi dal vento, si rese conto che si stava godendo quella passeggiata più di quanto pensava. Ricordò a se stesso che erano due estranei, sebbene non avesse quella impressione.

«Vorrei farti una domanda, ma non so se è troppo personale», disse lei a un certo punto.

«Avanti», la incoraggiò lui, pur sapendo già cosa intendeva chiedergli.

«Hai detto di essere stato un adulto problematico e di aver partecipato a parecchie risse. E che hai avuto degli avvocati fantastici.»

«Esatto.»

«Significa che sei stato arrestato?»

Colin si aggiustò il berretto. «Sì.»

«Più di una volta?»

«Diverse volte», ammise. «A quei tempi conoscevo il nome di quasi tutti i poliziotti di Raleigh e Wilmington.»

«Sei mai stato condannato?»

«Qualche volta», affermò sincero.

«Sei mai stato in carcere?»

«No. Avrò passato all'incirca un anno in cella di detenzione. Non di continuo, più che altro un mese qui e uno là. Non sono mai arrivato al carcere. Avrei dovuto, l'ultima rissa era stata parecchio brutta, ma mi sono dato una calmata e adesso sono diventato un'altra persona.»

Maria abbassò leggermente il mento, di sicuro stava rimettendo in discussione la decisione di stare lì con lui.

«Quando dici che ti sei dato una calmata...»

Lui fece qualche passo prima di rispondere. «Sono in libertà vigilata da tre anni, me ne restano un paio. Fa parte dell'accordo. In pratica, se non mi metterò nei guai per i prossimi due anni, la mia fedina tornerà pulita. Il che significa che potrò insegnare, e questo per me è molto importante. La gente non vuole affidare i propri figli a dei delinquenti. D'altra parte, se combino ancora qualche guaio, l'accordo salta e io vado dritto in prigione.»

«Com'è possibile ottenere la cancellazione di tutte le condanne dalla fedina penale?»

«Mi è stato diagnosticato un disturbo di personalità e una sindrome posttraumatica da stress, che influivano sulla mia *mens rea*. Sai che cosa significa, vero?»

«In altre parole, stai dicendo che non eri responsabile delle tue azioni.»

«Non sono io a sostenerlo», obiettò Colin. «Lo affermavano gli psichiatri, e per fortuna ci sono le prove. Sono stato in terapia per quasi quindici anni, ho preso farmaci in certi periodi e, come parte dell'accordo, ho dovuto trascorrere qualche mese in Arizona in un istituto specializzato nel trattamento del disturbo di personalità.»

«E... quando sei tornato a Raleigh, i tuoi ti hanno buttato fuori di casa?»

«Sì», confermò lui. «Ma tutto questo, le risse e il rischio di condanna, l'accordo, il ricovero in istituto e vedermi improvvisamente costretto a badare a me stesso, mi ha spinto a riflettere seriamente sulla mia vita. E così mi sono reso conto di essere stanco dell'esistenza che avevo condotto. Ero stufo di me stesso. Non volevo portarmi dietro la reputazione di quello che prende a calci la testa di qualcuno già a terra, volevo essere considerato... un amico, una persona su cui puoi contare. O, almeno, uno che ha ancora un futuro. Così ho smesso di fare baldoria e ho indirizzato tutte le mie energie negli allenamenti, nello studio e nel lavoro.»

«Da un momento all'altro?»

«Non è stato semplice come può sembrare, ma sì... da un momento all'altro.»

«È difficile che le persone cambino.»

«Non avevo scelta.»

«Però...»

«Non fraintendermi. Non sto cercando di giustificarmi. Nonostante le diagnosi dei medici e la mia capacità o meno di controllarmi, so di aver combinato parecchi guai e che non me ne importava niente di migliorare. Invece fumavo, devastavo casa dei miei genitori, distruggevo auto e mi sono fatto arrestare più volte per rissa. Per molto tempo non mi interessava altro che di spassarmela come mi andava.»

«E adesso non è più così?»

«Adesso ci tengo molto a me e non ho nessuna intenzione di tornare quello che ero prima.»

Sentiva lo sguardo di Maria su di sé e comprendeva che si stava sforzando di far combaciare ciò che lui le aveva raccontato con l'uomo che aveva davanti. «Capisco la personalità borderline, ma la sindrome posttraumatica da stress? Che cosa era successo?»

«Ti interessa davvero saperlo? È una lunga storia.» Vedendola annuire, proseguì. «Come ti ho già spiegato, ero un bambino problematico e a undici anni ero diventato incontrollabile. Alla fine i miei mi spedirono all'accademia militare, che era un posto orribile. Quelli delle classi superiori facevano i bulli con i nuovi arrivati. All'inizio era il tipico nonnismo da collegio: mi portavano via il latte o il dolce alla mensa, mi costringevano a lucidare le scarpe o a rifare i letti mentre qualcuno metteva in disordine la mia stanza, che dovevo risistemare prima dell'ispezione. Niente di grave, capita a tutte le matricole. Ma tra di loro c'erano anche dei veri e propri sadici... Mi frustavano con asciugamani bagnati dopo aver fatto la doccia, oppure mi assalivano all'improvviso mentre studiavo, mi gettavano addosso una coperta e mi picchiavano di santa ragione. A un certo punto cominciarono a farlo di notte, mentre dormivo.»

Fece una pausa prima di continuare. «All'epoca ero piccolo per la mia età e piangevo molto, e questo li divertiva ancora di più. Praticamente diventai il loro giocattolo. Arrivavano due o tre notti a settimana, sempre con la coperta e con i bastoni, e me le davano mentre mi ripetevano che sarei morto prima della fine dell'anno. Ero spaventatissimo, sempre all'erta. Cercavo di restare sveglio e sussultavo al minimo rumore, ma poi mi addormentavo senza accorgermene. E loro ne approfittavano. Andò avanti così per mesi. Soffro ancora di incubi.»

«Ne hai mai parlato con qualcuno?»

«Certo. L'ho raccontato al comandante, agli insegnanti, al tutor, persino ai miei genitori. Nessuno volle credermi. Continuavano a ripetermi di smettere di mentire e di piagnucolare e di provare a crescere.»

«È terribile…»

«Puoi ben dirlo. Ero ancora un bambino, ma dopo un po' mi resi conto che dovevo andarmene da lì, altrimenti un giorno si sarebbero spinti troppo oltre, così finii per prendere l'iniziativa. Rubai delle bombolette di vernice e mi diressi verso l'edificio del Comune. Alla fine mi espulsero, ed era esattamente ciò che volevo.» Respirò profondamente. «Dopo un paio d'anni chiusero la scuola, in seguito a un'inchiesta di un giornale locale. Un ragazzino della mia età era morto. Io non venivo citato nell'inchiesta, ma per un po' ebbe risonanza nazionale: accuse penali e civili e via di questo passo. Diverse persone finirono in prigione, e i miei genitori erano pieni di rimorsi perché non mi avevano creduto. Penso sia stato per quello che mi sopportarono per tanto tempo dopo il diploma. Perché si sentivano ancora in colpa.»

«E dopo l'espulsione…»

«Entrai in un'altra scuola militare e giurai a me stesso che non avrei più permesso a nessuno di picchiarmi. Da quel momento in avanti sarei stato io a dare il primo pugno. Così imparai a lottare. Mi allenavo, mi esercitavo e se qualcuno mi provocava, io… perdevo il controllo. Mi sembrava di essere tornato bambino. Fui espulso altre volte, arrivai alla fine con fatica e poi, non so come, la situazione precipitò. Ero davvero messo male.» Fece qualche passo in silenzio. «In ogni caso, tutta la storia fu tirata in ballo in tribunale.»

«Qual è il rapporto con i tuoi genitori adesso?»

«Come con le mie sorelle, ci sto lavorando. In questo momento hanno ottenuto un'ordinanza restrittiva nei miei confronti.»

Lei lo guardò allibita e Colin proseguì.

«La sera prima del ricovero nell'istituto in Arizona, ho litigato con i miei e ho bloccato mio padre contro il muro. Non volevo fargli del male, e continuavo a ripeterglielo, volevo solo che mi ascoltassero, invece si sono spaventati. Non mi hanno denunciato, altrimenti non sarei qui, però hanno ottenuto dal tribunale un'ordinanza che mi vieta di andare a casa loro. Ormai non mi sembra che la vogliano far rispettare, ma è tuttora in vigore.»

Maria lo osservò intensamente. «Non riesco a capire come tu sia riuscito a… cambiare così. Insomma, e se cadessi di nuovo in preda alla collera?»

«A volte mi arrabbio ancora, capita a tutti, ma adesso so come affrontare il problema. Per esempio, non frequento i bar e non mi drogo, e quando esco con gli amici non bevo mai più di un paio di birre. Inoltre, l'esercizio fisico quotidiano mi aiuta a tenere sotto controllo l'umore. Ho persino imparato diverse tecniche in ospedale, per gestire la rabbia. Alla fine è stata un'esperienza molto utile.»

«Che cosa ti hanno insegnato?»

«A fare esercizi di respirazione profonda, allontanarmi, scacciare i pensieri, cercare di dare un nome preciso all'emozione quando mi assale, in modo da diminuirne l'intensità... Non è facile, comunque dopo un po' diventa un'abitudine. Ci vuole impegno e un grande sforzo, però se non facessi così probabilmente dovrei tornare al litio, e l'idea non mi piace. È una cura efficace in molti casi, ma io non mi sentivo me stesso quando lo prendevo. Era come se una parte di me non fosse più viva. E morivo sempre di fame, per quanto mi abbuffassi. Ero ingrassato molto. Perciò preferisco allenarmi qualche ora al giorno, fare yoga, meditazione, ed evitare posti dove potrei cacciarmi nei guai.»

«Funziona?»

«Per ora sì», rispose Colin. «Prendo solo una pastiglia al giorno.»

A mano a mano che avanzavano sulla spiaggia, la musica si affievoliva alle loro spalle e il rumore delle onde diventava più forte. Al di là delle dune, i locali avevano lasciato il posto a case con le finestre illuminate. La luna si era alzata e inondava il paesaggio di una luce eterea. I granchi scappavano via avanti e indietro quando loro si avvicinavano.

«Sei molto sincero», osservò Maria.

«Ho solo risposto alle tue domande.»

«Non ti preoccupa quello che posso pensare di te?»

«Non molto.»

«L'opinione degli altri non ti interessa?»

«Solo fino a un certo punto. È naturale. Ma se vuoi dare un giudizio su di me, devi sapere chi sono veramente e non basarti soltanto sulla parte che decido di mostrarti. Così preferisco essere sincero su tutto e darti la possibilità di scegliere se continuare a frequentarmi oppure no.»

«Sei sempre stato così?» Maria lo guardò con autentica curiosità.

«In che senso?»

«Così schietto e diretto?»

«No», rispose lui. «Ho cominciato dopo essere uscito dall'istituto. È stato uno dei tanti cambiamenti che ho deciso di intraprendere nella mia vita.»

«Che reazioni susciti nella gente?»

«In genere gli altri non sanno come prenderla. Soprattutto all'inizio. Evan è ancora confuso. E credo anche tu. Ma per me è importante la sincerità. In particolare con gli amici, o con qualcuno che credo di rivedere.»

«È per questo che me lo hai raccontato? Perché pensi di rivedermi?»

«Sì», ammise lui.

Per un attimo Maria non seppe cosa dire.

«Sei un uomo interessante, Colin», osservò infine.

«Ho avuto una vita interessante», riconobbe lui. «Anche tu però lo sei.»

«Fidati, paragonata a te sono la persona più noiosa del mondo.»

«Forse sì, o forse no. Ma ancora non sei scappata via.»

«Potrei farlo. Sei un tipo che incute timore.»

«Non è vero.»

«Per una ragazza come me? Credimi, è così. Di sicuro è la prima volta che passo la serata con un ragazzo che parla di aver preso a calci la testa di qualcuno durante una rissa o bloccato il padre contro il muro.»

«O che è stato arrestato. O internato in una struttura psichiatrica…»

«Anche questo, certo.»
«E?»
Maria si sistemò le ciocche di capelli mosse dal vento. «Devo ancora decidere. In questo momento non so cosa pensare di quello che mi hai raccontato. Ma se dovessi mettermi a correre all'improvviso, non cercare di fermarmi, ok?»
«D'accordo.»
«Hai parlato di queste cose anche con Serena?»
«No», rispose. «Al contrario di te, lei non mi ha chiesto nulla.»
«Altrimenti lo avresti fatto?»
«È probabile.»
«Ma certo.»
«Che ne dici se adesso parliamo un po' di te? Ti farebbe sentire meglio?»
Maria abbozzò un sorriso. «Non c'è molto da aggiungere. Ti ho raccontato qualcosa della mia famiglia, sai che sono cresciuta qui, che ho frequentato l'università a Chapel Hill e poi la scuola di Legge alla Duke, e che lavoro come avvocato. Il mio passato non è così... variopinto come il tuo.»
«Questo è un bene.» Come se fossero sulla stessa lunghezza d'onda, si girarono insieme per tornare indietro.
Risero per quella tacita intesa e poi Maria esclamò facendo una smorfia: «Aspetta un attimo». Si appoggiò al suo braccio per rimanere in equilibrio e sollevò un piede da terra. «Questi sandali mi stanno uccidendo.»
Colin la guardò mentre se li toglieva. Quando levò la mano dal braccio, su di lui rimase la sensazione di quel tocco. «Così va meglio, grazie», disse lei.

Si rimisero in cammino, più lentamente. Sulla terrazza del *Crabby Pete's* i clienti stavano aumentando e di sicuro anche gli altri locali si stavano riempiendo. Sopra di loro, la luce della luna aveva oscurato tutte le stelle. In un silenzio disinvolto, Colin si sorprese ad ammirare i lineamenti di Maria: gli zigomi alti e le labbra piene, la curva delle ciglia scure che risaltavano sulla pelle perfetta.

«Sei molto pensierosa», le disse.

«Sto cercando di assimilare le tue rivelazioni. Non è facile.»

«Sono d'accordo.»

«Direi che sei diverso.»

«In che senso?»

«Prima di tornare qui, ero assistente del procuratore distrettuale a Charlotte.»

«Scherzi?»

«Ho lavorato lì per tre anni. È stato il mio primo impiego dopo l'esame di Stato.»

«Significa che eri più abituata a perseguire quelli come me, invece che a uscirci?»

Maria abbozzò un cenno affermativo, poi disse: «Non è solo questo. La maggior parte della gente sceglie il modo in cui raccontare la propria storia. Cerca sempre di dare un'impressione il più possibile positiva, mentre tu... Sei estremamente oggettivo, come se stessi parlando di qualcun altro».

«A volte è proprio questa la mia impressione.»

«Non so se io ne sarei capace... In realtà non so nemmeno se vorrei essere così implacabilmente sincera.»

«Adesso parli come il mio amico Evan.» Colin

sorrise. «Ti piaceva lavorare per il procuratore distrettuale?»

«All'inizio sì. Ho imparato moltissimo. Ma dopo un po' mi sono resa conto che non era come pensavo.»

«Come fare una passeggiata con me?»

«Una cosa del genere...» ammise lei. «Quando studiavo, credevo che stare in un'aula di tribunale sarebbe stato abbastanza simile a quello che si vede in tv. Invece era tutto molto diverso: mi sembrava di perseguire sempre la stessa persona, con la stessa storia. Il procuratore distrettuale si occupava dei casi più interessanti, mentre i sospettati con cui avevo a che fare io erano veri e propri cliché: individui poveri e disoccupati, privi di istruzione e di solito con problemi di droga e di alcol. E non c'era un attimo di pausa. Alla fine l'idea di andare in ufficio il lunedì mattina mi incuteva terrore, perché sapevo già quello che mi aspettava sulla scrivania. La quantità di casi mi costringeva a darmi delle priorità e scendere continuamente a patti. Sappiamo tutti che l'omicidio o il tentato omicidio e le rapine a mano armata sono gravi, ma come catalogare gli altri reati? Uno che ruba una macchina commette un'infrazione peggiore di chi ruba in un appartamento? E come si collocano entrambi rispetto a una segretaria che incassa indebitamente soldi della sua società? Il tempo in tribunale è limitato; lo spazio nelle carceri è limitato. E anche nei rari casi in cui si arriva al processo, non importa quello che è veramente accaduto, ma solo ciò che riesci a dimostrare al di là di ogni ragionevole dubbio...

«E qui le cose si complicano ancora di più. La gente crede che abbiamo a disposizione risorse illimitate per dimostrare la colpevolezza di qualcuno, oltre a strumenti tecnologici all'avanguardia e a testimonianze probanti, ma non è affatto così. Trovare un riscontro del DNA può richiedere mesi, a meno che si tratti di un reato grave. I testimoni sono quasi sempre inaffidabili. Le prove sono ambigue. E di nuovo, ci sono troppi casi... Se vuoi scavare fino in fondo in un reato in particolare, devi trascurare tutte le altre pratiche che sono in sospeso. Così, capita spesso che l'approccio più pragmatico sia trovare un accordo con la difesa, che naturalmente sostiene un'accusa meno grave.»

Sollevò la sabbia trascinando i piedi. «Mi trovavo continuamente in una situazione in cui la gente si aspettava da me risultati che non potevo ottenere, e alla fine diventavo io il capro espiatorio. Le vittime di reato e i loro parenti erano convinti che i sospettati sarebbero stati dichiarati colpevoli e condannati alla detenzione o a pagare un indennizzo, ma spesso le cose non andavano così. Anche gli agenti che avevano eseguito gli arresti non erano contenti, e a me sembrava di averli traditi. In un certo senso era vero. Alla fine mi sono resa conto di essere soltanto un insignificante ingranaggio di una gigantesca macchina inceppata.»

Rallentò, stringendosi il pullover intorno alle spalle. «C'è tanta... cattiveria là fuori. Non immagini nemmeno i casi che ci arrivavano: una madre che costringe la figlia di sei anni a prostituirsi per procurarle i soldi per la droga, un uomo che violenta una novantenne. Ce n'è di che perdere fiducia negli altri. E siccome sei sottoposto alla tremenda pressione di occuparti dei casi più efferati, va a finire che altri delinquenti non ricevono la punizione che meritano e rimangono in libertà. A volte…» Scosse il capo. «Per farla breve, alla fine non dormivo quasi più e quando ero al lavoro venivo assalita da tremendi attacchi di panico. Finché una mattina sono andata dal mio capo e ho rassegnato le dimissioni. Non avevo nemmeno la prospettiva di un altro posto.»

«Mi sembra che il lavoro ti prosciugasse in vari modi.»

«Era così.» Sorrise mesta, sul suo viso si riflettevano emozioni contrastanti.

«E?»

«E cosa?»

«Ne vuoi parlare?»

«Di che cosa?»

«Del vero motivo che ti ha spinto ad andartene? La causa dei tuoi attacchi di panico?»

Maria si voltò, allibita.

«È chiaro che deve essere successo qualcosa di particolare. Qualcosa di brutto. E immagino che riguardi un caso specifico, giusto?»

Lei si fermò e si girò a guardare le onde. La luce della luna accentuava la sua espressione, un misto di tristezza e rimorso con un sottofondo di sofferenza che lui non si aspettava.

«Sei molto perspicace.» Maria chiuse gli occhi e rimase così per un po'. «È incredibile che io stia per raccontarti tutto questo.»

Ormai erano quasi tornati al punto di partenza, e la musica proveniente dai vari locali copriva il rumore delle onde. Colin indicò una collinetta di sabbia. «Ti va di sederti?»

Maria si tolse di spalla la borsa e posò i sandali da una parte, quindi si mise a sedere. Colin le si mise accanto.

«Si chiamava Cassie Manning», iniziò Maria. «Non parlo quasi mai di lei, non è un'esperienza che mi piace rivivere.» La sua voce era tesa ma al tempo stesso controllata. «Il caso mi arrivò tre o quattro mesi dopo che avevo cominciato a lavorare nell'ufficio del procuratore. Sulla carta sembrava abbastanza tipico: Cassie sta con un tizio, hanno una discussione, la situazione degenera e lui diventa violento. Cassie finisce in ospedale con un occhio nero e un labbro rotto, qualche escoriazione e uno zigomo fratturato. In altre parole, non un semplice pugno, ma vere e proprie percosse. Lui si chiamava Gerald Laws.»

«Laws, come 'leggi'?»

«Anche a me il particolare risultava tristemente ironico. E alla fine il caso si rivelò molto più complicato del previsto. Venne fuori che i due stavano insieme da circa sei mesi e che all'inizio Cassie trovava Gerald molto affascinante: sapeva ascoltare, era un vero gentiluomo, ma dopo un po' cominciò a notare altri aspetti del suo carattere. Con il tempo lui diventava sempre più geloso e possessivo. Cassie mi raccontò che si arrabbiava se non rispondeva subito quando la chiamava; capitava all'improvviso nello studio del pediatra dove lei lavorava, e una volta, mentre era a pranzo con il fratello, si accorse che Laws era seduto da solo dall'altra parte del ristorante, a osservarla. Sapeva che l'aveva seguita e questo la inquietava.

«A quel punto Cassie gli disse che voleva una pausa. Lui accettò, ma poco dopo lei si accorse di essere pedinata. Lo scorgeva all'ufficio postale o fuori dallo studio medico o persino quando andava a correre, e riceveva in continuazione delle telefonate mute. Poi, una sera, Laws si presentò a casa sua dicendo che voleva scusarsi, e lei lo fece entrare nonostante tutto. L'uomo cercò di convincerla a tornare con lui e quando gli rispose di no, l'afferrò per un braccio. Lei reagì e alla fine lo colpì con un vaso. Lui allora la gettò per terra, e cominciò a picchiarla selvaggiamente. Un agente di polizia casualmente si trovava in zona, e quando i vicini sentirono le grida e chiamarono la centrale, fece irruzione nella casa di Cassie: Laws la teneva ferma sul pavimento e la stava prendendo a pugni, c'era sangue dappertutto. In seguito si scoprì che il sangue era quello uscito dalla ferita alla tempia che lei gli aveva provocato con il vaso. Il poliziotto fu costretto a usare il Taser per fermarlo. Quando perquisirono la sua auto, trovarono nastro adesivo, una corda, un paio di coltelli, e l'attrezzatura video. Prove da paura. Parlai con Cassie e lei mi disse che quell'uomo era pazzo e lei temeva per la propria vita. Anche i genitori e il fratello minore insistevano perché Laws finisse dietro le sbarre il più a lungo possibile.»

Maria affondò le dita dei piedi nella sabbia. «Io stessa pensavo che sarebbe andata così. Non avevo dubbi sul fatto che Laws andasse rinchiuso. Era un caso lampante. Secondo la legislazione del North Carolina, poteva essere accusato di tentato omicidio premeditato oppure preterintenzionale. Il padre di Cassie avrebbe voluto che optassimo per la prima accusa, che prevedeva una pena dai tre ai sette anni. Anche l'agente che lo aveva arrestato era convinto che Laws fosse pericoloso. Purtroppo il procuratore non riteneva che potessimo dimostrare la premeditazione, dato che non c'erano prove che il materiale ritrovato nell'auto fosse in qualche modo collegato alla ragazza. Né tantomeno le ferite da lei subite erano così gravi da farle rischiare la vita. Inoltre Cassie aveva un problema di credibilità... sebbene gran parte delle sue dichiarazioni fossero vere, aveva accusato il suo ex fidanzato anche di cose che non aveva commesso. E poi c'era Laws: apparentemente un cittadino perbene, un lavoro in banca, incensurato. Sarebbe stato un incubo per qualunque procuratore. Così alla fine accettammo che si dichiarasse colpevole di lesione personale e fosse condannato a un anno di prigione. Fu un errore da parte mia. Perché Laws era davvero folle.»

Fece una pausa, per costringersi a proseguire. «Laws scontò nove mesi di carcere, dato che tre li aveva già passati in custodia cautelare. Scrisse a Cassie innumerevoli lettere, scusandosi delle proprie azioni e pregandola di dargli un'altra occasione. Lei non gli rispose mai; dopo un po' smise di aprirle, ma le conservò perché continuava ad avere paura di lui. In seguito, quando le esaminammo, notammo un cambiamento di stile nel corso del tempo. Laws era sempre più arrabbiato per il fatto che non riceveva risposta. Se lei le avesse lette e le avesse consegnate al procuratore...»

Guardò la sabbia. «Appena uscito di prigione,

Laws si presentò a casa di Cassie, ma lei gli sbatté la porta in faccia e chiamò la polizia. Ottenne un'ordinanza restrittiva e, quando gli agenti gli parlarono, lui promise che non si sarebbe più avvicinato a lei. In realtà questo servì soltanto a renderlo più cauto. Le mandava fiori in maniera anonima. Il gatto di Cassie fu avvelenato. Lei trovava mazzi di rose secche sulla soglia. E una volta trovò le gomme della sua auto tagliate.»

Maria deglutì, visibilmente scossa. Poi riprese, con voce arrochita. «Una notte, mentre Cassie stava andando a casa del suo nuovo ragazzo, fu assalita per strada da Laws. Il ragazzo lo vide afferrarla e costringerla a salire in macchina, e non riuscì a fermarlo. Due giorni più tardi la polizia trovò il cadavere di Cassie in un bungalow in riva al lago pignorato dalla banca. Laws l'aveva legata, picchiata, aveva dato fuoco alla capanna e quindi si era sparato, ma non fu possibile stabilire se fosse ancora viva quando era scoppiato l'incendio...» Chiuse gli occhi. «Fu identificata tramite le impronte dentali.»

Colin aveva capito che Maria stava cercando di rielaborare quella terribile esperienza, così la lasciò parlare senza intervenire.

«Andai al funerale», riprese infine. «Forse non avrei dovuto, però ne sentivo il bisogno. Arrivai che era già cominciato e mi misi a sedere nell'ultimo banco. La chiesa era piena, ma potevo vedere la famiglia: la mamma non smetteva di piangere, era quasi isterica e il padre e il fratello erano... pallidi in volto. Mi venne la nausea; avrei voluto non pensarci più. Invece non era ancora finita.»

Si voltò verso di lui. «La famiglia ne uscì distrutta. Pochi mesi dopo l'omicidio la madre di Cassie si suicidò, mentre il padre venne radiato dall'Ordine dei medici. Avevo sempre visto qualcosa di sinistro nel fratello... E da quel momento cominciai a ricevere dei biglietti anonimi. Me li spedivano nel mio appartamento e in ufficio, in buste sempre diverse, e di solito contenevano solo un paio di frasi: epiteti offensivi nei miei confronti, oppure mi chiedevano perché odiassi Cassie e avessi voluto fare del male alla famiglia. La polizia parlò con il fratello e i messaggi cessarono. Per un po', almeno, poi ripresero, ed erano... di un altro tenore. Più minacciosi. Molto più agghiaccianti. Così la polizia tornò dal fratello, e credo che a quel punto lui abbia perso la testa. Negò qualsiasi responsabilità, dicendo che ero io a perseguitarlo, che i poliziotti erano in combutta con me. Alla fine fu internato in un ospedale psichiatrico. Nel frattempo il padre minacciò di denunciarmi. A quel punto gli agenti ipotizzarono che l'autore dei messaggi fosse il ragazzo di Cassie. Ovviamente, quando gli agenti andarono a parlargli, lui negò tutto. Fu allora che cominciarono i miei attacchi di panico. Intuivo che chiunque fosse l'autore di quei biglietti, non mi avrebbe mai lasciata in pace, e fu allora che compresi di dover tornare a casa.»

Colin rimase in silenzio. Non c'era niente che avrebbe potuto dire per consolarla.

«Avrei dovuto ascoltare la famiglia. E l'agente che aveva eseguito l'arresto.»

Colin guardava le onde, nel loro incessante andare e venire. Vedendolo taciturno, Maria si voltò verso di lui.

«Lo pensi anche tu?»

Lui scelse con cura le parole. «È difficile rispondere a questa domanda.»

«Perché?»

«Da come parli, si capisce che ti aspetti da me una risposta affermativa, ma in tal caso ti sentiresti ancora peggio. Se invece ti dicessi di no, non ne terresti conto, perché hai già deciso che la risposta dovrebbe essere sì.»

Maria aprì la bocca per protestare, poi la richiuse. «Non so che cosa dire», riconobbe.

«Non occorre che tu dica niente.»

Lei sospirò e appoggiò il mento sulle ginocchia. «Avrei dovuto insistere con il procuratore affinché Laws venisse accusato di tentato omicidio.»

«Forse. Ma anche se Laws fosse rimasto in prigione più a lungo, alla fine il risultato avrebbe potuto essere lo stesso. Era ossessionato da lei. E se vuoi saperlo, al tuo posto probabilmente avrei preso la tua stessa decisione.»

«Lo so, ma...»

«Hai mai parlato di questo con qualcuno?»

«Intendi un terapeuta? No.»

«Okay.»

«Non mi vorrai suggerire di farlo?»

«Non sono uno che dà consigli», replicò lui.

«Proprio mai?»

Colin scosse il capo. «Comunque non hai bisogno del mio consiglio. Se pensi che la terapia possa aiutarti, provaci. Altrimenti no. Posso solo dirti che per me è stata utile.»

Maria rimase in silenzio, mentre rifletteva sulle sue parole. «Grazie», affermò alla fine.

«Di cosa?»

«Per avermi ascoltata. E per non aver cercato di darmi consigli.»

Colin tornò a fissare l'orizzonte. Erano visibili molte più stelle e Venere brillava verso sud di una luce intensa e costante. Un gruppetto di persone era sceso in spiaggia, l'aria notturna portava il suono delle loro risate. Stando seduto lì accanto a Maria, Colin aveva l'impressione di conoscerla da molto più tempo di quanto avessero trascorso insieme. Gli dispiaceva che la serata stesse volgendo al termine, come gli suggerivano i gesti di Maria. Di colpo infatti lei si drizzò a sedere. Colin la vide fare un profondo respiro e poi girare lo sguardo verso il lungomare.

«È proprio ora che vada», annunciò.

«Anch'io», concordò lui, cercando di mascherare la propria riluttanza. «Devo ancora fare un salto in palestra, stasera.»

Si alzarono e Colin aspettò che Maria si infilasse di nuovo i sandali. Si incamminarono verso le dune che costeggiavano la zona commerciale, mentre la musica diventava sempre più forte. Tornati sul marciapiede, si trovarono nel pieno della folla frenetica pronta a godersi il sabato sera.

Lui si fece largo tra i pedoni rimanendole accanto, finché raggiunsero la parte più tranquilla della strada. Sorprendendolo, lei non si allontanò, e le loro spalle si sfioravano di tanto in tanto. «Che progetti hai per domani?» si decise a chiederle.

«La domenica la passo sempre con i miei genitori. Poi probabilmente andrò a fare un po' di paddleboard.»

«Sul serio?»

«È divertente. Hai mai provato?»

«Veramente no. Avrei voluto, ma finora non ho mai trovato il tempo per farlo.»

«Gli allenamenti ti tengono troppo impegnato?»

«No, sono un vero pigro», confessò lui.

Lei sorrise. «E tu? Lavori domani?»

«No», rispose. «Andrò a correre, farò un po' di giardinaggio e cambierò il motorino d'avviamento dell'auto. Non funziona bene.»

«Forse è un problema di batteria.»

«Pensi che non abbia già controllato?»

«Non saprei. Lo hai fatto?» Lui colse la nota divertita della sua voce. «E dopo il giardinaggio e la macchina, che cosa hai in programma di fare?»

«Probabilmente andrò in palestra. C'è una lezione la domenica mattina, magari farò lotta e pesi, vedremo. Il proprietario della palestra, Todd Daly, ha la tendenza a farci lavorare parecchio. È un ex pugile, ci addestra come militari.»

«Ma se dovessi, tu potresti batterlo, giusto?»

«Chi, Daly? Nemmeno per sogno.»

Lei apprezzò la sua sincerità. «E poi?»

«Niente di che. Probabilmente studierò un po'.»

Intanto erano arrivati al parcheggio non molto distante dal *Crabby Pete's*. Lui riconobbe la macchina di Maria, e quando alla fine la raggiunsero sembravano entrambi a corto di parole. Colin sentì lo sguardo di lei su di sé, come se lo stesse vedendo per la prima volta.

«Grazie per avermi riaccompagnata alla macchina.»

«Grazie per la passeggiata sulla spiaggia.»

Lei sollevò leggermente il mento. «Avrei un'altra domanda.»

«Okay.»

«Eri sincero sul voler provare il paddleboard?»

«Sì.»

Lei gli scoccò un'occhiata di sottecchi. «Ti andrebbe di venire domani con me?»

«Sì», rispose lui, con un inaspettato impeto di piacere. «Molto volentieri. A che ora?»

«Intorno alle due, va bene? Andremo dalle parti dell'isola di Masonboro. È un po' difficile da raggiungere, ma ne vale la pena.»

«Magnifico. Dove ci incontriamo?»

«L'unico modo per arrivare lì è proseguire fino in fondo a Wrightsville Beach e lasciare l'auto alla fine della strada. Portati degli spiccioli per il parchimetro. Ci incontriamo là.»

«Posso noleggiare la tavola da qualche parte?»

«Non ce n'è bisogno. Ne ho due. Ti darò quella che usavo da principiante.»

«Ottimo.»

«Ti avverto che è rosa shocking. Con coniglietti e fiorellini.»

«Sul serio?»

Lei ridacchiò. «Scherzavo.» Poi aggiunse: «È stata una serata stranamente piacevole».

«Anche per me», rispose lui sincero. «Non vedo l'ora che arrivi domani.»

Maria premette il pulsante del telecomando, lui le aprì la portiera e la guardò salire. Un attimo dopo ingranava la retromarcia e stava per uscire dal parcheggio. Poteva finire lì la serata, ma lei frenò e abbassò il finestrino, sporgendosi.

«Ehi, Colin?» lo chiamò.

«Sì?»

«Domattina, in palestra, vedi di non farti colpire in faccia.»

Lui le sorrise, poi osservò la macchina allontanarsi lungo il viale, domandandosi in che situazione si stava cacciando. L'invito di Maria lo aveva colto di sorpresa, e mentre tornava verso la Camaro ripensò alla loro serata, cercando di trovarvi un senso. Qualunque cosa l'avesse spinta a invitarlo, lui non poteva negare di esserne lusingato.

Voleva rivederla.

Su questo non c'erano dubbi.

6

Maria

«Lo sapevo che ti sarebbe piaciuto!» gongolò Serena. «Avevo ragione o no?»

Era domenica mattina e, come al solito, Maria era seduta sulla veranda posteriore insieme alla sorella mentre la madre finiva di preparare il brunch. Il padre era a passeggio con Copo, lavata e pettinata, con un nastro rosa all'orecchio.

«Non ho detto che mi piace», rispose Maria. «Solo che l'ho trovato interessante.»

«Però oggi lo incontrerai di nuovo. E tu sarai in bikini.»

«Non ho intenzione di stare in bikini mentre remo in piedi sulla tavola.»

«Perché no?»

«Perché non sono come te. Mi sentirei in imbarazzo.»

«Guarda, faresti meglio a mostrare un po' di pelle, perché, credimi, vorrai che lui si tolga la maglietta. Il gioco degli sguardi furtivi funziona se si partecipa in due.»

«Non voglio che si faccia l'idea sbagliata.»

«Hai ragione. Meglio indossare una tuta sformata o qualcosa del genere. E comunque tu sia vestita, sono proprio contenta che finalmente esci con qualcuno.»

«Adesso non esagerare, non è un appuntamento galante. Andiamo solo a fare paddleboard insieme.»

«Uh-uh.» Serena fece la faccia seria. «Come vuoi tu.»

«Non so nemmeno perché mi metto a parlare di certe cose con te.»

«Perché sai che ti dirò la verità. Ed è proprio per questo che voi due andate così d'accordo: Colin è esattamente uguale a me.»

«Certo, hai ragione. In pratica è come se uscissi con la mia sorellina.»

«Non prendertela con me. Sei stata tu a seguirlo sul molo.»

«Io non l'ho seguito affatto!»

Serena ridacchiò. «Come sei permalosa di questi tempi. Ma se vuoi il mio consiglio, io metterei il bikini sotto la tuta sformata, d'accordo? Giusto nel caso che cominci a fare troppo caldo. Perché oggi sarà una giornata bollente.»

«Possiamo parlare un po' di te, invece? Com'è stata la tua serata?»

«Non c'è molto da dire. Abbiamo fatto un salto in un paio di bar, poi siamo andati a una festa. Un sabato sera uguale agli altri.»

«Come vanno le cose con Steve?»

«È un po' soffocante, non sono sicura di essere pronta per questo. Ma torniamo a Colin. È davvero sexy.»

«Sì, l'ho notato.»

«Ha cercato di baciarti quando vi siete salutati?»

«No, e non volevo che lo facesse.»

«Molto bene», approvò Serena, «fai la difficile. Ai ragazzi piace.» Maria fece una smorfia e sua sorella rise di nuovo. «Okay, okay, la smetto. Però lo trovo fantastico. Non solo hai un appuntamento... uno vero, checché tu ne dica, ma sei stata tu a invitarlo. Sei l'epitome della donna moderna. E, per tua informazione, sono terribilmente gelosa al pensiero che lo vedrai senza maglietta. Non credo che abbia un solo grammo di grasso addosso.»

«Non saprei, era buio mentre camminavamo.»

«Mi raccomando, voglio delle foto. Ti porti sempre dietro la macchina fotografica. Scattagliene qualcuna di nascosto.»

«No.»

«Be', potresti fare almeno questo piccolo favore alla tua sorellina, che guarda caso è anche la persona che te lo ha fatto conoscere.»

Maria ci pensò su. «Può darsi.»

«Ottimo. Anzi, meglio ancora, fai delle foto con il cellulare e mandamele, così le metto su Instagram.»

«Nemmeno per sogno.»

«Ne sei proprio sicura? Non vorrei dover riferire a papà che esci con un ex carcerato attualmente in libertà vigilata.»

«Non ti azzardare a farlo!»

«Scherzavo! Non voglio nemmeno essere nei paraggi quando lancerai una bomba simile. Avvisami in anticipo, quindi. D'accordo?»

«Contaci.»

«Comunque sia, devi almeno farti un selfie con Colin. Prima dell'annuncio. In questo modo, avrai la certezza di essere uscita davvero con lui, dal momento che non accadrà più.»

«Hai finito?»

Serena ridacchiò. «Sì, ora sì.»

Maria notò un colibrì beccare dalla mangiatoia che sua madre aveva messo sulla parete. Come le accadeva da bambina, rimase affascinata dal suo modo di restare sospeso in aria. Dalla casa le giungeva il canto sommesso della mamma e un gradevole profumo di uova e fagioli, ma avvertiva già un po' di nervosismo in vista dell'appuntamento di quel pomeriggio e dubitava di riuscire a mangiare qualcosa.

«Sono decisamente sorpresa da come Colin… ti ha raccontato tutto», osservò Serena.

«Se fossi stata al posto mio, saresti rimasta scioccata, fidati.»

«Però è strano. Non credo di aver mai conosciuto uno come lui.»

«Non dirlo a me.»

Due ore più tardi Maria era nel suo appartamento, incerta su cosa indossare. Il consiglio di Serena le riecheggiava nella mente, rendendola ancora più insicura. In genere non ci avrebbe pensato su due volte: calzoncini e un top o il reggiseno di un bikini, di certo senza farsi la doccia prima né truccarsi o provare crampi allo stomaco dovuti al nervosismo. Tuttavia, in piedi davanti al comò, si domandava che impressione voleva dare. Sportiva? Casual? Sexy?

Per gli uomini era molto semplice, rifletté: una maglietta, calzoni corti, un paio di infradito e via. Lei invece doveva decidere la lunghezza dei calzoncini, quanto dovessero essere aderenti o sbiaditi, o se scegliere quelli con i tagli sexy sotto le tasche posteriori oppure optare per una versione più tradizionale. Decidere cosa mettere sopra era persino più difficile, soprattutto dato che non aveva ancora scelto tra il bikini e il costume intero. Nonostante ciò che aveva detto a Serena, il suo era un appuntamento, e a parte la serata fallimentare con Jill e Paul, ultimamente non aveva avuto molte occasioni di uscire con qualcuno. A questo bisognava aggiungere il fatto che per tutta la mattina e la sera precedente i suoi pensieri avevano ruotato intorno a Colin. Insomma, era una situazione che la innervosiva come non mai.

Che cosa si aspettava da lui, in ogni caso? Colin era il genere di persona che lei era abituata a perseguire. Fino al giorno prima, se qualcuno le avesse detto che sarebbe uscita con un tizio dal passato burrascoso, sarebbe scoppiata a ridere o, più probabilmente, si sarebbe offesa. Avrebbe dovuto dirgli addio quando lui l'aveva accompagnata alla macchina. L'idea che uscissero insieme quel pomeriggio era assurda, eppure era stata lei a invitarlo, e faticava a ricordare come fosse potuto accadere o che cosa avesse pensato sul momento.

Colin era... magnetico. Quella definizione le era venuta in mente sotto la doccia, e più ci pensava, più le sembrava calzante. Le sue risposte l'avevano lasciata esterrefatta, a volte, ma doveva ammettere che quel suo «questo sono io, e puoi accettarmi oppure no» era accattivante. Soprattutto, intuiva che era davvero pentito, il che le faceva capire quanto fosse cambiato. Non era tanto ingenua da non sospettare che avesse cercato di far leva sulle sue emozioni, ma era impossibile conciliare l'idea con l'uomo che le aveva cambiato la ruota o aveva camminato al suo fianco sulla spiaggia, o che frequentava l'università nella speranza di diventare insegnante. Colin non aveva cercato di fare colpo e, se non fosse stata lei a chiedergli di vedersi quel pomeriggio, di sicuro l'avrebbe salutata alla macchina, senza ulteriori conseguenze.

Doveva ammettere che apprezzava la sua sincerità e la sua onestà a proposito del proprio passato. Se avesse aspettato a farle quelle rivelazioni, lei si sarebbe sentita manipolata e si sarebbe arrabbiata, o addirittura spaventata. L'attrazione che aveva provato verso di lui sarebbe scomparsa all'istante, e si sarebbe chiesta su cos'altro le avesse mentito. A nessuno piace essere adescato.

Non conosceva tante persone che avessero cambiato la direzione della propria vita in maniera radicale come Colin. E sebbene non sapesse dove poteva portare quella giornata, ammesso che fosse l'inizio di qualcosa, alla fine scelse il bikini nero e i calzoncini di jeans strappati. Poi s'infilò una maglietta stretta con una scollatura profonda. Serena aveva ragione anche su un altro punto: se Colin si fosse tolto la maglietta, e doveva riconoscere che l'eventualità non l'avrebbe disturbata affatto, era giusto che lei potesse scegliere di fare lo stesso.

Colin era appoggiato alla fiancata della macchina quando Maria si fermò dietro di lui. La salutò con un cenno della mano e lei rimase paralizzata a fissarlo. Indossava una maglietta grigia aderente che sottolineava le spalle scolpite e la vita stretta;

le maniche tiravano sui bicipiti, e anche da lontano l'intenso grigioazzurro dei suoi occhi spiccava sopra gli zigomi sporgenti. Per quanto improbabile, il suo primo pensiero fu che era sempre più bello. Quando lui si staccò dalla macchina e le sorrise, provò uno strano batticuore, mentre una voce dentro di lei sembrava dirle: *Se non stai attenta, puoi cacciarti proprio nei guai con questo tizio.*

Si riscosse, lo salutò, poi fece un profondo respiro e spense il motore. Quando aprì la portiera, il caldo l'assalì all'istante. Per fortuna non c'era umidità e una lieve brezza muoveva l'aria rendendo più sopportabile la temperatura.

«Ciao. Che puntualità», esordì.

Vide che si era portato un piccolo zaino, una borsa frigo e due asciugamani. Mentre si metteva in spalla lo zaino, Colin rispose: «Sono arrivato presto. Non ero sicuro che fosse il posto giusto. Non ci sono altre macchine».

«C'è sempre meno confusione in fondo all'isola», confermò lei. «Alla gente non piace pagare per il parcheggio, e per noi è meglio, dal momento che non dovremo camminare troppo.» Si schermò gli occhi con la mano. «Com'è andato l'allenamento?»

«Un po' più intenso del solito, ma niente lividi né ossa rotte.»

«Lo vedo», disse lei con un sorriso. «E gli avversari? Non li hai massacrati?»

«Stanno bene.» Socchiuse gli occhi nella luce del sole. «Com'è andato il tuo brunch?»

«Niente ossa rotte né lividi, grazie», rispose Maria, e quando lo sentì ridere si scostò una ciocca di capelli dietro l'orecchio, cercando di non farsi coinvolgere troppo. «Scherzi a parte, ho raccontato a Serena che oggi venivamo qui. Casomai dopo la lezione dovesse bloccarti e sommergerti di domande personali.»

«Secondo te lo farà?»

Di sicuro, pensò Maria. «È probabile», rispose a voce alta.

«Perché non chiede direttamente a te?»

«Sono certa che stasera mi telefonerà. Reputa suo dovere immischiarsi pesantemente nella mia vita privata.»

«Okay.» Sorrise. «A proposito, sei molto bella.»

Lei si sentì avvampare. «Grazie», rispose, poi per darsi un tono disinvolto aggiunse: «Sei pronto?»

«Non vedo l'ora.»

«Siamo fortunati che non ci sia troppo vento. L'acqua dovrebbe essere perfetta.»

Maria cominciò a slacciare i nastri che tenevano legate le tavole sul tettuccio dell'auto. Lui si avvicinò per aiutarla. I muscoli delle sue braccia si muovevano come corde di pianoforte, facendo guizzare i suoi tatuaggi mentre lavoravano fianco a fianco. Odorava di sale e di vento, un profumo fresco e pulito. Sollevò la prima tavola e la appoggiò alla macchina, poi fece lo stesso con la seconda.

«Come te la cavi con l'equilibrio?» le chiese.

«Piuttosto bene, perché?»

«Ho portato una borsa frigo», spiegò indicando alle proprie spalle. «Mi chiedevo se potessi metterla sulla tua tavola. Io non sono sicuro di riuscire a stare in piedi all'inizio.»

«Non è difficile, vedrai che ci riuscirai. Comunque posso mettere il frigo sulla mia tavola, anzi, sarà perfetto perché ci potrò appoggiare sopra gli asciugamani. Odio quando si bagnano.»

Aprì la portiera dell'auto per tirare fuori la macchina fotografica e le cinghie per il trasporto delle tavole, sforzandosi in tutti i modi di non fissarlo in modo palese. Agganciò le cinghie sotto lo sguardo di Colin e scoprì che le piaceva essere al centro della sua attenzione. Quando ebbe terminato, lui prese lo zaino ed entrambe le tavole. Maria afferrò gli asciugamani e la borsa frigo e si incamminarono insieme verso la punta. «Che cosa c'è qui dentro?» domandò lei.

«Un po' di frutta, qualche snack, un paio di bottiglie d'acqua.»

«Cibi sani», commentò Maria.

«Sono molto rigido per quanto riguarda il mangiare.»

«E nello zaino?»

«Un frisbee, una palla da footbag e la crema solare. Nel caso ci fermassimo sulla spiaggia dopo.»

«Non sono molto brava con il frisbee. E per tua informazione non ho mai giocato a footbag in vita mia.»

«Allora tutti e due oggi proveremo qualcosa di nuovo.»

La sabbia bianca era accecante sotto i raggi del sole. A parte un uomo che lanciava una palla al suo golden retriever tra le onde, la spiaggia era deserta. Maria alzò il braccio con cui reggeva il frigo per indicare l'insenatura. «Quella è l'isola di Masonboro.»

«Prima che tu la nominassi, ieri sera, non sapevo nemmeno che esistesse.»

«È ancora selvaggia. Non ci sono strade né aree

attrezzate per picnic. D'estate ci arrivano molte barche, ma negli ultimi tempi ho avuto il posto tutto per me. È tranquillo e molto bello ed è perfetto per rilassarmi nel weekend. Il mio capo ha un processo la prossima settimana e probabilmente dovrò lavorare fino a tardi tutte le sere, per preparargli le carte. Andrò in ufficio anche prima del solito.»

«Caspita!»

«Sai com'è, devo tenermi al passo», sbuffò lei.

«Perché?»

«Se non faccio quello che devo, mi licenziano.»

«Non mi riferivo al fatto di fare bene il tuo lavoro. Questo lo capisco. Mi domandavo perché fosse importante per te stare al passo.»

Maria si accigliò, rendendosi conto che era il primo a porle quella domanda e che lei non ci aveva mai pensato. «Non saprei», rispose alla fine. «Forse è perché sono fatta così. Oppure è colpa dei miei genitori. Non è quello che si dice durante una terapia?»

«A volte. E a volte è persino vero.»

«Tu non vuoi stare al passo?»

«Non so nemmeno esattamente cosa significhi», ammise. «Una casa più grande? Una macchina migliore? Vacanze in posti esotici? I miei genitori hanno tutto questo, ma non mi sembra che siano veramente felici. C'è sempre qualcosa di più là fuori, e non è mai finita. Io non voglio vivere così.»

«E come vorresti vivere?»

«In armonia. Il lavoro è importante, perché devo mantenermi, ma lo sono anche gli amici, la salute, il riposo. Avere del tempo per fare le cose che mi piacciono, e a volte per non fare assolutamente niente.»

La borsa frigo le batteva piano contro la gamba. «Lo trovo molto… sensato.»

«Okay.»

Lei sorrise. *Lo sapevo che avrebbe detto così.* «Hai ragione, certo. L'armonia è importante, ma a me è sempre piaciuta la sensazione di riuscire in qualcosa di difficile, prendere bei voti a scuola quando ero piccola, oppure scrivere una buona relazione adesso. Pormi degli obiettivi e raggiungerli mi dà l'impressione di avere uno scopo nella vita. E alla fine, se sono brava, gli altri se ne accorgeranno e verrò ricompensata. Anche questo mi piace.»

«Posso capirlo.»

«Ma per te non è lo stesso?»

«Siamo diversi.»

«Tu non hai degli obiettivi? Per esempio finire il college o vincere un combattimento?»

«Sì.»

«Allora in che senso siamo diversi?»

«Perché a me non interessa avere successo. In generale non mi interessa molto l'approvazione della gente.»

«Secondo te, invece, io ci tengo?»

«Sì.»

«Potresti spiegarti meglio?»

Lui fece qualche passo prima di rispondere. «Credo che per te sia molto importante l'impressione che fai alle altre persone, ma secondo me è sbagliato. Alla fine l'unica cosa che conta veramente è che tu sia soddisfatto di te stesso. Quello che provano gli altri è affar loro.»

Maria sapeva che aveva ragione, anche se le parole così esplicite di Colin l'avevano colta alla sprovvista. Del resto era sempre diretto, quindi perché sorprendersi?

«Lo hai imparato durante la terapia?»

«Sì, ma ho impiegato tanto tempo a interiorizzarlo.»

«Forse dovrei parlare con il tuo terapista.»

«Forse», riconobbe lui, e lei scoppiò a ridere.

«Comunque il fatto che abbia bisogno di tante conferme dall'esterno dipende anche dai miei genitori.»

Colin la guardò scettico, e lei gli diede un colpetto sulla spalla, con una naturalezza che non la lasciò indifferente. «Parlo sul serio. Forse sono nata con questa ambizione, o come la vuoi chiamare, ma loro l'hanno decisamente nutrita. Mia madre e mio padre hanno smesso di studiare in terza media e hanno dovuto fare sacrifici per anni prima di poter aprire il ristorante. Hanno dovuto imparare una nuova lingua, a occuparsi di contabilità e tanto altro quando erano già adulti, così per loro una buona istruzione era tutto. Sono cresciuta parlando spagnolo a casa, e per questo fin dall'inizio a scuola mi sono dovuta impegnare più degli altri bambini. Pur lavorando quindici ore al giorno, i miei non hanno mai mancato una riunione con gli insegnanti, e si accertavano sempre che facessi i compiti. Quando ho iniziato a prendere buoni voti, erano molto orgogliosi. Invitavano zii e cugini per il weekend – ho tanti parenti in città – e mostravano a tutti la mia pagella, continuando a ripetere quanto fossi brava. Ero al centro dell'attenzione e mi piaceva provare quella sensazione, perciò mi applicavo sempre di più. Ero seduta al primo banco e alzavo la mano tutte le volte che i professori facevano una domanda, studiavo fino a tarda notte prima dei compiti in classe. Come conseguenza, sono stata una vera secchiona alle superiori.»

«Davvero?» chiese lui con quella sua espressione ironica.

«Be'... sì», confermò lei impacciata. «A otto anni ho messo gli occhiali, erano giganteschi e con la montatura marrone. Poi ho portato l'apparecchio per tre anni. Ero timida e goffa e mi piaceva veramente studiare. Non sono andata a una festa fino all'ultimo anno, e anche allora ero insieme a un gruppo di ragazze che non uscivano mai. Il mio primo bacio l'ho dato un mese prima di entrare al college. Fidati, so di che cosa parlo.»

«E ora?»

«In parte sono ancora così. Lavoro tanto, frequento le amiche troppo poco e non faccio niente nei fine settimana, a parte venire qui con la tavola e trascorrere del tempo con la mia famiglia. Il venerdì sera di solito lo passo a letto a leggere.»

«Questo non significa che tu sia irrecuperabile. Nemmeno io esco molto. Se non sono in palestra o a fare una gara, di solito ascolto musica o studio, oppure vado da Evan e Lily.»

«Lily?»

«La fidanzata di Evan.»

«Che tipo è?»

«È bionda ed è più o meno alta come te. Ha una personalità fortissima. Si vede che viene dal Sud, è di Charleston.»

«Ed Evan? Ti assomiglia in qualcosa?»

«Veramente è più come te. Molto efficiente.»

«Tu credi che io sia un tipo efficiente?»
«Sì.»
«Allora perché a me non sembra?»
«Non ne ho idea», rispose lui. «Ma credo che la maggior parte delle persone la penserebbe come me.»
Maria gli scoccò un'occhiata obliqua, lusingata da quelle parole. Intanto avevano raggiunto la riva e lei si tolse i sandali; guardò l'acqua. «Bene, qui è perfetto», dichiarò. «La marea sta salendo, e faciliterà le cose. Se si stesse ritirando, dovremmo partire da laggiù», spiegò, indicando un punto oltre la spalla di Colin. «Pronto?»
«Quasi», disse lui. Posò le tavole, poi infilò le ciabatte nello zaino e tirò fuori la crema solare. Si sfilò la maglietta, che mise a sua volta nello zaino, e il primo pensiero di Maria fu che sembrava una scultura. Il petto e l'addome erano un alternarsi di creste e rientranze, ogni muscolo chiaramente definito. Le spire di un drago tatuato sul petto si allungavano su una spalla intrecciandosi ad arte con un carattere cinese. Guardando verso l'oceano, lui cominciò a spalmarsi la crema. «È un posto bellissimo questo», osservò.
«Concordo», approvò lei, cercando di non fissarlo in maniera troppo evidente.
Si versò dell'altra crema sulla mano, quindi le offrì il flacone. «Ne vuoi un po'?»
«Magari più tardi. Me la sono già messa prima, e di solito non mi scotto. Carnagione latina, sai.»
Colin annuì, mentre applicava la crema anche sulle cosce. «Ti spiace mettermela sulla schiena?»
Maria era un po' turbata. «Ma certo.»
Le loro dita si sfiorarono quando lei prese il fla-

cone. Si versò la crema sulle mani e gliela spalmò lentamente sulla schiena, avvertendo la consistenza dei muscoli e della pelle, e cercando di ignorare lo strano senso di intimità che provava. Pensò a come si sarebbe divertita Serena a sentire questa parte del racconto.

«Vedremo dei delfini o delle focene?» chiese lui, in apparenza inconsapevole dell'effetto che le faceva.

Lei non rispose subito, concentrata com'era in quell'operazione. «Ne dubito. A quest'ora del giorno di solito sono sul lato verso il mare aperto.» Con una punta di dispiacere, richiuse la crema solare. «Fatto.»

«Grazie», rispose lui, mettendo via il flacone. «E adesso?»

«Siamo quasi pronti.» Tolse le cinghie dalle tavole e le diede a Colin perché le mettesse nello zaino, poi sollevò la più piccola. «Puoi portare tu il frigo e gli asciugamani? Ti insegno come salire.»

Entrò nel mare, e quando l'acqua le arrivò alle ginocchia, si sdraiò sopra la tavola. Sistemò la pagaia in perpendicolare rispetto alla tavola, quindi, tenendola ferma, si alzò in ginocchio e infine in piedi. «Voilà… Ecco fatto. Il segreto sta nel trovare il punto di appoggio giusto, in cui né la prua né la poppa sono sott'acqua. E poi, tieni le ginocchia piegate, ti aiuterà a stare in equilibrio.»

«Capito.»

«Ora puoi sistemare il frigo e gli asciugamani dietro di me. E ti spiacerebbe passarmi anche la macchina fotografica?»

Colin seguì le istruzioni e mentre Maria si infilava la macchina fotografica al collo, salì a sua volta sulla tavola. Quando fu in piedi, spostò il peso, facendola oscillare leggermente.

«È più stabile di quanto pensassi», osservò.

«Per girare, puoi pagaiare in avanti e compiere una virata larga, oppure all'indietro e fare una virata stretta.» Gli mostrò la prima versione, poi la seconda, ruotando su se stessa, mentre si allontanava dalla riva. «Ci sei?»

«Andiamo», disse lui. Con pochi colpi di remo la raggiunse, quindi proseguirono appaiati, fino a entrare nelle acque tranquille e ricche di nutrimento della laguna. Sopra di loro il cielo azzurro era punteggiato di nuvolette. Senza farsi notare, Maria guardava Colin osservare ogni cosa: i pellicani bruni e gli aironi candidi, oppure un falco che volava più in alto. Non sembrava sentire il bisogno di rompere il silenzio, e Maria pensò ancora una volta che era un tipo davvero originale.

Lasciando vagare la mente, rivolse la sua attenzione all'isola, notando i tronchi d'albero contorti e sbiancati dalla salsedine, le radici avviluppate come un morbido gomitolo di lana. Le dune punteggiate da ciuffi di erba erano costellate da viottoli sinuosi, scorciatoie per il lato che dava verso l'oceano, e pezzi di legno anneriti dall'acqua stagnante si ammassavano lungo la riva.

«Stai pensando a qualcosa», lo sentì dire. Senza che lei se ne accorgesse, Colin aveva avvicinato la tavola alla sua.

«Solo a quanto amo questo posto.»

«Ci vieni tutti i fine settimana?»

«Quasi sempre, sì», rispose, continuando a pagaiare con colpi regolari. «Tranne quando piove o tira vento. Il vento forte ti dà l'impressione di non arrivare da nessuna parte, e l'acqua è increspata. Una volta ho commesso l'errore di portarci Serena: è durata una ventina di minuti, poi ha insistito per tornare indietro, e da allora non è più tornata. Quando si tratta di oceano, lei è più il tipo da prendere il sole su una barca. Anche se siamo affiatate, non ci somigliamo molto.»

La curiosità con cui lui la guardava e ascoltava la spinse a continuare, mentre muoveva la pagaia nell'acqua. «Serena è sempre stata estroversa e socievole. Ha collezionato un ragazzo dopo l'altro e ha tantissimi amici. Il suo cellulare suona in continuazione, tutti vogliono passare il tempo con lei. Invece io sono sempre stata più tranquilla, più timida forse, e sono cresciuta con la sensazione di essere sempre un po' fuori posto.»

«A me non sembra affatto.»

«No? Come ti sembro?» chiese lei.

Colin inclinò la testa di lato. «Riflessiva, intelligente, sensibile. Bella.»

La sicurezza con cui pronunciò quelle parole, come se recitasse un elenco preparato in precedenza, la mise a disagio. «Grazie», mormorò. «Sei molto... dolce.»

«Sono sicuro che ti hanno già detto queste cose.»

«Veramente no.»

«Allora non frequenti le persone giuste.»

Maria spostò i piedi sulla tavola, cercando di nascondere quanto si sentisse lusingata e nel contempo turbata. «Non hai la ragazza, dunque?»

«No», rispose Colin. «In realtà per un bel po'

non sono stato un soggetto adatto, e ultimamente ho molto da fare. E tu?»

«Ancora single. Ho avuto una storia seria quando ero al college, ma non è durata. E ultimamente ho la tendenza ad attrarre gli uomini sbagliati.»

«Come me?»

Lei sorrise impacciata. «Non mi riferivo a te. Pensavo piuttosto a uno dei soci dello studio, sposato e con figli. Ha cominciato a corteggiarmi, il che mi rende ancora più stressante la vita in ufficio.»

«Me lo immagino.»

«Ma non hai un consiglio da darmi, giusto? Dal momento che non lo fai mai.»

«No.»

«Ti rendi conto che non è facile conversare con te? Serena, per esempio, ha sempre tanti di consigli da distribuire.»

«Sono utili?»

«Sinceramente no.»

Dal suo sguardo, si capiva che lei aveva appena confermato il suo punto di vista. «Cos'è successo con il tuo ragazzo?»

«Non c'è molto da dire. Siamo usciti insieme per un paio d'anni, e a me sembrava che stessimo andando verso qualcosa di più serio.»

«Il matrimonio?»

Maria annuì. «Ma poi lui decise che non ero la sua donna ideale. Alla fine si è sposato con un'altra.»

«Deve essere stata dura.»

«I primi tempi ero distrutta», riconobbe lei.

«Da allora nessun altro fidanzato?»

«Niente di serio. Sono uscita con qualche ragazzo, però sono sempre state relazioni occasionali.» Fece una pausa, immersa nei ricordi. «Andavo a ballare con le mie amiche in un locale dove suonavano salsa, a Charlotte, ma la maggior parte dei ragazzi che incontravo voleva solo portarmi a letto. Per me invece è la conseguenza naturale di un impegno, mentre molti uomini cercano solo un'avventura.»

«È un loro problema.»

«Lo so, ma...» Non sapeva bene come formulare il pensiero. «A volte è dura. Forse perché vedere i miei genitori così felici insieme mi ha sempre fatto credere che fosse semplice, e che anch'io avrei trovato l'uomo giusto senza problemi. A vent'anni avevo tanti progetti... pensavo che adesso, alla mia età, sarei stata sposata e avrei abitato in una vecchia casa ristrutturata, e con mio marito avremmo già parlato di avere dei figli. Invece l'idea mi sembra più lontana ora di quanto non fosse anni fa. Ho quasi perso le speranze.»

Vedendo che lui non rispondeva, scosse il capo. «Non capisco perché ti stia dicendo queste cose.»

«Sono interessanti.»

«Come no», commentò lei sarcastica. «Sono noiose persino per me.»

«Non sono noiose», ribatté lui. «È la tua storia, e mi piace ascoltarla.» Dopo una pausa, le chiese, cambiando bruscamente argomento: «Ballavi la salsa, eh?»

«Di tutto quello che ho detto hai sentito solo questo?» Colin non replicò e lei proseguì, domandandosi come mai le risultasse così facile parlare con lui. «Ci andavo quasi tutti i sabati.»

«Adesso non ci vai più?»

«No. Non ci sono sale da ballo qui. Non ufficiali, almeno. Serena ha cercato di trascinarmi in un posto che conosceva, e io ci ho pensato su, però poi ho rinunciato all'ultimo momento.»

«Magari ti saresti divertita.»

«Forse. Ma non è nemmeno una vera sala da ballo. È un magazzino abbandonato, e sono sicura che sia illegale.»

«A volte sono proprio quelli i posti migliori.»

«Parli per esperienza, immagino.»

«Certo.»

Lei sorrise. «Conosci i movimenti della salsa?»

«È come il tango?»

«Non proprio. Il tango è un ballo di coppia dove ti muovi liberamente per la pista. La salsa è più un ballo da sala, con tante giravolte e scambi di mano, dove rimani nello stesso punto. È un modo divertente per trascorrere un paio d'ore con gli amici, soprattutto se il tuo partner è bravo. Era l'unica occasione in cui riuscivo a lasciarmi andare ed essere me stessa.»

«Perché, adesso non sei te stessa?»

«Certo, ma questa è decisamente una versione più tranquilla di me, la più tipica», rispose lei. Alzò la pagaia sopra la testa per stirare la schiena, quindi immerse di nuovo la pala nell'acqua. «Volevo farti una domanda», proseguì. «Me lo sono chiesta da quando me ne hai parlato.» Si girò verso di lui. «Perché vuoi diventare maestro di scuola elementare? Credevo che la maggior parte delle persone preferisse insegnare alle superiori.»

Colin continuò a remare.

«Perché i bambini delle elementari, in particolare quelli di terza, sono abbastanza grandi da capire quasi tutto quello che gli dice un adulto, ma nello stesso tempo ancora abbastanza giovani da credere che gli adulti dicano la verità. È anche l'età in cui si manifestano i primi problemi comportamentali. Considerando poi i test richiesti dallo Stato, è un momento critico.»

L'acqua era liscia come uno specchio. «E?» lo incalzò lei.

«E cosa?»

«Penso che tu non mi stia raccontando tutta la storia. Qual è il vero motivo per cui vuoi insegnare proprio in terza elementare?»

«Perché è stato il mio ultimo anno positivo a scuola», rispose lui. «Fino a qualche tempo fa, il mio ultimo anno positivo in generale. E devo tutto al signor Morris: era un ufficiale dell'esercito in pensione che aveva cominciato a insegnare tardi, e sapeva esattamente che cosa mi serviva. Non l'assurda disciplina che mi è toccata in seguito all'accademia militare, ma un progetto specifico per la mia educazione. Lui non accettava bravate, e non appena ho cominciato a essere indisciplinato mi ha detto che dovevo fermarmi dopo la lezione. Pensavo che saremmo rimasti in classe con un libro, oppure che mi avrebbe dato qualche altra punizione, invece mi fece correre intorno alla scuola e fare flessioni tutte le volte che gli passavo davanti. E continuava a ripetermi che ero bravissimo, che ero veloce o forte, così io non la vivevo come un castigo... Fece la stessa cosa durante l'intervallo, e poi mi chiese la mattina se potevo andare a scuola prima, perché si capiva che avevo un talento naturale per la corsa.

Che ero più forte degli altri bambini. Migliore persino. A ripensarci ora, so che lo faceva a causa della mia iperattività e degli altri problemi psicologici, con lo scopo di farmi sfogare tutte le energie fisiche in modo che poi riuscissi a stare seduto in classe.»

La sua voce si ammorbidì mentre proseguiva. «Però per me, all'epoca, era la prima volta che qualcuno mi lodava, e il mio unico desiderio era di renderlo ancora più orgoglioso di me. Mi applicai nella lettura e in matematica, e anche a casa mi comportavo meglio. Quando l'anno successivo passai in quarta, nella classe della signora Crandall, tutto il lavoro svanì. Quella donna era gretta e malvagia, ci sopportava a stento e io tornai il bambino problematico di prima. Poi i miei genitori mi mandarono via e il resto lo conosci già.»

Fece un lungo sospiro, quindi si girò verso di lei. «È per questo che voglio insegnare proprio in terza elementare. Perché forse, dico forse, incontrerò un bambino come me e saprò esattamente che cosa fare. E alla lunga so quanto potrebbe essere importante quell'unico anno per quel bambino. Se non avessi incontrato il signor Morris tanti anni fa, non avrei mai pensato di ricominciare a studiare per diventare insegnante.»

Mentre Colin parlava, Maria non aveva mai smesso di guardarlo. «Sei riuscito a sorprendermi ancora una volta», commentò.

«Per quale ragione?»

«È molto stimolante il motivo per cui vuoi insegnare. Io non ho storie come la tua. Il più delle volte non so nemmeno perché sono diventata avvocato. È successo per caso.»

«In che senso?»

«Quando andai al college ero ancora incerta su cosa studiare. Pensavo di frequentare una scuola di Finanza, oppure di prendere un master o addirittura di iscrivermi a Medicina. La scelta è stata davvero difficile, non sapevo cosa volessi fare nella vita. La mia compagna di stanza, invece, era decisa a iscriversi a Giurisprudenza, e allora mi convinsi che fosse un'idea molto affascinante. Così, quasi senza accorgermene, mi iscrissi a quella facoltà e tre anni dopo avevo un posto nell'ufficio del procuratore distrettuale e studiavo per l'esame di Stato. Ora eccomi qui. Non fraintendermi, sono brava in quello che faccio, ma a volte mi chiedo se è il caso di continuare con questo mestiere.»

«Non sei obbligata.»

«Non posso gettare al vento la mia istruzione. O i quattro anni passati. Tu che cosa faresti?»

Lui si grattò il mento. «Credo che tu possa fare quello che vuoi», disse poi. «In fin dei conti ciascuno di noi vive la vita che ha scelto.»

«Che cosa ne pensano i tuoi genitori del tuo ritorno agli studi?»

«Probabilmente si chiedono ancora se sono cambiato veramente, o se tornerò a essere quello di prima.»

Maria sorrise, di nuovo colpita dalla sua disarmante sincerità.

«Non so perché, ma mi è difficile immaginare l'altro Colin, quello del passato.»

«Non ti sarebbe piaciuto granché.»

«È probabile», confermò lei. «E forse lui non si sarebbe fermato a cambiarmi la ruota.»

«Certamente no.»

«Cos'altro dovrei sapere del nuovo Colin?» gli chiese lei, e da quella domanda scaturì un rapido resoconto della sua infanzia a Raleigh e della sua amicizia con Evan e Lily. Le parlò dei genitori e delle sorelle, e di come fosse stato crescere affidato a varie bambinaie. Le parlò delle prime risse, ancora delle scuole militari, e le offrì maggiori dettagli sugli anni successivi alle superiori, anche se riconobbe che non ne serbava un ricordo molto nitido. Le parlò anche delle arti marziali miste, e su sua insistenza le raccontò di alcuni combattimenti, compreso l'ultimo con il marine che lo aveva lasciato pieno di lividi e tagli. Sebbene molte di quelle storie sottolineassero il lato più ruvido del carattere del vecchio Colin, confermavano anche ciò che lei sapeva già.

Mentre parlavano, la marea cambiò, sospingendoli fianco a fianco. Il sole a poco a poco iniziò la sua discesa, ricoprendo l'acqua di bagliori ramati. Il sottile strato di nuvole smorzava la luce che cambiava colore: rosa, arancio, magenta.

«Vuoi fermarti in spiaggia?» chiese lei. Colin annuì, e mentre remavano verso la riva Maria scorse i dorsi lucidi e arcuati di tre focene che si avvicinavano lentamente. Quando gliele indicò, Colin sorrise come un ragazzino. Smisero di remare di tacito accordo, lasciando fluttuare le tavole. Con sua sorpresa, Maria vide le focene cambiare rotta e scivolare proprio verso di loro. Prese la macchina fotografica e cominciò a scattare, aggiustando l'inquadratura ogni volta. Per miracolo, riuscì a catturare il momento in cui tutte e tre uscivano dall'acqua contemporaneamente, abbastanza vicine da poterle quasi toccare, prima che sfilassero oltre l'una dietro l'altra spruzzando acqua dallo sfiatatoio. Lei si voltò e le guardò tornare verso lo stretto e poi l'oceano, chiedendosi che cosa le avesse spinte lì proprio in quel momento.

Quando finalmente scomparvero, si accorse che Colin la stava fissando. Le sorrise e, istintivamente, gli scattò una foto, ripensando al lampo di vulnerabilità che le aveva mostrato pochi minuti prima. Nonostante la sua aria sicura, Maria sapeva che, come lei, Colin voleva semplicemente essere accettato; a modo suo, anche lui era solo. Questa consapevolezza le provocò una stretta al cuore, e di colpo le sembrò che loro fossero le uniche due persone al mondo. In quel momento di silenziosa intimità, capì di voler trascorrere altri pomeriggi con lui, proprio come quello, un pomeriggio qualunque che per qualche motivo era magico.

7
Colin

Colin stava seduto su un asciugamano sulla spiaggia accanto a Maria, cercando di ignorare il fatto che fosse in costume da bagno. Il giorno prima l'aveva vista come una sconosciuta affascinante; quel pomeriggio, mentre remavano sulla tavola, aveva cominciato a considerarla un'amica; ma adesso non sapeva più con sicurezza che cosa poteva succedere. Sapeva soltanto che quel bikini nero gli rendeva difficile pensare lucidamente. Maria, si disse, non era solo carina ma decisamente bella e, pur intuendo che qualcosa era cambiato tra di loro nel corso della giornata, lui era restio a dargli un nome.

Non aveva molta esperienza con le donne come Maria. Le ragazze che aveva frequentato fino ad allora non avevano lauree e famiglie affiatate, piuttosto numerosi piercing e tatuaggi, modi rudi e seri problemi famigliari. Si aspettavano di essere trattate male, e lui di solito le accontentava. La reciproca mancanza di aspettative rivestiva di apparente benessere il loro stare insieme. Un benessere malato, di sicuro, ma la miseria ama la compagnia. Solo un paio di loro era durata più di tre mesi, e in ogni caso, a differenza di Evan, avere una compagna fissa per Colin non era mai stata una priorità. Non era fatto così. Gli piaceva la libertà che deriva dall'essere single, il non dover rispondere a nessuno. Era già abbastanza difficile tenere in riga la propria vita, figuriamoci soddisfare le aspettative di qualcun altro.

Così almeno aveva sempre creduto, ma adesso, mentre ammirava di nascosto Maria, si domandava se le sue non fossero state solo scuse. Forse, era soltanto un'ipotesi, non gli era mai importato di intraprendere una relazione perché non ci aveva mai pensato seriamente, o perché non aveva mai trovato la persona giusta. Sapeva che stava correndo troppo, però non poteva negare il suo desiderio di trascorrere più tempo con lei. Non riusciva proprio a capire come mai non fosse fidanzata. Ricordò a se stesso che era improbabile che Maria nutrisse interesse per uno come lui.

Eppure...

All'istituto psichiatrico, aveva partecipato a molte sedute di terapia di gruppo, dove bisognava cercare di capire le motivazioni profonde del prossimo. Comprendere gli altri significa comprendere se stessi, e viceversa, così lui aveva imparato a leggere il linguaggio del corpo e altri segnali, come il tono della voce, mentre i vari membri condividevano le proprie paure, manie e rimpianti. E pur non essendo in grado di interpretare con precisione i messaggi che Maria inviava, sospettava che fosse confusa nei suoi confronti. Era ragionevole. Anche se adesso lui era cambiato, lei doveva rendersi conto che il vecchio Colin sarebbe sempre rimasto lì da qualche parte. Sarebbe stata una preoccupazione per chiunque. Accidenti, preoccupava persino lui stesso. Sebbene al momento la sua rabbia esplosiva fosse assopita, era come un orso in letargo, e Colin sapeva di dover strutturare la propria vita in un certo modo, per evitare che arrivasse la primavera e l'orso si svegliasse. Lo studio e il lavoro in palestra riempivano le sue giornate e lo tenevano lontano da luoghi pericolosi. Evitava droghe e alcol. Trascorreva del tempo con Evan e Lily, che non solo erano modelli di vita, ma erano sempre presenti per offrirgli sostegno e tenerlo lontano dal male.

Nella sua vita non c'era spazio per Maria, si disse. Non c'era tempo. Non ne aveva la forza.

Eppure…

Erano da soli in un tratto di spiaggia isolato, e lui si sorprese di nuovo a dirsi che era maledettamente sexy. A rigor di logica Maria sarebbe dovuta scappare lontano ormai, ma sembrava accettare il suo passato e, per la miseria, lui non riusciva a smettere di pensare a lei.

La guardò sdraiarsi sotto il sole del tardo pomeriggio, reggendosi sui gomiti. Pensò di nuovo che possedeva una bellezza naturale che lui non aveva mai visto prima e, per distrarsi, si girò su un fianco e avvicinò a sé la borsa frigo. Tolse il coperchio e tirò fuori due bottiglie d'acqua, poi gliene porse una.

«Banana o arancia?» le chiese.

«Banana», rispose lei. Si mise seduta, sinuosa e aggraziata. «Le arance mi si appiccicano sulle mani.»

Lui gliela porse e tirò fuori due sacchettini di frutta secca.

«Ne vuoi un po'?»

«Volentieri, perché no?»

Maria prese il sacchetto e si mise in bocca un paio di mandorle. «È proprio quello che mi ci vuole», dichiarò ammiccante. «Già sento che il colesterolo si abbassa e i muscoli mi aumentano.»

Lui sorrise mentre si sbucciava un'arancia. Lei mangiò la banana prima di tornare a sdraiarsi. «Non lo faccio mai», disse. «Cioè, non mi fermo mai a rilassarmi sulla spiaggia quando ci passo davanti.»

«Per quale ragione?»

«D'estate c'è sempre troppa gente. Mi sentirei strana a venire qui da sola.»

«Perché? A me non darebbe alcun fastidio.»

«Non ne dubito. Per te non ci sarebbe niente di strano. Ma per noi donne è diverso. Se me ne stessi qui sdraiata tutta sola… certi ragazzi potrebbero prenderlo come un invito. E se un pazzo mi venisse accanto e cominciasse a tampinarmi? Magari un ex drogato in libertà vigilata, con un passato di risse nei bar e di violenza… Oh, no!» Si finse raccapricciata e si voltò di scatto verso di lui.

Colin scoppiò a ridere. «E se lui ti dicesse di essere cambiato?»

«All'inizio non gli crederei.»

«E se fosse un tipo affascinante?»

«Dovrebbe essere molto, ma molto affascinante. E comunque probabilmente preferirei rimanere da sola.»

«Anche se lui si fosse fermato ad aiutarti mentre eri nei guai con la macchina nel bel mezzo di un temporale?»

«Potrei provare un'infinita gratitudine per il suo aiuto, ma non so se farebbe differenza. A volte anche i pazzi fanno cose carine.»

«Sarebbe una saggia decisione. Un tipo come quello potrebbe essere pericoloso, e se fossi in te non mi fiderei.»

«È ovvio», disse lei. «Naturalmente, esiste sempre la possibilità che lui sia cambiato sul serio e che sia un ragazzo simpatico, e allora io sarei proprio sfortunata. Dal momento che non gli darei nemmeno una possibilità.»

«In effetti mi rendo conto che potrebbe essere un problema.»

«È per questo che non vengo qui in spiaggia da sola. Così elimino il problema alla radice.»

«Giusto. Tuttavia non so ancora cosa pensare di quello che hai appena detto.»

«Bene», rispose lei dandogli un colpetto con la spalla. «Così siamo pari. Io già da un po' non so cosa pensare di quello che mi hai detto tu.»

Pur non essendo sicuro che lei stesse flirtando, gli piaceva la naturalezza con cui lo toccava. «Che ne dici di passare a un argomento più innocuo?»

«Del tipo?»

«Parlami della tua famiglia. Mi hai accennato al fatto di avere un sacco di parenti in città.»

«I miei nonni, tutti e quattro, vivono ancora in Messico, ma ci sono tre zie e quattro zii che abitano a Wilmington, oltre a più di venti cugini. Organizziamo delle riunioni di famiglia da sballo.»

«Deve essere divertente.»

«Infatti. Molti di loro lavorano o hanno lavorato nel ristorante dei miei genitori, che quindi era un po' come la nostra seconda casa. Ci ho passato tantissimo tempo da bambina.»

«Veramente?»

Maria annuì. «Quand'ero piccola i miei genitori avevano allestito una zona giochi sul retro, così la mamma poteva tenermi d'occhio e quando ho cominciato la scuola facevo i compiti in ufficio. Dopo la nascita di Serena, badavo io a lei finché la mamma finiva il turno e poi, quando sono diventata più grande, ho iniziato a lavorare anch'io nel ristorante. Ma la cosa strana è che non ho mai avuto l'impressione di essere trascurata, e neppure che il ristorante dominasse la mia vita. Non solo perché ci lavorava tutta la famiglia, ma perché i miei genitori venivano sempre a dare un'occhiata per controllare che stessi bene. Quando eravamo a casa, le cose non erano molto diverse: c'erano continuamente parenti in giro, molti hanno vissuto con noi finché non sono riusciti a mettere da parte i soldi necessari per abitare per conto loro. Per una bambina non c'è niente di meglio. C'era sempre qualcosa da fare; gente che parlava o giocava o cucinava o ascoltava la musica. Tanto rumore e tanta energia. Energia positiva.»

Colin cercò di far combaciare quel racconto con la donna che gli stava seduta accanto, e lo trovò sorprendentemente facile.

«Quanti anni avevi quando hai cominciato a lavorare nel ristorante?»

«Quattordici. Ci andavo dopo la scuola, e poi d'estate e durante le vacanze di Natale. Ho continuato fino alla laurea. I miei genitori pensavano fosse giusto che mi guadagnassi la paghetta.»

«Sembri molto orgogliosa di loro.»

«Tu non lo saresti? Anche se devo ammettere che non so bene cosa penserebbero se sapessero che oggi sono qui con te.»

«Io invece me lo immagino benissimo.»

Lei rise, di cuore e spontaneamente.

«Ti va di fare qualche lancio con il frisbee?»

«Ci proverò. Ma non dire che non ti avevo avvisato.»

In effetti non era molto brava: quasi tutti i suoi lanci finivano fuori traiettoria, conficcandosi nella sabbia o venendo deviati dal vento. Colin correva qua e là in modo sportivo, cercando di recuperare il frisbee prima che toccasse terra, mentre lei gli urlava: «Mi spiace!» Quando riusciva a fare un lancio decente o ad afferrare il frisbee, prorompeva in grida di giubilo quasi infantili.

Intanto continuava a chiacchierare. Gli parlò dei suoi viaggi in Messico dai nonni e delle minuscole casette di legno dove loro erano vissuti per tutta la vita. Raccontò in breve gli anni della scuola e alcuni aneddoti sul suo lavoro nell'ufficio del procuratore distrettuale. Lui rimase perplesso nel sentire come il suo primo ragazzo l'avesse scaricata e si domandò ancora perché nessun altro si fosse fatto avanti. Possibile che fossero tutti ciechi? Non lo sapeva e non gli importava: l'unica sua certezza era di essere stato incredibilmente fortunato quando lei aveva deciso di fare una passeggiata sul molo.

Dopo aver giocato a frisbee, Colin tirò fuori la palla da footbag, e Maria scoppiò in un'allegra risata. «Tu sei matto», esclamò, prima di lasciarsi cadere sull'asciugamano. Lui le si sedette accanto, assalito dalla stanchezza di una giornata passata all'aria aperta. Notò che la pelle di Maria aveva assunto una sfumatura bruna. Finirono di bere l'acqua sorseggiandola lentamente mentre osservavano le onde.

«Credo che mi piacerebbe vederti combattere», disse lei girandosi a guardarlo.

«Okay», rispose lui.

«Quando sarà il prossimo incontro?»

«Manca ancora qualche settimana. Si tiene alla *House of Blues*, a North Myrtle Beach.»

«Contro chi combatterai?»

«Non lo so ancora.»

«Com'è possibile?»

Colin affondò le dita nella sabbia. «Nei combattimenti amatoriali, gli incontri non vengono stabiliti fino al giorno prima. Dipende tutto da chi vuole combattere, chi è pronto a farlo, chi è disponibile. E, ovviamente, da chi si iscrive.»

«Questa cosa non ti rende nervoso? Il non sapere?»

«Direi di no.»

«E se fosse... un gigante o che so io?»

«Ci sono categorie di peso, quindi questo aspetto non è un problema. La mia preoccupazione principale è che l'avversario si faccia prendere dal panico e infranga le regole. Alcuni di quelli che si presentano agli incontri amatoriali non hanno molta esperienza in gabbia, ed è facile perdere il controllo. È ciò che è successo l'ultima volta, quando quel marine mi ha dato una testata. Hanno dovuto interrompere il combattimento per fermare l'emorragia, e l'arbitro non ha voluto recuperare il tempo. Il mio allenatore era fuori di sé.»

«E a te questo piace veramente?»

«Fa parte del gioco», rispose. «Di positivo c'è che

al round successivo l'ho bloccato con una presa a ghigliottina e l'ho costretto a dichiararsi sconfitto. E la cosa mi è piaciuta veramente.»

«Ti rendi conto che non è normale, vero?»

«Okay.»

«E tanto per essere chiari, a me non importa che tu vinca o perda, basta che non ne esci insanguinato e malconcio.»

«Farò del mio meglio.»

Lei aggrottò la fronte. «Aspetta… la *House of Blues*? Ma non è un ristorante?»

«Tra le altre cose. Però c'è abbastanza spazio, di solito gli eventi dilettantistici non richiamano grande pubblico.»

«Sono sorpresa! Chi non vorrebbe guardare degli uomini che si massacrano a vicenda? Cosa c'è che non va nella società di oggi?»

Colin sorrise. Maria si cinse le ginocchia con le braccia come aveva fatto la sera prima, ma stavolta gli toccò leggermente la spalla con la sua.

«Come sono venute le foto che hai scattato prima?» domandò lui.

Lei prese la macchina fotografica e accese il display, poi gliela porse. «Guarda. Credo che la più bella sia questa, ma ce ne sono altre. Basta che usi la freccia per farle scorrere.»

Lui guardò la foto delle tre focene. «È incredibile», commentò, «sembra che si siano messe in posa.»

«A volte mi va bene. La luce era proprio giusta.» Si chinò verso di lui, sfiorandolo con il braccio. «Ce ne sono alcune del mese scorso che mi piacciono.»

Colin fece scorrere all'indietro le immagini: pellicani e falchi, un primo piano di una farfalla, un cefalo colto mentre saltava fuori dall'acqua. Quando lei si chinò ancora di più, lui colse un profumo di fiori selvatici.

Finite le foto, Maria si allontanò di nuovo. «Dovresti incorniciarne qualcuna», le consigliò restituendole l'apparecchio.

«Lo faccio, ma solo con le migliori», replicò lei.

«Migliori di queste?»

«Lascio giudicare te. Però dovrai venire da me, perché sono appese a casa.»

«Mi piacerebbe molto, Maria.»

La vide voltarsi di nuovo verso l'acqua, le labbra increspate da un lieve sorriso. Gli sembrava impossibile che avessero cominciato a conoscersi soltanto il giorno prima sul molo. Quante cose aveva imparato su di lei in quel breve periodo, e quanto ancora voleva sapere.

«Sarà meglio andare», riprese lei con una punta di dispiacere nella voce. «Prima che faccia buio.»

Lui annuì, ma si alzò controvoglia. Tornarono a Wrightsville Beach giusto quando le prime stelle spuntavano in cielo. Colin l'aiutò a fissare le tavole e le pagaie sul tettuccio della macchina prima di girarsi verso di lei. Guardandola scostarsi all'indietro una ciocca di capelli, provò uno strano nervosismo, qualcosa che non gli era mai capitato prima con una donna.

«Ho passato una bellissima giornata oggi.»

«Il paddleboard è davvero divertente», concordò Maria.

«Non parlavo di quello», precisò lui dondolandosi da un piede all'altro. «Parlavo del tempo trascorso con te.»

«Davvero?» Il suo tono era carezzevole.

«Sì.» Colin era sicuro che fosse la donna più bella che avesse mai incontrato.

«Che cosa fai il prossimo fine settimana?»

«A parte il solito brunch in famiglia la domenica, non ho altri programmi.»

«Ti piacerebbe andare in quel magazzino di cui ti ha parlato Serena? Sabato sera?»

«Mi vuoi portare a ballare?»

«Vorrei conoscere la Maria meno tipica, quella che sa lasciarsi andare.»

«La versione più tranquilla non è il tuo tipo?»

«No, al contrario», rispose lui. «So già che cosa provo per quella Maria.»

Il canto dei grilli tra le dune era come una serenata naturale in sottofondo. Erano soli, e quando lei alzò lo sguardo lui fece un passo avanti, lasciandosi guidare dall'istinto. Si domandò se si sarebbe girata dall'altra parte rompendo l'incantesimo, ma non accadde. Maria rimase invece dov'era mentre Colin le cingeva lentamente la vita con un braccio. La strinse a sé, le loro labbra si unirono, e in quel momento lui capì che era quello che voleva fin dall'inizio. La voleva tra le sue braccia, proprio come ora, per sempre.

Colin tornò a casa guidando piano per le strade meno trafficate di Wilmington, avvolto dal calore di quella piacevole giornata. Il pomeriggio di attività fisica gli aveva lasciato un senso di benessere mentre continuava a riflettere sui suoi sentimenti per Maria. Sceso dalla macchina, stava attraversando il prato appena rasato, quando sentì

Lily che lo chiamava dalla veranda, con in mano il cellulare.

«Eccoti qua», disse, la sua parlata simile a una cantilena. Come sempre aveva una pettinatura perfetta. Quella sera, come accadeva solo di rado, portava un paio di jeans, seppure con i tacchi, un filo di perle, orecchini di brillanti e una gardenia infilata tra i capelli.

«Cosa ci fai qui fuori?» le chiese, avvicinandosi.

«Parlavo con mia madre mentre ti aspettavo», rispose lei scendendo i gradini. Lily era l'unica donna che conosceva a saltellare quando era contenta. Si sporse ad abbracciarlo. «Mi hanno detto che oggi sei uscito con una ragazza, e io voglio sapere tutto prima di entrare.»

«Dov'è Evan?»

«Al computer, per cercare una società farmaceutica per i suoi clienti. Sai quanto prende sul serio il suo lavoro! Adesso, noi ci sediamo qui e tu mi racconti di questa donna speciale. Non accetto un no come risposta. E non tralasciare niente.»

Si mise a sedere su un gradino, indicando con la mano un punto accanto a sé. Colin sapeva di non avere altra scelta che ubbidire e le riferì le informazioni senza scendere nei dettagli. Lily lo interrompeva spesso, a caccia di particolari. Quando lui terminò, lo fissò con uno sguardo intenso, chiaramente delusa.

«Senti, Colin, sul serio, devi migliorare questo tuo modo di raccontare», lo rimproverò. «Non hai fatto altro che elencare una serie di attività e gli argomenti di cui avete parlato.»

«Che altro potevo dire?»

«Che domanda sciocca. Avresti dovuto farmi innamorare di quella donna.»

«Perché?»

«Nonostante il tuo patetico racconto, si capisce chiaramente che sei cotto di lei.»

Lui non rispose.

«Colin?» lo interpellò Lily. «Quello che intendo è che avresti dovuto dire qualcosa del tipo: 'Quando sono con Maria... Io... Io...' e poi rimanere zitto perché non ci sono parole per descrivere l'intensità di ciò che provi.»

«Mi sembra un modo di fare più tuo che mio.»

«Lo so», ammise. Sembrava dispiaciuta per lui. «Ecco perché ritengo tu sia negato per raccontare le cose, benedetto ragazzo.»

Solo Lily era capace di insultarlo con tanta grazia. «Come fai a sapere che sono cotto di lei?»

«Se non ti fosse piaciuto tanto trascorrere la giornata in sua compagnia», spiegò l'amica, «ti saresti limitato a guardarmi con l'aria annoiata, rispondendo: 'Non c'è niente da dire', quando ti ho chiesto di parlarmi di lei. Ovviamente a questo punto ecco qui la domanda cruciale: quando me la presenti?»

«Dovrei chiedere a Maria.»

«Hai già dei progetti per rivedere presto la tua 'gentile amica'?»

Colin rimase interdetto, chiedendosi se qualcun altro a parte Lily usasse ancora quell'espressione. «Siamo d'accordo di vederci il prossimo fine settimana.»

«Non in un bar, voglio sperare.»

«No.» Le riferì del magazzino.

«Pensi che sia una decisione saggia? Alla luce di

quanto successo l'ultima volta che sei andato in un locale con me e Evan?»

«Voglio solo portarla a ballare.»

«Ballare può essere molto romantico», riconobbe lei. «Tuttavia...»

«Andrà bene. Te lo prometto.»

«Ti prenderò in parola. Naturalmente questa settimana dovresti passare dal suo ufficio, per farle una sorpresa con un mazzo di fiori o una scatola di cioccolatini. Alle donne piace questo genere di premure, anche se ho sempre pensato che i cioccolatini siano più adatti per la stagione invernale. Quindi, meglio dei fiori.»

«Non è nel mio stile.»

«Lo so. È per questo che te l'ho suggerito. Fidati. Ne resterà estasiata.»

«Okay.»

Vedendo la sua reazione, Lily gli accarezzò una mano. «Non ne avevamo già discusso? Della tua abitudine di rispondere così quando una persona ti parla? Devi togliertela. È orribile.»

«Okay.»

«Appunto», disse lei. «Un giorno capirai la saggezza delle mie parole.»

Alle loro spalle, Evan aprì la porta di casa e notò la mano di Lily posata su quella di Colin, ma non era geloso. Sapeva che i due erano grandi amici.

«Lasciami indovinare, lo stai ammorbidendo per chiedergli del suo appuntamento?» domandò alla fidanzata.

«Non stavo facendo niente del genere», sbuffò lei. «Le signore non ammorbidiscono nessuno. Mi stavo semplicemente informando sull'esito dell'appuntamento, e sebbene Colin all'inizio mi abbia quasi fatto addormentare, credo che il nostro amico sia cotto a puntino.»

Evan scoppiò a ridere. «Colin? Cotto? Sono due cose inconciliabili.»

«Colin, ti spiacerebbe informare il mio fidanzato sullo stato effettivo della faccenda?»

Lui la indicò con il pollice. «Secondo lei sono cotto.»

«Proprio così», sottolineò Lily compiaciuta. «Ora che siamo giunti al nocciolo della questione», proseguì, «quando hai intenzione di telefonare alla tua gentile amica?»

«Non ci ho ancora pensato.»

«Non hai imparato niente da me?» Lo guardò con aria di rimprovero. «Prima ancora di andarti a fare la doccia, devi assolutamente chiamarla. Per dirle quanto sei stato bene oggi e che sei onorato di avere il piacere della sua compagnia.»

«Non credi di esagerare un po'?»

Lily sembrava quasi triste. «Colin… so che fatichi a manifestare il tuo lato più sensibile, ed è un difetto del tuo carattere che ho sempre cercato di considerare con indulgenza, se non altro per amicizia. Ma questa sera la chiamerai, hai capito? Non appena entri in casa. Perché è così che fa un vero gentiluomo, e io frequento soltanto gentiluomini.»

Evan gli lanciò uno sguardo d'intesa e Colin comprese di non avere scelta.

«Okay.»

8
Maria

Il lunedì, Maria ritenne più saggio rimanere nascosta nel suo ufficio, dove poteva concentrarsi in pace. Il nervosismo di Barney in vista dell'imminente processo aveva raggiunto un livello esagerato e lei non voleva diventare un involontario bersaglio. Chiuse la porta e si mise a prendere appunti per l'incontro di metà mattina con dei clienti, poi fece qualche telefonata e rispose alle email. Nonostante il desiderio di essere efficiente, di tanto in tanto s'incantava a guardare fuori dalla finestra, ripensando al fine settimana appena trascorso.

La sua distrazione era dovuta in parte alla telefonata ricevuta da Colin il giorno prima. Se quanto dicevano amiche e riviste rispondeva al vero, i ragazzi non chiamavano subito, anzi, la maggior parte di loro non lo faceva proprio. Del resto quel ragazzo non aveva niente di prevedibile, pensò. Dopo aver riagganciato, si era messa a guardare la foto che gli aveva scattato e le era sembrato di vedervi sia il Colin che conosceva sia quello sconosciuto. Aveva un'espressione gentile, ma il suo corpo era ricoperto di cicatrici e tatuaggi. Anche se aveva promesso a Serena di mandargliela, in quel momento aveva deciso che la foto era destinata soltanto ai suoi occhi.

«C'è qualcuno di buon umore qui.»

A quelle parole Maria si girò e vide Jill sulla porta.

«Ehi, Jill, ciao. Che succede?»

«Dovrei essere io a chiedertelo», rispose l'amica entrando. «Fino a un attimo fa eri persa nel mondo dei sogni, e non capita a nessuno di lunedì.»

«Ho passato un bel fine settimana.»

«Sul serio? Da come lo dici, presumo sia andata molto meglio delle mie deposizioni la settimana scorsa. È stata la prima volta in assoluto che non vedevo l'ora di tornare in ufficio.»

«Davvero?»

«È stato orribile.»

«Dimmi cosa è successo.»

«Non voglio farti morire di noia. E poi, ho una conference call tra pochi minuti. Ero passata solo per chiederti se hai impegni per pranzo. Ho una voglia matta di sushi e buona compagnia ora che sono tornata in sella.»

«Per me va bene.»

Jill si sistemò la manica della camicetta. «Forse mi sbaglio, ma mi sembra che tu non ce l'abbia più con me.»

«Perché dovrei?»

«Forse perché ti ho teso un agguato con l'appuntamento al buio più tremendo della storia?»

«Ah già», rispose Maria, sorpresa di essersene praticamente dimenticata.

«Mi spiace tantissimo», si scusò Jill. «Non immagini quanto sia stata male per tutta la settimana, dal momento che non avevo avuto occasione di parlartene.»

«Invece lo abbiamo fatto, non ricordi? E tu ti sei scusata.»

«Non abbastanza.»

«Va bene così. E comunque, le cose sono andate a finire bene.»

«Non riesco a immaginare come.»

«Ho conosciuto una persona.»

Passò qualche secondo di silenzio prima che l'altra replicasse: «Non ti riferirai mica al tizio che ti ha cambiato la gomma? Quello tutto insanguinato e pieno di tagli che ti ha spaventato a morte?»

«Proprio lui.»

«Ma com'è possibile?»

«È difficile da spiegare.»

Jill fece una smorfia. «Oh-oh.»

«Che cosa c'è?»

«Stai di nuovo sorridendo.»

«Davvero?»

«Sì. Mi fai venire voglia di disdire la conference call e prendere una sedia.»

«Non è possibile. Io e Barney dobbiamo incontrare un cliente tra poco.»

«Però oggi pranziamo insieme, giusto? E allora mi aggiornerai!»

«Senza dubbio.»

Dieci minuti dopo, Serena la chiamò al cellulare. Quando Maria riconobbe il numero, provò un tuffo al cuore. Sua sorella non telefonava mai prima delle dieci di mattina; normalmente non era nemmeno sveglia a quell'ora.

«Serena, stai bene?»

«Dov'è?»

«Dov'è che cosa?»

«La foto di Colin. Non ho ricevuto né una email né un messaggio da parte tua.»

Maria era indispettita. «Mi stai chiamando in ufficio, in orario di lavoro, per chiedermi di una foto?»

«Non ti avrei disturbata se tu me l'avessi mandata. È andato tutto bene? Dimmi che non l'hai già fatto scappare.»

«No. In realtà usciremo insieme sabato prossimo.»

«Bene», commentò sua sorella. «Ma il post non avrà lo stesso impatto senza una foto. Naturalmente potrei sceglierne una di te bambina, se non ti decidi a...»

«Ciao, Serena.»

Riagganciò e pochi minuti dopo prese il cellulare, solo per curiosità.

In effetti sul profilo Instagram di Serena c'era una sua foto. Di quando andava alle medie. Apparecchio. Acne. Occhiali. Aria impacciata. Il ritratto peggiore nella storia delle foto scolastiche. «Cercate di non essere gelosi, ragazzi, ma mia sorella Maria ha un appuntamento per questo sabato sera!»

Maria chiuse gli occhi. Avrebbe voluto strozzarla. Questo era poco ma sicuro.

Però doveva ammettere che Serena, a modo suo, era divertente.

Un paio d'ore più tardi, davanti a un piatto di sushi e sashimi misti, Maria raccontò a Jill quello che era successo con Colin, una storia incredibile anche per lei.

«Uau», esclamò l'amica.

«Mi credi pazza? Considerato il suo passato?»

«Chi sono io per giudicare? Guarda che appuntamento al buio ti avevo combinato! Di fronte a una cosa tanto fuori dagli schemi come questa, la scelta migliore è seguire l'istinto.»

«E se il mio istinto si sbagliasse?»

«Allora, se non altro, ti sei fatta cambiare una gomma. E hai passato una bella domenica, il che spero mi eviterà ritorsioni per quella fallimentare uscita a quattro.»

Maria sorrise. «E così le deposizioni sono state noiose?»

«Anche un monaco buddista avrebbe perso la pazienza, visto che metà della gente è pronta a mentire spudoratamente sotto giuramento e l'altra metà sostiene di non ricordare più niente. Ora che ho perso un'intera settimana, probabilmente finiremo per accordarci. Come volevasi dimostrare. Ma non posso dire che mi piaccia.» Prese un altro boccone di sushi. «Come va con Barney?»

«Meglio.»

«Che cosa significa?»

«Ah già, è vero, tu non c'eri», ricordò Maria, poi raccontò a Jill del suo ritardo alla riunione e di tutto il lavoro straordinario che si era sentita obbligata a fare. Le riferì anche della sgridata che si era presa da Barney, ma tralasciò il colloquio con Ken.

«Gli passerà, vedrai. È sempre nervoso prima di un processo», la consolò Jill.

Sì, ma... Maria si agitò sulla sedia. «Il fatto è che ho sentito che Barney voleva affidarmi questo caso.»

«Chi te lo ha detto?» Jill si era bloccata con le bacchette a mezz'aria. «Non fraintendermi, sei un brillante avvocato, ma per lui non hai abbastanza esperienza per assumerti una simile responsabilità.»

«Semplici voci di corridoio», rispose Maria.

«Non gli darei molto credito. A Barney piacciono troppo le luci della ribalta e fa fatica a cedere il controllo, per non parlare del merito, persino ai collaboratori più anziani. È per questo che io sono passata a un altro ramo. Ho immaginato che non sarei mai riuscita a progredire né ad accumulare l'esperienza in aula che mi serviva.»

«Non riesco ancora a credere che tu abbia potuto cambiare dipartimento.»

«È stata una fortunata coincidenza. Ti avevo già raccontato che mi ero occupata per diversi anni di diritto del lavoro prima di entrare nello studio, no?» Maria annuì e Jill continuò. «All'epoca, tuttavia, non ero sicura che mi piacesse, così decisi di tentare con il diritto assicurativo. Ho lavorato con Barney per nove mesi e praticamente mi sono uccisa prima di rendermi conto che si trattava di un vicolo cieco. Me ne sarei andata, ma il caso ha voluto che proprio in quel periodo lo studio si stesse ampliando e avesse bisogno di me per trattare le questioni attinenti ai rapporti di lavoro.»

«Sfortunatamente, io invece non ho alternative. A meno che non si allarghino anche al settore penale.»

«Puoi sempre cambiare studio.»

«Non è così semplice.»

«Non hai nemmeno provato a guardarti intorno, vero?»

«In effetti no. Ma comincio a chiedermi se non dovrei farlo.»

Jill la guardò intensamente mentre prendeva il bicchiere. «Sai di poter parlare con me di ciò che ti preoccupa. Anche se non sono una socia, ho il mio dipartimento da gestire, il che mi dà una certa autonomia lì dentro.»

«Ho troppi pensieri che mi girano per la testa ultimamente.»

«Spero che tu ti riferisca a Colin.»

Sentire il suo nome le riportò alla mente ricordi del fine settimana appena passato, così cambiò argomento. «Come sta Paul?»

«Bene. Ho dovuto tenergli il muso per un paio di giorni, per castigarlo dell'appuntamento, ma è sopravvissuto. Questo fine settimana siamo stati ad Asheville ad assaggiare dei vini.»

«Vi sarete divertiti.»

«Infatti. A parte che ancora non c'è nessun anello e l'orologio biologico continua a girare e il tempo stringe. Fingere che sia tutto a posto finora non ha funzionato, quindi forse è il caso di cambiare strategia.»

«Del tipo?»

«Non so. Se ti viene in mente qualche metodo infallibile, fammelo sapere.»

«D'accordo.»

Jill prese un altro boccone di sushi. «Che programmi hai per oggi pomeriggio?»

«Le solite cose. Ci sono ancora molti preparativi da completare per il processo. E intanto devo portare avanti anche tutto il resto, naturalmente.»

«Come ti ho detto, Barney è molto esigente con i suoi collaboratori.»

E Ken si aspetta qualcos'altro. «In fondo mi piace il mio lavoro», affermò Maria.

«Sei sicura che sia tutto a posto? Anche sul fronte del nostro bramoso amministratore?»

«Perché lo chiedi?»

«Sei stata a quel convegno con lui, e io lo conosco da più tempo di te. Ricorda che so perfettamente come ragiona.»
«Il convegno è andato bene.»
Jill le scoccò un'occhiata carica di significato. «D'accordo. Il fatto è che ho la sensazione che ci sia qualcos'altro che ti preoccupa.»
Maria si schiarì la voce, chiedendosi come mai d'un tratto le sembrasse di essere sotto interrogatorio.
«Davvero, non c'è nient'altro da dire», rispose. «Sto solo cercando di rendere al massimo.»

Le giornate seguenti furono troppo impegnative per indulgere in sogni a occhi aperti, con Barney che piombava nell'ufficio di Maria ogni mezz'ora chiedendole di esaminare ulteriori dettagli o di fare qualche telefonata, mentre lei si doveva occupare anche di altri casi. In pratica non aveva tempo di alzarsi dalla scrivania, e il pomeriggio del mercoledì, mentre lavorava a una bozza dell'arringa d'apertura di Barney, non si accorse che la luce del sole stava diminuendo né che, l'uno dopo l'altro, i suoi colleghi se ne andavano. Era concentrata a fissare lo schermo del computer, quando un colpo alla porta la fece trasalire. Vide l'uscio aprirsi lentamente.
Ken.
Assalita da un brivido di terrore, lanciò uno sguardo verso il corridoio: Lynn non era più seduta alla sua scrivania. L'ufficio di Barney era buio e non si vedeva nessuno nei paraggi.
«Ho notato che c'era ancora la luce accesa nel tuo ufficio», esordì Ken entrando. «Hai un minuto libero?»

«Stavo giusto chiudendo tutto», improvvisò Maria con tono incerto. «Devo aver perso la cognizione del tempo.»

«Sono contento di averti trovata, allora», replicò lui con voce morbida e controllata. «Volevo finire la conversazione dell'altro giorno.»

Maria provò un tuffo al cuore e cominciò a raccogliere i fogli sulla scrivania per riporli nei raccoglitori. L'ultima cosa che desiderava era restare da sola con lui. «Non possiamo rimandare a domani? Sono già in ritardo, i miei genitori mi aspettano per cena.»

«Non sarà una cosa lunga», replicò lui senza badare alle scuse di Maria, mentre si avvicinava alla scrivania. Si fermò davanti alla finestra e lei si accorse che il cielo fuori ormai era diventato buio. «E poi è meglio se ne discutiamo adesso, lontano da occhi indiscreti. Non c'è motivo di far sapere agli altri che cosa è successo con i clienti di Barney.»

Maria rimase in silenzio, non sapendo cosa ribattere.

Ken sembrava concentrato su un punto lontano fuori dalla finestra. «Ti piace lavorare con Barney?» domandò alla fine.

«Sto imparando tanto», rispose lei, scegliendo con cura le parole. «Ha un grande intuito strategico, i clienti si fidano di lui e, come collega, sa spiegare bene il suo pensiero.»

«Quindi lo rispetti.»

«Certo.»

«È importante il rispetto reciproco tra colleghi. È importante che voi due formiate una squadra affiatata.» Ken sistemò la veneziana, chiudendola leggermente, prima di rimetterla nella posizione iniziale. «Ritieni di essere capace di fare gioco di squadra?»

La domanda rimase sospesa per un po' prima che lei riuscisse ad aprire bocca. «Ci provo», disse.

Ken aspettò un attimo prima di proseguire. «Venerdì ho parlato con Barney e devo ammettere che sono rimasto un po' sorpreso di quanto fosse ancora arrabbiato con te. Ecco perché ti ho chiesto del lavoro di squadra. Mi sono esposto molto in tuo favore alla riunione, e penso di aver salvato la situazione. Volevo assicurarmi che ogni cosa tornasse al suo posto.»

Maria si domandò per quale motivo Barney non avesse parlato direttamente con lei, se era ancora così arrabbiato. «Grazie», mormorò alla fine.

Ken si staccò dalla finestra e fece un passo avanti. «L'ho fatto perché voglio che tu abbia una lunga carriera piena di soddisfazioni nel nostro studio. Ti servirà qualcuno che possa difenderti in questo genere di situazioni, e io sono qui per aiutarti quando è necessario.» Si era fermato proprio accanto a lei e lo sentì posarle la mano sulla spalla. Più o meno. Con la punta delle dita le accarezzò l'incavo della clavicola. «Dovresti considerarmi un amico, un amico in alto loco.»

Maria rabbrividì sotto il suo tocco e improvvisamente comprese che tutta quella messinscena – l'atteggiamento ostile il lunedì, la sgridata e ora questa pantomima «io e te contro il mondo» – faceva semplicemente parte della sua strategia per rimorchiarla. Si domandò come mai non se ne fosse accorta prima.

«Dovremo pranzare insieme domani», proseguì lui, sempre sfiorandole la pelle del collo con i polpastrelli. «Potremo parlare di altri modi in cui posso aiutarti a navigare tra le insidie di questo ufficio, soprattutto se un giorno vorrai diventare socia. Credo che io e te sapremo lavorare insieme molto bene. Non lo pensi anche tu, Maria?»

Sentire il proprio nome la riportò alla realtà, e alla fine capì il senso delle sue parole. Nemmeno morta, pensò di colpo. «Non posso venire a pranzo domani», rispose, cercando di mantenere ferma la voce. «Ho già un impegno.»

Un lampo di irritazione gli attraversò il viso. «Con Jill?»

Capitava spesso e Ken ovviamente lo sapeva. Senza dubbio le avrebbe suggerito di cambiare programma. Per il suo stesso bene.

«Veramente pranzo con il mio ragazzo.»

Sentì la mano di lui scivolarle lentamente via dalla spalla. «Hai un ragazzo?»

«Ti avevo parlato di Colin, no? Al convegno.»

«No, non mi sembra», rispose lui.

Cogliendo al volo l'occasione, Maria si alzò e continuò a raccogliere documenti, infilandoli nelle cartelline a casaccio. Li avrebbe risistemati in seguito. «È strano», osservò, «credevo di averlo fatto.»

Dal suo sorriso di plastica capì che lui stava cercando di decidere se crederle o meno. «Che tipo è?» le chiese.

«Si dedica alle arti marziali miste», rispose lei. «Sai quei tizi che combattono in gabbia? Lo trovo pazzesco, ma lui è molto appassionato. Si allena per ore ogni giorno e ama combattere, non posso oppormi.»

Mentre si gettava in spalla la borsa, Maria immaginò i pensieri che frullavano nella testa di Ken. «Siccome non possiamo vederci per pranzo, vuoi parlarmi domani in ufficio? Credo di potermi liberare la mattina o il pomeriggio.» Quando ci sono anche gli altri, pensò senza aggiungerlo.

«Non credo ce ne sia bisogno.»

«Forse dovrei parlare con Barney?»

Ken scosse il capo in maniera quasi impercettibile. «Meglio lasciar perdere, per il momento.»

Ma certo. Perché tutta questa faccenda è un bluff. «D'accordo. Allora ti auguro una buona serata.»

Arrivò alla porta e tirò un sospiro di sollievo quando uscì dallo studio. La carta del ragazzo era stata provvidenziale, ma ormai l'aveva giocata, si disse. La prossima volta non avrebbe potuto contare sull'effetto sorpresa. Alla lunga, o forse fin da subito, dubitava che con quella scusa avrebbe messo fine alle avance di Ken.

E se invece fosse la verità?

Ancora scossa da quel colloquio, si domandò se voleva che la cosa si avverasse. L'unica certezza era che quando Colin l'aveva baciata, lei aveva sentito come una scossa elettrica, e il pensiero era spaventoso ed esaltante allo stesso tempo.

Sebbene avesse mentito dicendo a Ken che quella sera doveva cenare con i genitori, non aveva voglia di stare a casa da sola e così si ritrovò a percorrere vie familiari fino al luogo dove era cresciuta.

Si trattava di un quartiere piuttosto modesto, con qualche segno di decadenza e occasionali cartelli con la scritta VENDESI. In ogni vialetto erano parcheggiate vecchie auto e furgoni. Vi avevano sempre abitato idraulici e carpentieri, semplici impiegati e segretarie: era il genere di comunità dove i bambini giocano sui marciapiedi e le giovani coppie spingono i passeggini, dove i vicini raccolgono la posta di chi è assente. Nonostante i genitori non ne parlassero mai, Maria aveva sentito dire che quando suo padre aveva acquistato la casa, molti di loro ne erano rimasti turbati. I Sanchez erano la prima famiglia di immigrati nella via e la gente aveva cominciato a speculare su un abbassamento del valore degli immobili e un aumento della criminalità, come se tutti i messicani fossero in qualche modo collegati ai cartelli della droga.

Maria pensò che forse era questo il motivo per cui suo padre aveva sempre tenuto in perfetto ordine il giardino anteriore; ogni cinque anni ritinteggiava la casa, non lasciava mai la macchina nel vialetto e aveva piantato la bandiera americana di fronte alla veranda. Appendeva decorazioni sulla facciata sia ad Halloween sia a Natale, e nei primi anni distribuiva buoni per il ristorante a chiunque passasse lì davanti, offrendo uno sconto del cinquanta per cento. Sua madre era solita preparare vassoi di pietanze nei fine settimana quando era libera: burritos ed enchiladas, tacos e carnitas, che offriva ai bambini che giocavano fuori. A poco a poco erano stati accettati nella comunità. Da allora gran parte delle case vicine erano state vendute e tutte le volte i suoi genitori andavano a presentarsi ai nuovi proprietari con un regalo di benvenuto, nella speranza di prevenire le maldicenze.

Per Maria era difficile immaginare tutte le difficoltà che avevano incontrato, anche se a scuola per anni era stata l'unica alunna messicana della classe. Essendo diligente, e per di più molto tranquilla, non ricordava di essersi mai sentita discriminata come era capitato ai suoi genitori. Ma anche se fosse successo, i suoi le avrebbero consigliato di fare come loro: di essere se stessa, di mostrarsi gentile e disponibile con tutti e di non scendere a livello degli altri. E poi, pensò con un sorriso, le avrebbero raccomandato di studiare.

A differenza di Serena, che aveva appena cominciato a godersi la libertà di stare da sola, a Maria piaceva tornare a casa. Le piacevano le pareti verdi e arancioni; le mattonelle colorate in cucina; i mobili eclettici che sua madre aveva collezionato nel corso degli anni; il frigorifero con appese le foto e altri ricordi cartacei legati alla famiglia, qualunque cosa rendesse orgogliosa Carmen. Le piaceva il modo in cui la madre canticchiava quando era felice e soprattutto quando cucinava. Da adolescente Maria aveva dato per scontate queste cose, ma una volta partita per il college aveva provato un senso di appartenenza tutte le volte che tornava, anche dopo essere stata via per poche settimane.

Sapendo che i genitori si sarebbero offesi se avesse bussato, entrò direttamente, attraversò il salotto e arrivò in cucina. Lasciò la borsa sul bancone.

«Mamma? Papà? Dove siete?» chiamò.

Come sempre a casa parlava spagnolo, ma a lei passare da una lingua all'altra risultava immediato e spontaneo come respirare.

«Qua fuori!» rispose sua madre.

Maria si diresse verso la veranda posteriore, dove i suoi erano seduti a tavola. Felici di vederla, si alzarono subito e, prodigandosi in abbracci, si misero a parlare contemporaneamente.

«Non sapevamo che saresti venuta...»
«Ma che bella sorpresa...»
«Sei bellissima...»
«Come sei magra...»
«Hai fame?»

La ragazza salutò la madre, poi il padre, quindi di nuovo la madre e il padre. Nella mente dei genitori lei sarebbe rimasta sempre la loro bambina. Sebbene durante l'adolescenza questa prospettiva l'avesse mortificata, soprattutto quando trapelava in pubblico, adesso doveva ammettere che le piaceva.

«Sto bene, grazie. Magari mangio un boccone dopo.»

«Ti preparo qualcosa», replicò la madre decisa, muovendosi verso la cucina. Il padre la guardò allontanarsi con evidente apprezzamento. Era sempre stato un inguaribile romantico.

A cinquantacinque anni, né magro né grasso, aveva una spruzzata di grigio nei capelli, e Maria negli ultimi tempi aveva notato in lui una stanchezza cronica di fondo, dovuta al fatto di aver sempre lavorato troppo. Quella sera le sembrava persino meno energico del solito.

«Prepararti la cena le dà l'impressione di essere ancora importante per te», disse.

«Certo che lo è. Perché dovrebbe pensare diversamente?»

«Perché non hai più bisogno di lei come un tempo.»

«Non sono più una bambina.»

«Lei però sarà sempre tua madre», obiettò lui. Si spostò verso il tavolo in veranda. «Vuoi sederti qua fuori con me a bere un goccio di vino? Abbiamo appena aperto una bottiglia.»

«Ci penso io», rispose lei. «Faccio due chiacchiere con la mamma, poi ti raggiungo.»

Mentre il padre rimaneva in veranda, lei prese un bicchiere dalla credenza, lo riempì e poi si avvicinò alla madre. Carmen intanto aveva messo in una casseruola una bella porzione di brasato, purè di patate, fagiolini e del pane tostato – una quantità di calorie sufficiente per un paio di giorni, calcolò Maria –, e la stava infilando in forno. Per qualche motivo, forse perché non lo servivano mai al ristorante, a suo padre il brasato con il purè piaceva tantissimo.

«Sono così contenta che tu sia passata da qui. Che cosa c'è che non va?» chiese la madre.

«Niente», mentì Maria. Si appoggiò al bancone e bevve un sorso di vino. «Volevo solo farti una sorpresa.»

«Se lo dici tu. Ma deve essere successo qualcosa», replicò la donna. «Non vieni mai a trovarci durante la settimana.»

«La sorpresa è proprio questa.»

Carmen la scrutò, prima di avvicinarsi al bancone per recuperare il suo bicchiere di vino. «Riguarda tua sorella?»

«Che cosa ha combinato?»

«Non le è stata rifiutata la borsa di studio, vero?»

«Ne sei al corrente anche tu?»

Carmen indicò una lettera attaccata al frigorifero. «È incredibile, eh? Ce ne ha parlato ieri sera. Il direttore verrà a cena questo sabato.»

«Davvero?»

«Volevamo conoscerlo», disse lei. «Nella lettera è scritto che è arrivata alle semifinali. Ma torniamo al dunque. Che cosa è successo? Se non riguarda lo studio, deve c'entrare con un ragazzo. Non si sarà messa nei guai, vero?»

La madre parlava così in fretta che persino Maria faticava a seguirla. «Serena sta bene, a quanto ne so.»

«Ah.» Carmen annuì. «Bene, allora è qualcosa del tuo lavoro. Sei tu che hai dei problemi.»

«Il lavoro... è lavoro. Perché credi che ci sia qualche problema?»

«Perché sei venuta qui direttamente dall'ufficio.»

«E allora?»

«È quello che fai di solito quando qualcosa ti tormenta. Non ricordi? Anche al college, se pensavi di aver preso un brutto voto, o quando hai discusso con la tua compagna di stanza il primo anno, o tutte le volte che litigavi con Luis, venivi sempre qui. Le madri ricordano certe cose.»

Accidenti, pensò lei. Non me n'ero mai resa conto. «Secondo me ti preoccupi troppo», affermò.

«E io invece credo di conoscere mia figlia.»

Maria sorrise. «Come sta papà?»

«Non ha aperto bocca da quando è tornato a casa. Questa settimana ha dovuto licenziare due persone.»

«Per quale motivo?»

«I soliti. Un lavapiatti aveva saltato un paio di turni e una cameriera faceva mangiare gratis il fidanzato. Sai come vanno le cose. Ma per tuo padre è difficile lo stesso. Vuole fidarsi di tutti, e ci resta sempre male quando la gente lo delude. È logorante per lui. Quando è rientrato oggi, è andato a dormire invece di portare a spasso Copo.»

«Forse dovrebbe farsi vedere dal dottore.»

«Ne stavamo parlando proprio quando sei arrivata.»

«E cosa ne dice papà?»

«Che ci andrà. Ma lo sai com'è fatto. Se non gli prendiamo noi l'appuntamento, lui non lo farà mai.»

«Vuoi che ci pensi io?»

«Ti spiacerebbe?»

«Ma figurati», rispose Maria. A causa delle difficoltà linguistiche di sua madre, si era occupata lei di questioni del genere fin da quando era ragazza. «Si tratta del dottor Clark, giusto?»

Carmen annuì. «Ci vorrebbe una visita completa, se possibile.»

«Papà non sarà d'accordo.»

«Lo so. Ma sono tre anni che non va dal medico.»

«Non avrebbe dovuto aspettare tanto. Ha la pressione alta. E l'anno scorso ha sofferto di dolori al petto che gli hanno impedito di lavorare per una settimana.»

«È vero, ma è così testardo. Dice che il suo cuore è a posto. Forse riuscirai a farlo ragionare tu.» La donna aprì il forno; soddisfatta, prese il guanto e tirò fuori la casseruola per poi preparare un piatto per Maria.

«È troppo», provò a dire lei per cercare di limitare le dosi.

«Devi mangiare», insistette la madre, continuando a versare cibo sul piatto mentre Maria prendeva le posate. «Usciamo a sederci con tuo padre.»

Fuori in veranda una candela alla citronella teneva lontane le zanzare. La serata era perfetta, con una lieve brezza e il cielo punteggiato di stelle. Il padre teneva in braccio Copo e la accarezzava, mentre lei russava leggermente. Maria tagliò un pezzo di brasato.

«La mamma mi ha detto che cosa è successo oggi», esordì, dando inizio a una conversazione che toccò il ristorante, notizie locali e gli ultimi pettegolezzi sui parenti. In una famiglia numerosa come la loro, succedeva sempre qualcosa per cui valeva la pena di parlare. Quando Maria ebbe finito di mangiare – i tre quarti della cena rimasero nel piatto – i grilli avevano cominciato la loro melodia notturna.

«Sembra che tu abbia preso un po' di sole questo fine settimana.»

«Domenica dopo il brunch sono stata a fare paddleboard.»

«Con il tuo nuovo amico?» si informò la madre. «Quello conosciuto sul molo?»

Maria la guardò esterrefatta e lei si strinse nelle spalle. «Vi ho sentito parlare fuori l'altro giorno. Tua sorella a volte tiene la voce molto alta.»

Serena colpisce ancora, pensò Maria. Non avrebbe voluto affrontare l'argomento, ma ormai non aveva senso negare. Anche il padre sembrava nutrire improvvisamente uno spiccato interesse per la conversazione.

«Si chiama Colin.» Poi, sapendo che i genitori l'avrebbero inondata di domande, proseguì di sua iniziativa per evitare di dover fornire troppi dettagli. «È un compagno di classe di Serena, e quando siamo uscite a cena sabato sera lui serviva al bar. Abbiamo chiacchierato un po' sul molo e poi abbiamo deciso di vederci domenica.»

«Va ancora al college? Quanti anni ha?»

«Ha la mia età. Ha iniziato il college da un paio di anni. Vuole diventare insegnante.»

«Serena ha detto che è molto bello», commentò la madre con un sorriso malizioso.

Grazie, Serena. La prossima volta parla a bassa voce. «Infatti.»

«Avete passato una bella domenica?»

«Ci siamo divertiti molto.»

«Quando potremo conoscerlo?»

«Non credi che sia un po' prematuro?» domandò Maria.

«Dipende. Avete intenzione di uscire di nuovo?»

«Ecco... sì, sabato sera.»

«Allora è giusto conoscerlo. Dovresti invitarlo qui domenica.»

Maria aprì la bocca, ma la richiuse senza dire niente. Non c'era modo di prepararli a ciò che li aspettava, soprattutto non avendo vie di fuga. Il pensiero che Colin rispondesse a tutte le loro domande con la sua abituale schiettezza le faceva venire le palpitazioni. Sorrise al padre con una punta di disperazione.

«Perché ha aspettato tanto a iscriversi al college?» le chiese lui.

Maria cercò di formulare la risposta migliore più aderente al vero. «Fino a un paio di anni fa non aveva ancora deciso che cosa fare.»

Il padre era sempre stato quello più bravo a leggere tra le righe e lei sospettava che avrebbe continuato a farle domande per ottenere altri particolari sul passato di Colin. Per fortuna fu interrotto dallo squillo lieve ma nitido di un cellulare, in cucina.

«È il mio», disse Maria, ringraziando il cielo per quella distrazione. «Vado a rispondere.»

Si alzò da tavola e corse in casa. Tirò fuori il cellulare dalla borsa e vide sul display il nome di Colin. Emozionata come un'adolescente, si avvicinò il telefono all'orecchio.

«Ciao», esordì. «Stavamo giusto parlando di te.»

Si mise a camminare avanti e indietro per il salotto, mentre si scambiavano i racconti della loro giornata. Anche al telefono lui era un ascoltatore molto attento e quando intuì che qualcosa la turbava, lei gli raccontò spontaneamente dell'incidente accaduto con Ken. Colin allora si fece silenzioso, e quando Maria gli chiese se voleva uscire a pranzo il giorno dopo, rispose che gli avrebbe fatto molto piacere e le domandò a che ora doveva passare a prenderla in ufficio. Lei sorrise, pensando che questo avrebbe dato più credibilità alla sua storia, e provando un brivido di eccitazione all'idea di rivederlo così presto. Riattaccò con la sensazione che, nonostante quello che i genitori senza dubbio avrebbero pensato, Colin fosse la persona di cui aveva bisogno in quel momento.

Tornò in veranda, dove i suoi erano ancora seduti a tavola.

«Scusate», disse. «Era Colin.»

«Ti ha telefonato solo per salutarti?»

Maria annuì. «Pranziamo insieme domani.»

Non appena ebbe pronunciato quelle parole, se ne pentì. Per sua madre era inconcepibile che qualcuno della famiglia potesse desiderare pranzare in un posto diverso dal ristorante di famiglia.

«Magnifico», esclamò infatti. «Vi preparerò qualcosa di speciale.»

9
Colin

«Ma dai!» esclamò Evan appoggiato alla balaustra della veranda, vedendo Colin sfrecciare attraverso il prato. «Sei andato di nuovo a correre?»

Colin aveva ancora il fiato corto mentre girava verso la veranda e rallentava il passo. Si asciugò il sudore dalla faccia con la maglietta, poi guardò l'amico. «Oggi non lo avevo ancora fatto.»

«Ti sei allenato nel pomeriggio. E stamattina.»

«Sì, ma in palestra.»

«E allora?»

«Non è la stessa cosa», rispose, pur sapendo che a Evan non interessava. «Come mai non sei dentro con Lily?»

«Perché casa mia puzza.»

«E cosa c'entro io?»

«Se ti dicessi che dalle griglie di ventilazione ci arriva il tanfo dei tuoi vestiti, come una putrida nebbia verdastra? Invece di andare a correre, avresti dovuto fare una lavatrice. O meglio, dovresti bruciare la tua tenuta d'allenamento giornalmente. Lily credeva che ci fosse un topo morto in dispensa. O che le fogne si fossero intasate.»

Colin sorrise. «Me ne occupo subito.»

«Sbrigati. Poi ci vediamo qui. Lily deve parlarti.»
«Perché?»
«Non ne ho idea. Non ha voluto dirmelo. Ma se dovessi tirare a indovinare, credo che riguardi la tua ragazza.»
«Io non ho la ragazza.»
«Quello che è. In ogni caso, Lily vuole parlarti.»
«Perché?»
«Perché è Lily», rispose Evan esasperato. «Probabilmente vuole chiederti se hai scritto a mano e in bella calligrafia un biglietto per Maria. Oppure ti aiuterà a scegliere il foulard di seta perfetto per il compleanno di Maria. O intende accertarsi che tu usi la posata giusta per il pesce quando la porterai a cena al country club. Sai com'è fatta. So solo che è tornata a casa con una borsa e non ha voluto spiegarmi che cosa contiene.»
«Perché no?»
«Smettila di fare domande alle quali non sono in grado di rispondere!» Evan sospirò. «Ha continuato soltanto a ripetermi che ti dovevamo aspettare. E tanto perché tu lo sappia, non ne sono affatto contento. Non vedevo l'ora di tornare a casa. Avevo bisogno di una serata tranquilla. È stata una giornata orribile.»
«Okay.»
Evan gli lanciò un'occhiataccia. «Perché è stata una giornata orribile?» chiese, imitando la voce di Colin. «Grazie di avermelo domandato, amico. Il tuo interessamento mi fa molto piacere. Si capisce che ti sta a cuore il mio benessere.» Guardò l'amico. «Stamattina sono arrivate pessime notizie sui tassi di occupazione e i mercati sono crollati. Seb-

bene io non abbia nessun controllo su queste cose, ho dovuto passare il pomeriggio al telefono a rassicurare i clienti sconvolti. Poi vengo qui e casa mia puzza come uno spogliatoio, e adesso mi tocca aspettare che la mia fidanzata parli con te prima che possa cominciare la mia serata.»

«Vado a cambiarmi. Torno subito.»

«Spero proprio di no», disse Lily spuntando all'improvviso accanto a Evan sulla veranda, con indosso un prendisole giallo. Prese per mano il fidanzato e gli sorrise dolcemente. «Non penserai di farlo venire qui senza dargli il tempo di lavarsi, vero, Evan? Il poveretto gronda sudore. Possiamo aspettare tranquillamente qualche minuto ancora. Permettergli soltanto di cambiarsi non sarebbe appropriato.»

Evan non rispose e Colin si schiarì la voce. «Ha ragione lei, Evan. Non sarebbe appropriato.»

L'altro lo fulminò con lo sguardo. «Bene. Vai a farti una doccia. E carica la lavatrice. Poi vieni qui.»

«Su, non essere così severo con lui», lo rimproverò la ragazza. «Non è colpa sua se hai investito i soldi dei tuoi clienti nei fondi sbagliati.»

Ammiccò verso Colin senza farsi vedere.

«Non ho sbagliato a investire! Non è colpa mia! Oggi tutte le borse sono in ribasso.»

«Stavo scherzando, tesoro», continuò lei con voce vellutata. «So che è stata una giornata terribile e che non è colpa tua. Il buon vecchio mercato azionario ti ha giocato un brutto tiro, vero?»

«Non mi sei di nessun aiuto», mormorò Evan.

Lily tornò a guardare Colin.

«Hai parlato con la tua gentile amica, oggi?» gli chiese.

«Le ho telefonato prima di andare a correre.»

«Le hai portato dei fiori in ufficio come ti avevo raccomandato?»

«No.»

«Dei cioccolatini?»

«No.»

«Cosa devo fare con te?»

«Non saprei.»

Sorrise, poi tirò la mano di Evan. «Ci vediamo tra qualche minuto, d'accordo?»

Colin li guardò rientrare in casa. Andò nel suo appartamento, si spogliò mentre raggiungeva il bagno e aggiunse quella roba alla pila del bucato, rendendosi conto che Evan aveva ragione. Caricò la lavatrice ed entrò nella doccia. Quando ne uscì, indossò un paio di jeans e una maglietta, quindi tornò di sopra da Evan.

Trovò l'amico e Lily seduti sul divano. Si capiva che dei due soltanto lei era felice della sua presenza.

«Colin! Che bello averti qui con noi», disse la ragazza alzandosi, come se non si vedessero da tempo. «Vuoi qualcosa da bere?»

«Un po' d'acqua, grazie.»

«Tesoro? Porteresti dell'acqua a Colin?»

«Perché?» chiese Evan appoggiandosi all'indietro con il braccio sulla spalliera del divano. «Può andare benissimo a prendersela da solo. Sa dov'è.»

Lily si girò verso il fidanzato. «Questa è casa tua. Tu sei il padrone.»

«Non sono stato io a invitarlo. L'hai fatto tu.»

«Evan?»

Da come pronunciò il suo nome, era chiaro che non avesse possibilità di scelta. Contava pure l'aspetto, naturalmente. Non era soltanto la donna più bella che Evan avesse mai avuto, era anche bravissima nello sfruttare le sue doti a proprio vantaggio.

«E va bene», borbottò, alzandosi dal divano. «Vado a prendergli un bicchiere d'acqua.»

Si trascinò scontroso verso la cucina.

«Con un po' di ghiaccio, grazie», gli gridò dietro Colin.

Evan si girò a guardarlo, esasperato, mentre l'amico si sedeva sulla poltrona di fronte a Lily.

«Come stai?» si informò lei.

«Bene.»

«E Maria?»

Al telefono Maria gli aveva raccontato quanto accaduto con il suo capo, e mentre l'ascoltava Colin si era sentito ribollire di rabbia. Era riuscito a mantenere un tono di voce neutro, mentre immaginava di scambiare due parole con Ken Martenson, giusto per fargli capire che sarebbe stato nel suo interesse smettere di tampinare Maria. Non aveva detto niente a lei, ma dopo aver riagganciato si era accorto di avere la mandibola contratta, perciò si era cambiato ed era uscito a correre. Era tornato alla normalità solo alla fine del percorso.

Non era questo, tuttavia, ciò che Lily voleva sapere.

«Come ti ho detto, le ho parlato poco fa.»

«Sta bene?»

Colin pensò alla situazione professionale di Maria, ma non era giusto condividere con terze persone quelle informazioni. Riguardavano soltanto lei.

«Credo che fosse contenta di sentirmi», rispose convinto.

«Non le avevi ancora telefonato?»

«L'ho chiamata domenica sera. Dopo aver parlato con te e Evan.»

«E poi non ti sei fatto sentire né lunedì né martedì?»

«Ho avuto da fare.»

«Potevi chiamarla lungo la strada, o dal lavoro. Oppure durante la pausa. O mentre andavi a lezione o in palestra.»

«Sì.»

«Però non lo hai fatto.»

«No, ma pranzeremo insieme domani.»

«Davvero? Spero che la porterai in un posto speciale.»

«Non ci ho ancora pensato.»

Lily non mascherò la propria delusione. Evan ritornò in salotto e porse bruscamente a Colin un grosso bicchiere pieno d'acqua.

«Grazie», disse lui. «Ma non c'era bisogno. Potevo andare a prenderlo io stesso.»

«Ah-ah», rispose Evan tornando a sedersi sul divano. Poi si girò verso Lily: «Allora, di che cosa volevi parlargli?»

«Stavamo discutendo del suo appuntamento di domani. Colin mi ha informato che porterà fuori a pranzo Maria.»

«Vuoi il mio consiglio? Assicurati che la macchina parta», commentò Evan.

Lily gli scoccò un'occhiata carica di disapprovazione. «La mia preoccupazione principale ha a che fare con l'attività prevista per sabato. Era di questo che volevo discutere con lui.»

«Perché?» domandò Evan.

«Perché la prima vera serata che si passa insieme è un momento cruciale in qualsiasi relazione», spiegò lei, come se fosse ovvio. «Se Colin avesse semplicemente invitato Maria a cena, o magari a fare una passeggiata in centro, non mi preoccuperei affatto. Oppure, se avesse proposto di uscire tutti e quattro insieme, sono sicura che la conversazione sarebbe stata così interessante che Maria avrebbe trascorso una serata magnifica. Invece, Colin si troverà da solo e vuole portare Maria a ballare in un *locale*... ma questa questione l'abbiamo già chiarita.»

Evan guardò l'amico con un'espressione seria. Colin non disse niente.

Lily tornò a concentrarsi su di lui. «Ti ho invitato a venire da noi stasera perché volevo chiederti se avessi qualche esperienza diretta o se almeno conoscessi gli elementi di base della salsa.»

«No.»

«Allora probabilmente ignori che la salsa si balla in coppia.»

«Come tutti i balli», si intromise Evan.

Lily non badò al fidanzato. «Può essere molto divertente se la coppia si allena insieme», spiegò. «Ma siccome non è questo il caso, tu dovrai fare del tuo meglio e ci sono delle cose che devi sapere. Come muovere i piedi, per esempio, o guidare la compagna in una giravolta, o darle il modo di separarsi e compiere qualche passo da sola, il tutto continuando nel frattempo a muoverti con naturalezza. Se non farai così, non riuscirai a conquistarla.»

Evan scoppiò a ridere. «Chi dice che Colin voglia conquistarla? A lui non importa cosa pensa la gente...»

«Lasciala parlare», lo interruppe Colin.

Evan si voltò sorpreso a guardarlo, mentre Lily si metteva seduta più dritta. «Mi fa piacere che tu ti renda conto della situazione in cui ti trovi. Quello che sto cercando di dirti è che hai bisogno di imparare i fondamenti.»

Per un attimo Colin ed Evan rimasero senza parole.

«Come potrebbe fare?» domandò infine Evan. «Abitiamo a Wilmington. Dubito che ci sia un maestro di salsa disponibile a cambiare programma nei prossimi due giorni solo per togliere d'impaccio il mio amico.»

Lily si sporse in avanti, aprì la borsa che aveva sistemato accanto al divano e ne trasse una serie di CD.

«Sono tutti brani di salsa che lui dovrà ascoltare. Ho chiamato la mia vecchia insegnante di danza ed è stata ben contenta di mandarmeli. Non è roba recente, ma non ha importanza. La salsa è più questione di velocità e di ritmo che di melodia. Per quanto riguarda il maestro, sarei più che felice di aiutare io Colin.»

«Tu sai ballare la salsa?» domandò Evan.

«Certamente», rispose lei. «Ho preso lezioni per più di dodici anni, in certi periodi ci concentravamo sui balli alternativi.»

«Alternativi?» chiese Evan.

«Sono cresciuta a Charleston. Dalle nostre parti, tutto ciò che esula dallo shag o dal valzer è considerato alternativo», spiegò. «Ma insomma, Evan!

Devi lasciare che sia il tuo amico a fare le domande. Non ha potuto spiccicare parola finora.» Si girò verso Colin. «Vuoi che ti insegni a ballare nei prossimi giorni?»

«Quanto tempo ci vorrà?»

«Ti farò vedere qualcosa stasera, i passi e i movimenti di base, i giri e come guidare in una giravolta, così saprai che cosa devi imparare. Poi ci serviranno tre ore domani sera e altre tre venerdì sera. Possiamo iniziare intorno alle sei, quando torno dal lavoro. Ovviamente, dovrai anche esercitarti nel tempo libero prima di venire qui.»

«Basterà?»

«Non sarà sufficiente per diventare bravo. O nemmeno mediocre. Raggiungere una vera padronanza richiede anni, per qualunque tipo di ballo. Ma se ti concentri e fai esattamente quello che ti dico, potresti essere abbastanza pronto per sabato.»

Colin bevve un sorso d'acqua, senza rispondere subito.

«Non dirmi che ci stai pensando seriamente», commentò Evan.

«Certo che ci sta pensando. Sa che ho ragione.»

Colin abbassò il bicchiere. «Okay», disse. «Ma devo trovare qualcuno che mi sostituisca al ristorante venerdì sera.»

«Magnifico», rispose Lily con un sorriso.

«Aspetta», la bloccò Evan. «Credevo che venerdì saremmo usciti.»

«Mi spiace tanto, ma dovremo rimandare. Un amico ha bisogno del mio aiuto, e sinceramente non posso rifiutarglielo, visto che è stato tanto gentile da chiedermelo.»

«Sul serio? Io non ho voce in capitolo?»

«Ma certo che ce l'hai! Sarai qui tutte le sere. Oltre a stasera, ovviamente.»

«Qui?»

«E dove sennò?»

«Non so. Magari una sala da ballo?»

«Non essere sciocco, non è necessario affittare una sala. Ma abbiamo bisogno di te per spostare i mobili del salotto. Ci serve spazio per lavorare. E ti occuperai anche della musica, mandandola avanti e indietro quando te lo dico, o tornando all'inizio di una canzone. Dobbiamo sfruttare al massimo il tempo che abbiamo. Sarai il mio piccolo assistente.»

«Piccolo assistente?»

Lei gli sorrise. «Ti ho detto che ballare la salsa può rendere una donna molto... sensuale? E che tale condizione può protrarsi anche per ore?»

Evan la fissò intensamente. «Ti aiuto volentieri.»

«Hai ceduto come uno smidollato», commentò Colin. Lui ed Evan stavano spostando il divano da una parte, mentre Lily era andata in camera a prendere le scarpe con il tacco della misura giusta e a cambiarsi. Lei non faceva mai le cose a metà.

«Di tutto pur di aiutare un amico.»

Colin sorrise. «Certo.»

«Quando avremo finito, mi darai una mano a rimettere a posto i mobili.»

«Okay.»

«E non chiederai di rimanere più a lungo per fare esercizio. Te ne andrai da qui alle nove in punto.»

«Okay.»

«Non so come quella donna riesca a convincermi a fare certe cose.»
Colin rise. «Io credo di saperlo.»

Una volta liberato lo spazio, Lily portò Colin al centro della stanza. Evan era seduto con aria torva sul divano, un assortimento di libri e spuntini sul cuscino accanto a sé. Lily indossava dei jeans bianchi aderenti, una camicetta di seta rossa e un paio di scarpe che probabilmente costavano più del guadagno settimanale di Colin, e lui non poté fare a meno di notare che quell'abbigliamento esaltava il suo naturale sex appeal.

«Non avvicinarti troppo, Colin», gli intimò Evan.

«Adesso stai buono», disse Lily in tono professionale. «Forse ti chiederai perché mi sono cambiata», aggiunse rivolta a Colin.

«Veramente no», rispose lui.

«L'ho fatto in modo che tu possa vedere i movimenti dei miei piedi. Come ho detto, ti mostrerò i passi base, intorno a cui ruota gran parte del ballo. Puoi utilizzarli tranquillamente qualunque cosa faccia Maria. Capito?»

«Sì.»

«Prima di cominciare, immagino che lei sappia ballare la salsa...»

«Mi ha detto che un tempo ballava sempre.»

«Perfetto.» Lily si spostò di fianco a lui, di fronte alla finestra. Evan li vedeva di profilo. «Significa che riuscirà a seguire la tua guida. Pronto?»

«Sì.»

«Osserva come muovo i piedi, e fai esattamente la stessa cosa», gli ordinò. «Un passo avanti con il piede sinistro – uno – sposta il peso sulla punta del piede destro – due – riporta il piede sinistro nella posizione di partenza – tre – resta fermo per una battuta – quattro.» Gli mostrò la sequenza e Colin la ripeté. «Adesso porta indietro il piede destro – cinque – sposta il peso sulla punta del piede sinistro – sei – poi riporta il piede destro in avanti alla posizione iniziale – sette – e fai un'altra pausa – otto. Finito.» Colin imitò di nuovo i suoi passi.

«Tutto qui?»

Lei annuì. «Riproviamo, d'accordo?»

Lo ripeterono più volte, mentre Lily contava da uno a otto, poi accelerarono gradualmente, quindi lo fecero senza contare. Si presero una pausa e ricominciarono dal principio, lentamente, per accelerare a mano a mano. Una volta acquisita la sequenza, Lily si fermò e guardò Colin proseguire da solo. «Perfetto», disse compiaciuta. «Ora hai imparato i passi, ma il segreto è non ondeggiare tanto. In questo momento sembri un soldato che avanza in una palude. Devi essere più fluido, come un fiore che sboccia poco alla volta. Tieni le spalle sempre alla stessa altezza per tutti i passi.»

«Come posso riuscirci?»

«Sciogli il bacino, così», rispose lei. Mentre gli mostrava come fare, i fianchi che si muovevano avanti e indietro, le spalle tenute allo stesso livello, Colin capì che Lily aveva ragione ad affermare che quel ballo era sensuale. Con la coda dell'occhio vide che Evan si era messo seduto più dritto a fissarla, anche se lei non sembrava farci caso. «Adesso proviamo di nuovo, stavolta con la musica. Concentrati sulla fluidità dei movimenti.» Lily si voltò verso Evan. «Tesoro? Ti spiace far partire la prima canzone?»

Evan sembrava intontito, come se si fosse appena svegliato da un sogno. «Scusa? Hai detto qualcosa?»

Andarono avanti così per un paio d'ore. Oltre ai passi di base, Colin imparò a girare su se stesso e a quel punto cominciarono a ballare insieme. Lily gli mostrò dove posare la mano destra (sulla sua schiena, appena sotto la spalla, precisò) e come guidarla in tre differenti giravolte facendo impercettibili segnali con la mano sinistra, ed eseguendo tre passi leggermente diversi prima di tornare alla sequenza iniziale.

Intanto non smetteva di ricordargli di essere fluido e di sciogliere i fianchi mentre doveva mantenere un contatto visivo, tenere il ritmo, smettere di contare ad alta voce e sorridere. Era più difficile di quanto lui avesse immaginato. Una volta terminato, rimisero a posto i mobili e Colin li salutò. Lily teneva per mano Evan, mentre il loro amico stava per uscire.

«Sei stato molto bravo», gli disse, «hai un senso innato del ritmo quando si tratta di ballare.»

«È un po' come la boxe», osservò Colin.

«Spero proprio di no», ribatté lei, quasi offesa.

Lui sorrise. «Ci vediamo domani sera, giusto?»

«Alle sei in punto», rispose Lily porgendogli un CD. «Questo è per te. Ascoltalo tutte le volte che hai tempo ed esercitati nei passi, ripetendo i movimenti che ti ho insegnato. Concentrati sui segnali con la mano e cerca di essere fluido. Sarebbe un peccato dover ricominciare tutto daccapo.»

«Okay», rispose lui. «Un'altra cosa, Lily.»

«Dimmi.»

«Grazie.»

«Figurati, Colin.» Gli sorrise. «A proposito, vorrei approfittare dell'occasione per affrontare un altro argomento che mi è appena venuto in mente.»

Colin rimase in attesa.

«Riguarda il pranzo di domani. Sono sicura di non doverti ricordare che la circostanza richiede un abbigliamento consono. Inoltre spero tu ti renda conto che, per quanto ami la tua macchina, non c'è niente di meno invitante di un abitacolo pieno di roba o di un'auto che non parte. Dico bene?»

Ho cercato di riparare la macchina per motivi diversi da quello di Maria, ma ora che mi ci fai pensare... «Sì», confermò lui.

«Mi fa piacere», rispose Lily con un cenno d'assenso. «Una donna dopo tutto ha determinate aspettative quando si tratta di un corteggiamento. Ora, per quanto riguarda i fiori... hai deciso che cosa portarle? Sai che ogni bouquet ha un suo significato particolare?»

Lily parlava con un tono così serio che Colin fece uno sforzo per non sorridere.

«Tu cosa mi consigli?»

Lei si toccò il mento con la mano perfettamente curata. «Dunque, visto che vi state ancora conoscendo, e che è solo un pranzo, un mazzo di rose sarebbe troppo formale, e i gigli, per quanto gradevoli, sono più adatti alla primavera. I garofani, ovviamente, dimostrano soltanto di essere un fiore a buon mercato, quindi non vanno bene.»

Colin assentì. «Sono d'accordo.»

«Che ne diresti allora di un semplice bouquet autunnale? Con qualche rosa screziata di giallo, margherite arancioni e magari uno stelo di iperico rosso?» Ci pensò un attimo. «Sì, direi che è perfetto per l'occasione. Ovviamente dovrai farti sistemare i fiori in un vaso, che lei possa mettere in ufficio: è chiaramente la scelta ideale, non credi?»

«Senza dubbio.»

«Mi raccomando, ordina i fiori da *Michael's*. È un artista quando si tratta di composizioni. Chiamalo subito domattina e fagli il mio nome. Penserà lui a tutto.»

Evan fece un sorrisetto, chiaramente divertito e convinto che, quando si trattava di eseguire le richieste di Lily, Colin non fosse affatto diverso da lui. E siccome Evan lo conosceva meglio di chiunque altro, Colin alla fine annuì.

«Okay.»

Il mattino seguente Colin si alzò presto e rimase soddisfatto quando la Camaro partì al primo giro di chiave. Fece un allenamento intensivo in palestra: pliometria e sollevamento pesi, salto con la corda e lunghi intervalli al sacco boxe e alla pera veloce. Di ritorno verso casa, si fermò davanti a un cassonetto e vi buttò tutto quello che trovò dentro l'auto. Una volta rientrato, con i muscoli ancora caldi e sciolti, fece partire uno dei CD di Lily e si esercitò per una mezz'ora nei passi imparati la sera prima, stupito di constatare che non aveva dimenticato niente. Ancora una volta si sorprese di quanta concentrazione richiedesse la danza.

Trangugiò un frappè proteico, fece una doccia,

poi indossò un paio di calzoni scuri, mocassini e una camicia button-down, abbigliamento tipico dei giorni in cui andava in tribunale. Da allora aveva sviluppato una muscolatura notevole e la stoffa gli tirava sul petto e sulle braccia, ma non aveva scelta. Davanti allo specchio si disse che, a parte la camicia troppo aderente, sembrava vestito come Evan. Era un completo ridicolo, soprattutto dal momento che doveva andare al campus, dove tutti portavano bermuda e infradito. Pur sapendo che Lily non avrebbe approvato, si arrotolò le maniche fino ai gomiti. Meglio. Anche più comodo.

Le sue compagne di università non ci fecero caso, o non se ne curarono, e lui ascoltò e prese appunti come di consueto. Serena non c'era, perché frequentavano lo stesso corso solo di martedì e di mercoledì. Avendo qualche minuto libero, chiamò il fiorista e ordinò un bouquet autunnale, qualunque cosa fosse. Da lì passò a una lezione di gestione della classe, consapevole di non essersi fermato un attimo da quando era suonata la sveglia.

L'ultima lezione della mattina terminava alle 11.45. Il sole ormai era alto e la temperatura molto mite. Si incamminò lentamente verso la macchina cercando di non sudare. Si diresse all'indirizzo che Maria gli aveva fornito, e lungo la strada si fermò dal fioraio. Come se il destino volesse giocargli uno scherzo, la macchina richiese due giri di chiave e qualche accelerata prima di ripartire. Non poteva fare altro che incrociare le dita.

Lo studio legale Martenson, Hertzberg & Holdman aveva una sua sede indipendente, un edificio relativamente moderno a pochi isolati dal

Cape Fear River e proprio nel bel mezzo del centro storico, con un parcheggio su entrambi i lati. Sul lato opposto della strada le costruzioni si susseguivano ininterrotte, con varie tonalità di mattoni, le vetrine dei negozi protette da tende da sole. Parcheggiò a pochi metri dalla macchina di Maria, accanto a una Corvette rosso squillante.

Prese il vaso di fiori, ricordando l'espressione che aveva usato Lily – «determinate aspettative» –, quindi pensò a Ken e ai problemi che stava causando. Chissà se lo avrebbe visto; voleva associare una faccia a quel nome. Mentre chiudeva l'auto, di colpo si rese conto che l'intera mattinata era stata unicamente un conto alla rovescia fino al momento di rivedere Maria.

In quel momento capì di aver sentito la sua mancanza.

10
Maria

Con Barney chiuso in ufficio a prepararsi per il processo, Maria aveva il doppio da fare. Trascorse la mattinata a parlare con i clienti, cercando di dare a ciascuno l'impressione che quel caso avesse la priorità. Ogni mezz'ora la loro assistente, Lynn, arrivava con altri documenti o moduli da riempire e, nonostante la frenesia del lavoro, Maria era contenta di essere impegnata perché così non pensava al pranzo imminente. O, per essere più precisi, alla reazione dei genitori quando avrebbero visto Colin.

Tanto per cominciare, Colin era un gringo, al contrario di Luis, e di sicuro i suoi ne sarebbero rimasti sorpresi. Farglielo conoscere significava che la relazione stava diventando seria, considerò Maria, e probabilmente loro avevano sempre dato per scontato che lei sarebbe uscita solo con un messicano. Tutti i suoi parenti, persino quelli acquisiti, erano di origini messicane… e c'erano delle differenze culturali. La sua famiglia celebrava ogni ricorrenza con una piñata per i bambini, ascoltava musica mariachi, seguiva con passione le telenovelas e parlava spagnolo quando erano tra loro. Alcuni zii e zie non conoscevano affatto l'inglese. Pur sapendo che ciò non rappresentava necessariamente un problema per i genitori, Maria immaginava che si sarebbero chiesti perché lei non avesse specificato la provenienza di Colin. Le opinioni del resto dei parenti avrebbero rispecchiato l'appartenenza alle varie generazioni, con i più giovani che avevano meno pregiudizi. Tuttavia era sicura che quello sarebbe stato un argomento di conversazione al ristorante, e che sarebbe proseguito anche dopo la fine del pranzo.

Tutto sommato erano cose che poteva affrontare, si disse. Quello che più la preoccupava era la discussione sul passato di Colin, purtroppo inevitabile. Che cosa sarebbe successo se la madre o il padre avessero cominciato a fargli domande proprio quel giorno? Lei avrebbe potuto rimandare la questione dichiarando che erano soltanto amici e indirizzando la conversazione altrove, ma per quanto tempo? A meno che la loro storia non si esaurisse dopo sabato, e Maria sperava di no, il passato di Colin prima o poi sarebbe venuto a galla. Cos'aveva detto Serena in proposito? *Non voglio nemmeno essere nei paraggi quando lancerai una bomba simile.* Ai genitori non importava che lei fosse una donna adulta; le avrebbero manifestato chiaramente la loro disapprovazione, convinti di agire nel giusto, dal momento che era evidente che Maria non avesse idea di dove si stesse cacciando.

E la cosa pazzesca era che forse i suoi genitori avevano ragione.

«Hai una visita», annunciò Jill.

Maria era al telefono con Gwen, la centralinista, che le aveva appena dato la stessa informazione, quando l'amica comparve sulla soglia del suo ufficio, la borsa già in spalla.

«Lo so», rispose lei, dando un'occhiata all'orologio. Le dodici e un quarto. «La mattinata è passata in un lampo. Mi sembra di essere appena arrivata.»

Jill sorrise. «Immagino che tu e Colin abbiate intenzione di pranzare insieme.»

«Sì, infatti. Scusa se non ti ho avvisata, ma sono rimasta bloccata per tutta la mattina, senza un attimo di tregua.»

«Non preoccuparti», la rassicurò Jill. «Ricordo bene la tremenda pressione a cui venivo sottoposta quando Barney si preparava per un processo. Veramente ero venuta per avvertirti che volevo passare dall'ufficio di Paul, per chiedergli di portarmi fuori a pranzo.»

«Davvero non ti dispiace se ti lascio da sola?»

«Figurati. Però avrei preferito che mi avessi informata dell'arrivo di Colin. Avrei potuto far venire qui anche Paul, così vedeva che cosa significa mangiare sano e fare esercizio.»

«Paul sta bene così.»

«Per te è facile sostenerlo. Guarda chi ti aspetta giù nell'atrio. Paul, d'altro canto, sta ingrassando, ma non se ne cura. Lo so, perché ho provato a dargli qualche consiglio della serie: 'Per la miseria, metti via la scatola dei biscotti e salta sul tapis roulant'.»

«Non glielo avrai detto sul serio.»

«No, ma l'ho pensato. È la stessa cosa.»

Maria si alzò ridendo e prese le sue cose. «Esci con me?»

«Ti sto aspettando apposta. Voglio vedere la tua faccia quando lo scoprirai.»

«Quando scoprirò cosa?»
«Lo capirai presto.»
«Ma di che parli?»
«Dai, andiamo», la incalzò Jill. «Mi raccomando, devi presentarci. Voglio raccontare tutto a Paul, specialmente se il tuo bello flirta con me.»
«Colin non è tipo da flirtare.»
«Chi se ne importa. In realtà sono curiosa di conoscerlo. Per accertarmi che sia alla tua altezza, naturalmente.»
«Che gentile.»
«A cosa servono le amiche sennò?»
Mentre si incamminavano, Maria fece un profondo respiro, per dissipare la tensione che era tornata ad attanagliarla. Grazie al cielo Jill non se ne accorse, la sua mente era occupata altrove.
«Fermati un istante», le disse. Maria la vide tirare fuori il lucidalabbra dalla borsa e passarselo con cura.
«Bene», dichiarò Jill, «ora possiamo andare.»
Maria la fissò allibita. «Cosa ti prende?»
Jill le fece l'occhiolino. «Che posso dire? La prima impressione è quella che conta.»
Più avanti nel corridoio, due assistenti spuntarono da dietro l'angolo dell'atrio, bisbigliando tra loro come ragazzine esaltate. Jill le indicò con un cenno del capo.
«Ora capisci che intendo? Dovevi dirmelo prima. È un uomo bellissimo.»
«Non è così bello», replicò Maria.
«Sì, certo. Adesso sbrigati. Hai un appuntamento e non devi fare tardi.»
Non appena Maria scorse Colin nell'atrio, sentì

lo stomaco fare una capriola. Era girato dall'altra parte – stava aspettando lei, si disse – e da dietro lo si poteva scambiare per un giovane avvocato, nonostante la sua forma fisica perfetta e i tatuaggi. Guardando verso la centralinista, si accorse che Gwen si sforzava di non fissare Colin mentre rispondeva al telefono.

Lui doveva aver percepito la sua presenza, perché si girò. Maria vide che teneva in mano uno stupendo mazzo di fiori: arancioni, gialli e nel centro una spruzzata di rosso. Socchiuse la bocca stupita.

«Sorpresa», bisbigliò Jill, ma Maria era troppo turbata per sentirla.

«Oh», disse soltanto. «Ciao.» Si avvicinò a lui, con la vaga consapevolezza che Jill era rimasta indietro. Da vicino, il suo profumo di pulito si mescolava a quello dei fiori. «Vestiti nuovi?»

«Divisa da tribunale», ammise lui. «Probabilmente è questo che mi ha tenuto fuori di prigione.»

Sorrise divertita. E un attimo dopo pensò: non riesco a credere che la sua risposta non mi metta ansia. Indicò verso i fiori. «Per me?»

«Sì», rispose lui porgendoglieli. «Un bouquet autunnale.»

«Sono bellissimi. Grazie.»

«Figurati.»

«Vado a metterli in ufficio. Poi possiamo andare.»

«Okay.»

Maria udì alle sue spalle qualcuno che si schiariva la voce, e si voltò. «A proposito, questa è la mia amica Jill. Anche lei è un avvocato dello studio.»

La donna si avvicinò e si presentò; Colin le porse la mano presentandosi a sua volta.

Jill gli strinse la mano, con atteggiamento amichevole ma professionale. «È un piacere conoscerti.»

Lasciandoli chiacchierare, Maria tornò di corsa nel suo ufficio e notò le due assistenti che la fissavano con una punta di invidia. Cercò di ricordare l'ultima volta che qualcuno le aveva regalato dei fiori. A parte una rosa che Luis le aveva offerto per San Valentino un anno dopo che si erano messi insieme, non le sembrava ce ne fossero stati altri.

Collocò il vaso in un punto ben visibile dell'ufficio, quindi tornò nell'atrio giusto in tempo per cogliere la fine della conversazione tra Jill e Colin.

L'amica si girò a guardarla. «Ho saputo che sei una bravissima fotografa. Colin mi ha detto che hai scattato una splendida foto di alcune focene.»

«È molto gentile», rispose Maria. «In realtà è stata solo una questione di fortuna.»

«Mi piacerebbe lo stesso vederla.»

«Te la mando via email», propose lei. Poi a Colin: «Sei pronto?»

Lui annuì e, dopo aver salutato Jill, si diressero verso il parcheggio.

«Simpatica la tua amica», osservò Colin.

«È eccezionale», confermò Maria. «Se non fosse per lei, avrei pranzato sempre sola da quando lavoro qui.»

«Fino a oggi», le fece notare lui con un sorriso. «Come è andata in ufficio?»

«Sono distrutta», rispose lei, «ma spero che le acque si calmino. Il mio capo non ci sarà oggi pomeriggio e domani.»

«Allora non ti consiglio di organizzare una festa

e devastare l'ufficio durante la sua assenza. Ho imparato che certe cose tendono a irritare la gente.»

«Lo terrò a mente», disse Maria, mentre lui le apriva la portiera della Camaro.

Una volta messosi al volante, Colin si sporse verso di lei con le chiavi in mano. «Che ne dici di andare in uno dei ristoranti del centro? Magari troviamo un tavolo all'aperto con una vista spettacolare.»

Ci siamo, pensò lei. E si mise a giocherellare con la cintura, cercando il modo migliore per presentargli la questione.

«Un'idea davvero meravigliosa», esordì, «e mi piacerebbe molto. Ma ieri sera, quando hai telefonato, ero dai miei genitori e casualmente ho detto loro che oggi pranzavamo insieme e...» Fece un sospiro, quindi decise di dire la verità. «Ci aspettano nel ristorante di famiglia.»

Colin fece rimbalzare le chiavi sul sedile. «Vuoi farmi conoscere i tuoi genitori?»

Veramente no. Non ancora, in ogni caso. Ma... Arricciò il naso, non sapendo come avrebbe reagito, augurandosi che non si arrabbiasse. «Più o meno.»

Lui infilò la chiave nel cruscotto. «Okay.»

«Davvero? La cosa non ti disturba? Anche se ci siamo appena conosciuti?»

«No.»

«Sappi che molti altri ragazzi sarebbero a disagio.»

«Okay.»

«Bene... D'accordo», disse lei.

Lui rimase in silenzio per un po'. Poi affermò: «Sei nervosa».

«Loro non ti conoscono come ti conosco io.» Inspirò a fondo, pensando che ora sarebbe arrivata la parte peggiore. «Quando li incontrerai, cerca di ricordare che sono all'antica. Mio papà è sempre stato protettivo, mentre mia mamma si preoccupa, e temo che se cominciassero a farti domande...»

Lasciò la frase a metà e Colin la concluse al posto suo.

«Hai paura di quello che potrei dire. E non sai come reagirebbero.»

Maria non rispose, intuendo che lui aveva già capito tutto.

«Non ho intenzione di mentire», dichiarò Colin.

«Lo so», ribatté lei. *È questo il problema.* «Non ti sto chiedendo di farlo. Non voglio che tu menta, però la situazione mi rende ancora un po' nervosa.»

«A causa del mio passato.»

«Senti, vorrei che fosse diverso, e mi dispiace molto. Da un punto di vista razionale, so di essere una donna adulta e che dovrei sentirmi libera di uscire con chi mi va, senza curarmi di quello che pensano loro. Ma non è così. Io ho ancora bisogno della loro approvazione. E credimi, mi rendo conto che è infantile da parte mia.»

«Non è infantile. È normale.»

«Tu non hai bisogno di approvazione.»

«Evan probabilmente direbbe che non sono normale.»

Nonostante la tensione, lei sorrise, prima di tornare seria. «Sei arrabbiato con me?»

«No.»

«Però forse ti sei offeso.»

«No», ripeté lui.

«Che cosa provi allora?»

Lui non rispose subito. «Mi sento... lusingato», affermò alla fine.

Lei lo guardò incerta. «Lusingato? E com'è possibile?»

«È piuttosto complicato.»

«Fammi capire.»

Colin ci pensò un attimo. «Mi hai detto quello che provavi, anche se temevi che ferisse i miei sentimenti. E sei stata sincera. Per di più hai fatto queste due cose in uno stato d'animo di ansia e agitazione, perché vuoi che loro mi apprezzino. Dato che sono importante per te. Questo mi lusinga.»

Maria sorrise, un po' per la sorpresa un po' perché sapeva che lui aveva ragione. «Giuro che non cercherò più di prevedere le tue reazioni.»

«Okay.» Lui accese il motore e prima di ingranare la marcia si girò a guardarla. «Allora, cosa vuoi fare?»

«Andare a pranzo? Sperare per il meglio?»

«Ci sto.»

La cocina de la familia si trovava a pochi isolati da Market Street, in un vecchio centro commerciale, e il parcheggio davanti al ristorante era pieno. Mentre si avvicinavano alla porta, lei si rese conto che Colin era perfettamente calmo e questo la innervosì ancora di più. Lui le prese la mano. Lei gliela strinse con forza, come se si aggrappasse a un salvagente.

«Mi sono dimenticata di chiederti se ti piace la cucina messicana.»

«Ricordo che un tempo mi piaceva molto.»

«Ma ora non la mangi più perché non è sana, giusto?»

«Troverò qualcosa da ordinare.»

Lei gli strinse di nuovo la mano, apprezzando la sensazione che le dava. «La mamma ha detto che ci preparerà qualcosa di speciale, il che significa che non potrai scegliere. In ogni caso, l'ho informata che ti piacciono i cibi sani.»

«Andrà tutto bene», la rassicurò lui.

«Esiste al mondo qualcosa che ti preoccupa?»

«Cerco di mantenere sempre la calma.»

«Perfetto, e quando avremo finito mi insegnerai come fare, ok? Perché ultimamente mi sembra di essere sempre in ansia.»

Lui aprì la porta e la fece entrare per prima. Lo zio Tito si avvicinò subito, esaltato all'idea di averla lì, e si mise a parlare animatamente in spagnolo. Dopo averla salutata con un bacio, strinse la mano a Colin e prese i menu, quindi li condusse a un tavolo all'angolo. Era l'unico libero ed era stato riservato per loro.

Una volta che si furono accomodati, la cugina Ana portò a tavola due bicchieri d'acqua e un cestino di nachos. Maria scambiò due parole con sua cugina e presentò Colin una seconda volta. Quando la ragazza si fu allontanata, lei si sporse sul tavolo.

«Ti chiedo scusa», disse, «non vengo qui così spesso come dovrei. Sono tutti entusiasti di vedermi.»

«Quanti tuoi parenti lavorano al ristorante?»

«In questo momento?» Scrutò brevemente il locale, individuando un altro zio al bar e un paio di zie che servivano ai tavoli. «Direi all'incirca sei. Ma dovrei chiedere ai miei per esserne sicura.»

Lui osservò la sala. «C'è molta gente.»

«È sempre così. Abbiamo dovuto allargare il ristorante tre volte nel corso degli anni. All'inizio c'erano solo otto tavoli.» Mentre rispondeva, vide i genitori sbucare dalla cucina e si raddrizzò sulla sedia. «Eccoli, arrivano.»

Quando raggiunsero il tavolo, Maria baciò prima la madre poi il padre, sperando che non dessero spettacolo. «Lui è il mio amico Colin», spiegò. «Questi sono i miei genitori, Felix e Carmen.»

«Salve», risposero praticamente in coro i due, mentre scrutavano Colin da capo a piedi.

«È un piacere conoscervi», ribatté lui.

«Maria ci ha raccontato che sei uno studente», disse Felix senza tanti preamboli. «E che lavori come barista.»

«Esatto», confermò lui. «Serena frequenta un paio di corsi con me. Lavoro al *Crabby Pete's*, sul lungomare.» Poi, pensando alle preoccupazioni di Maria e per evitare di essere coinvolto in una lunga conversazione sul suo passato, indicò la sala. «Avete creato un posto davvero eccezionale. Da quanto tempo è aperto?»

«Trentun anni», rispose Felix, con una nota di orgoglio nella voce.

«Maria mi ha detto che vi siete dovuti allargare nel corso degli anni. Una bella impresa.»

«Siamo stati fortunati», concordò l'uomo. «Hai già mangiato qui qualche volta?»

«No», rispose Colin. «Però so che sua moglie è un'ottima cuoca.»

Felix fece una faccia soddisfatta. «La migliore», dichiarò, guardando Carmen. «È per questo che a volte lei pensa di essere il capo.»

«Io sono il capo», puntualizzò lei con un forte accento spagnolo.

Colin sorrise, e dopo qualche altro scambio di cortesie Maria vide il padre prendere sottobraccio la madre.

«Ora andiamo. Lasciamoli mangiare in pace», disse Felix.

Maria li osservò allontanarsi e tornare in cucina.

«Ti rendi conto che in questo momento staranno parlando di noi con Tito e Ana e il resto dei parenti? A parte Luis, sei l'unico ragazzo che abbia mai portato qui.»

«Mi sento onorato», affermò Colin con assoluta serietà.

«Non è andata poi così male come temevo», rifletté lei.

«Sono brave persone.»

«Sì, ma io sono sempre la loro figlia. E non ti hanno fatto domande imbarazzanti…»

«Forse non me le faranno.»

«Prima o poi accadrà. A meno che smettiamo di vederci.»

«È quello che vuoi?»

Maria abbassò gli occhi per un istante. «No», ammise. «Sono contenta che siamo qui. E sono felice di uscire con te anche sabato sera.»

«Il che significa?»

«La prossima volta che ci ritroveremo tutti insieme, ammesso che ce ne sia una, sarò ancora più nervosa.»

Pochi minuti più tardi, Carmen e due cugine di Maria cominciarono a servire le varie portate: tacos, burritos, mole poblano ed enchiladas; tamales, carne asada, chile relleno, tilapia e una ciotola di insalata. Mentre la madre continuava a sistemare i piatti sul tavolo, lei alzò le mani.

«Mamma, è davvero troppo», protestò. Anche Colin sembrava sorpreso dalla quantità di cibo in arrivo.

«Mangiate quello che volete», rispose Carmen in spagnolo. «Riporteremo il resto in cucina e lo serviremo a qualcun altro.»

«Ma...»

Carmen guardò Colin, poi tornò a fissare la figlia. «Tua sorella aveva ragione. È molto carino.»

«Mamma!»

«Che c'è? Non mi capisce mica.»

«Non è questo il punto!»

«È così bello vederti felice. Tuo padre e io eravamo preoccupati. Non fai altro che lavorare.» Sorrise e tornò a posare gli occhi su Colin. «Colin? È un nome irlandese?»

«Non ne ho idea.»

«È cattolico?»

«Non gliel'ho chiesto.»

«Di cosa parlate?»

Non te lo immagini nemmeno, per fortuna. «Non è educato escluderlo dalla conversazione, sai», la rimproverò Maria.

«Ma certo», rispose la madre, infilando l'ultimo piatto tra i bicchieri d'acqua. «Hai proprio ragione.» Sorrise a Colin e aggiunse in inglese: «Serviti pure».

«Grazie.»

Un attimo dopo erano soli, con montagne di cibo davanti a loro.

«Che profumo irresistibile», notò Colin.

«Scherzi? È ridicolo! Chi riuscirebbe a mangiare tutta questa roba?»

«Sembri sconvolta.»

«Ma certo che lo sono! Avremmo dovuto ordinare dal menu, invece la mamma ha voluto fare a modo suo.»

«Perché?»

«Sto ancora cercando di capirlo. Forse per mostrarsi gentile? Per metterti a tuo agio?»

«È bello tutto ciò.»

«Lo so, ma ha la tendenza a esagerare.»

Guardò gli occhi di Colin spostarsi da un piatto all'altro e indicò la tilapia. «Credo che mia madre l'abbia cucinata apposta per te. È pesce al forno con pomodori, olive e uvetta.»

Lui prese un paio di filetti con dell'insalata; lei lo imitò aggiungendoci mezza enchilada. Il resto rimase intatto. Quando Colin assaggiò il pesce, rimase piacevolmente sorpreso.

«È incredibile», commentò. «Non mi sorprende che sia lei il capo.»

«È un'ottima cuoca.»

«Anche tu sai cucinare così?»

«Me la cavo, però non sono brava come mia madre», ammise Maria. «Ho iniziato a lavorare in cucina e ho imparato le ricette di base. Mi piaceva, ma dopo un po' i miei genitori decisero che era meglio che io servissi ai tavoli. Secondo loro costringermi a parlare con degli sconosciuti mi avrebbe aiutato a superare la timidezza.»

«Di nuovo la storia della timidezza?»

«Lo so che dal tuo punto di vista ha funzionato. E per tua informazione, sì, sono una bravissima cameriera.»

Colin rise e per tutto il pranzo passarono da un argomento all'altro: i film preferiti e i luoghi che avrebbero voluto visitare; si scambiarono qualche aneddoto legato alla loro infanzia. Tutte le volte che lei parlava, lui ascoltava concentrato, senza mai distogliere lo sguardo dal suo. Il dialogo era spontaneo e naturale, e malgrado la presenza della famiglia e il vociare degli altri clienti, avevano l'impressione di essere da soli. Quando i genitori si avvicinarono di nuovo al tavolo, Maria si sentiva rilassata e soddisfatta, nonostante la delusione della madre di fronte al poco che avevano mangiato.

Dopo essersi salutati calorosamente, ripartirono verso l'ufficio e la Camaro non li piantò in asso. Poi Colin l'accompagnò fino all'atrio, e quando la prese per mano per la seconda volta, lei trovò quel gesto del tutto naturale. Giunti all'ingresso lo sentì tirarle impercettibilmente le dita, per fermarla.

«A che ora sabato?» domandò lei girandosi a guardarlo.

«Ho una seduta di allenamento dalle quattro alle sei, quindi potrei venire a prenderti intorno alle sette e mezzo. Che ne dici? Possiamo cenare prima e poi andare a ballare.»

«Perfetto. Che genere di allenamento?»

«Tecniche di percussione e lotta a terra», rispose lui. «La lotta a terra è come il wrestling.»

«È possibile assistere?»

«Credo di sì. Non penso che il proprietario della palestra abbia niente in contrario, ma devo chiederglielo.»

«Ti spiacerebbe?»

«Perché? Vuoi venire?»

«Visto che poi andremo a ballare, mi sembra giusto accompagnarti a fare qualcosa che ti piace.»

Colin non nascose la sua sorpresa. «D'accordo. Ma dovrò tornare a casa a darmi una ripulita prima di uscire, quindi ti va bene se ci incontriamo direttamente in palestra?» Maria annuì, lui le diede le indicazioni per raggiungere il luogo dell'incontro e lei scrisse il proprio indirizzo di casa sul retro di un biglietto da visita.

Colin si infilò il biglietto in tasca, e prima che lei se ne rendesse conto si chinò a baciarla sulla bocca. Fu un bacio tenero, e sebbene fosse meno elettrizzante di quello della domenica precedente, aveva qualcosa di caldo e rassicurante. Improvvisamente non le importava che cosa pensassero i genitori. In quel momento Colin era l'unica persona che contasse davvero, e quando lui si raddrizzò Maria si scoprì a desiderare che la baciasse ancora. In quello stesso istante, tuttavia, colse un movimento con la coda dell'occhio e notò che Ken era spuntato dall'angolo della strada – doveva aver parcheggiato la macchina sull'altro lato dell'edificio – e li osservava da lontano, immobile. Lei si irrigidì e Colin seguì il suo sguardo.

«È lui?» domandò sottovoce. «Ken?»

«Sì», rispose Maria, e si accorse che l'espressione di Colin si era improvvisamente indurita. Lui non disse niente, ma concentrò tutta l'attenzione sull'uomo. Mentre lo teneva per mano, Maria avvertì una forte tensione, come se ci fosse in lui una violenza compressa e a stento trattenuta. Non aveva paura, però capì che Ken stava rischiando molto.

Martenson intanto continuava a osservarli. Era una specie di stallo, e Colin lo fissò finché l'altro distolse per primo lo sguardo. Poi la baciò di nuovo, stavolta in modo quasi possessivo.

«Non badare a lui. Non ne vale la pena», gli disse infine Maria.

«Lui ti importuna.»

«Me la caverò.»

«Quel tizio non mi convince.»

«È per questo che mi hai baciata di nuovo?»

«No.»

«Allora perché lo hai fatto?»

«Tu mi piaci», ammise Colin.

Quella risposta, così diretta, così sincera, le provocò un'altra ridicola capriola allo stomaco, e lei non riuscì a trattenere un sorriso ebete.

«Che programmi hai per stasera?»

«Devo vedermi con Evan e Lily.»

«E venerdì sera?»

«Anche.»

«Che cosa dovete fare?»

«Non voglio dirtelo.»

«Perché?»

«Non voglio dirti nemmeno questo.»

Maria gli strinse la mano prima di lasciarlo andare. «Perché all'improvviso sei così misterioso? Dovrei preoccuparmi? Ti vedi con un'altra?»

«No», rispose Colin. «Non devi preoccuparti. Sono stato benissimo con te oggi. Mi ha fatto piacere conoscere i tuoi genitori.»

Lei lo fissò di sottecchi. «Sono contenta.»

Lui le sorrise e fece un passo indietro. «Forse è ora che tu torni al lavoro.»

«Lo so.»

«Ci sta ancora guardando?»

Lei sbirciò sopra la sua spalla e scosse il capo. «Credo che sia passato dall'ingresso sul retro.»

«Gli avrà dato fastidio quello che ha visto?»

Maria ci rifletté su. «È probabile. Ma adesso sa che esisti, e questo è un bene. Se mi tampina di nuovo, basterà dirgli che sei un tipo geloso.»

«Non è vero che sono geloso», precisò Colin. I suoi occhi grigioazzurri erano intensi ma gentili. «Però lui non mi piace.»

11
Colin

Il sabato mattina Colin si alzò presto e andò a fare un giro in bici al sorgere del sole. Aveva comprato quella bicicletta, scassata e arrugginita, per due soldi al mercatino dell'usato, e sebbene dovesse avere almeno dieci anni faceva il suo dovere. Grondava sudore prima ancora di raggiungere la palestra, dove fece un'ora di cross training agitando funi pesanti, spingendo la slitta con i pesi, lanciando palle mediche, e compiendo tanti altri esercizi, prima di riprendere la bicicletta, sfinito, per tornare a casa.

Tosò il prato e potò i cespugli mentre rifletteva che il pensiero di Maria gli aveva occupato la mente sin da quando l'aveva conosciuta, ma adesso era letteralmente ossessionato da lei. Se ne era accorto persino Evan; poco prima, quando era uscito in veranda gli aveva rivolto un sorrisetto complice. Evan era stato di ottimo umore sia il giovedì sia il venerdì sera, e Colin sospettava che c'entrasse la storia delle lezioni di salsa, ma non era il caso di chiedere.

Anche Lily si era accorta che Colin provava qualcosa per Maria, ma era rimasta concentrata sulle lezioni di ballo. Tuttavia, gli aveva raccomandato un ristorante in centro, ripetendogli più volte di prenotare. Gli aveva insegnato altri passi di salsa, anche se lui continuava a non essere convinto delle proprie capacità. Non voleva neppure immaginare quanto sarebbe stato impreparato senza l'intervento di Lily.

Dopo aver portato a termine le proprie incombenze, Colin si preparò il secondo frullato proteico e riordinò l'appartamento, quindi cominciò a lavorare su una relazione per il corso di gestione della classe. Doveva scrivere appena cinque pagine, ma era troppo distratto e riuscì soltanto a buttare giù una bozza prima di darsi per vinto.

Indossò di nuovo la tenuta d'allenamento, prese la borsa della palestra e uscì. Negli ultimi tempi la macchina aveva ubbidito alla perfezione, ma quel giorno il motore si mise a tossire per poi accendersi controvoglia, facendogli capire che il problema non era né il motorino d'avviamento né l'alternatore. Si sarebbe dovuto preoccupare di trovare una soluzione, invece nella sua mente affiorò l'immagine di Maria accompagnata dalla strana preoccupazione che il loro appuntamento filasse liscio.

Le aveva telefonato sia giovedì sia venerdì sera e avevano parlato per più di un'ora ogni volta, un'esperienza del tutto nuova per lui. Non ricordava di essere mai stato tanto al telefono con nessun altro. Prima di Maria non immaginava che si potessero sostenere conversazioni così lunghe. Ma lei rendeva tutto facile, ed era divertente ascoltarla. Gli aveva riferito che Ken si era tenuto a debita distanza, e poi gli aveva raccontato dell'appuntamento al buio organizzato a sua insaputa da Jill tempo prima, facendolo ridere di gusto. Dopo aver riattaccato, era stato difficile addormentarsi. Di solito crollava subito alla fine della giornata, non riuscendo a tenere gli occhi aperti.

Per la prima volta dopo mesi, gli venne in mente di telefonare ai genitori. Non capiva il motivo di quel desiderio, probabilmente aveva a che fare con il modo in cui Maria parlava dei propri genitori e con l'affiatamento che c'era tra di loro. Si domandò se la sua vita sarebbe stata diversa, crescendo in una famiglia del genere. Forse no – era stato un bambino difficile fin da piccolissimo – ma se le dinamiche famigliari ricoprivano un ruolo anche minimo, allora la sua esistenza aveva preso una direzione che non dipendeva interamente da lui. Adesso era soddisfatto della strada che stava percorrendo, ma fino a poco tempo prima il suo percorso era stato costellato di buche e ostacoli. Il fatto che Maria fosse riuscita a guardare oltre queste cose, nonostante il suo passato, continuava a sorprenderlo in maniera estremamente positiva.

Arrivato nel parcheggio della palestra, scorse Maria già ferma davanti all'ingresso. Indossava shorts e maglietta, il che la rendeva una delle donne più belle che avesse mai visto.

«Ciao», lo salutò quando la raggiunse. «Pronto a riempire di botte gli avversari?»

«È solo un allenamento.»

«Sei sicuro che possa entrare a guardarti?»

Colin afferrò la maniglia della porta. «Ho parlato con il proprietario stamattina e a lui sta bene. A meno che tu non decida di entrare in gabbia, non dovrai firmare neppure una liberatoria.»

«Che abile diplomatico sei.»

«Ci provo.» Le tenne aperta la porta, osservandola quando gli passò davanti. La vide guardarsi intorno. A differenza di molte altre palestre, quella era più simile a un magazzino. Superarono rastrelliere con pesi diversi e altra attrezzatura da cross training e si diressero verso la sala allenamenti in fondo all'edificio. Varcata un'altra porta, arrivarono in un ampio stanzone dalle pareti imbottite con grandi stuoie sul pavimento e attrezzature accatastate in ogni angolo; sulla sinistra c'era la gabbia. Alcuni compagni di Colin stavano facendo stretching o riscaldamento e lui li salutò mentre posava la borsa. Maria arricciò il naso.

«C'è cattivo odore qui.»

«Diventerà anche peggio», le assicurò lui.

«Dove mi devo mettere?»

Colin indicò un mucchio di attrezzatura in un angolo: scatoloni di guanti da boxe, elastici, corde per saltare e un set di sgabelli pliometrici.

«Puoi sederti su uno di quegli sgabelli, se vuoi», le disse. «Di solito non usiamo questa parte della palestra.»

«Tu dove starai?»

«Un po' dappertutto.»

«Quante altre persone ci saranno?»

«Otto o nove, all'incirca. Di sabato non c'è mai molto movimento. Durante la settimana siamo anche quindici o sedici.»

«In altre parole ci sono solo i veri appassionati, eh?»

«Più che altro i fanatici dell'allenamento, oppure quelli che hanno appena cominciato e cercano di non perdere nemmeno un'occasione. Il sabato, molti degli atleti più forti sono in giro per qualche evento.»

«Bene. Siccome dobbiamo uscire, non vorrei che ti riducessi pieno di lividi e di tagli come la prima volta che ti ho visto.»

«Riuscirai mai a dimenticarti di quella volta?»

«Non credo. L'immagine è stampata a fuoco nella mia mente.»

Colin fece un rapido riscaldamento: rotazioni delle braccia e oscillazioni delle gambe, qualche minuto di salto alla corda. Intanto erano arrivati anche Todd Daly, il capo istruttore e lottatore dell'organizzazione di arti marziali miste UFC in pensione, e Jared Moore, che gareggiava a livello professionale ma non con la federazione. Daly fece fare un ulteriore riscaldamento ai presenti.

Mentre aspettava di entrare in gabbia, Colin si esercitò nelle tecniche di base: leve al braccio, chiavi alle gambe, diverse prese di sottomissione. Gran parte di queste mosse derivavano dalle arti marziali e dal wrestling, dove velocità, istinto ed equilibrio erano molto più importanti della bruta forza fisica. Come capitava spesso durante le sedute del sabato, Daly illustrava una mossa, a volte usando Colin come partner, e poi il gruppo si divideva in coppie. Ciascuna aveva modo di provare la mossa una decina di volte, prima di scambiarsi i ruoli. Poi passavano a un'altra serie di movimenti. Nel giro di dieci minuti, Colin aveva il fiato corto; superata la mezz'ora, la sua maglietta era fradicia. Durante la seduta il capo istruttore li correggeva, spiegando loro dove piazzare un piede per ottenere una leva migliore, o come avviluppare in maniera più efficace le gambe, in una serie infinita di variazioni.

A uno a uno gli atleti ruotavano all'interno della gabbia, e dopo un'ora fu il turno di Colin. Indossò la protezione per la testa e guanti più pesanti, e lavorò con un compagno mentre Moore – ex guanto d'oro a Orlando – impartiva istruzioni. Colin affrontò sette round da due minuti, saltellando e muovendosi in cerchio, approfittando di aperture per colpire o calciare, e nel frattempo cercando di non lasciare punti scoperti. Era il più bravo, ma non tanto per abilità quanto per l'inesperienza dell'avversario: il tizio era fuori forma e aveva combattuto in un solo incontro, in cui peraltro aveva perso.

Da lì tornarono al tappeto, dove si esercitarono ad atterrare l'avversario mettendolo con le spalle al muro; poi si scambiarono i ruoli e cercarono di evitare di essere atterrati. Alla fine della seduta, Colin aveva i muscoli doloranti per la stanchezza.

Per l'intero pomeriggio il suo sguardo continuò a vagare ripetutamente verso Maria. Si era aspettato di vederla annoiata, invece lei lo seguiva con attenzione, rendendo l'allenamento più faticoso del solito. In genere gli risultava facile concentrarsi esclusivamente sull'avversario, ma la presenza di Maria lo metteva a disagio come non gli era mai capitato. In un incontro, questa mancanza di concentrazione lo avrebbe fatto finire nei guai. Alla fine dell'allenamento gli sembrava di essere tornato indietro mentalmente, e comprese che si sarebbe dovuto impegnare a fondo per riguadagnare il terreno perduto. Dopo tutto era uno sport che richiedeva in eguale misura doti mentali e fisiche, anche se la maggior parte della gente non se ne rendeva conto.

Una volta terminato, infilò la sua roba nella borsa e se la mise in spalla. Maria intanto lo aveva raggiunto.

«Che te ne pare?» domandò lui incamminandosi.

«Mi è sembrato duro. Faticoso e sudato.»

«Esattamente.»

«Come credi che sia andata?»

«Ero distratto», rispose.

«Per colpa mia?»

«Sì.»

«Mi spiace.»

«Figurati.» Sorrise, poi si tirò la maglia. «Mi daresti qualche minuto per asciugarmi e cambiarmi? Devo togliermi questa roba, altrimenti inzupperò di sudore il sedile della macchina.»

Maria arricciò il naso. «Che prospettiva disgustosa.»

«È un sì o un no?»

«Decisamente un sì. Ti aspetto fuori.»

Quando Colin uscì dalla palestra, vide Maria che parlava al telefono. Con gli occhiali da sole, somigliava a un'affascinante star del cinema degli anni Cinquanta. Terminò la conversazione proprio quando lui la raggiunse.

«Era Serena.»

«Tutto a posto?»

«Stasera cenerà a casa dei miei con il responsabile di non so quale borsa di studio, ed è un po' nervosa. A parte questo sta bene.» Lo guardò. «Tu stai meglio?»

«Mi sento più pulito. Almeno per il momento. Continuo a sudare.»

Lei gli sfiorò un braccio. «Sono contenta di aver assistito all'allenamento, è stato molto più interessante di quanto credessi.»

«Allora ci vediamo per le sette e mezzo?»

«Direi di sì. Volevo avvisarti che quando balleremo, potrei essere un po' arrugginita.»

«Non preoccuparti. Sarà la mia prima volta. Maria?»

«Sì?»

«Grazie di essere venuta oggi. È stato molto importante per me.»

Non appena Colin scese dalla macchina, Evan gli si avvicinò con un sacchetto in mano.

«Tieni», disse, «è per te. Mi devi dei soldi.»

Colin si fermò davanti alla veranda. «Per che cosa?»

«Lily ha pensato che ti servisse qualcosa da mettere stasera.»

«So già come vestirmi.»

«Non prendertela con me. Le ho detto esattamente la stessa cosa. Ma lei è Lily, e mi ha ugualmente trascinato per negozi e, come ti ripeto, mi devi dei soldi. Lo scontrino è nella busta.»

«Cosa ha comprato?»

«È meno peggio di quanto possa sembrare. Me l'ero già vista scegliere una giacca con i bottoni d'oro, invece sono dei pantaloni scuri, una camicia rossa e delle scarpe nere.»

«Come faceva a sapere la mia taglia?»

«Perché ti ha regalato dei vestiti il Natale scorso.»

«E se la ricordava ancora?»

«Lei è Lily. Non dimentica mai niente. Ti dispiace prendere questa busta? Mi si sta slogando il braccio.»

Colin lo accontentò. «Cosa succederebbe se non li indossassi?»

«Tanto per cominciare, dovrai rimborsarmi lo stesso. Poi la offenderesti, ed è l'ultima cosa che dovresti fare, dopo le lezioni di ballo. E, ovviamente, Lily si aspetterebbe che le spiegassi per quale ragione non ti piacciono.»

«Come farà a sapere se li indosso oppure no?»

«Perché è a casa e mi ha detto di chiederti di passare da noi prima di uscire. Vuole parlarti.»

Colin non rispose, colto alla sprovvista.

«Mettiti questi dannati vestiti e basta, hai capito?»

Vedendo che l'amico restava in silenzio, Evan gli scoccò un'occhiata torva. «Sei in debito con me.»

Davanti allo specchio del bagno, Colin si rese conto che in fondo quei vestiti non gli dispiacevano. La camicia era più color borgogna che rosso, e anche se lui non l'avrebbe mai scelta, non era poi così male, soprattutto con le maniche arrotolate. Aveva già intenzione di indossare dei pantaloni neri – un altro avanzo dei suoi giorni in tribunale – e le scarpe somigliavano molto alle sue, a parte per i graffi, il che significava che probabilmente gliene serviva comunque un nuovo paio. Non riusciva a capacitarsi di come Lily avesse potuto saperlo, ma ormai aveva smesso di sorprendersi di ciò che faceva.

Tornò in camera a compilare un assegno per

Evan, poi prese le chiavi, spense le luci e uscì. Salì i gradini della veranda e notò che la porta di casa era socchiusa. Entrando, vide che i suoi amici stavano bevendo del vino in cucina. Lily posò il bicchiere sul bancone e sorrise.

«Devo dire che sei proprio bello», dichiarò raggiungendolo. Si sporse in avanti e lo baciò su una guancia. «Questo colore è perfetto per te; sono sicura che Maria ti troverà irresistibile.»

«Grazie», rispose Colin.

«È un piacere. Spero che ricordi tutti i movimenti che abbiamo provato. Immagino che oggi tu abbia ripetuto i passi?...»

«Veramente no.»

«Si può sapere perché?»

«Sono andato in palestra.»

«E ti pareva», commentò lei, senza nascondere il proprio disappunto. «Devi imparare a darti delle priorità, e io non posso lasciarti andare finché non sarò certa che hai memorizzato tutto.»

«Me la caverò benissimo. Devo passare a prenderla tra pochi minuti.»

«Allora dobbiamo sbrigarci. Tesoro?» Lily si rivolse a Evan. «Vorresti mettere un po' di musica?»

«Ma certo.» Lui prese il telefono, toccò lo schermo un paio di volte e si avvicinò. «Ho qui casualmente proprio la canzone giusta.»

Era evidente che Lily aveva organizzato tutto fin dal principio. Offrì la mano a Colin. «Adesso guidami nelle varie figure. E muoviti veloce.»

Colin ubbidì, poi si staccò da lei. «Può andare?»

«Riuscirai a stupirla.» Lily ammiccò. «Proprio come con i fiori.»

«Sai cos'altro la stupirà?» si intromise Evan. Quando si girò a guardarlo, Colin comprese che l'amico diceva sul serio. «Per prima cosa il fatto che la tua macchina parta, e poi che tu non finisca per farti arrestare.»

Colin aveva appena bussato alla porta quando Maria gli aprì. Non poté fare a meno di fissarla in silenzio per qualche istante. La camicetta sottolineava le sue curve e la gonna le arrivava giusto a metà della coscia; con le scarpe con il tacco a spillo era alta quasi quanto lui. Il leggero tocco di mascara e di rossetto non la facevano somigliare affatto alla professionista con cui aveva pranzato giusto un paio di giorni prima, né alla donna baciata dal sole sulla spiaggia. Mentre le stava davanti, non sapeva decidere quale fosse la versione di lei che preferiva, anche se questa, doveva ammetterlo, era abbastanza stupefacente.

«In perfetto orario», osservò Maria, baciandolo sulla guancia. «Sono impressionata.»

Lui le posò con naturalezza le mani sui fianchi. «Sei bellissima», mormorò. Colse una scia del suo profumo, qualcosa di floreale e discreto. Perfetto.

«Grazie», rispose. Gli accarezzò il petto. «Bella camicia.»

«È nuova.»

«Sul serio? Per stasera?»

«Puoi ben dirlo.»

«Mi fai sentire speciale. Devo ammettere che ti sei ripulito molto bene.»

«A volte capita», ribatté lui. «Sei pronta?»

«Prendo la borsa e arrivo. Dove andiamo?»

«Alla *Pilot House.*»

«Ottima idea… Mi piace tantissimo. La cucina è superlativa.»

«L'ho sentito dire anch'io. Me lo ha consigliato Lily.»

«Si vede che ha buon gusto.»

Il ristorante non era lontano, e mentre procedevano lentamente sulla strada con i finestrini abbassati, si godettero entrambi lo spettacolo del cielo stellato e la brezza che spazzava via il calore della giornata. Sistemata la macchina nel parcheggio del ristorante, Colin andò ad aprire la portiera a Maria, quindi la prese per mano e si diressero verso l'ingresso. Una volta dentro, lui si stupì che il locale fosse meno formale di quanto si aspettasse: un posto pulito e senza fronzoli con tavoli bianchi e un panorama impagabile.

La sala era affollata e al bar c'era gente in attesa di accomodarsi. Dopo essersi presentati alla direttrice di sala, lui e Maria la seguirono all'esterno fino a un tavolo all'angolo con una vista mozzafiato sul Cape Fear River. La luna scintillava sulle acque che scorrevano lente, formando un nastro lucido tra due sponde buie. Quando Maria si voltò ad ammirare il panorama, Colin si impresse nella mente il grazioso profilo del suo viso, con i capelli agitati dalla brezza. Com'era possibile che in così poco tempo fosse diventata tanto importante per lui?

Quasi gli avesse letto nel pensiero, lei lo guardò e sorrise, prima di protendere le mani sul tavolo. Lui le strinse nelle proprie, meravigliandosi della loro morbidezza.

«Una serata magnifica, non trovi?» osservò Maria.

«Magnifica», confermò lui, ma in realtà si riferiva a lei. A starle seduto davanti, Colin aveva la strana sensazione di vivere la vita di qualcun altro, qualcuno più meritevole. Al termine della cena, dopo che la tavola fu sparecchiata e i bicchieri di vino svuotati, mentre le candele erano sul punto di spegnersi, si fece largo in lui la consapevolezza di aver trascorso tutta la sua esistenza in cerca di Maria, e di aver avuto solo ora la fortuna di trovarla.

12
Maria

Il magazzino sorgeva in una zona degradata alla periferia della città, e l'unico segno che lo distingueva dagli altri depositi abbandonati lì intorno erano le macchine parcheggiate in maniera disordinata sul lato posteriore dell'edificio, lontano dalla strada.

L'atmosfera un po' losca non sembrava importare a nessuno. Sul davanti c'era una lunga fila di persone, quasi esclusivamente uomini, in attesa di entrare. Molti portavano borse frigo, senza dubbio piene di bevande alcoliche; altri bevevano birra o sorseggiavano da tazze di plastica mentre si avvicinavano lentamente all'ingresso, da dove proveniva una musica assordante. Le ragazze senza accompagnatore non dovevano fare la coda, e Maria ne vide molte entrare in gruppo, sfoggiando minigonne, top aderenti e tacchi a spillo, incuranti dell'immondizia sparsa lì intorno, dei fischi e degli apprezzamenti.

Pur essendo l'unico bianco in fila, Colin appariva rilassato, e osservava con calma l'ambiente circostante. Quando arrivarono alla porta, furono accolti da un uomo tarchiato con gli occhiali da sole che raccoglieva i soldi per l'ingresso. Il buttafuori scrutò Colin da capo a piedi, senza dubbio per capire se appartenesse alle forze di polizia, poi fece lo stesso con Maria e infine accettò riluttante le banconote che Colin gli offriva. Indicò la porta con un cenno del capo.

All'interno del locale si trovarono davanti una massa compatta di corpi ondeggianti, mentre la musica ad alto volume scuoteva le pareti con un'energia a stento contenibile. Nessuno sembrava far caso al pavimento di cemento con le macchie d'olio, né alla mancanza di arredi o all'illuminazione industriale; gruppi di ragazzi erano riuniti intorno alle borse frigo, bevevano e gridavano per farsi sentire al di sopra della musica, cercando di attirare l'attenzione delle ragazze che passavano lì davanti.

Come spesso accade nei locali notturni, il numero degli uomini era nettamente superiore a quello delle donne, e tutti avevano tra i venti e i trent'anni. Osservandoli, Maria pensò che doveva trattarsi per lo più di giovani lavoratori, decisi a trascorrere una serata diversa dal solito. Come aveva preannunciato Serena, c'erano alcuni individui dall'aria poco raccomandabile, con tatuaggi e bandane, in rappresentanza di varie gang. Portavano pantaloni larghi sotto i quali si poteva facilmente nascondere un'arma. In condizioni normali questo l'avrebbe innervosita, ma l'atmosfera indicava che la maggior parte dei presenti pensava solo a divertirsi. Comunque, si guardò intorno alla ricerca di possibili vie di fuga nel caso fossero sorti dei problemi.

Al suo fianco, anche Colin esaminava la scena. Si chinò a parlarle nell'orecchio. «Vuoi andare più vicino alla musica?»

Lei annuì, e così si addentrarono nel magazzino. Si fecero largo faticosamente tra le persone, cercando di non spintonare troppo, fino a raggiungere la pista da ballo all'estremità opposta dell'edificio, dove la musica era ancora più forte. Lungo il tragitto diversi ragazzi cercarono di attirare l'attenzione di Maria, chiedendole come si chiamava o facendo commenti sulla sua bellezza o cercando persino di toccarle il sedere, ma lei, timorosa di scatenare in Colin qualche reazione imprevedibile, si limitò a fulminarli con lo sguardo.

La pista da ballo era separata dal resto del deposito da una staccionata provvisoria di assi inchiodate insieme e fissate a sbarre di metallo. Proprio in fondo, sopra una catasta di pallet appoggiati al muro, c'era il dj, l'attrezzatura sistemata su un tavolino pieghevole. Di fianco a lui due altoparlanti grandi quanto frigoriferi. Il volume della musica faceva battere forte il petto di Maria. Sulla pista c'erano coppie che si muovevano e ballavano a ritmo, e vedendole lei fu assalita da una serie di ricordi di un'epoca in cui la vita le era sembrata più spensierata.

Si avvicinò a Colin e avvertì il profumo della sua acqua di colonia.

«Sei sicuro di essere pronto?»

«Sì», rispose lui, scavalcando la barriera.

Prima che se ne rendesse conto, Maria si ritrovò in mezzo agli altri ballerini. Stava per spiegare a Colin come fare, quando lui le prese la mano destra nella sinistra e posò la destra sulla sua spalla sinistra. Fatto questo, cominciò a condurla, i passi in perfetta armonia con i suoi, mentre la musica li avvolgeva. Lei sgranò gli occhi e quando lui la guidò in una giravolta perfetta, seguita quasi subito da una seconda piroetta, rimase così scioccata da non sapere cosa dire. Colin fece un sorriso sornione, e lei scoppiò in una sonora risata. A poco a poco, mentre le canzoni si susseguivano, cominciò a lasciarsi andare, perdendosi nella musica e in lui.

Era passata la mezzanotte quando lasciarono il magazzino pieno di vita e tornarono a casa di lei. Nessuno dei due sentiva il bisogno di parlare, ed erano ancora accaldati per il ballo mentre percorrevano strade poco trafficate. Come aveva fatto per gran parte delle ore precedenti, Colin le teneva la mano, il pollice che le accarezzava la pelle provocandole brividi di piacere. Quando furono in prossimità del suo appartamento, Maria immaginò che cosa sarebbe successo se lo avesse invitato di sopra, e fu a un tempo spaventata ed eccitata dall'idea. Non si conoscevano ancora abbastanza, e lei non era sicura di essere pronta... Tuttavia doveva ammettere che voleva che salisse da lei. Voleva che la loro serata insieme proseguisse; voleva che lui la baciasse di nuovo e la abbracciasse. Nonostante le emozioni contrastanti, lo indirizzò al parcheggio dietro il condominio.

Scesero dalla macchina e salirono i gradini insieme, sempre in silenzio. Arrivati alla porta, lei tirò fuori le chiavi e aprì con dita tremanti. Entrò e accese la lampada sul tavolino, ma quando si voltò si accorse che Colin era rimasto sulla soglia. Sembrava aver intuito la sua confusione e le stava offrendo la possibilità di chiudere lì la serata, prima che si spingessero troppo oltre. Ma qualcosa si era impossessato di lei. Si scostò una ciocca di capelli dietro l'orecchio e sorrise.

«Entra», lo invitò con una voce arrochita che non riconosceva come propria. Colin chiuse la porta dietro di sé mentre osservava il salotto con il pavimento di legno scuro e gli stucchi e la vetrata che dava sulla piccola terrazza. Pur nutrendo la convinzione che a lui non importasse minimamente, di colpo fu contenta di aver trascorso la mattinata a mettere a posto, sprimacciando persino i cuscini sul divano.

«Complimenti, hai una casa bellissima.»

«Grazie.»

Si spostò per esaminare le foto appese sulla parete dietro al divano, quindi domandò: «Le hai scattate tu?»

Lei annuì. «Quest'estate.»

Lui le osservò con attenzione, in particolare il primo piano del falco pescatore con il pesce tra gli artigli circondato da spruzzi d'acqua. «Sei molto brava», disse, chiaramente colpito.

«Non immagini nemmeno quanti scatti ci sono voluti per realizzare queste immagini, comunque ti ringrazio.» Da vicino si sentiva ancora il calore che emanava dal suo corpo. «Vuoi bere qualcosa? Ho una bottiglia di vino in frigo che ho aperto ieri.»

«Magari mezzo bicchiere. Non sono mai stato un grande appassionato di vino. E, se possibile, mi farebbe piacere anche dell'acqua.»

Lei andò in cucina, prese dalla credenza due calici di vetro e vi versò il vino. Ne bevve un sorso, quindi riempì il bicchiere d'acqua che lui le aveva chiesto.

«Vuoi del ghiaccio?»

«Sì grazie, se non è un problema.»

«Credo di potercela fare.»

Gli porse l'acqua e lo guardò berla d'un fiato. Poi indicò la portafinestra.

«Ti va di uscire in terrazza? Ho bisogno di una boccata d'aria fresca.»

«Ottima idea», concordò lui, posando il bicchiere sul bancone e prendendo in mano il calice con il vino. L'aria fuori era fresca, la brezza stava portando con sé la prima foschia. Il traffico era scarso e i marciapiedi deserti. I lampioni gettavano una luce gialla e dal bar all'angolo giungevano le note affievolite di una musica anni Ottanta.

Colin indicò le sedie a dondolo sistemate in un angolo. «Le usi mai?»

«Troppo poco. Ed è triste, perché la terrazza è il motivo principale che mi ha spinto a venire ad abitare qui. L'idea di rilassarmi qua fuori dopo il lavoro mi attirava, ma non ci riesco quasi mai. Di solito la sera mangio un boccone e poi mi metto in soggiorno o alla scrivania nella stanza degli ospiti, davanti al computer.» Si strinse nelle spalle. «Di nuovo quella cosa dello 'stare al passo', ma ne abbiamo già parlato, giusto?»

«Abbiamo parlato di tante cose.»

«Significa che ti stai stancando di me?»

Si voltò a guardarla, negli occhi il riflesso delle luci notturne. «No.»

«Sai che cosa trovo interessante in te?» Colin rimase ad aspettare in silenzio. «Non senti il bisogno di motivare le tue ragioni quando rispondi a una domanda. Vai dritto al punto. Le uniche volte che elabori un ragionamento è quando ti viene chiesto. Sei un uomo di poche parole.»

«Okay.»

«Esattamente quello che stavo dicendo!» esclamò lei. «Comunque, mi hai incuriosito. Perché parli così poco?»

«Perché è più semplice e ci vuole meno tempo.»

«Non pensi che coinvolgere gli altri nei tuoi processi mentali potrebbe essere utile per farti capire meglio?»

«Ciò implicherebbe il desiderio altrui di capirmi meglio. In quel caso, saranno loro a chiedermi di spiegarmi e io lo farò.»

«E se non lo facessero?»

«Allora è probabile che non gli interessi quello che penso. Vogliono solo avere la risposta. Per me è così. Se chiedo a qualcuno che ore sono, non mi aspetto di sentire la storia dell'orologeria, e non mi importa sapere da dove viene l'orologio o quanto è costato, o se è stato un regalo di Natale. Mi basta sapere l'ora.»

«Non mi riferisco a questo. Parlavo di quando si cerca di conoscere una persona. Di fare conversazione.»

«Anch'io. Ma in realtà non tutti vogliono davvero capire chi sei e cosa provi. Certe cose è meglio che rimangano private.»

«Come, scusa? Non sei stato proprio tu a raccontarmi tutta la tua vita la prima sera che ci siamo conosciuti?»

«Tu mi hai fatto delle domande e io ti ho risposto.»

«Secondo te funziona in questo modo?»

«Per noi è stato così. Non abbiamo problemi a parlare.»

«Solo perché io faccio un sacco di domande.»

«Sì.»

«Be', per fortuna. Altrimenti saremmo come certe coppie di anziani che vedi nei bar fare colazione in perfetto silenzio. Probabilmente sarebbe nel tuo stile. Ti immagino passare l'intera giornata senza scambiare nemmeno una parola con nessuno.»

«A volte mi succede.»

«Non è normale.»

«Okay.»

Lei bevve un sorso di vino, quindi fece un gesto con la mano. «Spiegati, per favore.»

«Non so cosa voglia dire veramente la parola 'normale'. Credo che per ognuno abbia un significato diverso, che dipende dalla cultura, dalla famiglia e dagli amici, dal carattere e dalle esperienze, dalle circostanze e da mille altre cose. Ciò che è normale per una persona non lo è per un'altra. Per qualcuno saltare giù da un aeroplano è una pazzia. Per altri, non vale la pena di vivere senza farlo.»

Maria annuì. *Tuttavia…*

«D'accordo. Ma ora voglio che mi parli liberamente di te. Che tu dica qualcosa di spontaneo e inaspettato. E poi prova a elaborare il concetto senza che io debba farti nemmeno una domanda.»

«Perché?»

«Accontentami», chiese lei dandogli un buffetto. «Per divertimento.»

Colin fece ruotare il vino nel bicchiere, prima di guardarla. «Tu sei meravigliosa. Sei intelligente e bella e per te sarebbe facile conoscere qualcuno che non ha il mio passato, che non ha commesso tutti quegli errori… A dire la verità, sono meravigliato di essere qui, e mi chiedo perché tu mi abbia invitato. A volte penso che tutto questo sia troppo bello per essere reale e che prima o poi finirà, ma anche così rimarrebbe il fatto che hai aggiunto qualcosa alla mia vita, qualcosa che non sapevo mi mancasse.» Fece una pausa. Poi riprese con voce sommessa. «Sei molto importante per me, più di quanto pensi. Prima di conoscerti, avevo Evan e Lily, e credevo che fosse abbastanza. Ma non è così. Non più. Non dopo l'ultimo weekend. Stare con te mi fa sentire di nuovo vulnerabile, e non mi succedeva da quando ero bambino. Non posso affermare che mi piaccia sempre, ma l'alternativa sarebbe peggio, perché significherebbe non vederti più.»

Maria si rese conto di aver trattenuto il respiro; quando lui terminò si sentiva stordita, sopraffatta dalle sue parole, era completamente disorientata.

Colin, d'altra parte, continuava a mostrarsi tranquillo, e fu questo, più che altro, a farle ritrovare l'equilibrio.

«Non so che cosa dire», confessò.

«Non preoccuparti. Non voglio una risposta. L'ho detto solo perché mi andava.»

Lei strinse il bicchiere con entrambe le mani. «Posso farti una domanda?» chiese timidamente. «Riguarda un'altra cosa.»

«Ma certo.»

«Perché hai finto di non conoscere la salsa?»

«Quando ne abbiamo parlato era così. Lily ha passato la settimana a darmi lezioni. Ecco che cosa avevo da fare giovedì e venerdì sera.»

«Hai imparato a ballare apposta per me?»

«Sì.»

Lei si voltò a bere un sorso di vino, cercando di mascherare il proprio stupore. «Ti ringrazio. Credo di dover ringraziare anche Lily.»

Lui le sorrise brevemente. «Ti spiace se vado a prendere un altro bicchiere d'acqua? Ho ancora molta sete.»

«Ti aspetto qui.»

Colin rientrò in casa e Maria si domandò quando o se sarebbe mai riuscita a non farsi sorprendere da lui.

Luis non le aveva mai parlato in quel modo, rifletté. Affacciata alla ringhiera, scoprì di avere difficoltà a ricordare che cosa avesse trovato di speciale in quel ragazzo. In apparenza era affascinante e intelligente, ma poi aveva scoperto che era arrogante e vanitoso. A volte si era dovuta scusare per il suo comportamento e quando qualcuno le chiedeva che cosa provasse per lui, si metteva sempre sulla difensiva. A pensarci ora, capiva di aver desiderato disperatamente la sua approvazione e Luis, ora se ne rendeva conto, ne aveva approfittato spesso. Non era stata una relazione equilibrata, lo sapeva, e non riusciva proprio a immaginarlo comportarsi come faceva Colin… che le telefonava, le regalava dei fiori, imparava a ballare. Nonostante tutto questo, aveva amato Luis con un'intensità che a volte avvertiva ancora.

Poco prima, mentre lei e Colin ballavano, si era sorpresa a pensare che la serata non sarebbe potuta andare meglio di così. E poi, invece, era successo. Sentirlo esprimere i propri sentimenti senza timori né remore l'aveva lasciata di sasso. Chissà se lei sarebbe stata in grado di fare la stessa cosa. Probabilmente no, ma Colin era diverso dalla maggior parte delle persone. Accettava se stesso, con tutti i propri difetti, e si perdonava per gli errori commessi. Soprattutto, sembrava vivere il momento, senza pensare né al passato né al futuro.

L'aspetto più sorprendente era la profondità con cui lui viveva le proprie emozioni, forse addirittura più intensamente di lei. Guardandolo a cena, e poi sulla pista da ballo, e ascoltando ora le sue parole, aveva capito che se non era ancora innamorato di lei, poco ci mancava. Anche lui era disposto ad arrendersi all'inevitabile, come lei, e quest'idea le faceva tremare le mani.

Quando Colin uscì sulla terrazza alle sue spalle, Maria respirò profondamente, assalita da un'ondata di desiderio. Lui si appoggiò alla ringhiera lì accanto e mentre i loro respiri si fondevano in un unico ritmo, lei bevve un altro sorso di vino, sentendo il calore scenderle in gola e diffondersi nel corpo.

Guardandolo di profilo, si sorprese a considerare di nuovo tutte le emozioni nascoste dietro la sua facciata di calma, e di colpo lo immaginò nudo sopra di sé, le labbra che sfioravano le sue, mentre si abbandonavano l'uno all'altra. Avvertì un crampo allo stomaco e poi sulla bocca le comparve l'ombra di un sorriso.

«Pensi veramente le cose che mi hai detto prima?»

Colin non rispose subito e abbassò la testa prima di girarsi verso di lei.

«Ogni singola parola.»

In preda a una ridda di sensazioni, Maria si avvicinò a lui e lo baciò dolcemente sulle labbra. Erano morbide e calde, e quando si staccò vide nei suoi occhi un'espressione vicina alla speranza. Lo baciò un'altra volta e sentì la propria pelle accendersi mentre lui la abbracciava. La tirò piano verso di sé e nell'istante in cui i loro corpi si incontrarono, lei si lasciò andare completamente. Avvertiva i muscoli del suo petto e la forza delle braccia che la stringevano e l'urgenza appassionata della sua lingua, e capì con assoluta certezza di avere bisogno di Colin, di volere tutto di lui.

Continuarono a baciarsi sulla terrazza sotto il cielo stellato coperto di foschia, finché lei gli prese la mano. Le loro dita si intrecciarono mentre lui le baciava teneramente l'incavo del collo, provocandole una sensazione di irresistibile eccitazione. Rabbrividì, e poi lo condusse in camera da letto senza parlare.

Al mattino, Maria aprì gli occhi nella morbida luce di inizio autunno e i ricordi della notte appena trascorsa riaffiorarono alla sua mente. Si girò e vide Colin sdraiato su un fianco, in parte coperto dal lenzuolo, già sveglio e vigile. «Buongiorno», le sussurrò.

«Buongiorno», rispose lei. «È da molto che ti sei svegliato?»

«Da circa un'ora.»

«Perché non ti sei rimesso a dormire?»

«Non avevo più sonno. E poi mi piaceva stare a guardarti.»

«Questo potrebbe essere inquietante, sai.»

«Okay.»

Lei sorrise. «Be', dato che mi guardavi, spero

che io non abbia russato o fatto qualcosa di imbarazzante.»

«Non preoccuparti. Eri molto sexy anche mentre dormivi.»

«Ho i capelli tutti in disordine e devo lavarmi i denti.»

«È proprio necessario?»

«Perché? Che cosa hai in mente?»

Lui allungò un braccio e le sfiorò la clavicola con la punta del dito. Non ci fu bisogno di parole.

In seguito fecero la doccia insieme e si vestirono. Maria si asciugò i capelli e si truccò mentre Colin, appoggiato al lavandino alle sue spalle, beveva una tazza di caffè.

«Dobbiamo andare da qualche parte?» domandò lui.

«Al brunch dai miei genitori.»

«Bene. Però prima mi devo cambiare. A che ora?»

«Alle undici.»

«Allora direi che possiamo vederci direttamente lì.»

«In effetti sarebbe meglio. Non sarà facile prepararli alla tua visita. Perché stavolta ti faranno un sacco di domande.»

«Okay.»

Maria posò il mascara e gli prese la mano. «L'idea non ti preoccupa? Non ti spaventa?»

«No.»

«Be', a me sì», confessò lei, finendo di truccarsi. «Sono terrorizzata.»

Lui bevve un sorso di caffè. «Cos'hai intenzione di dirgli su di me?»

«Il meno possibile. Qualunque dettaglio susciterebbe ulteriori domande alle quali dovrai essere tu a rispondere, non io.»

«Quali sono le tue aspettative per oggi?»

«Che mia madre superi la cosa senza piangere e mio padre non ti ordini di uscire di casa.»

«Non punti molto in alto.»

«Credimi», disse lei, «è più in alto di quanto pensi.»

13
Colin

Colin parcheggiò davanti alla villetta poco prima delle undici. Non sapeva come fosse andata la conversazione di Maria con i genitori, e quando scese dalla macchina si convinse che fare speculazioni non aveva senso, dal momento che lo avrebbe scoperto quanto prima.

Se avesse avuto a disposizione Lily, le avrebbe chiesto che cosa portare a un brunch della domenica in famiglia, ma lei ed Evan erano in chiesa quando era tornato a casa e in ogni caso non sarebbe servito a molto. Come tutti gli altri, anche i Sanchez alla fine avrebbero tratto le loro conclusioni e un vassoio di muffin non avrebbe fatto la differenza.

Mentre si incamminava verso la porta, tuttavia, si sorprese a sperare che Maria stesse bene. Tornando a casa quel mattino aveva pensato ininterrottamente a lei, nella sua mente erano sfilate l'una dopo l'altra immagini sempre più incantevoli. Per lui questo rappresentava una novità assoluta, come d'altronde lo era lei, e facendo un respiro profondo ricordò a se stesso che, sebbene non volesse mostrarsi reticente riguardo al suo passato, le risposte che avrebbe dato potevano assumere forme molto diverse pur restando sincere.

Bussò alla porta, che si aprì quasi immediatamente. Davanti a lui c'era Serena e ancora una volta Colin si accorse di quanto si somigliassero le due sorelle, sebbene quella mattina la ragazza sembrasse più spumeggiante del solito, il che di sicuro non era buon segno.

«Ciao, Colin», lo salutò lasciandolo entrare. «Ti ho visto arrivare. Accomodati.»

«Grazie. Com'è andata la cena ieri sera?»

«È stata fantastica», rispose lei. «Ma dovrei essere io a chiedertelo.»

«Siamo stati bene insieme.»

«Ne sono sicura.» Serena ammiccò. «Maria è in cucina con la mamma», spiegò, chiudendo la porta dietro di lui. «Sono davvero stupita che tu sia riuscito a portarla a ballare.»

«Perché?»

«Penso che sarai costretto a trascorrere ancora un bel po' di tempo insieme a lei», rispose. «Ma ti do un consiglio: io non entrerei troppo nei dettagli sulla notte scorsa, soprattutto su ciò che è accaduto dopo il ballo. L'atmosfera è già un pochino tesa. Ho la sensazione che i miei genitori ti considerino una specie di terrorista.»

«Okay.»

«Forse esagero, ma chi può saperlo?» continuò lei ciarliera. «Sono arrivata che avevano già finito di parlare, e non mi hanno quasi rivolto il saluto. So di sicuro che papà non sorrideva e la mamma continuava a farsi il segno della croce, per quanto ieri sera la cena con il direttore della fondazione sia andata... non che questo abbia importanza adesso. Comunque, ho pensato che fosse meglio se ti aspettavo in salotto.»

Intanto avevano raggiunto la cucina, dove Colin vide Maria in piedi davanti a una padella che sfrigolava mentre la madre tirava fuori dal forno una piccola teglia. C'era profumo di pancetta e cannella.

«È arrivato Colin», annunciò Serena.

Maria si voltò e lui notò che portava il grembiule. «Ciao, Colin», lo salutò rigida. «Ti ricordi di mia madre, vero?»

Carmen curvò la bocca in un sorriso finto e, anche se poteva sbagliarsi, Colin la trovò più pallida dell'ultima volta che l'aveva vista. «Buongiorno, signora Sanchez», disse, immaginando che un po' di buona educazione sarebbe stata apprezzata.

«Buongiorno.» La donna annuì e, chiaramente a disagio, tornò a rivolgere la propria attenzione alla teglia, che posò su una griglia metallica sul bancone.

Serena si chinò verso di lui. «La mamma ha deciso di preparare un menu all'americana in tuo onore», bisbigliò. «Uova e pancetta, pane tostato, brioscine alla cannella. Ovviamente, prima che mia sorella gli raccontasse di te.»

Maria tolse un paio di fette di pancetta dalla padella e le adagiò su un piatto coperto da un tovagliolo accanto ai fornelli. «Serena? Puoi pensarci tu per un istante?»

«Come no», cinguettò lei. «Ma solo se mi farai indossare quel fantastico grembiule.»

Allontanandosi dai fornelli, Maria se lo tolse e glielo passò: era come se fossero abituate a scambiarsi di posto in cucina. La minore si mise a parlare in spagnolo con la madre mentre si allacciava il grembiule.

Quando Maria gli fu vicina, Colin notò la sua tensione dal modo in cui si muoveva. Lo baciò sulla guancia, restando a una certa distanza da lui. «Hai avuto problemi a trovare la casa?»

«Google», rispose lui. Con la coda dell'occhio si accorse che Carmen si era accigliata. Capì che non era il caso di chiedere come fosse andata la conversazione con i suoi e rimase in silenzio. Maria abbassò la voce, il volto carico di ansia.

«Ti spiacerebbe parlare con mio padre prima di mangiare?»

«Okay.»

«Eh, senti...» Si bloccò.

«È tuo padre. Non me ne dimenticherò.»

Maria annuì impercettibilmente. «Io rimarrò qui ad aiutare la mamma in cucina», aggiunse. «Mio padre è fuori in veranda. Vuoi del caffè?»

«Sono a posto», la tranquillizzò Colin.

«Acqua?»

«Sono a posto», ripeté lui.

«Allora...» Maria fece un passo indietro. «Ci vediamo dopo.»

Colin la osservò dirigersi verso il frigorifero a cui erano appese foto, lettere e vari foglietti, prima di girarsi. Lui andò verso la vetrata e non appena l'aprì Felix si voltò a guardarlo. La sua espressione non era di collera come si aspettava, anche se trapelavano chiaramente lo choc e il disappunto, oltre all'evidente diffidenza. Un cagnolino bianco dormiva acciambellato sulle sue ginocchia.

Colin si richiuse la porta alle spalle e si incamminò verso l'uomo, lo sguardo deciso. Giunto al tavolo, gli tese la mano.

«Buongiorno, signor Sanchez. Maria mi ha detto che voleva parlarmi.»

Felix guardò la mano e la strinse controvoglia. Colin rimase in piedi, aspettando che l'altro lo invitasse a sedersi. Alla fine il padre di Maria indicò una sedia e lui si accomodò. Intrecciò le mani e le posò davanti a sé, rimanendo in silenzio. Non aveva senso dilungarsi in convenevoli o fingere di non sapere di che cosa dovevano parlare.

Felix non aveva fretta di affrontare l'argomento e lo scrutò con la massima calma. «Maria mi ha riferito che hai avuto problemi con la legge», esordì. «È vero?»

«Sì», rispose Colin. Nella mezz'ora successiva raccontò la sua storia, più o meno come aveva fatto con Maria durante la loro prima serata sulla spiaggia. Non abbellì il proprio passato, né cercò di ingannare Felix; lui era quello che era. Come era successo a Maria, l'uomo manifestava il proprio sgomento chiedendo ulteriori chiarimenti; alla fine Colin accennò agli avvenimenti legati alla sua prima scuola militare, e gli parve di cogliere nell'altro un lampo di comprensione. A quel punto Felix era meno nervoso di quando l'ospite lo aveva raggiunto in veranda, ma era chiaro che aveva bisogno di tempo per riflettere su tutte le informazioni ricevute. Niente di sorprendente in questo. Felix era un padre e Maria era sua figlia, e c'erano dei limiti invalicabili.

«Affermi di essere cambiato e vorrei crederti, ma non sono sicuro di riuscirci.»

«Okay.» Colin annuì.

«E se ti arrestassero di nuovo?»

«Non ho intenzione di farlo accadere.»

«È questo il problema. Difficilmente la gente vuole che capiti di proposito.»

Colin rimase in silenzio. Non c'era proprio niente da dire.

Felix continuava ad accarezzare il cagnolino, poi riprese: «Se ti arrestassero, che cosa succederà?»

«Non la vedrò più. Troncherò la nostra storia. Il peggio per lei sarebbe pensare di dovermi aspettare.»

Dopo un istante, Felix annuì brevemente, soddisfatto, ma non ancora del tutto convinto. «Se dovessi fare del male a mia figlia, o metterla in pericolo...»

Non terminò la frase, però non ce n'era bisogno. Colin sapeva che cosa voleva sentirsi dire Felix e non ebbe problemi ad accontentarlo. D'altronde si trattava della verità.

«Non succederà.»

«Ho la tua parola.»

«Sì.»

In quel momento, Maria sporse la testa in veranda, nervosa, ma anche sollevata di non aver udito grida. «Avete finito? È pronto.»

Felix fece un sospiro. «Abbiamo fatto», confermò. «Andiamo a mangiare.»

Dopo il brunch, mentre Serena e i genitori cominciavano a sparecchiare, Maria indugiò a tavola con Colin. «Cosa gli hai raccontato?» gli chiese.

«La verità», rispose Colin.

«Tutta?»

«Sì.»

Maria era sconcertata. «Allora è andata molto meglio di quanto temessi.»

Aveva ragione, il brunch era stato abbastanza piacevole, con Serena che parlava della borsa di studio, di Steve e delle avventure delle sue numerose amiche. Felix e Carmen avevano fatto qualche domanda, coinvolgendo persino Colin, ma limitandosi a parlare del lavoro o della scuola. Quando lui aveva menzionato i combattimenti in gabbia, gli era sembrato di vedere Carmen impallidire.

«In ogni caso… credo che avessi ragione tu. Meglio tirare fuori tutto all'inizio», considerò Maria.

A volte sì, ma non sempre, pensò Colin. Felix era stato cordiale, però non aveva manifestato simpatia o fiducia, e ci sarebbe voluto del tempo per conquistarle, ammesso che fosse possibile. Preferì non dirlo, così si alzò dirigendosi alla porta.

«Vuoi andare a fare un po' di paddleboard più tardi?» chiese.

«Ti andrebbe di provare qualcosa di diverso? Per esempio le moto d'acqua. Possiamo noleggiarle in spiaggia. Che te ne pare?»

Nella sua mente affiorò l'immagine di lei in bikini. «Un'idea magnifica.»

Si incontrarono nel pomeriggio a Wrightsville Beach e uscirono un paio d'ore con le moto d'acqua, dopo di che Colin tornò a casa per un breve allenamento. Cenarono da Maria e, come la notte precedente, trascorsero le ore successive stretti in un abbraccio appassionato.

Il lunedì mattina giunse troppo presto, ma quella settimana passarono più tempo possibile insieme. Colin pranzò due volte con Maria, e il mercoledì lei andò al *Crabby Pete's*, lavorando a una lettera legale per Barney davanti a una Diet Pepsi con il portatile sul bancone. A parte i turni al bar e le lezioni, qualche ora di allenamento e il brunch in famiglia, erano inseparabili, e andarono persino al mercato contadino e all'acquario, due posti che lui non avrebbe mai immaginato di voler visitare.

In quei giorni, Colin cercava di abbandonarsi semplicemente al sentimento che provava nei confronti di Maria. Non ci pensava, non si preoccupava, non tentava di capire. Gli piaceva vederla ridere, e la trovava molto sexy quando aggrottava la fronte per concentrarsi; assaporava il contatto della sua mano mentre camminavano e parlavano, passando da argomenti seri a quelli più frivoli.

La domenica sera, dopo aver fatto l'amore, Maria sbocconcellava un grappolo d'uva sdraiata a pancia in giù sul letto, con le ginocchia piegate e i piedi sollevati. Colin non riusciva a distogliere gli occhi da lei, e alla fine Maria gli lanciò scherzosamente un acino d'uva.

«Smettila di guardarmi così. Mi metti in imbarazzo.»

Lui raccolse il chicco e se lo mise in bocca. «Perché?»

«Forse perché sono una ragazza cattolica e noi non siamo sposati?»

Lui fece una risata. «Tua madre ti ha chiesto se ero cattolico, vero? La prima volta a pranzo.»

«Capisci lo spagnolo?»

«Qualcosa. L'ho studiato alle superiori, ma non

mi ricordo quasi niente. Però ho sentito il mio nome e la parola *católico* quando era al nostro tavolo. Non è stato difficile da tradurre. Comunque sì, ho ricevuto un'educazione cattolica», proseguì. «Sono stato battezzato e ho fatto la cresima, tutto come si deve. Ma ho smesso di andare in chiesa dopo essere stato mandato in collegio, quindi non so dirti che cosa sono adesso.»

«Lei ne sarà contenta lo stesso.»

«Bene.»

«Come hai potuto fare la cresima se avevi smesso di andare in chiesa?»

«Grazie a una donazione, immagino. Probabilmente generosa, perché il prete organizzò per me un corso intensivo d'estate e, anche se io non avevo nessun interesse per il catechismo, l'anno dopo mi lasciarono fare lo stesso la cresima.»

«Praticamente è stato come se avessi barato.»

«Non è stato 'come', ho proprio barato. Per di più ci ho guadagnato un go-kart, il che non era male.»

«Un go-kart?»

«Altrimenti non l'avrei fatto. Non che sia durato molto. L'ho distrutto nel giro di due settimane e poi mi sono rifiutato di parlare con i miei genitori per il resto dell'estate perché non volevano comprarmene uno nuovo.»

«Che simpatico», disse lei sarcastica.

«Non ho mai nascosto di avere dei gravi problemi.»

«Ne sono consapevole.» Sorrise. «Ma a volte vorrei che mi sorprendessi con qualcosa di positivo quando parli della tua adolescenza.»

Colin ci pensò su. «Una volta ho picchiato l'ex

ragazzo di mia sorella maggiore. Questo vale? Era un idiota totale.»

«No», ribatté lei. «Non conta.»

Lui rise. «Usciamo a pranzo insieme domani?»

«Mi piacerebbe, ma l'ho già promesso a Jill. Mi ha mandato un messaggio prima e mi sono dimenticata di avvertirti. Però sono disponibile per una cena sul tardi.»

«Non posso io. Devo lavorare», replicò lui.

«Significa che domani non ci potremo vedere? Cosa farò?»

Forse fu il tono scherzoso della sua voce, o il fatto che un lungo e meraviglioso fine settimana stava volgendo al termine, ma Colin non rispose. Rimase a guardarla, ammirando le curve sinuose del suo corpo perfetto. «Sei incredibilmente bella», sussurrò.

Un lieve sorriso le illuminò le labbra, seducente e incantevole. «Davvero?»

«Davvero», confermò lui continuando a fissarla. Aveva la sensazione di essere arrivato a destinazione dopo un lungo viaggio. Sapeva che cosa significava e, sebbene quel sentimento fosse stato inimmaginabile fino a un mese prima, non poteva più negarlo. Le accarezzò teneramente i capelli, provando una sensazione di intenso piacere, e fece un sospiro profondo. «Ti amo, Maria», mormorò infine. La vide passare dalla sorpresa alla comprensione.

Lei gli prese la mano tra le proprie.

«Oh, Colin», rispose, «ti amo anch'io.»

14
Maria

Fecero l'amore nelle prime ore del mattino successivo, poi Colin andò ad allenarsi prima che iniziassero le lezioni. Anche se il sole non era ancora sorto quando lui uscì, Maria continuò a rigirarsi nel letto incapace di riaddormentarsi. Alla fine si alzò, pensando di approfittarne per riprendere in mano qualche pratica lasciata in sospeso.

Preparò il caffè, fece la doccia e si vestì, poi, animata dalle migliori intenzioni, aprì il portatile per lavorare nell'ora e mezzo che mancava all'apertura dell'ufficio. Tuttavia, mentre era lì, non riusciva a liberarsi dell'inspiegabile sensazione che ci fosse qualcosa che non andava. Cercò di fare chiarezza sulle sue emozioni, per individuarne la causa. La tempistica le faceva sospettare che, in qualche modo, c'entrasse Colin; la loro relazione era stata un po' travolgente, anche se di sicuro non se ne pentiva. Si erano innamorati, ma non c'era niente di sbagliato in quello. Era normale. Succedeva ogni giorno a tantissime persone. E, visto il tempo che avevano dedicato a conoscersi, non era stato nemmeno così sorprendente.

Allora che cosa la preoccupava? Si versò dell'altro caffè e uscì in terrazza, a guardare la città svegliarsi lentamente. Una lieve foschia indugiava nell'aria, facendo apparire sfocato il marciapiede. Mentre beveva il caffè, le tornò in mente la prima sera in cui avevano fatto l'amore, e sebbene il ricordo le strappasse un sorriso, a esso si accompagnò anche una sottile inquietudine.

D'accordo, forse i suoi sentimenti per Colin non erano semplici e lineari come avrebbe voluto. Ma cosa la turbava esattamente? Il fatto che andassero a letto insieme? Le parole d'amore che si erano scambiati quella notte? Il fatto che i genitori non lo approvassero? Oppure che fino a un mese prima non si sarebbe neppure sognata di innamorarsi di uno come lui?

Un insieme di tutte queste cose, ammise. Ma perché quell'ansia improvvisa? Era ridicolo pensare che un «ti amo» bastasse a scardinare in quel modo il suo equilibrio. No, non aveva senso. Finì di bere il caffè e decise di andare al lavoro presto, convinta di aver ingigantito inutilmente la questione.

Tuttavia, la sensazione non l'abbandonò per l'intera mattina; al contrario, diventò più acuta. Alle dieci aveva anche lo stomaco sottosopra. Più cercava di convincersi che non aveva senso preoccuparsi a causa di Colin, più le risultava difficile concentrarsi. Mentre si avvicinava l'ora di pranzo, pensò che doveva assolutamente parlarne con Jill.

Raccontò tutto, senza tralasciare neppure le proprie emozioni, mentre Jill divorava la sua porzione di sushi. Da parte sua, dopo aver preso un unico pezzo, lei si era accorta di non avere il minimo appetito.

«Vediamo se ho inteso», ricapitolò Jill quando Maria ebbe finito di parlare. «Incontri un tizio, andate a letto insieme dopo pochi appuntamenti, lo presenti ai tuoi genitori e loro non si mostrano entusiasti, poi lui ti dice che ti ama. E stamattina, di colpo, cominci a mettere in dubbio ogni cosa. Dico bene?»

«Esattamente.»

«E non sai perché?»

Maria fece una smorfia. «Aiutami.»

«È semplice. La tua è una versione adulta della famigerata camminata della vergogna.»

«Come scusa?»

«Non ti ricordi? Ai tempi del college, dopo aver bevuto troppo a una festa ed essere andata a letto con un tizio che ti sembrava perfetto, il mattino dopo non riuscivi a capire come fosse potuto accadere. E poi attraversavi il campus chiedendoti cosa diavolo stavi facendo, con indosso i vestiti della sera prima.»

«So benissimo cos'è la camminata della vergogna. Non ci assomiglia per niente.»

Jill raccolse con le bacchette l'ultimo involtino maki. «Forse non nello specifico, ma sarei sorpresa se le tue emozioni non passassero da un estremo all'altro, proprio come capita alle ragazze durante la camminata della vergogna. 'È successo davvero? È stato bello come ricordo? Che cosa ho fatto?' Innamorarsi è terrificante. È come precipitare in un abisso, non librarsi verso qualcosa.» Guardò con aria desolata il piatto di Maria. «Ho mangiato anche la tua parte e darò a te la colpa quando salirò sulla bilancia.»

«In altre parole, quello che sto provando è del tutto normale?»

«Sarei molto più preoccupata se non mettessi in dubbio niente. Perché allora significherebbe che sei completamente pazza.»

«È successo anche a te con Paul? Quando ti sei innamorata?»

«Ma certo. Il giorno prima non riuscivo a pensare ad altro, quello dopo mi domandavo se non stessi commettendo l'errore più grande della mia vita. Ti confiderò un piccolo segreto: a volte mi succede ancora. So di amarlo, ma non sono sicura di amarlo abbastanza da stare con lui per sempre. Io voglio sposarmi e avere dei figli. Almeno uno. Per di più ai suoi genitori non piaccio, e anche questo mi crea problemi.»

«Perché non piaci?»

«Pensano che io parli troppo. E che sia presuntuosa.»

«Stai scherzando?»

«Già, vero?»

Maria scoppiò a ridere, poi tornò seria. «Io credo che per me sia difficile perché la storia con Colin mi sembra così... assurda. Con Luis era tutto ragionevole. Prima eravamo stati amici, e quando abbiamo iniziato a uscire insieme, sono passati sei mesi prima che gli dicessi di amarlo. Ai miei genitori piaceva, veniva da una buona famiglia, e non c'era niente di imbarazzante nel suo passato.»

«Se la memoria non mi inganna, dicevi anche che a Serena lui non piaceva. E alla fine si è rivelato un cretino egoista.»

Ah già. È vero. «Ma...»

«Luis è stato il tuo primo amore. Non puoi paragonare ciò che è successo allora con ciò che sta accadendo adesso.»

«È quello che ho appena detto.»

«Non hai capito. Ciò che intendo è che il primo amore ti sembra sempre l'unico possibile, perché non hai termini di paragone. Tutto è nuovo e i campanelli d'allarme sono bloccati dalla novità. Per questo tendiamo a idealizzare le persone. Ora tu sei cresciuta, sei più saggia, e hai bisogno di qualcuno come te. Qualcuno che non faccia giochetti, e con Colin quello che vedi è quello che ottieni. Ti fidi di lui e ti piace passare il tempo in sua compagnia. O almeno così sostieni.»

«Non credi che ci stiamo muovendo troppo in fretta?»

«Rispetto a che cosa? È la tua vita. Il mio consiglio è di seguire la corrente e affrontare un giorno alla volta. Comunque, quello che provi oggi è del tutto normale.»

«Preferirei non sentirmi tanto scombussolata.»

«A chi piacerebbe? Ma secondo me ti sentirai meglio non appena gli avrai parlato di nuovo. Di solito funziona in questo modo.»

Maria rigirò nel piatto l'ultimo boccone di sushi, avvertendo finalmente un po' di appetito. «Spero che tu abbia ragione.»

«Certo. L'amore rende tutto complicato e le emozioni all'inizio sono sempre confuse. Ma quando è autentico devi tenertelo stretto, perché sei abbastanza grande da sapere che il vero amore non capita tanto spesso.»

Dopo aver parlato con Jill, Maria si sentiva meglio. Non era tornata del tutto alla normalità, ma aveva ritrovato in parte l'equilibrio. Più ci pensava, più si rendeva conto che l'amica aveva ragione praticamente su tutto. Innamorarsi metteva un po' paura e all'inizio rendeva chiunque piuttosto nervoso. Era passato così tanto tempo che lei si era dimenticata quelle emozioni.

Jill aveva visto giusto anche quando le aveva assicurato che parlare con Colin avrebbe messo a tacere tutti i dubbi. Lui le telefonò poco dopo le quattro mentre stava andando al lavoro. Non avevano chiacchierato a lungo, ma sentire la sua voce bastò per alleviare la tensione che le bloccava il collo e le spalle. Quando lui le chiese se era libera la sera successiva e se potevano vedersi, si rese conto che era esattamente ciò che desiderava.

Il giorno dopo, il pensiero di trascorrere la serata con Colin le diede l'impressione che il tempo passasse più in fretta del solito. Neppure Barney, che continuava ad affacciarsi nel suo ufficio o a chiamarla per avere gli ultimi aggiornamenti su una serie di questioni, era in grado di rovinarle il buonumore. Quando il telefono suonò a metà pomeriggio, lei rispose automaticamente, pensando che fosse di nuovo Barney.

«Adesso però sta esagerando», esordì una donna.

Maria impiegò un istante a riconoscere la voce. «Jill?»

«O avete litigato ieri sera e lui vuole farsi perdonare, oppure ha deciso di far fare brutta figura agli altri uomini.»

«Ma di che parli?»

«Di Colin. E del mazzo di rose che ti ha mandato.»

«Mi ha mandato delle rose?»

«Secondo te a che cosa mi riferivo? Il fattorino ti aspetta.»

Maria guardò il numero dell'interno sul display. «Che cosa ci fai al centralino?»

«Stavo parlando con Gwen quando è arrivato il fattorino e ho insistito per chiamarti io stessa, perché la cosa si sta facendo ridicola. Sai quante volte Paul mi ha spedito dei fiori al lavoro? Zero assoluto. E se non arrivi subito, potrei buttarli per terra e calpestarli, perché mi stanno costringendo a mettere in dubbio tutta la mia relazione. E credimi, non ti consiglio di averlo sulla coscienza.»

Maria scoppiò a ridere. «No, aspetta, ti prego. Arrivo subito.»

Quando scese nell'atrio, scorse Jill accanto a un uomo con un berretto da baseball che teneva effettivamente in mano un mazzo di rose rosa. Prima che potesse ringraziarlo, il fattorino gliele consegnò e si girò bruscamente. Un attimo dopo la porta si chiuse alle sue spalle, come se non fosse mai stato lì.

«Un tipo davvero affascinante», commentò Jill. «Non ha scambiato manco due parole. Continuava a ripetere il tuo nome tutte le volte che gli facevo una domanda. Ma devi ammettere che le rose sono stupende.»

Maria concordava. I boccioli, mescolati a rametti di velo da sposa, erano ancora chiusi o appena aperti, e quando si chinò ad annusarli si rese conto che il fioraio aveva tagliato le spine. «Non immaginavo potesse fare un gesto del genere», osservò, aspirando il delicato profumo.

«Mi fa quasi tristezza», commentò l'amica. «Deve avere seri problemi di autostima dal momento che cerca sempre la tua approvazione.»

«Non credo che Colin manchi di autostima.»

«Allora soffre di qualche carenza. Forse dovresti rompere con lui prima che peggiori. Hai bisogno di uno come Paul, un uomo che pensa in primo luogo e soprattutto a se stesso.»

Maria la scrutò. «Hai finito?»

«Si capisce che sono gelosa?»

«Sì.»

«Allora sì. Ho finito. E immagino che abbiate parlato e tutto sia tornato a posto, vero?»

«In effetti ci siamo messi d'accordo di vederci stasera.» Porse il mazzo di rose a Jill. «Ti spiace tenerle mentre apro il biglietto?»

«Figurati. Tanto non lo fai per girare il coltello nella piaga.»

Maria sorrise, prima di leggere il biglietto. Rilesse le parole una seconda volta, aggrottando la fronte.

«Cosa c'è?» domandò Jill.

«Mi chiedo se non abbiano messo il biglietto sbagliato. Questo non ha senso.»

«Cosa c'è scritto?»

Maria glielo mostrò. «'Saprai cosa si prova'.»

Jill era curiosa. «È una battuta privata tra di voi?»

«No.»

«Allora che significa?»

«Non ne ho idea», rispose Maria sempre più perplessa.

L'amica le restituì il bouquet. «È una frase strana da scrivere, non trovi?»

«Decisamente strana», concordò Maria.

«Forse dovresti chiamarlo per chiedergli che cosa voleva dire.»

Forse, pensò Maria. «Probabilmente sarà in palestra.»

«E allora? Scommetto che ha con sé il telefono. Oppure può essere che il fiorista abbia commesso un errore. Ha inserito il biglietto sbagliato, o ha copiato male il messaggio.»

«Anche questo è possibile», concordò Maria, e mentre cercava di convincersi che fosse così, dubitava che una di loro ci credesse per davvero.

Dopo aver messo le rose nel vaso in cui aveva sistemato il bouquet autunnale, Maria continuò a esaminare il biglietto finché, rompendo gli indugi, tirò fuori il cellulare e chiamò Colin.

«Ciao», la salutò lui. «Non mi stai chiamando per disdire la serata, vero?» Aveva il respiro affannoso e in sottofondo Maria sentiva la musica e dei passi sul tapis roulant.

«No, al contrario, non vedo l'ora. Ti ho interrotto in un brutto momento?»

«No, figurati. Che succede?»

«Solo una domanda al volo. Volevo chiederti del messaggio.»

«Quale messaggio?»

«Quello sul biglietto che hai mandato con le rose oggi. C'è scritto: 'Saprai cosa si prova', e non riesco a capirne il significato.»

Lo sentì trattenere il fiato. «Non sono stato io.

Non ti ho mandato delle rose oggi. Nemmeno un biglietto.»

Maria provò un brivido improvviso alla nuca. *Saprai cosa si prova?* Era già abbastanza insolito se lo avesse scritto Colin, ma se non era suo, diventava ancora più…

Strano. Quasi inquietante.

«Cosa vorrà dire?» chiese Colin.

«Non lo so. Sto ancora cercando di comprendere.»

«Non sai chi te le ha mandate?»

«Il biglietto non era firmato.»

Colin non aggiunse altro, e lei cambiò argomento nel tentativo di dissipare l'inquietudine. «So che devi tornare ad allenarti, e io devo lavorare, ma a che ora pensi di passare a prendermi stasera?»

«Che ne dici verso le sei e mezzo? Volevo fare un salto sul lungofiume e regolarci sul momento. Ho voglia di muovermi, non di restare seduto. Possiamo mangiare un boccone mentre siamo lì.»

«Perfetto. Sono rimasta inchiodata alla scrivania per due giorni e una camminata è quello che mi ci vuole.»

Quando si salutarono, la sua mente era concentrata sull'immagine di lui in palestra… Ma poi lo sguardo le cadde sulle rose e sul biglietto. Il biglietto anonimo.

Saprai cosa si prova.

Esaminò di nuovo quelle parole, chiedendosi se era il caso di chiamare il fioraio per informarsi su chi aveva ordinato i fiori, ma poi scoprì che non c'erano indirizzi o marchi di alcun genere, né sulla carta né sul biglietto.

«Sei distratta», affermò Colin mentre camminavano tenendosi per mano sul Riverwalk, la famosa passeggiata lungo il Cape Fear River. Le strade non erano affollate, e anche se non faceva ancora freddo la brezza dal nord preannunciava temperature più rigide per le settimane successive. Maria era contenta di aver indossato dei jeans per la prima volta dopo mesi.

«Sto solo cercando di capire chi potrebbe avermi mandato le rose», rispose.

«Forse un ammiratore segreto.»

«A parte che non ho conosciuto nessun altro di recente, non è che esca molto. Vado dai miei genitori, faccio paddleboard, oppure resto a casa.»

«Tranne quando sei al lavoro.»

«A nessuno dei miei colleghi verrebbe in mente di mandarmi dei fiori», precisò, ma mentre lo diceva nella sua mente si affacciò l'immagine di Ken. *Non farebbe una cosa del genere, vero?* «E poi il biglietto non sembra scritto per lusingarmi. Anzi, mi dà la sensazione opposta.»

«Non potrebbe trattarsi di un cliente?»

«È possibile», riconobbe lei, ma non era affatto convinta.

Colin le strinse la mano. «Vedrai che in un modo o nell'altro scoprirai chi è.»

«Secondo te si tratta di un uomo?»

«Direi di sì, e tu?»

Lei annuì, sicurissima, anche se non ne aveva le prove. «Quel messaggio… mi preoccupa.»

Avrebbe voluto che lui la tranquillizzasse, invece fece qualche passo, poi si fermò a guardarla.

«Preoccupa anche me.»

Passare del tempo con Colin riuscì a placare un po' la sua ansia. O almeno a impedirle di rimuginare sull'autore del biglietto. Non le veniva in mente proprio nessuno, a parte Ken, e per quanto detestasse quell'uomo, non lo riteneva capace di un gesto simile.

Mentre camminavano, parlarono molto. Alla fine si fermarono a comprare un gelato e lo mangiarono affacciati alla ringhiera davanti alla *North Carolina*, una nave della seconda guerra mondiale ormai in disarmo, ormeggiata sul Cape Fear River. Maria ricordava di averla visitata durante una gita scolastica; le aveva fatto un'impressione di claustrofobia, sotto coperta, con i corridoi stretti e le stanzette minuscole. Si domandava come fossero riusciti i marinai a restare a bordo per mesi senza impazzire.

Percorsero il Riverwalk in tutta la sua lunghezza mentre il sole al tramonto tingeva d'oro le acque del fiume, poi entrarono nei negozi che catturavano il loro interesse. Si fermarono a cenare quando ormai la luna era sorta all'orizzonte e, mentre era seduta di fronte a Colin, Maria si sorprese a desiderare che i genitori conoscessero quel lato di lui che la faceva sentire al sicuro e rilassata. Voleva che vedessero quanto era felice quando era in sua compagnia. Mentre tornavano al suo appartamento, lo invitò di nuovo per il brunch domenicale, pur non essendo sicura che i genitori fossero pronti per un'altra visita.

Quella notte fecero l'amore in modo lento e tenero, una sorta di danza in cui lui si muoveva sopra di lei, sussurrando il suo nome e quanto l'amasse. Maria si abbandonò completamente, perdendosi nel momento e in lui. Dopodiché si addormentò con la testa appoggiata sul suo petto, cullata dal ritmo regolare del cuore. Si svegliò due volte, la prima poco dopo mezzanotte, e la seconda un'ora prima dell'alba; nel silenzio di quei momenti lo guardò, ancora stupita che fossero diventati una coppia e più sicura che mai che ciascuno dei due fosse esattamente quello di cui l'altro aveva bisogno.

Quando entrò in ufficio il mercoledì mattina, il suo primo pensiero fu di sbarazzarsi del biglietto. Lo fece a pezzi e lo gettò nel cestino, quindi accese il computer. Rilesse le email e controllò se qualcuno dei suoi clienti avesse menzionato di averle mandato dei fiori, ma nessuno aveva scritto in merito.

Barney intanto la stava aspettando in sala riunioni, e lei ci rimase fin quasi a mezzogiorno. Tornata in ufficio, trovò sul computer un altro file inviatole da Barney, accompagnato da un messaggio che la invitava a dargli un'occhiata perché aveva bisogno di una sintesi per l'indomani. Avrebbe significato passare di nuovo la pausa pranzo alla scrivania. Guardò le rose, e si rese conto di non volerle nel suo ufficio. Le prese insieme alla borsa e uscì dallo studio, diretta ai cassonetti proprio dietro l'angolo.

Dopo aver buttato via i fiori, andò verso la macchina con la netta sensazione che qualcuno la stesse osservando. Non vedendo nessuno nei dintorni, in un primo momento liquidò la cosa, ma quella sensazione aumentò e, mentre cercava nella borsa le chiavi della macchina, alzò lo sguardo verso il palazzo.

Affacciato alla finestra del suo ufficio, c'era Ken.

Chinò di nuovo la testa sulla borsa, fingendo di non averlo notato. Che cosa ci faceva lì e da quanto tempo la guardava? si chiese. Non poteva saperlo, forse nella stanza c'era qualcun altro e lui era andato alla finestra voltandogli le spalle, ma se era già lì quando lei era uscita, doveva averla vista buttare via le rose. Il che era un problema, perché se gliele aveva mandate lui, si sarebbe arrabbiato; in caso contrario, avrebbe potuto pensare che con Colin fosse finita. In entrambi i casi temeva che Ken piombasse nel suo ufficio di nuovo per riprendere la discussione sul suo essere o meno capace di «fare gioco di squadra».

Quando aprì la portiera, le arrivò una ventata d'aria calda dall'abitacolo cotto dal sole. Accese il motore e mise subito in funzione l'aria condizionata. Decise di fare un salto al mercato biologico, dove c'era una scelta incredibile di insalate, e mentre usciva dal parcheggio gettò un'occhiata allo specchietto retrovisore convinta che Ken se ne fosse andato.

Invece era ancora lì alla finestra. Sebbene fosse troppo lontano per esserne sicura, era tormentata dalla sensazione che l'avesse osservata per tutto il tempo.

Tornata dal mercato, parcheggiò nello stesso posto di prima e decise di lasciare i finestrini abbassati per far passare l'aria. La macchina di Ken non c'era più e, come sua abitudine, non sarebbe tornato prima dell'una e mezzo. Tra le rose, il biglietto e ora Ken, Maria avrebbe proprio voluto rientrare a casa. Forse, fingendo un attacco di emicrania, poteva riuscire a uscire presto... Ma a che cosa sarebbe servito? Barney si aspettava che concludesse il lavoro e, anche a casa, lei avrebbe continuato a rimuginare sugli avvenimenti della giornata.

Saprai cosa si prova.

Cosa si prova quando? Siccome aveva rifiutato le avances di Ken, lui aveva deciso di renderle la vita ancora più impossibile? E se così era, che cosa significava? Si sforzò di scacciare quei pensieri mentre cercava di ricostruire la cronologia degli eventi relativi al caso di un cliente che aveva denunciato un grande magazzino in seguito a una caduta. Ci avrebbe impiegato gran parte del pomeriggio, e quando cominciò a scrivere si sorprese a riflettere che la sua professione era parte di un grande gioco il cui scopo era ammassare ore di lavoro, per fare in modo che gli unici vincitori effettivi fossero gli avvocati.

Era un punto di vista cinico, ma come spiegare altrimenti il fatto che lei era sempre di corsa nonostante la lentezza della giustizia? Stava ancora lavorando su casi aperti ormai da anni, e quello che Barney le aveva appena assegnato non sarebbe arrivato in tribunale prima di diciotto mesi, come minimo. Sempre ammesso che tutto filasse liscio, cosa praticamente impossibile, visto che non succedeva mai. Allora perché Barney aveva bisogno della sua relazione per l'indomani? Che cosa c'era di tanto urgente?

Intanto continuava a ripensare a Ken affacciato alla finestra. Non gli avrebbe permesso di coglierla di nuovo di sorpresa passando da lei per discutere della sua «carriera». Decise di tenere aperta la porta dell'ufficio, anche se il rumore esterno tendeva a distrarla. In quel modo, se lui avesse voluto farle visita, avrebbe avuto qualche istante in più per prepararsi.

Dalla finestra vedeva il parcheggio dove Ken lasciava l'auto. Com'era prevedibile, all'una e mezzo in punto arrivò alla guida della sua Corvette rossa. Maria si aspettava quasi che lui piombasse nel suo ufficio appena varcata la soglia dello studio, invece non si fece vedere. Non comparve nemmeno in seguito, neppure per girare intorno alle assistenti. Alle cinque, lei si preparò per tornare a casa. Chiuse il portatile, raccolse i documenti e infilò tutto nella borsa. Gettando uno sguardo dalla finestra, scoprì che la macchina di Ken non c'era già più.

Meglio così, si disse. Anche se era probabile che l'indomani avrebbe portato nuove sorprese.

Salutò Jill e uscì dall'edificio. Raggiunta la sua auto, come al solito aprì la portiera del passeggero per posare la borsa sul sedile, ma non appena lo fece lanciò un grido.

Il mazzo di rose, già appassito per il caldo, era adagiato con cura sul sedile, e aveva tutta l'aria di una provocazione.

Colin era seduto davanti a lei in salotto, i gomiti appoggiati alle ginocchia. Maria lo aveva chiamato subito dopo aver buttato di nuovo le rose nel cassonetto, e lui l'aveva aspettata sulla porta fin quando non era arrivata a casa.

«Non riesco a capire», sbottò lei ancora agitata e impaurita. «Cosa vuole Ken?»

«Lo sai bene.»

«E crede che sia questo il modo per ottenerlo?

Mandandomi fiori e biglietti anonimi? E mettendomi le rose dentro la macchina per intimidirmi?»

«A questo non so come rispondere», ammise Colin. «Ma secondo me il punto fondamentale è che cosa hai intenzione di fare.» Continuava a guardarla negli occhi, immobile, anche se la contrazione della mandibola tradiva chiaramente quanto quella storia lo disturbasse.

«Non so se sia possibile fare qualcosa. Il biglietto era anonimo e io non l'ho visto posare i fiori nella mia macchina. Non posso dimostrare i miei sospetti.»

«Sei davvero convinta che si tratti di lui?»

«Chi altri potrebbe essere stato? Non c'era nessuno in giro.»

«Ne sei proprio sicura?»

Maria aprì la bocca per rispondere, poi la richiuse subito, perché non aveva nemmeno preso in considerazione un'alternativa. Il fatto che non avesse visto nessuno non significava che non ci fosse stato qualcuno, ma l'idea era troppo agghiacciante.

«È lui», ripeté. «Deve essere lui.» Tuttavia nel pronunciare quelle parole si rendeva conto che lo diceva più che altro per convincersi.

15
Colin

Colin trascorse la notte da Maria. Lei non gli aveva chiesto di restare, ma lui aveva capito che le avrebbe fatto piacere. Era stata nervosa per tutta la sera, non era riuscita a mangiare ed era molto distratta. Dopo che lei si era addormentata, era rimasto sveglio a guardare il soffitto, cercando di dare un senso alla cosa. Le informazioni che gli aveva fornito su Ken gli avevano permesso di farsi un'idea abbastanza precisa sul tipo, e da allora aveva dovuto resistere all'impulso di scambiare due chiacchiere con quell'uomo. Le molestie sessuali erano una faccenda seria, ma Ken era anche un prepotente e Colin sapeva per esperienza che uomini del genere non smettevano di abusare del proprio potere finché qualcuno non li fermava. O li spaventava a morte.

Maria però aveva detto chiaramente di non volere che lui parlasse o si avvicinasse a Ken, se non altro per il suo stesso bene. Poteva capirlo; quell'uomo era un noto avvocato, e sarebbe bastata una querela a far finire Colin dietro le sbarre. Ci avrebbero pensato Margolis e i giudici locali.

Tuttavia la situazione lo lasciava sempre più

perplesso. Quel biglietto, unito al fatto che le rose erano ricomparse in macchina, sembrava proprio una minaccia, una questione personale. Ammesso che Ken avesse dei problemi a controllare la propria libido, e l'avesse davvero osservata dalla finestra, tutto il resto non combaciava. A che cosa si riferiva il messaggio? Come poteva sapere Ken che lei avrebbe buttato via i fiori proprio in quel momento? E se aveva avuto intenzione di metterli in macchina, perché era rimasto davanti alla finestra senza pensare che Maria poteva accorgersi di lui? Inoltre doveva immaginare che, spaventandola, lei sarebbe stata più incline a denunciare le sue molestie. E se qualche impiegato dello studio lo avesse visto recuperare le rose dal cassonetto? Possibile che fosse stato tanto incosciente da correre un simile rischio? Quasi tutti gli uffici avevano una finestra.

Questo significava… che cosa? Se era stato Ken, considerò Colin, allora aveva la mente ottenebrata e stava piombando nell'ossessione. Ma se non fosse stato lui?

Era questo l'interrogativo che lo preoccupava più di tutti.

Il mattino dopo, quando Maria si svegliò, Colin si offrì di seguirla con la macchina fino allo studio, ma lei gli disse che non ce n'era bisogno. Solo mentre tornava a casa, si rese conto di essere un po' nervoso. E arrabbiato, così, una volta arrivato, si infilò la tuta e andò a correre.

Con la musica a tutto volume accelerò l'andatura fino ad avere il fiato corto. Quando la rabbia si dissipò, la sua mente tornò lucida.

Avrebbe fatto quello che gli chiedeva Maria e sarebbe stato alla larga da Ken, decise, ma ciò non significava che sarebbe rimasto seduto a guardare. Nessuno poteva spaventare la sua donna e cavarsela senza conseguenze.

«Non avete pensato di avvertire la polizia?» domandò il suo amico.

Erano seduti in cucina a casa di Evan, e Colin gli aveva appena raccontato tutto, comprese le proprie intenzioni.

«La polizia non può fare nulla», rispose lui.

«Ma hanno forzato la serratura della macchina!»

«I finestrini erano aperti, non hanno rubato niente e non ci sono danni. La prima cosa che chiederanno sarà di che reato si tratta. Poi vorranno sapere se Maria sospetta di qualcuno, e lei potrà fornire solo proprie opinioni.»

«E il biglietto? Non ci sono le leggi contro lo stalking?»

«Il biglietto è strano, ma non rappresenta una esplicita minaccia. E non c'è nessuna prova che la persona che ha mandato i fiori sia la stessa che li ha messi dentro la macchina.»

«A volte dimentico che hai una grande esperienza in questo campo. Però continuo a non capire perché ritieni di doverti occupare della questione.»

«Non devo occuparmene. Voglio farlo.»

«E se Maria non approvasse il tuo piano?» Vedendo che Colin non rispondeva, Evan proseguì. «Hai intenzione di dirglielo, vero? Visto che la sincerità è così importante per te.»

«Non è niente di speciale.»

«Non hai risposto alla mia domanda.»
«Sì, glielo dirò.»
«Quando?»
«Oggi.»
«E se lei ti chiedesse di lasciar perdere?»
Colin non rispose ed Evan sospirò.
«Lo farai comunque. Perché hai già preso la tua decisione, vero?»
«Voglio capire che cosa sta succedendo.»
«Ti rendi conto che stai tornando alle vecchie abitudini? Faccio quello che mi pare senza pensare alle conseguenze.»
«Solo qualche telefonata. E poi chiederò in giro.» Colin si strinse nelle spalle. «Niente di illegale.»
«Su questo non discuto. Ma mi riferisco a ciò che potresti decidere di fare in seguito.»
«So quello che faccio.»
«Ne sei sicuro?»
Di fronte all'ulteriore silenzio di Colin, Evan cambiò argomento. «Ti ho già detto che Lily vuole che usciamo tutti e quattro insieme questo fine settimana?»
«No.»
«Pensava a sabato sera. Non vede l'ora di conoscere Maria.»
«Okay.»
«Non sarebbe il caso di chiedere prima a lei?»
«Gliene parlerò, ma sono sicuro che Maria sarà d'accordo. Dove volete andare?»
«A cena fuori, poi troveremo un posto dove divertirci. Credo che quelle lezioni le abbiano messo la voglia di ballare.»
«Salsa?»

«Secondo lei mi manca il ritmo per i balli caraibici. Un altro genere di ballo.»

«In un locale?»

«Visto che l'ultima volta non ti sei cacciato nei guai, Lily ritiene che si possa ripetere l'esperienza.»

«Okay.»

«Vorrei farti ancora una domanda.» Colin rimase ad aspettare mentre Evan lo guardava negli occhi. «Cosa succederà se scoprirai chi è stato?»

«Gli parlerò.»

«Anche se si tratta del suo capo?» Colin non rispose ed Evan sbuffò. «Lo sapevo.»

«Cosa?»

«Non hai la minima idea di quello in cui ti stai cacciando.»

Pur comprendendo le preoccupazioni di Evan, Colin non le riteneva giustificate. Quanto poteva essere difficile scoprire se era stato Ken a mandare i fiori oppure no? Bastava qualche telefonata, qualche domanda precisa e una foto... Dopo tutti gli interrogatori a cui era stato sottoposto, sapeva che ottenere delle risposte spesso era solo questione di buona presentazione, corrispondere alle aspettative e avere un'aria ufficiale. La gente era incline a parlare; a volte non riusciva a stare zitta neanche quando era nel suo interesse. Con un po' di fortuna, avrebbe ottenuto quello che voleva entro la mattina.

Tornato nel suo appartamento, accese il computer e fece una ricerca su Ken Martenson. Non fu difficile trovare informazioni, c'erano persino più link di quanti pensasse, ma le foto erano poche e di nessuna utilità: troppo piccole, oppure sfuocate. Persino quella sul sito dello studio risaliva ad almeno dieci anni prima: all'epoca Ken aveva il pizzetto. Colin era costretto a scattarne una lui. Il problema era che non possedeva una macchina fotografica con un teleobiettivo abbastanza potente. Dubitava che Evan ce l'avesse; l'amico era così avaro che non avrebbe mai speso dei soldi per un simile giocattolo.

Si ricordò che Maria, invece, ce l'aveva.

La chiamò al cellulare e le lasciò un messaggio in segreteria, per chiederle se era libera a pranzo. Quando lei gli diede appuntamento per le dodici e mezzo, lui era a lezione. Leggendo il messaggio, con la voce del professore che rimbombava in sottofondo, Colin si rese conto di essere più teso di quanto credesse.

Si sforzò di fare respiri lunghi e profondi.

«Vuoi la mia macchina fotografica?»

Erano seduti sulla veranda di un piccolo bar, nell'attesa che arrivassero le ordinazioni. Colin non mangiava dalla sera prima, ma non aveva appetito.

«Sì», confermò lui con un cenno del capo.

«Perché?»

«Devo scattare una foto a Ken.»

Lei batté le palpebre. «Come hai detto?»

«L'unico modo sicuro per sapere se è stato lui a comprare le rose è trovare il fioraio. Posso mostrargli la foto e chiedere se corrisponde.»

«E se le avesse ordinate per telefono?»

«Se ha pagato con una carta di credito, mi farò dare il nome.»

«Non ci riuscirai.»

«Forse sì, o forse no. Però vorrei in prestito la tua macchina fotografica.»

Maria ci pensò su un attimo prima di rispondere di no.

«Perché no?»

«Tanto per cominciare, Ken è il mio capo. Inoltre ti conosce fisicamente, e se ti vede le cose per me non faranno che peggiorare. E poi l'ho incontrato stamattina e ho la sensazione che sia già finita.»

«Lo hai incontrato?»

«È venuto subito a parlare con Barney e me. Voleva farci sapere che finalmente un caso era stato iscritto a ruolo.»

«Non me lo hai detto quando ti ho chiamato...»

«Non ritenevo di doverlo fare.»

Lui avvertì una nota di irritazione nella voce di Maria.

«Come si è comportato?»

«Era perfettamente normale», dichiarò lei.

«Non eri preoccupata quando si è presentato?»

«Certo che sì. Il cuore mi è balzato in gola, ma che cosa potevo farci? C'era anche Barney con noi. Ken non ha cercato di parlarmi da solo, e non si è fermato nemmeno dalle assistenti. Era molto impegnato.»

Colin strinse le mani sotto il tavolo. «Scoprirò se è stato lui a mandarti i fiori, con o senza la tua macchina fotografica.»

«Non sei tenuto a risolvere i miei problemi, Colin.»

«Lo so.»

«Allora perché ne stiamo ancora parlando?»

Lui mantenne un'espressione neutra. «Perché non sei ancora sicura che sia stato Ken a mandarti fiori. La tua è solo una supposizione.»

«Non è vero.»

«Ma non sarebbe meglio averne la certezza?»

Un tempo a Colin non sarebbe importato niente di quella faccenda. Non c'era motivo di farsi coinvolgere. Dopo tutto Maria aveva ragione. Era un problema suo, e francamente lui aveva già abbastanza noie da affrontare.

Tuttavia si considerava un esperto in fatto di rabbia, e in fondo la questione si riduceva a quello. In ospedale aveva imparato la differenza tra la rabbia esplicita e repressa, dal momento che aveva sofferto di entrambe le forme. Nei bar, quando aveva voglia di litigare, la sua rabbia era stata esplicita. Le sue intenzioni erano chiare, senza secondi fini, senza vergogna e rimpianti. Ma nelle prime settimane all'istituto psichiatrico, non aveva potuto sfogarsi in alcun modo, quando si arrabbiava. I dottori gli avevano detto chiaramente che se fosse diventato violento, se avesse anche solo alzato la voce, sarebbe finito nel reparto di cura intensiva, il che significava essere chiuso in una stanza con un'altra decina di persone e sottoposto a un trattamento a base di litio che lo avrebbe stordito, mentre dottori e infermieri osservavano ogni sua mossa. Era l'ultima cosa che desiderava.

Così aveva soffocato la rabbia, cercando di trattenerla, ma dopo un po' si era accorto che non se ne andava. Invece, si stava trasformando in rabbia repressa. In modo inconscio, lui cominciò a manipolare la gente; capiva istintivamente quali tasti schiacciare per irritare qualcuno e insisteva finché le persone non esplodevano. A uno a uno gli altri pazienti erano stati trasferiti nel reparto intensivo, mentre lui faceva la parte della vittima innocente, ma alla fine un dottore lo smascherò. Dopo un numero imprecisato di ore di terapia, Colin comprese che la rabbia era rabbia, sia che fosse esplicita o repressa, e in ogni caso distruttiva.

Qualcuno là fuori si sta comportando allo stesso modo, pensò. Con una rabbia repressa volta a manipolare. Chiunque fosse, voleva provocare emotivamente Maria, e se per il momento la cosa non era ancora manifesta, lui sentiva che si trattava solo dell'inizio.

Alla luce di tutto questo, Ken gli sembrava ancora meno sospetto, ma era l'unico nome che aveva. Bisognava per forza cominciare da lì. Dopo che Maria gli aveva consegnato controvoglia le chiavi dell'appartamento a fine pranzo, lui era andato a prendere la macchina fotografica. L'accese per controllare che le batterie fossero cariche, quindi studiò le varie opzioni sul menu. Controllò lo zoom e fece qualche scatto dalla terrazza, rendendosi conto che doveva fotografare dei volti per capire la distanza giusta.

Dopo aver lasciato la chiave in un vaso di fiori come Maria gli aveva detto, si diresse verso la spiaggia, dove nessuno avrebbe badato a un uomo con una macchina fotografica. In giro non c'era molta gente, ma il numero di persone era sufficiente per fare delle prove. Alla fine valutò la distanza massima intorno ai cinquanta metri. Non era poco, ma neanche troppo. Ken poteva riconoscerlo comunque, si disse. Gli serviva un punto di osservazione defilato.

Gli edifici del centro storico che circondavano la sede dello studio erano alti due o tre piani e avevano tetti piatti. Le auto erano parcheggiate su entrambi i lati della strada e qualche albero non era abbastanza grande da offrire un nascondiglio. Ogni tanto passava un pedone; era impensabile rimanere appostati lì per più di un'ora con una macchina fotografica in mano senza farsi notare.

Alzò lo sguardo verso le costruzioni che aveva appena superato, di fronte all'ingresso dello studio. La distanza era giusta e l'angolazione perfetta, ma restava l'interrogativo su come, ammesso che fosse possibile, arrivare in cima.

Attraversò di nuovo la strada, nella speranza di trovare una scala antincendio. Gli edifici moderni in genere non ce l'avevano, ma non appena imboccò lo stretto vicolo dietro l'isolato scoprì di essere stato fortunato. Sul retro di una casa, non esattamente dirimpetto allo studio, c'era una vecchia scala retrattile a circa tre metri d'altezza che portava a un pianerottolo metallico al secondo piano. L'accesso al tetto era difficile ma non impossibile e, sebbene l'angolazione non fosse ottimale, lui non aveva scelta. Percorse il vicolo, si mise la macchina fotografica a tracolla e la nascose sotto la maglietta. Fece un paio di salti sul muro, usandolo come trampolino per superare la distanza fino al primo piolo.

Riuscì ad afferrarsi alla scala con entrambe le

mani, poi si issò facendo leva su braccia e gambe fino a raggiungere il pianerottolo. Pochi istanti dopo era sul tetto. Dalla strada nessuno sembrava essersi accorto di niente.

Fin lì tutto bene.

Si spostò verso l'angolo più vicino allo studio. Il cornicione del tetto era basso, al massimo una ventina di centimetri, ma un po' di copertura era sempre meglio di niente. Per fortuna la ghiaia era fine, senza ciottoli appuntiti, che invece erano sparsi altrove. C'era però un mucchietto di carte di chewing-gum e mentre si sdraiava, Colin le spostò con la mano. Puntò la macchina fotografica e rimase in attesa. Riusciva a vedere benissimo Maria che lavorava nel suo ufficio, vedeva anche la sua macchina e, al di là, il cassonetto. A poche auto di distanza c'era la Corvette di Ken.

Poco più di un'ora dopo i primi impiegati cominciarono ad abbandonare l'ufficio, uno alla volta, o al massimo in coppia. Le assistenti – che come aveva detto Maria erano tutte piuttosto attraenti –, due tizi sui quarant'anni e Jill. Qualche minuto più tardi uscì anche Maria. La seguì attraverso l'obiettivo, e gli sembrò che si muovesse più lentamente del solito. La vide guardarsi intorno, senza dubbio nel tentativo di localizzarlo, e poi incamminarsi verso la sua auto.

Tornò a tenere d'occhio l'ingresso dello studio, ma non c'era traccia di Ken. Proprio quando cominciava a temere che l'affievolirsi della luce gli impedisse di mettere a fuoco il soggetto, l'uomo finalmente uscì dalla porta. Colin trattenne il fiato e scattò una decina di foto prima che Ken entrasse nel parcheggio, quindi si sollevò su un fianco per esaminare le inquadrature. Ce n'era qualcuna venuta bene.

Aspettò che Martenson se ne andasse, poi scese dal tetto usando la scala antincendio. Nessuno sembrò far caso a lui, e quando raggiunse la macchina si stava facendo buio. Si fermò in un negozio per fare stampare due foto, prima di dirigersi verso casa di Maria.

Aveva promesso di restituirle la macchina fotografica.

«Ci credo che non riuscivo a vederti», gli disse lei più tardi, esaminando le foto appoggiate sul tavolo della cucina. «Domani quindi...»

«Per prima cosa chiamerò i fiorai, spero di scoprire chi ha comprato le rose.»

«E se si fosse trattato di un ordine telefonico?»

«Dirò la verità. Che ti domandavi se ai fiori fosse stato abbinato il biglietto sbagliato. E che volevi sapere chi te li aveva mandati.»

«Potrebbero non risponderti.»

«Voglio solo un nome, non un numero telefonico. E scommetto che saranno disposti ad aiutarmi quasi tutti.»

«E una volta scoperto che si è trattato di Ken?»

Era la stessa domanda che gli aveva posto Evan qualche giorno prima, e da allora lui ci aveva riflettuto su. «Spetterà a te decidere che cosa fare.»

Lei annuì, le labbra serrate, poi si alzò da tavola e si avvicinò alla finestra della terrazza. Rimase lì ferma per un po', in silenzio. Anche Colin si alzò. La raggiunse, quindi le posò una mano sulla schiena, e sentì qualcosa cedere in lei.

«Sono così stanca di parlarne. Sono stanca persino di pensarci.»

«Usciamo da qui e andiamo da qualche parte per distrarci.»

«Del tipo?»

«Posso farti una sorpresa?»

Guardando fuori dal finestrino della Camaro parcheggiata tra due monovolume, lei disse: «Sarebbe questa la tua sorpresa?»

«Pensavo che potesse essere divertente.»

«Il minigolf? Sul serio?»

Maria osservò con evidente scetticismo le luci allegre che circondavano l'ingresso. Al di là della porta a vetri si vedeva una grande sala; sulla sinistra un campo da golf in miniatura, con tanto di mulini a vento funzionanti in quella che Colin interpretò come un'ambientazione scandinava.

«Non è un minigolf qualunque. È il minigolf fosforescente.»

«Mi hai preso per una dodicenne?»

«È molto utile per distrarsi. Quand'è stata l'ultima volta che hai giocato?»

«Dicevo sul serio, a dodici anni. Kevin Ross festeggiò qui il suo compleanno. Ma aveva invitato tutta la classe, e c'era anche mia madre, quindi non era un vero e proprio appuntamento.»

«Però è stato memorabile. Poi, se vuoi, possiamo provare il labirinto laser.»

«Il labirinto laser?»

«Ho visto la pubblicità un paio di mesi fa passando di qua in macchina. Deve essere un po' come quella scena del film *Agente Smart - Casino totale* con Steve Carell, in cui devi cercare di attraversare una stanza senza interrompere i raggi.» Lei non rispose e allora lui proseguì. «Non dirmi che hai paura di perdere e per questo non vuoi giocare!»

«Non ho nessuna paura di perdere. Se non ricordo male, ero la più brava della classe.»

«È un sì?»

«Ci puoi scommettere.»

Il venerdì mattina, Colin si alzò presto e uscì prima dell'alba. Dopo otto chilometri di corsa, fece un salto in palestra, poi si sedette al computer e recuperò i numeri di telefono che gli servivano. Rimase sorpreso di scoprire che a Wilmington c'erano più di quaranta fiorai, oltre ad altri negozi che vendevano fiori. Doveva darsi da fare.

Era contento per come avevano passato la serata. Sebbene Maria avesse avuto bisogno di un po' di tempo e di qualche lancio fortunato prima di rilassarsi, alla fine si era messa a ridere e persino a ballare sul green dopo un tiro vincente alla sedicesima buca, che le aveva dato un vantaggio insuperabile. Avevano saltato il labirinto laser e, affamati, avevano raggiunto un chiosco sulla spiaggia specializzato in tacos di pesce, che avevano divorato con una bella birra fredda. Lui le aveva chiesto se le andava di uscire l'indomani con Evan e Lily – al che ovviamente lei aveva risposto di sì –, e quando le aveva dato il bacio della buonanotte Maria gli era sembrata più serena.

Iniziò le telefonate mentre faceva colazione al bar, sperando di completare l'elenco in un paio d'ore, ma ben presto si accorse che la persona con la quale doveva parlare non era sempre disponibile, il che implicava una seconda o addirittura una terza chiamata allo stesso numero. In ogni caso fornì le spiegazioni e pose le domande che riteneva migliori – il biglietto forse non era quello giusto; la consegna era stata fatta in ufficio; qualcuno aveva per caso ordinato un mazzo di rose rosa? – e per fortuna i suoi interlocutori per lo più si mostravano gentili e pronti ad aiutarlo. Dopo una ventina di telefonate, quando ormai era primo pomeriggio, cominciò a sospettare che anche le altre avrebbero dato lo stesso esito negativo.

Fu proprio così. Dopo una breve riflessione sul da farsi, decise di interpellare alcuni fioristi fuori città; bisognava capire in quale direzione. Scelse il nord. Chiamò i due fioristi di Hampstead, quindi ne trovò altri diciotto a Jacksonville.

Alla sesta telefonata, al negozio chiamato *Floral Heaven* nei pressi della base militare di Camp Lejeune, fece centro. Sì, gli disse il proprietario, ricordava l'uomo che aveva ordinato il mazzo di rose. Aveva pagato in contanti, precisò. Sì, l'indomani il negozio era aperto e lui ci sarebbe stato.

Più tardi, quella sera, mentre lavorava al bar, Colin rifletté che qualcuno doveva essersi dato molto da fare per tenere nascosta la propria identità.

Il venerdì notte, un violento temporale fece abbassare le temperature. Il sabato mattina, dopo aver terminato il suo solito giro di corsa e aver lavorato un po' in giardino, Colin partì per il negozio di Jacksonville, a circa un'ora di macchina. Una volta lì, mostrò la foto di Ken al proprietario.

«Per caso era lui?»

Il negoziante, un tipo tarchiato sulla sessantina e con gli occhiali, ebbe solo una brevissima esitazione, poi scrollò il capo. «Quest'uomo è molto più vecchio. Il tizio che ha comprato i fiori non doveva avere trent'anni, anche se non l'ho guardato bene.»

«Ah no?»

«Era un tipo un po' strano, per questo me lo ricordo. Portava un berretto da baseball e fissava il bancone mentre parlava. Più che altro borbottava. Mi ha detto quello che voleva ed è uscito. È tornato un'ora più tardi, ha pagato in contanti e se n'è andato.»

«Ha visto se era solo?»

«Non prestavo attenzione», rispose. «Come mai tutte queste domande?»

«Come le ho detto al telefono, sul biglietto c'era uno strano messaggio.»

«Lui non mi ha chiesto nessun biglietto. Me lo ricordo, perché di solito tutti vogliono scrivere qualcosa. Le ripeto, era un tipo strambo.»

L'allenamento in palestra quel pomeriggio era dedicato principalmente alle strategie difensive e alla lotta corpo a corpo. Colin rimase sorpreso perché Daly lavorò quasi esclusivamente con lui, più intensamente del solito. Ai suoi tempi Daly era stato una bestia, quando si trattava di lotta a terra, e più di una volta Colin si ritrovò a combattere per la propria vita. Al termine dell'allenamento, si rese conto di non aver pensato neppure per un istante al tizio con il berretto da baseball.

Chiunque fosse.

La preoccupazione tuttavia tornò non appena fu uscito dalla gabbia. Prima che entrasse nello spogliatoio, Daly lo raggiunse e lo prese da parte.

«Posso parlarti un istante?»

Colin usò la maglietta fradicia per asciugarsi il sudore dalla faccia.

«Ti andrebbe un incontro sabato prossimo? A Havelock.» Senza lasciargli il tempo di rispondere, Daly proseguì. «So che hai tre settimane libere, ma stamattina mi ha telefonato Bill Jensen. Lo conosci, vero?»

«L'organizzatore», disse Colin.

«Sai quanto ha fatto per i nostri atleti in tutti questi anni, te compreso... e adesso è nei guai. Johnny Reese doveva essere il protagonista della serata, ma il tizio con cui doveva combattere si è rotto la mano qualche giorno fa e si è ritirato. Reese ha bisogno di un nuovo avversario.»

Non appena Daly ebbe pronunciato quel nome, a Colin tornò in mente la conversazione con Evan. *Si muoveva come un gatto*. Daly continuò. «Jensen ha cercato qualcun altro ed è venuto fuori che tu sei l'unico in quella categoria di peso che può rendere l'incontro interessante. Sarà l'ultimo combattimento di Reese, che poi passerà alla federazione, e i pronostici sono per lui. Ex campione di wrestling, ottimo negli attacchi, senza paura. Può veramente farcela a entrare in federazione in un anno o due, ed è per questo che Jensen non vuole cancellare l'incontro. Ecco perché oggi sono stato così duro con te. Volevo capire se eri pronto.»

«Non sono abbastanza bravo per Reese.»

«Mi hai messo alle corde più di una volta oggi. Fidati, sei pronto.»

«Perderò.»

«È probabile», riconobbe Daly. «Ma sarà il tuo combattimento migliore fino a questo punto, perché sei più forte di quanto credi.» Strizzò il sudore dall'orlo della maglia. «So che ti sto chiedendo di correre un rischio, ma ci servirà. E anche a te. Jensen è il genere di persona che non dimentica mai un favore. E tu ci stai dando una mano a fare pubblicità alla palestra.»

Colin si asciugò ancora una volta la faccia, poi si disse che non c'era un motivo per cui non doveva farlo.

«Okay», rispose. Uscito dalla palestra, aveva la mente occupata da Johnny Reese, ma chissà perché l'idea non lo esaltava, e a metà strada verso casa aveva già smesso di preoccuparsi dell'incontro imminente. Pensava solo al tizio che aveva mandato le rose a Maria e a come fosse possibile che una persona diversa da Ken l'avesse vista gettarle nel cassonetto.

«Che notizia», commentò l'amico. Erano seduti in veranda, Colin con un bicchiere d'acqua, Evan con una bottiglia di birra. «Reese, eh? È parecchio bravo.»

«Non cambiare argomento.»

«Oh, ti riferisci a Maria e allo stalker? È di questo che vuoi parlare?» Evan fece una pausa, poi proseguì. «E va bene. Hai pensato all'ipotesi che Ken abbia pagato qualcuno perché comprasse e consegnasse le rose?»

«A che scopo allora scegliere un negozio a più di un'ora di distanza?»

«Forse il tizio che ha incaricato abita da quelle parti.»

Colin bevve una lunga sorsata d'acqua. «Può darsi. Ma non credo.»

«Perché no?»

«Perché penso che Ken non abbia niente a che fare con questa storia.»

Evan grattò con l'unghia l'etichetta sulla bottiglia. «Secondo me è così, lui non c'entra nulla. Ma se vogliamo vedere il lato positivo, la tua attività da investigatore privato, gli appostamenti sul tetto e le fotografie alla fine ti hanno ripagato. Il che significa che non sei un idiota completo. Anche se non ti sei avvicinato a scoprire l'identità del misterioso corteggiatore.»

«Ho scoperto qualcos'altro, però.»

«E cioè?»

«Scommetto che il nostro uomo aveva spiato Maria dallo stesso punto sul tetto dove io ho scattato le foto.»

«Che cosa te lo fa credere?»

«La ghiaia era più fine dov'ero io e c'erano carte di chewing-gum dappertutto. Qualcuno è stato lì di recente. Da quel punto di osservazione, inoltre, vedevo benissimo l'ufficio di Maria. Anche la macchina e il cassonetto. Chiunque sia stato, può averla tenuta d'occhio per ore. Non avevo collegato i particolari finché non sono venuto a parlarne con te.»

Per la prima volta Evan rimase in silenzio.

«Allora, che ne pensi?» lo incalzò Colin.

«Potresti avere ragione, oppure no. Non ho una risposta da darti.»

«E adesso c'è anche questo incontro per il prossimo sabato.»

«E allora?»

«Ci sto ripensando.»

«Perché?»

«Per tutto quello che sta succedendo a Maria.»

«Tu ti alleni per combattere. Ti piace combattere. Ti è stato offerto un combattimento. Che cosa c'entra tutto questo con Maria?»

Colin aprì la bocca per rispondere, ma non trovò le parole.

«Sai che ti dico? Mi prendi sempre in giro perché Lily mi comanda a bacchetta, ma è chiaro che sono molto più consapevole di te rispetto alla mia relazione. In questo momento tutta la tua vita è incentrata sul cercare di proteggerla e di risolvere i suoi problemi, anche se lei non vuole che tu lo faccia. Ti rendi conto di quanto sia contorto questo atteggiamento? Hai detto che Maria voleva venire a vederti combattere, giusto? Allora chiedile di assistere all'incontro, e poi portala a cena fuori, così non dovrai scegliere tra le due cose. È semplice.»

Colin fece un mezzo sorriso. «Secondo me tu vuoi che io combatta perché sei sicuro che perderò.»

«E allora? Benissimo, lo ammetto. Sei un tale rompiscatole che sarà bello vedere qualcuno darti finalmente una lezione.» Colin rise, ed Evan proseguì. «Allora è stabilito. Parlando di altro, sei eccitato per stasera?»

«Stasera?»

«Tu e Maria con Lily e me? Siamo d'accordo di

uscire, ricordi? Ho prenotato al *Caprice Bistro* per le sette e mezzo, poi andremo in un locale dove suonano musica anni Ottanta.»

«Anni Ottanta?»

«Cos'è, abbiamo l'eco? Sì, musica anni Ottanta. Lily va pazza per Madonna. Deve essere un retaggio dei suoi presunti anni ribelli. Allora, ci state? Sempre ammesso che Maria sia d'accordo.»

«Perché non dovrebbe?»

«Forse perché l'hai messa di cattivo umore con le tue scoperte?»

«Non gliene ho ancora parlato.»

«Ma come, mister Sincerità, sono scioccato!»

«Volevo farlo stasera.»

«Se lo farai, cerca di non ingigantire troppo la faccenda. Non vorrei che le rovinassi la serata. Può essersi trattato di un evento isolato, forse la storia è già chiusa.»

«O forse no», ribatté Colin.

16
Maria

Colin era rimasto in silenzio per tutto il tragitto e questo innervosiva Maria, visto ciò a cui lui si era dedicato per gran parte della giornata. Sapeva che stava pensando ai fiori, sebbene non le avesse detto niente, e la sua preoccupazione aumentò quando lo vide rispondere distrattamente. Arrivati al parcheggio del ristorante, non fu più in grado di trattenersi.

«Chi mi ha mandato le rose?»

Colin spense il motore e le raccontò quello che aveva scoperto.

Maria si accigliò. «Se non è stato Ken e non credi che abbia incaricato qualcuno, allora chi può averlo fatto?»

«Non saprei.»

Lei si girò a guardare fuori dal finestrino. Osservò una coppia di anziani che camminava verso il ristorante, sorridendo. *Senza una preoccupazione al mondo.*

«Ieri ho visto Ken mentre ero con Barney», raccontò con voce incrinata. «Sembrava un po' distratto, ma per il resto era perfettamente professionale. Anzi, quasi non ha fatto caso a me. Mi viene da pensare...»

Che non si tratti di lui. Il silenzio di Colin le fece capire che era della sua stessa idea.

«Cerchiamo di non pensarci stasera, okay?» le propose.

Maria annuì, sentendo la tensione contrarle le spalle. «Ci proverò, anche se sarà difficile.»

«Lo so. Però dovresti prenderti un momento per prepararti all'incontro con Lily. Io la adoro, ma ci vuole un po' per abituarsi ai suoi modi.»

Maria si sforzò di sorridere. «Questo è un colpo basso, sai.»

«Chissà da chi ho imparato.»

Maria impiegò solo un istante a individuare Lily. Non appena lei e Colin misero piede nel ristorante, un'avvenente donna bionda dall'acconciatura perfetta e gli occhi turchesi si incamminò verso di loro. Indossava un abito al ginocchio e un filo di perle. Tutti gli uomini nel locale si girarono a guardarla. Evan, vestito come un liceale, la seguiva a qualche passo di distanza. Aveva un'aria disinvolta e sicura; si capiva che era abituato a lasciare le luci della ribalta alla fidanzata.

Senza smettere di sorridere, Lily li raggiunse e strinse le mani di Maria nelle proprie. Erano morbide e lisce come seta. «Che immenso piacere mi dà avere il privilegio della tua compagnia stasera! Colin mi ha detto tante cose meravigliose su di te.» Evan nel frattempo l'aveva raggiunta. «Oh, ma come sono maleducata! Piacere, io sono Lily, e quest'uomo affascinante accanto a me è il mio fidanzato, Evan. Sono davvero contenta di conoscerti, Maria!»

«Ciao», rispose Evan con sincero affetto. «Ti avverto subito: non ti stupire se Lily non mi lascerà dire un'altra parola per il resto della serata.»

«Su, tesoro, non fare così», lo rimproverò lei. «Non c'è ragione di dare alla nostra amica un'impressione sbagliata su di me.» Tornò a girarsi verso Maria. «Devi perdonarlo, sai. È dolcissimo e più intelligente di quanto voglia far credere, ma ha frequentato l'università pubblica e faceva parte di una confraternita. Mi sono spiegata?»

«Se non altro, la mia era un'università mista», ribatté Evan.

«E pensare che gli ho ripetuto più volte», proseguì lei dandole una gomitata scherzosa, «che non glielo avrei mai rinfacciato.»

Maria sorrise suo malgrado. «Mi fa piacere conoscervi.»

Continuando a stringerle le mani, Lily si rivolse a Colin. «Confessa che non sei stato sincero quando mi hai parlato di Maria! È di una bellezza mozzafiato!» Poi, a lei: «Non mi sorprende che tu sia l'unico pensiero che occupa la mente di Colin negli ultimi tempi. Devi sapere che sei stata argomento di conversazione tutte le volte che abbiamo parlato in queste settimane, e ora ne capisco bene il motivo». Le lasciò le mani e baciò Colin sulla guancia. «Sei molto bello stasera. Te l'ho comprata io quella camicia?»

«Grazie», rispose Colin. «Sì, sei stata tu.»

«Un'ottima scelta davvero, non trovi? Se non ci fossi io, probabilmente ti saresti presentato con una di quelle orribili magliette con uno slogan stampato.»

«A me piacciono.»

Lily gli accarezzò il braccio. «Lo so, tesoro mio. Allora, che ne dite di sederci a tavola? Sono stata sulle spine per tutta la giornata e voglio sapere ogni minima cosa sulla donna che ha rubato il tuo cuore.»

«Non ne sarei troppo sicura», si schermì Maria.

«Puoi fidarti della mia parola. Colin, nonostante il suo atteggiamento stoico, esprime molto bene le sue emozioni una volta che lo conosci. Andiamo?»

Quando lei si voltò, Colin lanciò a Maria un'occhiata d'intesa.

Sebbene avesse una certa familiarità con il fenomeno della bella debuttante meridionale tra le studentesse di Chapel Hill, Maria doveva riconoscere che Colin aveva ragione: Lily portava la cosa a un livello inedito. All'inizio credeva si trattasse in parte di una posa, ma nel corso della conversazione a tavola cambiò idea. L'aspetto interessante era che, per quanto quella donna sapesse parlare – ed era in grado di conversare su tutto –, riusciva a ottenere informazioni semplicemente grazie al suo modo di ascoltare. Aveva una maniera tutta sua di sporgersi leggermente in avanti e di annuire al momento appropriato; emetteva esclamazioni di partecipazione o simpatia, seguite da domande acute. Maria non ebbe neppure una volta la sensazione che Lily cercasse un nuovo argomento di conversazione mentre lei stava parlando, e con sua sorpresa finì per raccontare alla coppia appena conosciuta la storia del mazzo di rose. A quel punto ci fu un momento di silenzio, e Lily le posò impulsivamente la mano sulla sua. Dopo cena, mentre le due donne erano in bagno a rinfrescarsi, Maria colse lo sguardo di Lily nello specchio.

«Mi spiace aver parlato quasi sempre io, stasera», si scusò.

«Ma figurati. In questo momento ti stanno capitando molte cose, e sono lusingata che tu dimostri tanta fiducia nei nostri confronti.»

Maria si mise il rossetto, quindi aggiunse con voce intenerita: «Non sei rimasta sorpresa da ciò che ha combinato Colin? Intendo le foto e le telefonate ai fiorai per scoprire da dove venivano le rose».

«No», rispose Lily. «Lui è fatto così. Quando vuole bene a qualcuno, è disposto a qualunque cosa per difenderlo.»

«Io passo ancora metà del tempo a cercare di capirlo.»

«Non mi sorprende», osservò l'altra. «In ogni caso, vista la tua sincerità nei nostri confronti, devo dirti che prima di cena ero completamente dalla parte di Colin. Volevo conoscerti per accertarmi che fossi esattamente come lui ci aveva raccontato.»

«Sei molto legata a lui.»

«Gli voglio bene come a un fratello», ammise Lily. «Per me è una persona molto importante. So a che cosa stai pensando. Non potremmo essere più diversi, e all'inizio non capivo neppure io cosa ci vedesse in lui Evan. Tutti quei tatuaggi e muscoli, e quel passato violento...» Lily la guardò. «Ci è voluto del tempo prima che scambiassi una parola con Colin quando andavo a trovare Evan, e cominciai subito col dirgli che doveva trovarsi un altro posto dove vivere. Sai che cosa mi rispose?»

«'Okay'?» rispose Maria imitando Colin. L'altra scoppiò a ridere.

«Lo fa anche con te? Benedetto ragazzo! Ho cercato di togliergli questa abitudine, ma non c'è stato verso, e alla fine ho dovuto ammettere che fa parte di lui. Ricordo che all'epoca mi offesi. Me ne lamentai con Evan e lui promise di parlare con Colin, ma solo a condizione che prima lo facessi io. Naturalmente rifiutai di farlo per principio.»

«Allora chi fu a rompere il ghiaccio per primo? Tu o lui?»

«Lui. Avevo acquistato un televisore per il compleanno di Evan e ce l'avevo nel portabagagli. Colin mi passò accanto mentre lo portavo a fatica in casa e si offrì di aiutarmi. Una volta dentro, mi chiese se volevo che me lo installasse o se preferivo lasciarlo nella scatola. Era un particolare a cui in realtà non avevo pensato. Gli risposi che lo avrebbe fatto Evan, ma lui rise e mi fece notare che il suo amico non sapeva da che parte cominciare. Senza aggiungere una parola, uscì per andare dal ferramenta e venti minuti più tardi mi ritrovai con il televisore montato a parete. Aveva anche comprato un grande fiocco e fu quello, più di tutto il resto, a incuriosirmi. Così ci mettemmo a parlare. Bastarono trenta secondi per capire che lui era diverso da tutte le altre persone che avevo conosciuto fino ad allora.»

«Colin mi ha detto che sei stata tu a consigliargli di tornare al college. E che lo hai aiutato molto.»

«Qualcuno doveva pur farlo. Quel poveretto non apriva più un libro da un sacco di anni. Ma non fu difficile, perché, una volta deciso di rimettersi a studiare, si è impegnato al massimo. È un ragazzo intelligente. Nonostante abbia cambiato molte scuole, non è rimasto indietro.»

«Sarà il testimone di Evan?»

Lily prese un fazzoletto di carta dalla borsa e si tamponò il lucidalabbra. «Sì. I miei genitori sono rimasti sconvolti alla notizia. A quanto ne sanno, lui è solo un amico di Evan, e continuano a dirmi che devo mantenere le distanze. La prima volta che mio padre vide Colin, sussultò letteralmente, e mia madre si spinse al punto di suggerire di non invitarlo nemmeno al matrimonio, per non parlare poi del fatto di sceglierlo come testimone. Ho provato a spiegargli che è anche mio amico, ma loro fingono di non sentire. Hanno le loro convinzioni e io resterò per sempre la loro bambina adorata, che Dio li benedica.»

«Nemmeno mio padre e mia madre sono rimasti entusiasti quando lo hanno conosciuto.»

«È comprensibile. Ma diversamente dai miei genitori, scommetto che i tuoi gli daranno una possibilità e alla fine cambieranno idea. Dopo tutto io l'ho fatto. Ancora adesso fatico a capire come sia potuto succedere. Sinceramente parlando, Colin e io non abbiamo molto in comune.»

«Su questo devo darti ragione.»

Lily sorrise e si raddrizzò le perle prima di girarsi verso Maria. «Eppure c'è qualcosa in questa sua spontanea sincerità, unita al fatto di fregarsene dell'opinione altrui, che mi colpisce.»

Maria non poté fare a meno di sorridere.

«Credimi se ti dico che è molto meno spigoloso di quando l'ho conosciuto», aggiunse Lily. «Ho ottenuto un risultato eccezionale. Ma non c'è bisogno di ringraziarmi.» Ammiccò. «Sei pronta? Sono sicura che i ragazzi si struggono già per noi.»

«Non penso che Colin si strugga.»

«Lo fa», asserì lei. «Non vuole ammetterlo, forse, ma è così.»

«Non mi stavo struggendo», replicò Colin mentre si avviavano alla macchina. Davanti a loro, Lily camminava insieme al fidanzato verso la Prius. «Stavo parlando con Evan del mio combattimento.»

«Quello a Myrtle Beach?»

«No, quello di sabato prossimo.»

«Quale combattimento?»

Colin la aggiornò, quindi aggiunse: «Evan ci sarà. Dovresti venire anche tu».

«Lily lo accompagnerà?»

«No. La lotta non è proprio nelle sue corde.»

«Mi sorprende che lo sia per Evan.»

«Lui viene sempre a vedermi. Si diverte.»

«Davvero? Non mi sembra il tipo.»

«E quale sarebbe il tipo giusto?»

«Quelli come te», lo stuzzicò Maria. «Tutti muscoli e tatuaggi, gente che non dà l'impressione di svenire alla vista della prima goccia di sangue.»

Lui sorrise. «Vuoi venire?»

«Certo. Però valgono le solite regole: non devi farti conciare troppo male, altrimenti mi torneranno i ricordi della notte del nostro primo incontro.»

«Okay.»

«Lo dici adesso, ma da quello che mi hai raccontato di Johnny Reese forse non sarai in grado di mantenere la promessa.»

«Non c'è nessuna garanzia», riconobbe lui. «Di cosa avete parlato tu e Lily al bagno?»

«Principalmente di te.»

«Okay.»

«Non vuoi conoscere i dettagli?»

«No.»

«Come fa a non interessarti quello che abbiamo detto?»

«Perché era una cosa tra te e Lily. Non mi riguarda. E poi non deve essere stato così tremendo, altrimenti non saresti qui a tenermi per mano.»

«Dove stiamo andando?»

«So solo che è un posto in cui suonano musica anni Ottanta. È una delle fisse di Lily. Evan mi ha detto che da adolescente per lei ascoltare le canzoni di Madonna rappresentava la massima forma di ribellione.»

«Oh. Non era un granché come ribellione...»

«A noi non sembra. Ma prova a pensare ai genitori di Lily, scommetto che sono rimasti in ansia per anni. Io non riscuoto grandi simpatie presso di loro.»

«Forse dovresti invitarli a un combattimento», suggerì Maria. «Di sicuro cambierebbero idea.» Lo sentì ridere mentre le apriva la portiera e continuare anche mentre si sedeva dietro il volante.

Nonostante la musica dei REO Speedwagon a tutto volume, il locale non era affatto come lei si immaginava. Invece che da donne divorziate e uomini calvi sui quarant'anni desiderosi di rivivere la giovinezza, la sala era popolata soprattutto da studenti universitari; Maria si aspettava quasi di vedere anche Serena con gli amici. C'erano gruppi di ragazze che ballavano insieme cantando i vari pezzi a squarciagola.

Colin le parlò all'orecchio. «Che te ne pare?»

«Mi sento vecchia», ammise lei. «Però la musica mi piace.»

Evan indicò verso il bar e Colin annuì, poi la

prese per mano e si tuffò tra la folla accalcata intorno al bancone. Quando finalmente ottennero l'attenzione del barista, Colin ordinò dell'acqua, Evan una birra e Maria e Lily optarono per un Sea Breeze. Mentre bevevano, riconobbero le note di una canzone di Madonna e Lily applaudì entusiasta, poi condusse il fidanzato sulla pista. A quel punto Maria prese per mano il suo accompagnatore e la seguì.

La serata passò in un lampo: ballarono quasi ininterrottamente, a parte qualche breve pausa. Maria ordinò un secondo cocktail e, pur non avendo nemmeno finito il primo, si sentiva su di giri e accaldata. Era da un po' che non si divertiva tanto.

Alle undici e mezzo finalmente riuscirono a occupare un tavolino. Mentre stavano decidendo se fosse il caso di rimanere ancora, arrivò una cameriera con un vassoio e lasciò un altro Sea Breeze davanti a Maria.

Lei fece un gesto di diniego con la mano. «Non l'ho ordinato.»

«È stato il tuo amico», spiegò la ragazza alzando la voce per superare il frastuono della musica.

Maria gettò un'occhiata interrogativa a Colin. «Hai ordinato tu un altro drink?»

Lui scosse il capo e lei si girò verso Evan, che la guardò altrettanto sorpreso. Anche Lily sembrava perplessa.

«Quale amico?» chiese Maria alla cameriera.

«Il tipo al bar», rispose la ragazza girando la testa da quella parte. «Quello con il berretto da baseball.» Si chinò verso di lei. «Mi ha detto che c'è rimasto molto male che non ti siano piaciute le sue rose.»

Maria trasalì; una frazione di secondo dopo vide Colin balzare in piedi, facendo cadere la sedia. Negli attimi successivi lei registrò solo una rapida serie di immagini, come scene illuminate da una luce stroboscopica:

Colin che faceva due passi verso la cameriera, stringendo la mascella, muovendosi così in fretta che lei lasciò cadere a terra il vassoio...

Evan e Lily che si alzavano a loro volta, rovesciandosi addosso i drink...

La gente che si girava a guardarli sentendo quel fracasso...

Colin che continuava a chiedere alla cameriera di raccontargli esattamente che cosa era successo al bar, con un'aria rabbiosa, feroce...

La cameriera che indietreggiava terrorizzata...

I buttafuori che venivano verso di loro...

Evan che si avvicinava a Colin, le mani alzate...

Maria era paralizzata dal terrore, le parole della cameriera le risuonavano nelle orecchie. *Berretto da baseball... C'è rimasto molto male che non ti siano piaciute le sue rose.*

Lui era lì, si disse. L'aveva seguita. La seguiva dappertutto...

Non riusciva a respirare, una cascata di immagini, il mondo che collassava dentro di lei.

I buttafuori che si facevano largo tra la folla, muovendosi a velocità micidiale...

Colin che gridava, voleva informazioni sull'uomo che aveva ordinato il cocktail...

La cameriera che indietreggiava e si metteva a piangere...

La gente intorno che si stringeva in cerchio...

Evan che si faceva avanti e afferrava Colin per un braccio...

Lily che si spostava verso di lei...

Maria sentì qualcuno posarle le mani sulle spalle e aiutarla ad alzarsi. Non aveva la forza di opporsi e d'un tratto si rese conto che era stata Lily a farla mettere in piedi. Distingueva le grida di Colin, mentre Evan continuava a tirargli con forza il braccio, la cameriera piangeva terrorizzata, la gente li circondava e i buttafuori erano a poca distanza.

Uno sconosciuto con la camicia azzurra: «Che diavolo sta succedendo?»

Colin alla cameriera: «Che aspetto aveva?»

Uno sconosciuto con la cresta: «Datti una calmata! Lasciala in pace!»

La cameriera, tra le lacrime: «Te l'ho detto, non lo so! Portava un berretto! Non lo so!»

Un altro sconosciuto con i tatuaggi: «Ma che cosa ti è preso?»

Evan: «Andiamo via!»

Colin: «Era giovane o vecchio?»

La cameriera: «Non lo so! Forse venti o trent'anni? Non lo so!»

Evan: «Dai, Colin, andiamo!»

Mentre Lily la allontanava velocemente dal tavolo, Maria vide con la coda dell'occhio che Evan aveva strattonato Colin facendolo barcollare. Colin reagì istintivamente, liberandosi e ritrovando l'equilibrio, le braccia piegate nella posizione da combattimento. Era paonazzo e teso, i muscoli del collo contratti; per un attimo sembrò non riconoscere l'amico.

«Colin! No!» gridò Lily. Evan fece un passo indietro e la rabbia di Colin svanì con la stessa rapidità con cui era comparsa.

Intanto i buttafuori li avevano raggiunti e Maria si accorse che Colin portava le braccia dietro la schiena, stringendosi il polso sinistro con la mano destra. Un buttafuori lo afferrò per le spalle, l'espressione rabbiosa e determinata.

«Vengo con voi», disse Colin. «Vengo con voi.» Poi, alla cameriera che continuava a piangere: «Ti chiedo scusa, non volevo spaventarti».

Né la ragazza né i buttafuori registrarono le sue parole; Colin venne trascinato fuori e pochi istanti dopo arrivò una pattuglia della polizia con i lampeggianti accesi, seguita nel giro di pochi minuti da una berlina scura.

«Chi è quello?» chiese Maria, mentre aspettava fuori dal locale, a braccia conserte, accanto a Evan. Lily era tornata all'interno qualche minuto prima. Nel parcheggio Colin era circondato da due poliziotti, un buttafuori e un uomo con una giacca sportiva lisa che masticava uno stuzzicadenti.

La voce di Evan tradiva tutta la sua preoccupazione. «L'ispettore Margolis. Non vedeva l'ora che Colin si mettesse di nuovo nei guai.»

«Perché?»

«Secondo lui, il posto di Colin è in prigione.»

«Andrà a finire così?»

«Non lo so», ammise Evan.

«Ma non ha fatto niente», protestò Maria. «Non l'ha neppure toccata.»

«Per fortuna. Altrimenti sarebbe già in manette. E potrebbe succedere, a meno che Lily non riesca a compiere una delle sue magie.»

«Cosa starà facendo?»

«Quello che fa sempre», rispose Evan. «Risolvere problemi.»

Dopo un po' Lily uscì e si fermò a stringere la mano a uno dei buttafuori che avevano bloccato Colin. Sfoggiava un sorriso pieno di candore mentre si avvicinava ai poliziotti.

Maria vide Margolis accorgersi di lei e alzare una mano per intimarle di fermarsi. Lily non gli badò, e continuò ad avanzare fino a essere a portata d'orecchio. Poi, per una manciata di minuti in apparenza interminabile, Evan e Maria la osservarono parlare, domandandosi che cosa stesse dicendo. Subito dopo uno dei poliziotti seguì il buttafuori dentro il locale, mentre Margolis e l'altro agente rimanevano con Colin. L'ispettore era furibondo, ma non sembrava avere intenzione di ammanettare Colin. Gli avvenimenti dell'ultima mezz'ora erano stati così concitati che Maria era in preda a un vortice di emozioni. Evidentemente qualcuno doveva averla pedinata mentre andava da casa al ristorante e dal ristorante fino al locale...

Sa dove abito e mi ha seguita fin qui.

Trattenne il respiro, mentre da lontano gli giungeva confusa la voce di Evan.

«Ti senti bene?»

Lei si strinse le braccia al petto. Voleva che Colin la abbracciasse, ma ce l'aveva con lui perché si era lasciato andare. Oppure aveva paura di lui? Non ne era sicura.

Sa dove abito e mi ha seguita fin qui.

«No», ammise, rendendosi conto di essere scossa dai brividi. «Per niente.»

Evan le cinse le spalle con un braccio.

«È davvero un bel casino, questo è sicuro. Se fossi in te, sarei a pezzi.»

«Cosa accadrà a Colin?»

«Se la caverà.»

«Come fai a saperlo?»

«Perché Lily è calma e Margolis ha l'aria scocciata.»

Maria li osservò e si accorse che Evan aveva ragione. Ma quella sera era andato tutto storto.

Un minuto più tardi, l'agente che era entrato nel locale tornò accanto a Margolis. Si scambiarono qualche parola, e poi risalirono riluttanti sulla loro macchina. Lily nel frattempo si stava avvicinando di corsa. Evan tolse il braccio dalle spalle di Maria e abbracciò la fidanzata.

«Nessuna accusa», li informò Lily. «Lo lasciano andare.»

«Come ci sei riuscita?» domandò Maria.

«Ho parlato con la cameriera e il direttore, raccontando semplicemente la verità», rispose Lily. «Che qualcuno ti perseguita e che Colin ha reagito in maniera esagerata perché eri spaventata e lui pensava che fossi in pericolo. Si sono dimostrati sorprendentemente comprensivi. Soprattutto dopo che ho dato alla cameriera una mancia generosa, ho pagato il conto e ho offerto al direttore un extra per il disturbo.»

Maria la guardò allibita. «Li hai corrotti?»

«Io non faccio certe cose. Mi sono semplicemente adoperata per rimediare alla situazione in maniera soddisfacente per tutti. Quando l'agente è andato a parlare con loro, hanno dichiarato di non voler sporgere denuncia. Ammetto comunque che a un certo momento ho temuto che questa volta non avrebbe funzionato.»

«Questa volta? Ce ne sono state altre?»

Evan le rivelò che era già successo in passato.

Tallonato da Margolis, Colin si avvicinò a loro. Esteriormente sembrava controllato come al solito, ma Maria notò in lui la consapevolezza di aver rischiato di perdere tutto. Le andò accanto mentre l'ispettore li esaminava uno per volta. Colin sostenne il suo sguardo senza batter ciglio, esattamente come Evan e Lily.

«Ecco di nuovo il duo dinamico in azione», ringhiò l'ispettore. «Quanto vi è costato stavolta?»

«Non so proprio cosa intenda», mentì spudoratamente Lily, con il suo tipico accento.

«Lo immaginavo», replicò Margolis. «Mi chiedo che cosa direbbero il direttore e la cameriera se li chiamassi a testimoniare sotto giuramento.» Fece una pausa per dare più enfasi alle sue parole, quindi proseguì: «Però non ce n'è motivo, giusto? Visto che ancora una volta lei ha salvato il suo caro amico Colin».

«Non c'è stato nessun bisogno di salvarlo», ribatté Lily calma. «Non aveva fatto niente di male.»

«È davvero buffo. Perché ricordo che è già successa una cosa del genere in almeno altre due occasioni in cui c'eravate anche voi.»

Lily finse di non capire. «Si riferisce a quelle due occasioni nelle quali Colin si trovava con noi per caso, senza che avesse fatto niente di sbagliato?»

«Continui pure a ripetierselo. Sta solo rimandando l'inevitabile. Colin sa chi è. Glielo chieda, glielo dirà lui stesso.» Si girò verso Colin. «Ho ragione, no? Da quando cerchi di convincere gli altri di essere diventato un angelo?... Sai bene che sei sempre sul punto di esplodere.»

Maria vide Colin socchiudere gli occhi, mentre Margolis inclinava la testa verso di lui. «Devi ringraziare Evan per averti fermato al momento giusto. Se uno di quei tizi che ti stavano intorno ti avesse anche solo sfiorato, sappiamo entrambi che di colpo ci saremmo ritrovati a passare un sacco di tempo insieme, con te dietro le sbarre e io a dire al procuratore distrettuale di buttare via la chiave.»

«Colin non ha toccato nessuno», intervenne Evan.

Margolis spostò lo stuzzicadenti sull'altro lato della bocca. «Pensavo più che altro a un'aggressione. Mi hanno riferito che la cameriera era terrorizzata da Colin che sbraitava contro di lei, e ho una decina di testimoni pronti a confermarlo.»

«Voleva solo sapere chi mi aveva offerto da bere», protestò Maria.

Non appena lo sguardo di Margolis si posò su di lei, si sentì raggelare. «Giusto, la storia dello stalker, no? Farò in modo di leggere la sua denuncia.»

Maria non rispose, pentendosi di essere intervenuta.

«Ma aspetti, non ha sporto denuncia? Si è rivolta almeno a un avvocato?»

«È lei l'avvocato», rispose Lily al posto di Maria.

«Allora la cosa è ancora più strana, non trovate? L'attività principale degli avvocati è presentare denunce.» Si girò verso Maria. «Le do un consiglio, però; semmai le venisse in mente di farlo, chieda di me, d'accordo?»

«La lasci fuori da questa storia», ringhiò Colin.

«Mi stai forse dicendo che cosa devo fare?» domandò l'ispettore.

«Sì», rispose Colin.

«Ma davvero? Hai intenzione di colpirmi?»

Colin continuò a fissarlo, poi prese per mano Maria. «Andiamo», disse incamminandosi. Evan e Lily li seguirono.

«Vai pure avanti così», gridò Margolis alle loro spalle. «Io ti aspetto.»

«Quanto ti devo?» chiese Colin.

«Ci penseremo più avanti, d'accordo?» rispose Lily.

Avevano seguito i loro amici a casa di Evan, e si erano fermati sulla veranda. Il tragitto in macchina era stato silenzioso, i pensieri di Maria troppo frammentari per intavolare una conversazione e l'umore di Colin troppo tetro. Anche adesso, Maria aveva l'impressione di essere un'osservatrice della propria vita.

«Si può sapere che cosa avevi intenzione di fare stasera?» domandò Evan severo. «Ne avevamo già parlato! E Margolis ha ragione: che cosa sarebbe successo se Lily e io non fossimo stati con te?»

«Non saprei», rispose Colin.

«Lo sai benissimo, invece!» Evan si passò una mano tra i capelli. «Vuoi dirmi perché continui a farlo? Devi imparare a controllare questa cosa.»

«Okay.»

«Smettila di fare così!» gridò Evan. «Come Lily, non ne posso più di sentirti dire 'okay', perché è solo una scappatoia! Credevo che non lo avresti più fatto, dopo l'incidente dell'anno scorso con quel tizio che aveva rovesciato il bicchiere addosso a Lily.»

«È vero», ammise Colin in tono neutro, «ho commesso un errore. Stavo per perdere il controllo.»

«Ma va?» sbottò Evan. Si voltò per entrare in casa. «Basta. Pensateci voi due a lui. Io me ne vado.» Si chiuse fragorosamente la porta alle spalle, lasciandoli sulla veranda.

«Sai che Evan ha ragione, Colin», affermò Lily.

«Non intendevo farle del male.»

«Non ha importanza», ribatté lei con voce conciliante. «Sei grande e grosso, e quando ti arrabbi si percepisce chiaramente la tua carica di violenza. Quella povera cameriera piangeva impaurita e tu non l'hai mollata finché Evan non ti ha strattonato con forza. A quel punto ero quasi sicura che lo avresti colpito.»

Colin chinò lo sguardo a terra, poi lo rialzò lentamente e per un istante non c'era più traccia della sua spavalderia. Al suo posto Maria vide vergogna e rimorso e forse persino un lampo di disperazione.

«Non succederà più.»

«Forse», disse Lily, baciandolo su una guancia. «Lo avevi detto anche l'ultima volta.»

Si voltò verso Maria e l'abbracciò. «Sono sicura che tutto questo ti risulterà incomprensibile e terrificante. Se qualcuno mi perseguitasse, sarei già ripartita per Charleston, a nascondermi a casa dei miei genitori e, conoscendoli, mi avrebbero spedito fuori dal Paese. Mi spiace tanto per quello che stai passando.»

«Grazie», rispose Maria. La sua voce era così carica di stanchezza che lei stessa la riconobbe a stento.

«Vuoi entrare?» domandò Lily mentre si staccava da lei. «Sono sicura che Evan si è calmato e magari ci viene in mente qualche idea per rintracciare quel tizio... Altrimenti potremmo starcene seduti ad ascoltare, se hai bisogno di sfogarti.»

«Non saprei nemmeno cosa dire.»

Lily li salutò e li lasciò soli sulla veranda richiudendosi piano la porta alle spalle.

«Mi spiace, Maria», mormorò Colin.

«Lo so.»

«Vuoi che ti accompagni a casa?»

Gran parte delle villette circostanti erano già buie.

«Non voglio tornare a casa», ammise lei con un filo di voce. «Sa dove abito.»

Colin protese la mano. «Vieni, puoi dormire da me.»

Scesero dalla veranda e si avviarono verso la porta dell'appartamento. Una volta dentro, Colin accese le luci e la fece accomodare. Lei osservò la stanza, sperando di distrarsi dal crampo che le stringeva lo stomaco. L'ambiente, di dimensioni medie, aveva un angolo cottura e un corridoio che di sicuro portava alla camera da letto e al bagno. Era sorprendentemente ordinato, non c'era roba ammucchiata sul tavolino davanti al divano o sul piano della cucina. Mobili sobri di colore neutro, senza fotografie né oggetti personali. Sembrava che non ci abitasse nessuno.

«Tu vivi qui?»

Lui annuì. «Per il momento. Vuoi bere qualcosa?»

«Solo un po' d'acqua.»

Colin riempì due bicchieri in cucina e gliene porse uno. Mentre beveva un sorso, di colpo Maria ricordò che qualcuno la seguiva e vide di nuovo la collera di Colin e il suo pretendere risposte dalla cameriera. Rivide anche la frazione di secondo in cui Evan lo aveva strattonato e lui lo aveva fissato con un'espressione di furia selvaggia e incontrollabile.

«Come ti senti?» le chiese.

Lei cercò di scacciare quelle immagini, ma non ci riusciva. «Non bene», ammise. «Per niente bene.»

Nessuno dei due sapeva che cosa dirsi lì in salotto, né più tardi, quando si misero a letto insieme. Cercando un po' di conforto, Maria appoggiò la testa sul petto di lui, avvertendo chiaramente la tensione ancora presente nel suo corpo.

Aveva sperato di sentirsi al sicuro, con Colin accanto a sé.

Ma non era così. Non più. Mentre fissava il buio, si domandò se avrebbe mai ritrovato la serenità.

Il mattino seguente, Colin accompagnò Maria a casa e aspettò in salotto mentre lei si faceva la doccia e si cambiava, ma non andò con lei al brunch dai genitori. Sentiva che in quel momento aveva bisogno di rimanere da sola con la famiglia, un rifugio sicuro e affidabile in mezzo a una vita improvvisamente fuori rotta. L'accompagnò alla macchina e quando si abbracciarono, Maria si irrigidì leggermente.

I suoi non si accorsero di niente, invece la sorella notò che qualcosa la crucciava, qualcosa che evidentemente Maria non voleva far sapere al padre e alla madre. Serena stette al gioco, chiacchierando del più e del meno mentre cucinavano e mangiavano, riempiendo i silenzi con la sua voce ed evitando che la conversazione virasse verso lidi pericolosi.

Dopo pranzo le due sorelle andarono a fare una passeggiata. Non appena furono a distanza di sicurezza dalla casa, Serena si voltò e disse: «Parla». Mentre stavano sedute su una panchina sotto un olmo dalla chioma dorata, Maria le raccontò quanto era successo, rivivendo il terrore dei giorni precedenti, e quando scoppiò a piangere, Serena fece lo stesso. Anche lei era sconvolta e spaventata; anche lei aveva più domande che risposte. E quelle domande rimasero sospese nell'aria.

Nel pomeriggio, tutta la famiglia si sarebbe ritrovata a casa di uno zio, ma Maria decise di declinare l'invito, adducendo come scusa un mal di testa e il bisogno di riposare. Il padre accettò la sua spiegazione, mentre la madre rimase perplessa, anche se preferì non fare domande. Sulla porta, l'abbracciò più a lungo del solito e le chiese come andassero le cose con Colin. Sentire il suo nome le fece salire di nuovo le lacrime agli occhi, e mentre si avviava alla macchina Maria si disse che era proprio un caso disperato.

Le risultava difficile persino concentrarsi nella guida. Nonostante il traffico, non riusciva a smettere di pensare che qualcuno la teneva d'occhio, aspettava il suo ritorno... O forse la stava seguendo anche allora. Impulsivamente, cambiò corsia e imboccò una strada secondaria, gli occhi incollati al retrovisore. Dopo qualche svolta finalmente si fermò davanti a casa. Avrebbe voluto essere forte – implorava Dio di aiutarla a essere forte –, ma si ritrovò china sul volante a singhiozzare.

Chi era e che cosa voleva? L'uomo senza nome,

senza volto, con il berretto da baseball… perché lei non lo aveva cercato? Ricordava solo ombre e immagini frammentarie…

Ma c'era dell'altro, qualcosa che le creava ansia e la teneva sull'orlo delle lacrime. Impulsivamente ingranò la marcia e ripartì, fermandosi in un tratto tranquillo di Carolina Beach.

La giornata era fresca e nell'aria si percepiva già il sentore dell'inverno quando si incamminò sulla sabbia. Il cielo si era rannuvolato, e minacciava pioggia. Le onde si infrangevano con un ritmo placido e regolare, e mentre camminava finalmente i pensieri si fermarono, concedendole un attimo di lucidità.

Il nervosismo non derivava solo dalla consapevolezza di essere spiata. Né dal fatto di rivivere la paura provata *per* Colin, vedendolo tra i poliziotti, la sua vita improvvisamente in pericolo. Si rese conto ora di avere anche paura *di* Colin, e per quanto l'idea la disturbasse, non riusciva a scacciarla.

Consapevole di dover parlare con lui, Maria guidò fino a casa di Evan. Quando Colin le aprì la porta dell'appartamento, lei notò che stava studiando al tavolo in cucina. La invitò a entrare, ma Maria preferì rimanere fuori, assalita da un senso di claustrofobia al pensiero di infilarsi dentro casa sua. Camminarono fino alla veranda di Evan e presero posto sulle due sedie a dondolo, mentre cominciava a piovere.

Colin si sedette sul bordo della sedia, i gomiti appoggiati alle ginocchia. Aveva l'aria stanca, le ultime ventiquattr'ore lo avevano molto provato.

Non fece niente per rompere il silenzio, e per un momento Maria non seppe da dove cominciare.

«Ho continuato a riflettere dalla notte scorsa», esordì, «quindi, se quello che dico non avrà molto senso, probabilmente è colpa del fatto che ho la mente annebbiata.» Fece un sospiro. «Insomma, so che volevi soltanto aiutarmi. Ma Lily ha ragione: anche se ti credo quando sostieni che non avevi intenzione di fare del male alla cameriera, il tuo modo di agire racconta una storia completamente diversa.»

«Stavo per perdere il controllo.»

«No», lo corresse lei. «Hai perso il controllo.»

«Non riesco a tenere a freno le mie emozioni. Riesco a dominare soltanto il mio comportamento, e non l'ho toccata.»

«Non cercare di minimizzare l'accaduto.»

«Non voglio farlo.»

«E se ti capitasse di arrabbiarti con me?»

«Non ti farei mai del male.»

«Però anch'io, come la cameriera, rimarrei terrorizzata e mi metterei a piangere. Se avessi agito così nei miei confronti, non avrei più voluto rivolgerti la parola. E poi, con Evan...»

«Non gli ho fatto niente.»

«Ma se fosse stato un altro ad afferrarti, uno sconosciuto, non saresti riuscito a fermarti, e lo sai. Come lo sapeva Margolis.» Sostenne il suo sguardo. «Oppure hai intenzione di mentirmi per la prima volta e assicurarmi che non è vero?»

«Avevo paura per te. Perché quel tizio era lì.»

«Questo non giustifica tanta aggressività.»

«Volevo scoprire che aspetto aveva.»

«Non credi che voglia farlo anch'io?» chiese lei

alzando la voce. «Dimmi una cosa, però. E se fosse stato ancora lì, seduto al bar? Che cosa avresti fatto allora? Ti illudi davvero che saresti stato capace di condurre una conversazione ragionevole con lui? No. Avresti reagito in maniera esagerata, e ora saresti in prigione.»

«Mi spiace.»

«Ti sei già scusato.» Lei esitò. «Per quanto abbiamo discusso del tuo passato e per quanto ritenessi di conoscerti, mi rendo conto che non è così. Ieri sera non eri il ragazzo di cui mi sono innamorata, e neppure un ragazzo con cui sarei uscita. Invece, ho visto qualcuno che in passato avrei volentieri evitato.»

«Cosa stai cercando di dirmi?»

«Non lo so», rispose lei. «So solo che non ho la forza di cominciare a preoccuparmi che tu commetta qualche stupidaggine e getti via la tua vita, o che tu mi possa spaventare perché dentro di te è scattato qualcosa all'improvviso.»

«Non è compito tuo preoccuparti per me.»

Quelle parole la colpirono profondamente, facendo affiorare tutte le paure, le ansie e la collera.

«Non essere ipocrita! Che cosa hai fatto tu ieri sera? O la settimana scorsa, tanto per dire? Ti sei appostato su un tetto per ore, per scattare foto al mio capo, hai telefonato a tutti i fiorai della città, hai viaggiato più di un'ora per mostrare una fotografia a uno sconosciuto! E questo perché eri in ansia per me. E adesso mi dici che non ho il diritto di preoccuparmi per te? Dato che tu puoi farlo e io no...»

«Maria...»

«Lasciami finire», protestò lei. «Ti avevo detto

che quello che mi stava succedendo non era affar tuo! Ti avevo detto di lasciar perdere! Tu invece hai deciso di fare quel cavolo che ti pareva... E sì, forse sei riuscito a convincermi a darti il permesso di scattare le foto. Perché sembrava che sapessi ciò che stavi facendo; sembravi in grado di gestire la cosa. Ma alla luce di quanto successo ieri sera, evidentemente non è così! Hai rischiato di farti arrestare! E se fosse successo? Hai idea di quali conseguenze avrebbe avuto su di me? Di come mi sarei sentita?»

Si premette le dita sulle palpebre cercando di riorganizzare i pensieri, quando sentì suonare il cellulare. Lo tirò fuori dalla tasca, riconobbe il numero di Serena e si domandò perché la chiamasse. Non doveva uscire con qualcuno?

Rispose subito e colse immediatamente il panico nella voce della sorella, che le parlava rapidamente in spagnolo.

«Vieni subito a casa!» singhiozzò Serena prima che Maria potesse dire qualcosa.

Lei provò una stretta al petto. «Che cosa è successo? Papà sta bene?»

«Mamma e papà sono sconvolti! Copo è morta!»

17
Colin

Preoccupato che Maria fosse troppo scossa per mettersi al volante, Colin l'accompagnò a casa dei genitori, cercando di indovinare i suoi pensieri mentre lei guardava fuori dal finestrino sferzato dalla pioggia. In preda ai singhiozzi, la sorella non era stata in grado di aggiungere altro; sapevano solo che Copo era morta. Non appena si fermarono sul vialetto, Maria scese e corse verso casa, e lui la seguì. I genitori erano seduti abbracciati sul divano, sconvolti e con gli occhi rossi. Serena era in piedi sulla porta della cucina e si asciugava le lacrime.

Appena vide entrare la figlia, Felix si alzò e scoppiarono a piangere insieme. Poi tutta la famiglia si strinse in un abbraccio, mentre Colin aspettava in disparte.

Una volta sfogato il pianto, si lasciarono cadere sul divano e Maria prese per mano il padre. Parlavano in spagnolo, così Colin non riusciva a seguire la conversazione, ma da quello che comprese gli sembrava che la morte del cane non avesse molto senso.

Più tardi si sedettero sulla veranda posteriore e Maria lo informò di quel poco che aveva scoperto. I genitori e Serena erano andati a casa dello zio dopo pranzo e, diversamente dal solito, non si erano portati Copo, per paura che, essendoci tanti bambini, la cagnolina potesse agitarsi troppo o farsi del male. Serena era tornata a casa dopo un'ora, perché aveva lasciato il cellulare in carica in cucina. Alla vista di Copo sdraiata accanto alla portafinestra sul retro, lasciata aperta, aveva pensato che dormisse. Ma vedendo che era rimasta immobile per tutto il tempo, alla fine aveva provato a chiamarla. Copo non le aveva risposto, così la ragazza era andata a controllare e si era accorta che la cagnolina era morta. Aveva chiamato i genitori, che erano tornati subito a casa, e poi Maria.

«Copo stava bene prima che uscissero. Aveva mangiato e non sembrava malata. Non c'era in giro nessun oggetto con cui potesse soffocarsi e mio padre non le ha trovato niente in gola. Non c'era nemmeno sangue né vomito...» Sospirò. «È morta senza un motivo e papà... non lo avevo mai visto piangere prima. Se la portava dappertutto; non la lasciavano quasi mai da sola. Non puoi sapere quanto le fossero affezionati.»

«Me lo immagino», disse Colin.

«Forse. Comunque... devi sapere che nel villaggio da dove vengono i miei genitori, i cani fanno la guardia, o sono attenti al gregge oppure ti seguono nei campi, ma non sono considerati animali da compagnia. Mio padre non capiva l'amore che gli americani hanno per i cani. Serena e io da bambine ne volevamo uno, e lui si è sempre opposto con decisione. Poi, quando siamo andate a vivere fuori casa, si è creato all'improvviso un vuoto nella loro vita... A un certo punto qualcuno ha suggerito a papà di prendere un cane, e stavolta fu come se dentro di lui si fosse accesa una lampadina. Copo era la sua terza bambina, ma più ubbidiente e devota di quanto fossimo mai state noi.» Rimase in silenzio per un momento. «Non aveva ancora quattro anni... insomma... è possibile che un cane... muoia così? Ti è mai capitato di sentirlo dire?»

«No.»

Si era aspettata quella risposta, ma sentire pronunciare quelle parole non l'aiutò, e i suoi pensieri tornarono al motivo che l'aveva spinta ad andare a parlargli. «Colin... a proposito di quello che stavamo dicendo prima...»

«Avevi ragione tu. Su tutto.»

Lei sospirò. «Io ti voglio bene. Ti amo e vorrei tanto poter stare con te, ma...»

Quel «ma» rimase sospeso nell'aria come una minaccia. «Non sono come pensavi.»

«No», replicò lei, «sei esattamente come pensavo, e mi avevi avvertita fin dall'inizio. Sono stata io a credere di poter accettare la cosa, però ieri sera mi sono resa conto di non esserne capace.»

«Cosa significa?»

Maria si portò una ciocca di capelli dietro l'orecchio. «Credo che per il momento sarebbe meglio rallentare un po' le cose. Tra di noi, intendo. Con tutto quello che sta succedendo...» Non terminò la frase. Non ce n'era bisogno.

«Che cosa hai intenzione di fare per il tipo che ti tormenta?»

«Non so, ora non riesco a pensare con chiarezza.»

«È proprio quello che vuole lui. Vuole che tu sia sempre in ansia e impaurita, con i nervi a fior di pelle.»

Lei si passò le mani tra i capelli, massaggiandosi le tempie. Quando parlò aveva la voce rotta. «In questo momento mi sembra di essere prigioniera di un incubo dal quale vorrei solo svegliarmi… E come se non bastasse, devo dare sostegno ai miei genitori. Papà vuole seppellire Copo stasera, e questo lo renderà ancora più triste. Anche la mamma. E questa pioggia… perché Copo doveva morire proprio oggi?»

Colin guardò verso il giardino. «Che ne dici se vi dessi una mano a preparare tutto?»

Maria andò a prendere una pala nel garage e dopo un lungo consulto tra lei e Felix, Colin cominciò a scavare una buca sotto una quercia, mentre la pioggia gli infradiciava la camicia. Gli tornò in mente quando aveva fatto la stessa cosa per il suo cane, Penny, una femmina di bassotto nano a pelo lungo. Quando abitava ancora dai suoi, Penny dormiva nel suo letto, e quando era a scuola ne sentiva la mancanza più che della sua stessa famiglia.

Ricordava quanto fosse stato difficile, quel giorno, scavare sotto il sole; aveva appena finito il secondo anno delle superiori ed era stata una delle poche volte in cui aveva pianto da quando lo avevano mandato via. A ogni palata di terra, un ricordo di Penny si riaffacciava alla memoria – la vedeva correre nell'erba o cercare di addentare una farfalla – e ora voleva risparmiare a Felix quella sofferenza.

Tenendosi occupato, inoltre, rimaneva lontano da Maria. Capiva il suo bisogno di avere un po' di spazio, anche se preferiva non pensare alla motivazione. Sapeva di avere rovinato tutto, e probabilmente in quel momento lei si stava chiedendo se valeva la pena di continuare a stare con Colin.

Una volta scavata la buca, la famiglia seppellì Copo. Nel farlo piansero di nuovo e si abbracciarono. Dopo che furono tornati in casa, Colin cominciò a ricoprire la buca, andando con il pensiero allo stalker e al fatto che Maria era spiata. Si domandava quale sarebbe stata la mossa successiva dello sconosciuto. E decise impulsivamente che, anche se lei lo avesse escluso dalla propria vita, lui sarebbe stato sempre pronto ad aiutarla.

«Ne sei proprio sicuro?» gli chiese Maria mentre erano sotto il portico. «Ti riaccompagno a casa volentieri.» Carmen e Serena stavano preparando la cena in cucina. Felix, per quanto ne sapeva Colin, era ancora sulla veranda posteriore, seduto con in mano il collare di Copo.

«Non preoccuparti. Ho voglia di correre.»

«Ma sta ancora piovendo.»

«Sono già bagnato.»

«Non è lontano? Saranno sette o otto chilometri.»

«In questo momento devi stare con la tua famiglia», le disse, e poi rimasero entrambi in silenzio per un istante. «Posso telefonarti?» le chiese alla fine.

Lei gettò un'occhiata verso la casa, prima di voltarsi di nuovo a guardarlo. «Che ne dici di aspettare che ti chiami io?»

Colin annuì, fece un passo indietro e, senza dire una parola, cominciò a correre.

Maria non si fece sentire per il resto della settimana, e siccome era la prima volta che lui teneva molto a una ragazza, ne fu addolorato. Pensava a lei nei momenti più inaspettati e ogni volta che suonava il telefono, sebbene capitasse di rado.

Lui non le avrebbe telefonato. Voleva farlo, certo, e più di una volta aveva tirato fuori il cellulare, ma poi aveva ricordato a se stesso che lei gli aveva chiesto di aspettare. Mettersi in contatto doveva essere una sua scelta.

Per evitare di pensarci troppo, cercava di tenersi occupato. Aggiunse un turno di lavoro al bar, e passava in palestra prima delle lezioni e dopo il lavoro, allenandosi con Daly e Moore.

Loro due erano più esaltati di Colin per l'imminente incontro. Sebbene combattere contro uno come Reese fosse un'opportunità più unica che rara per misurare il proprio livello, che perdesse o vincesse non avrebbe fatto poi molta differenza alla lunga. Per Daly e Moore, invece, una bella lotta poteva significare una buona pubblicità per la palestra. Per questo non c'era da sorprendersi che passassero le prime due ore di lunedì a riguardare i precedenti combattimenti tra Reese e Colin, studiandone le strategie, valutandone i punti deboli e quelli di forza.

«È bravo, ma non è imbattibile», continuava a ripetere Daly, e Moore lo appoggiava. Colin li ascoltava formulare commenti che secondo lui erano troppo ottimistici o illusori, sostanzialmente frasi che accoppiavano il nome Reese con le parole «a terra». Reese lo avrebbe mangiato vivo.

Se non altro dai filmati si vedeva che le capacità di Colin erano superiori a quelle di Reese quando si trattava di attaccare. Soprattutto nei calci; fino ad allora, nella sua carriera nessun avversario lo aveva affrontato con calci alle ginocchia, sebbene Reese ne offrisse diverse occasioni. Inoltre lasciava scoperte le costole dopo ogni combinazione, e saperlo offriva un certo vantaggio per mettere a punto una strategia. Il problema era che quando il combattimento cominciava sul serio, spesso le strategie non avevano più alcun valore, ma questo, secondo Daly e Moore, era il massimo punto di forza di Colin.

«Reese non ha mai affrontato nessuno che avesse alle spalle più di sei o sette incontri, il che significa che i suoi avversari erano di livello inferiore o comunque intimoriti. Tu non ti farai intimorire e questo lo destabilizzerà più di tutto il resto.»

Daly e Moore avevano ragione. La lotta – che fosse nei bar, per strada o anche sul ring – non era solo questione di capacità, ma anche di sicurezza e di controllo. Bisognava saper aspettare il momento giusto e approfittarne; bisognava avere l'esperienza quando l'adrenalina era in circolo, e Colin aveva combattuto molto più di Reese. Quest'ultimo aveva iniziato come atleta, era abituato a stringere la mano all'avversario alla fine di un incontro; Colin era il genere di persona che colpiva per prima e alla fine spaccava bottiglie di birra in testa alla gente, con l'unico intento di causare più danni possibile nel minor tempo possibile.

Detto questo, Reese era imbattuto per una ragione. Al massimo della forma, Colin avrebbe avuto una possibilità su quattro di vincere, e solo se fosse riuscito a superare i primi due round. I calci alle ginocchia e i colpi alle costole, continuavano a ripetergli gli allenatori, avrebbero logorato Reese, più l'incontro andava avanti.

«Il terzo round sarà tuo», gli garantirono.

Il martedì, il mercoledì e il giovedì dedicarono un'ora e un quarto al giorno a colpi specifici. Daly salì sul ring indossando protezioni rigide sulle ginocchia e sul petto, chiedendo a Colin di colpire alle ginocchia quando erano scoperte, e poi tornando a chiudersi. Contemporaneamente, Moore gli dava istruzioni di mantenere le distanze e concentrarsi sulle costole dopo ogni combinazione di affondi messa in atto da Daly. Entrambi lo esortavano implacabili. Negli ultimi quarantacinque minuti Colin si concentrava invece sul lavoro a terra, perfezionando le tecniche difensive. Erano tutti ben consapevoli che Reese era superiore in questo e Colin poteva sperare solo di sopravvivere.

Non si era mai allenato per un avversario in particolare, ed era frustrante. I calci andavano a vuoto ed era troppo lento con i colpi alle costole; troppo spesso abbassava la guardia, come avrebbe cercato di fargli fare Reese. Il giovedì pomeriggio, uscendo dalla palestra, Colin si dispiacque di non avere un altro paio di settimane per prepararsi.

Il venerdì si riposò, come non gli capitava da più di un anno. Ma gli serviva una pausa. Aveva dolori dappertutto. Non avendo lezioni, ne approfittò per completare due relazioni. Quella sera, per via del freddo, al *Crabby Pete's* c'erano pochi clienti, anche all'ora di cena. Alle nove la terrazza era completamente vuota e Colin ebbe modo di riflettere sugli avvenimenti del fine settimana precedente. O, più precisamente, sulla frase che Maria aveva detto e che lo aveva tormentato da allora.

Perché Copo doveva morire proprio oggi?

Non c'era niente che collegasse il tizio che perseguitava Maria alla morte di Copo, ma non c'era nemmeno nulla in contrario a quell'ipotesi. Se l'uomo sapeva dove lei abitava, era più che logico pensare che conoscesse anche l'indirizzo dei genitori. La vetrata posteriore era rimasta aperta. Copo stava bene quando erano usciti, e tre ore più tardi era morta senza un motivo evidente. Colin sapeva che non sarebbe stato difficile uccidere l'animale spezzandogli il collo o soffocandolo.

Oppure, il cane poteva essere morto semplicemente per cause naturali.

Chissà se Maria si era posta gli stessi agghiaccianti interrogativi; forse anche lei sospettava che la persecuzione avesse raggiunto un livello superiore, e magari aveva cercato di chiamarlo. Anche se non era più il suo ragazzo, lui rimaneva pur sempre un amico che aveva promesso di aiutarla.

Controllò il cellulare.

Nessuna chiamata.

Colin passò il sabato mattina cercando di portarsi avanti con lo studio, anche se a mezzogiorno si chiese perché ci avesse provato. Il nervosismo gli impediva di ricordare una sola riga di ciò che aveva letto. Non aveva neppure appetito e si era dovuto sforzare per mangiare almeno un paio di barrette proteiche.

Quel nervosismo era una sensazione nuova per lui. Ricordò a se stesso che non gli importava di vincere ma, nello stesso tempo, ammise che era una bugia. Se non era importante quello che faceva sul ring, perché stare attento a ciò che mangiava o beveva? Perché allenarsi due o tre volte al giorno? E se davvero non gli interessava, perché passare un'intera settimana a prepararsi per Johnny Reese?

Il fatto era che non gli era mai capitato di entrare in gabbia convinto di perdere l'incontro. I dilettanti erano dilettanti. Reese invece era diverso. Poteva atterrarlo, se Colin avesse fatto una sola mossa sbagliata; Reese era superiore, non c'era altro da dire.

A meno che la mia strategia non sia vincente…

Provò un inaspettato brivido di esaltazione. Non andava bene. Era troppo presto. Sarebbe stato sfinito prima ancora dell'inizio dell'incontro. Doveva distrarsi. Il modo migliore era andare a fare una corsa per liberare la mente, anche se i suoi allenatori avrebbero preferito che conservasse le energie.

Peccato. Andò a correre lo stesso, ma il risultato fu appena soddisfacente.

Qualche ora più tardi Colin era seduto da solo nello spogliatoio di fortuna. Era stato pesato e aveva già i guanti. Daly si stava assicurando che la quantità di nastro adesivo intorno alle mani rispettasse i regolamenti. Colin aveva scelto di indossare la conchiglia e le sue scarpe erano state controllate dai commissari. C'erano tantissime regole da seguire, anche a livello amatoriale. Mancavano dieci minuti all'inizio dell'incontro, e Colin aveva chiesto a Daly e Moore di lasciarlo da solo, anche se immaginava che avrebbero preferito rimanere con lui.

Il loro atteggiamento lo irritava. Nei minuti precedenti a qualsiasi combattimento, si stizziva per chiunque e per qualunque cosa. Pensò ai colpi alle ginocchia e alle costole; pensò a come disorientare Reese e guadagnarsi il terzo round. L'adrenalina gli aveva già contratto i muscoli, affinato i sensi. Dalla sala gli giunse il boato della folla, che diventò sempre più forte. Senza dubbio un lottatore stava dimostrando la propria superiorità, il combattimento volgeva al termine...

Colin fece un respiro profondo.

Era giunto il momento di salire sul ring.

E poi si trovò faccia a faccia con Reese in mezzo alla gabbia, entrambi a scrutarsi, mentre l'arbitro elencava le regole: niente morsi, niente colpi bassi... Mentre si fissavano, il mondo scomparve intorno a loro, i suoni si affievolirono e a quel punto gli avversari furono condotti al rispettivo angolo. Daly e Moore gli lanciarono frasi di incoraggiamento, ma Colin registrò a stento le loro voci. Al suono del gong, fece un passo avanti.

Nei primi venti secondi Colin piazzò un calcio al ginocchio di Reese, poi altri due in rapida successione. Tutti e tre colsero l'avversario impreparato e quando Colin ne sferrò un quarto, negli occhi di Reese si accese il primo lampo di rabbia. Al quinto calcio, cominciò a distanziarsi, intuendo la strategia dello sfidante. Si colpirono per un altro paio di minuti, con Colin che ne piazzò tre micidiali alle costole e un altro al ginocchio. I pugni di Reese erano come Colin immaginava, ma i suoi colpi erano più forti e quando Reese gliene sferrò uno alla tempia, Colin cadde a terra. L'altro aveva il controllo dell'incontro, ma lui riuscì a difendersi fino al suono del gong. Entrambi ansimavano trafelati.

Per Daly, il round poteva finire in pareggio, anche se pensava che Colin fosse in vantaggio.

Il secondo round seguì più o meno le stesse fasi del precedente: Colin sferrò altri tre calci al ginocchio, l'ultimo dei quali strappò una smorfia di dolore a Reese, e lo colpì alle costole non appena ne aveva l'occasione. A due terzi del round, tornarono a terra e Reese piazzò due colpi violenti mentre Colin faceva di tutto per difendersi. Negli ultimi venti secondi il gomito dell'avversario andò a colpire il naso di Colin, provocando una lacerazione. Il sangue che gli finì nell'occhio gli fece perdere la concentrazione e Reese ne approfittò stringendolo in una presa con la gamba che lo costrinse quasi a darsi per vinto. Tornando al suo angolo, Colin comprese che, pur non essendo stato del tutto sottomesso, aveva perso il round.

Notò anche che Reese zoppicava visibilmente.

All'apertura del terzo round Colin si concentrò di nuovo sulle ginocchia, poi affondò e parò un paio di colpi, tornando ripetutamente sul ginocchio. All'ultimo calcio, Reese fece una smorfia e si chinò istintivamente; Colin ne approfittò per colpire con forza alle costole. Sbilanciato, l'altro tentò di bloccarlo, ma Colin alzò il ginocchio e lo colpì in fronte, e per la prima volta dall'inizio del combattimento Reese finì a terra in posizione di svantaggio.

Colin attaccò duramente, menando pugni e gomitate. L'altro non si era trovato molto spesso in quella posizione e Colin intuì che stava per essere assalito dal panico. Continuò ad attaccare, assestando colpi con tutta la forza possibile. Reese si prese un pugno alla mandibola e rimase intontito; altri tre colpi lo stordirono ancora di più. Colin approfittò del vantaggio e, proprio verso la fine del round, l'avversario commise un errore tattico. Colin era sul punto di chiudere l'incontro con una leva al braccio, ma quegli riuscì in qualche modo a liberarsi. Trascorsero secondi preziosi prima che Colin lo rimettesse nella posizione per un'altra leva al braccio. Mentre stava per aumentare la pressione, il gong suonò, l'arbitro entrò nella gabbia e l'incontro terminò.

Colin si alzò riluttante e vide Daly e Moore agitare i pugni, sicuri di conoscere il nome del vincitore. Anche Reese lo era, e quando si alzò evitò di guardare Colin.

I giudici, tuttavia, non la vedevano allo stesso modo. Quando il braccio di Reese fu alzato in segno di vittoria da un arbitro poco convinto, Colin conobbe la sua prima sconfitta. Strinse la mano all'avversario mentre Daly e Moore si precipitavano sul ring. La folla cominciò a protestare rumorosamente.

Colin si isolò da tutto quel frastuono; era al limite. Uscì dalla gabbia e si diresse da solo verso lo spogliatoio, vagamente deluso ma non del tutto sorpreso.

«Se ti può consolare, non sei ridotto male come dopo l'ultimo incontro», osservò Evan. Come ormai quasi d'abitudine dopo ogni lotta, erano seduti a una tavola calda lungo la strada e lui guardava l'amico mangiare. «Solo un taglio sul naso, ma per il resto niente di che. È decisamente un passo avanti. L'ultima volta sembravi Rocky dopo il combattimento con Apollo Creed. E quel tizio faceva schifo.»

«Mi ha dato una testata.»

«La decisione dei giudici stasera è stata ingiusta. Sai di averlo battuto, vero? Lui non c'è andato nemmeno vicino. Il pubblico era dalla tua parte e persino l'arbitro. Hai visto la sua faccia quando hanno annunciato la vittoria di Reese?»

«No.»

«Non poteva crederci. Anche l'allenatore di Reese era stupito.»

Colin staccò un pezzo di frittata con la forchetta e lo infilzò per portarselo alla bocca. «Okay.»

«Sarebbero bastati altri venti secondi, forse dieci, e Reese si sarebbe dichiarato sconfitto. Non c'era modo di fermare la tua leva al braccio, perché lui ormai era distrutto. A quel punto non poteva fare più niente.»

«Lo so.»

«Allora perché sei così calmo? I tuoi allenatori sono imbufaliti. Dovresti esserlo anche tu.»

«Ormai è finita», rispose Colin. «Non posso farci niente.»

«Potresti sporgere reclamo.»

«No.»

«Allora avresti potuto almeno colpirlo quando

si è messo a fare quello stupido ballo dopo l'annuncio. L'hai visto?»

«No.»

«L'incontro doveva essere truccato. Volevano che Reese terminasse la sua carriera da dilettante senza sconfitte.»

«Loro chi?»

«Che ne so. I giudici, lo sponsor... Il fatto è che sento puzza di imbroglio.»

«Puzza di imbroglio? Parli come il personaggio di un film di gangster.»

«Sto dicendo che stasera avresti potuto vincere solo se lo mettevi K.O. o se lui si dichiarava sconfitto.»

Colin si strinse nelle spalle. «Reese passerà in categoria. Io sono stato un rimpiazzo dell'ultimo momento. Meglio per tutti che abbia concluso la sua carriera da dilettante senza sconfitte.»

«Vuoi scherzare. Che differenza fa?»

«A livello ufficiale, nessuna. Ma avere un atleta di questa zona che arriva in nazionale è un bene per tutti.»

«Detto così, lo fai sembrare una questione di affari e non uno sport.»

«È la verità.»

Evan si arrese. «E va bene, prendila con filosofia, se vuoi. Credi di aver vinto?»

Colin prese un altro boccone di frittata. «Sì.»

Dopo un istante, Evan riprese: «Continuo a pensare che avresti dovuto colpirlo quando si è messo a ballare. Che cavolo, avrei voluto farlo io».

«Okay.»

Evan si appoggiò contro lo schienale. «D'accordo. Visto che a te va bene, sono contento che ti abbiano preso a calci nel sedere. Soprattutto dopo il casino che hai combinato sabato scorso.»

«Okay.»

«Un'altra cosa. C'era anche Maria stasera.»

Colin alzò la testa.

«Era insieme a una ragazza che poteva essere la sua gemella», spiegò Evan. «Be', non proprio uguale, ma le assomigliava molto. Erano sull'altro lato del ring, sul fondo. Comunque era lei, senza dubbio.»

«Okay.»

«A proposito, cosa sta succedendo tra di voi?»

Colin infilzò un pezzo di salsiccia. «Non lo so.»

18
Maria

«Grazie ancora per avermi accompagnato», disse Maria a Serena mentre tornavano a Wilmington. La pioggia cadeva fitta e regolare, facendo sfarfallare i fari delle auto che venivano nella loro direzione.

«È stato divertente», rispose Serena seduta accanto a lei con una lattina tra le gambe. «Uno dei sabati sera più interessanti da molto tempo a questa parte. Mi sembra di aver riconosciuto un lottatore.»

«Ah-ah», la schernì Maria. «Sei stata tu a farci incontrare.»

«Non mi riferivo a Colin. Parlavo di uno che ha partecipato a un altro incontro, credo di averlo visto al campus. Ovviamente, dato che eravamo in fondo alla sala, non posso averne la certezza. Spiegami di nuovo perché non ci siamo messe più vicino al ring.»

«Perché non volevo che Colin si accorgesse della mia presenza.»

«Per quale motivo?»

«Non ci parliamo più da domenica scorsa», replicò Maria. «Te l'ho già spiegato.»

«Sì, sì. Lui ha alzato la voce con la cameriera e hanno chiamato la polizia e tu ti sei spaventata. Bla, bla, bla.»

«Non sei molto comprensiva.»
«Ma io ti capisco. Penso solo che tu stia facendo un errore.»
«Non dicevi la stessa cosa domenica scorsa.»
«Be', ho avuto tempo di pensarci su. A proposito, ti ringrazio per avermi tenuta all'oscuro dello stalker fino ad allora.»
La sua voce esprimeva sarcasmo, ma Maria non poteva biasimarla. «Fino a quel momento non ne avevo la certezza.»
«E quando lo hai scoperto? Colin era lì, a cercare di ottenere delle risposte.»
«Ha fatto ben altro.»
«Preferiresti uscire con qualcuno che non muove un dito? Che se ne sta seduto lì come un babbeo? O vuoi uno che prende in mano la situazione? Cavolo, se ci fossi stata io, probabilmente mi sarei messa a urlare con quella stupida della cameriera. Chi è che non si ricorda dell'aspetto di un tizio che ha ordinato un drink pochi minuti prima?»
«È un lato di Colin che non mi è piaciuto.»
«E allora? Pensi che la mamma non abbia mai visto un lato di papà che non le piaceva? O viceversa? Io ho visto un lato di te che non mi piace, ma non ti ho escluso dalla mia vita.»
«Che lato?»
«È importante?»
«Sì.»
«E va bene. Vuoi sempre avere ragione. È irritante.»
«Non è vero.»
«Appunto.»
«E tu mi stai facendo perdere la pazienza.»

«Qualcuno deve pur tenerti in riga e dirti quando sbagli. A proposito, ti sbagli anche su Colin. Dovresti chiamarlo. Lui è giusto per te.»

«Non ne sono troppo sicura.»

«Allora perché hai insistito per andare a vederlo combattere stasera?»

Perché era voluta andare a vederlo quella sera? Aveva provato a spiegare a Serena che era una promessa fatta a Colin, ma la sorella l'aveva guardata con aria scettica.

«Ammettilo che ti piace ancora», aveva replicato.

Il sabato prima era stato chiaro che aveva bisogno di un po' di tempo per riflettere. Le emozioni contrastanti che si erano impossessate di lei – lo stalker, Colin – l'avevano profondamente scombussolata, e il senso di vertigine era peggiorato con il passare dei giorni.

L'atmosfera al lavoro non era migliore. Ken aveva continuato a entrare e uscire dall'ufficio di Barney per gran parte della settimana, con l'aria distratta e preoccupata, e non le aveva rivolto neanche una parola. Pure Barney era molto teso; il giovedì erano stati assenti entrambi, e quando anche Lynn non si era fatta vedere né il giovedì né il venerdì, Maria si era immaginata che il capo avrebbe dato in escandescenze al suo ritorno, se non altro perché lei non aveva neppure telefonato per avvertire. Barney, invece, aveva semplicemente aggiunto le incombenze di lavoro di Lynn alla scrivania di Maria, senza fare commenti.

Molto strano.

E poi era angustiata per i genitori. Il dolore per la

perdita di Copo aveva spinto suo padre a non andare neppure al ristorante, e sua madre era in ansia per lui. Il martedì e il giovedì Maria aveva cenato con loro, mentre Serena era stata dai suoi il lunedì e il mercoledì. Lungo il tragitto per Havelock, le due sorelle avevano concordato che era necessario fare qualcosa, anche se non sapevano ancora bene cosa.

Il combattimento avrebbe dovuto rappresentare una distrazione, o almeno era ciò che Maria aveva cercato di raccontare a se stessa. E anche a Serena. Ma non appena Colin era entrato nella gabbia, lei aveva avvertito come le farfalle nello stomaco e una sensazione di rimorso.

Che cosa significava?

Con i genitori ancora in lutto, l'idea di cancellare il loro consueto brunch domenicale era fuori discussione, anche se Maria non era nello stato d'animo giusto per consolare nessuno. Per questo la vista di Serena sulla veranda, piena di trepidante energia, l'aveva colta di sorpresa. Non appena si era fermata nel vialetto, la sorella l'aveva raggiunta.

«Che succede?»

«Ho capito che cosa dobbiamo fare», disse Serena. «Non so perché ci ho messo tutto questo tempo a capirlo, sono davvero un'idiota! Inoltre, tu e io riavremo indietro la nostra vita... Insomma, voglio un mare di bene a mamma e papà, ma non posso continuare a venire qui due volte a settimana per cena, oltre al brunch della domenica. Devo stare già con loro al ristorante, e ho bisogno di un po' di respiro, mi capisci?»

«Ma di cosa parli?»
«Mi è venuta un'idea per aiutarli a riprendersi.»
Maria scese dalla macchina. «Come stanno?»
«Non troppo bene.»
«Sono tutta orecchi.»
«Ascolta il mio piano.»

Fu necessario insistere un po', ma nonostante le riserve i Sanchez non erano capaci di dire di no alle figlie, soprattutto se queste univano le loro forze.

A bordo del SUV del padre, raggiunsero la Humane Society. Quando parcheggiarono davanti all'edificio basso e anonimo, Maria notò il modo in cui trascinavano i piedi, la loro riluttanza evidente a ogni passo. «È troppo presto», aveva protestato la madre, quando Serena le aveva tratteggiato l'idea.

«Vediamo che cos'hanno», li aveva tranquillizzati lei. «Nessuno vi obbligherà a scegliere.»

Ora seguivano controvoglia la figlia verso l'ingresso.

«Non sono sicura che sia una buona idea», bisbigliò Maria all'orecchio della sorella. «E se nel canile non ci fosse neanche un animale che li colpisca?»

«Ti ricordi che ti ho detto che Steve lavora qui come volontario? Ecco, dopo avergli raccontato di Copo, mi ha riferito che c'è un cane che potrebbe essere davvero perfetto», rispose Serena sottovoce. «Lui ci aspetta all'interno.»

«Hai mai pensato di procurargli un altro shih tzu? Dallo stesso allevamento di Copo?»

«Certo che l'ho fatto», ribatté Serena. «Ma non volevo pensassero che volessimo rimpiazzare Copo.»

«E non è quello che stiamo facendo?»

«Non se si tratta di una razza diversa.»

Maria non era altrettanto convinta dal ragionamento, ma non obiettò. Steve, visibilmente nervoso, li salutò all'ingresso. Dopo che lo ebbe abbracciato, Serena lo presentò ai genitori. Lui li guidò trepidante sul retro, dove c'erano le gabbie dei cani.

Gli animali cominciarono subito ad abbaiare, con grande frastuono. Mentre superavano lentamente le prime gabbie – c'era un incrocio di labrador, un incrocio di pitbull e una specie di terrier – Maria notò l'apatia dei genitori.

Davanti a loro, Steve e Serena si fermarono di fronte a una gabbia più piccola. «Che ve ne pare di questo?» li chiamò la figlia. Felix e Carmen la raggiunsero senza entusiasmo, come se preferissero trovarsi altrove. Maria li seguì.

«Che ne pensate?» ripeté Serena.

Dentro la gabbia, Maria vide un cagnolino nero e bruno con un muso da orsacchiotto, seduto sulle zampe posteriori in silenzio. Dovette ammettere che era davvero la bestiola più tenera che avesse mai visto.

«È uno shorkie tzu», spiegò Steve. «Un incrocio tra uno shih tzu e uno yorkshire terrier. È molto affettuoso. Deve avere tra i due e i tre anni.»

Il ragazzo aprì la gabbia, prese in braccio il cane e lo porse a Felix. «Le andrebbe di portarlo a fare un giretto? Credo che gli farebbe piacere un po' d'aria fresca.»

Felix prese il cane con qualche riluttanza; Carmen si avvicinò incuriosita. Maria vide il cagnolino leccare le dita del padre e poi sbadigliare con un guaito.

Nel giro di pochi minuti i due coniugi erano

innamorati di lui. Serena rimase a guardarli tenendo per mano Steve, chiaramente compiaciuta di se stessa.

Maria non poteva certo biasimarla.

Non c'era da sorprendersi che fosse risultata finalista per la borsa di studio; a volte era assolutamente brillante.

Rientrando in ufficio il lunedì, Maria avvertì una tensione palpabile. Erano tutti nervosi, le assistenti bisbigliavano tra di loro da un divisorio all'altro, ammutolendosi appena si avvicinava uno degli avvocati; Maria venne a sapere che tutti i soci erano riuniti in sala conferenze fin dal primo mattino, e questo poteva significare solamente che c'era in ballo qualcosa di grosso.

Lynn era assente per il terzo giorno consecutivo, e non avendo ricevuto istruzioni da Barney, Maria infilò la testa nell'ufficio di Jill.

Prima che lei riuscisse a dire una parola, l'amica le fece cenno di tacere e poi parlò a voce abbastanza alta da farsi sentire anche fuori.

«Ma certo che pranziamo insieme. Non vedo l'ora di raccontarti il mio fine settimana. È stato stupendo!»

I soci erano ancora in riunione quando Maria finalmente si mise seduta di fronte a Jill al tavolo di un ristorante lì vicino.

«Si può sapere cosa succede oggi? C'è un'atmosfera da incubo là dentro. E di che cosa stanno discutendo i soci? Sembra che nessuno sappia niente.»

Jill fece un lungo sospiro. «È ancora tutto molto

segreto per il momento… Ma scommetto che avrai notato l'assenza della vostra assistente.»

«C'entra qualcosa con la ragione della riunione?»

«Puoi dirlo forte», borbottò Jill, interrompendosi quando la cameriera venne a prendere le ordinazioni. Aspettò che si fosse allontanata, prima di riprendere il discorso. «Arriveremo anche a questo», proseguì, «e io risponderò a tutte le domande per quanto possibile. In realtà volevo pranzare con te perché vorrei parlarti di qualcosa di confidenziale.»

«Sì, certo…»

«Sei contenta di lavorare per lo studio?»

«Mi trovo bene. Perché?»

«Mi chiedevo se potresti considerare l'idea di andartene per venire a lavorare con me, nel mio studio.»

Maria era troppo meravigliata per rispondere.

Jill la guardò. «So che è una decisione importante, e non devi darmi una risposta adesso. Ma voglio che ci pensi. Soprattutto ora, visto quello che sta succedendo.»

«Ma io non ho idea di cosa stia succedendo. Aspetta… te ne vai?»

«Abbiamo lavorato al nostro progetto fin da prima che tu arrivassi qui.»

«Avete chi?»

«Lavorerò con Leslie Shaw. Si occupa di diritto del lavoro con Scanton, Dilly & Marsden e abbiamo frequentato la facoltà di Legge insieme. È bravissima, di un'intelligenza paurosa e molto abile quando si tratta di leggi sul lavoro. Vorrei che la conoscessi, se l'idea di unirti a noi ti interessa. Naturalmente ti dovrà piacere… Ma se non hai intenzione di andartene da qui, spero che dimenticherai tutto quello che ti ho appena esposto. Per ora cerchiamo di tenere la cosa il più nascosta possibile.»

«Non dirò una parola», promise Maria, ancora sotto choc. «Ovviamente mi farebbe piacere conoscerla, ma… Perché te ne vuoi andare?»

«Perché lo studio è in difficoltà. Ha un problema grosso quanto l'iceberg del *Titanic*, e i prossimi mesi non saranno piacevoli.»

«A cosa ti riferisci?»

«Il nostro direttore amministrativo, Ken, sta per essere denunciato da Lynn per molestie sessuali. E sono pronta a scommettere che altre due o forse tre assistenti lo denunceranno a loro volta. Ecco il motivo della riunione dei soci quest'oggi. La cosa verrà allo scoperto, e sarà terribile. A quanto ho sentito, la mediazione privata tentata la settimana scorsa non è andata a buon fine.»

«Quale mediazione?»

«Quella di giovedì scorso.»

«Questo spiega come mai Lynn, Barney e Ken non ci fossero… perché non sapevo niente di tutto questo?»

«Perché Lynn non ha ancora sporto denuncia presso la Commissione per i diritti sul lavoro.»

«E allora a che scopo proporre una mediazione?»

«Ken è stato informato con un paio di settimane d'anticipo e da allora sta facendo di tutto per evitare una denuncia. Avrai notato che negli ultimi tempi ha assunto un comportamento impeccabile. È terrorizzato. Di sicuro si aspetta che lo studio patteggi un indennizzo, e sono certa che gli altri soci spingano in questa direzione. Vogliono che Ken liquidi la cosa, ma lui non ha i soldi.»

«Com'è possibile?»

«Con due ex mogli? E questa non è la prima volta che accade. Ken ha già patteggiato in precedenza. Ecco perché ti chiedevo di lui. Sei giovane e attraente e lavori in ufficio, quindi hai tutto quello che serve, per quanto riguarda Ken. Quell'uomo è fissato con il sesso. E ovviamente Lynn sosterrà che i soci erano d'accordo con lui, dal momento che sapevano bene che tipo è e non hanno mai fatto niente per fermarlo. Potrebbero trovarsi a dover pagare un risarcimento di diversi milioni… diciamo che molti clienti non gradiranno l'idea di essere messi in relazione con uno studio noto per ripetuti episodi di molestie sessuali. Il che ci riporta alla domanda di partenza: ti va l'idea di venire a lavorare con Leslie e me in un nuovo studio?»

Maria era commossa. «Non ho esperienza nel campo del diritto del lavoro…»

«Lo so, ma non mi preoccupa. Sei intelligente e appassionata, e imparerai più in fretta di quanto pensi. L'unico problema è che non saremo in grado di assicurarti uno stipendio pari al tuo fin dall'inizio, ma avrai un orario più flessibile, e sarai avvantaggiata se in futuro vorrai entrare in società, visto che saresti con noi fin dal primo giorno.»

«Quando pensi di andartene?»

«Tra un mese», rispose Jill. «Abbiamo già affittato e arredato un ufficio a due isolati da qui; i documenti sono pronti.»

«Sono sicura che ci siano molti altri elementi più qualificati di me. Perché proprio io?»

«E perché no?» Jill sorrise. «Siamo amiche, e se c'è una cosa che ho imparato in questa professione è che il lavoro è molto più piacevole se vai d'accordo con le persone che hai intorno. Ne ho abbastanza di Ken e Barney.»

«Che dire... sono lusingata.»

«Allora ci penserai? Ammesso che tu e Leslie andiate d'accordo.»

«Non vedo perché no. Che tipo è Leslie?»

I soci finalmente uscirono dalla sala conferenze intorno alle tre del pomeriggio, con aria torva. Barney si chiuse subito nel suo ufficio, era chiaro che non aveva voglia di parlare. Lo stesso valeva per gli altri; le porte delle loro stanze si chiusero l'una dopo l'altra. Come gran parte degli impiegati, Maria decise di uscire qualche minuto prima. L'atmosfera era tesa e cupa.

Jill l'aveva chiamata di nuovo dopo aver parlato con Leslie e le aveva confermato l'appuntamento per il pranzo del mercoledì. L'entusiasmo della sua amica era contagioso, ma l'idea di quello sconvolgimento la riempiva di trepidazione. Un lavoro nuovo, una nuova area di competenza (di nuovo) in una startup erano prospettive rischiose, anche se restare nello studio Martenson, Hertzberg e Holdman d'un tratto le sembrava ancora più azzardato.

In realtà voleva parlare con qualcuno che non fosse Serena o i genitori. Salendo in macchina, guidò fino a casa di Evan e poi passò davanti alla palestra, cercando la macchina di Colin, prima di raggiungere Wrightsville Beach.

Il bar del *Crabby Pete's* era quasi vuoto. Stava per sedersi su uno sgabello quando Colin si accorse di lei. Vide la sua espressione passare dalla sorpresa a qualcosa di più intimo.

«Ciao, Colin», lo salutò piano. «Che bello vederti.»

«Non mi aspettavo che venissi qui.»

Guardandolo in piedi dietro il bancone, pensò ancora una volta che era uno degli uomini più belli che avesse mai incontrato, e avvertì la stessa sensazione di rimorso del sabato sera.

Sospirò. «Anch'io.»

Il bar era un ottimo posto per parlare; la barriera fisica tra di loro e il fatto che Colin stesse lavorando impediva alla conversazione di diventare troppo seria. Lui la aggiornò sul combattimento con Reese e sull'opinione di Evan che l'incontro fosse stato truccato. Maria gli raccontò del cane che avevano fatto adottare ai genitori, dei problemi allo studio legale e della nuova opportunità di carriera con Jill.

Come al solito, Colin l'ascoltò senza interromperla; come sempre, Maria dovette tirargli fuori a forza spiegazioni e pensieri; ma quando lei decise di andarsene, lui chiese a un cameriere di prendere il suo posto al bar per qualche minuto, in modo da poterla accompagnare fino alla macchina.

Non cercò di baciarla e allora lei prese l'iniziativa. Sentendo il familiare calore della sua bocca, si domandò perché avesse sentito il bisogno di allontanarsi da lui.

A casa, vinta dalle fatiche della giornata, si addormentò immediatamente. Fu svegliata da un messaggio di Colin che la ringraziava di essere andata a trovarlo e le diceva che gli era mancata.

Il martedì l'atmosfera in ufficio era ancora più cupa. Mentre i soci cercavano di fingere che tutto andasse per il verso giusto, la loro evidente reticenza creava tensione in tutti gli altri. Ormai gran parte dei dipendenti cominciava a pensare al peggio, mentre le voci si moltiplicavano. Maria sentì parlare di licenziamenti, un provvedimento che sarebbe stato un dramma per chi aveva una famiglia da mantenere e un mutuo da pagare.

Maria cercò di concentrarsi sul lavoro senza alzare la testa; Barney rimase silenzioso e assorto. La necessità di rimanere impegnata fece passare in fretta il tempo e quando uscì dall'ufficio si rese conto di non aver più pensato allo stalker.

Si domandò se fosse un bene oppure un male.

Il pranzo del mercoledì con Leslie e Jill andò persino meglio del previsto. Leslie era per molti aspetti complementare alla sua amica, altrettanto vivace e irriverente, ma anche riflessiva e sensibile. L'idea di lavorare fianco a fianco con loro cominciava a diventare allettante. Dopo pranzo, quando Jill passò da lei per informarla che Leslie era rimasta altrettanto entusiasta dall'incontro, Maria provò un'ondata di sollievo. L'amica a quel punto le prospettò l'offerta economica, che era decisamente inferiore all'attuale stipendio, ma a Maria non importava più: avrebbe adattato il proprio stile di vita alle necessità.

«Sono così emozionata», confessò a Jill. Si domandava se e che cosa raccontarle dello stalker o del fatto che lei e Colin si stavano riavvicinando, ma poi si ricordò di non averle nemmeno accennato alla loro rottura.

«Non sorprenderti se domattina sentirai qualche novità sconvolgente», l'avvertì Jill.

In effetti, l'indomani in ufficio si sparse la voce che Lynn aveva presentato denuncia alla Commissione per i diritti sul lavoro. Ken non si fece vedere. Sebbene fossero notizie confidenziali e si trovassero in uno studio di abili avvocati abituati a scambiarsi favori, comparvero presto sui vari computer. Unendosi agli altri, Maria lesse nel dettaglio le accuse presentate alla commissione. Il rapporto illustrava con un linguaggio esplicito e duro le numerose e indesiderate avances di Ken, comprese le sue promesse di avanzamento di carriera e l'aumento di stipendio in cambio di determinati favori sessuali. I dipendenti, vedendo confermate le loro peggiori paure, erano attoniti.

Maria e Jill scapparono dall'ufficio per andare a pranzo alla solita ora, e discussero se fosse il caso di annunciare la loro volontà di abbandonare lo studio. Maria era propensa a informare Barney il prima possibile, magari nel giro di pochi giorni, per non metterlo troppo nei guai.

«È molto esigente, ma è sempre stato corretto e ho imparato moltissimo da lui», disse. «Non me la sento di rendergli le cose ancora più difficili.»

«Un punto di vista ragionevole e molto responsabile, ma potrebbe essere un'arma a doppio taglio. Mi chiedo se non sia meglio lasciare che le acque si calmino.»

«Perché?»

«Perché il nostro annuncio potrebbe dare il via a un esodo degli avvocati, innescando una spirale negativa. Noi ce ne andiamo, altri lo fanno, i clienti ci abbandonano e anche chi voleva restare magari alla fine si trova senza lavoro.»

«Sono convinta che un sacco di gente sta già considerando altre opzioni.»

«Ne sono sicura. Io lo farei. Ma non è la stessa cosa che dare effettivamente le dimissioni.»

Alla fine trovarono un compromesso e decisero di dare l'annuncio nel giro di due settimane, lasciando a Barney una piccola finestra per trovare dei sostituti. Da lì la conversazione passò al tipo di studio che intendevano aprire: i casi che avrebbero trattato, come aumentare il portafoglio clienti, quali dei clienti attuali li avrebbero seguite, di quanto personale avrebbero avuto bisogno all'inizio.

Il venerdì scoppiò un'altra bomba, quando si sparse la voce che l'assistente di Ken, Heather, e la centralinista Gwen avevano deciso di aprire una causa con accuse pesanti come quelle di Lynn. Ancora una volta i soci si chiusero in sala riunioni, per discutere la spinosa questione.

Pochi alla volta, i dipendenti uscirono dallo studio. Sfinita dopo la settimana di lavoro, Maria li imitò. Dopo tutto doveva vedersi con Colin e le serviva un po' di tempo per rilassarsi.

«Deve essere stata surreale questa settimana in ufficio», osservò Colin.

«È stata… terribile. Ci sono un sacco di persone arrabbiate e spaventate, e tutte si sentono tradite. Non avevano idea che stesse per scoppiare uno scandalo del genere.» Erano di nuovo alla *Pilot House*, e pur avendo parlato al telefono un paio di volte, nel tentativo di tornare entrambi poco alla volta alla normalità, era la prima volta che si incontravano di persona dopo la visita di Maria al *Crabby Pete's*. Con i jeans e la camicia bianca con le maniche arrotolate fino al gomito, lui era, se possibile, persino più bello di qualche giorno prima. Strano, pensò lei, l'effetto che può fare anche un breve periodo di separazione.

«E Jill?»

«Mi ha davvero salvato la vita. Senza la sua offerta non so che cosa avrei fatto. Di questi tempi gli studi legali non cercano personale e probabilmente sarei rimasta a spasso. Jill ha ragione. Con tre denunce presentate in Commissione, anche se lo studio sopravvivrà, i soci dovranno impegnarsi molto finanziariamente, e per i prossimi anni la situazione sarà grama.»

«Di sicuro è per questo che sono sconvolti.»

«Direi piuttosto furiosi. Credo che vorrebbero volentieri strangolare Ken.»

«Non hanno un'assicurazione per questo genere di eventi?»

«Non sanno se li coprirà. Lui ha chiaramente infranto la legge e, stando alle denunce, ci sono registrazioni, email, messaggi, e addirittura un video girato da una delle assistenti.»

«Allora la vedo brutta.»

«Infatti», confermò Maria. «Un sacco di persone innocenti rimarranno coinvolte. Io mi sento davvero fortunatissima.»

«Okay.»
«Non ricominciare.»
Colin sorrise. «Okay.»

Quella notte la trascorsero a riscoprirsi, addormentandosi abbracciati. Al mattino Maria non aveva rimpianti e si sorprese a pensare a qualcosa di più duraturo tra di loro. Era una prospettiva stranamente esaltante. Dopo aver trascorso il sabato a far volare gli aquiloni sulla spiaggia, quella sensazione era diventata addirittura più intensa.

Il sabato sera Maria cenò con Jill e Leslie mentre Colin lavorava; alla fine del turno, si incontrarono a casa di lui. C'erano anche Evan e Lily, e rimasero a parlare tutti e quattro fino alle tre del mattino. Sfiniti, Colin e Maria si addormentarono subito, e fecero l'amore solo il mattino seguente.

Maria lo invitò al brunch dai genitori, ma Colin declinò, dicendo che doveva studiare per gli esami imminenti, prima di andare a lavorare al ristorante. Quando Maria arrivò a casa dei suoi, scoprì con piacere che Smokey, il nuovo cagnolino, aveva il suo collare con i brillantini, la sua cuccia e vari giocattoli sparsi per il salotto, anche se la sua occupazione preferita era strusciarsi contro Felix.

In cucina, Carmen canticchiava soddisfatta e Serena parlava di Steve più di quanto avesse mai fatto. «Va bene, lo ammetto, forse la cosa sta diventando un po' seria», confessò, scatenando un fuoco di domande da parte della madre.

A tavola fu il padre a chiedere informazioni su Steve, strappando un sorriso a Maria. La sua vita, tra la carriera, la famiglia e Colin, stava decisamente andando per il meglio e si rese conto che non era più ossessionata dal misterioso individuo con il berretto da baseball, che peraltro ultimamente non si era più fatto vivo.

Voleva credere che avesse rinunciato, che avesse smesso di tormentarla. Ma per quanto apprezzasse quella pausa, non era pronta ad affermare che fosse tutto finito.

Le sembrava più che altro la proverbiale quiete prima della tempesta.

Faceva troppo freddo per il paddleboard, e siccome Colin era occupato Maria trascorse il pomeriggio e la sera cercando di recuperare il lavoro rimasto indietro. L'assenza di Lynn e la diminuita efficienza di Barney, unita al fatto che sarebbe andata via di lì a breve, la facevano sentire un po' in colpa. Non abbastanza da farle cambiare idea, ma da restare davanti al computer fino ad avere la vista annebbiata e la mente offuscata.

Il mattino dopo, al risveglio, Maria si domandò come sarebbe stata la settimana, se l'atmosfera in ufficio sarebbe peggiorata e se qualcun altro avesse deciso di andare via. Tutti i soci erano distratti quanto Barney e Ken, e questo significava uno stallo nel lavoro in ogni reparto. Fare nuove assunzioni sarebbe diventato difficile, una volta che fosse trapelata la notizia dei problemi dello studio. Di sicuro era già accaduto.

L'unica cosa che poteva fare, da parte sua, era rendere il proprio distacco il meno doloroso possibile per Barney. Si mise la borsa in spalla, prese la valigetta e uscì dalla porta, gettando un'occhiata sullo zerbino.

Il suo cervello impiegò un istante a elaborare ciò che vedeva. Poi le si asciugò la bocca.

Una rosa appassita, i petali ormai bruni, insieme a un biglietto.

Saprai cosa si prova.

Come se fosse in sogno, i piedi le rimasero incollati al pavimento, perché già sapeva che ce ne erano altre. Sulla ringhiera, accanto ai gradini, una seconda rosa afflosciata sotto il peso di un altro biglietto. Si costrinse ad avanzare, calpestò il fiore sullo zerbino e si avvicinò per leggere: *Perché la odiavi?*

Il parcheggio davanti al portone era vuoto, il marciapiede deserto; nessuna auto conosciuta. Aveva la bocca secca quando chiuse la porta e raccolse la rosa dallo zerbino. Prese anche quella sulla ringhiera e si costrinse a scendere i gradini, mentre scrutava la sua auto.

Come aveva temuto, le gomme erano state tagliate. Sotto il tergicristalli, una busta.

In seguito, si sarebbe sorpresa della calma con cui aveva affrontato quelle scoperte, della lucidità dei propri pensieri. Allungò la mano verso la busta, ma pensò alle impronte e la prese per un angolo, decisa a leggerne il contenuto senza danneggiare le prove. In quel momento non avvertiva il minimo panico, ma la strana sensazione di sprofondare lentamente, un senso di ineluttabilità. Per qualche motivo, sapeva che sarebbe successo.

La lettera, scritta al computer, era stampata su un foglio di carta bianca. La frase finale, però, era vergata a mano con una calligrafia squadrata quasi infantile.

Credi che non sappia quello che hai fatto? CREDI CHE NON SAPPIA CHI C'ERA DIETRO TUTTO QUANTO? Credi che NON POSSA LEGGERTI NEL PENSIERO e sapere ciò che HAI FATTO? Era SANGUE INNOCENTE

Il tuo CUORE è PIENO DI VELENO e tu sei IL DISTRUTTORE! Tu AVVELENI e NON TE LA CAVERAI. Saprai cosa si prova, perché adesso DECIDO IO.

Io sono L'INNOCENTE che è rimasto in vita
GUARDAMI COME IO GUARDO TE!

Maria rilesse la lettera una seconda volta, in preda al panico. Sul parabrezza c'era anche una rosa avvizzita, che raccolse e unì alle altre in un macabro bouquet.

Lasciò la macchina e tornò verso l'appartamento, la mente appesantita dal terrore. I segni erano stati evidenti, ma lei li aveva deliberatamente ignorati. D'un tratto, i ricordi affiorarono come visioni accecanti: Gerald Laws che veniva interrogato dalla polizia, i capelli ordinati, i denti bianchi; Cassie Manning, il giovane volto contorto dalla paura; il padre di Cassie, Avery, spaventosamente certo delle intenzioni di Laws, e posseduto lui stesso da un'ardente ossessione; la madre di Cassie, fragile e silenziosa e soprattutto spaventata. E infine Lester, il fratello nervoso che si mordeva le unghie e le aveva mandato tanti messaggi tremendi dopo la morte di Cassie.

Quei terribili biglietti, che riflettevano il crescendo graduale della sua collera. Come le lettere scritte da Laws a Cassie quando era in prigione, si disse.

Il primo stadio di un'escalation.

Mentre tornava verso la porta di casa, sentì squillare il cellulare. Serena. Non rispose, aveva bisogno di parlare con Colin. Voleva che lui la facesse sentire al sicuro; in quel momento si sentiva terribilmente vulnerabile. Con mani tremanti lo chiamò, sperando che riuscisse a raggiungerla il più in fretta possibile.

Un'escalation...

Margolis le aveva detto di rivolgersi a lui per una denuncia e lei voleva avere Colin al proprio fianco anche per questo. Doveva parlare con Margolis di Gerald Laws e Cassie Manning, la donna che Laws aveva ucciso. Voleva dirgli della famiglia Manning e di tutto ciò che le era capitato di recente. Ma soprattutto, voleva dirgli che sapeva esattamente chi la perseguitava, e a quale scopo.

19
Colin

Da quando aveva iniziato il college, Colin non aveva mai perso una lezione, men che meno un'intera giornata. Solo una volta era stato sul punto di farlo, una mattina in cui la macchina non era partita ed era dovuto andare a piedi, trascinando lo zaino pieno di libri e arrivando giusto un attimo prima che il docente entrasse in aula.

Quindi per lui si trattava di una novità assoluta. Non appena Maria lo aveva chiamato, quel giorno si era precipitato a casa sua; aveva letto la lettera e, mentre lei telefonava a Margolis, aveva chiamato un carro attrezzi per far portare via l'auto. Mentre aspettavano, Colin le aveva preparato una tazza di tè, ma lei aveva bevuto solo un paio di sorsi.

Sistemata la questione dell'auto, l'aveva accompagnata alla centrale di polizia. Dopo aver fornito le proprie generalità, si erano accomodati nella piccola sala d'attesa, circondati da un viavai continuo ma non frenetico di persone. Maria aveva lasciato un messaggio per Barney, informandolo che sarebbe arrivata più tardi. Margolis doveva già essere nel suo ufficio, probabilmente sepolto tra le scartoffie accumulatesi nel fine settimana. Come ispettore, si occupava di casi importanti ed era probabile che si fosse pentito di aver dato la propria disponibilità ad accogliere una eventuale denuncia da parte di Maria. Il reato di stalking, ammesso che quanto stava accadendo rientrasse in quella categoria, era al di sotto delle sue competenze e la presenza di Colin avrebbe soltanto accresciuto la sua irritazione. Li fece aspettare quasi un'ora e mezzo prima di presentarsi, con una cartelletta. Porse la mano a Maria ma non a Colin, che comunque non gliel'avrebbe stretta: non c'era motivo di fingere una simpatia reciproca.

L'ispettore chiese di parlare con la ragazza a quattr'occhi, ma lei insistette che fosse presente anche Colin. Con un'espressione carica di disapprovazione, Margolis li fece accomodare in una delle stanze degli interrogatori. Avendo trascorso diverso tempo nei commissariati, Colin sapeva che la stanza degli interrogatori era uno dei pochi posti che garantisse un po' di privacy. Rifletté allora che era un gesto gentile da parte sua, anche se rimaneva un bastardo.

Dopo aver chiuso la porta ed essersi seduto di fronte a loro, Margolis posò da una parte la cartellina e cominciò a chiedere a Maria le informazioni che doveva inserire nel verbale. Poi lei riferì con voce tremante, ma con sorprendente lucidità, la storia di Cassie Manning e Gerald Laws che aveva raccontato a Colin sulla spiaggia la prima sera, aggiungendovi anche gli avvenimenti più recenti. Delineò le analogie e quindi porse a Margolis la lettera che aveva trovato sul parabrezza.

Il poliziotto la lesse attentamente, senza fare commenti, quindi domandò se poteva farne una copia.

Ricevuto il consenso da Maria, si alzò e uscì, tornando poco dopo.

«Se è d'accordo, terremo l'originale nel suo fascicolo», disse porgendole la copia con espressione impassibile. Si mise a sedere e lesse di nuovo la lettera. «Lei è sicura che l'autore sia Lester Manning?» domandò.

«Sì», rispose Maria. «È lui che mi pedina.»

«Si tratta del fratello di Cassie Manning?»

«Esatto, il fratello minore.»

«Perché ritiene che sia lui?»

«Perché in passato l'ho sentito pronunciare alcune parole che sono nella lettera.»

«Quando?»

«Dopo la morte di Cassie. Nei biglietti che mi mandava, inoltre, scriveva lo stesso genere di frasi.»

«Potrebbe essere più specifica?»

«Il sangue innocente. Il cuore pieno di veleno.»

Margolis annuì e prese un appunto. «Queste parole comparivano nella prima serie di messaggi o nella seconda?»

«Come scusi?»

«Ha detto che quei messaggi avevano cambiato tenore quando ricominciò a riceverli. Che erano più minacciosi e inquietanti.»

«Nella seconda serie.»

«Come fa a sapere che glieli mandava lui?»

«Chi altri avrebbe potuto essere?»

L'ispettore diede una scorsa agli appunti. «Avery Manning sosteneva che poteva trattarsi del ragazzo di Cassie.»

«Non era lui.»

«Come fa a esserne così sicura?»

«Secondo la polizia non c'erano prove a suo carico. Era distrutto dalla morte di Cassie, ma non dava la colpa a me. A suo dire, non sapeva nemmeno chi fossi.»

«Lei lo ha mai incontrato?»

«No.»

Margolis prese un altro appunto. «Si ricorda come si chiamava? O come aveva conosciuto Cassie?»

Maria ci pensò. «Era un nome tipo Mike o Matt o Mark... No, non so come avesse conosciuto Cassie. Ma perché stiamo parlando di lui? È Lester quello che mi perseguita! Proprio come faceva quando abitavo a Charlotte!»

«Lei stessa, però, ha affermato che Lester negò di aver scritto i biglietti quando la polizia andò a interrogarlo.»

«È naturale che lo negasse.»

«Quindi lei non ha mai avuto il minimo dubbio che l'autore fosse quel... Michael? Il fidanzato.»

«Perché avrebbe dovuto farlo? Non mi conosceva neppure. Dichiarò alla polizia di non essere stato lui.»

«Proprio come Lester.»

«Ha sentito quello che ho detto? Lester è pazzo. I biglietti sono scritti da un pazzo. Non ci vuole molto a fare due più due.»

«Conserva ancora i biglietti di allora?»

Maria scosse il capo, chiaramente irritata. «Li ho buttati via quando mi sono trasferita qui. Non volevo avere più niente a che fare con quella storia. Forse la polizia di Charlotte ne ha ancora una copia, ma non ne sono sicura.»

«Quando parla di messaggi, che cosa intende esattamente?»

«Un paio di frasi al massimo.»
«Quindi... non come questo.»
«No. Ma come le ho spiegato, ha usato alcune delle stesse frasi. E prima ho ricevuto due biglietti uguali a quelli di allora.»
«In altre parole, questa lettera è diversa.»
«È evidente.»
Margolis batté la penna sul foglio che aveva davanti. «Va bene. Supponiamo che sia Lester. Quando afferma che i suoi messaggi erano minacciosi, che cosa intende? Scriveva che le avrebbe fatto del male in qualche modo?»
«No, ma era chiaro che incolpava me per la morte di sua sorella. In realtà tutta la sua famiglia mi riteneva responsabile.»
«Che genere di famiglia era?»
«Erano persone... strane», rispose lei. «Le dinamiche tra di loro erano particolari.»
«In che senso?»
Colin si voltò nella sua direzione; era la prima volta che Maria accennava a quel dettaglio.
«Avery Manning, il padre, era uno psichiatra, e si riteneva un esperto in comportamento criminale. Non permise mai a Cassie di parlare da sola con me. Era sempre presente, e dominava i colloqui. Persino all'ospedale, quando cercavo di ottenere informazioni da Cassie, rispondeva al posto suo. Arrivò al punto di costringermi a chiedergli di uscire dalla stanza, ma si rifiutò; si limitò a mettersi in un angolo della camera promettendo di rimanere in silenzio mentre interrogavo la figlia. Anche così, però, avevo l'impressione che Cassie fosse molto misurata nelle parole, sembrava si sforzasse di

dire esattamente quello che voleva lui. Come se si fossero messi d'accordo prima. Forse era per questo che a volte lei... modificava gli eventi.»

«Li modificava?»

«Cassie dichiarò che Laws l'aveva già aggredita in passato. Se era la verità, sarebbe stato importante per ottenere incriminazioni più gravi contro di lui. Mi raccontò che l'uomo l'aveva picchiata in un parcheggio sotto gli occhi di Lester. Le versioni dei due fratelli erano identiche, parola per parola, ma quando svolgemmo indagini scoprimmo che al momento del presunto pestaggio Laws era altrove, il che significava che mentivano entrambi. Quando lo dicemmo a Cassie, lei non volle cambiare la sua versione. Questo rese ancora più necessario un patteggiamento. Gli avvocati di Laws sarebbero stati in vantaggio se lei avesse dovuto testimoniare.»

«E la madre?»

«Incontrai Eleanor solo due volte, ed era completamente soggiogata dal marito. Credo che non abbia mai aperto bocca. Piangeva e basta.»

Margolis intanto continuava a prendere appunti. «Parliamo di Lester, adesso. Che tipo era?»

«Lo vidi in un paio di occasioni, e mi sembrò di avere davanti due persone del tutto diverse. La prima volta non notai niente di strano in lui: era un ragazzo normalissimo. Ma, dopo che avevo informato la famiglia delle accuse mosse a Laws, era cambiato. Sembrava... che avesse paura di me. Borbottava che non doveva essere lì, che nessuno della famiglia doveva starmi vicino, perché ero pericolosa. Il padre continuava a dirgli di stare zitto e allora lui si acquietò, rimanendo a fissarmi in silenzio come se fossi complice del demonio.»

«Conosce il nome dell'istituto psichiatrico dove era stato ricoverato?»

«No.»

«Alla fine, però, i biglietti smisero di arrivare.»

«Dopo il mio trasferimento. Ma ora sono ricominciati.»

Margolis giocherellò ancora un istante con la penna, quindi prese la cartelletta che aveva portato con sé. «Dopo la sua telefonata, mi sono fatto inviare dalla polizia di Charlotte il rapporto sulla morte di Cassie Manning; sto ancora aspettando quello sull'arresto di Laws. Non ho avuto modo di esaminarlo nel dettaglio, ma da quanto ho letto è chiaro che fu Gerald Laws a uccidere Cassie Manning. Inoltre, non fu lei a prendere la decisione che gli permise di dichiararsi colpevole di lesione personale in primo luogo. Fu il suo capo, giusto?»

«Esatto.»

«Allora perché pensa che la famiglia Manning la ritenesse responsabile? O che Lester la considerasse 'pericolosa'?»

«Perché ero io ad avere contatti con loro. Contavano su di me perché convincessi il procuratore a formulare un'imputazione più grave. E nel caso di Lester, è chiaro che è malato... Come ho detto, è finito in un ospedale psichiatrico.»

L'ispettore annuì. «Bene. Supponiamo che lei abbia ragione su tutto, e che Lester Manning sia davvero colpevole di quello che le è successo ultimamente.» Si appoggiò allo schienale. «Anche in questo caso credo di avere le mani legate.»

«Perché?»

«Lei non lo ha visto. Non sa chi le ha mandato le rose, pur essendo certa del fatto che non è stato Ken Martenson. Nessuno ha visto Lester mettere le rose nella sua auto. Quanto alla persona che le ha offerto un cocktail, sa solo che era giovane e portava un berretto da baseball. Non ha neppure riconosciuto il fattorino che le ha consegnato i fiori. In altre parole, non ha nessuna prova che si tratti davvero del fratello di Cassie.»

«Le ho già detto che nella lettera c'erano alcune delle stesse frasi!»

«Le stesse frasi contenute nei biglietti di cui lei non è più in possesso? Le ripeto, non sto scartando l'ipotesi. Anzi, penso che probabilmente abbia ragione. Ma come ex assistente del procuratore anche lei conosce il significato dell'espressione 'al di là di ogni ragionevole dubbio'. In questo momento, non ci sono elementi per accusare qualcuno di un reato di stalking.»

«Mi ha seguita, mi ha spiata, ha osservato ogni mia mossa. Questo corrisponde alla condotta descritta dalla legge. Mi ha inviato un biglietto che mi ha terrorizzata. Ha tagliato le gomme della mia macchina. Continua a vessarmi. Le sue azioni mi hanno causato un notevole stress emotivo, che mi ha spinto a venire qui. Mi sta perseguitando, e questo è un reato.»

Margolis la guardò scettico. «Si capisce che lei è un avvocato. Ma come ha negato di aver scritto i biglietti in passato, Lester lo farà di nuovo. E allora?»

«Che ne dice dello schema persecutorio? Biglietti, fiori, inseguimenti, fiori morti. Sta imitando ciò che Laws fece a Cassie.»

«Lo schema è simile ma non identico. Laws inviava lettere firmate; lei ha ricevuto brevi messaggi anonimi. Laws spiava Cassie al ristorante, facendo in modo che la ragazza si accorgesse della sua presenza; qualcuno le ha offerto da bere in un locale, restando anonimo. La vittima sapeva che era Laws a inviarle i fiori; lei non può affermare con sicurezza chi le ha mandato le rose.»

«Le analogie sono evidenti.»

«Per lei, forse. Ma in tribunale è una faccenda diversa.»

«In altre parole, siccome è prudente, se la caverà? Non ha neppure intenzione di interrogarlo?»

«Non mi fraintenda. Proverò a parlare con lui.»

«Ci proverà?»

«Lei parte dal presupposto che sia ancora in città e che io riesca a trovarlo. D'altra parte, se è a Charlotte o nelle vicinanze, dovrò rivolgermi agli inquirenti del luogo.»

«E cosa gli dirà, se lo trova?»

«Gli spiegherò a cosa va incontro e che è nel suo interesse smettere subito, altrimenti le autorità interverranno.» Maria rimase stupita nel sentire quell'affermazione, e Margolis proseguì. «In altre parole, io le credo. Detto questo, non posso arrestarlo perché lei pensa che sia stato lui a regalarle delle rose. O a offrirle da bere. O a lasciare una lettera sulla sua macchina. Entrambi sappiamo che non basterebbe. E, alla fine, questo potrebbe peggiorare le cose per lei.»

«In che senso?» chiese Maria.

«Ha già provato ad accusarlo e il padre ha minacciato un'azione legale contro di lei e contro il dipartimento. Ora lo accusa di nuovo. È possibile che la denunci per molestia», spiegò l'ispettore.

«È ridicolo!»

«Ma è plausibile.»

«Che cosa dovrei fare, allora, se lei non ha intenzione di aiutarmi?»

Margolis si sporse in avanti e intrecciò le dita sul tavolo. «Ho raccolto la sua testimonianza e il fascicolo ora è aperto. Le ho promesso che parlerò con lui, ammesso di riuscire a trovarlo, o che lo farà qualcun altro. Rileggerò i documenti relativi all'arresto di Laws e alla morte di Cassie. E scoprirò tutto il possibile su Lester Manning. Mi confronterò con la polizia di Charlotte e chiederò loro di controllare se i vecchi biglietti sono stati conservati da qualche parte, dal momento che lei non mi ha fornito nessuna prova concreta delle minacce ricevute. E considerata la sua dubbia capacità di discernimento nella scelta del fidanzato. Direi che è più che sufficiente, non trova?»

Maria rimase impassibile. «Che ne dice di un'ordinanza restrittiva?»

«Si può provare, ma entrambi sappiamo che non è un procedimento automatico, per le ragioni che le ho appena esposto. Supponiamo che, per un qualche miracolo, un giudice la firmi. La legge dice che non è valida finché non potrà essere consegnata personalmente a Lester Manning. E questo, di nuovo, non è scontato.»

«In altre parole, mi sta dicendo di far finta che non sia successo niente.»

«No, le sto dicendo di lasciarmi fare il mio lavoro.» Raccolse i documenti. «Se vengo a sapere qualcosa, la contatterò.»

«Tanto per cominciare, non so perché sono andata da lui», affermò Maria con aria cupa mentre tornavano verso la macchina. «E sai qual è la cosa che mi irrita di più?» Non aspettò una risposta. «Che ha ragione Margolis. Su tutta la linea. Se un investigatore avesse portato alla mia attenzione un caso come questo, lo avrei respinto. Non c'è nessuna prova concreta, anche se io ho la certezza che si tratti di Lester.»

«Margolis controllerà.»

«E allora?»

«Sarà anche un bastardo, ma è abile. Spingerà Lester a pronunciare qualcosa di compromettente.»

«E poi? Credi che riuscirà a convincerlo a fermarsi? Pensavo che fosse finita quando sono venuta qui, invece non è così. Lester sa dove abito e, da quello che mi risulta, può aver ucciso Copo. Può essere entrato a casa dei miei genitori!»

Era la prima volta che Colin la sentiva collegare la morte di Copo agli altri avvenimenti, e il terrore evidente che la attanagliava fece contrarre una molla dentro di lui.

La cosa doveva finire, decise. Margolis poteva fare quello che voleva, ma non era abbastanza. Era ora che lui scoprisse quali fossero le intenzioni di Lester.

Dopo aver accompagnato Maria in ufficio, Colin si infilò gli auricolari, accese la musica e si piazzò davanti al computer.

Lester Manning.

Prove o non prove, avere un nome lo aiutava a concentrare la mente e voleva scoprire il più possibile su quell'uomo.

L'unico problema era che senza accesso ai database governativi o ufficiali non c'era molto da fare. Sull'elenco non c'era nessuno con quel nome nel North Carolina, e neppure un numero di cellulare. Su Facebook esistevano due Lester Manning; uno viveva ad Aurora, in Colorado, e l'altro a Edison, nel Wisconsin; il primo era un adolescente, il secondo un quarantenne. Instagram, Twitter e Snapchat non diedero alcun risultato, né una ricerca generica su Google usando il nome e la città di Charlotte in varie combinazioni.

Altri siti a pagamento promettevano di fornire anche numero di telefono e indirizzo più recente, e dopo una breve riflessione Colin inserì il numero della sua carta di credito e fece una prova. Spuntò un indirizzo di Charlotte.

I risultati su Avery Manning furono migliori, visto che compariva un numero di telefono di Charlotte intestato al dottor Avery Manning, collegato allo stesso indirizzo che aveva trovato per Lester.

Padre e figlio vivevano insieme?

Oppure le informazioni non erano aggiornate?

Trovò diversi articoli sul padre. Il più recente confermava quello che Maria aveva detto: Manning era stato sospeso dall'Ordine per diciotto mesi, a causa di cure improprie somministrate ad alcuni pazienti. Il caso più significativo riguardava un giovane che si era suicidato; secondo l'articolo, Manning non aveva diagnosticato correttamente il disturbo da deficit di attenzione di cui il ragazzo soffriva, prescrivendogli una dose eccessiva di stimolanti. Altri pazienti dichiaravano di essere peggiorati in seguito ai suoi trattamenti. Se la data della sospensione era corretta, Avery Manning non era ancora tornato a esercitare.

Interessante.

C'era anche una fotografia: era ritratto un uomo sui cinquantacinque anni, con radi capelli biondi e occhi azzurri e con una faccia spigolosa, quasi ossuta; a Colin sembrava un becchino sbiadito. Non riusciva proprio a immaginare di sedere davanti a uno come lui per un'ora, parlando dei propri problemi e sperando di essere compreso.

Un altro articolo si riferiva al suo lavoro come psichiatra penitenziario e citava un'affermazione dello stesso Manning, secondo il quale molti detenuti erano psicopatici impossibili da recuperare. Il carcere a vita era la soluzione più pragmatica per la patologia criminale. Maria aveva accennato al fatto che il dottor Avery si riteneva un esperto in materia, ma non aveva parlato di quella sua attività e Colin si domandava se ne fosse al corrente.

Qualche altra ricerca individuò il necrologio di Eleanor Manning, in cui non si faceva parola del suicidio, come si poteva facilmente supporre. Era difficile che le persone amassero divulgare particolari di quel tipo. Tra le informazioni si diceva che la donna era madre di tre figli ma che ne annunciavano la scomparsa il marito e il figlio Lester. Colin sapeva di Cassie, ma non di un altro fratello.

Esaminò una mezza dozzina di articoli su Avery

Manning prima di trovare la risposta; in un'intervista sulla depressione, lo psichiatra sosteneva che la moglie aveva combattuto quella malattia fin da quando il loro figlio Alexander Charles era morto in un incidente automobilistico all'età di sei anni.

Alexander. Cassie. Eleanor.

Quanto dolore per una famiglia. E Lester incolpava Maria di una, forse due di quelle morti.

Era sufficiente per indurlo a tormentarla e terrorizzarla? si domandò.

Sì. I primi messaggi lo rendevano evidente. E anche lo schema persecutorio.

Maria stava sperimentando gli stessi timori vissuti da Cassie. E, come Maria, Colin sapeva come era andata a finire la storia di Cassie.

Appena uscito di prigione, Laws si presentò a casa sua.

Cassie ottenne un'ordinanza restrittiva.

La polizia non riuscì a trovare Laws.

Alla fine, Cassie fu rapita e assassinata.

Anche Lester aveva un piano simile?

Era un azzardo notevole passare da ciò che era accaduto a Maria allo stadio finale. Perseguitare era una cosa, uccidere un'altra, e Colin non aveva abbastanza notizie su quel ragazzo per cercare di indovinare che cosa volesse fare. Tuttavia, questo non significava che Maria dovesse correre dei rischi.

Fece altre ricerche ma dopo un'ora non era saltato fuori niente di interessante. La parte semplice, le informazioni a portata di tutti, era conclusa. Si domandò quale potesse essere il passo successivo.

Che cosa sapeva di Lester? E che cosa poteva presumere?

Aveva la macchina. O ne usava una.

Non era una scoperta sensazionale, ma chissà quali informazioni avrebbe trovato se fosse stato in possesso di un numero di targa. Qualche parola chiave nel motore di ricerca gli rivelò i nomi di alcune società che avevano accesso a ogni genere di registro pubblico, compreso quello automobilistico. La spesa era notevole, ma poteva servire, e Colin si segnò l'indirizzo dei siti nel caso ce ne fosse stata necessità.

Qualcos'altro?

Sì, pensò. Se le sue ipotesi erano corrette, Lester si era appostato sul tetto di fronte all'ufficio di Maria mentre lei era al lavoro. Per quanto riguardava l'appartamento, non sarebbe stato difficile per lui tenerla d'occhio quando entrava o usciva, se non altro perché aveva abitudini molto prevedibili. Non era necessario accamparsi fuori per ore; poteva osservarla dal bar di fronte o da un'auto parcheggiata. Seguirla al ristorante o al locale notturno sarebbe stato una passeggiata.

E poi?

Sulla base del loro colloquio con Margolis, Colin doveva trovare le prove che Lester stava molestando Maria. Chissà se un viaggio a Charlotte gli avrebbe permesso di dare un volto al nome. Magari ottenere una fotografia, ammesso di riuscire a trovare il fratello di Cassie. Ma poteva non essere abbastanza. Il fioraio aveva ammesso di non aver prestato molta attenzione al tizio e Colin dubitava che la cameriera lo avrebbe riconosciuto. Nemmeno Maria ci era riuscita da vicino.

Infine c'era Copo. La morte del cane rientrava nello schema persecutorio, e più ci pensava, più gli sembrava probabile che Lester avesse ucciso

Copo per intimidire Maria e la famiglia. Dato che la seguiva, sapeva dove abitavano i suoi genitori. Ma soprattutto, questo significava che aveva spiato i Sanchez con regolarità. Altrimenti come avrebbe potuto sapere che Copo sarebbe stata lasciata a casa da sola? Maria aveva detto che Felix la portava dappertutto, persino al ristorante. Che i genitori si separavano di rado da lei.

Ma come aveva fatto?

Il giardino posteriore dei Sanchez aveva una recinzione protettiva e in un quartiere così piccolo uno sconosciuto appostato avrebbe dato nell'occhio.

Come ci era riuscito?

Una ventina di minuti più tardi, Colin percorreva il quartiere dove abitavano i Sanchez in cerca di una risposta.

La casa dei genitori di Maria era silenziosa, come se non ci fosse nessuno. Intorno, però, c'erano diverse persone. Una donna correva sul marciapiede; un uomo anziano potava la siepe. Una macchina usciva da un vialetto, diretta da qualche parte.

Colin girò l'angolo, quindi girò di nuovo, percorrendo la strada parallela a quella dei Sanchez, con i giardini attaccati gli uni agli altri.

Era un quartiere pieno di vita, dove tutti probabilmente si interessavano agli altri.

Lester sarebbe stato di sicuro notato.

A meno che...

Rallentò mentre si avvicinava alla casa dirimpetto al giardino posteriore dei Sanchez e trovò la risposta.

La casa era in vendita.

E soprattutto, sembrava disabitata.

Maria era taciturna quando quella sera andò a prenderla al lavoro e lungo il tragitto non parlarono molto. Era chiaro che lei voleva evitare l'argomento Lester o Margolis.

Siccome avrebbe trascorso la notte dai genitori, lui la accompagnò a casa e rimase fuori mentre Maria preparava una borsa. Quindi la portò a ritirare la macchina dal gommista, aspettando di vederla uscire dal parcheggio. Avrebbe voluto seguirla, ma immaginando che ciò l'avrebbe resa ancora più nervosa, le chiese di mandargli un messaggio non appena giunta a casa dei suoi. Quindici minuti più tardi lei gli fece sapere di essere arrivata.

Era sicuro che doveva aver guidato per tutto il tempo lanciando occhiate al retrovisore, domandandosi se Lester la stesse pedinando.

Colin attese fin dopo mezzanotte per ritornare nel quartiere dei genitori di Maria, la mente occupata da Lester Manning.

Si era vestito di nero e aveva parcheggiato a qualche isolato di distanza per poi avvicinarsi a piedi alla casa disabitata. Nello zaino teneva una torcia, un paio di cacciaviti e un piccolo grimaldello. Immaginava che, se Lester si era appostato lì più volte per spiare i Sanchez, a meno che non fosse un esperto scassinatore o non avesse una chiave, anche lui in qualche modo sarebbe riuscito a entrare. Forse avevano lasciato aperta la porta di ingresso; oppure l'uomo era saltato dentro da una finestra.

Colin lo avrebbe scoperto.

E se Lester fosse andato lì quella notte, dopo aver seguito Maria fino a casa dei suoi?

Per quanto Colin desiderasse infliggergli una punizione esemplare, avrebbe chiamato Margolis. Potevano accusare Lester di violazione di proprietà privata, forse addirittura di scasso, oltre allo stalking.

La strada era silenziosa e deserta. In qualche altra casa, attraverso le tende, si vedeva il chiarore di un televisore acceso, ma gran parte dei vicini erano già andati a dormire.

Raggiunse la casa in vendita e, lanciando un'occhiata alla porta d'ingresso, scoprì che c'era un lucchetto sulla maniglia, una precauzione presa dall'agenzia immobiliare. Sulla veranda non c'erano finestre socchiuse né segni di scasso. Fece il giro della villetta, quindi scavalcò in silenzio la staccionata del giardino. Accese la torcia ed esaminò le varie finestre, in cerca di indizi rivelatori.

Li trovò sul retro dell'edificio.

La finestra di una camera da letto, a un metro e mezzo di altezza, era chiusa ma non del tutto. C'erano segni di scasso sullo stipite, senza dubbio per togliere la zanzariera. Colin non avrebbe avuto difficoltà a raggiungere il davanzale nonostante la distanza dal terreno, ma Lester? Scrutò il giardino e scorse un vecchio tavolino da picnic di plastica per bambini. A giudicare dalle quattro impronte di erba schiacciata, il tavolino era stato spostato di recente.

Bingo.

Usando il cacciavite, staccò la zanzariera, quindi aprì un po' di più la finestra con le mani e con un balzo entrò nell'edificio.

Attraversò le stanze buie, notando che la disposizione degli ambienti era simile alla casa dei genitori di Maria, con le finestre della cucina e del salottino che offrivano una visuale perfetta della veranda posteriore dei Sanchez. Ma era una vista troppo scoperta e Colin sapeva che Lester non avrebbe rischiato di farsi scoprire.

Il che lasciava solo un'altra possibilità.

Colin attraversò il breve corridoio entrando nell'unica stanza da letto sul retro della casa. A differenza delle finestre precedenti, questa aveva le tende. Accese la pila e la puntò sul pavimento.

La moquette era schiacciata vicino alla finestra. Impronte di scarpe.

Lester Manning era stato lì.

Ed esisteva la possibilità che tornasse.

Solo mentre guidava verso casa, Colin si rese conto di aver trascurato un particolare importante.

Dove aveva parcheggiato Lester?

Riteneva improbabile che avesse lasciato l'auto nel vialetto della casa in vendita, o di fronte a un'altra abitazione. Avrebbe dato nell'occhio. Allo stesso tempo, di sicuro voleva evitare di fermarsi troppo lontano.

Colin fece inversione a U e tornò nel quartiere, senza avere idea di cosa sperasse di trovare, finché si imbatté in un parco con dei giochi per bambini e delle panchine sotto le querce. Sull'altro lato della strada era parcheggiata una decina di macchine; accanto al parco ce n'erano altre sette. A quell'ora di notte era probabile che si trattasse delle seconde auto dei residenti.

In mezzo a tutte quelle vetture, un'altra sarebbe passata inosservata. Colin tirò fuori il cellulare e fotografò le macchine e le targhe. Voleva sapere a chi appartenevano. Intanto i suoi pensieri cominciavano a prendere forma.

Voleva sapere che aspetto aveva Lester.

Voleva scoprire qual era la macchina di Lester.

Voleva sapere se Lester abitava da quelle parti, e dove.

E poi, voleva passare qualche giorno a osservare l'uomo e imparare tutto di lui.

«A quale scopo?» domandò Evan, guardandolo seduto al tavolo in cucina. Lily era già andata a dormire.

«Margolis ha detto che gli servivano delle prove. Gliele porterò.»

«Sei sicuro di non farlo perché vuoi dargli una lezione con le tue mani?»

«Sì.»

«Sì, vuoi dargli una lezione, o sì, non gli darai una lezione anche se vorresti?»

«Non ho intenzione di avvicinarmi in nessun modo a lui.»

«Ottima idea. Perché tu hai seri problemi.»

«Sì.»

«E come pensi esattamente di trovarlo? Rimarrai nei pressi del parco in attesa di auto sospette?»

«È probabile.»

«Perché ritieni che un giorno Lester possa parcheggiare di nuovo lì?»

«Sì.»

«E come farai a distinguere tra le varie auto?»

«Con la perseveranza.»

Evan rimase in silenzio per un attimo. «Continuo a credere che sarebbe meglio lasciar fare a Margolis il suo mestiere.»

Colin annuì. «Okay.»

Dopo qualche ora di sonno, Colin tornò nel quartiere dei Sanchez con un blocco per appunti. Aveva parcheggiato a qualche isolato di distanza e raggiunse a piedi il parco, dove si fermò ad allenarsi sul tappetino portato da casa.

Era presto, il sole non era ancora spuntato, e tutte le auto viste qualche ora prima erano ancora al loro posto.

Trascorse poco più di un'ora prima che qualcuno uscisse da una delle case, salisse su una vettura e partisse. Colin si annotò marca, modello e colore. Verso le sette e mezzo ci fu un picco di attività, seguito da un secondo soltanto tre quarti d'ora dopo. Altre due persone partirono in macchina mentre Colin si preparava per andare a lezione. Nei pressi del parco restava così una macchina rossa solitaria, una Hyundai a tre porte, e altre due sul lato opposto della via.

Probabilmente niente di rilevante, si disse, ma annotò lo stesso l'informazione.

Mentre si allontanava, fece una deviazione nella via della casa disabitata. La strada era deserta e decise di rischiare. Si fermò a qualche edificio di distanza, tornò indietro verso la casa poi si avvicinò alla staccionata. Sbirciando nel giardino, vide che il tavolo di plastica era nella posizione esatta di quella notte; anche la finestra non sembrava essere stata toccata. Se Lester non c'era, allora nessuna delle tre automobili rimanenti gli apparteneva. Con una probabilità del novantanove per cento.

A lezione non riuscì a interessarsi veramente a ciò che dicevano i docenti e dovette fare uno sforzo per prendere appunti. Continuava invece a domandarsi se fosse il caso di recarsi all'ultimo indirizzo conosciuto di Lester Manning a Charlotte, oppure continuare a presidiare la casa in vendita. O, nel caso Maria avesse dormito a casa sua, cercare Lester da quelle parti.

Tutte ottime alternative, ma era impossibile essere in tre posti diversi contemporaneamente.

Se avesse scelto quello sbagliato?

Non riusciva a distogliere la mente da questo dilemma.

Finite le lezioni, tornò al quartiere dei Sanchez. La Hyundai rossa c'era ancora, mentre le altre due auto se n'erano andate.

Quella macchina solitaria sembrava fuori posto. Allontanandosi, andò a sbirciare di nuovo oltre la staccionata della casa in vendita. Tutto come prima.

Lester non si trovava lì. Il che era logico. A casa non c'erano né Maria né i genitori.

Decise di restare il più vicino possibile a Maria nei giorni successivi. Se Lester era deciso a vendicarsi, prima o poi l'avrebbe rintracciata, dovunque si trovasse. E dovunque Maria avesse avuto intenzione di andare, Colin ci sarebbe stato.

La chiamò per invitarla a cena; al telefono gli sembrò meno spaventata rispetto al giorno prima, ma ancora tesa. Andò a prenderla a casa sua dopo il lavoro e la portò in un caffè sulla spiaggia, da dove si sentiva il rumore delle onde.

Anche in quell'occasione lei evitò di parlare di Lester o di Margolis, concentrandosi invece sui progetti professionali di Jill. Discutere della nuova avventura, insieme a un paio di bicchieri di vino, servì a distrarla e a sollevarle il morale.

Colin la portò da lui, e rimasero a chiacchierare un po' con Evan e Lily prima che Maria si decidesse, finalmente, a prenderlo per mano. Nonostante la calma apparente, era chiaro che lei non aveva nessuna voglia di tornare a casa sua quella notte.

Il mercoledì mattina Colin controllò la casa disabitata, poi passò accanto al parco e annotò di nuovo i movimenti delle auto parcheggiate. Proprio mentre cominciava a pensare che Lester avesse abbandonato quel punto di osservazione oppure avesse parcheggiato altrove, la sera si verificò un cambiamento: la Hyundai rossa era sparita.

Forse non era importante, ma era il momento di verificare il numero di targa. Si rivelò una perdita di tempo.

Come le altre, anche quella apparteneva a un residente.

Il giovedì mattina Colin e Maria fecero colazione a casa di lui, e lei lo informò di avere intenzione di cenare con Jill e Leslie e poi di trascorrere la notte a casa dei genitori.

«Sono in ansia per me», spiegò, ma Colin sapeva che non era ancora pronta a tornare nel suo appartamento, soprattutto dato che lui doveva lavorare. «Credo che si preoccupino anche per Serena.»

«Perché?»

«Perché gli ho detto che queste notti le ho passate con lei. Noi non siamo sposati e loro hanno principi antiquati. So che disapprovi le bugie, ma non posso scandalizzare mia madre oltre a tutto il resto, in questo momento.»

«Non ho fatto nessun commento.»

«È vero. Ma so che stai pensando che dovrei essere sincera con loro.»

Lui sorrise. «Okay. Notizie da Margolis?»

«Ancora niente. Non so se considerarlo un bene o un male.»

«Potrebbe essere semplicemente una mancanza di novità.»

«Il che rientrerebbe nella categoria del male», precisò Maria. «Non mi ha dato l'idea di essere ansioso di approfondire la faccenda. A quanto ne so, potrebbe non aver fatto ancora niente.»

Colin annuì, riconoscendo di aver pensato la stessa cosa. Non era ciò che lei voleva sentirsi dire, perciò preferì cambiare argomento. «Allora, domani è il grande giorno.»

«In che senso?»

«Non comunicherai ai tuoi capi che hai intenzione di dimetterti?»

«Già.» Maria sorrise. «È vero, domani. Ma è strano, perché ci penso soltanto quando sono con Jill. Mi sembra tutto così surreale. Fino a poco tempo fa non avrei nemmeno immaginato di prepararmi a entrare in una startup.»

«Che cosa ne pensano i tuoi genitori?»

«La mamma è tutta esaltata, papà invece è nervoso. Sa quanto sia difficile avviare un'attività. E poi gli piaceva dire che lavoravo per Martenson, Hertzberg & Holdman.»

«Per ora.»

«Hai ragione. Per ora.» Lei fece un sorriso mesto.

«Com'è l'atmosfera in ufficio?»

«Non è pesante come la settimana scorsa, ma ancora cupa», rispose Maria. «Il lavoro si accumula, ho sentito voci su altri intenzionati ad andarsene. Le notizie si accavallano. Ieri si diceva che lo studio fosse vicino a un accordo, con tutti i querelanti, ma probabilmente è solo un'illusione. A leggere le denunce, Ken era molto peggio di quanto credessi.»

«Hai mai parlato di lui con i tuoi genitori?»

«Nemmeno per sogno. Se mio padre lo avesse saputo, avrebbe dato di matto. A volte il suo sangue latino ribolle quanto il tuo.»

«Allora probabilmente hai fatto bene a non dirglielo.»

«Forse. Però tu non hai fatto niente.»

«Non sei mia figlia.»

Lei rise. «Papà continua ad avere delle riserve su di te. Per colpa del tuo passato.»

«Okay.»

«E anche per come sei adesso.»

«Okay.»

«Gli è venuta addirittura la folle idea che fossi tu a perseguitarmi.»

«Che cosa glielo ha fatto pensare?»

«È convinto di aver visto la tua macchina nel quartiere mentre era in giro con il cane, ieri mattina. So che si preoccupa per me, ma a volte esagera.»

Posso capirlo.

20
Maria

Maria salutò Colin sulla soglia con un bacio; lui si era offerto di accompagnarla in ufficio come aveva fatto per l'intera settimana, ma lei lo aveva rassicurato e gli aveva detto di andare pure a lezione. Non appena aveva pronunciato quelle parole, ne era stata convinta, ma mentre guidava verso lo studio si domandò se Lester la stesse seguendo. Per la prima volta da quando si era trasferita da Charlotte, sentì il cuore accelerarle senza un motivo apparente. Nel giro di pochi secondi il respiro le diventò faticoso e il campo visivo le si restrinse.

Agendo d'istinto, riuscì a fermarsi sul ciglio della strada, mentre avvertiva un senso di oppressione al petto.

Oh, mio Dio…

Non era normale.

Non riusciva a respirare.

Aveva la vista sempre più annebbiata e non riusciva a pensare.

Era un attacco di cuore. Serviva un'ambulanza.

Sarebbe morta lì per strada.

Sentì squillare il cellulare una decina di volte,

ma il suono era distante. Un attimo dopo distinse il trillo di un messaggio.

I muscoli del petto erano sempre più contratti.

I polmoni non riuscivano a incamerare abbastanza aria.

Il cuore continuava a batterle all'impazzata, mentre il terrore della morte si impossessava di lei. Posò la testa sul volante, in attesa della fine.

Non arrivò.

Continuò invece a sentirsi morire a poco a poco per qualche minuto ancora, finché riuscì lentamente a sollevare il capo. Il respiro si fece più regolare e la vista le tornò nitida. Il cuore le batteva ancora forte, ma non come prima.

Ancora qualche minuto e cominciò a sentirsi meglio. Era sempre scossa, ma per quanto le sembrava impossibile comprese di non aver avuto un infarto.

Si trattava invece di un attacco di panico. Erano tornati.

Occorse una buona mezz'ora prima che ricominciasse a sentirsi del tutto normale, e ormai era già in ufficio. Barney non c'era, ma le aveva lasciato una nuova incombenza: l'ospedale regionale era stato denunciato da un paziente che aveva contratto un'infezione da *Pseudomonas*. In un appunto scritto a mano, lui le chiedeva di iniziare a pensare alla strategia legale più appropriata per impostare la difesa.

Stava riflettendo su quello, quando sentì suonare il telefono. Diede un'occhiata al display, poi guardò più attentamente, per assicurarsi di non essersi sbagliata. Serena?

Prese la chiamata. «Ehi, che succede?» chiese. «Tutto bene?»

«Ti ho chiamato anche prima, ma non mi hai risposto», esordì la sorella con una voce squillante.

«Scusa», disse Maria, ripensando all'attacco di panico. «Ero in macchina.» La verità, almeno in parte. Chissà che cosa ne avrebbe pensato Colin.

«Come vanno le indagini?»

«Ancora niente.»

«Hai telefonato a Margolis?»

«Se non lo sentirò entro oggi, lo farò.»

«Io probabilmente lo avrei già fatto.»

«Non ne dubito. Allora… che mi dici?»

«Cosa intendi?»

«Non mi chiami mai a quest'ora. Perché non sei a lezione?»

«Mancano ancora alcuni minuti. Dovevo assolutamente dirlo a qualcuno. Ieri sera ho ricevuto una email e ho scoperto di essere tra i tre finalisti della borsa di studio. La cena con mamma e papà deve avere avuto un influsso positivo… Anche se nella email non è scritto esplicitamente, credo proprio di essere in pole position.»

«Pole position?»

«Sì, sai, in una competizione automobilistica è la macchina che si trova al comando.»

«So perfettamente che cosa significa. Ma sono sorpresa che tu lo sappia.»

«A Steve piacciono le corse automobilistiche. Le fa guardare anche a me.»

«Si tratta di una storia seria, allora?»

«Non saprei… c'è un ragazzo davvero carino a

lezione. È un po' più grande, ed esce con mia sorella, quindi potrebbe essere un problema.»

«È davvero un problema.»

«Sono contenta che tu abbia messo da parte il tuo ego e abbia parlato con lui.»

«Il mio ego non c'entrava niente.»

«Ego o incontro ravvicinato con una rissa da bar è la stessa cosa.»

«Sei pazza, lo sapevi?»

«A volte», riconobbe Serena. «Ma finora ha funzionato.»

Maria scoppiò a ridere. «È grandioso. Mi riferisco alla borsa di studio», precisò.

«Non voglio esaltarmi troppo per ora. Non parlarne con mamma e papà.»

«Non sono stata io a raccontarglielo l'altra volta.»

«Lo so. Credono ancora che dormi al pensionato con me?»

«Esatto. E adesso sono io a chiederti di non dirglielo.»

Serena scoppiò a ridere. «Promesso. Ma sono sicura che la mamma sappia che sei stata da Colin. Ovviamente preferisce non indagare sull'argomento, quindi stasera non se ne parlerà.»

«Stasera?»

«Sì.»

«Che cosa c'è stasera?»

«Stai scherzando, vero? Il compleanno della mamma, la cena di famiglia? Non dirmi che te ne eri dimenticata.»

Accidenti. «Ecco...»

«Ma dai! I miei messaggi non li leggi mai? O i miei tweet? So che ti stanno succedendo un sacco di cose, ma come puoi esserti scordata del compleanno della mamma?»

Doveva rimandare la cena con Jill e Leslie, loro avrebbero capito. «Ci sarò.»

«Verrà anche Colin?»

«È di turno al bar. E perché dovrebbe venire?»

«Mi chiedevo se era il caso di invitare Steve.»

«Che legame c'è tra le due cose?»

«È semplice. Se papà fosse occupato a fissare Colin, non potrebbe mettere alle strette Steve, e lo troverebbero eccezionale in confronto.»

Maria si accigliò. «Non è divertente.»

«Ci sentiamo.»

«A stasera!»

Dopo aver riattaccato, Maria si rese conto di essere stranamente nervosa mentre raggiungeva l'ufficio di Jill. Non pensava che Leslie si sarebbe offesa, dopo tutto il suo era stato un errore in buona fede, ma non voleva nemmeno che mettesse in discussione la proposta di Jill. Quando rivelò le proprie preoccupazioni all'amica, questa scoppiò a ridere.

«Vuoi scherzare? Leslie non bada a queste cose.»

«Dici sul serio?»

«Ma certo. È il compleanno di tua madre. Che cosa dovresti fare?»

«Dovevo ricordarmene prima.»

«Ormai è inutile rimuginarci sopra», commentò Jill, e Maria fece una smorfia. Proprio in quel momento il cellulare suonò di nuovo. Convinta che fosse Serena, decise di non rispondere, ma poi vide sul display un numero che non conosceva.

«Chi è?» volle sapere Jill.

«Non lo so», disse Maria. Dopo qualche secondo d'esitazione, prese la chiamata, augurandosi che non si trattasse di Lester.

«Pronto?»

Non era lui, grazie al cielo. Ascoltò la voce dell'uomo che parlava al telefono. «D'accordo, ci sarò», affermò alla fine.

Chiuse la chiamata e continuò a fissare il cellulare, assorta. Jill se ne accorse.

«Brutte notizie?» le domandò.

«Non saprei», rispose Maria, pensando che era giunto il momento di raccontare all'amica la storia di Lester Manning... Oltre allo choc delle due settimane precedenti, compresi gli alti e bassi con Colin. In passato l'idea di confidarsi con Jill non le avrebbe provocato il minimo disagio, ma adesso fornire informazioni così personali al suo futuro capo le sembrava... rischioso, anche se di sicuro lei lo avrebbe scoperto, prima o poi.

«Chi era?»

«Un poliziotto, l'ispettore Margolis. Mi ha chiesto di vederci.»

«Un poliziotto? Che succede?»

«È una lunga storia.»

Jill la guardò per un istante, quindi si alzò e andò a chiudere la porta.

«Cosa sta succedendo?» domandò.

Alla fine confidarsi con Jill fu più semplice di quanto immaginasse. Nonostante i loro futuri rapporti professionali, lei era in primo luogo e soprattutto un'amica, e più di una volta l'aveva presa per mano, sinceramente preoccupata. Quando Maria le assicurò che la vicenda non avrebbe influenzato il suo modo di lavorare, Jill le disse di prendersela con calma.

«In questo momento hai cose ben più importanti a cui pensare. Leslie e io possiamo cavarcela da sole. Tu devi prenderti tutto il tempo che ti occorre per gettarti alle spalle per sempre questa brutta storia. Di sicuro non ci saranno clienti in fila davanti alla porta per i primi mesi.»

«Spero che la cosa si risolva prima. Non credo che potrei resistere così a lungo, stamattina ho avuto un attacco di panico.»

Jill rimase in silenzio per un istante. «Ti darò tutto l'aiuto possibile. Dimmi solo di cosa hai bisogno.»

Mentre usciva dalla stanza Maria si rese conto ancora una volta che la decisione di andare a lavorare per Jill non era solo l'unica alternativa disponibile, ma anche la scelta professionale più azzeccata che avesse mai fatto.

Questo, tuttavia, non servì a far passare più in fretta la mattina. E nemmeno le incombenze da sbrigare: non riusciva a concentrarsi, continuava a pensare a Margolis e a ciò che poteva avere scoperto. Il lavoro sulla causa contro l'ospedale ne risentì molto. In preda a una crescente frustrazione, mise da parte ogni cosa e scrisse un messaggio a Colin.

Va bene, rispose lui, *ci vediamo alla centrale alle 12.15.*

Lei guardò l'ora. Poi tornò a leggere la denuncia, consapevole di doverla esaminare con attenzione.

Mancavano due ore all'appuntamento con l'ispettore.

Il tempo scorreva lento.

Quando entrò nel parcheggio, vide Colin che l'aspettava davanti all'ingresso. Portava gli occhiali da sole, un paio di pantaloni corti e una maglietta. Lo salutò con la mano scendendo dalla macchina, sperando di riuscire a mascherare il proprio nervosismo.

Lui le diede un bacio veloce prima di aprirle la porta del commissariato. Maria provò un senso di déjà-vu guardandosi intorno. Contrariamente alla loro prima visita, tuttavia, Margolis non si fece aspettare a lungo. Si erano appena seduti quando lo videro arrivare dalla parte posteriore dell'edificio. Teneva in mano una cartelletta e la usò per fare loro segno di seguirlo.

«Andiamo a parlare nella stanza dell'altra volta», disse.

Maria si lisciò la gonna mentre si alzava e poi si incamminò accanto a Colin, superando gli agenti seduti alle loro scrivanie e quelli riuniti intorno alla macchinetta del caffè.

L'ispettore aprì la porta e li fece accomodare, prima di sedersi all'altro capo del tavolo.

«Devo preoccuparmi?» chiese Maria nervosa.

«No. Per farla breve, non credo che Lester sarà un problema.»

«Cosa significa?» lo incalzò lei.

L'altro batté la penna sulla cartelletta, poi indicò Colin con il pollice. «Vedo che continua a frequentare questo ragazzo problematico. Non so perché insista a portarselo dietro quando dobbiamo discutere del suo caso. La sua presenza qui non è giustificata.»

«Io voglio che lui ci sia», replicò Maria. «E sì, stiamo ancora insieme. E la cosa mi rende felice.»

«Perché?»

«Mi piace fisicamente ed è bravissimo a letto», rispose lei, senza nascondere il proprio sarcasmo.

Margolis fece una smorfia priva di qualsiasi ironia. «Bene. Prima di cominciare, voglio chiarire subito che lei si trova qui solo perché le avevo detto che avrei verificato le sue affermazioni. Dato che le hanno tagliato le gomme della macchina e che probabilmente siamo di fronte a una serie di atti persecutori, è possibile avviare un'indagine penale, e in casi del genere i progressi vanno tenuti riservati. Tuttavia, siccome c'è anche la possibilità di una causa civile per chiedere un'ordinanza restrittiva... ho preferito convocarla per darle alcune informazioni utili. Le ricordo inoltre che finché non gli viene notificata l'ordinanza restrittiva, Lester Manning gode, come tutti i cittadini, del diritto alla privacy. In altre parole, vi dirò ciò che reputo importante, ma non necessariamente tutte le informazioni a mia disposizione. Ci tengo a precisare che la mia ricerca si è svolta principalmente per via telefonica. Mi sono rivolto a un mio collega di Charlotte per una consulenza e francamente non so se potrò disturbarlo ancora. Lui ha già fatto molto e, come me, ha cose più urgenti di cui occuparsi. Ha capito?»

«Sì.»

«Bene», disse Margolis. «Le illustrerò il mio approccio e poi una parte delle informazioni che ho raccolto.» Aprì la cartelletta e tirò fuori gli appunti. «Per prima cosa ho cercato di ricostruire i precedenti del caso, così ho controllato i rapporti di polizia. In particolare tutto ciò che aveva a che fare con la prima aggressione a Cassie Manning, l'arresto e la detenzione di Gerald Laws, i documenti legali, e infine i verbali relativi all'omicidio della Manning. Poi ho controllato la sua prima denuncia per stalking, quella che aveva sporto a Charlotte, e ho parlato con l'agente che si era occupato del caso. Solo martedì sera sono stato in grado di farmi un quadro preciso della situazione.

«Ora, riguardo a Lester Manning, mi sento libero di dirle ciò che potrebbe scoprire da sola sulla base di informazioni pubbliche.» Chinò gli occhi sui fogli. «Ha venticinque anni, è celibe. Diplomato alle superiori. Nullatenente, non ci sono macchine registrate a suo nome. Numero di telefono e indirizzo corrispondono a quelli del padre. Detto questo, non so di preciso quanto tempo passi effettivamente in quel domicilio.»

Maria stava per fare una domanda, ma Margolis la fermò con un gesto della mano.

«Prima mi faccia finire. Vedrà che non ci vorrà molto. Le prossime informazioni che le darò hanno una certa rilevanza per quanto riguarda l'ordinanza restrittiva, ma non entrerò nei dettagli, perché potrebbero essere importanti anche per una eventuale futura indagine penale, d'accordo?» Proseguì senza aspettare una risposta. «Dalla morte di Cassie, Lester ha avuto alcuni problemi con la legge. È stato arrestato quattro volte, ma non per comportamenti violenti o pericolosi. Imputazioni minori: violazione di proprietà privata, atti di vandalismo, resistenza all'arresto. Cose di questo tipo. Sembra che gli piaccia occupare case disabitate. Comunque, alla fine le accuse sono state ritirate. Non ho letto le motivazioni, ma in casi come questi di solito si tratta della mancanza di danni evidenti.»

Maria vide Colin agitarsi sulla sedia.

«A parte questo, non sono riuscito a sapere granché, così ho telefonato al dottor Manning, il padre di Lester. Ho lasciato un messaggio e, con mia sorpresa, sono stato richiamato pochi minuti dopo. Mi sono presentato e gli ho spiegato che volevo parlare con suo figlio. Devo riconoscere che Manning si è mostrato estremamente disponibile e più amichevole di quanto mi aspettassi. Tra l'altro, quasi alla fine della nostra seconda conversazione telefonica, mi ha dato il permesso di riferirle quanto abbiamo discusso. Questo la sorprende?»

Maria aprì la bocca, poi la richiuse senza sapere bene che cosa dire. «Dovrei essere sorpresa?» si informò alla fine.

«Io lo ero», ammise Margolis, «soprattutto dopo la descrizione che mi ha fatto del figlio. In ogni caso, gli ho chiesto se sapesse dove avrei potuto trovare Lester e lui mi ha domandato il motivo. Gli ho risposto che era una questione che riguardava la polizia. Manning allora ha replicato, testuali parole: 'Per caso c'entra Maria Sanchez?'»

Fece una pausa, poi proseguì: «Quando gli ho chiesto perché faceva il suo nome, mi ha risposto che non era la prima volta che lei accusava Lester di stalking. Dopo l'omicidio della figlia, aveva mosso le stesse accuse per via di alcuni messaggi anonimi che aveva ricevuto. Ha insistito nel dire che suo figlio era innocente allora, e dubita che abbia fatto qualcosa di male anche adesso. Ha detto inoltre di riferirle che, anche se ritiene che lei abbia commesso un errore optando per un'imputazione più lieve, sa che il responsabile della morte di Cassie è Gerald Laws e né lui né suo figlio la biasimano per questo».

«Mente.»

Margolis ignorò il suo commento. «Manning mi ha spiegato che attualmente lavora nel Tennessee per il sistema carcerario. Non parla con Lester da diverse settimane, ma il figlio ha la chiave di casa e a volte risiede nell'appartamento sopra il garage. Probabilmente lo avrei trovato lì. Quando gli ho chiesto cosa intendesse con 'a volte risiede' è rimasto in silenzio per un attimo, e ho avuto la sensazione di aver toccato un nervo scoperto. Alla fine ha detto che 'Lester è un po' vagabondo' e certe notti dorme fuori. Credo si riferisse all'abitudine del ragazzo di occupare case disabitate. Quando ho insistito, ha aggiunto che ultimamente lui e il figlio si sono un po' allontanati e ha cercato di... giustificarsi. Mi ha ricordato che Lester è una persona adulta in grado di decidere della propria vita e che lui non poteva fare molto come padre. Ha aggiunto inoltre che se non era nell'appartamento, forse lo avrei trovato al lavoro. La ditta con cui collabora si chiama Ajax Cleaners, è un'impresa di pulizie. Manning non aveva il numero a portata di mano, ma non è stato difficile trovarlo, così il passo successivo è stato parlare con il proprietario, un certo Joe Henderson.»

Margolis alzò gli occhi dagli appunti. «Mi ha seguito fin qui?»

Dopo aver ricevuto un cenno d'assenso da Maria, riprese.

«Henderson mi ha spiegato che Lester non era

impiegato a tempo pieno e nemmeno part time. Lavorava a chiamata, quando c'era da coprire qualche turno all'ultimo momento.»

«Come fanno a chiamarlo, se non ha un telefono?»

«È proprio quello che ho chiesto anch'io. Funziona così, loro pubblicano un elenco dei turni vacanti sulla bacheca del loro sito web. Ho capito che ci sono parecchie persone che consultano l'elenco con regolarità. In ogni caso, Lester a volte lavorava due o tre notti a settimana, ma negli ultimi tempi non si è mai presentato. Henderson non ha più avuto sue notizie. Mi è parso interessante, così ho telefonato a casa un paio di volte senza ottenere risposta. Alla fine ho domandato al mio collega di fare un sopralluogo e, a quanto ha potuto verificare, è da una settimana almeno che nessuno entra in quella casa. C'erano volantini nella cassetta delle lettere, quotidiani sulla veranda, cose del genere. Così ho telefonato una seconda volta al dottor Manning. Ed è qui che le cose cominciano a farsi interessanti.»

«Perché non è riuscito a mettersi in contatto con lui?»

«Al contrario. Gli ho lasciato un messaggio e mi ha chiamato subito. Quando l'ho informato che Lester non si era presentato al lavoro e sembrava che nessuno fosse più stato in casa o nell'appartamento, si è mostrato decisamente preoccupato. Mi ha chiesto di nuovo di che cosa si trattava, visto che non glielo avevo ancora detto, e gli ho spiegato che stavo indagando su una denuncia per dei pneumatici tagliati. Ha sostenuto che suo figlio non farebbe mai una cosa del genere. Che non è un ragazzo violento; anzi, i conflitti di qualsiasi tipo lo terrorizzano. Ha ammesso inoltre di non essere stato del tutto sincero nella telefonata precedente. Quando gli ho detto di spiegarsi meglio, mi ha risposto che Lester...» Margolis cercò un foglio nella cartelletta «...soffre di un disturbo delirante o, più precisamente, di 'delirio persecutorio di tipo non bizzarro'. Una persona con questa patologia può avere un comportamento normale per lunghi periodi, ma a volte il disturbo passa alla fase acuta, che può durare anche più di un mese. Nel caso di Lester, ciò è dovuto all'uso occasionale di stupefacenti.»

L'ispettore alzò lo sguardo. «Il dottore mi ha spiegato tutto nei particolari, e anche più di quanto mi servisse, ma in sostanza la questione è la seguente: quando è in fase acuta, quando il disordine passa da uno stadio di semplice paranoia a vero e proprio delirio, Lester entra in uno stato confusionale. In quei momenti, crede fermamente che la polizia voglia arrestarlo e che non si fermeranno davanti a niente per metterlo in prigione a vita. È convinto che vogliano fargli del male, che aizzeranno gli altri detenuti contro di lui. Lo stesso delirio lo ha nei suoi confronti.»

«È ridicolo. Lester mi sta perseguitando!»

«Le sto solo dicendo quello che mi ha riferito il padre. Ha anche aggiunto che una volta, durante una crisi, ha opposto resistenza all'arresto. La polizia era dovuta intervenire con il taser per renderlo inoffensivo, e in due diverse occasioni Lester è rimasto vittima di pestaggi da parte di altri detenuti in cella. Il che, tra l'altro, spiegherebbe perché tutte le accuse sono state archiviate. Secondo me, Lester non era in grado di intendere e di volere e ben presto è stato evidente a tutti.»

Margolis sospirò. «Torniamo al dottor Manning. Mi ha detto che, se Lester non era a casa né al lavoro, molto probabilmente era nel periodo di fase acuta. In questo caso potrebbe trovarsi solo in due posti: o nascosto in qualche casa disabitata, oppure ricoverato a Plainview, una clinica psichiatrica. Ci è andato diverse volte in passato, soprattutto dopo la morte della madre. Nel suo testamento, lei ha lasciato una donazione per coprire i costi dei trattamenti. Si tratta di una clinica costosa. Al telefono non ho ottenuto risposte, così ho chiamato di nuovo il mio collega e gli ho chiesto se poteva andarci di persona. L'ha fatto stamattina, circa un'ora prima che la richiamassi. Mi ha confermato che Lester Manning al momento è ricoverato nella struttura. Ci è entrato volontariamente, ma a parte questo non è stato possibile ottenere altre informazioni. Non appena ha saputo che un poliziotto voleva parlargli di Maria Sanchez, è praticamente… ammattito. Il mio amico lo sentiva gridare dall'ingresso e subito dopo due inservienti sono accorsi da quella parte. A me sembra molto interessante, che ne pensa?»

Maria non sapeva che cosa rispondere. Nel silenzio che seguì udì la voce di Colin.

«Quando è entrato in clinica?»

Margolis spostò lo sguardo su di lui.

«Non saprei. Il mio collega non è riuscito a scoprirlo. Le cartelle cliniche sono confidenziali e non si può accedere ai dati sanitari senza il consenso del paziente. Tuttavia il mio amico ha chiesto a uno degli altri pazienti, il quale gli ha risposto che Lester si trovava lì da cinque o sei giorni. Naturalmente, data la fonte, è un'informazione da prendere con le pinze.»

«In altre parole, esiste la possibilità che Lester abbia tagliato le gomme e lasciato i messaggi.»

«Ma poteva benissimo essere in ospedale. In questo caso il colpevole chiaramente non è lui.»

«Deve essere lui», insistette Maria. «Non so proprio di chi altri potrebbe trattarsi.»

«Che mi dice di Mark Atkinson?»

«Chi?»

«Il ragazzo di Cassie. Ho fatto qualche ricerca su di lui. A quanto pare, potrebbe essere scomparso.»

«Cosa significa?»

«Sto ancora concludendo il lavoro preliminare, ma ecco quello che posso dirvi. La madre di Atkinson ha denunciato la scomparsa del figlio circa un mese fa. Stamattina mi sono fatto dare il suo numero da un agente e ho parlato con lei. Non so bene che cosa pensare... Mi ha raccontato che in agosto Mark le ha mandato una email dicendo che aveva conosciuto una donna su Internet e che voleva lasciare il lavoro e andare a Toronto per incontrarla. La madre si era mostrata perplessa, ma lui le aveva scritto rassicurandola, dato che l'affitto era stato pagato in anticipo e anche le bollette sarebbero state pagate on line. La signora Atkinson sostiene di aver ricevuto un paio di lettere scritte a macchina in cui Mark sosteneva di essere in viaggio con la ragazza. Una lettera era stata spedita dal

Michigan e l'altra dal Kentucky, ma secondo lei, cito le sue parole, erano 'vaghe, strane e impersonali, non nello stile di mio figlio'. A parte questo, non ha più avuto contatti con lui e crede che sia scomparso. Il fatto di non averlo più sentito per lei significa che gli è successo qualcosa.»

Queste nuove informazioni turbarono profondamente Maria, che dovette fare uno sforzo per restare seduta. Persino Colin sembrava senza parole.

Margolis li guardò a turno. «Questo è il punto in cui mi trovo adesso. Se vi state chiedendo che cosa ho intenzione di fare, ecco, telefonerò un'altra volta al buon dottore per vedere se con il suo intervento è possibile sapere quando è stato ricoverato Lester. Magari potrebbe convincere il figlio ad autorizzare i medici di Plainview a dirmelo. Sulla base di ciò che scoprirò, potrei approfondire la faccenda di Mark Atkinson. Francamente, sarebbe una bella sfacchinata, e non so quanto tempo possa dedicarmici.»

«Atkinson non c'entra», ripeté Maria. «È Lester.»

«In questo caso, allora, per il momento non mi preoccuperei troppo.»

«Perché?»

«Come vi ho detto, Lester è ricoverato in ospedale», rispose semplicemente l'ispettore.

«Non ha senso», disse Maria a Colin. Erano nel parcheggio e il sole faceva capolino da dietro le nuvole. «Non ho mai conosciuto Mark Atkinson. Non ci ho mai parlato. Credo di non averlo nemmeno mai visto. Perché dovrebbe perseguitarmi? Non usciva neppure con Cassie all'epoca dell'arresto di Laws. Si sono conosciuti successivamente.»

«Lo so.»
«E perché mai Lester dovrebbe credere che ce l'abbia con lui?»
«È paranoico.»
Lei distolse lo sguardo, poi abbassò la voce. «Che rabbia. Insomma, mi sembra di capirci meno di prima. E non so che cosa fare, né cosa pensare di tutta questa faccenda.»
«Anch'io ho le idee un po' confuse.»
Lei lo guardò. «Mi ero dimenticato una cosa. Stasera ho dovuto disdire la cena con Jill e Leslie perché è il compleanno di mia madre. Sarò a casa dei miei, quindi.»
«Vuoi che ti raggiunga alla fine del turno?»
«No. Per allora la cena sarà finita. Cucinerà papà, è l'unica volta che lo fa in tutto l'anno, e di solito si limita a preparare qualcosa di semplice. Saremo solo noi quattro.»
«Ti fermerai a dormire lì? Oppure torni a casa tua?»
«Stavo pensando di tornare a casa. Direi che sarebbe ora, non trovi?»
Colin rimase in silenzio per un istante. «Che ne dici di vederci lì? Tu rimani dai tuoi e io ti chiamo quando ho finito.»
«Non ti dispiace?»
«Niente affatto.»
Lei fece un sospiro. «Che strazio. Finalmente le cose funzionavano tra di noi e guarda che cosa doveva capitare. Mi spiace davvero che tu ci sia finito in mezzo.»
Lui la baciò. «Non avrei potuto fare altro.»

21
Colin

Tornato a casa, Colin tirò fuori il portatile dallo zaino e lo sistemò sul tavolo della cucina. Quella situazione lo lasciava interdetto, e l'istinto gli diceva di raccogliere più informazioni possibili.

Il primo passo era cercare di capire come funzionava la mente di Lester Manning. O meglio, in che cosa consistesse il «delirio persecutorio di tipo non bizzarro». Avrebbe voluto chiedere più particolari a Margolis, ma non spettava a lui e Maria aveva lasciato perdere. Per fortuna c'erano decine di siti che approfondivano l'argomento, e nell'ora e mezza successiva imparò tantissime cose.

Aveva avuto l'impressione che il disturbo somigliasse alla schizofrenia, ma sebbene alcuni sintomi, come le allucinazioni, erano comuni alle due patologie, si trattava di malattie diverse. Nella schizofrenia spesso comparivano disturbi di linguaggio e deliri di tipo bizzarro. In questo caso «bizzarro» significava impossibile: credere di poter volare, o di leggere nella mente degli altri, sentire voci che controllavano le proprie azioni. Il delirio «non bizzarro», quello da cui era affetto Lester, si basava invece su fatti plausibili ma non reali.

Nel caso di Manning, era abbastanza logico che fosse convinto che la polizia volesse arrestarlo. A detta del padre, in passato gli agenti avevano usato il taser per renderlo inoffensivo e metterlo in prigione, e mentre era in cella era stato picchiato da altri detenuti. Alla fine le accuse erano state archiviate, e questo poteva aver rafforzato la convinzione di Lester di essere perseguitato dalla polizia.

Colin dovette ammettere che anche la fissazione su Maria era plausibile. Non solo Maria non era riuscita a proteggere Cassie ma, se davvero non era stato lui a scrivere i biglietti, come affermava il padre, lei gli aveva persino aizzato contro la polizia senza motivo. E per ben due volte…

Margolis aveva giustamente affermato che una persona affetta da tale disturbo poteva avere un comportamento normale, quando non era in preda a una crisi acuta. La gamma delle fissazioni andava dalle semplici manie di poco conto alle vere psicosi; altri articoli scientifici spiegavano che, proprio come il dottor Manning aveva detto a Margolis, il delirio poteva variare di intensità e aggravarsi con l'uso di determinati stupefacenti.

Tuttavia, sebbene fosse probabile che Lester soffrisse davvero di fissazioni, alcuni aspetti del disturbo non si applicavano al suo caso. Se Lester era terrorizzato da Maria, perché mandarle delle rose? O ordinarle da bere? E se si trattava di una specie di offerta di pace, perché aggiungere messaggi di quel genere? Perché provocarla, se il suo vero desiderio era di essere lasciato tranquillo? E poi perché arrivare fino Wilmington per farlo? Non avrebbe preferito tenere la massima distanza possibile tra di loro?

All'inizio Colin si era domandato come mai l'ispettore avesse indagato su Mark Atkinson, ma evidentemente anche lui doveva essersi accorto di quelle discrepanze. Per questo aveva chiamato la madre di Atkinson, e da lì la storia si era complicata ancora di più.

A quanto pare, potrebbe essere scomparso.

Seppur vaga, l'affermazione di Margolis era significativa. Una rapida ricerca lo condusse a una foto su Pinterest nella pagina dedicata alle persone scomparse, senza dubbio caricata dalla madre di Atkinson. A parte questo, non c'era altro. L'ispettore non era riuscito a ottenere informazioni precise, come per esempio la data della partenza di Atkinson per Toronto. O della sua eventuale scomparsa.

Ma se il ragazzo non era scomparso, forse si nascondeva?

Colin intuiva che Margolis la considerava una possibilità. Le tempistiche potevano far sorgere quel sospetto. Anche l'osservazione di Maria, però, era valida. Perché avrebbe dovuto prenderla di mira? A quanto sosteneva, non lo aveva mai neppure conosciuto.

Colin spense il computer, la mente che continuava soffermarsi su quegli interrogativi. Alla fine capì di doversi chiarire le idee, e c'era un unico modo per farlo.

Corse per otto chilometri fino alla palestra e passò un'ora a sollevare pesi, concludendo con una mezz'ora di colpi al sacco pesante. Non erano previsti allenamenti e la struttura era relativamente tranquilla. Daly andò a tenergli il sacco per qualche minuto, ma per il resto rimase nel suo ufficio.

Colin corse a casa, fece una doccia, si mise gli abiti da lavoro e si recò al ristorante. Mentre guidava, ricominciò a riflettere sulla situazione. Forse l'istinto di protezione era molto sviluppato in lui, ma per qualche motivo non riusciva a scrollarsi di dosso la sensazione che stesse per succedere qualcosa di brutto.

22
Maria

Dopo il colloquio con Margolis, Maria andò nello studio, la testa piena di tutte le informazioni ricevute. Decise di passare da Jill per aggiornarla sugli ultimi sviluppi, però l'amica non era ancora tornata dal pranzo. Questo le ricordò che non aveva mangiato, ma aveva lo stomaco troppo chiuso per pensare al cibo.

Tutta colpa dello stress. Se andava avanti così, avrebbe dovuto cambiare il suo guardaroba o farsi stringere i vestiti.

Barney era già arrivato, e trascorse le tre ore successive chiuso in ufficio, convocando le assistenti l'una dopo l'altra. Maria immaginò che stesse cercando una sostituta per Lynn – sperava che la trovasse quanto prima – così preferì non disturbarlo per parlargli del caso dell'ospedale. Iniziò invece a organizzare una strategia, scrivendo appunti a margine della denuncia, finché a un certo punto sentì bussare alla porta. Alzò gli occhi e vide Barney sulla soglia.

«Ciao, Maria. Ti spiacerebbe venire nel mio ufficio?» le domandò.

«Oh, ciao, Barney», rispose lei con evidente sollievo, raccogliendo i fogli e infilandoli nella cartelletta. «Volevo proprio parlarti della denuncia all'ospedale. Ho individuato diverse possibili strategie e volevo essere sicura di aver capito quale fosse la tua linea prima di iniziare a lavorarci seriamente.»

«Per il momento lascia perdere», disse lui. «Ne discuteremo più avanti. Puoi venire? C'è qualcosa di cui vorrei parlare con te nel mio ufficio.»

Nonostante l'atteggiamento educato, il tono dell'uomo la fece sentire a disagio mentre si alzava dalla scrivania. Di qualunque cosa volesse parlarle, non doveva essere niente di buono, pensò.

Camminava mezzo metro dietro di lei, in silenzio, e le si affiancò solo quando furono all'altezza della sua stanza. Sempre galante – di sicuro anche quando era sul punto di silurare qualcuno – le aprì la porta e le indicò la coppia di sedie a schienale alto davanti alla sua scrivania. Quando Maria le raggiunse, si accorse che quella più vicina alla finestra era già occupata. Si fermò di scatto.

Ken.

Intanto Barney si stava accomodando alla scrivania. Lei rimase in piedi, mentre lui riempiva tre bicchieri d'acqua con una caraffa.

«Accomodati», la spronò. «Non c'è niente da temere. Siamo qui per una discussione amichevole.»

Dovrei dirgli «No grazie» e andarmene, pensò lei d'un tratto. Che cosa avevano intenzione di fare? Licenziarla? Nel frattempo, però, le vecchie abitudini ebbero il sopravvento, per cui nel rispetto dei più anziani e del capo, si mise seduta suo malgrado.

«Un po' d'acqua?» domandò Barney. Con la coda dell'occhio Maria si accorse che la stava scrutando.

«No, grazie», rispose. Era ancora in tempo per andarsene, si disse, ma…

«Mi fa piacere che tu sia qui con noi», riprese Barney, la parlata un po' più strascicata del solito, la cadenza un po' più lenta. Era quella che usava in tribunale. «Sono sicuro che ti stai chiedendo per quale motivo ti ho convocato. Ebbene…»

«Avevi detto che c'era qualcosa di cui volevi parlare con me», lo interruppe lei.

L'altro trasalì in maniera impercettibile, chiaramente sorpreso di essere stato interrotto. Sorrise. «Come, scusa?»

«Avevi detto che c'era qualcosa di cui volevi parlare con me. E non che ci sarebbe stato anche qualcun altro.»

«È vero», riconobbe lui con voce sicura. «Hai ragione. Non mi sono spiegato bene. Ti chiedo scusa.»

Le stava offrendo la possibilità di rispondere che non c'era problema, ma in un caso del genere Colin non avrebbe detto niente, così anche lei fece lo stesso. Sto imparando, pensò.

Barney allargò le mani. «Allora, cerchiamo di arrivare al dunque. So che sei molto impegnata e l'ultima cosa che vorrei è farti perdere troppo tempo con questo incontro.»

«Okay.» Maria esultò tra sé.

Per la seconda volta, non era quello che lui si aspettava, ma Barney era un maestro dell'improvvisazione. «Senza dubbio avrai sentito le voci che circolano nello studio su alcune ignobili accuse da parte di un paio di impiegate contro Ken Martenson. Accuse che, sia detto per inciso, non hanno alcun fondamento.»

Attese. Ma stavolta lei non aprì bocca.

«Ho ragione?» domandò alla fine.

Lei guardò prima Ken, poi Barney. «Non ne sono troppo sicura.»

«Non sei sicura di aver sentito queste voci?»

«Le voci le ho sentite eccome», ribatté Maria.

«Allora di che cosa non sei sicura?»

«Non so se le accuse abbiano o meno un fondamento.»

«Ti assicuro, Maria, che non ce l'hanno.»

Lei aspettò qualche secondo. «Okay.» Colin sarebbe stato fiero di lei in quel momento. Soprattutto, cominciava a capire in che modo l'uso della parola «okay» modificasse le dinamiche di potere all'interno dell'ufficio. O, quanto meno, desse alla conversazione il tono che lei voleva, anche se a Barney non piaceva. Comunque lui era abile nel nasconderlo, e parlava ancora più lentamente, utilizzando la cadenza da tribunale.

«Essendo il signor Martenson il nostro direttore amministrativo, lo studio intende contestare con fermezza le accuse, in tutti i modi che riterrà opportuni. Questo include anche un dibattimento. Naturalmente, come ben sai, quando ne va della reputazione di qualcuno, di solito si arriva a un concordato, per evitare estenuanti e costosi procedimenti legali. In questo particolare frangente, qualunque eventuale patteggiamento non rispecchierebbe la veridicità delle accuse, bensì il tempo, il denaro e l'incomodo che costerebbe contestarle. Ovviamente, ogni accordo, nel caso avvenisse, sarebbe privato e confidenziale.»

Maria annuì. *Vai al punto. Perché mi hai convocato?*

«Sono certo di non dover sottolineare con te la limpida condotta di Ken Martenson. Coloro che lo conoscono meglio, quelli come noi, sanno che ha sempre pensato prima di tutto agli interessi dello studio, in ogni suo gesto e in ogni sua decisione. Ha affrontato grandi sacrifici, e non è possibile che abbia fatto una qualsiasi cosa volta a mettere a repentaglio la reputazione dello studio o la propria. Le accuse, vorrei aggiungere, sono pretestuose. Nella sua lunga carriera di avvocato, non sono mai venute alla luce in un'aula di tribunale accuse di molestie sessuali. Tre decenni di duro lavoro ora inficiati dall'avidità umana.»

Le accuse non sono mai venute alla luce perché sono state insabbiate, pensò Maria.

«Sfortunatamente, laddove si concentra del denaro c'è sempre chi si sente autorizzato a chiedere qualche risarcimento. In alcuni casi queste persone possono mentire in maniera spudorata; in altri distorcono la verità in modo che sia utile ai loro scopi. Altre volte, infine, c'è chi fraintende semplicemente un comportamento che chiunque altro troverebbe inoffensivo. È mia ferma convinzione che nel nostro caso stiano succedendo tutte queste cose insieme e ciò ha portato, se mi si passa l'espressione, a una vera e propria frenesia collettiva. E ora gli squali hanno sentito odore di sangue nell'acqua e vogliono assicurarsi la loro porzione, convinti come sono che gli spetti di diritto. Tuttavia la nostra bella Costituzione non dice che ci si può appropriare dei beni altrui soltanto perché si crede di averne il diritto. L'avidità è una cosa orrenda, terribile, e troppe volte ho visto della brava gente rimanerne ferita, persino tra i miei parenti. I miei vicini, uomini perbene, timorati di Dio, sono stati rovinati dall'avidità altrui. In quest'epoca tormentata, il mio sentimento nei confronti di queste persone è più di pietà che di rabbia. Conducono vite mediocri e credono di poter riempire il vuoto con i soldi degli altri. Tuttavia, siccome nel nostro caso ne va della reputazione del signor Martenson e del buon nome dello studio, avverto la responsabilità, persino il dovere, di assicurarmi che sia Ken sia lo studio ricevano la difesa più vigorosa possibile.»

Era davvero bravo, pensò Maria, anche se distorceva la verità. Ora capiva perché le giurie lo amassero tanto.

«Sono convinto che anche tu voglia mantenere alta l'indubbia reputazione del nostro studio. Ma devo confessarti di avere paura, Maria. Ho paura per quelli che lavorano qui. I tuoi colleghi. I tuoi amici. Le giovani famiglie con un mutuo sulle spalle. I loro figli. Sento il dovere di utilizzare tutte le capacità che il buon Dio mi ha concesso, nella speranza che la giustizia e il bene prevalgano sul torto e l'avidità. D'altronde, sono soltanto un vecchio, ormai lontano dalle dinamiche del mondo d'oggi, quindi cosa posso sapere?»

Quando Barney giocò la carta dell'animo «profondamente turbato», Maria fu sul punto di applaudire. Invece mantenne un'espressione imperturbabile. Alla fine l'avvocato sospirò e riprese l'arringa.

«Io ti conosco, Maria. So che condividi le mie preoccupazioni. Sei una persona troppo sensibile per non temere per la sorte di tutti i tuoi amici e colleghi di questo studio. E so che anche tu vorrai fare la tua parte perché la giustizia prevalga. Il nostro studio, tutti noi dobbiamo rimanere uniti contro questi... speculatori che si illudono di avere diritto ai soldi che tu hai guadagnato duramente, pur non avendo fatto nulla per guadagnarli.»

Scosse il capo.

«Il nostro unico desiderio è che la verità trionfi, Maria. Solo questo. Soltanto la pura e semplice verità. Ecco perché sei qui. Perché abbiamo bisogno del tuo aiuto.»

Ci siamo, pensò Maria.

«Ti chiediamo soltanto quello che abbiamo chiesto a tutti i nostri dipendenti. Di firmare un affidavit, in cui tu affermi di nutrire il massimo rispetto per Ken Martenson e che nel corso del tuo mandato qui non sei mai stata testimone, né ti è mai giunta voce, di un comportamento anche lontanamente identificabile come sessualmente offensivo nei confronti di nessuna impiegata da parte di Martenson. Nel tuo caso, come per il nostro personale femminile, ti chiediamo anche di confermare di non aver mai ricevuto molestie sessuali, di nessun tipo, in nessuna occasione.»

Per un attimo Maria lo guardò allibita. Ken si era rannicchiato sulla sedia e Barney riprese a parlare.

«Ovviamente, non sei obbligata a farlo. Alla fine, la decisione spetta esclusivamente a te. Non devi avere riguardi per nessuno. Io desidero solamente che tu faccia la cosa giusta.»

Barney aveva concluso. Teneva gli occhi bassi, aveva assunto una postura umile. Barney: il difensore della giustizia in un mondo che non riusciva più a capire, l'uomo che si era accollato un fardello che qualcuno doveva portare. Non c'era da sorprendersi che avesse tanto successo.

Maria non sapeva che cosa rispondere. Per quanto il suo capo fosse stato persuasivo, stava mentendo, e lei lo sapeva. Come sapeva che lo stesso Barney ne era consapevole e che quindi quello era soltanto un gioco. Senza dubbio voleva che Ken fosse presente per punirlo in quel modo. *Ti rendi conto a che livello mi devo abbassare per difenderti?* Da parte sua, Ken non aveva pronunciato nemmeno una parola.

Tuttavia...

Era giusto che l'intero staff dello studio – tutte persone innocenti – fosse penalizzato? Per colpa di un unico idiota? Quanti soldi volevano quelle ragazze? Ken l'aveva molestata e lei era sopravvissuta. Tra un paio di settimane si sarebbe gettata l'episodio alle spalle e con il tempo probabilmente ci avrebbe riso su. Ken era un idiota, ma non aveva avuto un comportamento riprovevole in pubblico, non aveva tentato di palparla in corridoio quando erano al convegno. Era troppo insicuro, troppo patetico per farlo. Almeno con lei. Ma che cosa sapeva delle altre che aveva molestato?

Era incerta su cosa rispondere, aveva bisogno di tempo per rifletterci. Fece un profondo respiro. «Ci penserò.»

«Bene», disse Barney. «Apprezzo la tua serietà. E ricorda, tutti qui allo studio, i colleghi e gli amici, vogliono soltanto che tu faccia la cosa giusta.»

Tornata nel suo ufficio, Maria si sforzò di riprendere in mano la causa a cui stava lavorando, ma non riusciva a smettere di pensare al colloquio appena avuto e a come avrebbe potuto rispondere meglio. Si domandava cosa avrebbe detto Colin al suo posto…

«Eccoti qua.»

Assorta nei propri pensieri, Maria alzò la testa e vide Jill sulla porta. «Ehi, ciao…»

«Dov'eri finita? Sono passata poco fa, ma non eri in ufficio», disse Jill.

«Barney mi aveva chiamato per parlare.»

«Lo immaginavo.» Jill si chiuse la porta alle spalle. «Com'è andato l'incontro con l'ispettore?»

Maria aggiornò l'amica sulle cose che le aveva riferito Margolis. Jill, come lei, non sapeva cosa pensare. Fece le stesse domande di Maria e rimase con le stesse perplessità.

«Non so dirti se siano buone o cattive notizie», concluse. «La situazione mi sembra più ingarbugliata di stamattina.»

Fosse questo il mio unico problema, rifletté Maria.

«A cosa stai pensando adesso?»

«Che cosa intendi?»

«Hai cambiato faccia.»

«Ecco, pensavo al colloquio con Barney.»

«Sì?»

«C'era anche Ken.»

Jill annuì. «Riguardava la denuncia?»

«Chiaramente.»

«Lasciami indovinare. Barney ha parlato per tutto il tempo, sfoggiando il suo fascino da buon avvocato, e tirando in ballo l'idea di fare 'la cosa giusta'?»

«Lo conosci bene.»

«Purtroppo sì. Allora… hai scoperto qualcosa?»

«Vogliono presentare 'un fronte unito'.»

«Va bene… ma cosa significa in concreto?»

«Vogliono che firmi una dichiarazione in cui affermo di non aver mai visto Ken fare niente di sbagliato, che lui ha sempre tenuto un comportamento professionale e che non mi ha mai molestata.»

«Barney ti ha chiesto di firmare? O ha insistito perché tu lo facessi?»

«Me lo ha chiesto. Anzi, ha detto chiaramente che voleva che fossi io a decidere.»

«Questo è un bene.»

«Può darsi.»

«Può darsi?»

Vedendo che Maria non rispondeva, Jill la guardò. «Non dirmi che c'è dell'altro», la incalzò. «Qualcosa di cui non mi hai parlato stamattina?»

«Veramente...»

«Lasciami indovinare. Ken ha molestato anche te?»

Maria alzò gli occhi. «Come facevi a saperlo?»

«Non ricordi il nostro pranzo? Dopo che eri uscita in paddleboard con Colin, quando continuavo a chiederti come andavano le cose al lavoro? Sapevo che eri stata al convegno con Ken e bazzico questo ambiente da abbastanza tempo per immaginare cosa può aver cercato di fare lui. Anche se giuravi che era tutto a posto, avevo dei sospetti.»

«Perché non mi hai detto niente?»

Jill fece una smorfia. «Politica aziendale, sai. È per questo che Leslie e io l'abbiamo già bandita. All'epoca non volevo metterti la pulce nell'orecchio, casomai non fosse successo niente, ma ricordo di aver pensato che i miei sospetti erano giusti. Il che è terribile, ovviamente. Però per certi versi ero contenta, e so che non è una cosa bella da dire a un'amica.»

«Cosa significa che per certi versi eri contenta?»

«Se ti fosse piaciuto stare qui, forse non saresti stata così disponibile a tentare la fortuna con noi. Ovviamente, all'epoca non ero al corrente delle possibili cause legali.»

«Mi lusinga che tu abbia tanto a cuore il mio benessere.»

«Sei una donna forte, Maria. E francamente credo che tu sia più furba di Ken. Sapevo che avresti trovato il modo di tenerlo a bada.»

«Gli ho detto che il mio ragazzo, il lottatore, era un tipo geloso.»

Jill scoppiò a ridere. «Appunto. Molto più furba di Martenson. Bene, torniamo al tuo colloquio con Barney e Ken, il nostro illustre leader. Barney ti ha chiesto di firmare e tu gli hai detto che ci avresti pensato.»

«Come fai a sapere che cosa gli ho risposto?»

«Conosco Barney. È un maestro a mascherare ciò che è ovvio, a mostrarsi come quello che sta dalla parte della giustizia, per poi aggiungere un tocco di rimorso, nel caso ci siano ancora esitazioni. È importante che tu metta da parte tutto questo e ti concentri su quanto accaduto veramente. A proposito, che cosa è successo?»

Maria le raccontò in breve del convegno, e Jill l'ascoltò senza batter ciglio, ma quando passò agli avvenimenti successivi l'amica rimase interdetta.

«Aspetta un attimo», disse. «Una cosa è il classico 'mia moglie non mi capisce', ma tu mi stai dicendo che ti ha toccato il seno?»

«Be', la clavicola... o poco più sotto. Lui non...»

«Ma le sue intenzioni erano evidenti per te? E

poi voleva pranzare insieme per parlare di nuovo del 'gioco di squadra'?»

«Sì, ma gli ho impedito di spingersi oltre... lui non...»

«Vieni con me», disse Jill avvicinandosi alla porta.

«Dove andiamo?»

«Da Barney e Ken.»

«Lascia perdere, dai... tanto me ne vado. Lui non mi ha toccato il seno o niente del genere...»

«Senti, Barney non conosce i particolari. E sono sicura che lo scopo del colloquio non fosse solo tutelare lo studio; volevano impedirti di unirti alle altre donne e sporgere denuncia presso la Commissione per i diritti sul lavoro.»

«Non ho intenzione di sporgere denuncia», replicò Maria.

«Ne sei sicura?»

Maria pensò a Barney e agli altri impiegati dello studio. Le attenzioni di Ken erano state sgradevoli e le avevano causato parecchio stress, ma l'idea di gettarsi tutto alle spalle e passare oltre le risultava più allettante che andare a fondo della questione.

«Sì, ne sono sicura. Tanto me ne vado.»

«Ma non credi che Ken dovrebbe pagare per le sue colpe? Almeno un pochino? Per tutto lo stress che ti ha causato?»

«Penso di sì. Ma come ti ho detto, non voglio rivolgermi alla Commissione.»

Jill sorrise. «Loro non lo sanno.»

«Che cosa hai intenzione di dire?»

«Esattamente ciò che va detto. E qualunque cosa tu decida, lascia parlare me. Non aprire bocca.»

Prima che Maria avesse tempo di realizzare quello che succedeva, Jill si era incamminata nel corridoio. Dovette accelerare il passo per starle dietro. La porta di Barney era chiusa, ma questo non scoraggiò minimamente la sua amica.

Barney e Ken, seduti esattamente negli stessi posti di prima, rimasero sorpresi dal suo arrivo improvviso.

«Che cosa c'è? Stavamo parlando...» cominciò Barney, ma Jill entrò lo stesso nello studio e Maria la seguì.

«Ti spiacerebbe chiudere la porta, Maria?» La voce di Jill era ferma e professionale, e molto decisa. Era la prima volta che la vedeva comportarsi così.

«Non mi hai sentito, Jill?» chiese Barney.

«Io credo che faresti meglio ad ascoltarmi.»

«Abbiamo un'altra candidata da esaminare tra cinque minuti.»

«Ditele di aspettare. Devo comunicarti una cosa importante. Ha a che fare con la denuncia e vi riguarda entrambi.»

A quelle parole, Ken impallidì. Barney la guardò e poi prese il telefono; fece esattamente come gli aveva suggerito lei. Dopo aver riagganciato, si alzò dalla scrivania. «Lasciate che sposti le sedie dalla finestra...» disse, ma Jill scosse il capo bruscamente.

«Restiamo in piedi», rispose.

A quel punto Maria vide Barney aggrottare la fronte, come se stesse facendo dei calcoli mentali. La maggior parte delle persone sarebbe tornata a sedersi, ma lui sapeva quanto fosse importante mantenere un contatto visivo alla pari. Si mise ancora più diritto.

«Hai detto che è una questione che riguarda lo studio?»

«Veramente ho detto che riguarda voi due. Ma sì, alla fine riguarda anche lo studio.»

«Allora sono contento che tu sia venuta», riprese, riconquistando la sua parlata lenta e zuccherosa. «Abbiamo appena finito di discutere con Maria delle false accuse, come immagino saprai, e sono certo che lei farà la cosa più giusta per tutte le persone coinvolte.»

«Io non ne sarei altrettanto sicura», ribatté Jill. «Voglio che siate i primi a sapere quello che Maria mi ha appena riferito, ovvero che Ken Martenson ha tenuto nei suoi confronti una condotta che qualunque giuria giudicherebbe affine a una molestia sessuale, e che lei è fortemente intenzionata a informare la Commissione per i diritti sul lavoro, prima di sporgere a sua volta denuncia.»

«Non è vero!» sbottò Ken. Erano le prime parole che Maria gli sentiva pronunciare quel giorno.

Jill si voltò verso di lui, il tono sempre distaccato. «Le hai detto che doveva impegnarsi di più a lavorare in squadra. Avere te come sostegno poteva aiutarla, quando si fosse trattato di associarsi allo studio. E poi l'hai palpata.»

«Io non faccio certe cose!»

«L'hai toccata in maniera inappropriata sul collo e sul petto.»

«Io... le ho solo toccato una spalla.»

«Perciò ammetti di averla toccata? Di averle messo le mani addosso, sebbene lei lo trovasse chiaramente offensivo?»

A quelle parole, Ken si rese conto che la strategia

migliore era mantenere il silenzio, e si girò verso Barney, che aveva mantenuto un'aria impassibile.

«Maria non ha lamentato nessun tipo di molestia sessuale nel nostro colloquio di oggi», precisò. «Né mi ha mai informato di alcunché nei mesi in cui ha lavorato qui.»

«Perché avrebbe dovuto farlo? Sapeva che tu avresti coperto Ken. Esattamente come quando si è trattato di appianare gli altri casi di molestie sessuali.»

Barney fece un lungo respiro. «Sono sicuro che ci sia un malinteso e che saremo in grado di sistemare la questione in maniera amichevole. Non c'è motivo di ricorrere alle minacce.»

«Nessuna minaccia. Anzi, se non altro dovreste essere contenti che siamo venute qui e non vi facciamo sorprese.»

«Infatti lo sono», concordò lui. «Ritengo che riusciremmo a discutere meglio la questione se ci accomodassimo. Mi piacerebbe sapere che cosa ha da dire Maria.»

«Non ne dubito. Vi faremo leggere la sua dichiarazione nel dettaglio non appena verrà redatta. Per ora, parlerò io per lei.»

Ken sgranò gli occhi, ma Barney si limitò a guardare Jill.

«Ti rendi conto che non puoi rappresentare Maria per un evidente conflitto di interessi?»

«Sono qui come sua amica.»

«Non credo che faccia molta differenza.»

«Partiamo da questo: io e Maria lasceremo lo studio. Non volevamo dare le dimissioni oggi, ma considerato il fatto che Maria può sporgere denuncia, ho pensato che sia meglio accelerare le cose.»

Per la prima volta, Barney rimase senza parole. Guardò prima Jill poi Maria, poi di nuovo Jill. «Hai detto che intendete licenziarvi entrambe dallo studio?»

«Esatto.»

«Dove andrete a lavorare?»

«Non è questo l'argomento in discussione. Adesso stiamo parlando della denuncia che Maria ha intenzione di presentare. Sappiamo bene che le accuse avanzate da Lynn e dalle altre sono gravi, e potete ben immaginare quanto peso assumeranno i loro casi quando anche Maria si farà avanti.»

«Ma io non ho fatto niente», borbottò Ken. Barney gli scoccò un'occhiata severa.

«Pensi che qualcuno ci crederà? Specialmente dopo le dichiarazioni che le altre rilasceranno in tribunale? Ma naturalmente non si arriverà a quello. Tutti in questa stanza sanno che patteggerai. Questi casi vengono risolti quasi sempre in maniera extragiudiziale. Non sono sicura che avverrà lo stesso con Maria. Era molto sconvolta quando mi ha raccontato quello che è successo. Anche se non sarò io la sua consulente in questo caso, ho il sospetto che voglia portare la cosa fino in fondo.»

Barney si sistemò la giacca. «Non credo che siate qui soltanto per informarci delle vostre intenzioni di sporgere denuncia o di lasciare lo studio. Immagino vogliate risolvere la faccenda.»

«Cosa te lo fa pensare?»

«Non ci guadagnate nulla a farci sapere in anticipo che intendete rivolgervi alla Commissione.»

«Forse il mio è stato un ultimo gesto di lealtà verso lo studio.»

«Può darsi.»

«O forse volevo semplicemente far sapere a Ken che, oltre a rovinare lo studio e perdere tutti i suoi risparmi, probabilmente dovrà vendere anche la sua ridicola automobile quando Maria avrà finito con lui.»

Ken gemette sottovoce. Barney non ci badò.

«Come possiamo risolvere la cosa?»

«Tanto per cominciare, Maria vuole sei settimane di ferie quest'anno.»

«Per quale ragione dovrei dargliele, se ha intenzione di andare via?»

«Perché è nell'elenco dei suoi desideri. Perché Ken è un idiota. Perché ieri ha visto un arcobaleno mentre camminava vicino a un irrigatore automatico. Perché Maria ha dovuto lavorare la sera e nei fine settimana per causa tua, e non ha fatto un giorno di ferie da quando è arrivata. Insomma, non conta il motivo. Le vuole, e questo è quanto.»

«Il primo anno di lavoro si ha diritto a una settimana.»

«Vorrà dire che farai un'eccezione. Ferie pagate, bada bene. Da aggiungere alla sua liquidazione.»

Ken stava per intervenire, ma Barney alzò la mano per farlo tacere. «C'è altro?»

«Sì. Sai il preavviso di due settimane? Dimenticalo. Oggi è l'ultimo giorno di lavoro per Maria, e non tornerà più. Verrà pagata anche per le prossime due settimane.»

Barney aveva l'aria di chi ha mangiato un boccone avariato. «È tutto? Due mesi di stipendio?»

«Non proprio. Ha bisogno di un risarcimento per le sue sofferenze emotive. Diciamo… altri tre mesi di stipendio oltre ai due già stabiliti.»

Barney ci pensò su. «In cambio di cosa?»

«Dobbiamo ancora definirlo. Ma in sostanza non sentirete più parlare di comportamenti discutibili tenuti da Ken. Nessun rapporto, nessuna denuncia. Firmiamo l'accordo e ognuno per la sua strada.»

Barney rimase in silenzio, probabilmente stava valutando quanto volesse fare sul serio Maria. Jill se ne accorse subito.

«Non è un bluff, Barney. Sai come si comporta Ken. Sai che cosa ha fatto alle altre e sai anche che ha molestato Maria. Soprattutto, sai che non si tratta di cifre ingenti. Praticamente, lei ti sta facendo un regalo, perché, per quanto disprezzi Ken, ha una grande stima di te.»

«E l'affidavit?»

«Non pensarci nemmeno», l'avvertì Jill. «Maria non smentirà. E non firmerà nessuna dichiarazione riguardo a quanto veramente accaduto. La cosa verrà dimenticata.»

«E se fosse chiamata a testimoniare dagli altri querelanti?»

«Per allora sarà su Giove, quindi non c'è motivo di preoccuparsi.»

«Come?»

«Oh, scusa.» Jane sorrise. «Credevo fossimo passati nel regno della fantasia.»

«Il regno della fantasia?»

«Sappiamo entrambi che non verrà citata in giudizio perché tu non lascerai che le cose vadano avanti. Finirete per patteggiare. Sarete costretti a farlo, altrimenti vi costerà una fortuna, anche se doveste vincere.»

Barney diede un'occhiata a Ken, poi tornò a guardare Jill. «Posso chiederti quali sono le tue richieste? Dal momento che anche tu lascerai lo studio?»

«Una soltanto, e non è questione di soldi», rispose Jill. «In cambio, porterò a termine il lavoro nelle prossime settimane come avevo intenzione di fare; passerò tutto ai soci per fare in modo che i clienti si abituino a trattare con loro, e poi me ne andrò.»

«Qual è questa richiesta?»

«Vorrei che organizzassi una piccola festa d'addio qui allo studio. Niente di grandioso, giusto una torta a pranzo o qualcosa del genere, però mi piacerebbe poter salutare tutti quanti in una volta sola. Ovviamente, fino ad allora, sarebbe meglio non divulgare la notizia delle nostre dimissioni. Gli altri soci dovranno essere informati, ma vorrei evitare di scatenare un fuggifuggi generale tra gli impiegati. Che tu ci creda o no, spero che riusciate a sistemare la cosa e ve la gettiate alle spalle il prima possibile e nella maniera più discreta possibile. C'è un sacco di brava gente che lavora qui.»

Barney sembrò apprezzare l'atteggiamento di Jill, ma poi tornò sull'argomento principale: «Cinque mesi di stipendio per Maria sono tanti, e sono sicuro che i soci non approveranno. Tre mesi forse potrei ottenerli…»

«Non confondere il mio rispetto per gli altri con la possibilità di negoziare, perché non stiamo negoziando. È un'offerta da prendere o lasciare. Che si esaurirà nel momento in cui Maria e io usciremo da questa porta e lei si rivolgerà alla Commissione. Francamente, sta chiedendo molto meno di quanto sarai costretto a sborsare per le altre. Perciò dovresti ringraziarla e non cercare di giocare al ribasso.»

Barney rifletté qualche minuto, poi disse: «Dovrò parlarne comunque con i soci. Non posso prendere questo tipo di decisioni da solo».

«Certo che puoi. Sappiamo entrambi che i soci ti seguiranno, quindi smettila di fare giochetti. Va bene? Ci stai oppure no?»

«Cinque mesi di stipendio!» esclamò Maria mentre erano nel parcheggio dello studio. Qualche minuto prima, lei aveva raccolto in una scatola i suoi oggetti personali, le fotografie di famiglia e un paio di scatti al mare, e aveva caricato il tutto in macchina. Su richiesta di Barney non aveva salutato nessuno, e nessuno sembrava essersi accorto di niente. Jill l'aveva aspettata fuori.

«Non male, vero?» le disse con un sorriso.

Lei era raggiante. Aveva chiuso con Ken, con i fine settimana passati a cercare di tenersi al passo con le richieste di Barney e poi avrebbe avuto cinque mesi di stipendio. Non aveva mai visto in vita sua una somma simile; le sembrava di aver vinto alla lotteria. «Sono scioccata.»

«Probabilmente potevo farti ottenere di più.»

«Va benissimo così. Mi sento quasi in colpa.»

«Non devi. Perché, che tu ci creda o no, sei stata molestata. Forse il tuo caso non era come quello delle altre, ma era reale. Ti meriti tutto questo. E credimi se ti dico che Barney sta tirando un grosso sospiro di sollievo in questo momento, altrimenti non saremmo qui a festeggiare la nostra minivittoria.»

«Ti ringrazio davvero tanto.»

«Non occorre. Se ci fossi stata io al tuo posto, avresti fatto lo stesso per me.»

«Non sono neanche lontanamente brava come te. Hai sfidato Barney. E hai vinto.»

Jill sorrise con modestia. «Vuoi sapere la cosa pazzesca?»

«Qual è?»

«Leslie è molto, molto più brava di me.»

L'idea fece venire il capogiro a Maria. «Grazie di nuovo per avermi dato questa possibilità.»

«Figurati. So quello che faccio.»

Maria indicò la palazzina dello studio. «È strano pensare che domani non verrò a lavorare qui. E che molto probabilmente non entrerò più da quella porta. È successo tutto… così in fretta.»

«Come dicono che succeda con la bancarotta? All'inizio si muove piano piano, e poi arriva tutta d'un colpo?»

Maria annuì. «Qualcosa del genere. Per quanto abbia trovato deplorevole ciò che Barney cercava di fare, spero che possa cavarsela.»

«Barney è quel genere di avvocato che cade sempre in piedi. In qualche modo se la caverà. E, detto tra di noi, non mi sorprenderebbe se anche lui lasciasse lo studio.»

«Perché dovrebbe farlo?»

«Perché può. Al suo posto, tu vorresti continuare a lavorare con Ken?»

Maria non rispose, non ce n'era bisogno. Jill aveva ragione, si disse, e mentre cercava di mettere ordine tra gli eventi di quel giorno, le tornò in mente ciò che aveva detto Margolis a proposito di Lester Manning. Si strinse le braccia al petto.

«Che cosa faresti tu al mio posto? Riguardo a Lester, intendo», domandò.

«Non credo che tu abbia ancora abbastanza informazioni per arrivare a una conclusione. So che probabilmente non ti aiuterà, però...»

Lasciò la frase in sospeso, ma Maria non poteva biasimarla perché anche per lei quella storia non aveva senso.

Maria affrontò il traffico intenso fino a Mayfaire, un grande centro commerciale. Mentre guidava, cercava di elaborare il fatto che l'indomani non sarebbe andata a lavorare, e nemmeno il lunedì successivo. L'ultima volta che era successo, era stato quando aveva lasciato il suo lavoro a Charlotte...

Cercò di scacciare quel pensiero. Sapeva esattamente dove l'avrebbe portata e l'ultima cosa che voleva era pensare a Lester o al ragazzo di Cassie, o a ciò che Margolis le aveva detto, dal momento che sarebbe servito solo ad aumentare la confusione nella sua testa.

Basta Ken, si disse stupita. Basta weekend rovinati da Barney. Tra due settimane avrebbe iniziato a lavorare con Jill. E cinque mesi di stipendio. Sul fronte della carriera, dubitava che le cose potessero andare meglio di così, e bisognava festeggiare, magari con una spesa folle. Poteva vendere l'auto e comprare qualcosa di più sportivo – a patto che non fosse una Corvette rossa –, ma con la stessa rapidità con cui quel pensiero era arrivato, si rese conto che era una fantasia. Era troppo sobria per mettere in atto quelle idee e non aveva intenzione di provare a spiegare al padre perché si fosse comprata una macchina invece di ripagare il debito contratto per gli studi, o fare qualche investimento. O semplicemente mettere da parte i soldi, che le sarebbero serviti per entrare in società quando si sarebbe associata di lì a qualche anno. Un giorno avrebbe potuto diventare socia di uno studio legale, chi lo avrebbe mai detto?

Quando raggiunse il centro commerciale, era ormai sera. Mandò un messaggio a Serena per dirle che sarebbe arrivata intorno alle sette, e di cominciare pure senza di lei.

Pochi secondi dopo, le giunse la risposta della sorella. *Farò tardi anch'io. Non vorrei che ti perdessi neanche un istante della brillante conversazione!*

Maria sorrise. Inviò un messaggio al padre, quindi entrò da *Williams-Sonoma*. Era difficile trovare qualcosa di speciale per la mamma – Carmen aveva sempre da ridire sui soldi spesi per lei, in particolare dalle sue bambine – ma visto che l'auto nuova era fuori discussione, Maria decise che poteva permettersi di regalarle una batteria di pentole. Nonostante il ristorante e l'amore per la cucina, sua madre non aveva mai pensato di comprarsi delle padelle nuove. Quelle che aveva risalivano all'epoca in cui Maria andava alle elementari. O forse persino prima.

L'acquisto alla fine si rivelò più impegnativo del previsto. Le pentole di alta qualità erano costose, ma Maria era soddisfatta. I genitori avevano pagato le tasse scolastiche, avevano comprato un'auto usata che aveva tenuto dai sedici anni fino a quando non si era potuta permettere quella attuale, avevano sostenuto le spese di quattro anni di college e metà della scuola di Legge, e lei finora non aveva mai ricambiato. Sapeva che la madre l'avrebbe rimproverata, mentre il padre non avrebbe aperto bocca, ma Carmen si meritava un bel regalo.

Caricò i pacchi in macchina, accanto alla scatola con gli effetti personali. Per fortuna nel frattempo il traffico era diminuito. Prima di partire, informò Serena che sarebbe arrivata nel giro di un quarto d'ora, e poi si rese conto di non avere raccontato a Colin quello che era successo in ufficio. Sentiva ancora il bisogno di festeggiare in qualche modo, e chi meglio di lui? Più tardi, a casa sua… Chi l'avrebbe immaginato che i soldi potessero essere afrodisiaci?

Sapendo che lui era già al lavoro, gli mandò un messaggio, chiedendogli di chiamarla appena ne aveva occasione. Avrebbe staccato alle dieci o alle undici, e questo le dava tutto il tempo di tornare a casa dopo la cena con i genitori, accendere qualche candela, magari bere un bicchiere di vino. Avrebbero finito per fare tardi, ma lui il mattino dopo non aveva lezione e lei non doveva andare al lavoro, quindi che male c'era?

Posò il cellulare sul sedile del passeggero e partì diretta verso la casa dei genitori. Mentre svoltava nel quartiere, si sorprese a domandarsi quante volte avesse fatto quella curva in vita sua. Decine di migliaia, probabilmente, e questo la meravigliò. Come anche le case della zona, nonostante il succedersi dei vari proprietari non sembravano accusare il passare del tempo, e a ogni angolo riviveva ricordi d'infanzia: chioschi di bibite e corse sui pattini, fuochi d'artificio per il 4 luglio. Halloween. Il ritorno a casa con le amiche.

Lo squillo del telefono interruppe il flusso dei ricordi. Riconobbe il numero di Colin e sorrise.

«Ciao», disse. «Non credevo che ti fosse permesso fare telefonate mentre sei al lavoro.»

«Infatti non dovrei, ma ho letto il tuo messaggio. Ho chiesto al mio collega di sostituirmi per qualche minuto. Tutto bene?»

«Sì, sì. Sono quasi arrivata a casa dei miei.»

«Credevo fossi già lì.»

«Sono dovuta andare a comprare un regalo per la mamma, e ci ho messo un sacco di tempo», rispose lei. «Senti, non indovinerai mai che cosa mi è successo oggi.»

«Margolis ti ha telefonato di nuovo?»

«No, riguarda il lavoro», spiegò lei, poi raccontò a Colin gli ultimi avvenimenti sulla strada per la casa dei genitori. «Questo significa che sono ricca.»

«Direi di sì.»

«Ho comprato alla mamma una batteria di pentole favolose.»

«Chissà come sarà contenta.»

«Sì, non appena avrà superato i sensi di colpa. Ma la ragione per cui volevo sentirti è che vorrei che venissi a casa mia stanotte.»

«Non eravamo già d'accordo? Che ti avrei telefonato una volta finito il turno?»

«Sì, ma quando ne abbiamo parlato non ero ancora dell'umore adatto per festeggiare. Adesso lo sono, e volevo avvisarti in anticipo.»

«Avvisarmi di cosa?»

«Visto che ora sono ricca, potrei avanzare delle pretese su di te, stasera. Pretese sessuali, intendo.»

Lo sentì ridere e comprese che apprezzava la prospettiva. «Okay.»

Davanti a lei sulla strada vide la macchina di

Serena parcheggiata di fronte alla casa dei genitori; la via era deserta. C'erano luci accese nelle altre case, sfarfallio dei televisori, famiglie che si rilassavano alla fine di una lunga giornata. «Qualunque cosa tu faccia, non farti distrarre dall'aspettativa. Non vorrei che litigassi con il tuo datore di lavoro.»

«Mi impegnerò.»

Parcheggiò dietro l'auto della sorella e spense il motore. «Un'altra cosa. Ricordi quello che ho risposto a Margolis quando mi ha chiesto perché fossi ancora insieme a te?»

«Sì.»

Scese dall'auto e si avvicinò al portabagagli. «Sappi che dicevo sul serio. Ogni singola parola.»

Lui rise di nuovo. «Okay.»

Lei aprì il bagagliaio. «Peccato che adesso devo lasciarti. Mi serviranno entrambe le mani per portare dentro tutto quanto.»

«Capisco. Tanto devo tornare al lavoro anch'io.»

«Un'ultima cosa...»

Mentre guardava dentro il portabagagli, colse un movimento con la coda dell'occhio e si girò. Un uomo stava attraversando la strada in fretta, diretto verso di lei. Per una frazione di secondo non seppe come reagire. Quello era un quartiere tranquillo; non c'erano mai stati furti né liti domestiche, e lei non aveva mai avuto paura. Era a pochi metri dalla porta della casa dei genitori, in un luogo così sicuro che a volte d'estate le capitava di dormire fuori in giardino. Tuttavia, l'andatura decisa dello sconosciuto le fece venire la pelle d'oca, perché l'istinto le suggerì che, di chiunque si trattasse, non faceva parte dell'ambiente.

Al buio era impossibile riconoscerlo, ma in quell'istante la faccia dello sconosciuto fu illuminata dalla luce che usciva dalla finestra del salotto dei genitori. Notò qualcosa di metallico balenare nella sua mano e alla vista della pistola fu assalita dal panico. Non riusciva a muoversi e non riusciva a respirare; da lontano le giungeva la voce di Colin che la chiamava per nome al telefono.

Colin ripeté il suo nome una seconda e una terza volta, e il suo tono preoccupato riuscì a riscuoterla.

«È qui», bisbigliò lei alla fine.

«Chi?» domandò Colin. «Cosa succede?»

«È armato», disse lei.

«Chi è armato?»

«Lester Manning. È qui davanti alla casa.»

23
Colin

Dopo lo choc iniziale all'idea di Lester davanti alla casa dei genitori di Maria, l'adrenalina si riversò nel sangue di Colin, attivando il riflesso «combatti o scappa». Udì l'uomo gridare confusamente qualcosa, poi la comunicazione s'interruppe.

Lester.

Colin era già in movimento: uscì da dietro il bancone e avanzò tra i tavoli mentre tentava di richiamare.

Gli rispose la segreteria.

Richiamò.

Segreteria.

Maria è nei guai.

Alle sue spalle sentì il barista chiamarlo per nome; le cameriere lo guardavano stupefatte, e mentre Colin si precipitava fuori dall'ingresso, la direttrice gli chiese dove stesse andando.

Lester è armato.

Colin corse verso il retro dell'edificio, scivolando sul marciapiede ricoperto da un sottile strato di sabbia. Riprese l'equilibrio e continuò a correre mentre valutava quale fosse il percorso più breve per arrivare a casa dei genitori di Maria.

Sperando che le strade fossero libere.

Sperando che la macchina partisse.

Ti prego, fa' che parta.

Avrebbe chiamato la polizia mentre guidava.

Schivò una coppia di anziani e si tuffò per strada, alla ricerca dell'auto. Non c'era tempo da perdere.

Lester forse l'ha già caricata in macchina ed è ripartito, proprio come aveva fatto Gerald Laws con Cassie...

Ci volevano venti minuti per arrivare a casa dei Sanchez.

Ne avrebbe impiegati dieci. Anche meno.

Forse Maria è già scomparsa...

Salì in auto, infilò le chiavi nel cruscotto, mise in moto cercando di non ingolfare il motore, e la vecchia Camaro partì. Colin si immise nella carreggiata, lo sguardo puntato sulle macchine davanti a lui.

Mentre le raggiungeva, gettò un'occhiata al telefono. Con una mano digitò frettolosamente il numero della polizia e sentì la centralinista chiedere quale fosse l'emergenza.

Un uomo con una pistola sta minacciando una donna, disse. Maria Sanchez. Un certo Lester Manning l'aveva seguita e poi aggredita davanti a casa dei genitori...

Non ricordava l'indirizzo esatto, ma riferì alla centralinista il nome della via e di quella perpendicolare. Si identificò e dichiarò di essere diretto sul posto. Quando l'operatrice lo esortò a lasciare intervenire la polizia senza interferire, riattaccò.

Intanto viaggiava con il muso della macchina attaccato al paraurti di quella che lo precedeva. Bloccato dietro una Range Rover nera che avanzava lentamente, imboccò la corsia d'emergenza, superò sulla destra alcune auto e poi tornò in carreggiata. Schiacciò a fondo l'acceleratore e nel giro di pochi secondi si trovò alle spalle di un pick-up e di una monovolume che viaggiavano appaiate. Le sorpassò spostandosi di nuovo sulla destra, senza quasi rallentare.

Raggiunto il ponte, svoltò bruscamente, facendo stridere le gomme.

Superò altre auto sulla corsia d'emergenza e infine raggiunse un tratto di strada meno trafficato, dove accelerò a tavoletta. L'adrenalina affinava le sue percezioni, il corpo rispondeva alla macchina in perfetta sincronia.

Centoventi, centoquaranta all'ora e poi centosessanta. Vide un semaforo rosso e i freni delle auto davanti a lui che si accendevano. Non voleva fermarsi, così si spostò sulla corsia delle biciclette.

Si infilò in un varco all'incrocio, sempre a tutta velocità, zigzagando tra le auto e usando la corsia delle biciclette quando necessario. Dopo una curva, si trovò davanti una lunga fila di macchine; non avendo alternative, attraversò il parcheggio di un distributore a quasi cinquanta orari, spaventando i passanti.

La polizia stava arrivando... ma poteva essere già troppo tardi.

Aveva la mente in subbuglio, si domandava se Lester avesse costretto Maria a salire su una macchina e dove la stesse portando...

O se le avesse sparato.

Un'altra curva, a sinistra, e per la prima volta fu costretto a fermarsi a un incrocio. Prese a pugni il volante, poi si lanciò tra le auto trattenendo il fiato. Un guidatore frenò bruscamente per evitare di tamponarlo.

Attraversò un quartiere residenziale a novanta all'ora, attento al possibile rischio che un bambino, un animale o un pedone fossero in quel momento sulla strada. Le case gli sfrecciavano accanto in una linea confusa.

Un'altra curva. Le gomme stridettero e il retro della Camaro sbandò a sinistra e poi a destra. Colin riuscì a fatica a riprendere il controllo. Le auto parcheggiate su entrambi i lati della strada riducevano la visibilità, e lui fu costretto a frenare. Poco più avanti, una coppia spingeva un passeggino sul marciapiede; un bambino giocava a rincorrersi con il padre sul marciapiede opposto; un tizio portava al guinzaglio il cane…

Un'altra curva e una strada libera con una visuale migliore; Colin accelerò di nuovo e finalmente riconobbe il quartiere dei Sanchez.

Aveva impiegato nove minuti.

Scalò la marcia preparandosi ad affrontare l'ultima curva a tutta velocità, quando rischiò di scontrarsi con una Camry blu che gli veniva incontro quasi in mezzo alla carreggiata. Sterzò istintivamente a destra e l'altra macchina fece lo stesso, facendo stridere le gomme. Colin avvertì una nuova scarica di adrenalina, il cuore gli batteva forte. Scorse brevemente due uomini seduti davanti che lo guardavano interdetti mentre le vetture si sfioravano. Strinse con forza il volante e tornò sulla corsia. C'era mancato poco.

Era quasi arrivato, la via dei Sanchez era davanti a lui. Ancora una curva e non avrebbe più frenato fino a destinazione.

A quel punto la paura prese il sopravvento.

Pregò che non fosse troppo tardi.

Mentre curvava, udì una sirena alle sue spalle. Nel retrovisore vide i lampeggianti di una pattuglia che spuntava dalla curva che lui aveva appena superato. Rallentò leggermente, ma la volante lo stava raggiungendo e sentì gracchiare l'altoparlante.

«Accosti!»

Nemmeno per sogno, pensò Colin. Qualunque cosa succeda.

24

Maria

Maria non riusciva a staccare gli occhi dalla pistola. Né dalla persona che la impugnava.

Lester Manning.

Margolis si era sbagliato: Lester non era in ospedale.

L'aveva aspettata lì. Quella consapevolezza la paralizzò, mentre lo guardava strapparle di mano il cellulare. La sua faccia era contorta in una smorfia che lo rendeva irriconoscibile.

«Niente telefonate!» le urlò facendola sussultare. Aveva una voce stridula, esagitata. «Niente polizia!»

Mentre lui indietreggiava, lei ritrovò la lucidità e lo esaminò nei particolari: i capelli scomposti, la giacca di tela consunta, la camicia rossa sbiadita e i jeans strappati; le pupille dilatate e il movimento rapido del petto che si alzava e si abbassava. Nella sua testa affiorarono le parole: «disturbo delirante», «fase acuta», «delirio persecutorio».

La pistola. Impugnava una pistola.

La madre e il padre erano dentro casa, insieme a Serena. La sua famiglia era in pericolo ed era buio e non c'era nessuno in giro.

Sarebbe dovuta scappare subito quando lo aveva visto avvicinarsi, correre verso la porta per chiuderlo fuori, e invece se n'era rimasta lì come se le gambe non fossero le sue…

«So quello che HAI FATTO!» esordì lui.

Parlava in modo precipitoso e quasi incomprensibile. Mentre indietreggiava, lei notò che il cellulare si illuminava e ricominciava a suonare. *Colin*. Lester sussultò, guardando il telefono che stringeva in mano. Maria lo vide rifiutare la chiamata. Subito dopo riprese a suonare di nuovo. Con aria accigliata, lui schiacciò per la seconda volta il tasto, parlando con il telefono come se fosse un essere vivente. «Ho detto niente chiamate!» gridò. «Niente polizia!» Poi borbottò: «Cerca di pensare. Non è reale». Con mani tremanti attivò la modalità silenziosa e si infilò il telefono nella tasca della giacca. «Non verranno.»

Ti prego, Dio, fa' che Colin abbia già chiamato la polizia, pensò lei. Saranno qui tra poco. Devo resistere fino al loro arrivo. Non farò la fine di Cassie. Se solo prova a toccarmi, comincerò a urlare e a difendermi con tutte le mie forze.

Ma…

Margolis le aveva detto che Lester a volte era perfettamente normale; era stato capace di lavorare per l'impresa di pulizie. E quando lei lo aveva incontrato, lo aveva trovato… strano, ma non psicopatico, anche se chiaramente fragile. Forse poteva provare a parlarci, doveva solo rimanere calma.

«Ciao, Lester», esordì, cercando di mantenere un tono di voce fermo e benevolo.

Lui sollevò la testa, le pupille dilatate.

È drogato?

«Ciao, Lester? È tutto ciò che sai dire?»

«Sappi che mi spiace molto per Cassie...»

«No, no, no!» esclamò lui alzando la voce. «Non azzardarti a pronunciare il suo nome. È morta per colpa tua!»

Lei alzò le mani istintivamente, pensando che lui volesse aggredirla, invece Lester fece un altro passo indietro. Mentre aspettava la sua reazione, Maria si rese conto che non era tanto arrabbiato quanto... spaventato?

Oppure paranoico. L'ultima cosa che voglio è provocarlo.

Abbassò gli occhi, il cuore in gola. I secondi passavano lenti, scanditi dal respiro affannoso di Lester. Dopo un silenzio lunghissimo, lo sentì tirare su col naso e dire «No» con tono più tranquillo. Anche il suo respiro rallentò, e quando parlò di nuovo la sua voce era tremante ma mite.

«Sono al sicuro», disse indicando verso la casa. «La tua famiglia. Li ho guardati dalla finestra. Ho visto tua sorella entrare. Ciò che succederà ora dipende da te.»

Quelle parole la fecero trasalire, ma Maria rimase in silenzio. Sembrava che lui cercasse di controllare il proprio respiro, mentre teneva lo sguardo fisso su di lei.

«Sono venuto per parlare. Devi sentire che cosa ho da dirti. Mi ascolterai, questa volta, vero, Maria?»

«Sì.»

«I medici sostengono che non è reale», spiegò. «Io mi dico che non è reale. Ma poi ricordo la verità. Su Cassie e sulla mamma. La polizia. E quello che hanno fatto. E so che sei stata tu a iniziare tutto. I dottori affermano che non è reale e che mi sto inventando tutto, ma io conosco la verità. Allora dimmi: hai parlato di me, vero?»

Lei non gli rispose e vide i muscoli del suo collo contrarsi.

«Non mentirmi. Ricorda che conosco già la risposta.»

«Sì», sussurrò lei.

«Hai parlato di nuovo di me con la polizia.»

«Sì», ripeté lei.

«Ecco perché stamattina è venuto quell'ispettore.»

Dov'è Colin? si chiese. E la polizia? Non sapeva per quanto tempo sarebbe riuscita a tenere calmo Lester…

«Sì.»

Lui si voltò con aria disgustata. «La prima volta che ti ho conosciuto volevo crederti quando dicevi che stavi facendo del tuo meglio e che Cassie sarebbe stata al sicuro. E poi ho capito che per te lei non contava niente. Era solo un altro nome, un altro nessuno. Ma Cassie era qualcuno. Era mia sorella e dovevi proteggerla. Invece non lo hai fatto. E allora…»

Chiuse con forza gli occhi. «Cassie si prendeva cura di me, quando la mamma era troppo malata per alzarsi dal letto… Mi preparava da mangiare e insieme guardavamo la televisione, e lei mi leggeva dei libri. Lo sapevi? Era qualcuno.» Si pulì il naso con il dorso della mano e quando riprese a parlare aveva una voce da bambino. «Abbiamo cercato di avvertirti su quello che sarebbe successo, ma tu non ci hai ascoltato. Quando Cassie è morta, la mamma non ha più sopportato di vivere. Si è uccisa per colpa tua. Lo sapevi? Dimmi la verità.»

«Sì», ammise lei.

«Sai tutto di noi, vero, Maria? Sai tutto di me.»

«Sì.»

«E mi hai mandato la polizia dopo la morte di Cassie.»

Perché tu mi hai scritto quei biglietti. Perché mi minacciavi. «Sì.»

«Il tuo ragazzo... È il tuo ragazzo, giusto? Quel tipo grosso al night club? Ho visto come si è arrabbiato dopo che ti ho offerto il cocktail. Voleva farmi del male, vero?»

«Sì.»

«E poi, stamattina, hai mandato di nuovo la polizia.»

Perché mi hai tagliato le gomme della macchina! Perché mi perseguiti!

«Sì.»

Lui drizzò le spalle. «È quello che ho detto ai dottori. Tutte queste cose. Ma loro non mi credono, ovviamente. Nessuno mi crede mai, ma almeno tu sei stata sincera. Lo sapevo, ma adesso lo so veramente... E sento la differenza dentro di me. Mi capisci, vero, Maria?»

No. «Sì.»

«Vince lei... la paura, intendo. Per quanto tu cerchi di combatterla, vince lei, ti distrugge la vita. Come in questo momento. So che hai paura di me. Forse come aveva paura Cassie dopo che l'hai abbandonata?» La guardò in attesa di una conferma.

«Sì.»

Lo vide battere la pistola contro la gamba. «Riesci a immaginare cosa si prova? A perdere tua sorella? E tua madre? E a guardare la gente come te dare addosso a mio papà? E poi a me?»

«Non riesco a immaginare quanto sia terribile.»

«No che non puoi!» gridò lui di scatto, e proprio in quel momento lei udì il suono di una sirena in lontananza.

Lester si mise in ascolto, l'espressione stupita. Tornò a scrutare Maria.

«Avevo detto niente polizia. NIENTE POLIZIA!» Il suo tono passava alternativamente dallo stupore alla collera. Fece un passo verso di lei. «NON tornerò lì DENTRO! Mi hai sentito? NON tornerò lì DENTRO!»

Maria indietreggiò, protendendo le mani. «Va bene...»

«Mi hanno fatto del male!» singhiozzò lui avanzando di un altro passo. Aveva la faccia chiazzata di rosso. «Mi hanno attaccato ALLA CORRENTE ELETTRICA! E mi hanno messo in gabbia con degli ANIMALI che mi hanno picchiato. E loro li hanno LASCIATI FARE! Ridevano TUTTI di me, per loro era solo un gioco! E NON CREDERE CHE NON SAPPIA CHI AVEVA ORGANIZZATO TUTTO.»

Oddio... Sta perdendo il controllo...

«SEI STATA TU!» urlò fremente di collera.

Maria indietreggiò ancora, cercando di mantenere una certa distanza tra di loro. Il suo sguardo saettava dalla pistola alla faccia di Lester. Lui continuava ad avanzare e lei ormai era quasi con le spalle contro il bagagliaio.

«Sei stata TU a chiamare la POLIZIA! Sei tornata di nuovo, ma stavolta NON ti permetterò di CAVARTELA!»

Serena a questo punto deve avere sentito le grida,

pensò lei. Oppure mamma e papà. Apriranno la porta da un istante all'altro e Lester si girerà e farà fuoco...

Mentre cercava di mettere ordine nella propria mente, Maria si rese conto che alla prima sirena se n'era aggiunta un'altra, più distante, ed entrambe si avvicinavano. Lester serrò la mandibola, gli occhi che esprimevano l'angoscia del tradimento subito. Vedendolo accostare il dito al grilletto, Maria fu assalita da un unico impulso.

Via, via, VIA!

Si voltò, girò intorno alla macchina e partì di corsa verso casa attraversando il prato. Udì Lester chiamarla per nome, sorpreso; udì un grugnito quando lui si lanciò all'inseguimento.

VIA!

Dieci metri, forse cinque.

La porta d'ingresso si aprì appena e un fascio di luce si proiettò sulla veranda. Maria lo sentiva alle proprie spalle.

Scappa!

Si spinse in avanti, verso la luce. Sentiva Lester che cercava di afferrarla. Con movimenti al rallentatore, vide Serena uscire sulla veranda.

Ci ucciderà entrambe...

Ferma davanti alla porta spalancata, Serena non capiva che cosa stesse accadendo. Con aria interdetta, guardò la sorella correre verso la veranda.

Sono le sue dita che mi sfiorano l'orlo della gonna?

Si sforzò di accelerare, con tutte le forze che aveva.

«Maria?» la chiamò Serena.

Solo in seguito si sarebbe resa conto che la sorella aveva gridato il suo nome. *Ci sono quasi...*

E poi ci riuscì.

Afferrò la sorella e la spinse oltre la porta, richiudendola con foga alle proprie spalle.

«Ma cosa fai?» chiese quella sgomenta.

Maria chiuse a chiave la porta e prese la sorella per un polso, strattonandola. «Vieni via da lì! Ha una pistola!» gridò.

Serena seguì Maria barcollando.

«Chi ha una pistola?»

«Lester!»

Quindi trascinò Serena in cucina, dove la madre era accanto ai fornelli, l'espressione stupita a causa di quell'improvviso trambusto. Il padre non c'era. Maria si guardò intorno.

Oddio. Dov'è papà?

«Aspetta... Lester? Lester è qui?» chiese Serena alle sue spalle.

«È là fuori!» gridò Maria, posando lo sguardo sulla portafinestra e sperando che il padre fosse in veranda. «Lester Manning! Il tizio che mi stava inseguendo!»

Sfonderà la porta da un momento all'altro...

Ci ucciderà tutti, e poi si ucciderà...

Proprio come Gerald Laws e Cassie...

Con un impeto di sollievo, scorse il padre seduto al tavolo in veranda, con in braccio Smokey.

Serena blaterava; anche la madre aveva cominciato a fare domande, ma Maria non ci badava.

«Silenzio!» ordinò. «Tutte e due!» Socchiuse la porta sul retro. «Vieni dentro!» bisbigliò al padre, facendogli un cenno con la mano. Lui reagì all'istante, balzando in piedi con il cane sottobraccio.

Serena e la madre tacquero. Maria rimase in

ascolto, in attesa di un rumore, della porta che si apriva, del vetro di una finestra che si rompeva.

Silenzio.

Serena la guardava con il terrore sul proprio volto. I genitori la fissavano con la bocca spalancata.

Ancora niente.

E se Lester fosse entrato dal retro?

Nel silenzio Maria udì di nuovo l'ululato delle sirene. Era abbastanza forte da essere distinto chiaramente anche da dentro casa.

«Non capisco», disse infine la minore, la voce tremante di paura. «Dove ti stava inseguendo Lester?»

«Nel prato davanti a casa», rispose Maria. «Lo hai visto. È quasi riuscito ad afferrarmi.»

Serena sembrava perplessa. «Ti ho visto correre, ma non c'era nessuno dietro di te», precisò. «Ho notato qualcun altro che correva lungo la via...»

«Lui aveva una pistola e mi stava inseguendo!»

«No», insistette Serena. «Non era così.»

Prima che Maria potesse afferrare il senso di quelle parole, l'ululato delle sirene riempì la casa mentre i lampeggianti blu e rossi illuminavano le pareti a intervalli regolari.

La polizia, pensò. Grazie al cielo.

In quell'istante la porta venne sfondata.

Maria lanciò un grido.

25
Colin

Tutto considerato, Colin non si pentiva delle sue azioni. Anche se, una volta esaurita la carica di adrenalina, per lui era difficile ignorare il fatto che era sdraiato sulla pancia, con le mani legate dietro la schiena, sorvegliato da due agenti e probabilmente destinato a finire per un lungo periodo dietro le sbarre.

Forse avrebbe fatto meglio ad accostare quando gli agenti che lo seguivano glielo avevano ordinato, si disse.

E forse non avrebbe dovuto inchiodare dietro l'autopattuglia già sopraggiunta a casa dei Sanchez mentre gli altri agenti si avvicinavano alla porta. E forse non doveva nemmeno ignorarli quando gli avevano ordinato di fermarsi. Se avesse preso decisioni diverse, loro non avrebbero estratto le pistole, e lui non si sarebbe trovato ad affrontare una situazione in cui aveva rischiato che gli sparassero.

D'altro canto, non aveva toccato nessuno degli agenti una volta sfondata la porta con un calcio, ma nessuno di loro era stato disposto ad ascoltarlo quando aveva cercato di parlare della casa disabitata o del parco, luoghi dove avrebbe potuto rifugiarsi Lester. Tutti e quattro i poliziotti erano troppo indispettiti per farlo. Lo avrebbero accusato di eccesso di velocità, guida spericolata, resistenza al pubblico ufficiale e non si sarebbero accontentati di rifilargli qualche multa. Lo avrebbero arrestato, facendo così saltare il suo accordo.

Gli avvocati avrebbero contestato la decisione; su questo non c'erano dubbi, però il giudice che gli aveva concesso la libertà vigilata sarebbe stato informato. Quel giudice era una persona equa e ragionevole, ma era anche stato chiarissimo circa i termini dell'accordo, e il tribunale sarebbe venuto a saperlo. A questo si aggiungeva il fatto che Margolis avrebbe spinto affinché lui venisse definitivamente classificato tra i soggetti pericolosi e violenti, e il risultato era prevedibile.

Detenzione.

Non aveva paura di essere rinchiuso. In genere se la cavava bene nei posti con regole e gerarchie, anche senza libertà. Sapeva stare per conto suo e farsi gli affari propri, e all'occorrenza girare la testa dall'altra parte e tenere la bocca chiusa; dopo un po' tutto sarebbe diventato una semplice routine. Sarebbe sopravvissuto, alla fine sarebbe stato rilasciato e avrebbe ricominciato daccapo. Ma...

Maria non mi aspetterà e io non riuscirò a diventare insegnante.

Preferiva non pensare a queste cose. In quella situazione avrebbe comunque rifatto tutto. Lo stalker di Maria si presentava con una pistola? Doveva cercare di salvarla. Semplice. Come poteva immaginare che Lester non ci sarebbe più stato al momento del suo arrivo?

Colin era convinto che, se gli avessero dato ascolto, avrebbero già rintracciato Lester. Ma erano passati dei minuti preziosi mentre lo ammanettavano e gli leggevano i diritti, e solo una volta calmati i nervi gli agenti erano stati disposti ad ascoltare prima la versione di Maria, raccontata in maniera confusa, e poi di Felix, che aveva dichiarato di non voler sporgere denuncia per la porta sfondata. Serena e Carmen avevano pianto per tutto il tempo. Troppo tardi due degli agenti erano saliti in macchina per andare a cercare Lester. Dopo di che, con sua sorpresa, Colin aveva sentito Maria domandare ai poliziotti rimasti di chiamare il detective Margolis, una volta che le sue richieste di rilasciare Colin erano cadute nel vuoto.

Chiuse gli occhi, augurandosi che l'ispettore avesse altro da fare.

Un attimo dopo un agente annunciò che Margolis era in arrivo.

Sarebbe rimasto molto soddisfatto, pensò Colin. Senza dubbio avrebbe sfoderato uno di quei suoi sorrisetti compiaciuti mentre gli impartiva la lezioncina del «te l'avevo detto che sarebbe finita così», a cui di sicuro stava già pensando lungo il tragitto.

In ogni caso non aveva rimpianti. Maria e la famiglia erano al sicuro, ed era questa l'unica cosa importante. Oltre a impedire a Lester di farsi vedere di nuovo. Maria aveva raccontato agli agenti che Lester si era infuriato non appena aveva sentito le sirene. Fino a quel punto, tuttavia, lei era riuscita a tenerlo tranquillo parlandogli. O meglio, lasciandolo sfogare tutto quello che gli passava per la mente e assecondandolo. Ma che cosa sarebbe successo la prossima volta? Sarebbe stato possibile placarlo con tanta facilità? Oppure lui l'avrebbe afferrata e trascinata da qualche parte dove la polizia non li avrebbe trovati?

Quel pensiero lo faceva stare male e avrebbe voluto prendersi a calci per non aver controllato di persona presso l'ospedale. Come aveva fatto a uscire Lester? Se all'arrivo dell'ispettore quella mattina aveva avuto una crisi, perché non era stato messo in isolamento? Forse non lo facevano più?

E poi c'era un'altra questione che lo tormentava: come poteva sapere Lester che Maria sarebbe stata lì? Forse era passato dall'ufficio e da casa sua, e vedendo che non c'era...

Il flusso dei suoi pensieri fu interrotto da un fascio di luce e dal rumore di una macchina che frenava. La sentì fermarsi, poi riconobbe lo scatto di una portiera che si apriva e poco dopo un tonfo, quando si chiuse.

Margolis.

«Hai mai avuto l'impressione che Natale sia arrivato in anticipo?» esordì Margolis accovacciandosi accanto a lui. Arrivando a casa di Maria era rimasto esterrefatto alla vista di Colin sdraiato a terra ammanettato. Praticamente glielo avevano servito su un vassoio d'argento. «È quello che mi è appena capitato.»

Colin non rispose. Qualunque cosa avesse detto, avrebbe soltanto peggiorato le cose.

«Insomma, stavo uscendo per andare a prendere qualcosa da mangiare, quando ricevo una telefonata che richiede con urgenza la mia presenza qui. E chi ci trovo se non il mio vecchio amico Colin? Devo ammettere che era da tempo che non ti vedevo messo così bene.» Colin scorse il riflesso del ghigno dell'ispettore nelle scarpe perfettamente lucidate. «Cosa è successo? Un alterco con la tua ragazza? Forse qualche spintone a mamma e papà quando hanno cercato di intervenire? Oppure hai aggredito uno degli agenti quando sono arrivati e hanno cercato di farti calmare?» Sputò lo stuzzicadenti, facendolo finire pericolosamente vicino alla faccia di Colin sull'erba. «Puoi anche smetterla di mantenere il silenzio e raccontarmi tutto. Tanto lo scoprirò tra un minuto.»

Colin soffiò fuori l'aria. «Infrazioni stradali», disse.

Il poliziotto piegò la testa, sorpreso. «Dici sul serio?» Di fronte al silenzio del ragazzo, scosse il capo sogghignando. «Devo ammettere che questa non me l'aspettavo. Ma insomma, mi va bene qualunque cosa. Adesso vado a parlare con la tua ragazza, sempre che lo sia ancora. Anche se non l'hai toccata nemmeno con un dito, non mi sembra il tipo da venirti a trovare tutti i fine settimana in prigione, e sono sempre stato bravo a giudicare le persone.»

Quando l'ispettore si alzò incamminandosi verso Maria, Colin si schiarì la voce.

«Posso alzarmi ora?»

Quello si girò a guardarlo. «Non saprei. Ce la fai?»

Usando la testa come leva, Colin sollevò i fianchi e fece scattare le ginocchia in avanti in un unico agile movimento, rimettendosi in piedi.

Margolis fece cenno di fermarsi a un agente che stava avvicinandosi a Colin. Sogghignò di nuovo.

«Con certe mosse, sono sicuro che i tuoi compagni di prigione vorranno tutti ballare con te. Ma sai che ti dico, preferisco che aspetti lì mentre cerco di capire che cosa è successo.»

Poi convocò i due agenti e Colin li guardò parlare sottovoce. Uno di loro indicò Maria un paio di volte; l'altro annuì in direzione di Colin. Alcuni vicini si erano riuniti intorno alla casa dei Sanchez e allungavano il collo per vedere meglio. Margolis se ne accorse e scambiò qualche parola con la famiglia, quindi tutti cominciarono a rientrare in casa. L'ispettore fece segno a Colin di raggiungerli, e lui ne rimase sorpreso.

Una volta in salotto, Maria raccontò di nuovo la storia dal principio – descrivendo anche l'abbigliamento di Lester – ma stavolta in maniera più lineare. I genitori e la sorella la circondavano, più sconvolti di lei, mentre i due agenti che avevano arrestato Colin erano di guardia alla porta d'ingresso. Colin vide Margolis prendere appunti, mentre Serena interveniva di tanto in tanto. L'ispettore attese che Maria avesse finito di parlare prima di formulare qualche domanda.

«Lui l'ha mai minacciata direttamente con la pistola?» volle sapere.

«La stringeva in mano», rispose Maria.

«L'ha sollevata? Gliel'ha puntata contro?»

«Che differenza fa? Si è presentato qui con una pistola. Deve arrestarlo.»

Margolis alzò le mani. «Non mi fraintenda. Sono dalla sua parte. Dopo quello che è successo stasera non c'è dubbio che otterrà facilmente l'ordinanza restrittiva. Dubito che qualche giudice respinga la richiesta, e farò una telefonata per scoprire se posso accelerare la pratica. Lo chiedevo perché volevo stabilire se avesse infranto anche qualche legge sul porto d'armi.»

«È malato di mente. Questo gli impedisce di possedere un'arma comunque.»

«Può darsi.»

Gli occhi di Maria lampeggiarono. «Stamattina era ricoverato in un ospedale psichiatrico. Almeno è ciò che mi ha detto lei.»

«Non ho motivo di credere che non fosse così, e può stare certa che mi assicurerò che il mio collega abbia ottenuto informazioni corrette. Ma quando parlavo di malattie mentali, mi riferivo all'ambito legale. Finora non ho avuto accesso alla sua cartella clinica, e le volte in cui è stato arrestato le accuse sono state archiviate. Non sono sicuro che il suo stato mentale sia stato giudicato ufficialmente. Inoltre c'è una differenza tra il farsi ricoverare volontariamente e l'essere ricoverati contro la propria volontà.»

«Ora sta cercando pretesti», replicò Maria sempre più esasperata. «Le ho detto come si comportava. Parlava con il telefono, per la miseria. È delirante e mi ha minacciato con una pistola!»

«Ne è sicura?»

«Ha ascoltato almeno una parola di quello che ho detto?»

Margolis allargò le braccia, in atteggiamento difensivo. «Se vogliamo essere chiari, niente di ciò che ha raccontato indica che lui abbia alzato la pistola o l'abbia costretta in alcun modo. E quando è corsa verso casa sua, lui si è allontanato nella direzione opposta.»

Per un istante Maria non aggiunse niente, ma Colin colse un lampo di incertezza nei suoi occhi.

«E che mi dice delle gomme tagliate e del furto del mio cellulare?»

«Ha detto di essere stato lui a tagliarle le gomme?»

«No, ma...» Maria lo guardò in faccia. «Perché si comporta così? Perché cerca di giustificarlo? Sembra che voglia trovare una scusa per non arrestarlo.»

«Al contrario, sto cercando di trovare qualcosa di concreto. Non c'è motivo di arrestarlo se non posso trattenerlo.»

«Aveva la pistola! Questo non significa niente?»

«Sì, se avesse cercato di nasconderla. Se l'avesse minacciata. Ma stando a quello che mi ha detto, non ha fatto nessuna delle due cose.»

«Tutto questo è... pazzesco.»

«È la legge. Ovviamente, se non ha un porto d'armi, questo è un elemento a suo carico. Ma non basterà per trattenerlo a lungo. Né il furto del telefono.»

«E le gomme tagliate?»

«Ha ammesso di essere stato lui?» chiese di nuovo Margolis.

«No, ma...»

L'ispettore sospirò. «So che lei è esasperata, ma sto davvero cercando di fare tutto il possibile per aiutarla. Cerco qualcosa che possa garantire un vero arresto, accuse abbastanza serie da poterlo rinchiudere.»

«D'accordo. Prima mi sono sbagliata. Ora ricordo che mi ha puntato la pistola addosso. L'ha tenuta puntata per tutto il tempo.»

Margolis la scrutò. «Vuole cambiare la sua versione?»

«La sto correggendo», rispose lei.

«D'accordo.» Lui annuì. «Prima di imboccare questa strada, tuttavia, vorrei farle presente che questa situazione potrebbe essere più complessa di quanto lei pensi.»

«Che intende dire?»

«Non sono autorizzato a rispondere. Le indagini sono solo al principio. Per ora, le basti sapere che sto valutando anche altre ipotesi.»

Altre ipotesi? si chiese Colin.

Maria gli lanciò un'occhiata interrogativa, quindi tornò a guardare l'ispettore. Proprio in quel momento si sentì bussare alla porta. Uno degli agenti che avevano provato a inseguire Lester infilò la testa dentro. Margolis si scusò e uscì per un istante, quindi tornò da Maria e dalla famiglia. Gli altri due poliziotti si aggiunsero al gruppetto, rimanendo accanto alla porta.

«Gli agenti affermano di non essere riusciti a trovarlo. Hanno percorso il quartiere un paio di volte e parlato con qualcuno che era fuori, ma nessuno lo ha visto.»

Colin aprì la bocca, poi la richiuse. Margolis se ne accorse.

«Vuoi dire qualcosa?»

«Mi domandavo se hanno controllato al parco», rispose, «e nella casa qui dietro che si affaccia sul giardino.»

Margolis lo guardò. «Perché?»

Colin raccontò loro ciò che aveva scoperto, esponendo i propri sospetti sulla casa disabitata e le attività di spionaggio di Lester. Indicò anche dove secondo lui il ragazzo poteva aver parcheggiato l'auto. Su insistenza di Margolis, ammise di essere stato nel quartiere a notte fonda e nelle prime ore del mattino, e di aver fatto ricerche sui numeri di targa. I genitori di Maria furono sconvolti da quella rivelazione; Margolis intanto continuava a fissarlo con espressione truce.

«E me lo dici soltanto ora che hai giocato all'investigatore privato per tutto questo tempo?»

Colin indicò i due agenti. «Quando mi stavano ammanettando, ho tentato di spiegare dove secondo me poteva essere andato Lester. Non mi hanno voluto ascoltare.»

Per un attimo regnò il silenzio. Uno degli agenti si dondolò impacciato da un piede all'altro.

«Ma lui non stava correndo verso il parco», dichiarò sottovoce Serena. «E nemmeno verso la casa qui dietro.»

«Come dice, scusi?» chiese Margolis.

«Il parco è da quella parte, poco distante da qui», spiegò Serena indicando verso la cucina. «E inoltre, a meno che non volesse fare il giro dell'isolato, non è andato nemmeno verso la casa. Correva nella direzione opposta.»

L'ispettore registrò quelle informazioni, poi si appartò con i poliziotti. Subito dopo, due di loro andarono a fare un sopralluogo al parco. Con una mezz'ora buona di ritardo, pensò Colin.

Dopo di che Margolis si rivolse a Maria. «Ammettiamo che Lester sia venuto qui in macchina; dato che non ci sono veicoli registrati a suo nome, scopriremo se una delle auto parcheggiate in zona è stata rubata o è in qualche modo collegabile a Manning. Ovviamente, è possibile che lui sia tornato sui propri passi e abbia preso la macchina, o forse è semplicemente corso via. L'importante per ora è che sono convinto che lei sia al sicuro. Pensa di ritornare a casa sua?»

«Rimarrà qui con noi», dichiarò Felix. «E anche Serena.»

Margolis indicò alle proprie spalle. «La porta d'ingresso è sfondata.»

«Ho delle assi in garage. La inchioderò e domattina la farò riparare.»

«Ha un allarme?»

«Sì, ma non lo usiamo quasi mai.»

«Lo inserisca stanotte, anche se dovrà escludere la porta d'ingresso. Inchiodi la porta e tenga abbassate le tapparelle, per precauzione.»

«Non si potrebbe avere un agente di sorveglianza qui fuori?» domandò Serena.

«Non posso concedervelo», rispose Margolis. «Scelga pure lei il motivo: tagli ai fondi, scarsità di uomini, limitazione degli straordinari, oppure la mancata apertura dell'ordinanza restrittiva. Comunque chiamerò il comandante e gli chiederò di far passare un'autopattuglia qui davanti a intervalli regolari.»

«E se Lester tornasse?»

«Non lo ritengo probabile.»

«Perché?»

«Perché ha paura della polizia, e a quanto ne sa lui qui ci sarà un agente.»

«A meno che sia pazzo e non gli importi niente.»

«È già scappato in precedenza», puntualizzò

l'ispettore, ma rendendosi conto di quanto potesse risultare debole questa giustificazione, aggiunse: «So che è spaventata e sconvolta, signorina Sanchez. Me ne rendo conto. Incaricherò un paio di autopattuglie di battere il quartiere per un'oretta. Chissà, magari la fortuna sarà dalla nostra parte e lo troveremo. In quel caso, lo porteranno in centrale e io lo chiuderò nella stanza degli interrogatori e vedrò che cosa posso fare. Domani, in ogni caso, richieda un'ordinanza restrittiva, così la prossima volta che si avvicinerà a lei sarà arrestato. E rimarrà dentro».

Colin vide che Maria era chiaramente in preda a emozioni conflittuali: diede un'occhiata agli agenti accanto alla porta, quindi fece un respiro profondo.

«Potrei parlarle un attimo da solo?»

Margolis non sapeva cosa fare, ma alla fine annuì. Fece segno agli agenti di uscire. Nello stesso tempo, Serena e i genitori si allontanarono verso la cucina. Quando furono abbastanza distanti, Maria sospirò.

«Che ne sarà di Colin?» chiese all'ispettore.

Margolis la guardò. «In che senso?»

«Speravo che lei potesse parlare con l'agente che lo ha arrestato. Magari convincerlo a dargli una multa per eccesso di velocità, invece di arrestarlo.»

L'espressione di Margolis rifletteva tutta la sua incredulità. «Perché mai dovrei farlo? Da quanto mi hanno detto guidava a novanta all'ora in un quartiere residenziale. Ha rischiato un frontale a pochi isolati da qui, e si è rifiutato di accostare. Per di più non ha ascoltato gli ordini dell'agente e ha reso ancora più pericolosa una situazione già critica.»

«Io ero in pericolo. Lei avrebbe fatto la stessa cosa se avesse pensato che un suo caro rischiava la vita.»

«Avrebbe dovuto lasciare fare alla polizia. E comunque, con la sua guida spericolata ha messo a repentaglio la vita di altre persone.»

«Lester era armato, santo Dio!»

«Un'altra ottima ragione per lasciar intervenire la polizia.»

«Non è giusto e lei lo sa!» esclamò Maria, perdendo l'autocontrollo. «Insomma, vuole mandarlo in prigione per eccesso di velocità?»

Ho fatto ben altro, pensò Colin. La polizia mi ha visto solo durante gli ultimi due minuti di guida.

«Ha preso le sue decisioni», disse Margolis. «Non dimentichi che gli agenti hanno dovuto estrarre le armi. Poteva rimanere ferita. La sua famiglia poteva rimanere ferita.»

«Però, una volta accertatosi che stavo bene, si è consegnato a loro spontaneamente. Non ha alzato la voce, non ha opposto resistenza. Vuole davvero rovinargli la vita perché è corso a salvarmi?»

«Non dipende da me.» Margolis si strinse nelle spalle.

«È vero. Ma credo che le darebbero ascolto.» Si mise le mani sui fianchi, sfidandolo a guardarla. «So che non si fida di Colin e che secondo lei dovrebbe stare in prigione. E se fosse diventato violento con gli agenti o avesse resistito all'arresto o commesso qualche altra stupidaggine, non le chiederei di intervenire. Ma non è successo niente di tutto questo e lei non mi sembra una persona irragionevole o inutilmente vendicativa.» Esitò. «Mi piacerebbe avere la conferma che le mie impressioni sono corrette. La prego...»

Per qualche interminabile secondo, Margolis la fissò a sua volta, immobile. Poi, senza dire una parola, si diresse verso la porta.

Cinque minuti più tardi, Colin era accanto al divano, e si massaggiava distrattamente i polsi dove le manette avevano lasciato segni rossi.

«Grazie per avermi aiutato», disse.

«Figurati.»

«Continuo a non credere che ti abbia dato ascolto.»

«Io sì. Lui sapeva che era la cosa giusta da fare. E l'agente che ti aveva arrestato non è rimasto poi così sorpreso. Dopo aver sentito la storia dal principio, penso che anche lui non volesse accanirsi.»

Colin indicò la porta. «Mi spiace. Ve la ripagherò.»

«A papà non interessa. Sinceramente è troppo arrabbiato al pensiero che Lester abbia spiato la famiglia, per preoccuparsi di una porta.»

«Che ne dici se gli do una mano a sistemarla per la notte?»

Lei lo accompagnò in garage a prendere il necessario per aggiustarla. Lo aiutò a tener ferme le assi e quando ebbero terminato si avvicinò a lui e lo abbracciò a lungo.

«Che cosa hai intenzione di fare adesso?» gli chiese staccandosi da lui.

«Telefonerò al ristorante», rispose. «Informerò la responsabile di dove sono e verificherò se mi hanno licenziato. E poi penso che rimarrò di guardia qui fuori per il resto della notte. Voglio esserci se Lester si farà vivo di nuovo.»

Lei annuì. «Secondo te che cosa voleva dire Margolis quando ha affermato che stava valutando altre ipotesi? Lester ha ammesso quasi tutto...»

«Non ne ho idea. Forse si riferiva al ragazzo di Cassie, visto che è sparito?» Poi la informò del poco che aveva scoperto.

I genitori di Maria entrarono in salotto. Carmen porse a Colin un bicchiere di acqua ghiacciata, mentre Felix esaminava le assi inchiodate sulla porta.

«Mi rincresce molto», si scusò Colin abbattuto. «Ho detto a Maria che vi ripagherò i danni.»

Felix annuì. «Un ottimo lavoro. Reggerà.» Fece un passo verso Colin e lo guardò negli occhi con un'espressione intensa. «Volevo ringraziarti per essere corso qui quando hai temuto che Maria fosse in pericolo. E per aver chiamato la polizia.»

«Si figuri.»

Carmen gli si affiancò mentre suo marito proseguiva. Alle loro spalle Colin scorse Serena che ascoltava dalla cucina. «Quando ti ho conosciuto, credo di averti giudicato male. Maria mi ha detto che si sente al sicuro con te. Ora capisco perché.»

Maria intrecciò le dita a quelle di Colin.

«Ti ho sentito dire che stanotte vuoi rimanere di guardia. Fuori. Nel caso Lester ritorni.»

«Sì.»

«Per me questo è un problema.»

Colin lo guardò senza replicare.

«Devi stare in casa, non fuori. Come nostro ospite.»

Maria gli strinse la mano e, nonostante tutto, lui non riuscì a fare a meno di sorridere.
«Okay.»

Colin camminava su e giù per il salotto, sbirciando alternativamente fuori dalla finestra anteriore e da quelle della cucina.

Nessuna traccia di Lester.

Margolis era stato di parola; una pattuglia passò davanti alla casa quattro volte, due mentre erano ancora svegli, e due dopo che tutti erano andati a dormire. Maria era rimasta a tenere compagnia a Colin fin verso l'una di notte. Prima di andare in camera, Felix gli aveva detto che si sarebbe alzato alle quattro, per dargli il cambio.

Quelle ore da trascorrere in solitaria erano una benedizione per Colin, perché gli davano modo di riflettere su quanto accaduto quella sera. Aveva ancora più domande che risposte, dal momento che tutto era privo di senso. Per esempio, se Lester era così paranoico da credere che Maria ce l'avesse con lui, le sue paure avrebbero dovuto tenerlo lontano, invece di attirarlo verso di lei ripetutamente.

Ma d'altro canto Lester non aveva forse ammesso di averla perseguitata fin dal principio?

E perché Margolis aveva detto che stava valutando altre ipotesi?

C'erano diverse questioni che lo tormentavano: perché Manning aveva ammesso di averle inviato i fiori e di averle offerto da bere ma non di avere tagliato le gomme? Se era arrivato in auto, dove l'aveva presa? E se l'aveva lasciata al parco ma era scappato nella direzione opposta, dove stava andando e come mai la polizia non era riuscita a trovarlo? E ancora, come faceva Lester a sapere che Maria sarebbe stata a casa dei genitori, dal momento che lei stessa si era dimenticata del compleanno di sua madre?

Più rifletteva, più la sua confusione aumentava.

«Mi stai facendo innervosire», disse Maria. «Ormai hai scavato un solco nel pavimento.»

Colin si girò e la vide in corridoio, in pigiama.

«Ti ho svegliata?»

«No, non riuscivo a prendere sonno.»

«Che ore sono?»

«Le tre passate.» Maria si mise a sedere sul divano e tastò il cuscino accanto a sé. Colin la raggiunse e lei gli appoggiò la testa sulla spalla mentre lui la cingeva con un braccio. «Dovresti provare a dormire un po'.»

«Manca soltanto un'ora e poi tuo papà si sveglierà.»

«Non credo che stia dormendo. Penso che abbia continuato a rigirarsi nel letto come ho fatto io.» Lo baciò sulla guancia. «Sono felice che tu sia qui, e lo sono anche i miei genitori. Prima di andare a letto si sono scusati con me per il comportamento che hanno avuto nei tuoi confronti.»

«Non ce n'era bisogno. Sono stati molto gentili. Soprattutto visto come gli ho ridotto la porta di casa.»

Lei sorrise. «È stato un gesto davvero notevole. Di solito le porte servono a tenere fuori la gente, ma questa non ti ha nemmeno rallentato. Loro si sentono meglio a sapere che sei qui.»

Lui annuì. La luce della luna entrava da una fessura tra le tende immergendo il salotto in un chiarore argenteo. «Volevo dirti che il tuo modo di affrontare Lester è stato esemplare. Non tutti sarebbero riusciti a mantenere la calma in quella situazione.»

«Non ero per niente calma. Ero terrorizzata. Tutte le volte che chiudo gli occhi vedo la sua faccia. Ed è stato così... assurdo. Continuo ad avere la sensazione che fosse più spaventato di me, sebbene fosse lui a impugnare la pistola.»

«Anch'io non riesco a capire.»

«Avrei preferito che la polizia lo trovasse. Detesto pensare che sia ancora là fuori... a pedinarmi, a spiarmi, a complottare e a nascondersi. A che cosa serve un'ordinanza restrittiva se non potranno consegnargliela? E se si facesse vivo prima che ci riescano? Ho pensato di andarmene dalla città, ma se mi seguisse? O se mi rintracciasse in qualche modo? Del resto, neppure io sapevo che sarei venuta qui stasera, quindi come poteva saperlo lui? E come sapeva che sarei stata in quel bar?»

«Mi pongo le tue stesse domande.»

«Che cosa devo fare, Colin? Voglio solo sentirmi... al sicuro.»

«Io un'idea ce l'avrei. Forse è un po' azzardata, ma...»

«Spiegami.»

Lui gliela espose.

26
Maria

Maria si era addormentata sul divano, quando sentì Colin darle un bacio e sussurrarle che sarebbe tornato per le otto. Lo udì uscire dalla porta del garage. Stranamente riuscì a dormire ancora qualche ora prima che i rumori intorno a lei la svegliassero.

Comunicò il piano di Colin ai genitori mentre facevano colazione. Loro l'ascoltarono sorpresi. I suoi avrebbero preferito che rimanesse dove potevano tenerla d'occhio, ma comprendevano il ragionamento di Colin e accettarono la sua decisione, chiedendole solamente di rimanere in contatto.

Colin si presentò a casa dei Sanchez intorno alle otto con un cellulare usa e getta e seguì Maria al suo appartamento. Qui lei fece una doccia, indossò dei jeans e una maglietta bianca, calzò un paio di scarpe da ginnastica nere e riempì una borsa di effetti personali per la notte. Alle nove raggiunsero il tribunale, dove Maria compilò e presentò la documentazione necessaria per un'ordinanza restrittiva. Margolis aveva mantenuto la parola; l'impiegato disse che l'avrebbero fatta firmare al giudice prima che la corte si riunisse per la giornata.

Maria chiamò l'ispettore per dargli il numero del cellulare usa e getta e gli chiese di tenerla informata di ogni sviluppo riguardante Lester Manning. Con sua sorpresa, lui la richiamò dopo neanche mezz'ora, proponendole di incontrarsi in un bar. «È a pochi isolati dal tribunale, e avremo modo di parlare indisturbati», spiegò in tono misterioso. Maria era contenta di aver compilato i documenti e deciso di mettere in pratica l'idea di Colin. Per la prima volta dall'inizio di quella storia era lei ad agire per prima, anziché limitarsi a reagire. Non c'era garanzia che potessero consegnare a Lester l'ordinanza restrittiva, ma prendere l'iniziativa le dava l'impressione di avere un certo controllo sugli eventi.

Giunti al bar, lei e Colin si accomodarono a un tavolo all'angolo.

L'ispettore entrò mezz'ora più tardi, e li individuò subito. Mentre si avvicinava, Maria notò il tessuto del blazer tirato sui bicipiti. Come Colin, Margolis sembrava dedicare molto tempo all'allenamento fisico.

Ordinò una tazza di caffè e poi si mise seduto di fronte a loro. Quando rivolse un'occhiata a Colin, a Maria parve che fosse un po' meno ostile del solito.

O forse era solo una sua impressione.

«Qualche problema con il provvedimento, stamattina?»

«No», rispose Maria. «Grazie dell'aiuto. Era evidente che mi stavano aspettando.»

Lui annuì. «Oggi in tribunale ci sarà il giudice Carson. L'ho lasciato detto al suo segretario, così non ci saranno intoppi. Se non avesse notizie, mi informi.»

«D'accordo.»

Arrivò il cameriere con il caffè. Margolis aspettò che si fosse allontanato prima di parlare.

«Com'è andata stanotte?» si informò.

«Non ho dormito bene, se è questo che vuole sapere. Ma se non altro Lester non è tornato.»

«Ho controllato stamattina e non è stato avvistato da nessuna pattuglia. Ma prima o poi salterà fuori. Uno come lui ha la tendenza a farsi notare e a insospettire la gente, quindi sono sicuro che riceveremo delle chiamate da parte di qualcuno che lo ha visto in giro.»

«Ammesso che sia in città», osservò lei. «Da quanto ne sappiamo, potrebbe benissimo essere tornato a Charlotte. O andato chissà dove.»

«Di sicuro non è in ospedale. Ho chiamato la clinica e non c'è nessuna traccia di lui. Vorrei informarla anche che stamattina il mio collega è passato davanti alla casa dei Manning. Non c'era nessuno, né nell'appartamento sopra il garage, né nell'abitazione principale.»

Maria annuì.

«Volevo poi avvertirla che ho parlato con l'ufficio dello sceriffo e siamo d'accordo che saremo noi a notificargli l'ordinanza, quando lo troviamo. È una buona notizia, non sempre è così semplice. Sarebbe un peccato che l'ordinanza non venisse consegnata al destinatario perché loro non hanno un funzionario disponibile, dandogli così modo di sparire di nuovo.»

«Qual è il piano?» si informò Maria. «Aspettare che si faccia vivo da solo?»

«Temo che non ci siano molte alternative. Sto cercando di ricavare il meglio da una pessima situazione.»

«È per questo che oggi mi ha chiesto di incontrarci? Per dirmi che non siete riusciti a trovarlo?»

«No», rispose Margolis. «Ho raccolto qualche informazione interessante e volevo comunicargliela.»

«Credevo che non fosse autorizzato a parlare delle indagini.»

«È vero», ammise lui. «Questo significa che dovrò darmi dei limiti. Ma volevo vederla perché ho bisogno del suo aiuto.»

«Per quale ragione?»

«Più approfondisco questa storia, più mi sembra che sia priva di senso. Spero che lei possa aiutarmi a rimettere in ordine i pezzi.»

Benvenuto nel mio mondo, pensò Maria.

L'ispettore riprese. «A proposito della situazione di ieri notte, le ho detto che avrei indagato su possibili violazioni della legge sulla detenzione di armi. Ma come per tutti gli altri aspetti di questo caso, ciò che sembrava ovvio non lo è. Partiamo da qui: Lester non ha il porto d'armi e non ha nemmeno acquistato legalmente un'arma, e credevo che questa fosse un'ottima notizia per lei. Invece, viene fuori che Avery Manning, il padre, ha una licenza per una pistola comprata un anno fa.»

«E allora?»

«Il problema è che Avery e Lester, padre e figlio, abitano allo stesso indirizzo. Non è illegale prestare un'arma se è regolarmente denunciata. Così non posso appigliarmi a questo particolare, a meno che il dottor Manning non avesse negato il suo permesso. Ma le complicazioni non si fermano qui.»

«Ovvero?»

«Avery Manning è passato in centrale stamattina.» Fece una pausa per sottolineare quelle parole. «Ecco perché sono arrivato tardi. Ho pensato che fosse meglio riceverlo, prima di parlare con lei. La storia ha preso una piega ancora più complicata.»

«E cioè?»

«Può darsi che la pistola non fosse nemmeno vera.»

«Come dice?»

Margolis girò il caffè mentre spiegava. «Vi racconto dal principio. Appena ci sediamo, mi rendo conto che il dottor Manning ha un'aria distrutta, cosa comprensibile visto che mi dice di essere appena tornato dal Tennessee. Era visibilmente scosso. Mentre eravamo lì, si è mangiato un pacchetto intero di chewing-gum, sputandone una dopo l'altra. Tuttavia non ha cercato di controllare la conversazione, e questo mi ha sorpreso, dopo ciò che lei mi aveva detto. In ogni caso, Manning mi ha raccontato che Lester ha lasciato Plainview e che teme possa venire a cercarla. Mi ha implorato di avvisarla e di dirle che se si fosse presentato, lei avrebbe dovuto chiamare la polizia. Ha proseguito spiegando che Lester è in una fase acuta della sua malattia e che combatte con questo disturbo da anni, in pratica le solite cose.»

«Ma ieri non era neppure sicuro che il figlio fosse in ospedale.»

Margolis bevve un sorso di caffè. «Ha detto che l'ospedale l'ha chiamato non appena si sono accorti dell'assenza di Lester, dato che è lui il contatto di emergenza. Sembra che il ragazzo non si sia presentato al suo appuntamento con l'assistente sociale, e che il personale abbia passato un paio d'ore a cercarlo nella struttura prima di rendersi conto che se n'era andato. A questo punto hanno telefonato al dottor Manning.»

«Ma come è possibile? È un ospedale psichiatrico. Non sorvegliano i pazienti?»

«Secondo Manning, Lester ormai conosce l'ambiente e gran parte del personale. Il direttore ha sottolineato inoltre che non c'era motivo di non fidarsi di lui: il ragazzo è entrato volontariamente, e prima d'ora non era mai scappato. È probabile che alla prima occasione se la sia svignata. A quel punto deve aver usato la macchina di qualcuno, oppure qualcuno è venuto a prenderlo, e così ha raggiunto Wilmington. E ovviamente teneva una pistola nascosta da qualche parte.» Margolis si strinse nelle spalle. «È paranoico.»

«Se voleva avvisarmi, perché il dottor Manning non l'ha chiamata subito dopo aver scoperto la fuga del figlio?»

«Lo ha fatto», rispose l'ispettore, con aria dispiaciuta. «Mi ha lasciato un messaggio in segreteria ieri sera, ma purtroppo l'ho ascoltato solo stamattina, dopo che mi ero già incontrato con lui. E comunque non so a che cosa sarebbe servito. La telefonata è arrivata dopo che Lester aveva già fatto la sua comparsa nel quartiere.»

Maria annuì.

«Insomma, a questo punto ho informato Avery Manning che Lester non solo si era presentato a casa dei suoi genitori ieri sera e l'aveva affrontata, ma che era persino armato. Al che il dottor Manning si è agitato ancora di più. Poi, dopo essersi calmato, ha dichiarato che la pistola non era vera.»

«È ovvio che le abbia detto così.»

«È quello che ho pensato anch'io. Gli ho chiesto come poteva esserne certo. Mi ha risposto che lui possiede solo due armi: un vecchio fucile da caccia che ha fin da quando era giovane e che probabilmente non funziona neppure, e quella di cui le ho parlato prima, che tiene chiusa a chiave in una cassetta nel bagagliaio della macchina. Ha aggiunto che non l'avrebbe mai lasciata a casa, a portata di mano di Lester.»

«So riconoscere una pistola!»

«Non ne dubito, ma la prego, mi lasci finire», replicò Margolis. «Il dottor Manning mi ha detto che suo figlio possiede una pistola a pallini. Gliel'aveva comprata lui stesso quando Lester era un ragazzino e probabilmente era finita in soffitta insieme ad altre cose del figlio. È possibile, quindi, che il ragazzo l'abbia recuperata qualche tempo fa. Perciò ora le chiedo se ritiene possibile che l'arma impugnata da Lester fosse una pistola a pallini.»

Maria cercò di ricordare, ma non rammentava i particolari. «Non saprei», confessò. «A me sembrava autentica.»

«È plausibile. Stesso colore, stesse dimensioni. Fuori era buio e lei era terrorizzata. Chi può saperlo? Ma questo potrebbe spiegare come mai Lester non l'ha mai alzata. Perché pensava che lei si sarebbe accorta che la canna era troppo stretta.»

Maria ci pensò su. «Il che non esclude l'ipotesi che la pistola di Lester fosse vera. Poteva averla comprata in seguito. Non è impossibile.»

«Giusto», riconobbe Margolis. «Per il momento, infatti, non trascuro nessuna ipotesi.»

«E in ogni caso, come fa a sapere che il dottor Manning le ha detto la verità a proposito della sua pistola?»

«Perché me l'ha mostrata dopo il nostro incontro, prima di andare via. Era proprio chiusa a chiave in una cassetta dentro la sua macchina.» Vedendo che Maria rimaneva in silenzio, l'ispettore proseguì: «C'è un'altra cosa che devo dirle».

«Cosa?»

Margolis frugò nella cartelletta e tirò fuori un foglio con l'intestazione della clinica psichiatrica di Plainview, che spinse verso Maria.

«La notte in cui le hanno tagliato le gomme della macchina, Lester Manning era in ospedale. Ho ricevuto questo fax dalla clinica stamattina. Può leggere la data del ricovero.»

Maria fissò il documento attonita.

«È sicuro che sia vero?»

«Sì. Il dottor Manning ha fatto la richiesta davanti a me e il fax è arrivato pochi minuti dopo, dall'ospedale.»

«Lester non poteva essere sgattaiolato fuori, come ha fatto ieri?»

«Non quella notte. Sulla cartella clinica c'è scritto che lui è rimasto in camera sua per tutto il tempo. Il personale è passato a controllarlo ogni trenta minuti.» Lei non commentò, e nel silenzio Margolis bevve un sorso di caffè. «Questo è in parte il motivo per cui ho voluto vederla. Se è stato qualcun altro a tagliare le gomme, chi può essere? Quando ho posto la stessa domanda al dottor Manning, lui mi ha suggerito di indagare su Mark Atkinson.»

«Perché?»

«Perché Atkinson potrebbe cercare di incastrare Lester.»

«Ma non ha senso.»

«Può darsi… A meno che lui non conoscesse il giovane e avesse un movente. In effetti potrebbe essere davvero così. Era stato Lester a presentare Cassie ad Atkinson.»

Maria impiegò qualche istante ad assorbire la notizia. «Lester e Atkinson si conoscevano?»

«Lavorano per la stessa impresa di pulizie. O almeno un tempo era così. Secondo Avery Manning, dopo la morte di Cassie i due si sono allontanati. Lester ha accusato Atkinson di non aver protetto la sorella di fronte a Laws, gli ha dato del codardo, e si sono azzuffati. Non c'è stata nessuna denuncia, ma questo non significa niente. Di solito, in situazioni del genere, la polizia non viene informata. Per farla breve, secondo il dottor Manning Atkinson ce l'aveva con Lester.»

«Ne è assolutamente sicuro?»

«Non della rissa. Ma è vero che lavoravano insieme. Dopo il nostro colloquio, ieri ho parlato di nuovo con la madre di Atkinson, e quindi con un responsabile dell'impresa di pulizie. È questo che intendevo quando dicevo che sto valutando altre ipotesi. Perché mi è subito sembrato strano il modo in cui Mark Atkinson è sparito dalla circolazione. Posso capire in parte l'idea che sia scappato a conoscere la donna dei suoi sogni, la stupidità umana non ha limiti… ma interrompere del tutto i contatti con la madre, a parte un paio di lettere? Tra l'altro stampate al computer? E niente chiamate né messaggi alla madre o agli amici? Proprio quando qualcuno ha iniziato a perseguitare lei? Per me c'è sotto qualcosa.»

«Continuo a non capire perché Atkinson dovrebbe avercela con me. Come le ho detto, non l'ho mai conosciuto.»

«Non potrebbe provare risentimento per lo stesso motivo di Lester? Perché Laws è uscito di prigione e ha ucciso Cassie? E forse dà la colpa a lei.»

«Può darsi», rispose Maria poco convinta. «Ma... è Lester quello che mi ha seguita. Mi ha mandato i fiori e mi ha offerto da bere. È Lester quello che si è presentato a casa dei miei ieri notte...»

«Esatto», concordò Margolis. «Tutto questo mi porta a chiedermi se il dottor Manning non si sia sbagliato sul rapporto che c'è tra i due. Se Atkinson sta cercando di incastrare Lester, come è riuscito a convincerlo ad agire in quel modo? Soprattutto prendendo in considerazione la notte scorsa? Se invece accantoniamo l'idea, ci rimangono un paio di altre possibilità. Una è che Lester in qualche modo sia venuto a sapere che Atkinson voleva perseguitarla e abbia deciso di stare al gioco; resta da capire come potesse conoscere le intenzioni dell'altro. E poi c'è una terza possibilità.»

Maria guardò Margolis seduto di fronte a lei, quasi timorosa di sentire che cosa le avrebbe detto.

«E se Lester e Atkinson fossero complici?» suggerì infine l'ispettore. «Se si fornissero alibi a vicenda?»

Maria rimase in silenzio, cercando di assorbire il senso di quelle parole.

«So cosa sta pensando», disse Margolis. «Anch'io lo trovo pazzesco, ma delle tre spiegazioni questa è l'unica plausibile.»

«Non riesco ancora a capire perché lei ritiene che Atkinson sia coinvolto. Forse Lester ha incaricato un senzatetto o un ragazzino di tagliare le gomme e consegnarmi la lettera, perché così avrebbe avuto un alibi perfetto. Ma tutto il resto lascia intendere che Lester stia agendo da solo.»

«Non tutto», obiettò Margolis. «Vede, deve sapere che ho controllato le targhe delle auto nei pressi del parco, come suggerito da Colin. E una di queste ha fatto suonare il campanello d'allarme.»

«Perché?»

«Perché l'auto in questione è registrata a nome di Mark Atkinson.»

«Secondo te ha senso?» chiese Maria dopo che l'ispettore se ne fu andato. «Il fatto che Lester e Atkinson siano complici?»

«Non saprei», ammise Colin.

Maria scosse il capo. «È Lester. Da solo. Per forza.» Lei stessa si rendeva conto di averlo detto per convincersi. «E comunque, anche se agissero insieme, perché l'auto di Atkinson è rimasta al parco? Come hanno fatto ad andare via? Lester non ha una macchina.»

«Potrebbe averne rubata una come ha suggerito Margolis ieri sera.»

«Non ci capisco più niente», continuò Maria. «Questa storia mi sembra come una matrioska. Apri una bambola e ne trovi dentro un'altra e così via. Adesso che cosa devo fare? Se l'ispettore scoprisse che Atkinson è effettivamente coinvolto, dovrei richiedere un'ordinanza restrittiva anche per lui?»

«Forse sarebbe una buona idea.»

«E se non riuscissero a localizzarlo? Neanche la madre sa dov'è. A che cosa serve un'ordinanza restrittiva se non possono consegnarla?»

Colin non rispose, ma sapeva che Maria non ne aveva bisogno. Parlava a ruota libera, dando voce ai propri pensieri. «Dio solo sa dov'è finito Lester, e il problema è lo stesso. Che cosa me ne faccio di quel provvedimento se non lo trovano?»

«Vedrai che lo troveranno.»

«E come?»

Invece di rispondere, Colin le prese la mano. «Per il momento credo che la cosa migliore sia rispettare il nostro piano, soprattutto dal momento che potrebbero essere in due.»

«Pensi che in due possano tenermi d'occhio meglio?»

«Sì, e inoltre finché non sappiamo che cosa sta succedendo, l'unica cosa che possiamo fare è tenerti al sicuro.»

Dopo aver lasciato la macchina di Maria davanti a casa sua, usarono la Camaro di Colin per raggiungere Independence Mall, facendo molte deviazioni. Non volevano correre rischi, anche se non sembrava seguirli nessuna auto sospetta.

Arrivati al centro commerciale, passarono una quarantina di minuti a guardare le vetrine tenendosi per mano. Ogni tanto tornavano indietro, per scrutare i volti della gente intorno a loro, anche se Maria non era sicura che servisse a granché. Conosceva l'aspetto di Lester, ma Atkinson era un mistero. Colin le aveva mostrato la foto pubblicata sul sito delle persone scomparse, e lei si era chiesta quanto fosse accurata. Aveva una faccia qualunque, di quelle che si confondono facilmente nella folla, e in ogni caso avrebbe potuto benissimo tingersi i capelli. O farsi crescere i baffi, o radersi la testa. Intanto le teorie di Margolis si inseguivano incessanti nella sua mente.

Atkinson che cerca di incastrare Lester. Lester che cerca di incastrare Atkinson. Lester e Atkinson che agiscono insieme.

O magari Atkinson era scappato con una ragazza, e in tal caso la presenza della sua auto era soltanto una coincidenza.

Chi poteva saperlo? Ogni pista, seguita con la logica, a un certo punto si interrompeva.

Alla fine, secondo il piano, entrarono in una boutique da donna. Maria scelse diverse camicie dagli espositori, fingendo un certo interesse. Colin, alle sue spalle, faceva osservazioni sulle scelte. Alle dodici in punto, lei gli disse che voleva provare alcuni capi e si incamminò verso i camerini.

«Arrivo tra un minuto, Colin», annunciò. Non appena entrò nel corridoio dei camerini, Lily sporse la testa da uno dei cubicoli. Maria la raggiunse e guardò com'era vestita: scarpe da ginnastica rosse, jeans, camicetta rossa e un garofano tra i capelli. In mano teneva un paio di occhiali da sole enormi e un mazzo di chiavi; sul pavimento c'era una borsa blu e un sacchetto del supermercato.

«Eccoti qua, tesoro. Che Dio ti benedica», disse Lily stringendole le mani. «So che è una situazione terribilmente stressante per te e non riesco a immaginare come tu abbia fatto a restare lucida e a mantenerti bellissima come la prima volta che ci siamo viste. Se fossi al tuo posto, mi sarei già riempita di brufoli.»

Ne dubito, pensò Maria. Lily era quel genere di ragazza che non ha mai avuto nemmeno un foruncolo in vita sua. Però era gentile a rassicurarla in quel modo.

«Grazie», rispose. «So di chiederti molto...»

«Ma figuriamoci», la interruppe l'altra, «non voglio più sentire nemmeno una parola sull'argomento. Sono tua amica e questo è ciò che fanno le amiche, soprattutto in situazioni tanto spaventose.»

«Non ho visto Evan», osservò Maria.

«È andato a prendere qualcosa da mangiare. Sicuramente qualche porcheria, ma visto che è stato bravissimo in tutta questa storia ho giurato di non polemizzare sulle sue abitudini alimentari.»

«Secondo te funzionerà?»

«Senza alcun dubbio», affermò Lily. «Normalmente la gente vede ciò che vuole vedere. L'ho imparato al corso di teatro. Avevo un insegnante fantastico, tra l'altro. Ma ne parleremo dopo. Ora diamoci una mossa, d'accordo? Colin ed Evan tengono d'occhio l'ora mentre noi parliamo.» Porse a Maria la borsa insieme agli occhiali da sole e alle chiavi della macchina. «Qui dentro ci sono i vestiti e la parrucca», spiegò. «Sono sicura che quello che ti ho preso ti starà benissimo. Mi sa che abbiamo la stessa taglia.»

Non proprio, ma quasi, pensò Maria. «Dove hai trovato le parrucche in così breve tempo?»

«In un negozio di parrucche, dove se no? Certo, non sono perfette, sarebbe stato impossibile prendere di meglio data la fretta che avevamo, ma saranno più che adeguate ai nostri scopi.»

Maria sbirciò nella borsa. «Dimmi quanto hai speso e ti rimborso...»

«Nemmeno per sogno. So che non è carino dirlo, ma questo gioco dei travestimenti stamattina mi ha molto divertita. Mi ha fatto tornare in mente il ballo in maschera al country club dei miei genitori. Forza, cominciamo… non dimenticare il garofano. È quel genere di particolare che attira l'attenzione. Manderò un messaggio a Evan e lui arriverà tra pochi minuti.»

Maria uscì dal camerino di Lily e si infilò in quello vicino. Nella borsa trovò gli stessi capi che indossava la sua amica, oltre a una parrucca bionda e un garofano rosso. Si cambiò e si soffermò davanti allo specchio per sistemare la parrucca a suo piacimento. Infilò il fiore più o meno nello stesso punto in cui lo portava Lily, poi inforcò gli occhiali da sole.

Da vicino non assomigliava affatto a Lily. Ma da una certa distanza, forse…

Calzò le scarpe e alle dodici e un quarto esatte uscì dal camerino. Evan le andò incontro. «Ciao, Lily», la salutò avvicinandosi. «Hai trovato qualcosa che ti piace?» Colin era in un angolo a fingere di guardare con interesse il proprio cellulare.

Maria scosse il capo. Evan la baciò sulla guancia, poi la prese per mano. Uscirono dal negozio lentamente, quindi attraversarono un grande magazzino e si diressero verso l'uscita.

La macchina di Lily era a due passi. Maria l'aprì e salì al posto di guida, mentre Evan si sedeva accanto a lei. Guardò l'ora.

Sapeva che l'amica sarebbe uscita dai camerini di lì a due minuti, vestita nel suo stesso modo ma con una parrucca castana. Colin l'avrebbe presa per mano e l'avrebbe condotta in un altro negozio , e lì Lily si sarebbe cambiata di nuovo. Alla fine avrebbe lasciato il centro commerciale con Evan. Colin, nel frattempo, si sarebbe diretto alla sua macchina da solo, come se Maria non fosse mai stata con lui.

Probabilmente tutto questo non era necessario, si disse Maria. Ma la parola chiave era proprio quell'avverbio, «probabilmente». Se erano due le persone che la tenevano d'occhio, né lei né Colin volevano correre rischi, e il loro piano era farla nascondere in un posto in cui nessuno avrebbe mai immaginato di cercarla, in un posto nel quale non era mai stata prima.

A casa di Lily.

Maria accese il motore e uscì dal parcheggio. Nessuno la seguì, né a piedi né in macchina. Girò intorno al centro commerciale seguendo le indicazioni di Evan, quindi si fermò e fece scendere l'amico per farlo entrare da un altro ingresso.

«Grazie», disse lei.

«È un piacere», ribatté Evan. «Ricorda che sarai al sicuro. Lily e io torneremo a casa tra un po' con le tue cose, d'accordo?»

Lei annuì, sempre in tensione. Uscì dall'area del centro commerciale e imboccò la statale. Come le era capitato molto spesso negli ultimi tempi, fece qualche deviazione a caso, controllando lo specchietto, finché il nervosismo cominciò ad abbandonarla.

Nessuno poteva averla seguita. Ne era certa.

O quasi certa.

Ultimamente non sembrava esserci più niente di certo.

L'appartamento di Lily era a poco più di un chilometro di distanza dal *Crabby Pete's*, con un parcheggio privato recintato e le finestre della sala da cui si godeva una vista spettacolare sull'oceano. L'arredamento raffinato nei toni del bianco, del giallo e dell'azzurro dava alla casa un'atmosfera accogliente e rilassata. Maria trascorse qualche minuto a guardare la spiaggia, senza uscire, poi richiuse le tende e si sdraiò sul divano con un sospiro.

Dormire le avrebbe fatto bene, pensò. In quel momento il telefono che Colin le aveva dato suonò e lei riconobbe la voce di Margolis.

«Giusto un paio di cose. Ho chiamato il mio collega di Charlotte e gli ho lasciato un messaggio chiedendogli di passare dalla madre di Atkinson e dall'appartamento del ragazzo, per vedere se scopre qualcosa. Inoltre, cosa più importante, volevo informarla che l'ordinanza restrittiva è stata accettata. Aspetto che arrivino i documenti firmati.»

«Grazie», rispose lei, senza aggiungere che dovevano ancora trovare Lester per notificarglielo. E forse chiedere un'ordinanza nei confronti di Atkinson. Riagganciò e telefonò a Colin per metterlo al corrente, quindi aggiornò anche i genitori. Impiegò qualche minuto a convincere la madre preoccupata a riattaccare, e quando finalmente posò il telefono fu assalita da una ondata di stanchezza. Le sembrava di aver corso per giorni senza mai fermarsi, e in effetti, per certi versi, era così.

Chiuse gli occhi, ma non riusciva a smettere di pensare. La telefonata con Margolis, per quanto breve, aveva scatenato in lei un'altra sfilza di domande. Alla fine, però, il fisico provato ebbe la meglio e si addormentò.

27
Colin

Dopo aver sentito Maria, Colin tolse le sue borse dall'auto, si infilò gli auricolari e portò il computer della sua ragazza sul tavolo del soggiorno. C'era una cosa che voleva verificare; avrebbe potuto parlarne con Maria o Margolis mentre prendevano il caffè insieme, ma alla fine aveva preferito non farlo. Era un'idea azzardata, ma ora che l'ordinanza restrittiva era stata emessa, non c'era niente di male nel provare. Non aveva importanza che Atkinson fosse o meno coinvolto; al momento la priorità era trovare Lester.

L'idea gli era venuta quella mattina. Aveva baciato Maria e poi, mentre raggiungeva l'auto, aveva cercato di dare un senso ai fatti che avevano a disposizione: l'ordinanza del tribunale non sarebbe stata valida finché non l'avessero notificata a Lester; il tempo era essenziale; Lester era pericoloso; si era presentato con una pistola e aveva terrorizzato Maria; e le aveva preso il cellulare...

Il cellulare...

Nella sua mente era affiorato un ricordo, che lo aveva riportato alla notte in cui aveva conosciuto Maria. Sotto il temporale, quando lui aveva accostato, lei era stata diffidente di fronte al suo aspetto malridotto in seguito al combattimento, e gli aveva chiesto se poteva prestarle il telefono, perché non aveva il suo con sé. Era un po' agitata, ma che cosa aveva detto esattamente?

Si era fermato di fianco alla macchina, cercando di ricordare le sue parole. *Non l'ho perso perso. Devo averlo lasciato in ufficio oppure a casa dei miei genitori, comunque non lo saprò finché non potrò aprire il mio MacBook... Uso quel Trova il mio Telefono... Posso rintracciare il cellulare perché è sincronizzato con il computer.*

Questo stava a significare che anche lui avrebbe potuto rintracciare il cellulare.

Si sorprese che Margolis non ci avesse pensato. O forse lo aveva fatto e aveva già controllato senza ottenere nessun risultato, perché Lester si era sbarazzato del telefono o lo aveva spento, oppure la batteria si era scaricata. O forse si trattava di un'informazione che l'ispettore non era autorizzato a divulgare. D'altro canto, con tutto quello che era successo, non era escluso che l'idea fosse stata momentaneamente accantonata.

Colin non si faceva troppe illusioni, le probabilità che la cosa funzionasse erano minime, ma dopo qualche clic il cuore gli balzò in gola: il telefono era ancora acceso e risultava trovarsi in una casa di Robins Lane a Shallotte, una cittadina a sud-est di Wilmington, nei pressi di Holden Beach. Shallotte era a tre quarti d'ora di viaggio da lì e Colin rimase a fissare lo schermo per controllare se l'apparecchio si muovesse oppure no.

Era fermo. La app gli permetteva di verificare

anche i movimenti precedenti, e nel giro di pochi secondi fu in grado di determinare che era stato portato da casa dei Sanchez all'indirizzo di Robins Lane senza deviazioni.

Interessante. Decisamente interessante, ma ancora non valido come prova definitiva. Forse Lester sapeva che il cellulare poteva essere localizzato e lo aveva buttato in una macchina o sul pianale di un pick-up mentre scappava. O forse lo aveva lasciato per terra e qualcuno lo aveva trovato.

Oppure Lester aveva la mente troppo annebbiata per arrivare a pensare queste cose.

Non c'era modo di saperlo con sicurezza, ma valeva la pena di andare a vedere…

Valutò se fosse il caso di informare Margolis, poi si disse che era meglio avere una certezza prima di farlo. Shallotte non era neppure nella stessa contea e non voleva che l'ispettore perdesse del tempo prezioso se la pista non portava da nessuna parte…

Sentì qualcuno battergli sulla spalla e trasalì. Girandosi, vide Evan alle sue spalle. Si tolse gli auricolari.

«Non è che stai combinando qualche guaio, vero?» gli chiese l'amico.

«Che cosa ci fai qui? Non ti ho sentito entrare.»

«Ho bussato, ma non mi hai risposto. Ho sbirciato, e ti ho visto con il computer di Maria. Mi sono chiesto se avessi intenzione di fare una stupidaggine. E sono venuto a domandartelo.»

«Non stavo facendo niente di stupido. Rintracciavo il cellulare di Maria», spiegò Colin.

«Lo so», rispose Evan indicando il computer. «Lo vedo sullo schermo. Quando ci hai pensato?»

«Stamattina. Dopo aver lasciato Maria a casa dei genitori.»

«Bella mossa. Hai già informato Margolis?»

«No.»

«Come mai?»

«Perché sei arrivato tu e non ho avuto modo di farlo.»

«Allora chiamalo adesso», lo incitò Evan. Vedendo che Colin restava immobile, fece un sospiro. «Ecco cosa intendevo quando mi chiedevo se avessi in mente di fare una stupidaggine. Non volevi affatto telefonargli, vero? Vuoi controllare di persona, prima di avvisarlo.»

«Magari non si tratta di Lester.»

«E allora? Lascia che sia Margolis a controllare. Quanto meno lì c'è il cellulare di Maria e lui glielo riporterà. Devo ricordarti che è compito della polizia? Devi lasciare che l'ispettore faccia il suo lavoro. Devi telefonargli.»

«Lo farò. Quando avrò appurato come stanno i fatti.»

«Sai una cosa?» chiese Evan. «Secondo me stai mentendo.»

«Io non mento.»

«Forse a me no, ma in questo momento stai mentendo a te stesso. Non c'entra niente il fatto che potrebbe essere una perdita di tempo per Margolis. Se vuoi saperlo, la verità è che vuoi essere al centro di tutta questa storia. Credo che tu voglia vedere Lester per dare un volto a un nome. Penso che tu sia arrabbiato e abituato a gestire le cose a modo tuo. E che voglia fare l'eroe, come quando hai scattato quelle foto dal tetto, o ieri sera quando hai sfondato la porta dei Sanchez, anche se la polizia era già arrivata.»

Colin ammise tra sé che forse Evan aveva ragione. «Allora?»

«Stai commettendo un errore.»

«Se scopro che lì c'è Lester, chiamerò Margolis.»

«E come farai a scoprirlo? Hai intenzione di bussare alla porta e chiedere se è in casa? Striscerai fino a una finestra e sbircerai dentro? Speri che esca a lavare la macchina? Gli lascerai un biglietto sotto la porta?»

«Mi verrà in mente qualcosa quando sarò sul posto.»

«Un piano davvero ingegnoso», sbottò l'altro. «Considerato anche che quando improvvisi le cose vanno sempre per il meglio, vero? Hai pensato che Lester è armato? E che tu potresti finire nei guai con la legge? O che potresti peggiorare le cose? E se Lester ti vedesse? Potrebbe sgattaiolare via dal retro e allora diventerà ancora più difficile trovarlo in futuro.»

«Oppure ha già in mente di scappare e io riuscirò a seguirlo.»

Evan posò le mani sulla spalliera della sedia di Colin. «Non ti farò cambiare idea, vero?»

«No.»

«Allora aspetta che abbia riaccompagnato Lily a casa e verrò con te.»

«No.»

«Perché no?»

«Perché non c'è motivo.»

Evan staccò le mani dalla sedia e si raddrizzò. «Non farlo», disse alla fine. «Per il tuo bene, telefona a Margolis.» Enfatizzò la propria richiesta prendendo il portatile di Maria dal tavolo e infilandolo nella custodia. Poi raccolse anche il resto delle cose e uscì dall'appartamento sbattendo la porta.

Colin lo guardò andar via senza dire una parola.

Un quarto d'ora più tardi, mentre viaggiava verso Shallotte, Colin ripensò alle cose che gli aveva detto Evan.

Perché stava andando lì da solo? Perché non aveva telefonato a Margolis? Che cosa sperava di ottenere?

Perché, come aveva suggerito Evan, era diventata una questione personale, si disse. Voleva finalmente dare un volto a un nome; voleva vedere con i propri occhi come era quell'individuo. Voleva assistere al momento in cui Lester riceveva l'ordinanza restrittiva da Margolis e poi, in un secondo tempo, trovare un modo per controllarlo, anche senza farlo sapere all'ispettore. Era ora che quel tizio cominciasse a guardarsi le spalle, invece di guardarle a qualcun altro.

Sempre ammesso che fosse Lester, naturalmente...

Evan lo aveva avvisato dei possibili rischi. Il suo amico era bravo in questo e Colin sapeva di dover stare molto attento. Bastava un errore per finire in prigione, e promise a se stesso che si sarebbe limitato a osservare. Anche se Lester gli fosse passato davanti, Colin non lo avrebbe nemmeno toccato. Tuttavia si sentiva nervoso, l'adrenalina era già in circolo.

Si sforzò di fare lunghi respiri regolari.

Attraversò Wilmington, imbattendosi in un semaforo rosso dopo l'altro, e alla fine raggiunse la superstrada. Aveva inserito l'indirizzo nel telefono e seguiva le indicazioni stradali. Poco dopo le due del pomeriggio, stava attraversando un tranquillo quartiere operaio che gli ricordava vagamente quello dei genitori di Maria. Ma era solo un'impressione: le case erano più piccole e mal tenute; i prati spesso incolti e qua e là c'erano cartelli con la scritta AFFITTASI, che davano a tutta la zona un'aria transitoria. Il tipo di quartiere dove la gente bada ai fatti propri e non si ferma a lungo.

O dove va a nascondersi?

Forse.

Parcheggiò davanti a una villetta, a due case di distanza dall'indirizzo che cercava, dietro una vecchia station wagon che aveva visto tempi migliori. Sul davanti c'era una piccola veranda. Dal suo punto di osservazione scorgeva anche la porta d'ingresso e una finestra con le tende chiuse che si affacciava sulla casa accanto. Sull'altro lato dell'edificio spuntava il muso di una macchina blu, di cui però non riusciva a riconoscere il modello.

C'era qualcuno in casa?

Sicuramente. L'auto di Atkinson era al parco. O, almeno secondo Margolis, c'era stata fino a qualche ora prima.

Peccato non avere il computer di Maria. Avrebbe potuto accertarsi che il cellulare fosse ancora lì. Magari poteva chiamare Evan e chiedergli di controllare, ma il suo amico ne avrebbe approfittato per impartirgli l'ennesima lezione e lui non era dell'umore giusto per starlo ad ascoltare. E poi, era assai probabile che Evan e Lily fossero già in viaggio verso l'appartamento di lei. A questo punto non poteva fare altro che restare lì a sorvegliare la casa nella speranza che prima o poi Lester uscisse.

Tuttavia, come Evan gli aveva ricordato, lui non sapeva nemmeno che aspetto avesse quel tipo.

Erano quasi le tre del pomeriggio: era rimasto lì per un'ora. Nessun movimento oltre le tende della finestra; nessuno era uscito. La macchina blu era rimasta al suo posto.

Per contro, i vicini non sembravano essersi accorti di lui. Un paio di persone erano passate davanti alla sua auto; dei bambini si erano messi a giocare a calcio. Quando era arrivato il postino, per un attimo Colin aveva sperato di riuscire a leggere il nome della persona che abitava lì guardando nella cassetta delle lettere, ma l'uomo aveva proseguito senza lasciare alcuna busta.

Era strano, perché si era fermato in tutte le altre abitazioni lungo la via.

Forse però non significava niente.

Oppure voleva dire che gli abitanti di quella casa non ricevevano posta, perché veniva spedita altrove.

Comunque era un fatto singolare.

I minuti passavano. Oramai erano le quattro e Colin era sempre più nervoso. Fremeva dal desiderio di fare... qualcosa. Si chiese se fosse il caso di chiamare Margolis. Magari poteva rischiare di bussare alla porta. Si ripromise di non reagire in maniera esagerata. O almeno ci provò.

Rimase in macchina, facendo lunghi respiri e

trasalì udendo il suono di un messaggio in arrivo. Evan.

Che cosa stai facendo?

Niente.

Era passata un'altra ora. Le cinque, e il sole accennava a tramontare, sebbene fosse ancora luminoso. Chissà quando e se le luci si sarebbero accese dentro la villetta; ormai cominciava a pensare che non ci fosse in casa nessuno.

Un altro messaggio. Di nuovo Evan.

Sarò lì tra un minuto. Ho quasi raggiunto la tua macchina.

Colin guardò nello specchietto e vide l'amico che si avvicinava. Poi Evan salì, richiuse la portiera, quindi alzò il finestrino. Lui lo imitò.

«Sapevo che ti avrei trovato qui. Non appena ti ho lasciato, ho capito che non intendevi rinunciare. E poi mi hai mentito nel messaggio. Non stai facendo niente?»

«È la verità. Non sto facendo niente.»

«Sei venuto qui. Stai tenendo d'occhio la casa. Stai aspettando Lester. È qualcosa.»

«No, dal momento che non l'ho visto.»

«Allora qual è il tuo piano?»

«Ci sto ancora lavorando. Come sta Maria?»

«Quando siamo arrivati dormiva sul divano, ma si è subito svegliata e Lily ha iniziato a raccontarle come voleva organizzare il nostro matrimonio. Allora ho pensato che tanto valeva raggiungerti, dal momento che Lily è capace di parlare per ore dell'argomento...»

Proprio in quell'istante Colin colse un movimento

davanti alla villetta. La porta che si apriva. Un uomo che usciva sulla veranda con in mano una lattina.

«Abbassati», sibilò Colin mentre faceva lo stesso. «Resta giù.»

Evan ubbidì istintivamente. «Perché?»

Colin rialzò lentamente la testa senza rispondere: voleva dare un'occhiata. L'uomo era uscito in veranda, lasciando la porta aperta alle proprie spalle. Colin guardò meglio, rievocando mentalmente l'immagine di Atkinson. Non era lui, per niente, si disse, quindi cercò di ricordare ciò che Maria aveva detto dei vestiti di Lester. *Una camicia rossa sbiadita e jeans strappati.*

Sì, pensò Colin. Proprio quello che indossava l'uomo.

Lester?

Doveva essere lui e Colin fu assalito da un'altra scarica di adrenalina. Lester era nella villetta. Non si era nemmeno cambiato i vestiti…

Pochi secondi più tardi, il ragazzo si voltò e tornò dentro casa. La porta si richiuse alle sue spalle.

«È lui?» bisbigliò Evan.

«Sì», rispose Colin. «È lui.»

«Allora adesso chiami Margolis come avevi promesso, d'accordo?»

«Okay.»

Dopo aver aspramente rimproverato Colin per avergli taciuto delle informazioni, Margolis disse che sarebbe arrivato il prima possibile. Vietò categoricamente ai due amici di seguire Lester o chiunque fosse uscito dalla casa; ci avrebbe pensato lui. E se Colin fosse anche solo sceso dalla macchina, avrebbe trovato un pretesto per arrestarlo, perché cominciava ad averne piene le scatole di lui e delle sue iniziative personali. Dopo qualche altra colorita imprecazione, chiuse la comunicazione. Evan guardò Colin.

«Te l'avevo detto che non sarebbe stato contento», commentò.

«Okay.»

«Ma a te non interessa.»

«Perché dovrebbe?»

«Perché quell'uomo potrebbe rendere la tua vita un inferno.»

«Solo se mi mettessi in qualche modo nei guai.»

«Per esempio interferendo nel lavoro della polizia?»

«Sono seduto nella mia auto. L'ho chiamato dandogli le informazioni necessarie. Non mi sto intromettendo. Sono un potenziale testimone. Mi ha detto cosa devo fare, e lo farò.»

Evan si agitò sul sedile. «Posso rialzarmi? Mi sta venendo un crampo.»

«Non riesco proprio a capire che cosa ci fai ancora rannicchiato lì.»

Quaranta minuti più tardi, Margolis si affiancò alla macchina di Colin e abbassò il finestrino.

«Ti avevo detto di sparire da qui», esordì.

«Non è vero», ribatté Colin. «Mi ha detto di non uscire dalla macchina e di non seguirlo.»

«Vuoi fare lo spiritoso per forza?»

«No.»

«Perché a me sembra di sì. Ieri sera sono andato oltre le mie competenze per impedire che ti arrestassero, e tu stamattina ti 'dimentichi' di informarmi della tua idea? Così puoi di nuovo giocare a fare il poliziotto?»

«Maria le ha comunicato che Lester le aveva preso l'iPhone. Sono cellulari facili da rintracciare. Ho immaginato che lei ci avesse già pensato.»

L'espressione stupita dell'ispettore rivelava che aveva trascurato la cosa più ovvia. Ma si riprese subito e sbottò: «Che tu ci creda o no, il mio mondo non ruota intorno a te e alla tua ragazza. Ho anche altri casi. Urgenti. Ci stavo arrivando».

Come no, pensò Colin. «Recupererà il cellulare di Maria?»

«Se davvero ce l'ha lui. Non ho nessuna prova, a parte la tua parola.»

«Fino a un paio d'ore fa, era ancora qui», intervenne Evan. «Ho controllato prima di venire.»

Margolis lo guardò con evidente irritazione. Poi scosse il capo. «Recupererò il cellulare», dichiarò. «Ora sparite. Tutti e due. Non ho bisogno di voi e non vi voglio qui. Me ne occuperò io.»

Alzò il finestrino, tolse il piede dal freno e avanzò lentamente fino a fermarsi proprio di fronte alla villetta. Colin lo vide scendere e dare un'occhiata in giro, prima di attraversare il prato.

Mentre saliva i gradini della veranda, si voltò verso Colin per fargli segno di andarsene, una buona volta.

D'accordo, gli concesse Colin. Girò la chiave nel cruscotto ma non accadde niente, il motore sembrava morto. Nessun rumore. Colin ci riprovò, con lo stesso risultato. Niente.

«Lasciami indovinare», disse Evan. «L'auto ci ha mollato.»

«Oggi forse sì.»

«Margolis non ne sarà contento.»

«Non so cosa farci.»

Mentre parlava con l'amico, Colin teneva gli occhi fissi su Margolis, che non aveva ancora bussato alla porta. L'ispettore in quel momento si trovava nel punto più estremo della veranda, e guardava la macchina parcheggiata nel vialetto. Quando si voltò, a Colin sembrò che avesse un'aria perplessa. Finalmente bussò e, dopo circa un minuto, abbassò la maniglia e socchiuse l'uscio.

Qualcuno aveva risposto dicendogli che la porta era aperta?

Margolis parlò dalla fessura, quindi tirò fuori il distintivo ed entrò, scomparendo dalla loro vista.

«Andiamo a prendere la mia macchina», propose Evan. «Saremo lontani prima che Margolis esca dalla casa. So che ti odia, ma non vorrei che ti odiasse più del necessario. O che se la prendesse con me, tanto per dire. Ha l'aria incattivita.»

Colin non replicò. Continuava a pensare all'espressione comparsa sulla faccia del poliziotto subito prima che bussasse alla porta. L'ispettore aveva visto qualcosa... di strano? Qualcosa che non si aspettava?

E perché Lester lo aveva invitato a entrare se era paranoico e aveva paura della polizia?

«C'è qualcosa che non va», commentò a voce alta Colin, esprimendo un pensiero che gli era sorto spontaneo in quel momento.

Evan lo guardò. «Cosa significa?» chiese, e proprio in quel frangente Colin udì il rumore netto e inconfondibile di un'arma da fuoco; due spari in rapida successione.

Stava per aprire la portiera quando Margolis volò all'indietro fuori dalla porta, la giacca e la camicia insanguinate, una mano intorno al collo. Inciampò sulla veranda e cadde all'indietro sui gradini, scivolando fino al vialetto.

A quel punto Colin era già balzato giù dalla macchina, agendo d'istinto era corso verso Margolis accelerando a ogni passo, e tenendo lo sguardo fisso sull'ispettore che si dimenava per terra.

Lester comparve all'improvviso sulla veranda: gridava parole senza senso, con in mano una pistola. La alzò, puntandola contro Margolis. La sua faccia era una maschera di paura e rabbia, la mano che reggeva l'arma tremava. Manning gridò di nuovo e abbassò la pistola, poi la sollevò un'altra volta…

Colin continuava a correre a tutta velocità verso la villetta, tagliando per il prato dei vicini, scavalcando un cespuglio e quindi avvicinandosi alla veranda. E a Lester. Era il suo bersaglio. Pochi secondi ancora.

Il ragazzo intanto minacciava l'ispettore, senza premere il grilletto. Aveva la faccia paonazza, gli occhi iniettati di sangue. Era in preda a un raptus. Gridava: «Non è stata colpa mia!», «Non ho fatto niente!», «Non voglio tornare in prigione!» e «So che cosa vuole fare Maria!»

Scese i gradini della veranda andando verso Margolis, la pistola sempre puntata su di lui nella mano tremante. Minaccioso. A un tratto colse un movimento con la coda dell'occhio, si voltò di scatto e girò l'arma in direzione di Colin…

Ma era troppo tardi.

Colin si lanciò oltre la balaustra della veranda, con le braccia spalancate. Nello scontrarsi con Lester, la pistola volò via dalla mano del ragazzo, compiendo un ampio arco prima di finire a terra.

Colin era massiccio e sentì scricchiolare sotto il suo peso la cassa toracica di Lester, che lanciò un grido di dolore, momentaneamente paralizzato.

Colin agì in fretta: si sollevò leggermente, gli cinse il collo con un braccio, poi lo bloccò con l'altra mano. L'altro cominciò a scalciare e ad agitarsi, la gola intrappolata tra il bicipite e l'avambraccio del suo aggressore, che esercitò tutta la pressione possibile in una classica presa da soffocamento.

Nel giro di pochi secondi gli occhi di Lester si rovesciarono all'indietro e di colpo lui smise di agitarsi.

Colin continuò a stringergli il collo, quel tanto che bastava per lasciarlo tramortito per un po'. Quindi si rialzò in piedi e corse da Margolis.

L'ispettore respirava ancora ma non si muoveva più, il viso di un bianco cereo. Colin cercò di valutare le sue condizioni: era stato colpito due volte, al ventre e al collo, e perdeva molto sangue. Si tolse allora la camicia e la strappò in due parti. Evan lo raggiunse, lo sguardo terrorizzato.

«Per la miseria! Cosa facciamo adesso?»

«Chiama i soccorsi!» gridò Colin, tentando di tenere a bada il panico che minacciava di sopraffarlo, consapevole che la cosa più importante era pensare con lucidità. «Subito!»

Non s'intendeva di ferite d'arma da fuoco, ma se Margolis continuava a perdere tanto sangue era spacciato, pensò. Siccome quella al collo sembrava la peggiore, prese a tamponarla con un pezzo di camicia. La stoffa s'impregnò immediatamente di sangue; quindi fece lo stesso con la ferita al ventre, e anche lì il sangue sgorgava senza sosta, formando una pozzanghera sempre più larga sul pavimento.

La faccia di Margolis assunse un colorito cianotico.

Accanto a lui Evan stava gridando al telefono che un poliziotto era stato ferito e che dovevano mandare subito un'ambulanza.

Colin lo chiamò. «Presto, Evan! Ho bisogno di te!»

L'amico chiuse la comunicazione e guardò Margolis con espressione atterrita. Con la coda dell'occhio Colin vide Lester girare la testa di lato. Si stava già riprendendo.

«Prendi le manette!» ordinò. «Fai in modo che Lester non possa scappare!»

Evan sembrava paralizzato dallo choc. Colin invece sentiva il sangue continuare a sgorgare sotto la stoffa; ne avvertiva il calore sulle dita rosse e appiccicose.

«Evan!» gridò. «Le manette! Prendile dalla cintura di Margolis, subito!»

Evan si riscosse e si sforzò di recuperare le manette.

«Poi torna qui il prima possibile! Devi aiutarmi!» esclamò Colin.

A quel punto l'amico raggiunse Lester, gli fece scattare una manetta al polso quindi lo trascinò vicino alla balaustra e chiuse l'altra attorno a una sbarra. Lester lanciò un gemito. Stava rinvenendo. Evan corse indietro e si inginocchiò accanto all'ispettore, gli occhi sgranati.

«Cosa devo fare?»

«Occupati della ferita al ventre. Qui, dove ho la mano. E premi forte!»

L'emorragia era diminuita, ma il respiro di Margolis era sempre più debole.

Evan ubbidì e Colin premette con entrambe le mani sulla ferita al collo. Dopo pochi secondi udì l'urlo delle sirene. Prima una, poi diverse. Mentre guardava il volto dell'uomo steso davanti a lui, si augurò che fossero ancora in tempo per salvarlo. *Forza, non puoi morire adesso. Devi resistere…*

Sulla veranda, Lester lanciò un altro gemito e aprì gli occhi, lo sguardo velato.

Il primo ad arrivare fu un vicesceriffo, subito seguito da un agente del dipartimento di Charlotte; frenarono bruscamente in mezzo alla strada, i lampeggianti accesi. I due uomini scesero e corsero verso la casa, impugnando le pistole, senza sapere che cosa fare.

«L'ispettore Margolis è stato ferito!» gridò loro Colin mentre si avvicinavano. «A sparare è stato il tizio ammanettato alla ringhiera!» Vide i due guardare in direzione della veranda, e parlò in tono più deciso. «La pistola deve essere ancora da quelle parti. Non possiamo spostarci da qui. Assicuratevi che l'ambulanza stia arrivando; Margolis ha perso moltissimo sangue e non so quanto potrà resistere ancora!»

L'agente salì in veranda mentre il vicesceriffo corse verso la macchina e gridò alla radio che un poliziotto era in condizioni gravissime e l'ambulanza doveva fare in fretta. Colin ed Evan erano sempre concentrati sulle ferite; Evan aveva ripreso un po' di colorito sulle guance.

Nel giro di pochi minuti arrivò l'ambulanza e due paramedici si avvicinarono di corsa con la barella. Intanto erano sopraggiunti anche altri agenti dello sceriffo e diversi poliziotti, e la strada davanti alla villetta era piena di macchine.

Quando i paramedici sostituirono Colin ed Evan, Margolis sembrava peggiorato ulteriormente. Era incosciente e respirava appena mentre lo adagiavano sulla barella. Poi i paramedici caricarono rapidamente la barella sull'ambulanza, che ripartì a sirene spiegate scortata dalla polizia e da un'auto dello sceriffo. Solo in quel momento il tempo cominciò a rallentare e i contorni della scena tornarono a definirsi in maniera più nitida.

Colin sentiva le membra scosse, i nervi si stavano rilassando. Le mani e i polsi erano ricoperti di sangue; la camicia del suo amico sembrava essere stata immersa in un barattolo di vernice rossa. Evan si allontanò barcollando, si piegò in avanti e vomitò.

Uno degli agenti dello sceriffo tirò fuori due magliette bianche dal portabagagli della macchina e le porse ai due amici. Prima di rilasciare una dichiarazione, Colin chiamò Maria per informarla dell'accaduto.

Non riusciva a smettere di pensare a Margolis.

Mentre la luce diminuiva e il cielo si oscurava, altri poliziotti avevano raggiunto la villetta, insieme a un ispettore di Wilmington e allo sceriffo della contea.

Lester era delirante e agitato, gridava frasi incoerenti e si oppose all'arresto, finché fu caricato su una vettura e condotto in prigione.

Colin rilasciò una dichiarazione allo sceriffo, a un agente di Shallotte e all'ispettore Wright di Wilmington, rispondendo alle domande che tutti e tre gli posero, e subito dopo Evan fece lo stesso. Affermarono entrambi di non sapere che cosa fosse successo dopo che Margolis era entrato nell'abitazione, ma che gli spari si erano sentiti quasi subito. Colin precisò anche che Lester avrebbe potuto uccidere Margolis, ma non lo aveva fatto.

In seguito, dopo che lui e Evan avevano ricevuto l'autorizzazione ad andarsene, chiamò Maria per avvertirla che sarebbe tornato a casa a cambiarsi e che lei doveva farsi accompagnare da Lily all'ospedale, in modo da incontrarsi lì. Mentre era al telefono, sentì un agente dire all'ispettore Wright e allo sceriffo che la casa era vuota e che sembrava che Lester abitasse da solo.

Conclusa la telefonata, Colin si girò a guardare la villetta, domandandosi dove si trovasse Atkinson. E come mai, se Lester era così paranoico, avesse fatto entrare Margolis.

«Sei pronto?» gli chiese Evan interrompendo il corso dei suoi pensieri. «Ho bisogno di una doccia e di vestiti puliti.»

«Sì, andiamo.»

«Che cosa vuoi fare con la tua auto?»

Colin si voltò a osservarla. «Ci penserò più tardi. In questo momento ho altro per la testa.»

Vedendo la sua espressione, l'amico gli domandò se fosse sicuro che andare in ospedale fosse una buona idea.

Colin lo riteneva piuttosto un obbligo. «Voglio sapere se Margolis ce la farà.»

28
Maria

Da quando aveva ricevuto la telefonata di Colin, Maria non aveva fatto altro che pensare a ciò che era successo, cercando di trovare un senso.

Colin che rintraccia Lester. Lester che spara a Margolis. Lester che punta la pistola contro Colin. Colin che atterra Lester. Colin ed Evan che tentano di salvare la vita all'ispettore. Margolis che viene caricato sull'ambulanza. Lester che resiste all'arresto continuando a gridare contro Maria.

Lester.

Aveva saputo fin dal principio che si trattava di lui, era lui l'individuo di cui preoccuparsi, e adesso si ripeteva che il fratello di Cassie era dietro le sbarre. Questa volta non era scomparso e non era scappato; questa volta lo avevano preso: aveva sparato a un poliziotto e non poteva più nuocerle in nessun modo.

E Atkinson? chiese una voce dentro di lei.

Non voleva pensarci. Non era sicura che ci fosse un legame. Le sembrava ancora strano...

Tuttavia quello che era appena successo era tremendo, e il fatto che Colin ed Evan fossero rimasti coinvolti in prima persona la riempiva di angoscia.

Lily di sicuro provava le sue stesse emozioni contrastanti; da quando erano arrivate all'ospedale non aveva aperto bocca, continuando a fissare il parcheggio in attesa dell'auto di Evan. Maria intuiva che Lily aveva bisogno di vedere, toccare e stringere il fidanzato per rendersi conto che era davvero tutto a posto. E Colin...

Naturalmente aveva rintracciato Lester da solo; gli era corso incontro mentre quello gli puntava contro una pistola; e lo aveva atterrato senza farsi male. E adesso Lester era chiuso in una cella e questo le faceva provare sollievo e rabbia al tempo stesso. Oltre a essere in ansia per Margolis. Non riusciva a capire come avesse fatto Lester a sorprenderlo; lei aveva ripetuto più volte all'ispettore che Lester era pericoloso; gli aveva detto che aveva una pistola. Allora perché lui non le aveva dato ascolto? Perché non era stato più prudente? Com'era possibile che Lester gli avesse sparato? Maria non lo sapeva, e nemmeno Colin. Quando si erano sentiti poco prima, lui le aveva confidato di non essere sicuro che Margolis avrebbe superato il viaggio in ambulanza fino all'ospedale. Ma Margolis doveva essere sopravvissuto, pensò lei. Mentre aspettava con Lily, aveva visto entrare una mezza dozzina di agenti, e nessuno era ancora uscito; questo doveva significare che era ancora vivo, giusto?

Tuttavia era troppo terrorizzata per chiederlo.

Quando finalmente la macchina di Evan entrò nel parcheggio, Maria aveva la mente annebbiata. Seguì Lily e non appena Colin uscì gli gettò le braccia al collo e lo strinse forte.

Entrarono tutti e quattro in ospedale, chiesero

indicazioni e poi salirono al secondo piano. Proseguirono lungo il corridoio fino alla sala d'attesa del blocco operatorio, affollata da forze dell'ordine e da qualche amico o parente. Facce truci e severe si voltarono verso di loro.

Evan si avvicinò a Colin. «Forse non dovremmo essere qui», osservò.

Ma l'altro era impassibile. «Non sarebbe rimasto ferito se non lo avessi chiamato.»

«Non è colpa tua», disse Evan.

«Ha ragione lui, Colin», confermò Lily. «È stato Lester a spararagli, non tu.»

Nonostante quelle parole, Maria sapeva che Colin cercava di convincersi di non essere responsabile, ma senza riuscirci.

«Bene», riprese Evan. «Vedi qualcuno a cui possiamo chiedere informazioni sulle condizioni di Margolis? Non mi sembra ci siano infermiere...»

«Da quella parte», rispose Colin, indicando un quarantenne con i capelli corti e brizzolati. Anche lui li aveva visti e li stava raggiungendo.

«Chi è?» mormorò Maria.

«L'ispettore Wright», spiegò Colin. «Era presente anche sulla scena della sparatoria. Ha raccolto le nostre testimonianze.»

Wright strinse la mano a Colin ed Evan, dicendo: «Non mi aspettavo di vedervi qui».

«Volevo sapere come sta», ammise Colin.

«Non ci hanno ancora comunicato niente, per il momento sappiamo solo che è in sala operatoria. Era conciato molto male al suo arrivo.» Wright indicò un altro punto della stanza. «So che è stata una giornata dura per voi», disse poi, «ma mi chiedevo se potevate fermarvi qualche minuto. C'è una persona che vorrebbe conoscervi.»

«Chi?»

«Rachel, la moglie di Pete.»

Maria vide Colin impietrire. «Non sono sicuro che sia una buona idea.»

«La prego, per lei è molto importante.»

Colin non rispose subito. «Okay», concesse alla fine.

Wright si girò, raggiunse l'estremità opposta della stanza e si fermò a parlare con una donna castana di bell'aspetto circondata da alcune persone. L'ispettore indicò con la testa Colin ed Evan. Rachel Margolis si scusò con gli altri e andò verso di loro. Si capiva che aveva pianto. Gli occhi erano arrossati, il mascara leggermente sbavato; era chiaramente sconvolta.

Wright fece le presentazioni e Rachel rivolse loro un sorriso carico di tristezza.

«Larry mi ha detto che avete contribuito a salvare la vita a mio marito», esordì.

«Sono davvero addolorato per quanto gli è successo», intervenne Colin.

«Anch'io. E...» Trattenne un singhiozzo e si tamponò gli occhi, «volevo ringraziare entrambi. Per aver mantenuto il sangue freddo, e aver chiamato l'ambulanza. Per aver cercato di fermare le emorragie. I paramedici mi hanno detto che se non ci foste stati voi, Pete non avrebbe avuto scampo. Se non ci foste stati voi...» Il pianto trattenuto le incrinava la voce. Fece un respiro rotto, e poi riprese. «È un uomo forte, ce la farà. Uno degli uomini più forti...»

«È così», concordò Colin, ma Maria aveva la sensazione che Rachel non lo avesse sentito, perché stava parlando a se stessa.

Le ore trascorrevano lente. Maria era seduta accanto a Colin mentre aspettavano notizie. Evan e Lily erano andati al bar qualche minuto prima, e lei ascoltava le conversazioni che si trasformavano gradualmente in mormorii preoccupati. In sala d'attesa c'era un viavai di persone.

Colin era più silenzioso del solito. Di tanto in tanto un agente si avvicinava per ringraziarlo e stringergli la mano; lui rispondeva in modo gentile, ma Maria sapeva che era a disagio perché continuava a ritenersi responsabile dell'accaduto, sebbene fosse il solo a farlo.

L'intensità del suo rimorso la stupiva. Era stato chiaro fin dall'inizio che lui e Margolis nutrivano soltanto un reciproco disprezzo. Era paradossale, e Maria avrebbe voluto indurre Colin a parlare di ciò che provava, ma sapeva che lui voleva affrontare la cosa da solo. Si sporse verso di lui.

«Ti spiace se esco nell'atrio? Vorrei telefonare ai miei genitori. E anche a Serena. Di sicuro si staranno chiedendo che cosa succede.»

Colin le rivolse un cenno d'assenso e lei lo baciò sulla guancia, poi si allontanò lungo il corridoio, cercando un punto abbastanza appartato per telefonare. I genitori si mostrarono preoccupati e le fecero un sacco di domande, dopodiché la madre le disse che aveva preparato la cena e le chiese di portare Colin, Evan e Lily da loro. Il suo tono era tale da renderle difficile un rifiuto, ma era giusto così. Dopo tutto ciò che era successo, anche lei aveva voglia di vedere la famiglia.

Tornò in sala d'attesa e trovò Colin dove lo aveva lasciato. Non appena gli si sedette accanto, lui le prese la mano senza parlare e gliela strinse. Lily ed Evan tornarono dal bar, e poco dopo il chirurgo uscì dalla sala operatoria.

Maria guardò Rachel Margolis andargli incontro, accompagnata dall'ispettore Wright. Tutti nella sala fecero silenzio, tutti erano preoccupati e volevano sapere, ed era impossibile non distinguere le parole del dottore, anche da lontano.

«Ha superato l'intervento», annunciò, «ma le ferite erano più gravi di quanto credessimo. Inoltre la massiccia emorragia ha reso più difficili le procedure; ora però si è stabilizzato. Anche se non è ancora fuori pericolo.»

«Quando potrò vederlo?» chiese Rachel.

«Vorrei tenerlo sotto osservazione un altro paio d'ore», spiegò il chirurgo. «Se le cose vanno come spero, dopo potrò darle il permesso di vederlo.»

«Ce la farà, vero?»

Una domanda molto difficile, pensò Maria. Il chirurgo sembrava aspettarsela e rispose in tono professionale.

«Come ho detto, le sue condizioni sono stabili, ma suo marito è ancora in prognosi riservata. Le prossime ore saranno decisive. Spero di poterle dare informazioni più precise domani.»

Rachel Margolis lo guardò con aria supplichevole. «Vorrei solo sapere che cosa devo dire ai nostri ragazzi quando tornerò a casa.»

Ragazzi? pensò Maria. Margolis aveva dei figli?

La voce del chirurgo si ammorbidì. «Gli dica la verità. Che il loro padre ha superato l'intervento e che presto avrete altre notizie.» Continuò a fissare la donna. «Devo avvertirla, signora Margolis, che la trachea ha subito gravi danni e al momento suo marito è intubato...»

Maria distolse lo sguardo quando il dottore iniziò a spiegare nel dettaglio le condizioni del paziente. Udì la voce di Colin che la chiamava.

«Vieni, i particolari non ci riguardano. Lasciamole un po' di intimità.»

Maria e Colin si alzarono; Evan e Lily li imitarono e uscirono tutti insieme dalla stanza. Una volta fuori, lei li informò dell'invito a casa dei suoi genitori.

«So che siete esausti e che voi due siete appena stati al bar, ma mia madre ha preparato la cena e...»

«Okay», disse Colin. «Devo andare a riprendere la macchina stasera, ma posso farlo più tardi.»

«Non c'è bisogno che ci spieghi», intervenne Evan. «Abbiamo capito.»

Maria e Colin presero la macchina di Evan mentre Evan e Lily li seguirono a bordo di quella di Lily. Serena li aspettava davanti alla porta di casa, insieme ai genitori. Non appena vide Maria, le corse incontro e l'abbracciò.

«Papà e mamma sono stati terribilmente in ansia per te. La mamma è rimasta in cucina per ore, e papà continua a controllare porte e finestre. Come ti senti?»

«Molto tesa», ammise Maria.

«Direi che dopo questa storia ti ci vuole una lunga vacanza.»

Nonostante tutto, Maria sorrise. «Hai ragione.»
Dopo aver salutato i genitori, gli presentò Evan e Lily. Cogliendo tutti di sorpresa, Lily si mise a parlare in spagnolo, anche se con un forte accento del sud. Siccome la porta d'ingresso era ancora inchiodata, passarono dal garage e poi dalla cucina, prima di sedersi a tavola in sala da pranzo.

Durante la cena, Maria raccontò alla sua famiglia l'incontro precedente con Margolis, e Colin li aggiornò su quanto successo dopo. Pronunciava poche frasi alla volta, lasciando a Maria il tempo di tradurle in spagnolo per la madre. Evan aggiunse altri dettagli, soprattutto a proposito di Lester.

«Lester è sempre in prigione, giusto?» volle assicurarsi Felix una volta che Colin ebbe finito. «E non uscirà?»

«Pazzo o meno, ha sparato a un poliziotto», rispose Evan. «Non credo che uscirà più.»

Felix annuì. «Bene.»

«E Atkinson?» domandò Serena. «Hai detto che lui e Lester lavoravano insieme.»

«Non saprei. Margolis stava indagando su questa pista. In effetti si conoscevano, ma in ogni caso non ha senso», osservò Maria.

«Allora chi è stato a tagliare le gomme della tua macchina?» insistette la sorella.

«Forse Lester ha pagato qualcuno per farlo, perché sapeva che l'ospedale gli avrebbe fornito un alibi.»

«E l'auto al parco?»

«Probabilmente Lester l'aveva presa in prestito.» Maria si strinse nelle spalle. «Non saprei.»

«Visto che Atkinson è ancora a piede libero, che cosa hai intenzione di fare?»

«Non saprei», ripeté, in tono esasperato. Gli interrogativi senza risposte erano ancora troppi, anche dopo gli ultimi sviluppi, ma...

«Era Lester quello che mi preoccupava», disse Maria. «Era lui che mi spaventava, e ora non può più farmi del male...»

Sentendo la voce della sorella affievolirsi, Serena si scusò. «Mi spiace farti tutte queste domande, è solo che sono ancora...»

«Preoccupata», terminò Felix al posto suo.

Anch'io, pensò Maria. E anche Colin, tuttavia...

I suoi pensieri furono interrotti dalla vibrazione del cellulare di Serena. La ragazza lo prese e ascoltò la segreteria, con espressione trepidante.

«Chi era?» domandò suo padre.

«Charles Alexander.»

«È un po' tardi per telefonare, non trovi?» osservò Felix. «Forse è importante.»

«Lo richiamerò domani.»

«No, fallo subito», disse Maria, grata di quella distrazione. «Papà ha ragione, potrebbe essere importante.» Non voleva pensare ad Atkinson né a Lester, e non aveva le energie per rispondere a domande impossibili in quel momento. Riusciva a stento a rielaborare quanto accaduto nelle ultime ore...

Serena esitò per un istante, poi chiamò il numero. Tutti, a tavola, rimasero in silenzio, mentre lei si alzava e andava in cucina tenendo il cellulare premuto all'orecchio.

«Charles Alexander? Perché questo nome mi suona familiare?» bisbigliò Colin.

«È il direttore della fondazione per la borsa di studio di cui ti ho parlato», gli rispose Maria sottovoce.

«Cosa succede?» chiese Evan, mentre Lily si sporgeva verso di loro, e Maria spiegò brevemente la situazione. Nel frattempo, Serena al telefono annuiva e quando si girò Maria si accorse che stava sorridendo.

«Sul serio?» disse. «Ho vinto?»

Maria vide la madre stringere la mano del padre.

Nel frattempo, la figlia minore continuava a parlare, senza riuscire più a trattenere la gioia. «Ma certo… nessun problema… Domani sera, alle sette… Grazie davvero…»

Quando riattaccò, i genitori la guardarono trepidanti.

«Avete sentito tutto, vero?»

«Congratulazioni!» esclamò Felix, alzandosi da tavola. «È incredibile!» Carmen si precipitò verso di lei, dicendo che questo la rendeva molto orgogliosa e nei minuti successivi, tra abbracci e festeggiamenti, l'ansia per quanto era successo lasciò il posto a un momento meraviglioso che Maria avrebbe voluto non finisse mai.

Dopo cena, Evan e Lily accompagnarono Colin a recuperare la macchina; Felix e Carmen uscirono con il cane e Maria e Serena rimasero a casa a riordinare.

«Sei nervosa per l'intervista?» domandò Maria.

Serena annuì mentre asciugava un piatto. «Un pochino. Dovrebbe esserci anche un fotografo. Odio farmi fotografare.»

«Scherzi? Ma se sei la regina dei selfie.»

«I selfie sono un'altra cosa. Sono per me e i miei amici. Non li metto mica sul giornale.»

«Quando verrà pubblicata l'intervista?»
«Secondo lui, lunedì, il giorno dell'annuncio ufficiale.»
«Ci sarà un rinfresco o una presentazione?»
«Non saprei», rispose Serena. «Mi sono dimenticata di chiederglielo. Sai, ero un po' frastornata.»
Maria sorrise mentre sciacquava un piatto che poi porse alla sorella. «Quando lo scoprirai, fammelo sapere. Voglio esserci. Sono sicura che vorranno venire anche mamma e papà.»
Serena impilò i piatti asciugati l'uno sull'altro. «Scusami per prima, se ti ho fatto tutte quelle domande... Non volevo essere invadente.»
«Figurati. Vorrei avere tutte le risposte, ma non è così.»
«Resterai qui per un po'? Sai che mamma e papà ne sarebbero contenti.»
«Sì, lo so. E lo farò. Ma prima devo tornare a casa a prendere la mia roba.»
«Pensavo avessi già fatto la valigia, dal momento che ti saresti trasferita a casa di Lily.»
«Volevo fermarmi una notte soltanto, perciò dovrò prendere altri vestiti. Voglio anche portare qui la macchina.»
«Vuoi che ti accompagni ora?»
«Non importa. Ci penserà Colin quando torna.»
«Quando?»
«Non saprei. Verso le undici e mezzo, credo. Non prima.»
«È molto tardi. Non sei stanca?»
«Sono sfinita», ammise Maria.
«Allora, lascia che...» Serena si bloccò di scatto. Guardò Maria. «Va bene... Non importa, ho capito.»

«Capito cosa?»

«Sono d'accordo. Hai bisogno che sia Colin ad accompagnarti. Dimentica la mia proposta. Sono stata sciocca.»

«Ma di che parli?»

«Be', visto che nei prossimi giorni sarai sotto l'occhio vigile dei nostri genitori… e sapendo che Colin non solo ha trovato Lester ma l'ha anche messo fuori combattimento e sapendo che hai bisogno di rilassarti dopo una giornata stressante… diciamo che capisco perfettamente che tu voglia passare un po' di tempo da sola con lui.»

«Ti ho detto che devo solo prendere qualcosa.»

«Qualcosa in particolare?»

Maria rise. «Ma fammi il piacere!»

«Scusami, non posso farci niente. Ammettilo. Ho ragione, vero?»

Maria non rispose, del resto non ce n'era bisogno. Entrambe conoscevano già la risposta.

29
Colin

Mentre Lily tornava nel suo appartamento, Colin ed Evan passarono da un Walmart aperto ventiquattr'ore al giorno, quindi raggiunsero Shallotte, dove si fermarono dietro la Camaro.

Colin scese, aprì il cofano della macchina e cominciò a staccare la batteria.

«Perché credi che sia la batteria? Questa macchina ha sempre faticato a partire.»

«Non so che altro potrebbe essere. Ho già cambiato il motorino d'accensione e l'alternatore.»

«Non potevi provare a cambiare la batteria prima?»

«È quello che ho fatto. Ne ho messa una nuova qualche mese fa. Forse era difettosa.»

«Per tua informazione, sappi che non ho intenzione di riaccompagnarti qui domani, se non parte. Andrò da Lily e trascorreremo tutta la giornata a letto. Voglio sfruttare la mia reputazione di eroe. Credo che mi troverà persino più attraente di quanto già non faccia.»

Colin sorrise mentre finiva di sostituire la batteria.

«Volevo domandarti una cosa», proseguì Evan.

«Ricorda che ti parla uno che ti ha visto commettere un sacco di stupidaggini. Ma oggi non so come tu abbia fatto a bloccare Lester tanto velocemente. Gli sei piombato addosso dall'alto. Lui ti puntava la pistola contro, e sinceramente per un attimo ho dubitato della tua sanità mentale. Ma si può sapere che cosa ti passava per la testa?»

«Non pensavo affatto.»

«Lo immaginavo. È questo uno dei tanti problemi. Dovresti cominciare a pensare prima di agire. Te l'avevo detto di non andare lì.»

Colin lo guardò. «Qual è il punto?»

«Che nonostante la tua stupidità e sospetta pazzia, sono stato davvero fiero di te oggi. E non solo perché hai salvato la vita a Margolis.»

«Per quale motivo allora?»

«Perché non hai ucciso Lester pur avendone la possibilità. Avresti potuto farlo a pezzi o strozzarlo. Ma non lo hai fatto.»

Colin finì di fissare la batteria. «Sei fiero di me perché non l'ho ucciso?»

«Esattamente. Soprattutto dato che potevi anche cavartela. Aveva sparato a un poliziotto, era armato e pericoloso. Nessuno ti avrebbe accusato di eccesso di legittima difesa. Perciò ti chiedo, perché non l'hai ucciso?»

Colin ci pensò su un istante. «Non lo so.»

«D'accordo. Quando lo saprai, spiegamelo. Per me la risposta sarebbe ovvia, dal momento che non ucciderei mai nessuno. Non è nella mia natura. Non sarei in grado di farlo, ma tu sei diverso. E per finire, devo anche confessarti che rispetto questa versione di Colin molto più della vecchia.»

«Tu mi hai sempre rispettato.»

«Mi sei sempre piaciuto ma allo stesso tempo mi hai sempre messo un pochino di paura», ammise Evan. «C'è una differenza.» Indicò la batteria, per cambiare argomento. «Vediamo se funziona?»

Colin chiuse il cofano e salì al volante. Non sapeva cosa aspettarsi e rimase sorpreso che la Camaro si mettesse in moto al primo colpo. Girò istintivamente lo sguardo verso la villetta: metà del giardino e la veranda erano delimitati dal nastro della polizia.

«Ecco fatto», disse Evan. «Di sicuro ti abbandonerà prima che arrivi da Maria. Tanto per sfidarti. Cerca di rimanere fuori dai guai, d'accordo? Sembra che ultimamente ti seguano ovunque tu vada.»

Colin non rispose; continuava a fissare la casa, e impiegò qualche secondo per rendersi conto che qualcosa era cambiato. O meglio, che mancava. C'era la possibilità che la polizia l'avesse sequestrata. Forse avevano trovato macchie di sangue, o uno dei proiettili l'aveva colpita e la scientifica doveva estrarlo per i test balistici…

«Mi ascolti?» chiese Evan.

«No.»

«Cosa guardi?»

«Ti ricordi tutte le domande che Serena ha fatto stasera, a proposito di Atkinson e del suo coinvolgimento?» domandò Colin evitando di rispondere.

«Me ne ricordo, sì. Perché?»

«Credo fermamente che possa essere così.»

«Perché la sua auto era vicino al parco? E Lester non può aver tagliato le gomme?»

«Non solo. Penso alla macchina che avevo visto prima, quella nel vialetto sull'altro lato della casa.»

Evan si voltò e fece un passo indietro per vedere meglio. «Quale macchina?»

«Esatto», affermò Colin, sempre pensieroso. «Non c'è più.»

Colin arrivò a casa dei Sanchez poco prima di mezzanotte. Maria era seduta in salotto insieme ai genitori e si alzò per venirgli incontro, dopo aver parlato in spagnolo con la madre.

«Dov'è Serena?» chiese lui.

«È andata a dormire.»

«Rimarrà qui anche lei?»

«Solo per stanotte. I miei genitori hanno detto che se vuoi restare anche tu, sei il benvenuto. Ma dato che dovresti dormire sul divano, gli ho risposto che probabilmente preferisci tornare a casa.»

«Puoi venire con me.»

«Sarei tentata, ma…»

«Come non detto.» Lui le aprì la portiera.

«A proposito, che problema aveva la macchina?» domandò lei salendo.

«La batteria.»

«Allora avevo ragione io, eh? Dovresti darmi ascolto più spesso.»

«Okay.»

Lungo il tragitto, Colin la informò della macchina sparita.

«Forse l'ha portata via la polizia.»

«Forse.»

«Credi che Atkinson sia tornato a prenderla?»

«Non saprei. Domattina chiamerò l'ispettore Wright. È probabile che non mi dicano niente, ma dato che ho contribuito a salvare la vita a Margolis, spero che mi mettano al corrente. In ogni caso, è giusto che siano informati.»

Lei guardò fuori dal finestrino, mentre percorrevano le strade ormai deserte. «Non riesco ancora a credere che Lester gli abbia sparato.»

«Se fossi stata lì, ci crederesti. Era completamente fuori di testa. Non ragionava più.»

«Pensi che otterranno delle risposte da lui?»

Colin ci rifletté. «Sì, quando tornerà lucido. Solo che non ho idea di quanto tempo ci vorrà.»

«So che lui non può più nuocermi, però...»

Non pronunciò il nome di Atkinson, ma non ce n'era bisogno. Colin non voleva correre rischi e prese la strada più lunga per raggiungere l'appartamento di Maria, tenendo d'occhio eventuali auto sospette. Lei rimase in silenzio.

Tutto era tranquillo davanti al condominio. Scesero dalla macchina e salirono le scale fino alla porta d'ingresso.

Lì si bloccarono atterriti.

La porta era stata forzata ed era socchiusa.

L'appartamento era a soqquadro.

Maria si aggirava per le stanze con aria stordita, guardandosi intorno con il viso rigato di lacrime. Colin sentiva crescere la rabbia dentro di sé.

Divani, poltrone, cuscini tagliati. Il tavolo del soggiorno rovesciato. Le sedie con le gambe rotte. Lampade in frantumi. Fotografie strappate. Il contenuto del frigorifero rovesciato sul pavimento della cucina. Le sue cose. Casa sua. Violata. Distrutta. Rovinata.

In camera da letto anche il materasso era stato tagliato, la cassettiera ribaltata, i cassetti rotti, un'altra lampada in frantumi. Bombolette vuote di vernice erano sparse sul pavimento e ogni capo del suo guardaroba era stato sporcato di rosso.

Quello era il volto della collera, pensò Colin. Chiunque avesse agito in quel modo era fuori controllo come Lester, forse addirittura di più, e la furia che provava lui diventava sempre più difficile da tenere a freno. Voleva mettere le mani addosso a quel tizio, voleva ucciderlo...

Accanto a lui sentì Maria trattenere il fiato e poi sciogliersi in un pianto isterico. Colin l'abbracciò mentre leggeva le parole scritte con la vernice rossa sul muro della camera da letto.

Saprai cosa si prova.

Colin chiamò la polizia e poi l'ufficio di Wright. A quell'ora non aveva molte speranze di trovarlo, invece l'ispettore rispose al secondo squillo. Dopo che gli ebbe riferito l'accaduto, il poliziotto li rassicurò che sarebbe arrivato subito, perché voleva vedere la scena di persona.

Su richiesta di Maria, Colin chiamò anche i genitori, che insistettero affinché lei tornasse da loro. Maria, però, continuava a scuotere il capo. Lui la capiva. In quel momento non poteva affrontare le loro paure e preoccupazioni oltre al resto; riusciva a stento a controllarsi. Rispose perciò che Maria doveva parlare con la polizia e garantì ai Sanchez che l'avrebbe tenuta al sicuro.

Due agenti arrivarono nel giro di pochi minuti e misero a verbale la dichiarazione di Maria, che tuttavia era piuttosto scarna. Ebbero un po' più di fortuna con un vicino che era venuto a vedere cosa fosse successo. Colin lo ascoltò mentre riferiva di essere tornato a casa un paio d'ore prima e di non aver notato niente di strano. La porta dell'appartamento di Maria non era aperta. No, disse, non aveva sentito nessun rumore, a parte la musica che lo aveva infastidito perché era a un volume molto alto. Era stato sul punto di andare a chiedere di abbassarla, ma non aveva fatto in tempo perché si era interrotta subito dopo.

Giunto sul posto, Wright confrontò le due dichiarazioni, poi parlò con Maria e Colin. Lei non riusciva a pensare lucidamente. Colin ripeté gran parte di ciò che gli aveva detto qualche ora prima a Shallotte, mentre cercava di trattenere l'impulso di colpire qualcosa.

Voleva trovare Atkinson, più di quanto avesse voluto trovare Lester.

E voleva ucciderlo.

Erano quasi le due quando Wright li lasciò andare e li accompagnò all'auto di Colin. Maria non era in condizione di guidare. Una volta raggiunta la Camaro, l'ispettore alzò la mano. Guardò Colin con la stessa espressione di Margolis.

«Aspetta», disse. «Non so perché non me ne sono reso conto prima, ma finalmente ho capito chi sei.»

«Chi sono?»

«Sei quello che Pete vorrebbe vedere dietro le sbarre. Quello che è sempre coinvolto in qualche rissa. Che picchia la gente.»

«Ora non più.»

«Forse Lester Manning ha un'idea diversa in proposito. Anche se non me ne frega niente di quello che pensa lui.»

«Sa dirmi quando la polizia finirà i rilievi? Quando potrò entrare di nuovo nel mio appartamento?» domandò Maria.

«A parte gli atti di vandalismo, non è una scena del crimine», puntualizzò Wright. «Ma la scientifica fa le cose con calma. Credo che prima di domani verso metà mattina non potrà entrare. La informerò comunque subito, d'accordo?»

Maria annuì. Colin voleva fare di più per aiutarla, ma per il momento non poteva far altro.

«Sa se l'auto parcheggiata vicino alla villetta dove è stato ferito Margolis è stata sequestrata dalla polizia?»

Wright si accigliò. «Non ne ho idea. Perché?»

Colin glielo spiegò.

«È probabile che sia stata sequestrata. Comunque mi informerò.» L'ispettore si voltò verso Maria, quindi tornò a guardare Colin. «So che siete esausti e che volete andarvene da qui, ma per caso conoscete il nome dell'ispettore di Charlotte con cui collaborava Pete?»

«No. Purtroppo non ci ha detto come si chiamava», rispose Colin.

«Non importa. Farò qualche ricerca. Non sarà difficile da scoprire. Un'ultima domanda: dove pensate di trascorrere la notte?»

«Dai miei genitori», replicò Maria. «Perché?»

«Me lo immaginavo», disse Wright. «È per questo che l'ho chiesto. In casi del genere, è normale andare a casa di amici o dalla famiglia. Se vuole la mia opinione, non credo che sia una buona idea.»

«Perché?»

«Perché al momento non so di che cosa sia capace questo Atkinson, e la cosa mi rende nervoso. Chiaramente ce l'ha con lei, e da ciò che ho visto all'interno non è soltanto pericoloso ma arrabbiato e violento. Forse dovrebbe trovare un'altra sistemazione per la notte.»

«Dove, per esempio?»

«Magari in albergo, che ne dice? Conosco qualcuno all'Hilton e sono sicuro che potrei farvi avere una camera, oltre alla protezione della polizia. Ma solo per stanotte. È stata una giornata difficile ed entrambi avete bisogno di riposare. Non sto supponendo che può succedere qualcosa, ma è meglio essere prudenti, capite?»

Maria rispose con un filo di voce. «Margolis diceva che non poteva concederci la protezione della polizia.»

«Mi riferivo a me stesso. Starò io di guardia stanotte. Sono fuori servizio, quindi non ci saranno problemi.»

«Perché lo fa?» domandò Colin.

Wright si voltò a guardarlo e rispose semplicemente: «Perché lei ha salvato il mio amico».

30
Maria

Mentre erano in macchina, Maria chiamò i genitori per informarli degli ultimi sviluppi, poi guardò distrattamente la berlina dell'ispettore che li precedeva verso l'albergo, a pochi isolati di distanza dall'appartamento. Wright doveva aver preso accordi lungo il tragitto, perché la chiave della loro camera era già pronta alla reception. Li accompagnò in ascensore e percorse con loro il corridoio fino alla stanza, davanti alla quale era già stata sistemata una sedia pieghevole.

«Sarò qui per tutto il tempo, quindi non dovete preoccuparvi.»

Solo quando si sdraiò accanto a Colin, Maria si rese conto di essere sfinita. Soltanto qualche ora prima aveva accarezzato l'idea di fare l'amore, ma ora si sentiva svuotata e Colin sembrava nelle stesse condizioni. Gli posò la testa sulla spalla, rannicchiandosi contro di lui, e confortata dal suo calore si addormentò subito.

Quando riaprì gli occhi, il sole filtrava già tra le imposte. Si girò e si accorse che Colin non era di fianco a lei. Vide che era in bagno a lavarsi i denti. Un'occhiata all'orologio le rivelò che erano le undici. Si mise a sedere di scatto, pensando che i suoi genitori dovevano essere impazziti per l'ansia.

Prese il telefono e trovò un messaggio di Serena.

Colin mi ha detto che dormivi e mi ha raccontato quello che è successo. Vieni a casa poi. Papà ha pensato a tutto!

Maria aggrottò la fronte. «Colin?»

Lui si affacciò alla porta del bagno con la bocca e un dito impiastricciati di dentifricio e le fece segno di aspettare. Si risciacquò, quindi tornò in camera.

«Perché hai usato il dito per lavarti i denti?»

Lui si sedette sul bordo del letto. «Non avevo lo spazzolino.»

«Potevi usare il mio.»

«Non fa niente. Siccome dormivi, ho già telefonato ai tuoi genitori.»

«Lo so. Serena mi ha mandato un messaggio. Che cosa succede?»

«È una sorpresa.»

«Non credo di poter sopportare altre sorprese, in questo momento.»

«Questa ti piacerà.»

«A che ora ti sei svegliato?»

«Un paio d'ore fa. Ma mi sono alzato solo da venti minuti.»

«Cosa hai fatto in tutto questo tempo?»

«Ho pensato.»

Non c'era bisogno di chiedergli a che cosa. Maria lo sapeva già. Fecero la doccia insieme, si vestirono e radunarono le loro cose. Fuori trovarono Wright seduto al suo posto.

«Vi andrebbe una tazza di caffè?» domandò loro.

«Innanzitutto, il suo appartamento è libero e ci può tornare quando vuole. Nel caso debba andare a prendere degli oggetti personali.»

Sempre che non abbiano distrutto tutto, pensò Maria. «La scientifica ha trovato qualcosa?»

«Nessuna prova rilevante, a parte le bombolette di vernice, ma non c'erano impronte. Atkinson doveva indossare dei guanti. Per quanto riguarda i campioni di materiale organico, ci vorrà del tempo, e non mi farei troppe illusioni. L'analisi dei capelli, per esempio, non dà risultati certi, a meno che non si ottenga il DNA dalla radice.»

Maria annuì, cercando di scacciare dalla mente le immagini della notte precedente.

«Stamattina ho fatto qualche altra telefonata», li informò Wright, mescolando il caffè. Maria si accorse che aveva le occhiaie per la nottata appena trascorsa. «Finora nessuno è stato in grado di parlare con Lester. Nel giro di dieci minuti dopo il suo arrivo in centrale, si è presentato l'avvocato, e poco dopo il padre. Entrambi hanno avanzato le stesse pretese. Ma non sono riusciti a parlargli nemmeno loro. Lester era legato a una barella nell'infermeria, sotto stretta sorveglianza. È ancora sedato. È completamente fuori. Secondo gli agenti, non appena ha visto la cella, è uscito di testa.»

«In che senso?»

«Si è messo a urlare e a opporre resistenza. Ha persino cercato di morderli. Una volta in cella, ha cominciato a prendere a calci la porta, a sbattere la testa contro i muri. Roba da matti. Ha spaventato gli altri detenuti, e allora l'hanno spostato in infermeria. È arrivato un dottore che gli ha dato un calmante. Ci sono voluti cinque agenti per tenerlo fermo, e proprio in quel momento è comparso l'avvocato. Si appella a ogni genere di violazione dei diritti civili, ma è tutto registrato dalla telecamera, così nessun agente si preoccupa di essere accusato di alcunché. Vi posso assicurare che Lester non se la caverà, qualunque cosa sostenga il suo avvocato. Quel pazzo ha sparato a un poliziotto. In ogni caso, il succo è che non sono ancora riusciti a interrogarlo.»

Maria annuì, stordita. «Come sta...»

«Pete?» terminò Wright. «Ha superato la notte. È ancora in prognosi riservata, ma per il momento è stabile e i suoi parametri vitali stanno lentamente migliorando. La moglie spera che riprenda conoscenza nel corso della giornata, il chirurgo ha detto che è possibile, ma siamo ancora in fase d'attesa su quel fronte. Rachel è riuscita a stare con lui per un po' stamattina. Anche i ragazzi. Ovviamente sono molto spaventati. Hanno nove e undici anni, e il padre è il loro eroe, sapete? Più tardi andrò a trovarlo, vedrò se posso entrare a salutarlo, altrimenti farò compagnia a Rachel.»

Maria rimase in silenzio mentre Wright giochellava con la tazza di caffè.

«Inoltre mi sono informato sull'auto che era vicino alla villetta. Ricordo di averla vista anch'io e, per rispondere alla domanda di ieri notte, non è stata sequestrata dalla polizia di Shallotte. Né dal dipartimento dello sceriffo. Il che significa che Atkinson è tornato a prenderla dopo che la polizia se n'era andata.»

«Forse», commentò Colin.

«Come forse?» chiese Wright.

«Magari è sempre stato lì. Può darsi che se la sia svignata dal retro quando Evan e io siamo corsi da Margolis. Che sia rimasto nascosto per un po', e poi sia rientrato. Questo spiegherebbe anche come mai l'ispettore sia stato ferito. È entrato aspettandosi di trovare una persona, e invece ce n'erano due.»

Wright lo studiò. «Quando Pete parlava di te», disse, «non mi sembrava che tu gli piacessi molto.»

«Nemmeno lui mi è simpatico.»

Il poliziotto lo guardò perplesso. «Allora perché lo hai salvato?»

«Non meritava di morire.»

Wright si rivolse a Maria. «È sempre così?»

«Sì», rispose lei con un sorriso storto, quindi tornò seria. «Continuo a non capire perché Lester e Atkinson dovrebbero agire insieme contro di me...»

«C'è dell'altro», la bloccò lui con un gesto della mano. «Ho parlato con Tony Roberts, l'ispettore di Charlotte che collaborava con Pete. Quando gli ho raccontato l'accaduto, mi ha detto che Pete lo aveva chiamato il giorno prima, ma che ancora non era stato in grado di fare degli accertamenti su Mark Atkinson. Dati gli ultimi sviluppi, ora il caso ha la massima priorità, così lui ha chiamato la madre di Atkinson, è passato a prenderla e insieme sono andati all'appartamento del figlio. La donna è riuscita a convincere l'amministratore a farli entrare mostrandogli la denuncia di scomparsa. Era contentissima che qualcuno finalmente l'aiutasse a cercare il figlio, e quando Roberts si è presentato da lei ha creduto di aver vinto alla lotteria. Solo che poi le cose non sono andate come sperava. Il portatile di Atkinson era ancora dentro l'appartamento e Roberts è riuscito ad accedervi.»

«Cosa ha scoperto?»

L'ispettore guardò Maria. «Ha trovato dei file che la riguardano. Un sacco di informazioni. Sul suo passato, il periodo in cui andava all'università, la sua famiglia, la sua casa e il posto in cui lavora; la sua routine quotidiana. C'erano persino informazioni su Colin. E molte fotografie.»

«Che genere di foto?»

«Centinaia. Mentre cammina, al supermercato, sulla tavola da paddleboard. Persino alla sua scrivania. La tiene d'occhio e la segue da molto tempo, a quanto sembra. La spia. Roberts ha sequestrato il portatile, nonostante le improvvise e veementi proteste della signora Atkinson. Non appena si è accorta del contenuto, ha cercato di rimangiarsi la sua autorizzazione a entrare nell'appartamento, ma ormai era troppo tardi e il mio collega aveva in mano la prova. Gli avvocati della difesa probabilmente solleveranno un'obiezione, ma c'era una denuncia di scomparsa, lei aveva dato il proprio consenso e la prova era in bella vista. L'ispettore, però, è stato ancora più bravo e ha registrato la voce della signora Atkinson che gli chiedeva di accendere il computer.» Fece una pausa. «Detto questo, quando riusciremo a far parlare Lester sarà comunque una questione irrilevante. Avvocato o meno, lui finirà per parlare. Di solito i pazzi confessano tutto, una volta tornati lucidi, perché in preda ai sensi di colpa.»

Maria tuttavia, non ne era troppo sicura. «Per quale motivo Atkinson ce l'ha con me?»

«Non so darle una risposta precisa. Posso dirle

che nel computer c'erano informazioni su Cassie Manning, però lei è al corrente del fatto che erano legati affettivamente.»

«Ha idea di dove si trovi ora Atkinson?»

«No. Abbiamo spiccato un mandato di cattura nei suoi confronti, ma dato che nessuno sembra sapere dove si trovi, non credo che avrà molto effetto. Anche in questo caso, spero che Lester possa dirci di più, quando si deciderà a parlare. Potrebbe volerci un giorno oppure una settimana, e poi avremo sempre a che fare con l'avvocato e con il padre, che gli consiglieranno di non rispondere a nessuna domanda. Questo solleva la questione di dove lei pensa di andare nei prossimi giorni. Se fossi al suo posto, non mi tratterei a Wilmington.»

«Oggi tornerò dai miei genitori», rispose Maria. «Sono convinta che lì sarò al sicuro.»

Wright non sembrava altrettanto convinto. «Sta a lei decidere», si arrese. «Ma faccia molta attenzione. Da quel che mi ha detto il mio collega di Charlotte, Atkinson probabilmente è pazzo quanto Lester. Le lascio il mio numero di telefono. Voglio che mi chiami se nota qualcosa di strano o se le viene in mente qualche altro dettaglio, d'accordo?»

Se l'intento dell'ispettore era stato di spaventarla, c'era riuscito benissimo. Ma dopo quello che era successo la notte prima, Maria avrebbe avuto paura comunque, finché il responsabile non fosse stato catturato.

Mentre salivano in macchina, Colin prese il telefono.

«Chi stai chiamando?»

«Evan», rispose lui. «Voglio chiedergli se è libero oggi.»

«Perché?»

«Dopo averti accompagnato dai tuoi, ho intenzione di fare un salto a casa tua. Ora che la polizia se n'è andata, voglio rimettere un po' in ordine. Magari ritinteggiare le pareti.»

«Non è necessario.»

«Lo so, ma mi va di farlo», ribatté lui. «Quando entrerai a casa, non è il caso che ti trovi di fronte a quel disastro. Probabilmente finiresti per impazzire standotene seduta lì in mezzo.»

«Ma ci vorrà tutto il giorno!»

«Non direi. Al massimo qualche ora. Casa tua non è così grande.»

«Forse dovrei venire con te. Non è compito tuo.»

«Sarebbe uno stress inutile. E poi, devi stare con la tua famiglia.»

Aveva ragione e quella era una proposta generosa da parte sua, ma lei stava per rifiutare comunque. Lui, però, si girò a guardarla.

«Ti prego», la implorò, «voglio farlo.»

Fu il suo tono a convincerla almeno in parte. Colin chiamò con il vivavoce. Maria non si sorprese nel sentire la voce di Lily che rispondeva al cellulare di Evan.

Le spiegò quanto era accaduto la notte prima e le domandò se Evan avrebbe potuto aiutarlo a portare via i mobili più pesanti. Prima che potesse finire di parlare, Lily lo interruppe.

«Ci saremo entrambi. Non pensare nemmeno di rifiutare il nostro aiuto. Non avevamo niente in programma per il pomeriggio. Sarà un piacere aiutarti.»

In sottofondo Maria sentì la voce di Evan. «Aiutare a fare cosa?»

«Dobbiamo sistemare l'appartamento di Maria. E ho giusto un paio di shorts che muoio dalla voglia di indossare! Sono un po' corti e piuttosto aderenti, ma mi sembra l'occasione perfetta.»

Dopo un attimo di silenzio si udì la voce di Evan. «A che ora andiamo?»

Una volta conclusa la telefonata, Maria si girò verso Colin. «Mi piacciono i tuoi amici.»

«Sono davvero fantastici, sì», riconobbe lui.

A due isolati di distanza dalla casa dei genitori, il significato del messaggio di Serena diventò chiaro.

Nel parco c'era lo zio Tito che giocava a calcio con l'altro zio, José, e un gruppo di nipoti, e quando Maria vide che la salutavano entrambi capì che in realtà stavano facendo la guardia.

Nel frattempo, Pedro, Juan e Angelo, i suoi cugini, stavano seduti sulle sdraio nel prato e i più piccoli giocavano a baseball per strada. Sui due lati della via erano parcheggiate macchine dei suoi parenti.

Mio Dio, pensò, c'è tutta la famiglia al completo. Nonostante l'incubo in cui era piombata da giorni, non poté fare a meno di sorridere.

Vincendo la riluttanza di Colin, lo trascinò dentro casa. Si trovarono davanti una trentina di persone; un'altra ventina era nel giardino posteriore. Uomini e donne, ragazzi e ragazze...

Serena andò loro incontro di corsa. «Una pazzia, vero? Papà oggi ha chiuso il ristorante! Ci credi?»

«Non c'era bisogno che venissero tutti...»

«Non glielo ha chiesto lui», spiegò Serena. «Si sono presentati da soli quando hanno saputo che potevi essere in pericolo. Sono sicura che i vicini si staranno chiedendo che cosa succede, ma papà è andato in giro a spiegare che si tratta di una riunione di famiglia. Da oggi in poi ci sarà sempre un drappello di parenti a fare la guardia nel quartiere finché Atkinson non sarà dietro le sbarre. Agiranno in maniera più discreta, hanno deciso di organizzare dei turni di sorveglianza.»

«Per me?»

Serena sorrise. «È questo il senso della famiglia.»

Colin impiegò quasi mezz'ora a districarsi dai parenti di Maria; tutti volevano conoscerlo, anche se molti lo salutarono in spagnolo. Mentre lo riaccompagnava alla macchina, lei si disse che, nonostante tutto, era molto fortunata.

«Continuo a pensare che dovrei venire con te», disse.

«Dubito che i tuoi genitori te lo permetterebbero.»

«È probabile. Sono sicura che papà stia guardando dalla finestra. Per prudenza.»

«Allora immagino che non sia il caso di baciarti.»

«Meglio se non lo fai», confermò lei. «E mi raccomando, dopo porta qui anche Evan e Lily. Voglio presentarli al resto della famiglia.»

Colin tornò a casa dei genitori di Maria verso le cinque e mezzo. Una parte dei parenti se n'era andata, ma molti erano rimasti. Lily si mostrò disinvolta e sicura di sé fin dal momento in cui scese dalla macchina, mentre Evan sembrava un po' sconcertato.

«Che magnifica manifestazione di solidarietà e amore», esclamò Lily abbracciando Maria. «Non vedo l'ora di conoscere tutti i membri di questa tua meravigliosa famiglia!»

Il suo spagnolo misto all'accento americano del sud conquistò tutti, e i parenti si affollarono intorno a lei ed Evan. Maria ne approfittò per prendere Colin e portarlo fuori sulla veranda posteriore.

«Com'è andata?» gli chiese.

«Devo ancora dare una seconda mano di vernice sul muro, ma le scritte sono state cancellate. Abbiamo buttato via tutto quello che era distrutto e messo da parte ciò che potrebbe essere aggiustato. Però non credo che si possa fare molto per i tuoi vestiti.» Lei annuì e lui proseguì. «Hai ricevuto notizie di Margolis? Oppure hai saputo qualcosa su Atkinson?»

«No. Ho controllato il cellulare in continuazione.»

Colin si guardò intorno. «Dov'è Serena?»

«È andata via pochi minuti prima che arrivassi tu. Deve prepararsi per l'intervista di stasera.» Maria lo prese per mano. «Hai l'aria stanca.»

«Sto bene.»

«È stata più dura di quanto pensassi, vero?»

«No», rispose lui. «Ma ho faticato a tenere a freno la collera.»

«A chi lo dici.»

Dopo aver fatto il giro dei parenti, Lily ed Evan si misero seduti a tavola con Colin e Maria sulla veranda.

«Grazie per aver sistemato il mio appartamento», disse Maria.

«Figurati, nessun problema», rispose Lily. «Devo ammettere che abiti in un bel posto. Evan e io avevamo preso in considerazione l'idea di trasferirci in centro, ma lui sostiene di non poter fare a meno di un prato da tosare.»

«Non sono io a tosare l'erba», precisò Evan. «È Colin a pensarci. Odio questo genere di cose.»

«Calmati, su», lo fermò lei. «Stavo scherzando. Ma sappi che l'attività fisica può rendere molto attraente un uomo.»

«Secondo te, che cosa ho fatto oggi?»

«È proprio quello che stavo dicendo. Offrivi davvero uno spettacolo irresistibile mentre spostavi i mobili, sai.»

La porta della veranda si aprì e Carmen cominciò a mettere in tavola tantissimi piatti pieni di cibo. Oltre a quello che aveva cucinato lei nel corso della giornata, gran parte dei parenti aveva portato qualcosa.

«Spero che abbiate fame», disse Carmen in inglese.

C'era davvero troppa roba. Come sempre. Colin ormai era abituato, ma Evan e Lily ne rimasero sopraffatti.

«Sei stata bravissima, mamma», rispose Maria, provando un'improvvisa gratitudine per quella tacita dimostrazione d'amore. «Ti voglio bene.»

31
Colin

Dopo cena Colin uscì sulla veranda anteriore, in cerca di un momento di solitudine. Un paio di zii seduti sulle sdraio nel prato ricambiarono con un cenno del capo il suo saluto educato. All'improvviso gli tornò in mente l'immagine dell'appartamento devastato di Maria, e cercò di stabilire un legame tra Atkinson e Lester.

Un tempo i due avevano lavorato insieme e Manning aveva presentato sua sorella ad Atkinson. Mentre Maria era convinta che fosse stato Lester a inviarle i messaggi, il dottor Manning sosteneva che il responsabile fosse Atkinson.

Certo, il tempismo con cui era scomparso Atkinson poco prima che Maria ricominciasse a essere perseguitata risultava sospetto. Presumibilmente era stato lui a tagliare le gomme della macchina, ma chi dei due aveva ucciso Copo? Lester aveva sparato a Margolis; Atkinson aveva spostato la macchina dalla villetta e in seguito aveva devastato l'appartamento di Maria. Alla luce della quantità di informazioni su di lei trovate dentro il computer del ragazzo di Cassie, il suo coinvolgimento nella storia sembrava innegabile, ma c'erano alcuni dettagli che continuavano a impensierire Colin.

Il dottor Manning aveva parlato di una lite tra Lester e Atkinson, e del conseguente allontanamento dei due; allora quando avevano ripreso i contatti? Chi dei due era il leader? Perché Manning aveva insistito che Atkinson cercava di incastrare Lester, quando sembrava evidente che agivano insieme? E in tal caso, perché portare due macchine a casa dei Sanchez la notte in cui Maria era stata aggredita da Lester?

Tuttavia, mentre puliva l'appartamento, Colin aveva ripensato al colloquio con l'ispettore Wright e si era reso conto che non esistevano prove certe che collegassero Atkinson a quel gesto vandalico. Non c'erano prove nemmeno a sostegno dell'ipotesi che fosse stato lui a tagliare le gomme. Nonostante i file trovati nel suo computer, Maria non aveva mai interagito con quel ragazzo né lo aveva mai incontrato. Aveva continuato a ripetere che il coinvolgimento di Atkinson non le sembrava plausibile, e questo significava...

Che cosa?

Forse se n'era davvero andato di casa per via di una donna. E forse Lester sapeva che lui era partito. In tal caso avrebbe potuto caricare i file sul portatile di Atkinson e prendere la sua auto mentre era via. E avrebbe anche potuto pagare qualcuno affinché tagliasse le gomme della macchina di Maria, come lei sospettava. E magari aveva persino incaricato quel qualcuno di distruggerle l'appartamento. Sarebbe stata una messinscena perfetta, sempre ammesso che Lester fosse in grado di elaborare un piano così complesso. A giudicare da quanto era avvenuto alla villetta, e dalla descrizione che Wright aveva fatto del comportamento di Lester alla centrale, gli sembrava assai improbabile. Se invece era stato Atkinson a riaccompagnare Lester a Shallotte dopo l'aggressione a casa dei Sanchez, allora anche lui quella notte doveva trovarsi nei paraggi. Colin si immaginò la scena. Lester era scappato udendo le sirene della polizia e Atkinson, a sua volta assalito dal panico, lo aveva caricato in macchina, prima di andarsene a tutta velocità dal quartiere. Probabilmente aveva guidato in maniera spericolata come Colin in precedenza, ma nella direzione opposta...

La macchina con cui lui si era quasi scontrato a pochi isolati dalla casa dei Sanchez?

Colin provò la sensazione che una chiave girasse in una serratura e cercò di ricordare con la massima precisione ciò che aveva visto: l'auto che gli veniva incontro, sterzando all'ultimo istante, le due vetture che si sfioravano. Due uomini seduti davanti. Che macchina era?

Una Camry.

Blu.

Prese il cellulare e chiamò l'ispettore Wright, il quale gli rispose subito.

«Notizie di Margolis?» gli domandò.

«Sta migliorando. Almeno è quello che dicono. È ancora in terapia intensiva, e sedato. Come vanno le cose lì?»

«Tutto bene. Maria è al sicuro.»

«E stanotte?»

«Rimarrà a casa dei genitori. Ed è protetta.»

«Se lo dice lei. Perché mi ha chiamato?»

«Ritengo che Atkinson guidasse una Camry blu. Abbastanza nuova.»

«Cosa glielo fa pensare?»

Colin gli espose il suo ragionamento.

«Per caso non ha preso il numero di targa, vero?»

«No.»

«Be', non è molto, ma farò qualche indagine. Tutti vogliono trovare questo tizio. Prima ci riusciremo, meglio sarà.»

Colin riattaccò, sempre più convinto che Lester fosse stato a bordo di quella Camry blu la notte dell'aggressione. Ne era sicuro, anche se non sapeva spiegarsene il perché. Forse il suo inconscio era un passo avanti rispetto alla mente razionale e gli stava suggerendo che le risposte erano lì, da qualche parte. Doveva solo trovarle.

«Che cosa ci fai qui?» domandò Evan raggiungendo Colin in veranda.

«Pensavo.» Erano le sei e mezzo ed era già scesa la sera. L'aria autunnale si era fatta più fresca con il passare delle ore.

«Me l'immaginavo. Ho visto il fumo che ti usciva dalle orecchie.»

Colin sorrise. «Ho appena parlato con l'ispettore Wright», disse, riassumendo a Evan il contenuto della conversazione. «E tu che cosa ci fai qui?»

«Carmen è una donna eccezionale, ma i suoi piatti sono piccanti. Lily mi ha chiesto di andare a prenderle in macchina i chewing-gum. Per calmare il bruciore in bocca. Per me, vuole soltanto avere un alito che sa di menta fresca, perché qualunque altro tipo di alito non è da signora.» Rise. «A proposito, che ne pensi di tutto questo? Mi riferisco ai parenti di Maria.»

«Secondo me sono persone eccezionali.»

«È stupefacente, vero? Tutta la famiglia allargata che si presenta qui per tenerla al sicuro.»

Colin annuì. «Già, nel mio caso non si presenterebbe nemmeno la famiglia ristretta.»

Evan gli lanciò un'occhiata severa. «Non essere così cinico. Nei momenti difficili, anche la tua famiglia ti si è fatta intorno.»

«E pure gli amici», aggiunse Colin. «Grazie dell'aiuto che mi hai dato oggi. So che volevi passare la giornata a letto con Lily.»

«Figurati, è stato un piacere», rispose Evan. «Tanto non avrebbe funzionato lo stesso. Continuavo a pensare a Margolis, e questo mi smorzava l'entusiasmo. Non riesco ancora a capire come abbia potuto farsi sorprendere così da Lester.»

Colin ci pensò su. «Quando era in veranda, è sembrato anche a te che avesse un'espressione perplessa?»

«Era scocciato», ricordò Evan. «Perché non ce n'eravamo ancora andati.»

«Ma prima che bussasse alla porta, che espressione aveva?»

«Sinceramente non ci ho fatto caso.» Evan lo guardò. «È successo tutto così in fretta che le immagini si confondono nella mia testa. Ricordo di aver sentito degli spari e di averti visto fare quella pazzia, ma poi… c'è solo sangue dappertutto. Ho il cervello così spappolato che non ricordo più nemmeno perché sono venuto qui.»

«Sei venuto a prendere dei chewing-gum per Lily», gli ricordò Colin.

«Ah già. Esatto. Un tocco di freschezza.» Evan si avviò verso la macchina, poi si girò di nuovo. «Ne vuoi una anche tu?»

«No», rispose l'altro.

Ma il dottor Manning probabilmente apprezzerebbe…

Colin non sapeva perché la descrizione fatta da Margolis del dottor Manning che masticava nervosamente una gomma dopo l'altra gli venisse in mente proprio ora, ma dopo averci riflettuto, lasciò perdere e tornò dentro insieme a Evan. I parenti di Maria erano davvero persone meravigliose, doveva riconoscerlo. Altro che stringersi intorno. Nei momenti difficili, la famiglia a volte era l'unica cosa su cui potevi contare. Accidenti, persino Avery Manning aveva difeso Lester. Aveva parlato con Margolis, era andato in centrale, e aveva subito provveduto a chiamare un avvocato, dal momento che Lester non era in grado di farlo.

Ma… come faceva il dottor Manning a sapere che avevano arrestato il figlio? Wright aveva detto che l'avvocato era arrivato poco dopo che Lester era stato portato in centrale. Colin sapeva per esperienza che era quasi impossibile procurarsi un avvocato in tempi così brevi, soprattutto un venerdì sera. Il che significava che Avery Manning era a conoscenza dell'arresto del figlio ben prima del suo arrivo in centrale. Era quasi come se lui fosse stato lì… E avesse parcheggiato la macchina nel vialetto?

No, pensò Colin. Margolis avrebbe riconosciuto l'auto. L'aveva vista quando il dottore gli aveva mostrato la pistola nel bagagliaio. Se fosse stata l'auto del dottor Manning quella nel vialetto, Margolis probabilmente si sarebbe mostrato…

Confuso?

Colin si bloccò. No. Non era possibile. Ma…

Le famiglie unite… Padre e figlio… Il dottor Manning e Lester… Il dottor Manning che consuma nervosamente un pacchetto di chewing-gum mentre parla con Margolis…

Colin brancolava alla ricerca di una risposta, un dettaglio dimenticato. E?…

Non aveva forse notato un mucchietto di carte di chewing-gum sparse sul tetto del palazzo di fronte all'ufficio di Maria?

Colin si sentì mancare il respiro. Non erano Atkinson e Lester, pensò. Erano padre e figlio che si davano una mano, e d'un tratto tutte le risposte alle domande che si affollavano nella sua mente affiorarono l'una dopo l'altra.

Perché Margolis non era stato più prudente quando era entrato nella villetta?

Perché aveva visto che Avery Manning, il padre, era già lì.

E la pistola di Lester?

Il dottor Manning aveva detto all'ispettore che la pistola del figlio non era vera.

Perché Margolis era entrato?

Il dottor Manning lo aveva chiamato, assicurandogli che non c'era pericolo.

Tutto combaciava, si disse, quando finalmente nella sua testa si fece chiarezza.

Ma Lester era stato arrestato.

Solo perché lui lo aveva bloccato. Altrimenti, sarebbe scappato.

Ma Lester poteva parlare.

L'avvocato mandato dal dottor Manning avrebbe fatto in modo che non succedesse.

Ma Avery Manning aveva lasciato un messaggio per Margolis, spronandolo ad avvisare Maria...

Dopo il fatto... in realtà troppo tardi.

E Atkinson?

L'uomo che non era intervenuto quando Laws aveva rapito Cassie. Che secondo il dottor Manning meritava a sua volta di essere punito.

Ma il portatile di Atkinson... le foto, i file...

In modo che Atkinson diventasse un capro espiatorio perfetto.

Colin prese il cellulare, la verità di colpo così lampante che stentava a credere di non esserci arrivato prima.

Chi aveva le conoscenze e le capacità necessarie per manipolare Lester?

Il dottor Manning, lo psichiatra.

Chi era stato il primo a fare il nome di Atkinson in quella storia?

Il dottor Manning.

Lo schema seguito da Laws per perseguitare Cassie?

Il dottor Manning lo conosceva nel dettaglio.

Colin udì una voce all'altro capo del telefono. Wright, il tono indaffarato e stanco.

«Ancora lei. Che succede?»

«Controlli se il dottor Manning ha una Camry blu.»

Wright esitò. «Aspetti. Perché?»

«La prego, dica a qualcuno di controllare mentre siamo al telefono», lo incalzò Colin. «Lo faccia. È importante.»

Dopo aver udito l'ispettore impartire istruzioni a un collega, Colin gli raccontò tutto. Quando ebbe terminato, il poliziotto rimase in silenzio per un po'.

«Mi sembra un'ipotesi un po' azzardata, non trova?» affermò poi. «Ma se ha ragione, Margolis confermerà tutto una volta ripresa conoscenza. Però...» Wright sembrava combattuto dall'incertezza.

«Cosa?»

«Il dottor Manning non ha mai cercato di nascondersi. Al contrario, ieri sera è venuto in centrale e oggi è stato in ospedale...»

«È stato lì?» domandò Colin, colto da un'ondata di panico.

«Ha parlato con Rachel. Voleva scusarsi per ciò che il figlio aveva fatto e ha chiesto se fosse possibile parlare con Pete, per scusarsi anche con lui.»

«Non fatelo avvicinare a Margolis!» esclamò Colin, in preda all'ansia.

«Stia tranquillo: Manning non ha potuto vederlo. E nemmeno io. Solo la famiglia è autorizzata a entrare nella sala di terapia intensiva...»

«Manning era andato lì per ucciderlo!» lo interruppe Colin. «È un dottore... Sa come fare per fingere una morte naturale.»

«Non le sembra di saltare troppo in fretta alle conclusioni?»

«Non è stato Lester a sparare a Margolis, è stato il dottor Manning! Lester ce l'aveva proprio davanti, ma non è riuscito a premere il grilletto. Se non mi crede, lo sottoponga alla prova dello stub.»

«Ormai è troppo tardi. Il test è attendibile solo entro poche ore...»

«So di avere ragione!»

Wright rimase a lungo in silenzio. «Va bene... ma che mi dice del computer di Atkinson?»

«Atkinson è morto», rispose Colin con improvvisa sicurezza. «Lo ha ucciso il dottor Manning. Ha architettato tutto per far sembrare che fosse partito per un viaggio, ha preso la sua macchina, ha inserito le prove nel computer, in modo da renderlo il sospettato principale.»

Wright non rispose. Dopo un attimo di silenzio, Colin udì la voce attutita dell'ispettore che parlava con qualcun altro. Provò un impeto di irritazione, finché Wright tornò all'apparecchio, il tono vagamente stupito.

«Il dottor Manning possiede una Camry blu», scandì lentamente. «Devo andare... Voglio verificare se era quella la macchina parcheggiata alla villetta...»

Interruppe la comunicazione senza terminare la frase.

Colin si precipitò dentro per informare Maria, e la trovò sulla veranda posteriore in compagnia di Evan e Lily, dei genitori e di un gruppetto di zii. Lei ascoltò in silenzio le sue rivelazioni. Alla fine chiuse gli occhi e, nonostante l'evidente sgomento per quelle novità, Colin intuì che essere arrivata alla verità le dava anche una certa pace. I parenti, nel frattempo, aspettavano ansiosi una sua risposta.

«Bene», disse infine Maria. «E adesso?»

«Immagino che Wright spiccherà un mandato di cattura nei confronti del dottor Manning, poi compirà tutti i passi necessari per arrestarlo e incriminarlo.»

Maria ci pensò su. «Ma bisogna considerare lo schema persecutorio», osservò. «Voglio dire, se il dottor Manning voleva che provassi tutto ciò che Laws aveva fatto a Cassie, perché devastare il mio appartamento ieri notte? Doveva sapere che in questo modo sarebbe diventato ancora più difficile avvicinarsi a me. E perché Lester non mi ha portata via quando ne ha avuto l'occasione...»

Non ebbe bisogno di aggiungere: per picchiarmi, magari bruciarmi viva, e poi uccidersi. Colin sapeva che cosa aveva fatto Laws, ma era sicuro che il dottor Manning non si sarebbe mai tolto la vita. Invece, voleva che alla fine trovassero il corpo di Atkinson tra i resti dell'incendio, in modo che il caso venisse chiuso definitivamente.

«Non saprei», ammise lui.

Erano le sette ed era quasi buio, c'era solo una sottile falce di luna sull'orizzonte.

Mentre la famiglia, guidata da Felix, ideava nuove strategie per tenere al sicuro Maria, Colin andò in cucina a prendere un bicchiere dalla credenza. Aveva sete, ma voleva anche rimanere da solo a riflettere.

Bevve d'un fiato un bicchiere d'acqua e poi osservò distrattamente lo sportello del frigorifero. Era costellato di foto delle due sorelle scattate nel corso degli anni, poesie, il certificato di cresima di Maria e il disegno di un arcobaleno firmato con il nome di Serena in un angolo. Alcuni fogli cominciavano a ingiallire intorno ai bordi e l'unica aggiunta recente sembrava la lettera che Serena aveva ricevuto dalla fondazione diretta da Charles Alexander. Era nell'angolo superiore, e copriva in parte una cartolina con la cattedrale di Città del Messico. Mentre Colin guardava l'intestazione della lettera, fu di nuovo colpito dalla sensazione che quel nome gli risultasse stranamente familiare.

Eppure...

Le domande di Maria lo avevano turbato. Perché il dottor Manning aveva devastato il suo appartamento? Se voleva che lei sperimentasse tutto ciò che aveva provato Cassie, perché deviare dallo schema proprio ora? E perché scrivere con la vernice la frase: «Saprai cosa si prova» nella sua camera da letto, se così facendo l'avrebbe resa più inavvicinabile? Era possibile che Avery Manning fosse stato preso dal panico e avesse perso il controllo dopo l'arresto di Lester. Colin voleva crederlo, si sforzava di crederci, ma non ci riusciva. Al contrario, gli sembrava di aver trascurato un particolare. Gli mancava una tessera del puzzle, oppure al dottor Manning non interessava più avvicinarsi a Maria...

Ma perché?

Girò le spalle al frigorifero e bevve un altro bicchiere d'acqua, consolandosi con la consapevolezza che, pur senza risposte, Maria era al sicuro e lo sarebbe rimasta finché il dottor Manning non fosse stato catturato. Se ne sarebbero occupati lui e la famiglia Sanchez. Le avrebbero garantito una sorveglianza serrata. Accidenti, erano tutti lì, a proteggerla...

Proprio in quell'istante, si rese conto di sbagliarsi. Non c'erano tutti. Mancava qualcuno... E al dottor Manning non interessava più avvicinarsi a Maria... perché lei non aveva mai fatto parte del suo piano!

Nella mente di Colin le risposte cominciarono ad accumularsi veloci, facendo emergere la verità… il nome nell'intestazione e quel senso di familiarità… il motivo per cui l'appartamento di Maria era stato messo a soqquadro… come aveva fatto Lester a essere informato del compleanno di Carmen… il vero significato nascosto dietro le parole scritte sul muro della camera da letto…

Saprai cosa si prova.

Lasciò cadere il bicchiere e corse fuori dalla cucina, attraversò precipitosamente il salotto ed entrò in camera di Maria. Vide le borse e tirò fuori il portatile. Lo accese, pensando: no, no, no… Ti prego, Dio, fa' che mi sbagli…

Aprì il motore di ricerca e digitò il nome della fondazione che aveva concesso a Serena la borsa di studio. Voleva vederlo. Implorò che comparisse.

Non esisteva nessun sito web; solo un avviso per informare che era stato chiuso e il dominio era disponibile.

No, no, no…

Inserì il nome di Avery Manning e trovò gli stessi link che aveva esaminato dopo che lui e Maria si erano visti con Margolis la prima volta. Ritrovò quello in cui compariva una foto del dottore e lo aprì mentre correva in salotto. Individuò Carmen ma non Felix.

«Carmen!» la chiamò, sperando che lei capisse ciò che stava per dirle.

Gli altri parenti si girarono allarmati verso di lui. Colin non ci badò. Non badò all'espressione intimorita della donna. Le mostrò lo schermo del computer, indicando la fotografia.

«Lo riconosce?» le chiese con voce alta e concitata. Ormai era in preda al panico. «È questo l'uomo che è venuto a cena da voi? È il direttore della fondazione?»

Carmen cominciò a scuotere il capo. «*No sé... No entiendo... Habla más despacio, por favor.*»

«Che succede?» intervenne Maria. «Cosa stai facendo, Colin? L'hai spaventata!»

«È lui!» gridò Colin.

«Chi?» urlò Maria, contagiata dalla sua angoscia. «Che succede?» Intanto anche Felix era rientrato in salotto, seguito da Evan e Lily e da altri parenti...

«Lo guardi!» chiese Colin a Carmen, indicando di nuovo la fotografia e abbassando la voce, nel vano tentativo di apparire calmo. «Guardi la foto! Il direttore! È lui? È lui che è venuto a cena a casa vostra?»

«*¡Mira la foto, mamá!*» tradusse Maria avvicinandosi a lei. «*¿Es ésto el director de la fundación? ¿Quién vino a la casa para la cena?*»

Gli occhi spalancati di Carmen saettavano tra Colin e Maria, poi si posarono sulla foto. Dopo un istante, annuì ripetutamente.

«*¡Sí!*» esclamò, trattenendo a stento le lacrime. «Charles Alexander. *Él es el director! ¡Él estaba aquí en la casa!*»

«Colin!» gridò Maria, afferrandolo per un braccio. Lui la guardò con espressione atterrita.

«Dov'è Serena?» domandò. «Dov'è?»

«Aveva l'intervista, lo sai... Che succede?»

«Dove si svolgerà l'intervista?»

«Non so. Immagino nella sede della fondazione...»

«Dov'è?» gridò Colin.

«In centro... sul lungofiume», balbettò Maria. «Nella vecchia zona commerciale. Dimmi che succede!»

Edifici abbandonati, pensò Colin. Edifici vuoti. Un incendio... I pensieri si succedevano rapidi come un mazzo di carte mescolato. Al dottor Manning non interessava più avvicinarsi a Maria... Maria doveva sapere cosa si prova... Perché non si trattava soltanto di farle sperimentare il terrore di Cassie, la voleva punire facendola sentire come il dottor Manning e Lester dopo l'uccisione di una persona amata.

Oddio...

«Chiama la polizia!» esclamò Colin. «Chiama la polizia!»

«Colin, spiegami!» gli ordinò Maria.

«Avery Manning ha finto di essere Charles Alexander!» cominciò, consapevole dei minuti che passavano e che non c'era tempo di spiegare tutto. «Lui aveva un figlio che si chiamava Alexander Charles. Non c'è nessuna fondazione. Nessuna borsa di studio. Se le è inventate il dottor Manning», proseguì in un sussurro. «Non eri tu il bersaglio: è Serena. Adesso è con lui e devo sapere esattamente dove si trovano, prima...»

In un attimo Maria comprese tutto. Sul suo viso apparve un'espressione sgomenta, mentre Colin le prendeva la mano e la trascinava con sé, correndo verso il garage. La udì gridare in spagnolo ai genitori di chiamare i soccorsi, prima che si precipitassero verso la Camaro.

Mentre saliva al volante, Colin sentì Evan urlare che sarebbero andati con loro.

Partì sgommando, e sollecitò Maria a chiamare

l'ispettore Wright. Vide nello specchietto i fari di diverse automobili che si accendevano. Evan e Lily e i parenti dei Sanchez li seguivano.

«A che ora era l'intervista?» chiese, mentre Maria aspettava che Wright le rispondesse.

«Non ricordo... Mi pare verso le sette.»

«Qual è l'indirizzo?»

«Sono andata a prenderla lì una volta, ma non so...»

Colin accelerò al massimo, il motore rombava mentre affrontava la prima curva. Cercò di scacciare la paura che fosse già troppo tardi... maledicendosi per non averlo capito prima. I fari nello specchietto diventarono sempre più piccoli, a mano a mano che la lancetta del tachimetro superava i cento.

Frenò bruscamente imboccando la statale. Si udì un altro stridio di freni, ma lui non ci badò e schiacciò di nuovo l'acceleratore, mentre Maria gridava qualcosa al telefono.

Con un senso di déjà-vu, Colin sfiorò i centoventi all'ora, zigzagava tra le macchine e poi rallentava senza fermarsi ai semafori rossi. Attaccandosi al clacson e lampeggiando con gli abbaglianti, attraversò diversi parcheggi, per guadagnare minuti preziosi.

Maria aveva concluso la telefonata con Wright e continuava a digitare freneticamente i tasti sul telefono, i gesti sempre più ansiosi.

«Serena non risponde al cellulare!»

«Scopri a che ora è uscita dal dormitorio», gridò Colin.

«Ma... Come?»

«Non lo so!»

Poi cambiò corsia, bruciò un altro semaforo rosso

e controllò nello specchietto. L'auto di Evan non si vedeva più, e lui strinse convulsamente il volante, furibondo con se stesso per la sua stupidità, per non aver compreso ciò che era ovvio. Pensò a Serena, si disse che doveva arrivare in tempo per salvarla.

Ce l'avrebbe fatta. Doveva farcela.

Charles Alexander. Alexander Charles. Aveva letto quel nome sul computer e il collegamento era lì proprio sul frigorifero, su quella dannata lettera! Serena aveva persino detto come si chiamava il direttore, a cena! Era evidente, e Colin non capiva perché avesse impiegato tanto tempo a collegare gli elementi. Se fosse successo qualcosa a Serena per colpa della sua stupidità…

Udì vagamente Maria pronunciare il nome di Steve al telefono. Gli domandava a che ora fosse uscita Serena, e poi la sentì dire che la sorella era in ritardo ed era uscita alle sei e quaranta…

«Che ore sono?» chiese Colin. Guidava così veloce da non poter togliere gli occhi dalla strada nemmeno per un secondo.

«Le sette e dodici…»

Forse Serena non era ancora arrivata.

Oppure era già lì.

Colin strinse i denti e serrò la mandibola. Se le fosse accaduto qualcosa…

Avrebbe dato la caccia al dottor Manning fino in capo al mondo. Quell'uomo meritava di morire, e in quel momento i pensieri di Colin si restrinsero, mentre un impulso viscerale, quasi tangibile, di ucciderlo si impossessava di lui.

Ormai aveva superato i centocinquanta all'ora e il suo unico pensiero era: corri, corri, corri…

32
Maria

Il paesaggio fuori dal finestrino scorreva fulmineo mentre Colin guidava a velocità molto sostenuta. Nonostante la cintura di sicurezza, Maria veniva sballottata a ogni curva e a ogni frenata. Ma non aveva paura. Pensava a Serena e al fatto che fin dal principio fosse stata lei il bersaglio. Quell'uomo aveva giocato con lei…

La finta borsa di studio. L'intervista. Se ne era guadagnato la fiducia a poco a poco…

In realtà aveva sempre avuto un piano. Aveva seguito Serena. L'aveva spiata. Non solo di persona, ma anche sui social network. Era andato a cena a casa loro perché sapeva che Maria non ci sarebbe stata… Serena aveva comunicato a tutti che sua sorella aveva un appuntamento. Manning sapeva che Maria avrebbe festeggiato il compleanno della madre perché Serena aveva pubblicato un post anche su quello. A mano a mano che la realtà di ciò che stava accadendo prendeva forma, Maria si sentì assalire da un'ondata di ansia. Il respiro le diventò faticoso, i muscoli del petto sempre più contratti. Cercò di scacciare quelle sensazioni, consapevole che si trattava di un attacco di panico, ma continuava a pensare a sua sorella. Forse era troppo tardi? Forse il dottor Manning l'aveva già rapita e si apprestava a farle fare la stessa fine di Cassie.

Ricordò le foto della scena del crimine commesso da Laws e il senso di oppressione ai polmoni aumentò, rischiando di soffocarla. Si disse di nuovo che era soltanto un attacco di panico, ma non riuscendo a respirare, comprese di essersi sbagliata. Non era quello. Non era come l'ultima volta. Di colpo avvertì una fitta lancinante al petto che le scese lungo il braccio sinistro.

Oddio, pensò. Un infarto...

Colin frenò bruscamente e Maria fu scaraventata contro la cintura di sicurezza. Un istante dopo venne sospinta all'indietro e di lato quando lui sterzò. Andò a sbattere con la testa contro il finestrino ma non avverti alcun dolore; la sua mente era concentrata sul senso di oppressione al petto e fiato corto. Cercò di gridare, ma dalla bocca non le uscì nemmeno un suono. Si rese conto vagamente che le era arrivato un messaggio sul telefono, ma subito dopo quel pensiero svanì, mentre l'oscurità si impossessava di lei.

«Maria! Che succede?» gridò Colin. «Stai bene?»

Un infarto! cercò di rispondere lei mentre gli occhi le si chiudevano. *Sto per morire!* Ma le parole non volevano uscire. Non riusciva a respirare, il cuore stava per fermarsi, e la voce di Colin che la chiamava sembrava provenire da sott'acqua o da molto lontano. Non capiva perché lui non facesse niente, perché non l'aiutasse. Doveva chiamare un'ambulanza e portarla di corsa all'ospedale.

Si riscosse quando qualcuno la spintonò con violenza all'indietro contro lo schienale del sedile, afferrandola per una spalla; subito dopo il suo corpo venne scrollato.

«Controllati, Maria!» le ordinò Colin. «È un attacco di panico!»

No! gridò una voce dentro di lei, mentre boccheggiava, chiedendosi perché lui non l'aiutasse. *Stavolta è vero, non lo vedi?*

«Maria! Ascoltami, Maria!» urlò Colin. «Devi dirmi dov'è andata Serena! Manning è con lei adesso! Mi serve il tuo aiuto! Serena ha bisogno di te!»

Serena...

Sentendo il nome della sorella, Maria aprì istintivamente gli occhi e cercò di aggrapparsi a quelle parole, ma a fatica.

«Maria!»

Fu il suono del proprio nome a riscuoterla. Pensò: Colin parla con me. Pensò: Serena. Pensò: il dottor Manning. Riuscì a tenere gli occhi aperti, ma aveva difficoltà a respirare e si sentiva mancare. *Serena... Oddio, Serena ha bisogno...*

Aiuto...

Ogni fibra del suo corpo continuava a trasmetterle il suo messaggio di morte, cancellando la realtà della situazione. Si sforzò di tornare lucida; si sforzò di pensare a Serena e si disse che erano diretti sul lungofiume per salvarla, e che sul suo telefono c'era un messaggio.

Con uno sforzo enorme, accese lo schermo e si concentrò sulle parole scritte, riuscendo a decifrarle...

Scusa. Avevo tolto la suoneria. Sto andando a piedi verso il luogo dell'intervista. Fammi gli auguri!

Serena. La sorella era ancora viva, e loro stavano correndo a salvarla. Maria cercò di fare un respiro lungo e profondo, poi un altro. Un attacco di panico, nient'altro, si disse. Posso farcela...

Il suo corpo, però, si ribellava ancora, mentre la testa cominciava a schiarirsi. Le tremavano le mani e le dita non volevano ubbidirle. Schiacciò un tasto per chiamare la sorella, ma le rispose la segreteria. Nel frattempo, Colin continuava a gridarle qualcosa, mentre guidava correndo all'impazzata.

«Maria! Stai bene? Dimmi che stai bene!»

Dopo un istante si accorse che erano arrivati in South Front Street e viaggiavano nella direzione giusta.

«Sto bene», borbottò ansimando, stupita di riuscire a parlare, di aver ricominciato a respirare. «Mi serve solo un minuto.»

Colin le gettò un'occhiata fugace, prima di concentrarsi sulla strada. «Quanto manca?» domandò.

«Non saprei», rispose Maria, la voce ancora debole, il fisico provato. «Qualche isolato», ansimò, confusa.

«Ne sei sicura?»

Ne era sicura? Osservò la strada, per accertarsene. «Sì.»

«A destra o a sinistra?»

«Sulla sinistra.» Si raddrizzò sul sedile. Era sempre scossa dai brividi.

Colin superò a tutta velocità l'incrocio. Guardando fuori dal finestrino, Maria scorse un gruppo di baracche e di case galleggianti buie e deserte. La luce dei lampioni non riusciva a rischiarare l'oscurità. Colin tolse il piede dall'acceleratore e l'auto cominciò a rallentare, mentre costeggiavano l'isolato successivo superando un altro incrocio. L'aspetto del quartiere cambiò radicalmente; gli edifici con i tetti piatti si succedevano gli uni agli altri, alcuni in condizioni migliori, altri meno. C'erano degli uffici con le luci ancora accese, ma per la maggior parte le finestre erano buie e si vedevano poche auto parcheggiate. Non c'era traffico. Avvicinandosi all'isolato successivo, Maria si accorse che l'aria le era familiare e capì che ormai erano vicini. Fu assalita da un improvviso impeto di collera e di rimorso per essersi fatta prendere da un attacco di panico nel momento peggiore, quando Serena aveva più bisogno di lei.

Ricordò a se stessa di essere già stata lì in passato, e nonostante fosse ancora stordita si costrinse a respirare lentamente, mentre scrutava gli edifici. Era difficile riconoscere quello giusto, dato che la prima volta non aveva prestato troppa attenzione. Serena l'aspettava a un incrocio e lei ricordava di aver visto dei muratori sull'altro lato della via... Aguzzò la vista, individuò un'impalcatura all'angolo della strada e, proprio di fronte, l'auto di Serena...

«Là!» esclamò, indicando. «Il palazzo di mattoni a quattro piani sull'angolo!»

Colin accostò e frenò bruscamente. Scese dalla macchina e si mise a correre, senza aspettare Maria, che stava combattendo contro il proprio corpo ribelle. Non aveva tempo per riprendersi. Non ora. Soprattutto non ora. Finalmente lei riuscì ad aprire la portiera e a mettersi in movimento solo grazie alla forza di volontà.

Colin intanto era già arrivato alla porta d'ingresso. Cercò di aprirla, e poi digitò sulla tastiera accanto alla maniglia. Alzando gli occhi, Maria notò che c'erano sette o otto uffici ancora illuminati ai vari piani. Colin intanto prendeva a pugni il vetro. Dalla sua postura si capiva che stava decidendo se fosse il caso di sfondarlo, e in quel momento Maria comprese istintivamente che né Serena né il dottor Manning erano lì. Finora si era mostrato prudente e non avrebbe commesso un errore proprio adesso; era stato meticoloso e nell'edificio c'erano troppe persone, troppi potenziali testimoni, troppe cose che potevano andare storte. Probabilmente aveva aspettato Serena sul marciapiede di fronte all'edificio e, inventando una scusa qualunque, le aveva detto che l'intervista si sarebbe svolta altrove. Sapeva che gli serviva un posto isolato, dove nessuno potesse coglierlo in fallo, un posto che potesse prendere fuoco.

«Colin!» cercò di gridare Maria invano. Provò ad agitare le braccia, ma avvertì un mancamento che la fece barcollare. «Colin!» lo chiamò di nuovo. Stavolta lui la sentì e corse verso di lei.

«C'è una serratura elettronica. Non ho trovato il codice della fondazione, così ho pigiato dei tasti a caso, ma nessuno mi apre.»

«Serena non è qui», riuscì a concludere Maria. «Manning l'ha portata da un'altra parte. Ci sono troppe persone ancora al lavoro lì dentro.»

«Se l'ha caricata in macchina...»

«Mi ha scritto che stava andando a piedi.»

«Allora dov'è la macchina di Manning? Non la vedo.»

«Controlla dietro l'angolo», disse boccheggiando Maria, che non si era ancora ripresa. «Deve averla parcheggiata lì. Se cerca un posto isolato, deve averla portata in una delle baracche o delle case galleggianti. Sbrigati!» Si sentiva di nuovo mancare. «Tu vai. Io avviserò la polizia...» E chiamerò i miei genitori, i parenti, Lily, chiunque possa raggiungerci, pensò.

Colin intanto si stava dirigendo verso l'incrocio, un po' incerto, non sapendo se fidarsi delle sue parole.

«Come fai a sapere che saranno lì?»

«Perché», rispose lei, chiedendosi quando sarebbe arrivata la polizia, ricordando il capanno in riva al lago dove era stata assassinata Cassie, tanto simile alle baracche e alle case galleggianti tipiche di quella parte del Cape Fear River, «è lì che sarebbe andato Laws.»

33
Colin

L'istinto di Maria non aveva sbagliato. Colin trovò la Camry blu parcheggiata sulla via che costeggiava l'edificio. La superò di corsa. Subito oltre c'era un campo incolto che si estendeva fino alla riva fangosa del fiume, che si spalancava come un buco nero davanti a lui, perfettamente buio in quella notte senza luna.

A quel punto la strada si biforcava in due viottoli sterrati paralleli alla riva. Da una parte c'era un porticciolo dismesso con una struttura metallica arrugginita che ospitava un'accozzaglia di imbarcazioni protette da una bassa recinzione; dall'altra parte c'erano due edifici simili a granai affacciati sul fiume, a una cinquantina di metri l'uno dall'altro. Avevano l'aria abbandonata, le assi erano scrostate e deformate, c'erano erbacce e rampicanti dappertutto. Colin rallentò il passo, tentando di indovinare dove Manning avesse condotto Serena. In quell'istante scorse un raggio di luce che usciva a intermittenza tra le assi della struttura sulla sinistra.

Il fascio di una torcia?

Tagliò per il campo, dove in certi punti le erbacce gli arrivavano a metà gamba, cercando di accelerare l'andatura, sperando che non fosse già troppo tardi. Non sapeva ancora che cosa avrebbe fatto, né che cosa avrebbe trovato.

Raggiunto l'edificio, si appiattì contro un lato. Da vicino, si rese conto che si trattava di una vecchia ghiacciaia, che forse un tempo forniva ai pescatori i blocchi di ghiaccio da caricare sulle barche, per tenere in fresco il pesce.

Su quel lato della costruzione non c'erano accessi, ma da una finestra tappata con le assi usciva un chiarore tremulo. Strisciò lentamente verso il lato più lontano dal fiume, nella speranza di trovare la porta, quando all'improvviso udì un grido da dentro...

Serena...

L'urlo lo galvanizzò. Superò di corsa l'angolo, ma la porta da quella parte era inchiodata. Raggiunse il terzo lato, dove c'era un'altra finestra tappata. Non restava che un'unica possibilità. Sbirciò oltre l'angolo e notò immediatamente l'accesso che cercava. Raggiunse la maniglia e provò ad abbassarla, ma la porta era chiusa a chiave. In quel momento Serena gridò di nuovo.

Indietreggiò di qualche passo e diede un calcio alla porta. Un colpo perfetto, rapido e potente, che bastò a schiantare lo stipite. Un altro calcio e la porta si spalancò. In una frazione di secondo, vide Serena legata a una sedia in mezzo a una stanza fiocamente illuminata. Il dottor Manning era accanto a lei e stringeva in mano una torcia. In un angolo c'era un corpo accasciato in mezzo a barattoli arrugginiti di vernice. Serena aveva la faccia gonfia e insanguinata. I due lanciarono un grido di sorpresa alla vista di Colin. Il lampo della torcia lo accecò momentaneamente.

Disorientato, Colin si precipitò in avanti, allungando le braccia nella direzione in cui aveva visto il dottor Manning poco prima. Questi, tuttavia, lo schivò. Colin sentì un violento dolore al dorso della mano dove l'uomo lo colpì con la torcia, spezzandogli le ossa. Lo choc e il dolore lancinante gli impedirono di reagire prontamente. Quando Serena gridò di nuovo, Colin girò su se stesso, cercando di fronteggiare Manning, ma era in ritardo. La torcia lo colpì alla tempia, e tutto all'improvviso diventò nero. Le gambe gli cedettero e crollò a terra mentre il suo cervello cercava ancora di elaborare l'accaduto. L'istinto e l'esperienza lo incalzavano ad alzarsi, e dopo anni di allenamento i movimenti avrebbero dovuto essere automatici, ma il corpo non gli ubbidiva. Un altro violento colpo in testa scatenò un'ulteriore scarica di dolore. Aveva la mente ottenebrata; avvertiva solo dolore e confusione.

Il tempo si dissolse in tante schegge. Oltre il sibilo nelle orecchie gli parve di riconoscere il pianto di una donna, le sue urla, le sue implorazioni, la voce di un uomo…

L'oscurità scese su di lui sommergendolo come un'ondata.

A poco a poco il suono di un pianto sommesso lo riportò in sé; quando sentì pronunciare il proprio nome, riuscì ad aprire un occhio. Aveva la vista annebbiata, e tutto era come un sogno sfumato, ma quando gli sembrò di vedere Maria legata a una sedia finalmente ricordò che cosa era accaduto e dove si trovava.

No, non era Maria. Era Serena.

Non riusciva a reagire, né a pensare lucidamente. Vedeva in maniera indistinta il dottor Manning che si muoveva lungo la parete di fondo. Reggeva tra le mani qualcosa di rosso e squadrato. Serena continuava a gridare e all'improvviso le narici di Colin si riempirono dell'odore penetrante di benzina. In un istante mise insieme ogni cosa. Ancora intontito, guardò Manning gettare da una parte la tanica di benzina. Poi scorse una fiammella, un fiammifero, e la vide volare in un ampio arco verso il terreno. Udì un sibilo come quando si accende la carbonella. Le fiamme cominciarono a lambire le pareti, alimentandosi delle assi vecchie e stagionate. Il calore aumentò. Il fumo si addensò.

Colin cercò di muovere le mani, provò a muovere le gambe, ma era paralizzato. Aveva un sapore metallico in bocca e scorse vagamente Manning che lo superava di corsa diretto verso la porta che lui aveva sfondato.

Le fiamme intanto avevano quasi raggiunto il soffitto. Le grida di Serena trasmettevano puro terrore. La sentì tossire più volte. Ordinò a se stesso di alzarsi, meravigliandosi che il corpo non gli ubbidisse. Alla fine il braccio sinistro cominciò a spostarsi lentamente in avanti. Poi quello destro. Li spostò entrambi sotto di sé e cercò di sollevarsi, ma le ossa rotte della mano gli provocarono un dolore lancinante. Con un grido ricadde sul pavimento, il dolore trasformò la sua rabbia in furia, alimentando il suo bisogno di violenza e vendetta.

Si sollevò carponi e riuscì a rimettersi in piedi. Era stordito, stentava a trovare l'equilibrio. Fece un passo, inciampò, gli occhi gli bruciavano e il fumo acre li faceva lacrimare. Le grida di Serena si erano trasformate in un accesso incontrollato di tosse. Colin faceva fatica a respirare. Le fiamme si erano propagate all'altra parete, li avevano circondati. Il calore era intenso, il fumo nero gli riempiva i polmoni. Avanzò barcollando fino a Serena e guardò l'intrico di funi che la tenevano legata alla sedia. Capì che con una mano sola non sarebbe riuscito a liberarla in tempo, allora si guardò intorno, sperando di trovare un coltello. Un'ascia. Qualcosa di appuntito

Con uno schianto assordante seguito da un rombo il tetto della ghiacciaia cedette, lanciando scintille in tutte le direzioni. Una trave cadde a pochi centimetri da loro, seguita da un'altra, ancora più vicina. Le fiamme intanto si moltiplicavano su tre delle pareti, il calore ormai insopportabile, l'aria arroventata. In preda al panico, lui afferrò la sedia dov'era Serena e la sollevò, avvertendo una fitta di dolore alla mano. La sofferenza aumentò la rabbia che lo animava. Sapeva gestire il dolore; sapeva domarlo, cercò di trarne vantaggio, ma la mano non gli reggeva più.

Non riusciva a trasportare Serena, e c'era solo un'altra possibilità. La porta era a cinque o sei passi di distanza, perciò Colin afferrò la spalliera della sedia con la mano buona, la inclinò e cominciò a trascinarla da quella parte. Doveva arrivarci prima dell'incendio. Tirò con tutte le proprie forze, sopraffatto da un dolore fortissimo.

Si precipitò fuori dalla porta aperta, accompagnato dal fumo e dal calore. Sapeva di dover allontanare Serena da lì. Non poteva trascinarla attraverso il campo o il fango, e vedendo della ghiaia sulla destra cominciò a muoversi verso l'altro edificio. Alle loro spalle, la ghiacciaia era ormai quasi del tutto avvolta dalle fiamme; il rombo dell'incendio aumentò, diventando assordante. Colin riusciva ancora a muoversi, e rallentò solo quando il calore del fuoco diminuì.

Serena non aveva mai smesso di tossire e al buio si notava il colorito cianotico della sua pelle. Le serviva un'ambulanza. Le serviva ossigeno, e lui doveva ancora liberarla dalle corde. Non c'era niente che potesse usare per tagliare la fune, ma forse c'era qualcosa nell'altro edificio. Mentre si dirigeva da quella parte, vide una figura sbucare da un angolo e prendere la mira. La canna di un fucile rifletté i bagliori delle fiamme.

Il fucile di cui aveva parlato Margolis, quello che Manning sosteneva non funzionasse...

Colin diede una spinta alla sedia e si tuffò per attutirne la caduta, nello stesso istante in cui sentì risuonare la detonazione. L'arma aveva sparato da quaranta metri, la distanza massima, e Manning li aveva mancati. Il secondo colpo fu leggermente più accurato. Colin sentì i pallini conficcarsi nella sua spalla, il sangue che schizzava in giro. Fu assalito di nuovo da un mancamento, cercò di non perdere i sensi mentre osservava impotente Manning che correva verso la propria auto.

Non poteva fermarlo. La sagoma dello psichiatra si allontanò senza che Colin potesse fare niente. Si domandava come mai la polizia impiegasse tanto tempo ad arrivare, e si augurava che lo prendessero.

I suoi pensieri furono interrotti da un ruggito quando il fuoco di colpo divampò attraverso il tetto della ghiacciaia, come una creatura viva e urlante. Una parte del muro esplose, catapultando tizzoni ardenti verso di loro. Sentì le grida di Serena mescolate ai colpi di tosse e si rese conto che erano ancora in pericolo, troppo vicini all'incendio. Non poteva trascinarla più lontano, ma poteva cercare aiuto, e si costrinse ad alzarsi. Doveva arrivare in un punto in cui qualcuno potesse vederlo. Avanzò di qualche passo. Sanguinava, aveva il braccio e la mano sinistri inerti, si sentiva agonizzare.

Intanto Manning aveva raggiunto l'auto e Colin vide i fari che si accendevano. La Camry si staccò dal marciapiede dirigendosi proprio verso di lui.

E verso Serena.

Colin era conscio di non poter evitare l'impatto; ma Serena era persino più indifesa, e Manning sapeva esattamente dove si trovava.

Colin strinse i denti e avanzò più in fretta che poteva, cercando di allontanarsi da Serena, nella speranza che lo psichiatra seguisse lui. Nella speranza che si dileguasse. Ma i fari rimasero puntati in direzione di Serena. Non sapendo che altro fare, Colin si fermò e cominciò ad agitare il braccio destro, nel tentativo di attirare l'attenzione dell'uomo.

Manning abboccò all'esca.

La Camry sterzò e puntò dritto contro Colin, accelerando. Dalla ghiacciaia proveniva un lamento stridulo e sinistro, mentre il fuoco la consumava. Barcollando, Colin si allontanò il più possibile da Serena, consapevole di avere solo pochi secondi, di essere prossimo alla morte. L'auto lo aveva quasi raggiunto, quando di colpo il terreno davanti a lui fu illuminato dai fari di un'altra macchina che arrivava da qualche parte alle sue spalle.

Vide confusamente la sagoma della Prius di Evan puntare a tutta velocità contro la Camry, spostandola verso il fuoco. L'auto del dottore si schiantò contro l'angolo della ghiacciaia, mentre la Prius la sospingeva come una ruspa. Il tetto cominciò a crollare, le fiamme si levavano ancora più alte nel cielo.

Colin cercò di avanzare, ma le gambe gli cedettero. Sdraiato a terra, continuando a perdere sangue, si sentì di nuovo svenire. Gli giunse finalmente l'urlo delle sirene, che tentava di sovrastare il fragore delle fiamme. Temeva che arrivassero troppo tardi, che non sarebbe sopravvissuto, ma non aveva importanza. Aveva gli occhi fissi sulla Prius, aspettando che una portiera si aprisse o il finestrino si abbassasse. Evan e Lily potevano salvarsi se si muovevano in fretta, ma era assai improbabile.

Doveva raggiungerli, così cercò di alzarsi un'altra volta. Gli bastò sollevare la testa per sentirsi mancare. Gli parve di scorgere delle luci lampeggianti rosse e blu sulle strade laterali, e altre luci sempre più vicine. Udì voci concitate che chiamavano lui e Serena, e avrebbe voluto gridare loro di sbrigarsi, che Evan e Lily avevano bisogno di aiuto, ma riuscì solo a emettere un rantolo soffocato.

Poi riconobbe la voce di Maria; la sentì urlare il suo nome mentre lo raggiungeva.

«Sono qui!» esclamò. «Resisti! L'ambulanza sta arrivando!»

Colin non riuscì a risponderle. Gli girava la testa, le immagini davanti ai suoi occhi si confondevano in un turbine privo di senso. Un attimo prima la Prius era completamente avvolta dalle fiamme, quello successivo solo per metà. Gli parve di scorgere la portiera del passeggero aprirsi, ma c'era troppo fumo e nessun altro segno di movimento che glielo confermasse. Si sentì scivolare via, l'oscurità lo ammantò, e nell'ultimo istante di lucidità pregò che i due migliori amici che avesse mai avuto si salvassero.

Epilogo

Aprile non mancava mai di sorprendere Maria. Era cresciuta nel sud, e sapeva che cosa aspettarsi, ma capitava sempre che ci fossero alcune giornate radiose, perfette, in cui sembrava che tutto fosse possibile. Cieli azzurri e limpidi sopra prati verdi che erano rimasti bruni tutto l'inverno, e all'improvviso ovunque era un'esplosione di colori. I ciliegi e le azalee prendevano vita in tutta la città, i tulipani spuntavano nei giardini amorevolmente curati. La mattina faceva fresco, ma di giorno il sole riscaldava l'aria.

Era una di quelle giornate di primavera impagabili e, sul prato perfettamente curato, Maria guardava Serena che chiacchierava animatamente con un gruppo di persone a lei sconosciute. Sorrideva gioiosa e piena di vita. A vederla ora, era difficile credere che fino a poco tempo prima sua sorella non era stata più capace di sorridere; per mesi aveva sofferto di incubi, dopo quel giorno, e guardandosi allo specchio vedeva i tagli e i lividi che Manning le aveva inflitto mentre la teneva legata alla sedia. Due di quelle ferite avevano lasciato cicatrici che già iniziavano a sbiadire, vicino a un occhio e sul mento. Di lì a un anno al massimo nessuno ci avrebbe fatto più caso, a meno di non cercarle. Maria, però, sapeva che il ricordo di quella orribile notte avrebbe portato con sé sempre sofferenza.

Due settimane prima, l'ispettore Wright, insieme a un Pete Margolis ancora convalescente, si era incontrato con Maria e aveva riconosciuto che Colin aveva avuto ragione su tutta la linea. I resti del cadavere di Atkinson erano stati rinvenuti tra le macerie della ghiacciaia incendiata. I test balistici alla fine avevano confermato che la pallottola nella testa di Atkinson proveniva dalla pistola confiscata a Lester. L'incendio aveva reso impossibile determinare il giorno esatto dell'omicidio, ma gli investigatori sospettavano che fosse avvenuto subito dopo la scomparsa del ragazzo. Erano riusciti a scoprire che il corpo era stato conservato in un congelatore nel garage della casa del dottor Manning a Charlotte, grazie a qualche ciocca di capelli trovata all'interno. Dall'esame dei conti bancari di Avery Manning erano emersi numerosi bonifici effettuati a favore del conto intestato ad Atkinson e usati per pagare le bollette della villetta di Shallotte.

Sull'auto di Atkinson erano state trovate le impronte di Lester ma non era stato possibile ricavare ulteriori informazioni dal ragazzo. Dopo tre giorni passati nell'infermeria della centrale sotto costante sorveglianza, era stato esaminato da uno psichiatra che lo aveva ritenuto in condizioni di essere trasferito in cella, ma sotto stretta sorveglianza. Quel pomeriggio Lester aveva avuto un colloquio con l'avvocato, il quale riferì che il suo cliente, nonostante la terapia farmacologica e il dolore per la perdita del padre, sembrava abbastanza lucido. Lester acconsentì a essere interrogato il giorno dopo, alla presenza del suo avvocato. Poi tornò in cella e finì di mangiare il cibo che gli era stato portato. Le registrazioni video mostravano che le guardie avevano controllato le sue condizioni ogni quindici-venti minuti, ma il ragazzo era riuscito ugualmente a impiccarsi ricavando delle strisce dalle lenzuola e legandole insieme. Quando era stato trovato, per lui era ormai troppo tardi.

A volte Maria si chiedeva se Lester fosse stato davvero un complice o semplicemente un'altra vittima del dottor Manning. Forse entrambe le cose. Peter Margolis dichiarò, una volta uscito dal coma, che non ricordava esattamente chi gli avesse sparato. Il dottor Manning gli aveva detto di entrare, ma Margolis aveva scorto soltanto il bagliore di una canna di pistola che usciva dalla porta dello sgabuzzino, prima di essere colpito. L'unica certezza di Maria era che Lester e il dottor Manning erano morti e nessuno di loro l'avrebbe più tormentata. Nonostante ciò che avevano fatto a lei e a Serena, in certi momenti provava dolore e compassione per la famiglia Manning. Un fratellino morto da piccolo in un incidente, la sorella più grande assassinata, la madre che aveva a lungo combattuto con la depressione e si era suicidata... Chissà come sarebbe diventata lei, se Serena quella notte fosse stata uccisa nella ghiacciaia.

Girò la testa all'indietro e scrutò la folla che si era radunata sul prato, ringraziando il destino per la propria fortuna. I suoi genitori riuscivano a tenere sotto controllo l'istinto di protezione, il lavoro con Jill le dava grandi soddisfazioni, e con una parte dei soldi messi via aveva risistemato l'appartamento e si era comprata un nuovo guardaroba. Le era rimasto comunque un bel gruzzoletto. La settimana prima, era entrata in un negozio di ottica e si era innamorata di un obiettivo mostruosamente caro. L'acqua inoltre si andava facendo più tiepida, e la tavola da paddleboard la chiamava...

Il matrimonio era stato spettacolare, ma d'altronde, sotto l'abile e attenta regia di Lily, Maria non si era aspettata niente di meno. Charleston si era presentata a lei in tutto il suo fascino, anche se Wilmington rimaneva sempre casa sua. Lily era una favola in abito da sposa, una creazione di raso impalpabile, perle minuscole e pizzo delicato. Evan l'aveva guardata trasognato durante la cerimonia nella chiesa di San Michele. Era l'edificio sacro più antico di Charleston, dove venivano celebrati i matrimoni delle famiglie aristocratiche della città, ma quando Lily diceva con il suo accento un po' strascicato: «Be', non so perché qualcuno dovrebbe volersi sposare altrove», riusciva a farlo sembrare logico e sincero anziché snob.

Quella terribile notte Lily era rimasta miracolosamente incolume. Evan invece era stato meno fortunato. Ne era uscito con ustioni di secondo grado sulla schiena e un paio di ossa della gamba rotte. Aveva passato quasi due mesi ingessato e solo da poco aveva ricominciato a camminare senza zoppicare, in parte grazie anche al suo nuovo regime di esercizio fisico. Le sue sedute di allenamento non erano all'altezza di quelle di Colin, ma aveva confidato a Maria di aver incrementato gli esercizi di potenziamento alle braccia e sperava che Lily se ne accorgesse durante la loro luna di miele alle Bahamas.

Loro due erano stati i suoi angeli custodi. Maria ne aveva avuto conferma vedendoli uscire dalla macchina in fiamme e non le importava se qualcuno trovava ridicola quell'idea.

Lei sapeva che era vero.

Alle sue spalle il banchetto di nozze era in pieno svolgimento, e la solennità finalmente lasciava il posto ai festeggiamenti. Lily aveva organizzato il ricevimento nella vasta casa delle vacanze di famiglia sulle rive dell'Ashley River e, a quanto ne sapeva Maria, non si era badato a spese. Un gazebo di sontuose dimensioni con un'illuminazione elaborata ospitava una pista da ballo in parquet, e un'orchestra di dieci elementi faceva da accompagnamento musicale. Il catering era stato affidato a uno dei ristoranti più esclusivi della città e le decorazioni floreali erano veri capolavori. Maria sapeva che non avrebbe mai voluto un matrimonio come quello; non era nel suo stile. A lei bastavano amici e famiglia e magari un paio di piñatas per i più giovani.

In realtà non pensava di sposarsi nell'immediato futuro. L'argomento non era stato ancora affrontato e lei non aveva nessuna intenzione di domandarlo a Colin direttamente. Per molti versi lui non era affatto cambiato. Le avrebbe detto la verità, e lei non era sicura di voler sentire la risposta. Probabilmente avrebbe accennato alla cosa quando se ne fosse presentata l'occasione, ma a volte anche il solo pensiero bastava a innervosirla.

Colin aveva potuto riprendere la sua routine di allenamenti solo negli ultimi tempi e a volte era esasperato di non riuscire a fare le cose come prima, compresa la preparazione per i combattimenti. I dottori continuavano a ripetergli che ci sarebbero voluti come minimo altri sei mesi. Il colpo di fucile gli aveva lacerato una parte del muscolo della spalla, lasciando cicatrici e una debolezza che poteva essere cronica. Si era già sottoposto a un'operazione alla mano e nel giro di pochi mesi ne avrebbe affrontata un'altra. Ma la lesione che aveva impensierito più di ogni altra i medici era stata la frattura al cranio. Aveva trascorso quattro giorni in terapia intensiva accanto a Pete Margolis.

L'ispettore era stato il primo a parlare con Colin quando aveva ripreso i sensi.

«Dicono che mi hai salvato la vita», aveva esordito. «Ma non pensare che questo cambi le cose. Continuerò a tenerti d'occhio.»

«Okay», fu tutto ciò che Colin riuscì a rispondere.

«Dicono anche che il dottor Manning ti ha ridotto in pessime condizioni e che alla fine è stato il tuo amico Evan a metterlo fuori gioco. Faccio molta fatica a immaginarlo.»

«Okay», ripeté Colin.

«Mia moglie mi ha riferito che sei venuto a trovarmi. Che sei stato gentile. E che il mio amico Larry ti considera un tipo in gamba.»

Con la gola in fiamme, Colin si limitò a una specie di grugnito.

Margolis lo guardò serio e sospirò. «Fammi il favore di rimanere fuori dai guai, eh? E un'altra cosa.» Finalmente la sua bocca si curvò in un sorriso. «Grazie.»

Da allora Margolis aveva smesso di comparire all'improvviso per controllare Colin.

Maria avvertì la presenza di Colin e sentì il suo braccio cingerla in vita. Si appoggiò contro di lui.

«Eccoti qua», le disse. «Ti cercavo.»

«È così bello qui in riva al fiume», ribatté lei. Si voltò e lo abbracciò.

«Maria?» le mormorò lui tra i capelli. «Ti andrebbe di fare una cosa per me?» Lei si staccò leggermente per guardarlo con aria interrogativa. «Vorrei presentarti ai miei genitori», proseguì lui.

Lei sgranò gli occhi. «Sono qui? Perché non me lo hai detto subito?»

«Preferivo parlarci prima io. Vedere a che punto siamo.»

«E?»

«Sono brave persone. Gli ho parlato di te. Mi hanno chiesto se potevano conoscerti, ma ho risposto loro che prima dovevo sentire se eri d'accordo.»

«Ma certo che voglio conoscerli. Che bisogno c'era di chiedermelo?»

«Non sapevo che cosa dire sul momento. Non gli ho mai presentato nessuna ragazza prima d'ora.»

«Proprio mai? Accidenti. Mi sento davvero speciale.»

«E lo sei infatti.»

«Allora andiamo a conoscere i tuoi genitori. Dato che sono speciale e tu sei pazzo di me e probabilmente non riesci a immaginare di vivere senza di me. Anzi, forse pensi che io sia quella giusta, vero?»

Lui sorrise senza smettere di guardarla. «Okay.»

Ringraziamenti

Ogni romanzo contiene sfide del tutto originali, e anche questo ha avuto le sue. Come sempre ci sono state persone che con il loro aiuto e il loro sostegno inestimabili mi hanno accompagnato lungo il cammino.

Vorrei ringraziare:

Cathy, che rimane un'amica stupenda. Sarà sempre nel mio cuore.

I nostri figli, Miles, Ryan, Landon, Lexie e Savannah, per la gioia che continuano ad aggiungere alla mia vita.

Theresa Park, la mia fantastica agente letteraria, manager e socia, sempre pronta ad ascoltarmi e a darmi validi consigli tutte le volte che ne ho più bisogno. Non so dove sarei senza di lei.

Jamie Raab, la mia formidabile editor, che sa fare miracoli con i miei manoscritti. Abbiamo collaborato a ogni libro e mi considero molto fortunato, non solo perché ho a disposizione la sua esperienza, ma per la nostra incrollabile amicizia.

Howie Sanders e Keya Khayatian, i miei agenti cinematografici alla UTA, eccezionali nel loro lavoro, creativi, intelligenti e spiritosi.

Scott Schwimer, il mio avvocato, oltre che uno dei miei migliori amici: la sua presenza ha arricchito la mia vita.

Stacey Levin, che gestisce la mia casa di produzione televisiva, è una persona dal talento sorprendente, di grande intuito e con una grande passione per il proprio lavoro. Grazie anche a Erika McGrath e Corey Hanley per la loro bravura. Il mio agente televisivo alla UTA, Larry Salz, fa funzionare le cose nel modo migliore possibile. Apprezzo il vostro impegno.

Denise DiNovi, produttore di *Le parole che non ti ho detto, I passi dell'amore, Come un uragano, Ho cercato il tuo nome* e *Il meglio di me*, con cui ho avuto la fortuna di associarmi, possiede un intuito naturale. È sempre stata una benedizione per me lavorare con lei. Grazie anche a Alison Greenspan, per ciò che ha fatto con questi memorabili progetti.

Marty Bowen, produttore di *La risposta è nelle stelle, Vicino a te non ho paura* e *Dear John*, per il suo ottimo lavoro, la sua creatività, il suo umorismo e la sua amicizia. Con lui ho passato sempre momenti indimenticabili. Grazie anche a Wyck Godfrey, suo collaboratore in ogni progetto.

Michael Nyman, Catherine Olim, Jill Fritzo e Michael Geiser della PMK-BNC, i miei agenti pubblicitari, sono il massimo nel loro campo e adesso sono anche miei ottimi amici.

LaQuishe Wright – alias Q – che gestisce le mie pagine sui social network, non solo svolge un lavoro incredibile, ma è una persona con cui mi piace molto passare del tempo; Mollie Smith si occupa del mio sito web: senza di voi sarebbe impossibile tenere il pubblico informato su tutto ciò che accade nel mio mondo.

Michael Pietsch, dell'Hachette Book Group, merita la mia gratitudine per come riesce a far diventare ogni mio romanzo un successo. Sono onorato di lavorare con lui.

Peter Safran, produttore di *La scelta*, per il suo entusiasmo e la sua esperienza, e per aver accolto la mia squadra nel suo mondo esaltante.

Elizabeth Gabler, che ha una passione infinita per ciò che fa e il talento e la capacità di farlo funzionare. *La risposta è nelle stelle* è stato un film notevole e bellissimo. Grazie anche a Erin Siminoff per la dedizione straordinaria con cui si è gettata nel progetto. Mi è piaciuto lavorare con voi.

Tucker Tooley, che considero un amico. Sono onorato del sostegno con cui accompagna sempre il mio lavoro.

Ryan Kavanaugh e Robbie Brenner di Relativity Media, per i numerosi ottimi film che hanno contribuito a realizzare dai miei romanzi. È stato fantastico lavorare con voi.

Courtenay Valenti della Warner Bros., per aver contribuito a lanciare la parte hollywoodiana della mia carriera. È sempre divertente parlare con te di un nuovo progetto tutte le volte che sono in città.

Emily Sweet del Park Literary Group è sempre disponibile a dare una mano quando c'è bisogno delle sue competenze. Grazie per aver temporaneamente preso in mano le redini della mia fondazione e per darmi ascolto tutte le volte che ti chiamo.

Abby Koons del Park Literary Group, per riuscire a gestire con tanta abilità i diritti esteri. Sono consapevole del lavoro stupefacente che fai. Sei la migliore e sono il primo ad apprezzarlo.

Andrea Mai, del Park Literary Group, per tutto ciò che fa con i nostri contratti di coedizione. È stato un rapporto di lavoro straordinario e resto sempre ammirato dall'entusiasmo e dalla perseveranza che dimostri. Un ringraziamento anche ad Alexandra Greene, che non solo esamina nel dettaglio ogni contratto, ma ha una creatività sconfinata. Non sarei dove sono senza di voi.

La mia gratitudine va anche a Brian McLendon, Amanda Pritzker e Maddie Caldwell della Grand Central Publishing: il vostro entusiasmo e la vostra dedizione sono importantissimi per me.

Pam Pope e Oscara Stevick, le mie commercialiste, sono state una benedizione per tanti versi, non solo nell'ambito professionale ma anche per la loro amicizia. Siete eccezionali.

Tia Scott, la mia assistente. Non è solo un'amica, ma tiene regolata la mia vita quotidiana. Apprezzo tutto quello che fai.

Andrew Sommers è sempre stato un'imprescindibile cassa di risonanza e ha un ruolo importante dietro le quinte. La mia vita è migliorata grazie a te. Grazie anche a Hannah Mensch, per tutto ciò che ha fatto quest'ultimo anno.

Michael Armentrout e Kyle Haddad-Fonda, che svolgono un lavoro ammirevole per la Nicholas Sparks Foundation. Grazie davvero.

Tracey Lorentzen, sempre disposta a dare una mano quando e dove serve di più. Non so che cosa avrei fatto senza di te.

Sara Fernstrom, ex UTA, e David Herrin, il mio

oracolo alla UTA, hanno un talento e una capacità unica e ho tratto grande vantaggio dalla loro esperienza.

Dwight Carlblom e David Wand che gestiscono la Epiphany School of Global Studies, sono ottimi educatori. Apprezzo tantissimo il vostro lavoro.

Michael «Stick» Smith, un amico, sempre pronto ad ascoltare e offrire sostegno. I prossimi anni saranno interessanti e divertenti, non credi?

Jeff Van Wie, un amico dai tempi del college. Grazie di essermi sempre stato accanto.

Micah Sparks, mio fratello, il fratello migliore che si potrebbe desiderare. Quest'anno faremo in modo di viaggiare più spesso insieme, okay?

David Buchalter, che mi aiuta a preparare i discorsi, è davvero notevole. Grazie di tutto.

Eric Collins, che mi ha aiutato in modi che non riesco neppure a descrivere. Lo stesso vale per Jill Compton. Grazie.

Pete Knapp e Danny Hertz, che fanno sempre tutto il possibile per aiutare. Grazie, ragazzi!

Altri amici, con i quali mi piace sempre chiacchierare, il genere di amici che ti riempiono la vita: Todd e Kari Wagner, David Geffen, Anjanette Schmeltzer, Chelsea Kane, Slade Smiley, Jim Tyler, Pat Armentrout, Drew e Brittany Brees, Scott Eastwood e Britt Robertson.

Questo volume è stato stampato
presso ELCOGRAF S.p.A.
Stabilimento - Cles (TN)
Stampato in Italia. Printed in Italy